GW01375196

dtv

Christopher Kloeble

DAS
MUSEUM
DER WELT

Roman

dtv

Der Autor dankt der Robert Bosch Stiftung für die
Unterstützung der Arbeit an diesem Roman.

Ausführliche Informationen über
unsere Autoren und Bücher
www.dtv.de

Originalausgabe
© 2020 dtv Verlagsgesellschaft mbH & Co. KG, München
Gesetzt aus der Sabon
Satz: Greiner & Reichel, Köln
Druck und Bindung: CPI books GmbH, Leck
Gedruckt auf säurefreiem, chlorfrei gebleichtem Papier
Printed in Germany · ISBN 978-3-423-28218-5

Für meinen Vater

»Unter all den Dingen, zu denen ich mitgewirkt, ist Ihre Expedition nun eine der wichtigsten geblieben. Es wird mich dieselbe noch im Sterben erfreuen.«

*Alexander von Humboldt,
Brief an die Brüder Schlagintweit*

»Die Aufgabe lautet nämlich, den Spuren der Brüder Schlagintweit […] und so vieler andern berühmten Reisenden nachzuziehen.«

*Jules Verne,
Les Enfants du Capitaine Grant*

»Ich wünschte, die Schlagintweits wären nie nach Indien gekommen.«

Bartholomäus aus Bombay

Von 1854 bis 1857, am Ende der Kleinen Eiszeit und kurz vor Ausbruch des ersten indischen Unabhängigkeitskrieges, reisten die bayerischen Brüder Hermann, Adolph und Robert Schlagintweit durch Indien und Hochasien. Dank der einflussreichen Unterstützung Alexander von Humboldts und im Auftrag der britischen East India Company, die über weite Teile des Subkontinents wie eine Staatsmacht herrschte, nahmen die drei Wissenschaftler eine breite Palette an Untersuchungen vor. Nur zwei von ihnen kehrten nach Deutschland zurück. Es war eine der teuersten und aufwendigsten Expeditionen der Neuzeit. Die Brüder stellten einen neuen Höhenrekord auf, drangen in unerforschte Gebiete vor, betrieben Spionage, sammelten fast 40 000 Objekte und gewannen, wie sie selbst nicht scheu waren zu betonen, bemerkenswerte Erkenntnisse in vielen Wissenschaftsbereichen.

Das wäre ihnen niemals ohne die Hilfe ihrer zahlreichen Begleiter gelungen.

Einer von ihnen war ein Waisenjunge aus Bombay.

I

Bombay, 1854

BEMERKENSWERTES OBJEKT NO. 1

Das Museum der Welt

Mein Name ist Bartholomäus, ich bin mindestens zwölf Jahre alt und heute, am 20. Oktober 1854, habe ich das erste Museum Indiens gegründet. Ich nenne es das Museum der Welt. Smitaben sagt, es sollte vielmehr das Museum der Armseligkeit heißen. Aber was weiß eine Köchin aus dem fernen Gujarat schon von solchen Dingen. Ich will nichts Schlechtes über sie schreiben (auch wenn sie nicht lesen kann), doch überrascht sie mich immer wieder damit, wie wenig sie versteht, und zwar in mehr als einer Hinsicht. Nach mehr als zehn Jahren in Bombay spricht sie kaum ein Wort Marathi oder Hindi. Ohne meine Hilfe wüsste niemand im Glashaus, welche Speisen sie uns auftischt, und Smitaben könnte dem Sabzi-Wallah unmöglich mitteilen, welches Gemüse sie benötigt. Wenn er in den frühen Morgenstunden mit seinem Karren vor dem Tor hält, ist sie längst wach und putzt eines der vielen Fenster, denen Sankt Helena seinen Beinamen verdankt. Smitaben steht von uns allen immer als Erste auf, ich bin nicht einmal sicher, ob sie überhaupt schläft. Abends, wenn das Licht im Schlafsaal gelöscht wird, hören wir sie noch unten in der Küche, wie sie Töpfe schrubbt und Schaben jagt. Sie hat keine Familie, jedenfalls keine leibliche. Alle Waisen nennen sie Maasi, auch wenn sie von niemandem die richtige Tante ist. Ihr Haar ist weiß, nicht grau wie das anderer Maasis, sondern so weiß wie der Teig des portugiesischen Brotes, das sie uns manchmal backt. Mit dem Geschmacksinn kennt sich Smitaben aus. Ihr salzig-süßes Handvo ziehe ich fast allen, nein, allen Speisen Bombays vor. Leider sind ihre anderen Sinne weniger entwickelt. Sie hat so viel Lebenszeit damit verbracht, Gewöhnliches zu sehen, dass alles Bemerkenswerte für sie unsichtbar ist. Wie einfältig von mir, das nicht zu bedenken! Smitaben reagierte auf das erste Museum Indiens entsprechend ihrer bäuerlichen Natur: Sie gab mir einen Klaps auf den Hinterkopf, der aber nicht wehtat, und verschwand wieder in ihrem Territorium, der Küche.

Ich machte mich auf nach draußen, um das Museum Devinder zu zeigen. Devinder ist unser Gärtner. Er stammt aus dem Punjab. Obwohl er kein Sikh ist, lässt er sein Haar wachsen. Überall, hat er mir einmal zugeflüstert. Er behauptet, sich die Haare zu schneiden oder gar zu rasieren, wie etwa Vater Fuchs, entbehre jeglicher Männlichkeit. Ich behaupte, Devinder ist zu faul und auch zu arm, um einen Barber aufzusuchen. Ersteres lässt sich eindeutig am Zustand der Pflanzen rund ums Glashaus ablesen: Die Palmen beugen sich, als würden sie sich vor der Sonne verneigen, der Rasen ist in die Erde zurückgekrochen und die Blüten von Mogra verwelken, bevor sie richtig aufgegangen sind. Vater Fuchs bringt es dennoch nicht übers Herz, Devinder zu entlassen. Daher weiß ich, dass Devinder arm ist. Denn Vater Fuchs behandelt alle, die er als arm betrachtet, viel zu freundlich. Er muss einer der freundlichsten Menschen in ganz Bombay sein.

Aber ich wollte von Devinder erzählen. Auch ohne Vater Fuchs wüsste ich, dass Devinder arm ist. Alle Menschen, die ich kenne, sind arm. Wir besitzen nicht mehr als unsere Kleidung und Hoffnung. Darauf, dass wir eines Tages vielleicht nicht reich, aber zumindest weniger arm sein werden. Es gibt nämlich nur ein reich und viele Formen von arm. Das Problem ist, gerade Hoffnung kann ein dämonischer Besitz sein. Devinder ist geradezu von ihr besessen. Was niemanden erstaunen wird, lebt er doch mit seiner Großmutter und seinen Eltern und seiner Frau und ihren Eltern und seinen Kindern in einem Chawl in Blacktown. Dort teilen sie ein Zimmer. Auf ein und derselben Matte schlafen sie, essen sie und werden mehr. Devinders Familie stirbt viel langsamer als sie wächst. An einem langen, rostigen Nagel in der Wand des Zimmers hängt ein Stuhl. Dieser Stuhl wird nur heruntergeholt, wenn sie Besuch haben. Besuch von respektablen Gästen wie Vater Fuchs. Vor einigen Jahren hat Devinder den Stuhl in einer Bucht gefunden und vor dem Salzwasser gerettet. Die Parsis, Banias, Portugiesen und natürlich die Vickys* können es sich leisten, Eigentum ins Meer zu werfen. Sie besitzen weitaus mehr Möbelstücke als Familienmitglieder.

Wahrscheinlich ist Devinder gar nicht faul, eher müde. Es kostet ihn Kraft, die Hoffnung am Leben zu halten. Das macht er am liebsten hinter dem Gartenschuppen, im Schatten eines Feigenbaumes. Buddha hat unter einem solchen Weisheit erlangt, Devinder dagegen flößt sich Hoffnung ein. Er tut das wie die meisten von uns, indem er schläft. Vor allem in den Mittagsstunden, wenn die dicke Luft Bombays den Schweiß aus den Menschen presst wie Smitaben den Saft aus einer reifen Imli.

Die Gegenstände meines Museums waren beim Transport in den Garten verrutscht. Bevor ich Devinder weckte, musste ich sie neu hinrichten. Dann stupste ich ihn mit dem Fuß.

---

* Vater Fuchs sagt, die Engländer benennen alles und jeden in Indien, wie es ihnen beliebt. Also ist es nur gerecht, wenn ich sie auch benenne, wie es mir beliebt.

Devinder bat mich, ihn weiterschlafen zu lassen.

Ich versprach ihm, so etwas wie mein Museum habe er noch nie gesehen.

Damit ließ er sich locken. Anders als Smitaben ist Devinder noch hungrig auf Bemerkenswertes. Er rieb sich die Augen.

Vorsichtig stellte ich das Museum neben ihm ab. Devinder blinzelte einige Male, betrachtete es, dann mich, dann wieder es und schließlich erneut mich.

Ich fragte ihn, was er sehe.

Eine alte Holzkiste, sagte er.

Eine Ausstellungsfläche, sagte ich und fragte ihn, was er darin sehe.

Unrat, sagte er.

Meine Sammlung, sagte ich.

Du sammelst Unrat?, fragte er mich.

Ich wollte nicht gleich aufgeben.

Meine Sammlung ist eine holistische, sagte ich.

Seine Miene war ausdruckslos.

Ich sagte: *Holistisch* bedeutet *das Ganze betreffend*. Es baut auf der Idee, dass alles mit allem zusammenhängt. Jedes Objekt, wie wertlos es auch erscheinen mag, ist auf seine Art bemerkenswert und kann uns helfen, die Welt zu verstehen.

Selbst ein Stein?

Besonders ein Stein.

Jetzt lächelte er durch seinen dichten Bart.

Damit stehe ich in der Tradition von Humboldt, sagte ich.

Er wollte wissen, was ein Humboldt ist.

Der größte Wissenschaftler unserer Zeit!

Der größte Wissenschaftler unserer Zeit sammelt Unrat?

Das war mir dann allerdings doch zu viel, ich nahm mein Museum und ging.

Ich hatte noch etwas nicht bedacht: Um etwas Bemerkenswertes zu erkennen, braucht es nicht nur Hunger, sondern eine gewisse Schärfe im Blick.

Ich trug das Museum zum Papierzimmer. Die Wände, Böden, Regale und der Schreibtisch dort sind von so vielen Lagen Schriftrollen und Depeschen und Briefen überzogen, dass man meinen könnte, der Raum sei aus Papier gebaut. In ihm hält sich meist *der Herr der Existenz* auf. Das ist die Bedeutung von Hormazds Namen, die er niemandem vorenthält. Sie ist auch zutreffend, denn er ist für die Finanzen vom Glashaus verantwortlich. Im Gegensatz zu Smitaben oder Devinder kann Hormazd lesen und schreiben. Als Parsi wurde er schon im Mutterleib mit Zahlen und Buchstaben gefüttert. An guten Tagen liest mir Hormazd aus der *Bombay Times* vor, was in der Welt geschieht. An schlechten Tagen trinkt er zu viel Pale Ale und verbringt die Nacht im Papierzimmer, weil er eine, wie er stets sagt, *elaborierte Debatte* mit seiner Frau hatte. Nach solchen elaborierten Debatten hat er oftmals ein blaues Auge und trägt sein Topi schief auf dem Kopf. Smitaben hat mir erzählt, um welches Thema diese Debatten kreisen. Obwohl Hormazd die am wenigsten arme Person ist, die ich kenne (er lebt im Fort und nicht in Blacktown), fehlt es ihm doch wesentlich an einem: Nachkommen. Hormazd und seine Frau missen, was Devinder im Überschuss hat. Woran das liegt? An Hormazd, sagt seine Frau. An seiner Frau, sagt Hormazd. An seinem falschen Glauben, sagen Devinder und Smitaben. Die beiden teilen selten eine Meinung, aber in einem sind sie sich einig: Hormazd hätte längst Kinder gezeugt, wenn er als Hindu auf die Welt gekommen wäre. Ich sage, Hormazds Lösung befindet sich doch direkt vor ihm. Er arbeitet schließlich in einem Waisenheim. Auf diese Idee sind auch schon andere gekommen. Einige Kinder sind ausnehmend freundlich zu ihm, bringen ihm eine Chiku, stellen ihm Fragen zum Zoroastrismus, als würden sie sich dafür interessieren. Sie verstehen nicht, dass er niemals einen von uns adoptieren wird. Ein Parsi nimmt nur Parsis in seine Familie auf (falls es Parsi-Waisenkinder gibt; ich bin noch nie einem begegnet). Ein Hindu, Moslem oder Christ würde nicht anders handeln. Darin liegt das Problem von Indien, sagt Vater Fuchs, Tausende unterschiedliche Bausteine wollen nicht für dasselbe Gebäude verwendet werden. Dabei könnten sie gemeinsam einen Palast erschaffen!

Als ich die Tür zum Papierzimmer öffnete, entstand ein Luftzug und die vielen losen Seiten raschelten. So, stelle ich mir vor, muss der Herbst in Vater Fuchs' Heimat klingen. Eine Jahreszeit, die es bei uns nicht gibt. Wir haben immer Sommer. In Bombay wechselt der Hochsommer mit dem Monsun in einen Sommer, in dem es von unten und von oben regnet, bevor sich der Sommer gegen Jahresende ein wenig zurücknimmt, nur um bald darauf wieder mit aller Kraft zu brennen.

Im Papierzimmer ballte sich heiße Luft. Vor dem geöffneten Fenster hingen Tücher. Sie waren steif und trocken, Hormazd hatte sie lange nicht mehr in Wasser getaucht.

Ich stellte das Museum neben dem Schreibtisch ab, an dem er saß. Seine rot unterlaufenen Augen waren geöffnet, aber ich musste auch ihn wecken. Wenn er kalkuliert, verstopfen die Zahlen seinen Kopf.

Ich tippte ihm auf die Schulter.

Nicht jetzt, sagte er.

Aber das sagt er immer, es bedeutet: Gib dir mehr Mühe, damit ich weiß, dass du meine Zeit wert bist.

Hormazd Sir?

Hormazd Sir ist beschäftigt, sagte er.

Sein Atem roch nach Pale Ale, allerdings lallte er nicht und sein Blick war klar.

Sie sind doch ein gebildeter Mensch?, fragte ich.

Hormazd grunzte und legte die Zahlenkolonnen beiseite.

Der einzige gebildete Mensch weit und breit, sagte er. Was willst du?

Ich habe das erste Museum Indiens gegründet.

Hast du das?

Es heißt das Museum der Welt.

Und wo befindet sich dieses Museum mit dem bescheidenen Namen?

Ich zeigte es ihm.

Hormazd musterte es ausführlich.

Nach einer Weile sagte er: Das ganze Museum bist du. Es ist ein Bild, ohne ein Bild zu sein.

Ich nickte.

Aber, sagte er, warum sollte das auch nur einen Menschen interessieren?

Das British Museum, sagte ich.

Hormazd hob müde eine Augenbraue.

Das British Museum ist ein Museum in London, sagte ich.

Das weiß ich, sagte er ungeduldig.

Vater Fuchs war schon einmal dort, sagte ich.

Hormazd verdrehte die Augen. Natürlich, Vater Fuchs. Was hat er dir nun wieder für Ideen in den Kopf gesetzt! Hast du denn keine Freunde?

Ich habe Vater Fuchs.

Das ist nicht dasselbe.

Nein, es ist besser! Vater Fuchs sagt, das British Museum ist ein Tempel. Und er sagt, die Vickys ...

Vickys?, fragte er.

Die *Viktorianer*.

Du meinst Engländer?

Ja, die Vickys eben. Ihr Tempel erinnert sie daran, wer sie sind: Ein Volk, das den halben Globus beherrscht!

Ich glaube, das wissen sie auch ohne Tempel.

Vielleicht. Aber wir in Indien, wir brauchen einen.

Davon haben wir bereits viel zu viele.

Aber so einer fehlt uns! Wir wissen nicht, wer wir sind. Darum lassen wir uns von den Vickys sagen, wer wir sein sollen.

Sagt Vater Fuchs, sagte Hormazd.

Ja! Wenn wir frei sein wollen, müssen wir uns daran erinnern, wer wir sind. Wir brauchen alle ein Museum. Und das hier, ich deutete auf das Museum, das hier bin ich.

Nun presste Hormazd die Lippen aufeinander, nickte kurz, beugte sich wieder über seine Tabelle und suchte mit beiden Zeigefingern einen Weg durch das Zahlenlabyrinth.

Gefällt es Ihnen?, fragte ich.

Die Zeigefinger stoppten. Noch einmal wendete er sich mir zu.

Bartholomäus, wenn ich dir einen Rat geben darf: Du wirst niemals frei sein. Du bist eine Waise. Schlimmer noch, eine ambitionierte Waise! Wenn du nicht aufpasst, wird dein Leben eine Reihe von Enttäuschungen sein. Einer wie du gründet keine Museen. Einer wie du muss dankbar sein, wenn er nicht als Kind krepiert.

Ich nahm das Museum, dankte ihm für den Rat, der fast physisch wehtat, und machte mich auf den Weg zur Kapelle, um dort auf den Mann zu warten, der mir immer die besten Ideen in den Kopf setzt. Tagsüber hält Vater Fuchs sich meist in Blacktown auf. Trotz der Hitze, in der selbst die Fliegen nicht den Schatten verlassen, wandert er von Chawl zu Chawl und bietet den Bewohnern seine Hilfe an. Er ist ein großer Bewunderer von Hildegard von Bingen und sein Wissen in Kräuterheilkunde gilt als unübertroffen. Nur kann er es in Bombay kaum anwenden. Dazu fehlen ihm die Kräuter. Aber er interessiert sich für unsere Heilmethoden. Dafür wird ihm viel Respekt entgegengebracht. Die meisten Firengi, vor allem die Vickys, halten sich von Bazars fern. Sie glauben, indem sie ihre Diener schicken, können sie sich vor dem neutralsten Richter auf allen sieben Inseln schützen: Cholera. (Als würden Diener ihnen nur Einkäufe vom Bazar mitbringen!) Vater Fuchs dagegen empfindet große Freude, wenn er auf seinen Erkundungen in Blacktown ein Öl entdeckt, das Zahnfäule stoppt, oder ein Pulver, das die Verdauung fördert. Ich denke, Vater Fuchs wäre ein ausgezeichneter Forscher geworden. Wenn Gott ihn nicht vor der Wissenschaft entdeckt hätte.

Auf dem Korridor kamen mir die Anderen entgegen. Im Glashaus leben siebenundvierzig Waisen und ich kenne jeden einzelnen beim Namen, aber die Anderen als Bezeichnung für sie ist völlig ausreichend.

Wir kommen aus allen Himmelsrichtungen des Landes. Man sollte annehmen, dass wir uns deutlich voneinander unterscheiden. Aber ich habe gelernt, dass eine Waise oft wie jede andere Waise ist. Etwa reden sie alle nur mit mir, wenn es sein muss. Also im Prinzip nie. Mit der Ausnahme von Abenden, an denen wir Cricket spielen und sie mich anbrüllen. Sobald die Hitze sich ein wenig zurückzieht, es aber noch hell genug ist, um den Ball zu erkennen, finden wir uns auf der Esplanade zusammen und bilden zwei Gruppen. Ich werde immer als vorvorletztes Teammitglied gewählt. Nur der blinde Aloisius und der Linkshänder Francis, dem ausgerechnet sein linker Arm fehlt, sind noch weniger gefragt. Viel besser als diese beiden bin ich auch nicht.

Eigentlich sollte meine Flinkheit meine Unfähigkeit als Batsman ausgleichen. Nur gehorcht mir mein Körper in solchen Situationen nicht. Wenn ich antreten soll, weigern sich meine Beine, mich aufs Feld zu tragen, mein Kopf rastet ein und meine Arme hängen nutzlos von den Schultern. Am Ende verliert immer das Team, für das ich streite.

Allein die Mutprobe ist noch qualvoller!

In Bori Bunder befindet sich seit April die erste Bahnstation in ganz Asien. Die Vickys haben sie gebaut, für den Transport ihrer Waren und aufgeplusterten Gemüter. Die Mutprobe besteht darin, zwischen den Rädern und über die Gleise zu kriechen, sobald der Zug sich in Bewegung setzt. Selbst Francis ist das bereits gelungen (den Arm hat er vor seiner Zeit bei uns verloren). Ich kann das nicht. Jedes Mal, wenn ich mich den polternden, quietschenden, mit einem tiefen Basston summenden Riesen stelle, fährt alle Kraft aus mir und ich kann mich nicht rühren, weil ich weiß, was passieren wird, wenn ich mich rühre. Ich sehe es deutlich vor mir. Und ich sehe es nicht nur. In solchen Momenten spüre ich förmlich die Eisenräder durch meinen Leib schneiden wie durch Ghee.

Die Anderen nennen mich Bartholo-Maus, spucken in mein Dal oder träufeln mir, während ich schlafe, Zwiebelsaft in die Augen. Wenn ich will, dass sie mich in Ruhe lassen, muss ich ungesehen bleiben. Ich mache mich noch kleiner als ich bin, sitze im Unterricht in der letzten Reihe, belege im Schlafsaal das Bett unter der Dachschräge, an dem Fenster mit dem blitzartigen Riss, und vermeide es generell, sie anzusehen.

Lange Zeit wusste ich nicht, warum die Anderen so sind. Ich suchte in meinem Spiegelbild nach Antworten. Das war gar nicht so einfach. Auf die trüben Pfützen Bombays ist kein Verlass, sie zeichnen mich mal runder als Smitaben und mal mager wie ein Straßenkind aus Blacktown. Und das Meer gibt sich wenig Mühe, es skizziert bloß eine schattenhafte Wolke.

Der einzige Spiegel, der die Wahrheit sagt, befindet sich in Vater Fuchs' Zimmer. Er zeigt mir den kleinsten mindestens Zwölfjährigen, den ich kenne. Meine Hautfarbe wechselt mit den Jahreszeiten; im brennenden Sommer sehe ich aus wie ein Fischer aus Bandra und im Monsun-Sommer wie ein behüteter Bengali-Sohn, der selten das Haus verlässt. Vater Fuchs sagt, meine Augen sind bernsteinfarben. Ich habe noch nie einen Bernstein gesehen, aber das Licht darin soll ähnlich leuchten wie die Flaschen des Battliwala in der Abendsonne.

Je öfter und genauer ich mich betrachtete, desto klarer wurde mir, was die Anderen stört. Es hat nichts mit meinem Aussehen zu tun. Und doch findet sich die Antwort im Spiegel.

Vater Fuchs.

Als er mich einmal dabei ertappte, wie ich mich musterte, erinnerte er mich an das Schicksal von Narziss.

Darauf erwiderte ich neunmalklug, dass mein Vater gewiss kein Flussgott ist, sonst könnte ich ja schwimmen.

Das meiste, was ich weiß, habe ich von Vater Fuchs gelernt. Sogar meinen Namen hat er mir beigebracht (und gegeben). Vor mir gab es nur zwei Mal einen Bartholomäus in Indien. Der erste hat hier gepredigt. Er war ein Apostel, Jesus nannte ihn den Mann ohne Falschheit. Der zweite, Bartholomäus Ziegenbalg, hat im letzten Jahrhundert in der dänischen Kolonie Tranquebar gelebt. Vor ihm gab es noch nie einen deutschen Missionar in Indien. Er war auch eine Waise und ein bemerkenswerter Mensch. Die meisten Firengi zwingen uns, ihre Sprache zu lernen. Ziegenbalg aber hat seine Zunge Tamil gelehrt! Und er hat Schulen und ein Kinderheim aufgebaut. Ich trage seinen Namen mit Stolz. Auch wenn ich meine Götter seinem Gott vorziehe. Die Christen tun mir leid, dass sie nur einen haben. Das ist eine traurige Familie.

Manche der Missionare schimpfen mit mir, wenn ich solche

Gedanken mit ihnen teile. Vater Fuchs nicht. Er sagt, ich werde schon noch den Pfad der Erleuchtung finden. Wir sprechen immer auf Deutsch miteinander. Die Anderen, von denen es keiner so gut wie ich beherrscht, sagen, dass ich deshalb wie ein alter Mann rede. Aber ich will ja auch gar nicht wie ein Kind reden. Nach dem Unterricht, wenn die Anderen nach draußen rennen, als stünde die Schule in Flammen, bleibe ich noch eine Weile und unterhalte mich mit Vater Fuchs. Er schenkt mir viele sonderbare Worte, manchmal sogar welche auf Bairisch. Das spricht man dort, wo Vater Fuchs herkommt. Wenn er von Bayern erzählt, klingt er traurig und froh. Er sagt, seine Heimat ist ein Land ohne Meer und Mangos, und seine Leute sind den Punjabis ähnlich: ehrenvoll und selbstbewusst und herzlich, allerdings mit deutlich weniger Haar gesegnet.

Das beschreibt auch Vater Fuchs ziemlich gut. Noch dazu besitzt er ein Lächeln, das nie aus seinem Gesicht weicht. Ich muss bloß daran denken und schon macht es mir nichts aus, dass ich bei der Mutprobe versteinere. Sein Lächeln ist wie Smitabens Kochkünste. Wenn man zu lange nichts davon bekommt, wird man schwach, müde, traurig, wütend. Vater Fuchs' Lächeln ist nicht breit und nicht einmal bemerkenswert schön. Aber es ist ein ehrliches Lächeln, es spendet mehr Hoffnung als ein Nickerchen im Schatten des Feigenbaums.

Dieses Lächeln schenkt er mir oft, im Spiegel und auch so.

Den Anderen entgeht das nicht.

Als ich das Papierzimmer verließ und ihnen im Korridor begegnete, drückte ich mich wie ein Gecko gegen die Wand und versuchte, mit ihr zu verschmelzen. Aber das Museum erregte ihre Aufmerksamkeit. Sie bildeten einen Halbkreis um mich.

Ein Anderer fragte, was ich bei mir hätte.

Unrat, sagte ich und wich ihrem Blick aus. Sie durften nicht erfahren, dass ich etwas besaß. Sonst würden sie es mir wegnehmen.

Lügner!, rief ein Anderer.

Noch ein Anderer sagte: Devinder hat erzählt, das soll ein Museum sein, das erste von ganz Indien!

Alle Anderen lachten. Sie nahmen das Museum und zerbrachen die Objekte. Ich konnte sie nicht davon abhalten. Mein Körper gehorchte mir nicht. Nachdem sie das meiste zerstört hatten, schienen sie gelangweilt. Sie wendeten sich ab.

Da sah einer von ihnen, dass ich mich daranmachte, die Reste des Museums wegzutragen. Sie folgten mir nach draußen. Ich lief davon. Eigentlich bin ich schneller als sie. Aber das Museum war zu schwer. Sie holten mich ein, rissen es mir aus den Armen und traten darauf ein. Wieder konnte ich nichts dagegen tun. Ein Anderer brachte eine heiße Kohle, die er dem Istry-Wallah geklaut hatte. Damit zündete er ein paar trockene Champablätter an und warf sie ins Museum. Es begann sofort zu brennen. Die Anderen warteten auf meine Reaktion. Sie sahen mich hungrig an. Ich konzentrierte mich darauf, keine Träne aus meinen Augen zu lassen. Es dauerte nicht lange, bis sie mich allein ließen. Trotzdem löschte ich das Feuer nicht. Ich wusste, die Anderen würden es sofort wieder entfachen. Das Museum der Welt zerfiel vor mir in seine kleinsten Teile. Der Rauch schmeckte scharf.

Als Vater Fuchs zu mir kam, war die Sonne längst untergegangen und die Abendmesse vorüber. Die Anderen hatten sich gewaschen und lagen, gefüllt mit Smitabens Pav Bhaji*, in ihren Betten.

---

* Smitaben besteht darauf, dass sie es erfunden hat. Auch wenn es mittlerweile in jeder, wie sie sagt, *armseligen* Küche in Bombay imitiert wird.

Ich saß noch immer vor der Asche, die kalt und grau war wie alte Vogelkacke.

Vater Fuchs kündigte sich durch sein keuchendes Husten an. Das Husten von Vater Fuchs ist eines der vorzüglichsten Geräusche Bombays. Wenn er hustet, lassen mich die Anderen in Ruhe. Wenn er hustet, kann ich gut einschlafen und schnell aufwachen. Wenn er hustet, weiß ich, dass ich bald wieder ein bisschen mehr wissen werde.

Er blieb neben mir stehen und hielt sein bayerisches Taschentuch vor seinen Mund. Es ist mit roten Rosen bestickt. Ich habe noch nie so vollkommene Rosen gesehen. Die Rosen auf den Bazars in Blacktown gleichen verschrumpelten Korallen. Allein die auf Vater Fuchs' Taschentuch verwelken nie. Sie blühen sogar frisch von seinem Blut, wenn er hustet. Das ist gut, so kommt alles raus, sagt Vater Fuchs. Aber Smitaben sagt, das kann nicht gut sein, so viel sollte nicht rauskommen.

Er fragte, was passiert sei.

Ich habe ein Museum gegründet, sagte ich, wie wir besprochen haben.

Er wollte wissen, wo.

Ich deutete auf die Asche.

Ein Moment verstrich. Ich war ihm dankbar, dass er nicht fragte, wie dieser Haufen mein Museum sein konnte.

Das ist das erste Museum Indiens, sagte er.

Das war das erste Museum Indiens, sagte ich.

Er bat um eine Führung.

Es ist verbrannt, sagte ich.

Aber nicht in deinem Kopf, richtig? Was in deinem Kopf ist, können sie nicht verbrennen.

Nein, sagte ich, können sie nicht.

Dann mach, dass ich es sehen kann, sagte er und schloss die Augen, führe mich durch dein Museum.

Ich zögerte.

Ich warte, sagte er.

Also begann ich mit dem Handvo.

Es war, sagte ich und Vater Fuchs sagte: Es ist.

Es ist, sagte ich, Glück, das man essen kann; aber wie man dieses aus Ghee, Dal, Masala und Geduld herstellt, das Geheimnis kennt nur eine bäuerliche Maasi aus Gujarat.

Dann war ... ist da eine Tiffindose. Aber nicht irgendeine Tiffindose! In ihr wird schon lange keine Mahlzeit mehr aufbewahrt; dieses Exemplar hat ein fauler oder müder Gärtner im Monsun verlegt, sodass sie von einer dicken Rostschicht ummantelt ist und niemals wieder geöffnet werden kann; und doch füttert sie jeden, der sie schüttelt, mit etwas, nämlich mit Hoffnung; denn in ihr klackt und klickt es ganz herrlich.

Dann ist da eine Schriftrolle; dank Bombays Luft ist sie so geschmeidig wie ein Algenblatt; sie riecht nach Pale Ale und die Tintenzahlenfamilie darauf ist verschwommen; wenn man sie aber lange genug betrachtet, kann man fast alles darin erkennen, was man sich wünscht, Kinder, Eltern, Reichtum, ein Museum.

Dann sind da einige kleinere und ganz kleine Gegenstände, die ich von der Straße aufgesammelt habe; sie wurden weggeworfen oder vergessen, wie Waisenkinder; welchem Zweck sie dienen, ist schwer zu bestimmen; aber sie haben ein Recht auf einen Platz im Museum wie alle anderen Objekte.

Dann ist da ein hölzernes Kreuz, das mir geschenkt wurde, als ich vom Glashaus aufgenommen wurde; es erinnert mich jeden Tag daran, wo ich zu Hause bin und von wem ich so viel lerne.

Und dann, dann ist da noch ein leerer Platz; dort würde etwas sein, wenn die Vickys nicht nach Indien gekommen und meine Eltern noch am Leben wären.

Nachdem ich fertig war, rührte Vater Fuchs sich lange nicht, als wäre er ich bei der Mutprobe. Dann öffnete er die Augen und applaudierte. So laut und lang klatschte er in die Hände, dass die Anderen aus dem Fenster sahen und mit ihren Blicken nach mir stachen.

Ich gratuliere, sagte Vater Fuchs, dein ganzes Museum ist ein bemerkenswertes Objekt!

Er lief ins Heim und holte eine Mango, unsere Lieblingsfrucht. Eigentlich ist die Saison schon lange vorüber, aber in Mazagaon, wo die süßesten Mangos des Landes herkommen, hatte Vater Fuchs ein paar letzte auftreiben können. Er schnitt sie mit einem Messer in zwei Hälften, entnahm den Kern und legte ihn fast zärtlich beiseite. Als Nächstes ritzte er ein Gittermuster in das Fruchtfleisch jeder Hälfte, stülpte sie um und reichte mir eine. Gleichzeitig bissen wir rein, schlürften und kauten. Saft lief über mein Kinn. Eine reife Mango schmeckt so gut wie Vater Fuchs' Husten sich anhört.

Nachdem wir die letzten Reste aus der Schale genagt und unsere Finger abgeleckt hatten, fragte er: Wie heißt das Museum?

Ich sagte es ihm.

Er sah zum Nachthimmel, der Mond war so weiß und rund wie ein frisches Idli.

Eine gute Namenswahl, sagte er, und doch ... fehlt da nicht etwas?

Was?, fragte ich.

Vater Fuchs lächelte, wie er lächelt, wenn er mir eine Idee in den Kopf setzt.

Was?, fragte ich noch einmal.

Er schlug mir einen Handel vor: Wenn ich umgehend ins Bett ginge, würde er mir dafür noch vor dem Frühstück den perfekten Namen verraten.

Darüber musste ich nicht lange nachdenken.

Jetzt liege ich im Schlafsaal und wünsche mir den Morgen herbei.

Schreiben hilft. So bewegt sich die Zeit schneller. Vater Fuchs hat mir ein Büchlein geschenkt. Er sagt, das ist der beste Ort für mein Museum. Darin kann ich alles sammeln, was ich möchte, die teuersten und schwersten und gefährlichsten Objekte des Kontinents, und selbst Unsichtbares wie Gefühle, Träume oder Erinnerungen. Wenn ich mich anstrenge, mir wirklich Mühe gebe, sagt Vater Fuchs, kann es sogar ein Museum für alle Indier sein. Die Seiten sind weißer als der Mond heute Nacht, ich werde sie füllen wie ein richtiger Forscher, mit vielen bemerkenswerten Objekten.

No. 1 ist das Museum der Welt.

Draußen auf den Fluren hallt das Echo von Vater Fuchs' Husten. Ich höre es deutlich, obwohl die Anderen lärmen. Bartholo-Maus, rufen sie immer wieder, Bartholo-Maus!

Aber das schert mich nicht.

Mein Name ist Bartholomäus, ich bin mindestens zwölf Jahre alt und heute, am 20. Oktober 1854, habe ich das erste Museum Indiens gegründet.

BEMERKENSWERTES OBJEKT NO. 2

Die Bambusrute

Am Morgen nach meinem ersten Eintrag musste ich auch als Erster im Schlafsaal aus dem Bett springen. An anderen Tagen hätte ich versucht, die Nacht mit geschlossenen Augen festzuhalten. Nicht an diesem Tag. Ich spürte mehr und mehr Hoffnung in mir, als würde ich sie einatmen.

Ich schlüpfte in meine Kurta, die nach verkohltem Museum roch, und lief aus dem Schlafsaal.

Vater Holbein, der uns beaufsichtigte, rief meinen Namen. Erst drohend, dann zornig. Er betonte jede Silbe, sodass es sich fast anhörte, als würde er ein Gebetslied anstimmen.

Bar-tho-lo-mä-us!

Dabei hob er seine Bambusrute, die er stets bei sich trägt. Sie ist die Verlängerung seiner Hände. Selbst die stärksten Anderen widersetzen sich ihm nicht. Seine Rute kennt jede empfindliche Stelle an unseren Körpern.

Trotzdem blieb ich nicht stehen.

Ich war mir bewusst, das würde Konsequenzen nach sich ziehen. Fünf Hiebe, mindestens.

Aber das war mir ein perfekter Name wert.

Auf dem Flur vor Vater Fuchs' Zimmer bremste ich ab, schnappte nach Luft und klopfte an.

Er antwortete nicht.

Ich versuchte es noch einmal. Erst da fiel mir auf: Etwas war anders als sonst. Ich horchte. In der Ferne kündigten zwei Kanonenschüsse das wöchentliche Eintreffen des Postschiffes an; ein Makake fläzte sich auf einem Balken über mir; am Haupteingang stritten der Sabzi-Wallah und Smitaben über faule oder reife Amruts; und Vater Holbein näherte sich in seinen Chappals mit schlurfenden Schritten.

Ein gewöhnlicher Morgen im Glashaus also. Bis auf ...

Das Husten. Es fehlte. Hatte Vater Fuchs unseren Handel vergessen und war bereits nach Blacktown aufgebrochen?

Ich schob die Tür zu seinem Zimmer auf.

Er war nicht da. Um sicherzugehen, sah ich sogar im Spiegel nach.

Mit einem Mal war Vater Holbein über mir. Mit Daumen und Zeigefinger packte er die Haut unter meinem Kinn und zog mich hinter sich her. Ich unterdrückte den Schmerz und fragte nach Vater Fuchs. Er schwieg. Was mich nicht wunderte. Vater Holbein spricht vorzugsweise mit seiner Rute.

Im Schlafsaal ließ er los und befahl mir, meine Kurta auszuziehen.

Ich gehorchte.

Auf alle Viere, sagte er. Seine Stimme klang nicht hart, eher anweisend, als wolle er mir helfen.

Mit den Händen suchte ich Halt im Steinboden und achtete darauf, dass meine Knie nicht auf einer spitzen Stelle ruhten. Dann machte ich, wie er wünschte, einen Buckel, damit die Haut an meinem Rücken spannte.

Vater Holbein schlug mich nicht sofort. Zuerst wartete er, bis im Schlafsaal Ruhe eingekehrt war. Aus den Augenwinkeln konnte ich die nackten, schmutzigen Füße der Anderen sehen. Es war mir recht so. Wenigstens musste ich nicht ihre Blicke aushalten.

Der erste Hieb fühlte sich an, als würde er einen Schnitt mit einem scharfen Messer machen. Mit jedem weiteren Hieb drang der Schmerz tiefer in meinen Rücken ein und floss wie kochend heißes Wasser in alle Richtungen. Ich konzentrierte mich darauf, die Hiebe zu zählen. Aber Vater Holbein schlug nicht in einem regelmäßigen Takt. Er komponierte seine Schläge eigenwillig, setzte Pausen, die einige Sekunden oder eine Minute lang andauern konnten. Die Plötzlichkeit des Schmerzes war Teil seiner Bestrafung.

Ich kam mit dem Zählen durcheinander. Jedes Mal, wenn ich dachte, er sei fertig, schlug er erneut zu. Erst als ich aufgab und mit vielen weiteren Hieben rechnete, trat Vater Holbein einen Schritt zurück. Niemand im Schlafsaal rührte sich. Mein Schnaufen war das einzige Geräusch.

Vater Holbein trug mir auf, mich zu waschen, und wendete sich wieder den Anderen zu.

Ich erhob mich langsam. Jede Bewegung war noch ein Hieb. Langsam kehrten die Stimmen der Anderen zurück.

Als ich Wasser über meinen Rücken laufen ließ, kam es rosa bei meinen Füßen an. Vater Fuchs wird die Wunden mit einer Heilsalbe behandeln, dachte ich, ich dachte: sobald er zurück ist, kümmert er sich um mich.

Im Speisesaal bekam ich kein Frühstück. Vater Holbeins Bestrafung war noch nicht zu Ende. Ich musste in der Ecke stehen und den Anderen beim Essen zusehen. Manche von ihnen leckten das Khichri absichtlich langsam von ihren Fingern. Ich atmete den Duft ein und sagte mir, dass ich davon satt werden würde. Mein Rücken brannte, als hätte ich mich in eine von Smitabens großen, heißen Pfannen gelegt.

Vater Fuchs fehlte am Tisch der Erwachsenen.

Nach der Morgenmesse ging ich zu Smitaben und fragte sie nach Vater Fuchs. Sie sah sich erschrocken um und schob mich mit beiden Händen aus der Küche. Die Glöckchen an ihren Füßen bimmelten aufgeregt.

Vater Holbein hatte ihr Instruktionen erteilt. Er wusste, wie gut ich mich mit ihr verstehe, nämlich in einer Sprache, die er nicht ansatzweise beherrscht.

Im Garten hackte Devinder ungewohnt eifrig auf die Erde im Gemüsebeet ein. Schweißtropfen hingen wie glitzernde Steinchen in seinem Bart. Ich fragte ihn, ob er mir etwas über Vater Fuchs' Verbleib verraten könne. Er tat so, als würde er mich nicht verstehen. Ich versuchte es auf Hindi und Punjabi und mit Zeichensprache: Ich deutete auf das Fenster von Vater Fuchs' Zimmer. Aber Devinder grub einfach weiter die sandige Erde um.

Die Tür zum Papierzimmer stand offen. Hormazd hatte den Blick zu Boden gerichtet und stakste durchs Zimmer, ähnlich einem Storch. Als er fand, was er suchte, schnappte er zu und das Papier zappelte in seinen Händen wie ein unglücklicher Fisch.

Bevor ich etwas sagen konnte, schüttelte er den Kopf und ahmte mit einer Hand jemanden nach, der mit einer Rute zuschlägt.

Ich verließ das Zimmer.

Auf dem Korridor hörte ich ein Räuspern hinter mir. Es war Hormazd. Er presste den Zeigefinger auf seine rissigen Lippen und hielt mir einen Zettel hin. Darauf stand: *Der Herr der Existenz lässt sich nichts von einem HOHLbein sagen.* Er reichte mir ein weißes Tuch, das zu einem Beutel geschnürt war. Darin befanden sich Mutton Tikkas. Ich mag Hammelfleisch nicht besonders, aber dieses duftete wie eine köstliche Fleischpflanze. Ich steckte mir ein Stück in den Mund. Es schmeckte buttrig und scharf. Ich schluckte es fast ohne Kauen herunter. Hormazd krümmte seine Lippen. (Im Lächeln ist er nicht sehr geübt.)

Ich beeilte mich, damit ich nicht zu spät zum Unterricht erschien. Vorher wollte ich noch die Tikkas hinter dem Gartenschuppen verschlingen.

Aber dazu kam es nicht. Als ich durch den Eingang rannte, blieb mein Fuß an etwas hängen und ich fiel auf die Treppenstufen. Die Wucht des Aufpralls wurde von meiner Schulter abgefangen, und doch fühlte sich mein Rücken an, als würde etwas in ihm reißen. Ein paar Andere lachten, sie hatten eine Stolperschnur gespannt.

Einer von ihnen fragte, was in dem Beutel sei.

Ein Anderer rief: Ein Museum!

Das fanden sie alle sehr komisch.

Sie nahmen mir den Beutel weg, öffneten ihn und sahen mich an, erstaunt darüber, wie ich an die Tikkas gekommen war, aber bestimmt auch darüber, was für ein Geschenk ich ihnen damit machte.

Zuerst stopften sie sich die Mäuler voll. Dann riefen sie Vater Holbein.

Seitdem sind fünf Tage vergangen. Heute ist der erste Tag, an dem ich mich stark genug fühle, um zu schreiben. Aufstehen kann ich noch immer nicht. Vater Holbein hat diesmal meine Füße und Kniekehlen gewählt.

Morgens und abends wechselt Smitaben die Verbände. Dabei beugt sie sich absichtlich so über mich, dass ich die Wunden nicht sehen kann. Aber ich weiß trotzdem, dass sie da sind. Und wie ich das weiß! Der Schmerz erinnert mich daran. Ich versuche, flach zu atmen und mich wenig zu rühren, damit er klein bleibt. Manchmal, wenn Smitaben zu mir kommt, muss ich weinen, auch wenn ich gar nicht weinen möchte. Sie sieht mich dann an, als würde sie etwas Freundliches sagen wollen.

Aber es ist niemandem erlaubt, mit mir zu reden.

Außerdem hat Vater Holbein eine Kreidelinie um mein Bett gezogen. Diese dürfen allein zwei Personen überqueren: Smitaben und er. Wenn ich ihn frage, wo Vater Fuchs ist, hebt er die Rute. Sie glänzt noch immer, als würde er sie nie verwenden.

Das mag ich an Bambus. Selbst wenn man ihn abschneidet oder entwurzelt oder biegt, lebt er lange und stolz weiter. Will ich herausfinden, was mit Vater Fuchs geschehen ist, muss ich so stark wie Bambus sein.

BEMERKENSWERTES OBJEKT NO. 3

Das bayerische Taschentuch

Heute sind drei weiße Männer ins Waisenheim gekommen. Aber keiner von ihnen war Vater Fuchs. Sie ließen sich von Vater Holbein herumführen. Er zeigte ihnen die Küche und das Papierzimmer, die Schule, den Garten und die Kapelle. Ich bin ihnen heimlich gefolgt. (Seit einigen Tagen kann ich wieder gehen, wobei ich den Kreidestrich eigentlich nur für einen Gang zur Latrine überqueren darf.) Damit Vater Holbein mich nicht bemerkte, hielt ich Abstand. Deshalb konnte ich nicht hören, worüber sie sprachen.

Vater Holbein stellte die Männer auch Smitaben, Devinder und Hormazd vor. Sie redeten aber nur mit Hormazd. Ich vermute, weil er als Einziger Englisch beherrscht. Vater Holbein fuchtelte die ganze Zeit mit seiner Rute herum. Das hielt die Anderen fern. Auch wenn sie sich hinter Hecken und Türen scharten, um die Besucher zu beobachten.

Selbstverständlich war ihre Garderobe außerordentlich hässlich und unnütz; Hosen und Hemden und eine Vielzahl an Knöpfen schnürten ihre Körper ein, sodass kaum Luft an ihre Haut reichen konnte. Ihre Köpfe waren fast so rot wie Smitabens Bindi.

Aber diese Männer boten selbst für Firengi einen ungewöhnlichen Anblick. Vor allem drei Dinge fielen mir auf:

1. Ihre Art zu gehen. Sie machten große Schritte, als müssten sie möglichst schnell möglichst viel Distanz zurücklegen. Ein Bombayite ist da vorsichtiger; er setzt die Füße dicht hintereinander, da er sich bewusst ist, dass ein achtloser Schritt ihn an einen unangenehmen Ort bringen kann. Zudem erinnerten mich die Schritte der Männer an die Schritte, die Devinder macht, wenn er eine Gartenfläche ausmisst.
2. Ihre Gesichter. Sie sahen aus wie drei Versionen desselben Mannes. Der jüngste von ihnen trug einen Hut mit breiter Krempe und hatte abstehende, spitze Ohren wie eine Fledermaus. Er war nicht viel älter als ich. Seinen Blick kann ich nicht anders beschreiben als nach innen gekehrt. Seine etwas reifere Ausführung, der mittlere Mann, ließ den Blick dagegen lustig umherschweifen und blähte seine fetten Backen beim Atmen. Der älteste wiederum kultivierte ein Haarbüschel auf seiner Oberlippe, das wie ein nervöses Tierchen zappelte, wenn er redete. Und er redete viel!
3. Ihre Wirkung auf Vater Holbein. In Anwesenheit der Männer schwang er die Rute durch die Luft als wäre sie kein gefürchtetes Instrument, sondern ein Pinsel, mit dem er lustige Bilder malte. Er stolperte mehrmals in seinen Chappals, weil er beim Gehen auf die Männer achtete und nicht auf den Boden. Und er übte sich in zahlreichen Formen des Lächelns: aufmerksam, erfreut, hoffnungsvoll, lieb. Ich habe nicht gewusst, dass Vater Holbein so lächeln kann.

Als er die Männer in den Schlafsaal führte, war ich bereits vorausgeeilt und lag wieder in meinem Bett. Sie steuerten direkt auf mich zu.

Das ist er?, fragte Haarbüschel.

Vater Holbein nickte.

Er ist sehr klein, sagte Pausbacke.

Fledermaus trat näher und musterte mich.
Sag etwas, verlangte Vater Holbein.
In welcher Sprache?, fragte ich auf Deutsch.
Vater Holbein lachte und richtete die Rute auf mich.
Sehen Sie?, sagte er zu den Männern.
Wie vieler Sprachen bist du mächtig?, fragte Haarbüschel.
Warum wollen Sie das wissen?, fragte ich.
Vater Holbein legte seine Rute auf meine Schulter.
Antworte, sagte er.
Ich beherrsche Hindi und Englisch und Deutsch und Gujarati und Punjabi und Marathi. Mein Persisch lässt zu wünschen übrig. Aber dafür lerne ich derzeit Bairisch.
Bairisch!, platzte es aus Pausbacke.
Wir sind aus Bayern, sagte Haarbüschel.
Kennen Sie Vater Fuchs?, fragte ich.
Wir waren mit ihm in Kontakt.
Wissen Sie, wo er ist?
Nein, sagte er, leider nicht.
Sag etwas auf Bairisch, verlangte Pausbacke.
Ich sagte: Kruzifix.
Haarbüschel schlug die Hände zusammen.
Sehr ordentlich!, rief er.
Fledermaus schmunzelte.
Pausbacke verengte seine Augen.
Ich bin nicht überzeugt, sagte er.
Wir können ihn erproben, sagte Haarbüschel.
Eine ausgezeichnete Idee!, sagte Vater Holbein. Wollen Sie ihn gleich mitnehmen?
Haarbüschel sah seine jüngeren Versionen an. Sie nickten.
Warum nicht, sagte er.
Dann ist es beschlossen, sagte Vater Holbein und deutete mit der Rute auf meine Nasenspitze. Wasch dich und zieh dich an!

Wohin gehen wir?, fragte ich.

Das wirst du früh genug sehen, sagte Pausbacke.

Du solltest froh sein, sagte Vater Holbein, dass du diesen Herren dienen darfst.

Ich bin kein Diener, sagte ich.

Pausbacke wollte etwas erwidern, aber Haarbüschel kam ihm zuvor.

Wer bist du denn?, fragte er.

Ich bin Bartholomäus, sagte ich.

Einer der zwölf Apostel, sagte er.

Ich weiß, sagte ich.

Hermann Schlagintweit, sagte er und reichte mir seine Hand.

Ich schüttelte sie und drückte dabei fest zu, damit er meine Stärke spürte.

Die Hand von Hermann Schlagintweit war rauer als die von Devinder. Ungewöhnlich für einen Firengi. Er deutete erst auf Pausbacke, dann auf Fledermaus.

Das sind Adolph und Robert Schlagintweit, sagte er, meine Brüder. Wir befinden uns auf einer Forschungsreise.

Sie sind Forscher?! Was erforschen Sie?

Hermann, sagte Pausbacken-Adolph, das Essen wartet.

Richtig, sagte Hermann, aber warum begleitest du uns nicht?

Er hat schon gegessen, sagte Vater Holbein und schob die Brüder in Richtung Ausgang.

Ich könnte noch etwas vertragen, sagte ich.

Vater Holbeins Hand spannte sich um seine Rute. Aber Hermann hatte bereits einen Arm um mich gelegt und begann zu reden.

Damit hat er den ganzen Abend über nicht aufgehört. So erfuhr ich, dass die Brüder drei Jahre lang durch Indien sowie Hochasien reisen und in dieser Zeit wissenschaftliche Untersuchungen durchführen wollen. Zunächst werden sie sich jedoch einige Wochen in Bombay aufhalten, um die Stadt zu studieren und ihre Expedition vorzubereiten.

Wir saßen im Speisesaal am Tisch der Erwachsenen, wo niemals zuvor ein Kind gesessen hat. Ich konnte die Anderen nicht sehen, aber ich spürte, dass sie uns beobachteten. Smitaben tischte ausreichend Gerichte für eine komplette Schiffsbesatzung auf. Ich stopfte mich mit Handvo voll, während Hermann uns mit Wörtern vollstopfte. Es war, als müsste er all die Wörter verbrauchen, die Robert sparte. Der schwieg weiterhin. (Vielleicht besitzt er keine Stimme.) Adolph dagegen schmatzte mehr, als dass er sprach. Und Vater Holbein pustete ausgiebig auf jeden Löffel Dal, bevor er ihn zum Mund führte. In all den Jahren bei uns hat er noch immer nicht begriffen, dass Dal nur dann schmeckt, wenn man es dampfend heiß genießt.

Hermann erzählte, dass er und seine Brüder bereits Unterricht in Hindi nahmen ... genommen hatten. Bei einem Moslem, den Adolph als Muselmann und Hermann als Munschi bezeichnete. Mit ihm hatten sie ein, ihrer Ansicht nach, *höher als notwendiges Honorar* vereinbart. Wie hoch, verrieten sie nicht. Ich vermute also: nicht besonders hoch. Als es zur Bezahlung kam, verlangte der Munschi plötzlich für jeden einzelnen von ihnen die ausgemachte Summe. (Natürlich!, echauffierte sich Vater Holbein an dieser Stelle.) Die Brüder weigerten sich. Vehement!, betonte Hermann. Am Tag darauf, als sie von einer Messung des Grundwassers zurückkehrten, erlebten sie eine, wie er es nannte, *indische Sonderbarkeit*: ihnen wurde von einem Chaprasi eine gerichtliche Vorladung ausgehändigt. Der Munschi hatte sie verklagt und sie mussten vor dem Court of Petty Sessions erscheinen. Diese werden, obwohl in Bombay sehr viel mehr Indier als Firengi leben, abwechselnd von einem Europäer und einem einheimischen Richter abgehalten. Dabei sollte, wenn man mich fragt, nur jeder vierte oder fünfte Richter europäisch sein. Die Firengi können sich glücklich schätzen, dass sie überhaupt Richter in unserem Land haben. Sitzen denn indische Richter in London? Die Brüder jedenfalls traf das Los eines Parsis. (Natürlich!, wieder Vater Holbein.) Aber zu ihrer Überraschung wurden sie dennoch freigesprochen. (Natürlich!, hätte ich beinahe gerufen. *Wir* sind nicht so voreingenommen wie *die* – und außerdem haben Parsis bekanntermaßen eine Schwäche für den Westen.)

Diese Erfahrung, sagte Hermann, hat uns zu der Einsicht gebracht, dass es wohl ratsam ist, keine schlitzohrigen Lehrer sondern besser einen brillanten Übersetzer anzuheuern.

Zum ersten Mal verstummte er und sah mich an. Von seinem Haarbüschel tropfte Lassi wie Farbe von einem Pinsel.

Wie alt bist du?, fragte er.

Mindestens zwölf Jahre, sagte ich.

Nicht sehr alt.

Alt genug, sagte Adolph, in seinem Alter sind wir alleine in den Alpen gekraxelt!

Nicht ganz allein, sagte Hermann.

Das wäre er ja auch nicht, erwiderte Adolph.

Die beiden starrten einander an wie es manchmal Vater Fuchs und Vater Holbein tun, wenn der eine lächeln und der andere seine Rute benutzen will.

Es wurde still im Speisesaal.

Ich nutzte die Gelegenheit und teilte ihnen mit, dass ich ihnen nicht behilflich sein könne.

Vater Holbein legte seinen Löffel beiseite und ergriff das Besteck daneben, seine Rute: Du wirst tun, was sie von dir verlangen.

Das kann ich nicht, sagte ich und fragte mich, welche Stelle meines Körpers dafür Bekanntschaft mit der Rute machen würde.

Adolph lachte auf: Bist ein ganz schöner Hund!

Ich bin kein Hund, sagte ich.

Das ist bloß eine Redewendung, sagte Hermann.

Was bedeutet sie?, fragte ich.

Dass man dir nicht trauen kann, sagte Adolph und wendete sich an seinen Bruder: Lass es sein, Hermann. Vergiss nicht, der Junge wurde von Jesuiten erzogen!

Ich muss doch sehr bitten, sagte Vater Holbein.

Adolph achtete nicht auf ihn und redete weiter: Was sollen wir mit einem wie ihm anfangen? Er wird uns nur in Schwierigkeiten bringen.

Hermann leckte seine Finger ab. (Ich war angetan, dass er sich bemüht hatte, mit den Händen zu essen.)

Wirst du uns in Schwierigkeiten bringen?, fragte er mich.

Drei Brüder und ein Vater warteten auf meine Antwort.

Höchstwahrscheinlich, sagte ich.

Vater Holbein schnappte nach Luft, Adolph lachte in sich hinein und Robert zog seinen Hut tiefer ins Gesicht.

Er kommt mit, sagte Hermann zu Vater Holbein.

Adolph sagte: Hermann!

Hermann sagte: Adolph.

Vater Holbein sagte: Großartig!

Robert sagte nichts.

Und ich sagte: Das geht nicht! Ich muss hier sein, wenn Vater Fuchs zurückkommt!

Nur ein paar Tage, sagte Hermann, allenfalls einige Wochen.

Wochen!, rief ich.

Sei froh, sagte Vater Holbein zu mir, du wirst Bombay von einer Seite kennenlernen, die du noch nie gesehen hast.

Dann schickten sie mich, meine Sachen holen.

Im Schlafsaal stopfte ich mein Notizbuch und die zweite Kurta, die ich besaß, in einen Beutel.

Ein Anderer fragte: Sie nehmen dich mit?

Er klang verwirrt. So etwas war noch nie vorgekommen. Viele Andere beobachteten mich skeptisch aus ihren Betten.

Auf dem Weg zurück zum Speisesaal machte ich in Vater Fuchs' Zimmer halt. Ich trennte eine Seite aus dem Notizbuch und schrieb:

Lieber Vater Fuchs,
Sie müssen mir helfen. Die Gebrüder Schlagintweit
haben mich geholt.
Bartholomäus

Als ich die Seite ans obere Ende seiner Matratze klemmte, sah ich es. Unter dem Bett lag das bayerische Taschentuch mit den roten Rosen. Ich nahm es, befreite es von Staub und steckte es ein.

Heute ist meine erste Nacht in Bombay, die ich nicht im Glashaus verbringe. Aber vielleicht ist das gut so. Vater Fuchs würde sein Taschentuch niemals ohne triftigen Grund zurücklassen. Er hat es absichtlich dort platziert, als geheime Botschaft an mich. Etwas ist ihm zugestoßen. Er will, dass ich nach ihm suche. Vater Fuchs muss irgendwo in Bombay sein. Und ich werde ihn finden.

BEMERKENSWERTE OBJEKTE
NO. 4 & 5 & 6 & 7 & 8 & 9 & 10

Keine richtige Diya
Blasenfreies Eis
Der Bammelo-Fisch
Die Bildermaschine
Der Geschmack von Nacktheit
Die Insel der Götter
Eine Khana

Ich werde Vater Fuchs niemals finden! Der November, der schönste Monat in einem Bombay-Jahr, ist verstrichen, und auch wenn er mich mit kühler aber nicht kalter Brise gestreichelt und mit warmer aber nicht heißer Luft in den Schlaf gewogen, mich mit meinem ersten Eis gefüttert und mir eine Bildermaschine gezeigt hat, und auch wenn er mich sogar auf einem Boot hat reiten und mich Nacktheit hat schmecken und mich fast hat fliegen lassen, kann ich ihm nicht verzeihen. Von jetzt an werde ich ihn den schlimmsten Monat des Jahres nennen.

Er begann damit, dass ich bei den Schlagintweits einzog. Ich wollte ihnen nicht dienen. Aber zurück ins Glashaus konnte ich nicht und die Brüder stellten die beste aller Chancen dar, Vater Fuchs zu finden. Sie bekunden andauernd, dass sie an allen Niederungen und Höhen Indiens interessiert sind. Das machte mir eine, wie ich jetzt weiß, dämonische Hoffnung. In Bombay kennt man immer jemanden, der jemanden kennt, der jemanden kennt. Jeder Bombayite schleppt ein unsichtbares Netz hinter sich her, in dem sich große Fische aus dem Fort und kümmerliche Fische aus Blacktown verfangen. An der Seite der Schlagintweits würde ich früher oder später über Vater Fuchs' Netz stolpern, dachte ich.

Leider ist im Durchschnitt nur jeder vierte Bayer angenehm. Das lernte ich in meiner Zeit bei den Brüdern. Allerdings ist jeder von ihnen auf ganz eigene Weise unangenehm. Mit Vater Fuchs haben sie nichts gemein. Außer dass sie ebenfalls aus Bayern stammen.

Sie wohnten bei einem Konsul.

Ich habe sie gefragt, warum sie nicht in eins der zwei Parsi-Hotels im Fort ziehen wollten.

Adolph ignorierte mich. Robert vielleicht auch. Sein Schweigen kann Zustimmung oder Ablehnung sein; die Wahl überlässt er meist seinem Gegenüber.

Hermann aber antwortete, dies seien keine passenden Absteigequartiere. Die Lage der Hotels im Fort sage ihnen nicht zu. Sie wollten lieber etwas näher bei den anderen Europäern sein.

Was sind das für Forscher, die Tausende von Kilometern reisen, damit sie dort ankommen, von wo sie aufgebrochen sind?

Die Residenz des Konsuls befindet sich westlich vom Fort. Das Glashaus würde mindestens zwei Mal hineinpassen. Aber noch protziger als die Residenz selbst ist die Luft um die Residenz. Da gibt es so viel Platz, so viel Nichts, das man atmen, durch das man laufen und in dem man bis zum Himmel schauen kann. In Blacktown ist jeder Platz etwas. Um die Residenz des Konsuls erstreckt sich ein Garten, der so weitreichend ist, dass er darin ausreiten kann, auf einem aus Australien importierten Rappen, weil die indischen angeblich minderwertig und arabische derzeit nicht in Mode sind. In der Residenz bezog jeder Schlagintweit ein eigenes Zimmer. Jedem von ihnen stand ein Bett zur Verfügung, in dem Devinders halbe Familie hätte bequem schlafen können. Hermann begeisterte sich für das Chunam* und betrachtete lange die Ornamente, die von den, wie er sie nennt, *Eingeborenen* geschaffen wurden. Er gefällt sich darin, forscherisch zu erscheinen. Adolph dagegen bedauerte das Fehlen jeglicher Ölgemälde**. Er gefällt sich darin, künstlerisch zu erscheinen.

Ich wurde in einer Dachkammer untergebracht, die ich mit niemandem teilen musste. Ich habe noch nie nichts geteilt. Es kam mir unrecht vor. Ich hatte ein Bett, eine Waschschüssel, viele Haken für meine wenigen Sachen und ein Fenster, durch das ich den Leuchtturm von Kolaba sehen konnte. Er ragt wie eine riesige Kerze in den Himmel und soll über hundertfünfzig Fuß hoch sein. (Die Füße der Vickys sind aber nicht nur kränklich weiß, sondern auch klein, da sie stets eingeschnürt und dadurch im Wachsen gehemmt sind.) Wenn ich auf ihn steigen und das Licht hätte bedienen können, wäre meine Suche von kurzer Dauer gewesen.

Eine kleinere Kerze befand sich auf dem Fenstersims, sie steckte in einem metallenen Unterteller. Daneben einige Schwefelhölzer. Ein Licht ganz für mich allein. Darüber freuen konnte ich mich nicht. Was sollte ich mit so viel Licht anfangen? Manchmal zündete ich die Kerze am helllichten Tag an und hielt meine Hand darüber, bis ich es nicht mehr aushielt.

---

* Indische Luftfeuchtigkeit versteht sich nicht mit europäischen Tapeten, darum lassen viele Firengi die Wände ihrer Häuser mit Kalkerde verzieren.

** Indische Luftfeuchtigkeit, wie gesagt

Der Schmerz war kein Schmerz, denn er tat gut; je stärker ich ihn spürte, desto wacher fühlte ich mich. An Diwali ließ ich die Kerze nachts brennen. Natürlich konnte sie eine richtige Diya nicht ersetzen. Aber vielleicht würde sie Vater Fuchs trotzdem zu mir leiten. So wie die Diyas Rama und Sita in ihre Heimat geleitet haben.

Jeden Morgen und jeden Abend holte ich Vater Fuchs' Taschentuch hervor. Es erinnerte mich an mein Ziel, meine Mission. Es waren nur wenige Tränen von mir im Stoff. Man konnte sie gar nicht erkennen.

Die ersten Tage im schlimmsten Monat des Jahres verbrachte ich an Hermanns Seite. Seine Mitteilsamkeit machte mir das Übersetzen nicht leicht. Er spülte so viele Wörter durch meinen Kopf! An diese musste ich noch weitere von mir dranhängen, ohne dass er es merkte. Meine Fragen nach Vater Fuchs fädelte ich in jedes Gespräch ein. Ich brachte ganz Bombay zum Kopfschütteln. Niemand hatte Vater Fuchs gesehen, niemand erinnerte sich an ihn. Ich gab jedoch nicht auf. Bald war Hermann auf der Straße bekannt als der Firengi, der nach einem Jesuiten sucht. Nur Hermann wusste nicht, wofür er bekannt war.

Am Ende eines Tages fühlte ich mich ganz satt. Ich hatte noch nie so viel gehört und gesprochen. Und das gleichzeitig. Bombayites reden lieber, als dass sie nicht reden. Besonders dann, wenn man gerade keine Zeit zum Reden hat. Aber Hermann war der unbarmherzige König des Redens. Auf den Bazars flohen selbst Banias und Jains vor uns, weil er sie kaum zu Wort kommen ließ. Und was ist ein Händler ohne seine Worte?

Wenn Hermann gerade einmal nicht spricht, dann schreibt er. In seinem Notizbuch. Er verwendet einen Bleistift, den er gestohlen oder ausgeliehen hat. *Faber* steht darauf. Hermann füllt seine Seiten schneller als ich. Ich habe ihn mehrmals gefragt, was genau er eigentlich aufschreibt. Er gab mir keinmal Auskunft. Das schien mir verdächtig. Ich beschloss, die Antwort selbst herauszufinden. Vielleicht würde ich so einen Hinweis auf Vater Fuchs entdecken.

Tagelang kam ich nicht einmal in die Nähe des Notizbuchs. Hermann trug es stets in seiner Brusttasche und hütete es wie Smitaben eine reifende Papaya. Aber gegen Ende der ersten Woche mit den Schlagintweits bot sich mir eine Gelegenheit.

Am Abend tranken die Brüder Gin mit Konsul Ventz auf dessen Baramahda (die von den Firengi fälschlicherweise als *Veranda* bezeichnet wird).

Den Gin hatte der Konsul direkt aus London geschickt bekommen, die Lieferung eines Bekannten namens Charles Tanqueray. Eis kühlte ihre Drinks. Noch nie in meinem Leben hatte ich Eis gesehen.

Ich fragte, ob ich ein Stück probieren dürfe.

Konsul Ventz wendete sich mir zu, seine Nase hatte die gleiche rötliche Tönung wie die von Hormazd. Du willst blasenfreies Eis aus den Seen Nordamerikas kosten?

Ich nickte.

Indier!, rief er den Brüdern zu und lachte. Das Eis hat doch nicht den weiten Weg um die Südspitze Afrikas gemacht, um in deinem Mund zu landen!

Knirschend zerkaute er das Eis und hielt dem Diener sein leeres Glas hin, der ihm umgehend einen neuen Drink zubereitete.

Als ich zu den Brüdern sah, ignorierte Adolph meinen Blick.

Hermann döste. Und Robert blinzelte – oder vielleicht war es mehr ein Zwinkern. Jedenfalls trank er sein Glas leer und stellte es neben seinem Korbstuhl ab, schob es sogar noch ein Stück von sich. Das Eis darin funkelte.

Während der Konsul klagte, dass es in ganz Indien keine vernünftigen Äpfel gäbe, bewegte ich mich unauffällig zum Glas, schnappte mir in einem günstigen Moment das Eis und ließ es in meinem Mund verschwinden. Zuerst schmeckte es scharf und herb, der Gin. Dann aber breitete sich eine salzige Kälte aus, sie floss meinen Hals hinunter und stieg in meinen Kopf. Ich hätte nicht gedacht, dass etwas so Kaltes so angenehm sein konnte! Ich lutschte vorsichtig, damit das Eis langsam schmolz. Erst, als es nur mehr eine dünne Scheibe auf meiner Zunge war, biss ich drauf und es zerbrach herrlich in kleine Stückchen. Für einen Augenblick – aber nur einen kurzen – war ich froh, dass die Schlagintweits mich rekrutiert hatten. Gerne hätte ich Smitaben davon berichtet. Ich fragte mich nicht zum ersten Mal, wie es ihr und allen anderen, außer den Anderen, wohl ging.

Dort, wo ich nun stand, war ich nur zwei Schritte von Hermann entfernt. In der rechten Tasche seiner Weste, die er über die Rückenlehne seines Sessels gehängt hatte, steckte sein Notizbuch. Da er nicht redete, musste er eingenickt sein. Behutsam zog ich das Notizbuch aus der Tasche und entfernte mich.

Bartholomäus!, rief jemand. Zuerst erkannte ich Roberts Stimme nicht, weil er sie so selten verwendet; sie klingt selbstbewusst und passt nicht zu seinen Fledermausohren und glatten Wangen.

Ich blieb stehen.

Was hast du da?, fragte er.

Ich versuchte es mit: Nichts.

Dann steck dieses Nichts dorthin zurück, wo du es her hast.

Indier!, nuschelte Konsul Ventz in seinen Gin. Es liegt in ihrer Natur, die können schlichtweg nicht anders.

Ich wollte es nur ausleihen, sagte ich zu meiner Verteidigung. Zum Lesen.

Er kann lesen? Konsul Ventz schob seinen plumpen Körper in eine aufrechte Position. Wo haben Sie denn dieses Exemplar gefunden? Ich verlange eine Demonstration, statim!

Adolph machte eine einladende Geste.

Ich soll vorlesen?

Hermann hat nichts dagegen, sagte Adolph und grinste.

Darauf stieß Robert ihm gegen die Schulter.

Ich schlug das Buch an einer beliebigen Stelle auf. Hermanns Handschrift war kindlich, aber ich konnte sie trotz der übertriebenen Schnörkel entziffern.

Ich las: *Gemeinsam ist zu Gunsten aller indischen Rassen anzuführen, dass selbst in Straßen, so dicht gefüllt wie jene von Bombay während eines großen Teiles des Tages sind, Streit und gefährliches Drängen nur selten ist; allerdings ist auch die Ambition nicht sehr groß, viel Arbeit in kurzer Zeit zu vollenden.*

Wie wahr!, sagte Konsul Ventz und forderte mich, als ich innehielt, zum Weiterlesen auf.

Ich überflog ein paar Absätze und suchte nach einer passenden Stelle. *Der erste Eindruck*, las ich, *welchen der Ankömmling durch das Benehmen der Europäer gegen die Eingeborenen erhält, ist kein befriedigender; die Europäer erscheinen den indischen Hindus und Muselmanns gegenüber sich selbst sehr zu überschätzen.*

Das steht aber nicht wirklich dort!, sagte Konsul Ventz. Er erhob sich, suchte Gleichgewicht, fand Gleichgewicht, nahm mir das Buch ab und studierte die Seite.

Tatsächlich!, rief er. Herr Schlagintweit!

Hermann begann sich zu rühren.

Hermann Schlagintweit!, polterte Ventz und leerte seinen Gin in einem Zug.

Hermann sah zu ihm auf.

Sie sind zur Erforschung Indiens hier, sagte er. Was sollen diese Vorurteile gegenüber ihren eigenen Leuten?

Adolph und Robert schmunzelten.

Überlassen Sie das Wissenschaftliche lieber den Wissenschaftlern, sagte Hermann, unsere Untersuchungen haben einen holistischen Anspruch.

Holistisch?, fragte Ventz.

Holistisch bedeutet *das Ganze betreffend*, sagte ich.

Alle vier sahen mich an, als hätten sie mich nie zuvor gesehen.

Das weiß ich!, rief Ventz. Denken Sie, ich weiß das nicht? Natürlich weiß ich das!

Hermann nahm ihm sein Buch ab. Es ist spät, sagte er, ich empfehle mich.

Komm, sagte er zu mir, als er ins Haus ging, und ich folgte ihm.

In der Bibliothek, die wie das Papierzimmer muffelte, deutete Hermann mit dem Zeigefinger auf mich.

Woher weißt du, was holistisch bedeutet?

Vater Fuchs, sagte ich.

Es ist außergewöhnlich, wie viel er dich lehren konnte.

Ich habe auch meinen Teil dazu beigetragen.

Hermann strich seinen Schnurrbart glatt.

Ich kann verstehen, warum er dir so viel bedeutet. Ohne ihn wärst du nur einer von vielen Eingeborenen.

Helfen Sie mir, ihn zu finden?

Du solltest ihn vergessen. Bald reisen wir weiter, nach Madras. Deine Fähigkeiten sind zu wertvoll für uns. Ich habe entschieden: Du wirst uns begleiten.

Ich kann nicht nach Madras!

Diese Entscheidung liegt nicht bei dir.

Was mich am meisten störte, war die Nüchternheit, mit der er sprach. Ich suchte nach einer Formulierung, die ihn heftig treffen würde, und schoss sie sogleich auf ihn ab: Sie sind ein unappetitlicher Mensch!

Mag sein, mag sein, sagte er und hielt mir sein Notizbuch hin. Für dich. Ich kann dich mehr lehren als ein Gottesmann.

Da ich nicht reagierte, legte er es auf die Armlehne eines Sessels und ließ mich allein.

Ich gab mir das Versprechen: Unter keinen Umständen würde ich mit den Brüdern nach Madras ziehen – eher weglaufen und in Blacktowns Gassen Zuflucht finden!

In dieser Nacht verbrauchte ich eine ganze Kerze und danach viel Mondlicht. Vom Blättern in Hermanns Notizbuch wurden meine Finger silbrig. Der Schlagintweit notierte alles. Beobachtungen, Messungen, Gedanken. Manches verstand ich nicht. *Periodische Veränderungen* und *magnetische Observationen* und *absolute Intensitätsbestimmungen*.

Vor allem hatte der Schlagintweit eine Vorliebe für Zahlen. Wie konnte ich bereits seit mindestens zwölf Jahren in Bombay leben und nicht wissen, dass die Oberfläche der Stadt fünfundfünfzig Quadratkilometer betrug? Der Malabar Hill war seinen Aufzeichnungen nach achtundfünfzig Meter hoch. Diese Zahlen waren meine Heimat. Wieso wusste er etwas darüber, das ich nicht wusste? Es kam mir vor, als würde er damit Bombay in Besitz nehmen. Indem er Dinge, die ich schon immer kannte, seinem Zahlensystem unterordnete, waren sie nicht mehr meine. Sie gehörten jetzt ihm. Am schrecklichsten war die Einwohnerzahl. *Etwas über 2 Millionen*, hatte er notiert. Konnte das stimmen? Wer hatte sie gezählt? Ich stellte mir vor, wie sich alle Bombayites in einer langen Reihe aufstellten und sich abzählen ließen. Eine unerhörte Begebenheit! Keiner von uns kann länger stillhalten als ein Neugeborenes. Dennoch war Hermann zu diesem Ergebnis gekommen. Und so fand ich im Notizbuch nicht Vater Fuchs, sondern sein Gegenteil: Angst. Wie sollte ich ihn unter mehr als zwei Millionen Menschen ausfindig machen?

Tage verstrichen. Ich musste Hermann oft in die Bureaux im Palais des Gouverneurs begleiten. Dort traf er Vorbereitungen für die Weiterreise. So lernte ich einen Teil der Stadt kennen, den ich nie zuvor betreten habe. Eine indische Waise erhält keinen Zutritt zu Gebäuden, in denen sich mehr Firengi als irgendwo sonst in Bombay aufhalten. Trotzdem wusste ich bereits einiges über das, was in ihnen vorgeht. Vater Fuchs tadelt die Vickys dafür strenger als jeden anderen und steckt diesen Tadel sogar in Briefe an die Oberen. Die meisten dieser Briefe beschließt er mit den Worten von Karl Marx[*]: dass wir auf jeden Fall mit aller Bestimmtheit erwarten können, in mehr oder weniger naher Zukunft Zeugen einer Erneuerung dieses großen und interessanten Landes zu sein.

Aber die Oberen antworten Vater Fuchs nie.

Die höheren Stellen in den Bureaux besetzen allein Europäer. Sie werden angeheuert von der East India Company, von der manche sagen, sie sei mächtiger als die Krone. Die meisten Beamten, die meisten *niedriger gestellten* Beamten, sind Indo-Europäer. Ihre Väter kommen aus Europa, ihre Mütter aus Indien, Persien und so fort. Es ist nie anders herum. Und wenn doch, lebt das Kind einer solchen Verbindung nicht lange. Die

---

[*] Ein Deutscher, der besonders viel über die Armen und die Reichen nachdenkt.

Indo-Europäer gehören nicht zu uns und nicht zu denen. Viele stechen durch ungewöhnliche Schönheit hervor und tragen oftmals einen dunklen Alpaka-Rock, aber keine der weißen Jacken aus Kattun wie die Europäer. Vater Fuchs sagt, es ist beinahe so, als wolle man verhindern, dass sie zusätzlich zum Weiß ihrer Väter noch mehr davon erhalten.

Wie unterschiedlich die Rassen und Kasten in den Bureaux sind, bekam Hermann bald zu spüren. Wieder und wieder musste er seine Erledigungen vertagen, weil die Bureaux an religiösen Festtagen* geschlossen sind. Dadurch rückte die Abreise der Brüder immer weiter in die Ferne. Mitte November stand bereits fest, dass sie nicht vor Dezember aufbrechen würden.

Noch dazu funktionieren die Beamten in einer ihnen ganz eigenen Geschwindigkeit. Einmal hörte ich einen von ihnen seinen Kollegen anherrschen: Arbeite nicht zu schnell, sonst sehen wir anderen schlecht aus!

Ich brauchte das nicht für Hermann zu übersetzen, er hatte das längst begriffen. Ich beobachtete, wie er in sein Notizbuch schrieb: *Fühle mich an Fryers Beschreibung von Bombay erinnert. »Ein zusammengelaufenes Gesindel von Flüchtlingen und Verbrechern, die Indier vom Festlande angezogen von der Freiheit, die der Ausübung jeder Religionsform zugestanden wird, denn im Interesse eines gewinnbringenden Handels duldet man hier eine Mannigfaltigkeit religiöser Narrheiten, wie man sie anderswo nicht antrifft.«*

Als Hermann und ich wieder einmal gebeten wurden zu warten und auf einer der Holzbänke Platz nahmen, deren

---

* Noch mehr Zahlen aus Hermanns Notizbuch: 11 für die Europäer, 15 für die Hindus, 6 für die Moslems, 13 jeweils für die Juden und die zwei Kasten der Parsis.

zahlreiche Kratzer an das Leid unserer Vorgänger erinnerten, fluchte Hermann. Ich glaube jedenfalls, dass es ein Fluch war, auch wenn ich den Ausdruck nicht kannte, weil er sich dabei heftig aufs Knie schlug.

War das Bairisch?, fragte ich.

Ja!, rief er und stand auf und schnaufte und setzte sich wieder.

Was ein Zwirn ist, weiß ich, sagte ich, und Himme bedeutet wahrscheinlich Himmel – aber was ist ein O-asch?

Ein Hinterteil, sagte Hermann.

Was haben der Himmel, ein Hinterteil und ein Zwirn miteinander zu tun?

Bin ich die Encyclopaedia Britannica?!

Ich denke nicht.

Über siebzig Feiertage! Mit seinem unruhigen Hinterteil fügte er der Holzbank ein paar weitere Narben zu. Und obendrein dieses Klima! Es hat eine sedierende Wirkung auf jegliches Arbeitsumfeld.

Es tut mir leid, dass alles so langsam vonstattengeht, log ich.

Auch in den Bureaux nutzte ich jedes Gespräch, um nach Vater Fuchs zu forschen. Und in meiner freien Zeit erkundete ich all die Orte, von denen ich wusste, dass er sie regelmäßig aufgesucht hatte: die Sandbank, Mazagaon und Bori Bunder, die Bazars von Blacktown, der Hafen und eine portugiesische Bäckerei im Fort.

Es änderte nichts. Vater Fuchs blieb verschwunden.

Daher war jeder verlorene Tag für die Schlagintweits gewonnene Zeit für mich. Es kam durchaus vor, dass ich mich beim Übersetzen *vertat*. Ein *Gleich* wurde schnell einmal zu einem *Später* und ein *Heute* zu einem *Morgen*. Ich ging nie so weit, ein *Ja* zu einem *Nein* zu machen; selbst die Brüder mit ihrem mäßigen Hindi-Vokabular hätten solche Finten durchschaut. Aber ich ließ hier und da die Erwähnung eines dringend benötigten Dokuments im Fluss der Sprache untergehen. Oder ich verwandelte die genauen Anleitungen eines Beamten in diffuse Aussagen, die Hermann manchmal derart zur Verzweiflung brachten, dass er die Verhandlungen abbrach und auf ein andermal verschob.

Diese Strategie hätte ich wochenlang erfolgreich fortsetzen können.

Wäre Lord Elphinstone nicht gewesen.

Lord Elphinstone ist mehr als ein Mensch. Damit will ich nicht sagen, dass er besser als andere ist, nein. Er ist mehrere Menschen. Den meisten Bombayites ist er als Gouverneur von Bombay bekannt. Viele nennen ihn aber auch Die Nase. Der offensichtlichste Grund dafür sticht aus jedem Porträt von ihm hervor. Der zweite und genauso wichtige Grund: Er konnte schon mehrmals die Widerständler, die gegen die Vickys und die East India Company vorgehen, aufspüren und deren Pläne durchkreuzen. Und der dritte Grund ist mehr eine Behauptung. Manche sagen, er sei ein sagenhafter Liebhaber, denn er habe einst die unverführbare Queen Victoria verführt*. Deshalb soll er von Victorias Mutter nach Indien versetzt worden sein, jenseits von Victorias Reichweite, während diese rasch mit einem deutschen Adeligen verheiratet wurde.

Ich hatte Lord Elphinstone bisher nur aus weiter Ferne gesehen. Das änderte sich im schlimmsten Monat des Jahres.

In der Abenddämmerung begleitete ich die Brüder zum Hafen. Dort bestiegen wir Lord Elphinstones Yacht. Die Schlag-

---

* Die Anderen sagen, sie reite gerne und darum habe Lord Elphinstone als Kapitän der königlichen Pferdewache leichtes Spiel gehabt.

intweits hatten sich in den vergangenen Wochen mit dem Vicky angefreundet. Bei keinem ihrer Treffen war ich bisher dabei gewesen, weil sie meine Dienste für eine Konversation auf Englisch nicht benötigen (auch wenn Lord Elphinstone mit schottischem Akzent spricht). Diesmal aber bestand Hermann darauf, dass ich mitkam.

Unser Bruder braucht eben sein Publikum, sagte Adolph laut zu Robert, sodass Hermann ihn hören konnte.

Beide schmunzelten. Der älteste Bruder ignorierte sie.

Als wir ablegten, waren wir nicht die einzigen. Weitere Schiffe verteilten sich im Hafen. Die Bandarboote hatten einen kurzen Mast und ein viereckiges Segel, das Adolph seltsamerweise als *lateinisch* bezeichnete. Die Europäer hielten ihre Gesichter in den kühlenden Fahrtwind. Sie wirkten erleichtert, dem Festland, wenn auch nur für wenige Minuten, zu entkommen. Die meisten Passagiere wendeten sich der Weite des Meeres zu. Ich nicht. Wie Bombay leuchtete! Die elfenbeinfarbenen Häuser und dahinter die Gipfel der Westghats. Noch nie hatte ich mich so weit von der Stadt entfernt. An die Zeit, bevor mich Vater Fuchs nach Bombay gebracht hat, kann ich mich nicht erinnern. Ich war schon immer ein Teil der Stadt und die Stadt schon immer ein Teil von mir. Nun, auf der Yacht, spürte ich deutlich, dass ich mich von ihr loslöste. Ich spürte es in der Tat sehr deutlich: Übelkeit stieg in mir auf, ich musste mich an der Reling festhalten.

Schon einmal auf einem Boot gewesen?, fragte mich Adolph.

Ich schüttelte den Kopf. Sprechen schien unmöglich.

Seekrank, sagte er, das vergeht wieder.

Es verging nicht.

Als Lord Elphinstone uns am Hinterteil oder O-asch der Yacht empfing, die für sonnenscheue Europäer mit Jalousien ausgestattet worden war, erbrach ich mich vor seine Füße.

Danach fühlte ich mich etwas besser.

Lord Elphinstone schien unbeeindruckt. Andere Vickys hätten mich über Bord geworfen. Dieser musterte mich mit regloser Miene, während zwei aufgeregte Diener die halb verdauten Jalebis aufwischten.

Ek bilkul sidha tar milna itna hi mushkil hai jaise ek bilkul sidha admi*, sagte er.

Er spricht Hindi!, sagte ich zu den Brüdern.

So viel haben wir verstanden, sagte Adolph.

Noch nie war ich einem Vicky begegnet, der mehr als ein Namaste beherrschte.

Wie soll ich sonst in Erfahrung bringen, was die Eingeborenen denken?, sagte Lord Elphinstone, diesmal auf Englisch. Ihr Indier lernt unsere Sprache, um mit uns zu sprechen, aber ihr denkt weiterhin in eurer Sprache. Für gewöhnlich denkt ihr sogar …

Er hielt inne, hob eine Hand zum Mund. Ein Diener näherte sich mit einem bronzenen Kelch. Lord Elphinstone wedelte ihn fort und setzte von Neuem an: Für gewöhnlich denkt ihr sogar äußerst laut.

Am Hafeneingang umschiffte unser Boot ein Netzwerk aus Stangen, die zum Fischfang im Schlamm steckten.

Ich denke sehr leise, sagte ich.

Bist du sicher?

Eine Stille entstand, in der das Wellenrauschen anschwoll und meinen Kopf füllte. Die Übelkeit kehrte langsam zurück.

Der Bammelo-Fisch, sagte Lord Elphinstone weiter auf Englisch zu mir, hat mich immer fasziniert. Er wird getrocknet verzehrt und erfreut sich unter den Eingeborenen allergröß-

---

* Das Sprichwort findet natürlich nur dort in Indien Verwendung, wo Fächerpalmen wachsen (und Hindi gesprochen wird).

ter Beliebtheit. Obwohl er grauenvoll stinkt wie die Strümpfe eines Infanteristen. Dennoch sollte man ihn nicht unterschätzen, da er von den meisten Kasten und Religionen trotz ihrer eigenwilligen Nahrungsgebote akzeptiert wird. Er ist ein vielseitiges Geschöpf.

Lord Elphinstone blinzelte nicht, wie ein Gecko.

Ich habe Herrn Schlagintweit gebeten, dich heute mitzubringen, damit ich mir ein Bild von dem Jungen machen kann, der ...

Wieder hielt er inne und hob die Hand zum Mund. Diesmal aber hustete er. Ich kannte dieses Husten. Es zog an einer Stelle in meinem Herzen.

Lord Elphinstone beugte sich über den von seinem Diener gehaltenen Kelch und spuckte hinein.

Husten Sie manchmal Blut, Sir?, fragte ich.

Bartholomäus!, rief Hermann.

Erstmals regte sich etwas in Lord Elphinstones Gesicht. Wenn ich auch nicht genau sagen konnte, was.

Er räusperte sich: Ein Junge, der selbst meine besten Beamten zum Narren hält. Mir wurde zugetragen, dass du dir beim Übersetzen große Freiheiten erlaubst. Meine Beamten haben lange gebraucht, um dir auf die Schliche zu kommen. Dafür meine Hochachtung.

Er schlug einmal in die Hände. Wartete. Schlug noch mal.

Bevor er fortfahren konnte, überfiel ihn ein Hustenanfall, dessen vertrauter Klang mich ins Glashaus zurückversetzte.

Als Lord Elphinstone wieder zu Atem kam, wendete er sich den Schlagintweits zu: Meine Empfehlung lautet Peitschenhiebe. Aber, meine Herren, Mäßigung in der Ausführung! Er ist ja recht zierlich.

Danach zog er sich mit den Schlagintweits zurück. Ich hangelte mich an der Reling entlang. Die Sonne war mit einem Mal verschwunden und das Meer breitete sich in der zunehmenden Dunkelheit aus. Ich musste, ich wollte fliehen. Das Wasser war nur einen Sprung entfernt. Bombay lag in der Richtung, in der ein Muezzin zum Abendgebet rief und Gasflammen glommen wie unruhige Sterne am Nachthimmel. Gar nicht so weit entfernt – und doch sehr weit entfernt für einen Jungen, der nicht schwimmen konnte. Ich war im Monsun kniehoch durch Schlamm gewatet und ich hatte mich an heißen Nachmittagen zur Abkühlung auf eine Sandbank nahe Blacktown gesetzt, wo das Wasser mir bis zum Bauchnabel reichte; aber ich war keinmal wie Vater Fuchs ins Meer gesprungen, der alle paar Tage furchtlos hinausschwamm, immer rückwärts paddelnd und mir zurufend: Komm, Bartholomäus, komm, es ist dein Meer, das wird dich tragen, komm!

Vielleicht war dies nun der Moment, seinem Ruf zu folgen. Das Meer wartete auf mich, es klatschte ungeduldig gegen das Boot.

Und was tat ich? Versteinerte wie vor den rollenden Waggons in Bori Bunder und packte die Reling so fest, dass die rostige Kante mir in die Hand schnitt.

Nach unserer Rückkehr sperrten die Schlagintweits mich in meine Dachkammer. Auf dem Heimweg hatte ich versucht, meine Sabotage zu erklären. Sie sprachen kein Wort in meiner Anwesenheit. Sogar Hermann schwieg.

Als sie mich allein ließen, rollte ich mich auf der Matratze zusammen und wünschte mich ins Glashaus, selbst in ein Glashaus ohne Vater Fuchs.

Waren Peitschenhiebe schmerzvoller als Rutenhiebe?

Die Stimmen der Brüder drangen von unten durch den Boden. Von dem, was sie sagten, konnte ich nichts entschlüsseln. Das Holz zwischen ihnen und mir verlieh ihren Worten einen eigentümlichen Akzent. Besonders laut sprach Hermann und doch verstand ich ihn nicht; er war an diesem Abend noch ausschweifender als ein Guru, der von einer hübschen Gläubigen um Rat gefragt wurde. Dazwischen Adolphs schallendes Lachen, das seine Worte überlagerte. Robert wiederum redete als Einziger mit gemäßigter Stimme, dafür aber nur selten.

Er war es, der spät in der Nacht zu mir kam.
Worüber haben Sie gesprochen?, fragte ich.
Moral und Ehrenhaftigkeit, sagte er.
Und über meine Bestrafung?
Wir haben abgestimmt.
Waren Sie für mich?, fragte ich.
Ich habe mich der Stimme enthalten.
Aber Hermann kann nicht für mich gewesen sein.
War er auch nicht.
Adolph hat für mich gestimmt?
Robert nickte.
Warum?
Das musst du ihn selbst fragen.
Und? Wie viele kriege ich?
Robert runzelte die Stirn.
Peitschenhiebe, sagte ich.
Schlaf jetzt, sagte er, bevor er die Tür hinter sich schloss. Wir brechen vor Sonnenaufgang auf.

Niemand kann schlafen, wenn er dazu aufgefordert wird. Das habe ich bereits im Glashaus gelernt. Ich zündete die Kerze für Vater Fuchs an und rückte sie nah ans Fenster. Meine Hoffnung feierte nun täglich Diwali. Aber eine Kerze ist eben nur eine Kerze und keine Diya. Das eingetrocknete, bräunliche Blut auf dem Taschentuch machte den Stoff steif wie ein Papad. Ob Lord Elphinstone auch ein solches Taschentuch besaß? In ihm wohnte der gleiche Husten wie in Vater Fuchs. Vielleicht hatte der eine den anderen angesteckt? Oder sie hatten ihn sich am selben Ort zugezogen?

Es war so früh, dass manche von spät gesprochen hätten, als Robert mich weckte und wir das Haus verließen. Ich fragte, wohin wir gingen. Aber Robert verwendete seine Worte ausschließlich für die vier Träger, die massive Kisten hinter uns herschleppten. Alle paar Meter forderte er mich auf, sie zu ermahnen, dass sie vorsichtig sein mussten. Als ich einmal sagte, sie hätten das mittlerweile begriffen, setzte er seinen Hut ab und sah mich so eindringlich an, dass ich mit einem Hieb rechnete. Ich entschuldigte mich und erinnerte die Träger daran, behutsam mit den Kisten umzugehen.

Es war noch dunkel. In der Luft hing so viel Feuchtigkeit, dass es sich anfühlte, als bewegten wir uns durch leichten Regen. Bombay roch in diesen Stunden am stärksten nach altem Fett und Algen und Asche und Fürzen und Hing. Als würde die Stadt in der Nacht ihre Poren öffnen und all das ausscheiden, was ihr tagsüber eingeflößt worden war.

Bald stellte ich fest, dass wir auf dem Weg zum Malabar Hill waren. Die Sonne schien längst, als wir die von Robert angedachte Stelle erreicht hatten. Dort bot sich uns ein uneingeschränkter Blick aufs Fort. Im Hafen ankerten Dampfer und Segelschiffe. Zwischen diesen schlängelten sich eine Vielzahl von indischen Barken wie die kleinsten Mitglieder einer Herde hindurch, um die Schiffe zu entladen.

Robert befahl, die Kisten zu öffnen. Als die Träger das getan hatten und den Inhalt der Kisten sahen, wichen sie etwas zurück, rückten dann aber wieder Schritt für Schritt näher heran. Robert untersagte es ihnen, den Inhalt anzurühren, und scheuchte sie davon. Sie setzten sich etwas abseits zusammen und ließen ihren Schweiß von der Sonne trocknen. Robert entnahm den Kisten Teile aus Metall und glattem Holz und begann, sie zusammenzusetzen. Aus ihnen wuchs eine Apparatur, wie ich sie nie zuvor gesehen habe. Sie glich einer Raupe, die Devinder einst im Garten gefunden hat und die von den Anderen geviertelt wurde. Wobei Roberts Raupe nur ein Glasauge besaß und auf dünnen, langen Beinen stand. Die ganze Zeit über wollte ich ihn fragen, was das war, aber der Vorgang und Roberts ernsthafte Genauigkeit zogen mich in seinen Bann. Als er fertig zu sein schien, sah er zum Himmel und lächelte.

Beginnt jetzt meine Bestrafung?, fragte ich ihn.

Jetzt, sagte er, beginnt eine neue Epoche der Wissenschaft.

Er deutete auf die Apparatur.

Ist sie nicht hübsch?

Ich nickte, auch wenn ich sie scheußlich fand.

Das ist eine Voigtländer.

Aha, sagte ich.

Sie wird uns neueste Erkenntnisse bringen. Mit ihr werde ich Bilder von Land und Leuten machen.

Eine Bildermaschine?

Ja, er lachte. Sozusagen.

Machen Sie auch ein Bild von mir?

Warum sollte ich?

Es hat noch nie jemand ein Bild von mir gemacht.

Von fast allem hier wurde noch nie ein Bild gemacht, sagte er. Wir sind die ersten Deutschen mit photographischer Ausrüstung in Indien!

So viel hatte Robert keinmal in meiner Anwesenheit gesprochen. Er berührte seine Bildermaschine sanft und vertrauensvoll wie ein Reiter sein Kamel, bevor es ihn weit tragen muss. Einmal steckte er seinen Kopf unter ein schwarzes Tuch. Vermutlich suchte er Schutz vor der Sonne. Kurz darauf baute er die Bildermaschine wieder ab.

Ist das Bild fertig?, fragte ich. Kann ich es sehen?

Robert schüttelte den Kopf.

Am Horizont entdeckte ich Wolken, die sich zusammenschoben, und ich spürte eine verdächtige Brise.

Wir sollten uns beeilen, sagte ich. Es wird bald regnen.

Robert deutete auf die Sonne und den Himmel, dessen Blau sich über uns ausdehnte. Ein Meteorologe wirst du nicht, sagte er.

Ich weiß nicht, was ein Meteorologe ist, aber ich habe mindestens zwölf Jahre lang diesen Himmel gelesen und ich sage Ihnen, es wird stark regnen.

Robert ließ sich nicht zur Eile drängen. Er hatte sich wieder in sein schweigendes Ich verwandelt.

Auf dem Rückweg wirkte er gelöst, ja, heiter. Er machte unterschiedlich große Schritte. Mehrmals setzte er seinen Hut ab, um Personen zu grüßen, ob es nun Kulis oder Vickys in scharlachroter Uniform waren.

Nebenbei verriet er mir, dass er noch einmal über meine Bestrafung nachgedacht habe und Hermanns Vorschlag unterstützen wolle. Sobald die Brüder Bombay verließen, würde ich ins Glashaus zurückkehren.

Du darfst uns nicht nach Madras begleiten, sagte er. Tut mir leid.

Ich ließ den Kopf sinken. So konnte er mein Lächeln nicht sehen. Wie froh ich war! Vater Fuchs wollte nicht in Madras gefunden werden, sondern in Bombay.

Über uns vervielfachten sich die Wolken, als würden sie aus einem Loch im Blau quellen. Mit einem Mal hatten sie die Sonne überwuchert. Aus allen Richtungen schubste uns der Wind. Die Träger hatten ihre Mühe, die Kisten nicht fallen zu lassen.

Robert schrie sie auf Englisch an und ich übersetzte seine Panik ins Marathi: Der Firengi fürchtet sich vor Wasser. Darauf grinsten die Träger – was Robert zum Anlass nahm, sie noch mehr anzuschreien. Blitz und Donner setzten ein und der Abstand zwischen ihnen wurde immer kürzer. Der Regen traf uns so plötzlich wie ein Hieb von Vater Holbein. Robert suchte Schutz unter Palmen. Er forderte die Träger und mich auf, ihm zu folgen. Wir weigerten uns. Als die ersten Kokosnüsse neben ihm auf den Boden krachten, floh er zu uns ins Freie. Die ganze Zeit über wendete Robert seinen Blick nicht ein Mal von den Kisten ab. Er sah aus, als fürchtete er um sein Leben.

Nach wenigen Momenten zog der Sturm weiter. Nun war das Grün der Pflanzen durchdringend, sie glühten geradezu.

Robert überprüfte augenblicklich den Inhalt seiner Kisten. Wie es schien, war die Bildermaschine nicht zu Schaden gekommen. Als sich unsere Blicke trafen, sah er weg.

Es war das erste Mal, dass ein Firengi meinem Blick auswich.

Später am selben Tag. Ich hatte wenig Schlaf nachgeholt, als Adolph mich weckte. Wir nahmen eine Droschke zur Esplanade. Ich wusste nicht, wie schnell man in Bombay von einem zu einem anderen Ort wechseln kann! Die Gerüche der Stadt blieben immer nur kurz an meiner Nase haften und der Wind zerzauste mir das Haar wie eine gut gelaunte Smitaben.

Fliegen kann nicht viel besser sein.

Diesmal fragte ich den Schlagintweit nicht, wohin es ging. Es interessierte mich nicht. Die seltsamen Angelegenheiten dieser Bayern würde ich bald hinter mir lassen.

Auf dem verdorrten Rasen der Esplanade hockten Männer in kleinen Gruppen beisammen und spielten Karten. Dürre Verkäufer boten Erfrischungen an: Zuckerrohr und Sitaphal. Es schien lange her, dass ich hier im Cricket versagt hatte. Ich schaute mich nach den Anderen um. Von ihnen gesehen zu werden, hätte mir gefallen. Keiner von uns fährt jemals mit einer Droschke – außer den Mutigen, die es wagen, sich von hinten heranzuschleichen, aufzuspringen und heimlich mitzureisen, bis der Kutscher sie bemerkt und davonjagt.

Adolph hielt mir eine Glasflasche mit einer bräunlichen Flüssigkeit hin: Trink!

Ich wusste nicht, ob es eine freundliche Aufforderung oder ein Befehl war, aber ich hatte ohnehin Durst und so nahm ich einen Schluck. Zuerst schmeckte das Getränk süßlich und nach Vanille, dann kratzte es mir in den Hals und füllte meinen Magen mit sonderbarer Wärme.

Kommt in wenigen Tagen auf den Markt, sagte er. Sie nennen ihn Old Monk. Drolliger Name für einen Rum, nicht?

Das ist Rum?

Sag bloß, du hast noch nie welchen getrunken!

Ich habe noch nie welchen getrunken.

Scheinbar ist heute nicht nur für mich ein besonderer Tag.

Was meinen Sie?

Bart ...

Ich heiße Bartholomäus.

Bart, ich möchte dir einen Handel vorschlagen: Du verrätst meinen Brüdern nicht, wo wir hingehen, und dein Dasturi* dafür ist, ich helfe dir, Vater Fuchs zu finden.

Sie wollen mir helfen?

Adolph sagte: Nicht so misstrauisch, kleiner Mann!

Man hatte mich noch nie so bezeichnet. Es fühlte sich an wie ein Kompliment und eine Beleidigung in einem. Ich war

---

* Erst später fiel mir auf, wie beiläufig Adolph eine unserer Vokabeln verwendet hatte. Er passt sich schneller an sein neues Umfeld an als seine Brüder.

mir nicht sicher, ob ich diesem Bayern trauen konnte. Nicht einmal seine Brüder konnten ihm ganz trauen. In ihrem Beisein hatte er Konsul Ventz erzählt, dass Robert im Schlaf wie eine Biene summt und dass Hermann als junger Mann seine Hand immer wie Napoleon ins Hemd gesteckt habe, nur an tieferer Stelle. Und nun hatte Adolph etwas hinter ihrem Rücken vor. Nein, ich durfte ihm nicht trauen. Aber er war der einzige Schlagintweit, der mir seine Hilfe anbot.

Wo gehen wir hin, sagte ich, mehr als dass ich fragte.

An einen geheimen Ort.

Ein Ort, den Sie nicht aufsuchen sollen, Sir?

Möglicherweise, sagte er und lächelte mit seinen Augen.

Was passiert an diesem Ort?

Bevor er darauf antworten konnte, hielt eine weitere Droschke neben uns, vor die zwei Schimmel gespannt waren. Der Kutscher war ein Sikh. Er trug einen meergrünen Turban und erinnerte mich, wie beinahe alle Sikhs, durch seine imposante Statur an meine nicht so imposante Statur. Auf Punjabi fragte er Adolph, ob er Alphonso sei. Vermutlich dachte er an die *Alphonso Mangos*. Ich antwortete, das sei *Adolph* Schlagintweit. Das schien den Sikh zu verwirren. Also fügte ich hinzu: Ja, das ist Alphonso. Es ist meist ratsam, einem Sikh zu geben, wonach er verlangt. Daraufhin holte er zwei weiße Tücher, mit denen er unsere Augen verband. Sein Bart roch nach Sesamöl und sein Atem nach Büffelfleisch.

Wir fuhren, glaube ich, nach Süden. Der Meereswind blies lange Zeit von rechts. Bombays Stimmen nahmen zu und ich dachte, wir würden uns in Richtung Fort bewegen. Dann strebten wir mehr gegen den Wind, tiefer in die Lautlosigkeit. Wir peilten einen Ort in Malabar an, darauf hätte ich eine Kiste Mangos aus Mazagaon gewettet.

Die Droschke hielt und der Sikh ermahnte uns, die Augenbinden nicht abzunehmen. Er hob mich und vielleicht auch Adolph von der Droschke.

Jemand mit einer sanften Männerstimme bat uns auf Marathi, seinen Arm zu ergreifen. Ich sagte es Adolph.

Der Arm war in Stoff gehüllt, weicher als das Gefieder der Hühner, die Smitaben im Garten köpft und rupft.

Wir wurden langsam geführt. Die sanfte Stimme warnte uns vor einem niedrigen Durchgang und einer Treppe mit dreizehn Stufen und dem Tigerschädel eines Fellvorlegers. Am Ende betraten wir einen stickigen Raum, in dem uns eine dichte Wärme empfing, wie sie nur von vielen Kerzen und Fackeln ausgeht. Uns wurden die Augenbinden abgenommen. Wir befanden uns in einer Kammer, kleiner als Devinders Zimmer. Der Teppich hatte die Farbe von Vater Fuchs' Rosen. An den Holzwänden hingen keine Bilder, auch Möbel fehlten, bis auf einen Sessel.

Die sanfte Stimme gehörte zu einem schönen Mann in einer weißen Kattun-Jacke. Er musste einer einflussreichen Person dienen. Männer mit seiner dunklen Hautfarbe tragen diese Jacke selten. An ihm stach sie besonders hervor. Das lag nicht nur am Farbkontrast, sondern auch daran, wie er sie trug: Er atmete kräftig in die Brust, sodass sie sich hob und senkte wie eine zweite Haut.

Bei seiner Verbeugung vor dem Schlagintweit streckte er mir seinen O-asch entgegen. Es missfiel ihm, dass ich hier war. Denn er verhielt sich, als wäre ich nicht hier. Gewiss erinnerte ich ihn zu sehr an seine Hautfarbe und daran, dass er einen kleinen Waisenjungen als Übersetzer benötigte.

Er stellte sich vor als Nrupal.

Ich stellte ihn vor als Niemand. Auch ich konnte so tun, als wäre er nicht hier.

Er rückte den Sessel für Adolph zurecht und der Schlagintweit setzte sich.

Was passiert hier?, fragte ich und Niemand sagte zu Adolph, sein Diener solle still sein.

Das übersetzte ich nicht.

Adolph fragte, was Niemand gesagt habe.

Sie müssen still sein, sagte ich.

Niemand musterte mich und wendete sich dann ab. Auf einem Tablett brachte er Adolph ein Glas Whisky ohne blasenfreies Eis.

Willst du auch?, fragte mich der Schlagintweit.

Ich wollte nicht, und doch nahm ich einen kleinen Schluck, da ich wusste, Niemand würde sich darüber empören. Welcher Herr teilte sein Getränk schon mit seinem Übersetzer!

Der Whisky brannte in meiner Kehle.

Niemand sprach leise in Adolphs Ohr. Er wollte es mir schwer machen, seine Worte zu entschlüsseln.

Offenbar wusste er nichts davon, wie geschärft der Gehörsinn einer Waise ist, die stets auf der Hut sein muss.

Die Gopis sind bereit, übersetzte ich.

Es überraschte mich, dass Adolph nicht fragte, was eine Gopi ist.

Eine Gopi ist eine Kuhhirtin, erläuterte ich.

Adolph sagte, er wisse das.

Nun trat Niemand an die Holzwand und schob einen metallenen Schlitz auf. Adolph beugte sich vor und sah hindurch.

Ich fragte ihn, was er beobachtete.

Nicht jetzt, fuhr mich Adolph an.

Niemand lächelte selbstgefällig. Er begann zu erzählen, so nah an Adolphs Ohr, dass seine Lippen es fast berührten. Seine Worte eilten hintereinander her wie Ameisen. Dachte Niemand, damit würde er mich überfordern? Durch Hermann war ich auf solche Situationen bestens vorbereitet.

Ich fasste zusammen: Die Gopis wollen allein Krishna dienen. Sie erreichen das durch grenzenlose Liebe. Dafür widmet sich Krishna jeder von ihnen ungeteilt. Ihre Hingabe wird mit Aufnahme in sein Reich belohnt. Es ist der höchste Grad der Glückseligkeit.

Die Geschichte ist weit verbreitet. Ich weiß nicht, warum Niemand sie Adolph erzählte. Der Schlagintweit wirkte nicht besonders interessiert. Er hatte keine Fragen. Nach einer Weile lehnte er sich zurück und blinzelte. Niemand wirkte zufrieden.

Adolph fragte mich, ob ich einen Blick wagen wollte.

Ich wollte.

Als ich mich dem Schlitz näherte, stellte sich mir Niemand in den Weg.

Doch Adolph räusperte sich und Niemand trat beiseite.

Auf der anderen Seite der Wand befand sich ein Saal, dessen Ausmaße ich nicht genau bestimmen konnte, da ihn nur wenige Kandelaber erleuchteten. Er war mit etlichen Kissen und Teppichen ausgelegt. Auf diesen ruhten Frauen. Ihre Augen waren geöffnet, aber sie rührten sich nicht, wie Puppen. Als ich erkannte, dass sie bloß durchsichtige Saris trugen, wendete ich mich ab.

Ich hatte noch nie nackte Frauen gesehen. Ich hatte auch noch nie nackte Männer gesehen, ausgenommen Vater Fuchs in einem Lungi und den Sadhus, welche sich im Talao von Blacktown waschen (wobei ein krauser Pelz aus schwarz-grauen Haaren ihre Körper bedeckt). Die Anderen, die Mädchen auf den Bazars auflauern und ihnen Betelnüsse schenken (oder sie damit bewerfen), überbieten sich gegenseitig in Beschreibungen weiblicher Nacktheit, die nicht annähernd an das heranreichen, was ich an diesem Abend sah. Diese Nacktheit war Angst einflößender als Bambusruten oder Waggons oder zwei Millionen Einwohner.

Niemand schob den Metallschlitz zu und sagte: Die Maharajas sind die Nachkommen Krishnas. Wenn eine Gopi sich mit ihnen vereinigt, ist ihr die Wiedergeburt sicher.

Den Teil der Geschichte kenne ich gar nicht, wendete ich ein.

Übersetze, sagte er, ohne mich anzusehen.

Was bedeutet *vereinigen*?

Aus zwei wird eins, sagte Niemand.

Es ergab keinen Sinn, Hormazd hätte den Kopf darüber geschüttelt.

Adolph fragte, wann der Maharaja käme.

Ein Maharaja kommt, Sir?, fragte ich ihn und dann noch einmal Niemand.

Vielleicht, vielleicht aber auch nicht, sagte er. Die Gopis erwarten stets das Erscheinen der Nachkommen Krishnas.

Ist es wahr, fragte Adolph, dass die Gopis sogar das schmutzige Waschwasser trinken, mit dem sich ein Nachkomme Krishnas nach einer Orgie gewaschen hat?

Was ist eine Orgie?, fragte ich Adolph.

Er überlegte und sagte dann: Ein … ersprießliches Fest.

Niemand lauschte aufmerksam meiner Übersetzung, nur sein Ohr deutete in meine Richtung.

Das und noch mehr kann wahr werden, sagte er.

Adolph fragte, was er damit meinte.

Niemand stellte eine dumme Frage. Er will wissen, sagte ich zu Adolph, ob Sie ein Nachkomme Krishnas sind.

Ich glaube, er kennt die Antwort, sagte der Schlagintweit.

Das ist eine dumme Frage, übersetzte ich.

Krishna fährt in viele Sterbliche, sagte Niemand. Es gibt Wege, ihn herbeizurufen, auch nur für eine Nacht.

Adolph spähte noch einmal durch den Schlitz.

Für einen Dasturi, sagte Niemand.

Ich sah Adolph an und wartete auf seine Antwort.

Bist du in Bombay geboren?, fragte Adolph auf der Heimfahrt, als der Sikh uns zurück zur Esplanade kutschierte und Nachtluft um unsere Köpfe wirbelte. Wir trugen wieder Augenbinden, und doch hatte ich deutlich das Bild der Frauen vor Augen. Die Erinnerung daran schmeckt bis heute nach Rum.

Nein, antwortete ich. Aber Vater Fuchs sagt, Bombay wurde in mir geboren.

Adolphs Lachen kam tief aus seinem Körper.

Sir, warum wollten Sie kein Nachkomme Krishnas sein?, fragte ich.

Obwohl mir nichts an diesem oder irgendeinem anderen Schlagintweit lag, war ich froh, dass er sich dagegen entschieden hatte. Kein Bayer sollte sich für einen Maharaja ausgeben. Nicht einmal für eine Nacht.

Bombay ist wie ein Museum, sagte Adolph. Man sollte alles ansehen und studieren, aber tunlichst nichts anfassen.

Bombay ist wie ein Museum, flüsterte ich mir zu. Das war der erste vernünftige Satz, den ein Schlagintweit von sich gegeben hat.

Was für eine Inszenierung!, rief Adolph. Das Schöne und das Hässliche so nah beieinander. Mein Bruder – du weißt, welcher – behauptet, in Indien sei Kultur rar. Ich bin anderer Ansicht. Man erlebt sie an ungewohnten Orten.

Er legte einen Zeigefinger auf seine Lippen.

Aber, Bart ...

Bartholomäus.

Bart, kein Wort davon zu meinen Brüdern!

Schlagintweit Sir? Werden wir nun nach Vater Fuchs suchen?

Viel besser, sagte er. Ich werde ihn finden!

Er klang so zuversichtlich. Ein Teil von mir, ein fremder, kleiner Teil, wollte ihm glauben.

Der schlimmste Monat des Jahres breitete sich aus und fraß sich in den Dezember. Vater Fuchs wurde nicht gefunden. Robert nahm meine Dienste gelegentlich in Anspruch. Aber Adolph bekam ich nicht mehr zu Gesicht. Und Hermann auch nur einmal: als er, Robert und ich nach Gharapuri aufbrachen.

Auf der Fahrt mit dem Bandarboot machte sich meine Seekrankheit wieder bemerkbar. Diesmal gelang es mir, keinem Gouverneur vor die Füße zu spucken, sondern nur einer kühnen Möwe. Ich war aufgeregt. Die Götter auf der Insel hatte ich noch nie besucht.

Neben dem Landungsplatz empfing uns ein Munschi mit orangem Bart, der andauernd nieste, als würde er Chilipulver atmen, und ein steinerner, entstellter Elefant. Wegen Letzterem wird die Insel von den Firengi Elephanta genannt. Vater Fuchs sagt, sobald die Vickys Indien wieder verlassen, wird sie ihren richtigen Namen zurückerhalten.

Der Munschi führte uns durch die Höhlen. Dieser Aufgabe ging er schon seit vielen Jahren nach. Zu lang. Unlust machte seine Worte träge und zog seine Mundwinkel nach unten. Ich übersetzte seine Beschreibungen, die nicht über das hinausgingen, was wir mit eigenen Augen sehen konnten: Stein, alt, groß, sehr groß. Auf die mächtige Shivastatue deutete er mit halb erhobenem Arm und murmelte: Gott.

Beim Übersetzen beäugte mich Hermann misstrauisch. Bei jedem Wörtchen hakte er nach, ob der Munschi auch wirklich genau das gesagt habe.

Die Brüder nahmen Messungen vor. Hermann notierte angestrengt, als könnte er den Felsen so zertrümmern.

Er hielt es für beachtenswert, dass die Höhlen mit bloßer Hand aus dem Stein gehauen worden waren. Jedoch seien die Proportionen der Körperteile diverser Skulpturen durchaus mangelhaft. Immerhin habe man bedacht, die aus dem massiven Stein geschlagenen Säulen sorgfältig parallel und in gleiche Abstände zu stellen.

Er hörte sich an wie Devinder, wenn er seinen Jüngsten rügt, dass er noch nicht laufen kann. (Sein Sohn ist acht Monate alt.)

Können Sie nicht sehen, wie schön es ist?

Hermann drehte sich zu mir um. Offenbar hatte ich das laut gesagt.

Schönheit ist keine wissenschaftliche Kategorie, antwortete er. Wer sich nur auf das Schöne kapriziert, wird nie seinen Verstand erweitern.

Wer aber das Schöne nicht sieht, Sir, der weiß gar nicht, was das Hässliche ist, erwiderte ich.

Robert, der tiefer in die Höhle vorgedrungen war, lachte kurz auf. Das Echo machte daraus das Gelächter vieler Schlagintweits. Der Munschi sah Hermann an, als warte er auf ein Zeichen, ob er auch lachen sollte.

Hermanns Blick war eindeutig. Der Munschi nieste bloß.

Du hast zu viel Zeit mit meinem Bruder verbracht, sagte der Schlagintweit.

Ich werde noch mehr mit ihm verbringen, sagte ich.

Das wage ich zu bezweifeln.

Sie können ihn fragen.

Adolph ist abgereist. Bereits vor Tagen.

Wann wird er zurückkommen?

Warum sollte er, sagte Hermann.

Er wird Vater Fuchs für mich finden.

Adolph ist längst auf dem Weg nach Madras.

Das kann nicht sein, sagte ich.

Hermann vertiefte sich wieder in sein Notizbuch.

Ich lief zu Robert. Das kann nicht sein!, sagte ich zu ihm.

Robert öffnete seinen Mund und holte Luft und schloss seinen Mund.

Auf der Rückfahrt war meine Übelkeit so groß, ich konnte nicht einmal erbrechen.

In der Dachkammer zündete ich die Kerze an. Ich wollte das ganze Haus in Brand setzen. Dann hätte ich die Welt von zwei Schlagintweits befreit – aber auch vom Gründer des ersten indischen Museums. Und der Lügner wäre entkommen.
Ich presste Vater Fuchs' Taschentuch gegen meine Nase. Es roch nicht mehr nach ihm und seinem Lächeln, sondern nach dem Schweiß meiner Hände und dem Schmutz in meiner Tasche. Ich hielt es über die Kerze. Die Flamme zierte sich lange. Als sie endlich in den bayerischen Stoff biss, ließ ich ihn fallen und trat die Flamme aus. Nun roch das Taschentuch wenigstens nach dem Abend, an dem ich ihn zuletzt gesehen hatte.

Am schlimmsten Tag des schlimmsten Monats erhielten die Schlagintweits Besuch vom berühmtesten Parsi Bombays. Sir Jamsetjee Jejeebhoy ist Opiumhändler und der erste Indier, der von den Vickys zum Ritter geschlagen wurde. Er besitzt mehr Schiffe und Residenzen und Geschäfte als die meisten Firengi. Zusammen mit Hermann und Robert saß er im Garten von Konsul Ventz und sie löffelten Eis aus der einzigen parsischen Eis-Confiserie Bombays. (Ich bin schon oft zu Rustomji Framjis Laden gelaufen, um durch die Fensterscheibe zu schauen und mir vorzustellen, wie köstlich[*] etwas schmecken muss, das noch süßer sein soll als Zuckerrohr und kälter als Vater Holbeins Blick.) Zuerst erkannte ich Jejeebhoy nicht. Ich hat-

---

[*] Man erzählt sich, Framji mische seinem Eis etwas Opium bei, um es noch unwiderstehlicher zu machen. Aber das ist vermutlich nur ein Gerücht, gestreut vom einzigen anderen Eis-Confiseur in Bombay, einem Firengi.

te noch nie ein Bild von ihm gesehen und sein Äußeres unterschied sich nicht wesentlich von dem anderer reicher Parsis: viel Schmuck an Händen und Ohren und Brust, spitz zulaufende Schuhe, eine seitwärts gebundene Kurta und ein Topi aus dunkel glänzendem Fell. Aber sein Gehilfe lieferte den entscheidenden Hinweis. Jeder in Bombay weiß, dass Jejeebhoy einen Chinesen zu seinen engsten Vertrauten zählt.

Ich wurde nicht zu ihnen gerufen – für einen Verbündeten der Vickys brauchten die Brüder keinen Übersetzer –, und so konnte ich sie nur durch das Fenster beobachten. Jejeebhoy saß aufrecht und aufmerksam in seinem Sessel; er strahlte Wärme aus, wie Smitaben, und er schien zu lächeln, auch wenn ich das wegen seinem Schnurrbart nicht mit letzter Bestimmtheit sagen konnte. Sein Chinese stand reglos hinter ihm. Er war in ein Gewand gehüllt, das bis zu seinen Füßen reichte und so tief blau war wie Hormazds Tinte. Ich konnte das aus der Entfernung nur schwer erkennen, aber seine Augen schienen ständig in Bewegung, als würde er jeden Moment einen Überfall erwarten. Robert zeigte Jejeebhoy seine Bildermaschine und langweilte ihn; das konnte ich daran ablesen, dass der Parsi anfing, mit den Ringen an seinen Fingern zu spielen und mehrmals Hilfe suchend zu dem Chinesen sah. Hermann war nicht besser. Er notierte und redete, redete und notierte. Jejeebhoy fächelte sich mit der flachen Hand Luft zu, als wehrte er die vielen Worte wie Moskitos ab.

Kurz nachdem die Gruppe den Garten verlassen hatte, kehrte der Chinese zurück und winkte in meine Richtung. Ich war mir sicher, dass er nicht mich meinte. Aber er winkte erneut, diesmal mit beiden Armen. Ich öffnete das Fenster.

Wir haben nicht viel Zeit, rief er auf Gujarati und so leise wie möglich. Komm heute nach Sonnenuntergang zum Battliwala.

Warum?, rief ich zurück.

Er flüsterte fast, aber was er sagte, hätte ich auch von seinen Lippen ablesen können: Vater Fuchs.

Der Battliwala befindet sich im Herzen von Blacktown. Häuser in dieser Gegend wuchern wie ein Garten, für den Devinder verantwortlich ist. Jeden Tag sprießen neue Baramahdas und stülpen sich schiefe Dachrinnen hervor. Ich weiß, wie unsinnig das klingt, aber ich glaube, die vielen Sprachen hier bringen die Gebäude zum Wachsen. Urdu, Hindi, Gujarati, Marathi, Marwari fallen wie Regen auf Blacktown und lassen es immer größer werden. Ich habe mich dort stets wohl gefühlt. Jede Sprache schenkt mir ein anderes Zuhause. Und sie alle zusammen schenken mir Zuversicht, dass die Vickys bald wieder verschwinden werden. Niemals wird es ihnen gelingen, ihr Englisch über unsere unzählbaren Sprachen zu stülpen.

Am schlimmsten Tag des schlimmsten Monats hatte ich jedoch keine Muße, den Zungen Blacktowns zu lauschen. Ich rannte die Straßen und Gassen entlang. In München wäre ich schneller vorangekommen. Dort gibt es Bürgersteige, von denen hat mir Vater Fuchs berichtet. Auf ihnen bewegen sich nur vereinzelt Personen und diese nur in geraden Linien. Blacktowns Wege sind unordentlicher. Ich wich Ochsenkarren und Waschfrauen und Sadhus und Droschken und Hühnern und Mönchen und einem Ohrenputzer aus.

Der Chinese wartete bereits vor dem Shop.

Battliwala war Jejeebhoys Schwiegervater. Nach dessen Tod hat Jejeebhoy seinen Glasflaschenhandel übernommen. Jeder in Bombay kennt die Geschichte. Die meisten von uns sind stolz darauf, dass ein reicher Parsi wie er sich weiterhin die Zeit nimmt, einen bescheidenen Laden in unserer Nachbarschaft zu führen.

Folge mir, sagte der Chinese, diesmal auf Hindi, und ging los.

Wissen Sie, wo Vater Fuchs ist?

Er antwortete nicht und beschleunigte seinen Schritt. Wir durchquerten einen Bazar. Ein Händler pries Bammelo-Fisch an; ein Kupferschmied stapelte seine Essgeschirre und Wassergefäße riskant, als wolle er einen Rekord aufstellen; vor einem anderen Laden reihte ein Parsi englische Saucen auf, sein Gehilfe kaute Chunam und amüsierte sich eher mit den Spielwaren, als dass er sie präsentierte; ein weiterer Verkäufer bot Seife an, auf deren Verpackung ein schwarzer Junge sich damit wusch und so zu einem weißen Jungen wurde.

Wir bogen in eine enge Gasse ein, kaum breiter als drei Mal ich, und achteten darauf, nicht in das stinkende Rinnsal zu treten, das sich in ihrer Mitte dahinschlängelte. Seine Quelle war nicht weit entfernt: ein beliebtes Plumpsklo der Gegend, unter dessen Sitzen sich keine Gruben oder Schüsseln befanden, bloß löchrige Körbe.

Ich blieb stehen und fragte ihn, ob das ein Hinterhalt sei.

Der Chinese drehte sich zu mir um und hielt eine Hand vor seine Nase. Er wirkte nicht erfreut.

Interessant, sagte er. Ein arroganter Waisenjunge. Sieht man nicht alle Tage. Glaubst du wirklich, deinesgleichen wäre einen Hinterhalt wert?

Bevor ich darauf eingehen konnte, sprach er weiter: Sir Jamsetjee Jejeebhoy und Herr Adolph Schlagintweit hatten – er suchte nach dem richtigen Wort – *geschäftlich* miteinander zu tun. Herr Adolph Schlagintweit hat uns ersucht, den Vater für dich ausfindig zu machen. Und jetzt komm.

Er eilte weiter.

Hatte ich mich in Adolph geirrt? Der fremde, kleine Teil von mir machte, dass mein Herz pochte.

Wir erreichten einen Platz, auf dem ein Banyanbaum mit den ihn umgebenden Häusern im Wettstreit wuchs. Hier wäre ich gerne auf Vater Fuchs gestoßen.

Der Chinese klopfte gegen eine Tür mit kunstvollen Verzierungen. Ich kenne diese Art von Türen in Blacktown. Vater Fuchs hat mir erzählt, sie wurden einmal sogar auf einer Ausstellung für die Welt in Paris gezeigt.

Ein weiterer Chinese öffnete. Dieser war der fetteste Mensch, den ich je gesehen habe. Selbst ein australischer Hengst hätte ihn nicht tragen können. Er war gerade dabei, sich mit einer Betelnuss die Zähne zu reinigen. Wir betraten die Räumlichkeiten. Der fette Chinese schloss die Tür hinter mir und spuckte die Betelnuss aus. Seine Verneigung vor Jejeebhoys Gehilfen glich einem Wanken.

Blauer Dunst schluckte uns. Es roch seltsam. Jemand wie ich, der in Bombay aufgewachsen ist, kennt alle Gerüche. Dieser schien mir vertraut und doch wusste ich nicht, woher.

Die Chinesen wechselten ein paar Worte auf Chinesisch. Danach tippte mir Jejeebhoys Gehilfe grob auf die Schulter.

Hast du nicht verstanden?, sagte er, nun auf Marathi.

Ich spreche kein Chinesisch.

Und du willst ein Übersetzer sein?, sagte er auf Englisch, und dann noch etwas auf Chinesisch.

Das Lachen des fetten Chinesen klang wie das eines Mädchens.

Kann ich mit Jejeebhoy sprechen?, fragte ich auf Deutsch, um zu beweisen, dass niemand alle Sprachen beherrscht.

Jejeebhoys Gehilfe erwiderte auf Deutsch: *Sir* Jamsetjee Jejeebhoy hat Bedeutenderes zu tun!

Wenigstens war sein Akzent stärker als meiner.

Auf Hindi teilte er mir mit, Vater Fuchs sei zuletzt an diesem Ort gesehen worden.

Geh!, forderte er mich auf. Such nach ihm!

Ich drang tiefer in den Keller und den Dunst ein. Der Raum erstreckte sich ins Dunkel, die Stadt rückte in die Ferne. Zu allen Seiten lagen Männer auf Matten und bewegten sich, wenn überhaupt, so langsam, als befänden sie sich unter Wasser. Hier und da leuchtete kurz eine Flamme auf, wenn sie ihre Chilams anzündeten.

Ich begriff nun, wo ich mich befand: in einer Khana. Vater Holbein hat uns verboten, eine solche, wie er sie nennt, *Opiumhölle*, aufzusuchen, weil in dieser das Glashaus seinen besten Diener, Om Prakash, verloren hat. (Ein beliebter Reim der Anderen: *Wenn OP nimmt Opium, bringt Opium OP um.*) Hormazd hat mir davon abgeraten, einen solchen Ort aufzusuchen, weil statistisch 99 von 100 Opiumrauchern noch weniger wert seien als das Ehrenwort eines Banias. Devinder hat mir empfohlen, lieber Alkohol zu trinken, als einen solchen Ort aufzusuchen, weil Opium unfruchtbar mache. Smitaben hat mir untersagt, einen solchen Ort aufzusuchen, denn dort würden Kinder in die Abhängigkeit getrieben werden. Nur Vater Fuchs hat nie gesagt, ich soll eine Khana nicht betreten.

Also konnte ich einen solchen Ort aufsuchen.

Ich wanderte durch den Raum und sah mich nach Vater Fuchs um. Dabei musste ich darauf achten, nicht über einen der Männer zu stolpern. Die meisten waren Moslems. Es war denkbar, dass man Vater Fuchs hier gesehen hatte. Bei seinen Besuchen in Blacktown hilft er den Schwächsten und Ärmsten. Viele Männer in dieser Khana sahen faltig und müde aus, als könnten sie nur mehr im Schlaf Glück finden.

Der Geruch – ich wusste nun, warum er mir so vertraut erschien. Vater Fuchs hatte ihn in seinen Klamotten mitgebracht und mich bei jeder Begegnung darin eingehüllt.

Ich durchquerte den Raum vergebens. Ich machte eine zweite Runde und ließ mir diesmal mehr Zeit. Danach versuchte ich es ein drittes Mal. Und darauf ein viertes Mal, zur Absicherung.

Schließlich ging ich zurück zu den Chinesen und schüttelte den Kopf.

Jejeebhoys Gehilfe deutete auf den fetten Chinesen: Er sagt, der Vater war ein guter Kunde, er kam fast täglich.

Er war kein Kunde, sagte ich. Er hat den Kranken geholfen.

Der Gehilfe klatschte in die Hände, als müsste er mich aus Opiumschlaf wecken: Der Vater war ein Kunde – ein kranker Kunde!

Der fette Chinese sagte etwas, der Gehilfe übersetzte: Nur hier konnte er seinen Husten besänftigen.

Vater Fuchs hat geraucht?

Die Worte hatte ich nicht an die beiden Männer gerichtet. Ich holte das bayerische Taschentuch hervor.

Sofort deutete der fette Chinese darauf und sagte: Fuchs.

Wieder redeten sie auf Chinesisch miteinander. Diesmal aber erhob Jejeebhoys Gehilfe seine Stimme, er schien verärgert. Als der fette Chinese etwas hinzufügte, ohrfeigte ihn der Gehilfe. Nun sah der fette Chinese zu Boden.

Der Gehilfe zerrte mich in Richtung Tür. Wir traten nach draußen. Blacktowns Luft war mir noch nie so rein vorgekommen. Im Geäst des Banyanbaums entdeckte ich eine Krähe. Ihr Gefieder war schwärzer als der Nachthimmel.

Die Augen des Gehilfen huschten nicht mehr hin und her; er sah mich direkt an und bat um Verzeihung. Man habe ihm nicht alle Informationen zukommen lassen. Er lächelte angestrengt wie jemand, den das viel Kraft kostet. Und dann verriet er mir, wo Vater Fuchs war. Ich wünschte, er hätte Chinesisch gesprochen. Denn ich verstand jedes einzelne Wort.

Ich werde Vater Fuchs niemals finden, das steht fest. Ich werde vergessen, was Jejeebhoys Gehilfe mir erzählt hat, und ich werde nicht ins Glashaus zurückkehren. Ich werde Vater Holbein nicht beschimpfen, weil er mir Vater Fuchs' Schicksal verschwiegen hat, und ich werde dafür keine Hiebe bekommen. Die Anderen werden mich nicht auslachen und Smitaben wird mich nicht umarmen und Devinder mich nicht zu sich nach Hause einladen und Hormazd mir kein Pale Ale anbieten. Ich werde die Schlagintweits überzeugen, dass sie einen brillanten Übersetzer brauchen, und ich werde mit ihnen Bombay verlassen, und damit alles, was mich an Vater Fuchs erinnert. Ich werde in jeden Winkel Indiens reisen. Ich werde das Museum der Welt fortführen, damit wir Indier uns daran erinnern können, wer wir sind. Und ich werde nicht den Friedhof hinter dem Glashaus betreten und nach dem Grab suchen und weinen.

Ich werde Vater Fuchs niemals finden!

II

*Die Route nach Madras,
1854–55*

BEMERKENSWERTES OBJEKT NO. 11

Ein ganz gerader Tar

Ich schreibe meine Worte in einen Lichtkreis. Ich schreibe ein Wort, manchmal noch eins, fast nie ein drittes, dann muss ich mein Büchlein ein Stück verschieben, damit der Lichtkreis wieder auf eine leere Stelle Papier fällt. Der Lichtkreis ist mein Auge für alles, was aus mir und was von draußen kommt. Smitaben hat das Loch für mich in die Seite der Holzkiste gebohrt. Seit wir Bombay verlassen haben, lebe ich in der Holzkiste. Sie ist wie mein altes Zuhause: Es gibt wenig Platz, es riecht aufdringlich, ich werde von größeren Kräften herumgeschleudert und kann gegen all das wenig tun.

Die Vickys lassen sich in solchen Holzkisten beerdigen. Aber ich werde mich niemals beerdigen lassen. Wann weiß man, ob man wirklich tot ist? Was, wenn man schon unter der Erde ist und noch am Leben? Ich jedenfalls will brennen, wenn es so weit ist. Nur wer brennt, stirbt mit Sicherheit, sagt Smitaben. Worin ich ihr unbedingt zustimmen muss. Nur wer brennt, wird wiedergeboren, sagt Devinder. Das stimmt vermutlich auch. (Wobei es so viele Orte und so viele Lebewesen gibt, dass ich noch nie jemandem begegnet bin, den ich schon in seinem früheren Leben kannte.) Hormazd hält nichts davon zu brennen. Er sagt, das entheiligt das Feuer. Ich habe noch nie darüber nachgedacht, was das Feuer davon hält, dass alle Hindus es zwingen, sie zu fressen. Vielleicht schmeckt das dem Feuer nicht. Hormazd sagt, das Feuer muss mit Respekt behandelt werden. Darum verwenden Zoroastrier auch keine Feuerwaffen und löschen nie ein Feuer. Hormazd wünscht sich aber auch nicht, in der Erde vergraben zu werden. Er will in Bombay hoch oben in den Towers of Silence auf die Gitter gelegt werden. Dort sollen ihn die Raubvögel verschlingen, bis seine Knochen durch die Gitter herunterfallen. Wenn es aber gar nicht anders geht, sagt Hormazd, wenn er sich bei seinem Ende nicht in Bombay befindet, dann würde er ein Abnagen der Knochen durch Hunde vorziehen. Das hat er mir bereits einige Male erzählt, seitdem wir Bombay verlassen haben. Dabei spricht er immer möglichst klar und deutlich in das Loch in der Holzkiste. Er hat Angst, dass man ihn verbrennt oder beerdigt, weil er der einzige Parsi im Dienst der Schlagintweits ist. Ich sage ihm jedes Mal, er soll sich keine Sorgen machen. Er wird nicht sterben. Er wird nach Bombay heimkehren und mit seiner Frau viele Kinder haben. Darauf erwidert er: Ja, und du, Bartholomäus, wirst das erste Museum Indiens eröffnen.

Für jemanden, der einen so starken Glauben hat, glaubt Hormazd nicht viel. Außer mir glaubte … glaubt nur Vater Fuchs, dass ich das erste Museum Indiens eröffnen werde. Davon können mich selbst drei bayerische Brüder nicht abhalten. Nein. Sie werden mir sogar dabei helfen. Auch wenn sie noch nichts davon wissen.

Am Morgen nach der Nacht, in der ich weggelaufen bin, um Jejeebhoys Gehilfe in Blacktown zu treffen, hatte ich sie aufgesucht und angefleht, mich doch mit auf ihre Forschungsreise zu nehmen.

Sie ließen mich nicht mehr in Konsul Ventz' Haus und meine Worte nicht mehr in ihre Ohren. Sie trugen den Wachen auf, mich zur Straße zu eskortieren und nie mehr hereinzulassen. Und als ich nach einer Erklärung fragte, krönte Hermann den schlimmsten Monat mit einem indischen Sprichwort: *Es ist ebenso schwer, einen ganz geraden Tar zu finden als einen ganz ehrlichen Menschen.*

Dass er *Tar* und nicht *Palme* sagte, machte es besonders schlimm. Beherrschte er Hindi inzwischen so gut? Oder hatten sie bereits einen neuen brillanten Übersetzer gefunden?

Vor Konsul Ventz' Anwesen setzte ich mich an den Straßenrand neben eine schiefe Mauer, die sich gegen ihren Schatten lehnte, und richtete meinen Blick auf den Eingang. Sie brauchten mich. Gewiss würden sie bald zur Vernunft kommen und mich zu sich holen.

Mit jeder verstrichenen Stunde spürte ich meinen Stolz schmelzen.

Ich wunderte mich, dass ich keinen Hunger verspürte. Die letzte Mahlzeit hatte ich am Vorabend zu mir genommen. In meinem Bauch waren noch Reste einer Zeit, in die ich niemals zurückkehren konnte, einer Zeit im Glashaus mit Appetit und Vater Fuchs. Die Welt hatte sich weitergedreht und nun schien mir jedes Sandkorn zu meinen Füßen fremd. Ich musste mich daran erinnern, wer ich war und woher ich kam, ich musste das Museum der Welt fortführen, wie Vater Fuchs es sich gewünscht hätte, und dafür galt es, die Brüder auf ihrer Reise zu begleiten. Nur so würde ich Indien sehen, wie es nie zuvor eine Waise gesehen hat.

Als die Sonne bereits so tief stand, dass ihre Strahlen die Mauer noch mehr zur Seite drückten, tauchte Smitaben vor dem Tor zu Konsul Ventz' Anwesen auf. Sie betrat es, bevor ich ihre Aufmerksamkeit auf mich lenken konnte. Es dauerte aber nicht lange, bis sie es wieder verließ. Ich lief sofort zu ihr.

Sie rief meinen Namen wie nur Smitaben meinen Namen

ruft und sie umarmte mich und hüllte mich in ihren unwiderstehlichen Küchenduft. Die Welt hatte sich weitergedreht, aber ein paar Dinge waren noch so wie früher.

Die Schlagintweits haben Smitaben rekrutiert. Sie wird die Brüder auf ihrer Expedition begleiten und für sie kochen. Und die Maasi ist nicht die Einzige, die diese Bayern in ihren Dienst gestellt haben. Hormazd und Devinder müssen das Glashaus ebenfalls hinter sich lassen und sich, ob sie wollen oder nicht, den Schlagintweits anschließen.

Du bist aber keine Sklavin?, fragte ich, um sicherzugehen.

Von Vater Fuchs weiß ich, dass die Vickys die Sklaverei abgeschafft haben.

Nein, eine Sklavin bin ich nicht, sagte sie.

Aber, Maasi, was bist du dann?

Ich bin eine Köchin.

Ja, aber du darfst nicht in Bombay bleiben, wo du zu Hause bist.

Nein, darf ich nicht.

Und du musst ihnen gehorchen.

Ja, muss ich.

Und du wirst bestraft, wenn du ihnen nicht gehorchst.

Das werde ich wohl.

Nennt man jemanden wie dich nicht eine Sklavin?

Smitaben dachte darüber nach und rubbelte einen eingetrockneten Soßenklecks von ihrer Kleidung.

Nein, sagte sie mit einem Mal, denn sie bezahlen mich ja!

Sie hatte recht. Noch nie hatte ich von Sklaven gehört, die Lohn erhielten. Wenn jemand bezahlt wurde, musste er doch frei sein.

Nimm mich mit, Maasi.

Sie sah mich an, als hätte ich sie gebeten, eine Kuh zu schlachten.

Bevor sie mir widersprechen konnte, erzählte ich ihr, warum ich Vater Fuchs niemals finden würde. Darauf nickte sie nur und drückte mich noch einmal in ihren Duft.

Am 31. Dezember 1854 verließen wir Bombay auf einem Dampfschiff. Ich war jetzt kein Übersetzer mehr, ich war Schmuggelware. Smitaben hatte mich in einer zugenagelten, so hohen wie breiten Holzkiste versteckt, in der sie *die wichtigsten, empfindlichsten Küchensachen* transportierte. Das erzählte sie jedem, der sich der Holzkiste näherte.

Ich presse mein Gesicht gegen das Loch. Der Seewind kitzelte meine Nasenhaare. Für kurze Zeit roch ich Meerwasser, aber bald darauf nur noch die säuerlichen Reste der Zeit, in die ich niemals zurückkehren konnte. Ich hatte mich bemüht, sie in eine Ecke der Holzkiste zu spucken. Sie flossen zurück zu mir, als vermissten sie ihren Behälter. Meine Kleidung sog sie auf und ich roch bald wie sie. Der Lichtkreis war fast ein Schattenkreis. Weitere Kisten waren vor dem Loch gestapelt. Der Boden vibrierte. Tief unter mir schuftete kein Seemann oder Sklave, sondern eine Maschine, ein Metallherz. Ich hatte die Dampfschiffe bisher nur am Hafen und aus der Ferne beobachtet. Jetzt wurde ich getragen von diesem Tier, das nicht am Leben war und sich doch so lebendig bewegte. Es musste mehr wiegen als jeder Büffel. Dennoch beförderte es uns schnell durchs Wasser. Ich hörte es schnaufen.

Nach einigen Stunden wurde alles umgeladen. Im Lichtkreis konnte ich ein kleineres Boot ausmachen. Die Träger behandelten Smitabens wichtigste, empfindlichste Küchensachen, als wären es unbedeutende, solide Küchensachen. Ich schlug mir oft den Kopf an und biss mir einmal so stark auf die Zunge, dass ich blutete.

Wir sind in Ulva, flüsterte mir Smitaben zu.

Kann ich rauskommen?, fragte ich, obwohl ich wusste, dass es dafür noch zu früh war.

Geduld, sagte sie.

Viele Stunden vergingen. Der säuerliche Gestank war so stark, dass ich Luft aus dem Lichtkreis saugen musste, und diese war kühl und frisch, nicht so wie in Bombay, wo alles, was man einatmet, schon von vielen anderen geatmet worden ist.

Es war Nacht, als wir Panvél erreichten. Hormazd klopfte gegen meine Kiste, teilte mir mit, Smitaben sei beschäftigt, und schob ein paar Aloorotis durchs Loch.

Ich verschlang sie. Der Geschmack schickte mich zurück ins Glashaus. Ich fragte mich, ob ich es je wiedersehen würde, und ich sagte mir, dass es dort nichts mehr zu sehen gab.

Ich werde das nicht überleben, sagte Hormazd. Er klang müde.

Was?, fragte ich.

Diese Reise. Ich habe Bombay noch nie verlassen.

Ich auch nicht, sagte ich.

Ich wünschte, meine Frau wäre hier.

Das hatte ich ihn noch nie sagen hören. Wenn er sich das wünschte, musste es ihm schlecht gehen.

Meine Knochen sind nicht fest genug und meine Füße zu flach fürs Reisen, sagte Hormazd.

Du wirst dich schon daran gewöhnen, sagte ich.

Wie gerne ich meine Füße benutzt hätte! Sie lagen nur unnütz in der Holzkiste herum.

Du meinst, sagte Hormazd, man gewöhnt sich ans Sterben?

Du stirbst doch nicht, sagte ich.

Wir alle sterben die ganze Zeit, erwiderte er. Manche schneller, manche langsamer.

Du bist noch nicht so alt, sagte ich.
Ich bin zu alt und du bist nicht alt genug.
Ich werde das auch nicht überleben?, fragte ich.
Es würde mich wundern, sagte er.
Ich schwieg, weil ich nicht mit noch mehr solchen Gedanken in der Kiste eingesperrt sitzen wollte. Hormazd fehlten seine besten Freunde, die Zahlen. Ohne sie musste er sich mit sich selbst unterhalten. Und wer zu viel mit sich selbst redet, der glaubt sich irgendwann alles. Vater Fuchs hat mich davor gewarnt. Er sagt, dafür liebt er Bombay so. Die Stimmen der Stadt halten einen davon ab, nur auf die eigene Stimme zu hören. Nun, da ich seit einem Tag oder mehr in der Holzkiste saß, verstand ich zum ersten Mal, was er damit meint. Selbst ein Zimmer voller Anderer wäre mir lieber gewesen als dieser knarzende, stinkende, dunkle, winzige Raum.

Vor Sonnenaufgang hörte ich Hermanns Stimme. Er erteilte Befehle, welche Objekte von den Kulis transportiert werden sollten. Auch Devinder zählt zu den Kulis. Die Strenge, mit der Hermann sprach, machte deutlich, dass die Verantwortung der Träger noch größer ist als ihre Last. Barometer, Chronometer, Geothermometer. Was das für Dinge waren, weiß ich nicht. Sie mussten jedenfalls wertvoll sein, denn das betonte er. Das betonte er oft. Eine freundliche Stimme übersetzte seine Worte einwandfrei ins Hindi.
Ich beschloss, den Besitzer dieser Stimme nicht zu mögen.
Wir zogen weiter. Im Mondlicht erkannte ich Mangobäume. Sie waren reicher an Blättern als in Bombay. Ich konnte sie nicht riechen. Aber es half, mir vorzustellen, wie gut sie riechen mussten.
Auf der Straße herrschte reger Verkehr, obwohl die Dämmerung noch auf sich warten ließ. Wir überholten Ochsenkarren,

durchquerten Dörfer, in deren Häusern bereits Licht brannte. Die ersten Sonnenstrahlen zeigten mir Teile von einem Gebirge, das wie die Treppe eines Riesen aussah. Die Westghats.

Kurz nachdem unser Train Rast gemacht hatte, verdunkelte ein Auge mit buschigen Augenbrauen den Lichtkreis. Devinder.

Smitaben schickt mich, sagte er und reichte mir eine Banane durch das Loch.

Wo sind wir?, fragte ich.

Chauk, sagte er.

Wo ist das?

Ich war noch nie in Chauk.

Was machen wir hier?

Warten, auf die Kamele.

Darf ich rauskommen?

Das weiß ich nicht.

Und Smitaben?

Soll ich sie fragen?

Ja, ja!

Er verschwand und kehrte nach wenigen Minuten zurück.

Und?, fragte ich.

Was, und?, sagte er.

Hast du sie gefragt?

Ja, sagte er.

Und was hat sie gesagt?

Es folgte eine mir wohlbekannte Stille: das Geräusch, wenn Devinder nachdenkt.

Devinder?

Ja?

Du hast sie nicht gefragt, oder?

Nein, sagte er, habe ich nicht.

Könntest du dann noch einmal gehen und sie fragen?

Wieder verschwand er, blieb aber diesmal fern.

Ich hielt Ausschau nach ihm, linste durch mein Loch in alle Richtungen. Ich sah nur Kulis, die ihre Füße massierten und einen Bungalow, davor die Schlagintweits. Hermann starrte auf seine Taschenuhr. Robert setzte sich in den Schatten und zog seinen Hut tiefer in die Stirn.

Devinder kam zurück.

Ich kann sie nicht finden, sagte er.

Sie muss doch irgendwo sein.

Ich kann sie nicht finden, sagte er wieder.

Es wundert mich nicht, dass er ein Gärtner ist. Devinders Geist bewegt sich so schnell wie Pflanzen wachsen.

Du musst mir helfen, sagte ich. Öffne die Kiste.

Warten wir lieber auf Smitaben, sagte er.

Ich kann nicht, sagte ich.

Nur eine Stunde, sagte er.

Dann ist es zu spät, sagte ich. Ich habe viel gegessen.

Ich auch, sagte er.

Ich will damit sagen, mein Bauch ist voll. Verstehst du?

Er blinzelte, blinzelte noch einmal, dann weitete sich sein Auge.

Oh, sagte er.

Lass mich raus, sagte ich.

Mach es da drin, sagte er.

Hier? Das geht nicht. Weißt du, wie eng das hier ist?

Nein, das weiß ich nicht.

Würdest du in einer Kiste mit deinem eigenen Unrat sitzen wollen?

Devinder sah sich um und machte sich am Deckel zu schaffen.

Die freundliche Stimme, die für Hermann übersetzt hatte, sagte auf Hindi zu ihm: Was treibst du da? Da drin sind wichtige, empfindliche Küchensachen! Entferne dich.

Und sofort entfernte sich Devinder.

Also wartete ich einen Moment und drückte dann gegen den Deckel. Er bewegte sich kein Stück. Ich ging auf die Knie und stemmte mich mit dem Rücken dagegen. Nicht einmal einen Lichtschlitz bekam ich zustande. Mein voller Bauch und ich waren Gefangene. Sollte ich nach den Schlagintweits rufen, mich ihnen zeigen? Ich entschied mich dagegen. Wir waren noch nicht lange genug gereist. Sie würden mich sofort zurück nach Bombay schicken.

Ich wachte auf und wusste nicht, wann ich eingeschlafen und wie viel Zeit verstrichen war. Das Loch war mit Kamelhaar verstopft. In gleichmäßiger Bewegung und behutsamer als die Kulis wurde ich irgendwohin getragen. Übler Geruch kam aus meiner Kleidung. Im Schlaf war passiert, was ich im Wachsein hatte verhindern können. Ich holte das bayerische Taschentuch hervor und stopfte es mir in die Nase. Selbst das half kaum.

Ich traute mich nicht, gegen die Holzkiste zu klopfen.

So saß ich im Dunkeln in meinem eigenen Unrat. Vater Fuchs hat mir erzählt, dass Menschen nach ihrem Ableben ihren Darm entleeren. Vielleicht war ich gestorben, vielleicht wusste ich das nur noch nicht.

Wir hielten. Meine Kiste wurde zu Boden gelassen. Sofort drückte ich meine Nase gegen den Lichtkreis. Erst danach gönnte ich meinen Augen ein bisschen Licht und sah Hermann an einem nicht sehr geraden Tar hängen, Arme und Beine um den Stamm der Palme geschlungen, als wäre sie der Mast eines sinkenden Bootes. Mehrmals versuchte er, den Strick, der ihn an die Palme fesselte, weiter hochzuschieben. Es wollte ihm nicht gelingen. Einige Kulis tauschten Blicke aus. Ich konnte ihnen ansehen, dass sie ihr Lachen unterdrückten. Sie fürchteten die Reaktion des Firengi.

Willst du nicht wieder herunterkommen?, rief ihm Robert zu. Er umrundete die Palme mit dem Kopf im Nacken.

Ich bin nicht auf die Palme gestiegen, um herunterzukommen, sagte Hermann.

Wozu dann?

Ich werde ihre Spitze erklimmen.

Das ist kein Berg, sagte Robert.

Eben, das ist nur eine Monocotyledone.

Wie lange, denkst du, wird diese Besteigung dauern?, fragte Robert.

Es kann nicht so schwer sein, sagte Hermann mit hochrotem Kopf.

Versuch es doch morgen noch einmal.

Einen ganzen Tag verlieren? Niemals!

Wir sind nicht nach Indien gekommen, um Palmen zu besteigen, sagte Robert.

Da, lieber Bruder, muss ich dir widersprechen. Genau dafür sind wir nach Indien gekommen. Diese Palme ist nicht weniger von Bedeutung als der Sagarmatha.

Der Sagarmatha ist einzigartig, sagte Robert. Noch nie zuvor hat ihn jemand bezwungen.

Das wissen wir nicht mit Sicherheit. Und zudem gilt das vermutlich auch für diese Palme.

Du könntest dich an einer anderen Palme versuchen.

Eben nicht. Wenn ich mich heute geschlagen gebe, dann ist es einerlei, wie viele Palmenkronen ich morgen erklimme. Ich werde immer derjenige sein, dem nicht gelungen ist, was er sich vorgenommen hat.

Es ist nur eine Palme, Hermann.

Exakt, Robert.

Sollen wir das Lager aufschlagen?

Hermann zerrte wortlos an dem Strick.

Wir schlagen das Lager auf, sagte Robert und stapfte davon.

Die Brüder brauchen dringend einen brillanten Übersetzer. Selbst wenn man dieselbe Sprache spricht, kann ein Übersetzer hilfreich sein. Ich hätte in dieser Situation erfolgreich zwischen Hermann, Robert und dem Tar vermittelt.

Stattdessen musste ich warten.

Smitaben kam nicht. Hormazd kam nicht. Devinder kam nicht. Hermann hing weiter an der Palme. Als es dämmerte, suchte ihn sein Bruder noch einmal auf und sagte seinen Namen.

Hermann tat so, als wäre er nicht Hermann.

Ich kann ihn verstehen. Der Schlagintweit hatte es zu weit geschafft, um aufzugeben, und er hatte es noch nicht weit genug geschafft, um zufrieden zu sein. Ihm blieb nur eine Möglichkeit: hängen zu bleiben.

Aber heute Morgen ist Hermann der Erste auf seinem Pferd. Allein der Mond und ich wissen, was in der Nacht geschehen ist.

Eine sture Fliege hat sich zu mir gesellt. Sie fliegt gegen die Wände der Holzkiste. Zwischendurch macht sie Pause. Sie landet auf meinem Büchlein und reibt sich ihre Beine. Immer wieder. Ich fange sie mit meinen Händen und sie brummt nervös. Sie soll mich in Ruhe lassen, flüstere ich ihr zu, dann geschieht ihr nichts. Ich lasse sie frei, wie ein guter Jain, und schreibe weiter. Die freundliche Stimme ruft etwas, ihr Besitzer steht direkt vor dem Lichtkreis. Ich muss jetzt ganz still sein. Ich atme nur durch den Mund und schreibe leise. Die Fliege setzt sich in mein

BEMERKENSWERTES OBJEKT NO. 12

Das Reich des Bösen

Es ist schwer, still zu bleiben, wenn dir eine Fliege in die Nase kriecht.
 Jemand stemmte den Deckel der Holzkiste hoch und das Tageslicht prasselte in meine Augen. Die freundliche Stimme befahl mir aufzustehen. Das war schwer. Meine Beine zitterten, als hätten sie vergessen, wofür sie da waren. Ich fiel um. Die freundliche Stimme rief zwei Kulis, die mich in der Holzkiste trugen. Ich konnte noch immer nichts sehen. Das Licht war so stark, als würde ich direkt in die Sonne blicken. Ich konnte aber die Träger hören, die aufgeregt durcheinanderredeten, weil sie noch nie jemanden gesehen hatten, der so unrein war und höllisch stank. Sie nannten mich einen Rakschas.
 Ich bin kein Rakschas, rief ich auf Hindi. Mein Name ist Bartholomäus und ich bin ein Waisenjunge aus Bombay!
 Das schien ihren Eindruck bloß zu bestätigen. Nur ein verschlagener Rakschas würde sich als Waisenjunge ausgeben. Auch wenn ich das nicht sehen konnte, war ich mir sicher, dass sie Abstand zu mir hielten. Vielleicht würde ich Feuer speien oder sie mit einem Fluch belegen.
 Was ist ein Rakschas?, fragte einer von zwei Schatten, vor denen ich abgestellt wurde. Es war Hermann. Nun bot sich mir die Gelegenheit, ihm meinen Wert als Übersetzer und Fachmann für Indisches zu beweisen.

Ein Dämon, sagte die freundliche Stimme auf Englisch, bevor ich antworten konnte.

Ein Dämon, sagte ich auf Deutsch, um meine Überlegenheit zu demonstrieren.

Wir haben ihn schon verstanden, erwiderte Hermann auf Englisch. Was machst du hier?

Ich bin ein brillanter Übersetzer, sagte ich.

Und unzuverlässig und unehrlich und zu jung, sagte Hermann.

Und arrogant!, fügte Robert hinzu.

Meine Augen gewöhnten sich langsam ans Licht. Ich sah mich um. Weder Smitaben, noch Devinder oder Hormazd waren in der Nähe.

Sie müssen mich mitnehmen, sagte ich zu den Schlagintweits, ich bitte Sie.

Hermann und Robert wechselten einen Blick. Ich sah ihre Gedanken durch die Luft flattern. Ein paar davon musste ich für mich gewinnen.

Ich werde alles tun, sagte ich, was Sie von mir verlangen. Alles! Ich werde nicht mehr unzuverlässig und unehrlich und zu jung sein. Schicken Sie mich nur bitte nicht zurück nach Bombay!

Sie werden mich zurück nach Bombay schicken. Mit einem Schiff. Sobald wir Madras erreichen.

Bombay ist wie eine Mutter, die nicht weiß, was sie ohne ihre Kinder wäre; sie will mich nicht gehen lassen.

Aber ich gehöre nicht mehr zu ihrer Familie. Bis Madras habe ich Zeit, den Schlagintweits zu beweisen, dass ich zu ihnen gehöre. Denn was ist eine Karawane anderes als eine Familie? Alle Mitglieder sind miteinander verbunden, ob sie wollen oder nicht, sie schaden und helfen sich, können sich über weite Strecken nicht leiden und müssen doch miteinander auskommen.

Hermann und Robert sind die Oberhäupter. Ich habe sie gefragt, warum sie nicht nach Madras gesegelt sind, das wäre schneller gewesen. Robert hat mich daraufhin angesehen, als wüsste ich nicht einmal, in welcher Himmelsrichtung die Sonne aufgeht. Und Hermann hat geantwortet, bei ihrer Reise gehe es in erster Linie nicht um Schnelligkeit. Es gehe darum, den Kontinent in seiner Gesamtheit zu erfassen. Er und seine Brüder seien vor allem wegen der Gebirgsketten im Norden hier, aber man könne doch keinesfalls Erhebungen erforschen, ohne sich gleichzeitig Niederungen zu widmen.

Sie meinen, sagte ich, Sie wissen nur, was Berge sind, wenn Sie erlebt haben, was keine Berge sind?

Ich konnte sehen, dass Hermann ein Lächeln unterdrückte.

Wenn er und Robert nicht gerade miteinander reden, wird alles, was sie sagen, von Eleazar übersetzt, der freundlichen Stimme. Er ist es auch, der mich beaufsichtigt. Ich darf mich nur so weit von ihm entfernen, dass er mich binnen einer Sekunde am Ohr packen kann. Es ist, als wären wir durch ein unsichtbares Seil miteinander verbunden. Ich gehe immer dorthin, wohin Eleazar geht. Und er ist immer in Bewegung, ein bisschen so wie die treulose Fliege. Sein Blut drängt ihn dazu, er ist ein Bania aus Cochin. Das weiß ich von Hermann, er hat mit Eleazar darüber gesprochen. Die Banias sind häufig Gewürzhändler, sie reisen mehr als andere Kasten, machen sich überall Freunde und heißen eigentlich Aggarwal oder Gupta. *Eleazar* ist ein jüdischer Name[*]. Ich habe den Bania gefragt,

---

[*] So heißt ein jüdischer Händler in Bombay, der für den berühmten David Sassoon arbeitet und einmal pro Woche in Blacktown Chapatis an die Armen verteilt.

warum er einen solchen trägt, aber Eleazar hat nur gesagt, das sei der perfekte Name für ihn. Als ich ihn gefragt habe, wie das sein kann, hat er geantwortet: Vielleicht werde ich dir das irgendwann einmal erzählen.

Eleazars Haut ist dunkler als meine im brennenden Sommer. Das bedeutet, dass er wahrscheinlich sehr gut ist in dem, was er tut. Wäre sein Haut heller, müsste er nicht so gut sein. Der Bania wurde den Schlagintweits von der Armee der Vickys in Bombay zugeteilt. Ich glaube, die Brüder haben ihn rekrutiert, weil sie einen Ersatz für ihren brillanten Übersetzer brauchten. Eleazar hat nicht nur eine freundliche Stimme, er ist auch sehr freundlich. Es ist grauenvoll, wie freundlich er ist. Eleazars Freundlichkeit erlaubt es ihm, die unfreundlichsten Dinge zu sagen. In den letzten Tagen hat er viele Namen für mich verwendet. Außer meinem richtigen Namen. Ich bin eine Plage, ein Biest, ein Harami, ein Rakschas. Seine Freundlichkeit macht, dass ich jeden Namen schlucke, obwohl er garstig schmeckt. Wegen seiner Freundlichkeit ist Eleazar beliebt unter den Mitgliedern des Trains. Er behandelt jeden mit Respekt, ob nun Moslem, Hindu, Christ oder Hormazd. Die Schlagintweits bringen ihm sogar bei, wie man ihre Instrumente benutzt. Und weil ich immer mit Eleazar verbunden bin, bringen sie auch mir einiges bei. Ich bin nicht so einfältig wie die meisten im Train, dass ich alle Instrumente als Kompass bezeichne. Ich kann Barometer und Thermometer und Chronometer und Klinometer und Magnetometer und Sextant voneinander unterscheiden. Und inzwischen verstehe ich auch, was mit ihnen gemessen wird, und wie.

Eleazar kopiert außerdem Karten und bedient die Geräte der Schlagintweits. (Abgesehen von der Bildermaschine. An diese lässt Robert nicht einmal Hermanns Hände.) Gleichzeitig lehrt Eleazar die Brüder jeden Tag ein bisschen Hindi. Was nicht sehr schlau ist. Wenn sie erst einmal genügend Worte gelernt haben, werden sie ihn nicht mehr brauchen.

Ich habe ihn darauf hingewiesen, aber ich bin mir nicht sicher, ob er mich gehört hat. Obwohl ich die ganze Zeit in seiner Nähe bin, fühlt es sich an, als wäre er sehr weit entfernt. Seine Freundlichkeit ist wie ein prächtiger Sherwani. Ich glaube, darunter steckt ein ganz anderer Mensch, den Eleazar niemandem zeigt. Er sagt viel zu mir, aber redet nicht mit mir. Ich soll aus dem Weg gehen, ich soll etwas für ihn halten, ich soll ihm etwas holen, ich soll mich nicht rühren. Es wäre ihm lieber, wenn ich keinen Kopf hätte. Meine Hände und Füße kann er gebrauchen. Meine Augen, mein Mund und meine Ohren stören ihn. Er geht nie auf Fragen ein und er fragt mich nie etwas.

Eleazar erhält alle seine Befehle von den Schlagintweits. Oder vom Anführer der Karawane. Der Makadam hält das Ende seines Bartes immer in der einen und die Kamelpeitsche immer in der anderen Hand. Aber er ist kein Vater Holbein. Er macht selten Gebrauch von seiner Peitsche. Seine Kamele mögen ihn dafür. Wenn er besonders zufrieden mit ihnen ist, kitzelt er ihre Nasen mit seinem Bart, worauf sie manchmal niesen und ihren Schleim auf seinem Gesicht verteilen. Das bringt ihn zum Lachen, ein vibrierendes, großzügiges Lachen. Selbst Robert muss schmunzeln. Ich habe nur einmal gesehen, wie der Makadam seine Peitsche verwendet hat, nämlich für einen seiner Treiber, als der zu grob mit einem Kamel umging.

Zwanzig Kamele begleiten unseren Zug, dazu zwölf Leute, die sich um sie kümmern. Die Schlagintweits reiten auf Pferden. Eleazar könnte ebenso, aber sein Pferd trägt meist nur einen leeren Sattel. Er bewegt sich viel zu Fuß. So ist er auf derselben Augenhöhe mit den Mitgliedern der Karawane. Dadurch glauben sie, er sei genau wie sie, hören ihm besser zu und widersprechen ihm seltener. Hermann beherrscht diesen Trick nicht. Wenn er auf seinem Pferd den Blick nach unten richtet, auf Eleazar oder jemand anderen, kann ich erkennen, dass er sich größer fühlt. Er scheint zu vergessen, dass er auf einem Pferd sitzt und dass jeder irgendwann von seinem Pferd absteigen muss.

Jedem Pferd ist ein Ghora-Wallah zugeteilt. Noch dazu begleitet uns ein Ghas-Wallah, der sicherstellt, dass immer genügend Heu vorrätig ist.

Ein weiteres bedeutendes Mitglied unserer Karawanenfamilie: der Khansaman. Hermann bezeichnet ihn als Butler, obwohl er doch eindeutig ein Khansaman ist. Er sorgt für Ordnung unter den Dienern. Auch er reitet auf einem Pferd, und er steigt nie ab, wenn er mit einem der Diener spricht. Obwohl er etwas kleiner als Hermann ist, sieht er auf ihn herab. Ich höre ihn selten Sir sagen. Wenn die Schlagintweits nicht in der Nähe sind, macht er sich über sie und ihre Untersuchungen lustig. Er sagt, dass er in allem besser ist als die Firengi. Ich habe ihn gefragt, warum er dann nur Hindi spricht. Er hat geantwortet, er will eben nichts anderes sprechen. Der Khansaman beherrscht das Lügen so wenig wie andere Sprachen. Er behauptet, wenn er nicht so viel in der Sonne arbeiten müsse, wäre er so weiß wie die Firengi. Aber er ist brauner als eine Mandel. Und er behauptet auch, dass er keine Angst vor den Firengi hat. Aber er blinzelt jedes Mal, wenn einer der Schlagintweits ihn ruft. Dafür behandelt er die Diener schlechter als der Makadam seine Kamele. Wobei er nicht sehr einfallsreich ist. Wenn die Khalasis die Zelte nicht schnell genug errichten, droht er ihnen, sie zu entlassen. Wenn die Fackelträger so tun, als hätten sie vergessen, dass sie ebenfalls für das Abspülen in der Küche zuständig sind, droht er ihnen, sie zu entlassen.

Wenn der Dhobi nicht gründlich wäscht, die Chaukedars beim Bewachen des Lagers einschlafen oder der Bihishti nicht ausreichend Wasser holt, droht er ... – er ist, wie gesagt, nicht sehr einfallsreich. Alle Diener besänftigen ihn, indem sie seine Füße berühren, an denen er besonders kitzlig ist. Allerdings scheint er das zu genießen.

Jetzt muss ich noch erzählen, was mit meiner alten Familie geschehen ist.

Devinder wurde ausgewechselt. Bei jeder Station ersetzen die Schlagintweits die Träger durch neue. Ein indischer Körper hält dem Kram der Firengi nicht lange stand. Die Rücken der Kulis biegen sich wie Bambusrohre im Sturm. Devinder ist schon längst auf der Rückreise nach Bombay. Ich habe gefragt, warum die Schlagintweits mich nicht mit ihm zurückgeschickt haben. Das wäre unverantwortlich, hat Hermann gesagt, ich sei schließlich ein Kind. Er versteht nicht, dass ich in meinem Kopf erwachsener bin als Devinder. Es ist fraglich, ob der Punjabi den Weg nach Hause allein findet. Indien ist riesig und Devinder verläuft sich manchmal auf dem Weg zum Glashaus. Jedenfalls behauptet er das, wenn Vater Holbein ihn rügt, weil er zu spät oder gar nicht erscheint.

Auch Hormazd wird nicht mehr lange Teil der Karawane sein. Das sagt er zumindest. Obwohl er Fieber hat, glaube ich nicht, dass er bald stirbt. Wenn Menschen dem Tod nahe sind, dann, das habe ich in Blacktown oft genug gesehen, werden sie sehr still. Sie reden wenig, besonders nicht vom Tod, damit er sie nicht findet. Hormazd aber spricht die ganze Zeit vom Sterben. Es kann natürlich sein, dass ich mich irre. Ich habe noch nie einen Parsi sterben sehen. Hormazd sagt, da sein Tod naht, sammeln sich böse Geister in der Nähe. Er hat mich zu seinem Totenwärter ernannt. Ich bin noch nie ein Totenwärter gewesen. Ich wäre lieber ein Übersetzer, aber Eleazar hat mir aufgetragen, mich um Hormazd zu kümmern.

Wir brauchen den Parsi, er kann mit Geld und Zahlen umgehen, hat er gesagt. Du wirst ihm jeden Wunsch erfüllen.

Also bin ich ein Totenwärter. Ich verjage jede Fliege aus Hormazds Nähe, weil sie, wie er sagt, Leichengespenster in sich tragen, die von ihm Besitz ergreifen könnten. Ich reibe ihn mit Kuh-Urin ein und gebe ihm davon zu trinken. Ich bringe einen Hund an Hormazds Lager, damit der Hund Hormazd lange angucken kann. Der Hund wird Hormazd nach seinem Tod führen. Ich muss aber aufpassen, dass der Schatten des Hundes nicht auf Hormazd fällt. Schatten gehören nämlich zum Reich des Bösen.

Die Einzige, die noch lange zur Karawane gehören wird und will, ist Smitaben. Sie leistet Überraschendes. Das sagt der Firengi, sagt Smitaben. Sie kann Hermann und Robert nicht voneinander unterscheiden. Daher weiß ich nicht, welchen Firengi sie meint. Weiße Männer sehen für sie alle gleich aus. Aber sie mag die Schlagintweits deutlich mehr als die Jesuiten im Glashaus.

Jeden Abend zieht Smitaben mit den Kulis und den meisten Kamelen voraus, um die kühlen Stunden fürs Weiterkommen zu nutzen. Der restliche Train folgt in den frühen Morgenstunden. Stets treffen wir in einem Lager ein, in dem die Kochtöpfe bereits dampfen. Und unser Train benötigt viele unterschiedliche Kochtöpfe. Die einen essen Fleisch, aber kein Schwein, und wenn sie Schwein essen, dann kein Rind. Nur auf Hühnchen können sich die meisten einigen. Aber viele essen auch gar kein Fleisch. Und manche essen nicht einmal Zwiebeln oder Kartoffeln. Das Einzige, was alle essen, ist Dal. Allerdings bloß in der Theorie. Smitabens Dal ist vorzüglich und trotzdem lehnen es manche der Hindus ab. Sie sehen ihre Kaste als zu niedrig an und kochen sich lieber selbst etwas. Das führt zu erheblichen Verschiebungen im Zeitplan der Schlagintweits, worüber Hermann sich regelmäßig aufregt. Solche Zustände sind es, schimpft er, welche zeigen, wie wichtig die Verbreitung des Christentums ist!

Bei einer solchen Gelegenheit habe ich auch gehört, wie Hermann zu Robert gesagt hat, dass er es vorzieht, Hindus oder Moslems als Diener zu haben, weil sie ihm wegen ihres Glaubens weniger wegessen können. Indische Christen sind ihm nicht so lieb, die würden die Fleischvorräte des Trains unsicher machen.

Smitaben ist den Schlagintweits jedenfalls dankbar, dass sie mit auf die Reise genommen wurde. Ich hätte gedacht, dass eine alte Frau wie sie nicht lange durchhält. Aber Smitaben wirkt mit jedem Tag jünger. In ihrem weißen Haar habe ich schwarze Strähnen entdeckt. Die waren früher nicht da. Ich würde sie gerne fragen, ob sie Bombay vermisst. Aber ich frage sie nicht, weil ich weiß, dass sie nur sagen würde, dass sie Bombay vermisst, weil sie weiß, dass ich das gerne hören würde. Ich will Bombay nicht vermissen. Ich will froh sein, dass ich nicht in Bombay bin. Aber ich vermisse Bombay. Dort hatte ich eine Familie, dort wusste ich immer, wo mein Platz war.

Jetzt verbringe ich die meiste Zeit an Eleazars Seite und in Hormazds Reich des Bösen. Aber ich weiß eigentlich nur dann, wo mein Platz ist, solange ich schreibe.

Eleazar hat mich schon mehrmals dabei beobachtet. Ich konnte seine Neugierde spüren.

Dann, am Morgen bevor wir Poona erreichten, trat er an mich heran und deutete auf mein Büchlein.

Was schreibst du?, fragte er.

Das erste Museum Indiens.

Ein Museum ist doch kein Text, es ist ein Ort, den man aufsuchen kann.

Vater Fuchs sagt, man kann auch einen Text aufsuchen.

Eleazar dachte darüber nach.

Vater Fuchs ist nicht dumm, sagte er und lächelte freundlich, aber anders freundlich als sonst. Diese Freundlichkeit kam mehr aus ihm heraus und das Lächeln erreichte sogar seine Augen.

Wo ist Vater Fuchs?, wollte Eleazar wissen.

Endlich fragte er mich etwas und dann gerade das.

Ich werde ihn niemals finden, sagte ich.

Eleazar ging etwas in die Hocke, sodass wir beide gleich groß waren. Er setzte an, etwas zu sagen, schloss dann aber den Mund und nickte.

Ich nutzte die Gelegenheit, um ihn etwas zu fragen, worüber ich wiederholt nachgedacht hatte: Wieso wollte Hermann unbedingt auf die Palme klettern?

Das ist eine Tradition bei den Firengi, sagte er.

Klettern?

Eleazar blickte sich um, stellte sicher, dass uns niemand zuhörte, und sagte: Sie wollen immer die Ersten sein, die etwas hochgestiegen sind.

Ist es so anders, wenn man als Zweiter hochgestiegen ist?

Ich glaube nicht.

Woher wollen sie denn wissen, dass nicht schon jemand vor ihnen hochgestiegen ist?

Das wissen sie nicht.

Aber, sagte ich, wie können sie dann sagen, dass sie die Ersten waren?

Er antwortete: Indem sie sagen, dass sie die Ersten sind, sind sie die Ersten.

Indem man es sagt, ist es so.

Was für eine herrliche Formel.

Indem man es sagt, ist es so!

Vielleicht funktioniert das nicht nur für Firengi.

Und ich gebe mich nicht damit zufrieden, dass ich etwas sage. Ich schreibe es sogar auf. Dann kann später niemand behaupten, ich hätte es nicht gesagt.

BEMERKENSWERTES OBJEKT NO. 13

Eine Liste der Dinge, die sein werden

1. Der Train wird meine neue Familie. (Ich habe ja schon einmal meine Familie verloren und im Glashaus eine neue gefunden. Es gibt viele Familien und man muss sich nur die richtige suchen.)
2. Devinder findet den Weg allein zurück nach Bombay zu seiner Familie.
3. Hormazd wird gesund und ich bin nicht mehr sein Totenwärter und das Reich des Bösen zieht sich unter unsere Füße zurück.
4. Die Schlagintweits brauchen Hilfe, die nur ich ihnen geben kann, und als ich sie ihnen gebe, erkennen sie endlich, wie bedeutend ich für ihre Forschungen bin, und sie entschuldigen sich bei mir und bitten mich, sie bis zum Ende ihrer Reise zu begleiten, worauf ich erwidere, dass ich darüber nachdenken werde, auch wenn ich das gar nicht muss und in meinem Kopf längst Ja gesagt habe.
5. Die Vickys gehen dorthin zurück, wo sie hergekommen sind.
6. Sie nehmen die Anderen mit.
7. Und Vater Holbein.
8. Ich kehre nach vielen Reisejahren mit den Schlagintweits heim und habe ein Museum über ganz Indien geschrieben,

zusammen sind die Seiten fast so schwer wie ich, sie werden alle Indier befreien, und ich betrete das Glashaus und dort ist Vater Fuchs, weil der Vater Fuchs, den man beerdigt hat, ein anderer Vater Fuchs war. Und mein Vater Fuchs drückt mich an sich und verrät mir den perfekten Namen für das Museum und hustet Glück in mein Herz.

BEMERKENSWERTES OBJEKT NO. 14

Adolph Schlagintweit

Am 4. Januar sind wir in Poona angekommen. Ich hatte gedacht, wir seien schon seit Wochen unterwegs. Dabei hatten wir nur vier Tage auf den Grand Trunk Roads verbracht. Vier Tage. Je größer eine Reise ist, desto langsamer fließt die Zeit. Hat das schon mal jemand erforscht? Ich bin ja noch nie gereist. Außer einmal, als Vater Fuchs mich nach Bombay brachte, und damals war ich so klein, ich schlief die meiste Zeit in seinem Arm.

Jetzt schlafe ich meist nicht und bewege mich so mühsam durch die Zeit wie durch die schlammigen Gassen Blacktowns im Monsun.

In Poona stieß Adolph wieder zu uns. Als ich davon hörte, drängte ich Eleazar, sich ihm vorzustellen. Doch Eleazar hatte zunächst andere Aufgaben zu bewältigen. Es dauerte Stunden, bis er zu Adolph ging.

Eleazar verbeugte sich vor Adolph und der Schlagintweit bat ihn, das nicht zu tun. Ich grüßte ihn so fröhlich, wie ich lange keinen Schlagintweit mehr gegrüßt hatte. Ich war mir sicher, er würde sich dafür einsetzen, dass der Train meine neue Familie wird.

Aber Adolph grüßte nicht zurück. Er sah mich nicht einmal an.

Ich bin es, Sir!, sagte ich in feinstem Deutsch.

Adolph reagierte nicht und fragte stattdessen Eleazar, was er über Poona wisse.

Zu viel, wie mir schien. Eleazar erzählte vom Widerstand der Marathen gegen die Vickys, die das Gebiet erst 1818 erobert hatten. Besonders von der lokalen Qualität der Juwelen schwärmte Eleazar, als hätte er einen Verwandten, der mit Bracelets und Haarzierden handelt. Es gibt ein bedeutendes Sanatorium und einen Garnisonsplatz, außerdem zahlreiche Bungalows, sogar eine Kirche und eine Schule für die Firengi, die sich in den Sommermonaten ins nahe gelegene Mahabaleshvar zurückziehen, weil es sich in der kühlen Luft dort oben besser über die heiße Luft hier unten schimpfen lässt.

Als ich Eleazars Ausführungen nicht länger ertrug, rief ich, erneut auf Deutsch: Erinnern Sie sich nicht an mich?

Zum ersten Mal sah Adolph mich an.

Was sagt er?, fragte Eleazar Adolph auf Englisch.

Der Schlagintweit lachte.

Wer ist hier wessen Übersetzer, sagte er.

Du Harami, sagte Eleazar zu mir auf Hindi und nicht ganz so freundlich, halt den Mund.

Sie haben mir geholfen, Sir, sagte ich zu Adolph auf Deutsch, Sie haben Jejeebhoys Chinesen zu mir geschickt.

Adolph musterte mich ausdruckslos, als spräche er kein Deutsch.

Damit ich Vater Fuchs finde, fügte ich hinzu.

Der Schlagintweit wandte sich wieder an Eleazar: Sehen nicht alle jungen Indier irgendwie gleich aus?

Darauf nickte Eleazar und fuhr mit seinem Bericht über Poona fort.

War ich nicht viel zu klein, um wie jeder andere auszusehen? Nicht einmal auf meine Unzulänglichkeiten war Verlass!

Ich wollte zu Smitaben laufen und sie bitten, dass sie meinen

Namen sagt und so aus irgendeinem jungen Indier Bartholomäus macht. Aber ich wusste, dass Eleazar mich aufgehalten hätte, und so verharrte ich an seiner Seite und bohrte meinen Blick in Adolphs fettes Gesicht.

Die Schlagintweits verzögern immer wieder unsere Weiterreise, weil sie sich für alles interessieren. Sogar für Unrat. Am 5. Januar ließen sie sich von Bauern zeigen, wie aus weichem Rindermist flache, runde Platten geformt und zum Trocknen gegen die Häuserwände gedrückt werden. Die Mistplatten verwendet man als Brennmaterial, auch beim Kochen. Hermann erzählte den anderen Schlagintweits, dass in Graubünden* Schafdünger zum selben Zweck benutzt wird.

Der Khansaman rief ein paar Dienern zu, die Firengi könnten ihm gerne seinen einzigartigen Mist abkaufen.

Die mutigeren Diener lachten, die ängstlicheren sahen zu Boden, um ihr Schmunzeln zu verbergen.

Hermann fragte Eleazar, was der Khansaman von sich gegeben habe.

Eleazar übersetzte einwandfrei.

Daraufhin rief Hermann den Khansaman zu sich. Dieser zupfte an seiner Kleidung, als ob sie ihm plötzlich zu eng sei.

Hermann entnahm seinem Münzbeutel einen Muhar. Da es die einzige von den Vickys geprägte Goldmünze ist, habe ich sie erst wenige Male gesehen. Ich hätte gerne in meiner Hand gespürt, wie schwer sich fünfzehn Rupis anfühlen.

Der Khansaman betrachtete sie wie ein Hund einen frischen Hühnerschenkel.

Hermann erzählte (und Eleazar übersetzte), er habe von einem Raja gehört, der vor seinem Ableben von den Brah-

---

* Ein Ort oder Land in dem Gebirge, das sie Alpen nennen.

manen veranlasst wurde, sein Gewicht und das seiner beiden Frauen zu bestimmen. Und zwar mit Rupis. Der Raja kam auf viertausend, seine gesunden Frauen auf über zehntausend Rupis. Das Gesamtgewicht wurde den Brahmanen in geprägten Münzen anvertraut. Hermann sagte, er, der Khansaman, sei nun mal kein Raja und außerdem, soweit er, Hermann, wisse, nicht dem Tod nahe. Aber als Wissenschaftler hege er größtes Interesse an einzigartigem Mist. Hermann verkündete, er würde ihn mit Muhars aufwiegen und den Khansaman anschließend damit entlohnen. Dafür müsse der Khansaman ihm allerdings an Ort und Stelle eine Probe liefern.

Der Khansaman lächelte, als habe Hermann einen Scherz gemacht.

Der Schlagintweit verzog keine Miene.

Das Lächeln des Khansaman schrumpfte.

Danke, Sir, lieber nicht, Sir, sagte er.

Hermann ließ die Münzen im Beutel klingen.

Wie nun, sagte er, ich hätte äußerst gerne etwas von diesem vorzüglichen Mist.

Der Khansaman ging auf die Knie und berührte Hermanns Füße.

Dieser machte einen Schritt zurück und sagte: Steh auf.

Der Khansaman folgte dem Befehl wie ein gebrechlicher Mann.

Adolph sagte: Hermann, er hat seine Lektion gelernt.

Hat er das?, fragte Hermann Eleazar, was der Übersetzer wiederum den Khansaman fragte.

Dieser nickte mehrmals.

Noch so eine Dreistigkeit und wir suchen uns einen neuen Butler, sagte Hermann.

Als der Schlagintweit den Khansaman gehen ließ, verdaute er seine Demütigung wie alle Männer: Er demütigte andere.

Den Dienern, welche über seinen Witz gelacht hatten, ließ er einen Arm auf den Rücken binden. Den Dienern, welche nicht über seinen Witz gelacht hatten, ließ er beide Arme auf den Rücken binden.

Hermann fragte seine Brüder, wie Humboldt wohl mit einer solchen Situation umgegangen wäre, und Adolph vermutete: anders.

Kennen Sie Humboldt?, fragte ich.

Eleazar zog an meinem Ohr.

Die drei Schlagintweits sahen mich an.

Kennst *du* Humboldt?, fragte Adolph.

Er ist der größte Wissenschaftler unserer Zeit!

Die Schlagintweits wechselten Blicke. Sogar Robert schien kurz davor, etwas zu sagen.

Ehe ich mehr fragen konnte, zog Eleazar so fest an meinem Ohr, dass ein heißer Stich in meinen Kopf fuhr, und er ließ erst los, als wir weit von den Schlagintweits entfernt waren, die sich längst wieder dem Kuhmist auf den Bauernhütten zugewandt hatten.

Diese Nacht war kälter als alle bisherigen. In Bombay ist die warme Luft oft Decke genug, aber auf der weiten Ebene Südindiens überfällt die Kälte Reisende in der Dunkelheit wie ein Räuber. Meine Decke schützte kaum vor ihr. Die Schlagintweits ruhten wieder einmal in einem Bungalow. Sie haben erst eine einzige Nacht in einem Zelt verbringen müssen. Sollten sie als echte Wissenschaftler nicht unter freiem Himmel schlafen, damit ihnen nicht entgeht, wie es sich hier friert?

Jemand stupste mich. Es war Adolph. Er hielt eine Fackel in der Hand: einen Stock, der am einen Ende mit Baumwolllappen umwickelt wird, auf die man gelegentlich Brennöl aus einer Kürbisflasche nachgießt.

Alexander von Humboldt, sagte er. Du weißt, wer das ist?

Ich hätte ihm erzählen können, dass Vater Fuchs Humboldt verehrt, weil dieser* sich für sein Studium der Welt an weit entfernte Orte und in Gefahr begibt; dass Vater Fuchs Humboldt stets als zweiten Kolumbus bezeichnet; dass er manchmal Humboldts *Kosmos* aus der Bibliothek des Waisenheims nimmt und mir daraus vorliest, so andächtig, als wäre es die Bibel; dass er Humboldt neben dem Vater im Himmel als seinen wichtigsten Vater betrachtet; dass er mir sogar noch mehr Liebe und Wertschätzung für Humboldt eingeflößt hat als für Mangos im perfekten Reifezustand.

Aber ich schwieg und nickte nur. Ich hatte den Eindruck, Adolph wollte das nicht so genau wissen.

Er musterte mich, reichte mir dann die Fackel und deutete mir, ihm zu folgen. Ich war müde, aber auch neugierig. Außerdem wärmte mir das Feuer Gesicht und Hände.

Hinter dem Bungalow setzte er sich auf einen Stuhl und breitete eine Zeichnung auf seinem Schoß aus.

Etwas mehr Licht, sagte er.

Ich trat näher heran. Mit seinem Kohlestift fügte er einem Gebirge einige Bäume hinzu.

Gibt es diese Berge wirklich?, fragte ich.

Natürlich, sagte er, ohne aufzublicken, ich bin vor Kurzem an ihnen entlanggereist.

Aber gibt es auch diese Bäume? Oder gibt es die nur in Ihrem Kopf, Sir?

Diesmal sah er kurz auf.

Beides, sagte er. Ich habe sie mir gemerkt.

---

* Anders als ein Forscher wie Friedrich Max Müller, der, wie Vater Fuchs manchmal schimpft, nicht ein einziges Mal seinen Hintern nach Asien verschifft hat.

Sie haben sich jedes Blatt gemerkt?

Ja, sagte er.

Jedes einzelne Blatt?, fragte ich erstaunt.

Jedes einzelne.

Aber, Sir, wie können Sie dann nicht mehr wissen, wer ich bin, sagte ich.

Er setzte den Kohlestift ab.

Oh, sagte er, das weiß ich sehr wohl, Bart.

Als er meinen fast richtigen Namen sagte, fiel mir beinahe die Fackel aus der Hand.

Sir?

Adolph zeichnete stumm weiter.

Sind Sie Humboldt schon einmal begegnet, Sir?

Ruhe jetzt, sagte er, ich muss mich konzentrieren.

Ich bin nun kein Totenwärter mehr. (Hormazd behauptet zwar weiterhin, unter Fieber zu leiden, doch Smitaben sagt, das ist nur die Sonne Südindiens und sein Heimweh.) Seit vier Tagen habe ich meinen eigenen Platz in der Karawane: Ich bin ein Fackelträger. Und zwar nicht irgendeiner. Jede Nacht, wenn Hermann schreibt und Robert seine Bildermaschine liebevoll säubert wie der Makadam das Fell der Kamele, weise ich Adolphs Hand den Weg. Auch für ihn halte ich das Reich des Bösen fern. Er verfeinert Zeichnungen, die er tagsüber in groben Zügen anfertigt. Ich muss dabei vorsichtig sein. Je besser ich still halte, desto weniger ist er still. Adolph hört seine eigene Stimme nicht so gern wie Hermann, aber deutlich lieber als Robert. Und er beantwortet viele meiner Fragen. Menschen* mögen es, wenn man sie fragt, wer sie sind und was sie tun und was

---

* Außer Eleazar. Er ist so verschlossen wie südindische Dörfer, die sich vor Fremden mit einer Mauer aus Kakteen schützen.

sie denken, das habe ich von Vater Fuchs gelernt, dem beliebtesten Mann von ganz Bombay. Menschen freuen sich, dass jemand sie sehen möchte, denn obwohl wir uns selbst die meiste Zeit nicht sehen können, leben wir, als würden wir einen Spiegel vor dem Kopf tragen.

Adolphs Spiegel ist besonders groß.

Bin ich nicht bemerkenswert?, sagt er manchmal.

Sie sind ein sehr bemerkenswertes Objekt, Sir, antworte ich dann.

Ich sage das nicht, weil ich mich über ihn lustig mache, ich sage das auch nicht, weil das unbedingt stimmt. Ich sage das, weil er es braucht. Adolph mag von allen Schlagintweits der lauteste und schwerste sein, er mag mehr lachen als Vater Fuchs hustet und mehr trinken als Hormazd – aber das ist nur der Adolph, den er der Welt zeigen möchte.

Dem echten, dem für viele unsichtbaren Adolph begegne ich, wenn ich mit ihm allein bin und er von sich erzählt. Er zeichnet mit seinem Kohlestift und mit seiner Stimme. Diese schnurrt wie die streunenden Katzen, die im Garten vom Glashaus herumlungern, weil Devinder sie füttert (obwohl Smitaben das verboten hat). Adolph denkt länger als sonst darüber nach, was er auf eine Frage antwortet. Manchmal verbessert er sich, manchmal sagt er: Das weiß ich nicht. Im Tageslicht würde Adolph so etwas nie sagen. Ich glaube, er mag es, dass ich ihm zuhöre. Wir sprechen nur auf Deutsch miteinander, kein anderer im Train könnte ihn verstehen. Außer seine Brüder. Die sind aber mit anderen Dingen beschäftigt. Für ihren älteren, jüngeren Bruder haben sie kaum Zeit. Er wird ja auch noch da sein, wenn sie in ihre Heimat zurückkehren.

BEMERKENSWERTES OBJEKT NO. 15

Die große Liebe

Die meisten Dinge, die Adolph erzählt hat, sind wenig bemerkenswert. Fast eine Woche lang musste ich mir Geschichten über seine Kindheit in Bayern anhören, und wie gerne er privaten Unterricht bei einem Maler erhielt, den ich hier nur erwähne, weil er so ähnlich heißt wie Herz oder Delhi auf Hindi: Dillis.

Aber dann, in der Nacht bevor wir Anapur erreichten, sprach Adolph zum ersten Mal von seiner großen Liebe.

In der Schule war Hermann der Zweitbeste der Klasse. Weil er den Kopf selbst in seiner Freizeit nicht aus den Büchern nahm. Nur einer war noch besser: Adolph. Obwohl er sich in seiner Freizeit nie freiwillig Büchern widmete. Viel lieber Mädchen.

Diese hielten ihn allerdings nicht lange von seiner großen Liebe fern. Er entdeckte sie bei einer Wanderung mit Hermann durch die Alpen. Von da an ließ sie ihn nicht mehr los.

Die Geographie.

Adolph sagt, die Erde ist das Zuhause und die Schule der Menschen. Sie entscheidet über unsere Existenz. Wer die Erde zu bestimmen weiß, ob sie nun aus Sand, Kuhmist oder einem frischen Kartoffelacker besteht, der versteht die Welt. *Die Mutter allen Daseins* – so nennt der Schlagintweit die Geographie. Wenn er von ihr spricht, weicht der Witz aus seinen

Augen. Er strahlt dann eine Ruhe und Zärtlichkeit aus, die ich sonst nur bei Hermann und Robert beobachtet habe, wenn sie ihre Untersuchungen machen. Und bei Vater Fuchs, wenn er auf dem Bazar Kräuter findet, die eigentlich bloß in Bagdad, Buchara oder Samarkand erhältlich sind.

Adolph sagt, weil er seine große Liebe mit seinem älteren Bruder teilt, macht sie das noch größer.

Ich weiß, was er damit meint. Ich habe viel mit Vater Fuchs geteilt. Und jetzt, da ich alles für mich allein habe, macht das alles kleiner.

BEMERKENSWERTES OBJEKT NO. 16

Das silberne Haar

Alexander von Humboldt ist der Vater der Schlagintweits!

Adolph sagt, er wird nie den Tag vergessen, an dem sie ihn kennengelernt haben. Und ich werde nie die Nacht vergessen, in der Adolph mir von diesem Tag erzählt hat. Auf dem Weg zwischen Anapur und Kaladghi hatten wir früh das Lager aufgeschlagen, weil die Sonne in Südindien abends plötzlich hinter den Horizont fällt. Die Nächte waren schwärzer als die Stunden im Gartenschuppen, in den Vater Holbein mich oder die Anderen manchmal zur Strafe sperrt. Ich musste die Fackel so dicht an Adolph und seine Zeichnung halten, dass ich immer wieder eines seiner Haare anschmorte. Das roch übel wie die Füße des Khansaman. Adolph räusperte sich dann und ich wich ein Stück zurück, bis er mich wieder näher winkte und es von vorne begann. So tanzte ich zwischen der Nacht und Adolph hin und her.

Da sagte er: Es war der 24. Juni 1849.

An diesem Tag sind die Schlagintweits Humboldt zum ersten Mal begegnet. Nach ihrer Promotion waren sie nach Berlin gezogen, dem Zentrum ihrer großen Liebe. Jahrelang hatten Hermann und Adolph Humboldts Schriften studiert, nun würden sie endlich ihren Verfasser kennenlernen.

Auf den ersten Blick, sagt Adolph, wirkte Humboldt wie

jeder andere alte Mann, dem die Zeit schwergewichtig im Nacken sitzt. Einzig seine Augen widersprachen seiner restlichen Erscheinung. In ihnen leuchtete eine kindliche Neugierde.

Humboldt imponierte den Brüdern besonders, weil er sie nicht spüren ließ, wer er war. Er zeigte Interesse an ihren Forschungen in den Alpen und schenkte ihnen nach dem Treffen ein Exemplar seiner Bände über Zentralasien, mit den Worten: *Ein Werk, was dasjenige ist, in dem ich meiner Ansicht nach mehr neue Erkenntnisse präsentiert habe als in irgendeiner anderen Publikation.*

In den Wochen nach ihrer ersten Begegnung trafen sich die Brüder möglichst oft mit Humboldt. Sie hatten immer gewusst, sagt Adolph, dass sie Reiseforscher werden wollten, aber erst dank Humboldt wurden die Reiseforscher Schlagintweit geboren. So wurde er ihr zweiter Vater. Hermann und Adolph verfassten ein Buch über ihre Alpen-Reisen und widmeten es ihm.

Als sie ihm das Werk überreichten, ließ er sich beim Lesen der Widmung sehr viel Zeit. Nicht, weil er gerührt war, oder enttäuscht. Es war dies der Moment, in dem er eine Entscheidung traf: Er würde den Schlagintweits seine Wünsche vererben.

Zumindest behauptet das Adolph. Humboldt, sagt er, hat sich bereits seit Langem gewünscht, eine Expedition nach Indien zu unternehmen. Weil er vermutet, dass vor allem in den Gebirgsregionen außergewöhnliche wissenschaftliche Erkenntnisse auf ihre Entdeckung warten. Aber nicht ein einziges Mal hat die angeblich so ehrenwerte East India Company auf seine Bitten reagiert. All seine Berühmtheit reichte nicht aus, damit sie ihm ein solches Vorhaben genehmigten. Er hat bei seinen Expeditionen in Amerika zu schlecht über die Spanier geschrieben, sagt Adolph. Die Vickys wollen sich Kritik vom größten Wissenschaftler unserer Zeit ersparen. Eine direkte Absage hat er nie erhalten. Die Company vermeidet jedes Aufsehen und spielt lieber auf Zeit. Mit Erfolg. Inzwischen ist Humboldt über achtzig Jahre alt. Zu alt, um eine solche Reise anzutreten.

Aber die Engländer, sagte Adolph, haben nicht mit drei außergewöhnlichen Brüdern aus Bayern gerechnet.

In der Luft Südindiens blühte dunkles Blau. Die Nacht war bald zu Ende. Meine Schultern schmerzten vom Halten der Fackel und ihre Hitze hatte meinen Mund ausgetrocknet. Aber ich wollte mich nicht schlafen legen. Solange die Sonne nicht aufging und der Schlagintweit weiterredete, würde Alexander von Humboldt bei uns bleiben.

Was geschah als Nächstes, Sir?, fragte ich.

Adolph sah zum Himmel.

Es ist spät, sagte er.

Nicht so spät, Sir.

Er musterte mich.

Du siehst aus, sagte er, als hielte die Fackel dich.

Sie ist ganz leicht, Sir.

Gib sie mir, sagte er.

Zeichnen Sie ruhig weiter, Sir.

Gib her.

Ich zögerte, worauf er die Hand danach ausstreckte.

Ich reichte sie ihm.

Setz dich.

Wie bitte, Sir?

Du sollst dich setzen.

Ich nahm auf der Erde Platz und lächelte, und er tat so, als hätte er das nicht gesehen.

Gemeinsam mit Humboldt entwickelten die Schlagintweits eine Strategie. Die Brüder gingen nach London*. Dort stellte Humboldt für sie viele Kontakte zu den mächtigsten weißen Männern der Welt her. Diese Persönlichkeiten, wie Adolph sie abfällig grunzend nennt, trugen alle hochgestellte Hemdkragen, die der Schlagintweit als Vatermörder bezeichnet. Deren spitze Ecken waren vom Portwein rosa verfärbt. In den Bureaux wurden die Brüder von den Persönlichkeiten und ihren starren Doppelgängern empfangen: Großflächige Porträts, auf denen sie am Betrachter vorbeisahen. Die höfliche Freundlichkeit der Persönlichkeiten verführte die Brüder häufig dazu, offen zu sprechen. Erst mit der Zeit lernten sie, achtsamer zu sein. Das Erklimmen der hohen gesellschaftlichen Kreise in London war für sie beschwerlicher als das der Zugspitze.

Aber bei ihrer Rückkehr nach Berlin brachten sie Hoffnung mit. Die Treffen waren gut verlaufen, die meisten Persönlichkeiten hatten kaum Einwände gegen eine Indienreise. Was in ihrer Sprache bedeutet, dass die Schlagintweits sie als Förderer gewonnen hatten.

Humboldt bekam eine Audienz beim König der Preußen. Bei dieser Gelegenheit warb er für eine preußisch finanzierte Expedition in den Himalaya und brachte die Wangen von Wilhelm IV. zum Leuchten. Das Interesse des Königs war

---

* Über keinen Ort, an dem ich noch nicht war, weiß ich mehr. In London herrscht die East India Company über einen Ort, an dem viele ihrer Mitglieder noch nie waren: Die indischen Territorien. In vielen zornigen Stunden hat Vater Fuchs geschimpft, dass die Company ein Reich verwaltet, das sogar noch größer ist als ihre Arroganz. Die Company allein bestimmt darüber, wer es betritt. Und nicht nur das. Die Company erhebt Steuern, schließt Verträge zwischen indischen und anderen Ländern und verfügt über ein Heer von mehr als zweihunderttausend Sepoys (die eigentlich Sepahis heißen, Persisch für Infanteriesoldat, was aber zu kompliziert ist für die faulen Zungen der Vickys).

aufgeflammt. Doch der Kultusminister löschte es umgehend. Denn er verabscheut Humboldt – weshalb ich von nun an den Kultusminister verabscheue. Dieser Pagal kritisierte eine holistische Forschungsweise. Er versteht nicht, dass alles mit allem zusammenhängt. Der Beweis dafür ereilte die Schlagintweits wenige Wochen später, als ihnen das Glück zu Hilfe eilte.

Captain Charles M. Elliot war verstorben.

Wer ist das nun wieder?, fragte Smitaben.

Es war später Nachmittag und sie wanderte zwischen riesigen Kochtöpfen umher, in die ich zweimal gepasst hätte. Sie waren weit voneinander entfernt aufgestellt, damit nichts von einem Kochtopf in einen anderen gelangen konnte. Aus ihnen stieg der Duft von mindestens fünf Religionen. Vor jedem Kochtopf stand ein Kuli, der mit einem meterlangen Holzstab umrührte.

Schneller rudern!, trug Smitaben manchen von ihnen auf.

Andere ermahnte sie: Gleichmäßiger rudern! Mit mehr Gefühl!

Nach unserer Ankunft im Lager hatte ich umgehend bei Eleazar um Erlaubnis gebeten, Smitabens zusätzliches Paar Hände und Füße sein zu dürfen, war zu ihr geeilt und hatte damit begonnen, ihr noch wortreicher als Hermann von meinen Entdeckungen in der vergangenen Nacht zu berichten.

Auch wenn ich keine Minute geschlafen hatte, war ich nicht müde. Das letzte Mal hatte ich mich so wach gefühlt, als ich Vater Fuchs das Museum der Welt vorgestellt hatte. Ich musste die Neuigkeiten mit jemandem teilen. Und obwohl sie nicht so gut zuhört und noch weniger versteht als Hormazd, tut sie zumindest nicht alles, was ich von mir gebe, als unbedeutend im Angesicht des Todes ab.

Charles M. Elliot war ein Captain, er hat die magnetische Untersuchung geleitet, sagte ich.

Hm, machte Smitaben.

Weißt du, was die magnetische Untersuchung ist?

Muss ich das wissen?, sagte sie, nahm einem schläfrigen Kuli den Holzstab ab, schlug ihm mit der einen Hälfte gegen den Kopf, stocherte mit der anderen im Dal vor ihm und machte ihm vor, in welchem Tempo er zu rühren habe.

Natürlich, Maasi!, sagte ich, du bist ja ein Teil davon.

Smitaben lachte auf.

Das hat mir aber niemand mitgeteilt! Magnetischen, sagte sie, als hätte sie soeben eine ihr unbekannte Zutat gekostet, was ist das?

Magnetismus, sagte ich, ist eine Kraft, die überall um uns herum existiert, die man aber nicht sehen kann.

Woher wissen wir dann, sagte sie, dass sie da ist?

Woher weißt du, dass der Wind da ist?

Ich kann ihn sehen.

Du kannst den Wind nicht sehen, Maasi.

Doch, im Sand und in den Zelten und im Bart des Makadam.

Du siehst nur die Kraft, die er auf alles ausübt. Den Wind selbst kannst du nicht sehen.

Smitaben dachte darüber nach.

Ich kann ihn spüren, sagte sie.

Mit bestimmten Geräten kann man den Magnetismus messen, man kann ihn sichtbar machen. Die Firengi nehmen auf der ganzen Welt solche Messungen vor. Sie arbeiten an einer Karte, die ihnen immer verrät, wo sie sind.

Können sie, fragte der schläfrige Kuli, nicht jemanden fragen?

Smitaben schlug ihm erneut mit dem Holzstab gegen den Kopf.

Würdest du einem Firengi den richtigen Weg verraten?
Der Kuli überlegte.
Das würdest du nicht, sagte sie und drückte ihm den Holzstab wieder in die Hand.
Als Charles M. Elliott starb, sagte ich zu Smitaben, brauchten die Ingrez einen Ersatz für ihn. Darum sind die Schlagintweits hier.
Sie ging zu einem der Reissäcke, schnitt ihn auf, entnahm ihm einige Reiskörner und studierte sie in ihrer Hand wie die Schlagintweits die Erde. Daraufhin nickte sie, packte den ganzen Sack und schüttete seinen Inhalt in einen Topf mit kochendem Wasser.
Sie war so alt, älter als alle anderen im Train, und sie wurde trotzdem mit jedem Tag stärker, vielleicht sogar jünger.
Die Firengi sind also hier, sagte sie, um eine Karte von etwas Unsichtbarem zu malen.
Ja, sagte ich und gleich darauf: Nein. Nicht nur. Sie machen auch noch viele andere Untersuchungen. Sie analysieren die Geographie, Meteorologie, Vegetation, Ethnologie-
Bartholomäus!, unterbrach sie mich und fasste sich an die Stirn. Noch so ein Wort und du landest im Topf!
Ich verstummte.
Smitaben band sich das Haar zusammen, um keines ihrer neuen schwarzen Haare an die Kochtöpfe zu verlieren.
Wo hast du nur all diese schrecklichen Ausdrücke her?, fragte sie.
Adolph hat sie mir geschenkt.
Ein Ingrez?
Nein, Adolph ist ein Bayer.
Smitabens Miene verriet mir, dass ihr das nicht weiterhalf.
Der, der gerne isst, sagte ich.
Ah!, der gesunde Junge.

Für eine Gujarati war ein Mann mit Adolphs Leibesfülle vor allem das.

Magst du ihn?, fragte sie.

Ich mag, was er mir erzählt, sagte ich.

Smitaben ging in die Knie. Was sie selten macht, weil ihre Knie eigentlich rostig sind wie die Scharniere von der Kellertür im Glashaus, die immer einen Spalt offen steht. Sie sah mich ernst an.

Sei vorsichtig, sagte sie. Für die Firengi bist du nur irgendein Indier. Bald werden sie uns wieder verlassen und vergessen. Sie sind nicht wie Vater Fuchs.

Niemand ist wie Vater Fuchs, wollte ich erwidern. Aber ich schwieg. Vater Fuchs ist wie der Wind. Wenn ich seinen Namen ausspreche, kann ich ihn spüren, obwohl ich ihn nicht sehen kann. Und das Gefühl ist so gut, dass es schlimm ist.

Smitaben hat recht. Und doch kann ich mich nicht davon abhalten, daran zu denken, wie viel Adolph und ich gemein haben. Wir mögen die Vickys nicht. Wir haben einen wissenschaftlichen Auftrag und beide einen zweiten Vater, der uns viel gelehrt hat. Und wir haben beide unseren ersten Vater verloren.

Einen Monat vor der Abreise nach Indien ist der alte Schlagintweit gestorben. Er war ein berühmter Augenspezialist, der sogar die Tänzerin Lola Montez[*] operieren durfte.

Adolph hat von seinem Tod mit derselben Stimme erzählt, mit der er sein Pferd um Galopp bittet oder Smitabens Kochkünste lobt. Er versteckt etwas hinter dieser Stimme, und ich glaube, ich weiß auch, was.

---

[*] Für sie, sagt Adolph, hat Ludwig I., der König von Bayern, sogar seinen Thron aufgegeben.

Ich kenne dieses Gefühl, Sir, sagte ich.

Welches Gefühl, sagte er.

Wenn man seinen Vater nie mehr finden kann. Bestimmt sind Sie froh, dass Sie so weit weg von zu Hause reisen können.

Das bin ich, sagte er. Aber das hat nichts mit meinem Vater zu tun.

Sie sind nicht traurig, Sir?

Du bist der Erste, der mich das fragt.

Und, sind Sie es?

Adolph pikste mit seinem Kohlestift in seinen Zeigefinger.

Nein, sagte er. Nein, um ehrlich zu sein, ich glaube nicht.

Ich weiß, warum: Weil er noch einen Vater hat. Und dieser wartet auf ihn. Mehr noch, er ist an seiner Seite.

Letzte Nacht hat Adolph mir einen Brief gezeigt.

Von all den Gegenständen, die wir für unsere Reise mitgebracht haben, hat er das größte Gewicht, sagte Adolph. Humboldt hat ihn verfasst.

Ich löste eine Hand von der Fackel und griff nach dem Brief.

Adolph wich zurück.

Du musst achtsam damit umgehen, sagte er.

Ich verspreche es, Sir.

Er nahm mir die Fackel ab.

Achtsam, wiederholte er und reichte mir den Brief.

Nun leuchtete Adolph meinen Augen den Weg.

Der Brief war am 4. September 1854 geschrieben worden und an Hermann & Adolph Schlagintweit gerichtet. (Was hielt Robert wohl davon?) Die Zeilen waren schief und bewegten sich von links unten nach rechts oben, als wären sie aus dem Gleichgewicht geraten. Humboldts Augen besitzen die Neugierde eines Kindes, aber eher nicht seine Schärfe. Die Schrift konnte ich auf den ersten Blick kaum entziffern. Sie erinnerte mich an die von Vater Fuchs, fein und kleinteilig und irgendwie freundlich. Je länger ich auf die Buchstaben starrte, desto mehr formten sie ganze Sätze.

Ich hatte diese Nacht, wo ich 4 lange, warme und listige Briefe für Sie schrieb, meine liebenswürdigen, teuren Freunde, nicht Muße gehabt, Ihnen ein Wort der Liebe, des Andenkens, der innigen Achtung und des ewigen Abschieds zu sagen. Unter all den Dingen, zu denen ich mitgewirkt, ist Ihre Expedition nun eine der wichtigsten geblieben. Es wird mich dieselbe noch im Sterben erfreuen. Sie werden genießen, was zwischen der Rückkunft von Mexico und der Sibirischen Reise ununterbrochen meine Phantasie beschäftigt hat. Möge es Ihnen wohl gehen.

Ich las den Brief einmal, zweimal, dreimal, viermal, fünfmal. Er war so köstlich, dass ich nicht aufhören konnte, seine Worte in mich reinzustopfen. Dabei bedeutete es mir wenig, was er genau sagte. Es war die Tatsache, dass dieser Brief vom größten Wissenschaftler unserer Zeit verfasst worden war, die süßer schmeckte als eine Mango aus Mazagaon.

Da fiel mir etwas auf.

Sir?, sagte ich. Haben Sie das gesehen?

Adolph wirkte erschrocken, als hätte ich einen Riss im Papier entdeckt.

Ich deutete auf eine der Brieffalten. Darin klemmte ein silbernes Haar.

Adolph betrachtete es.

Eindeutig nicht meins, sagte er.

Und Ihre Brüder haben auch keine silbernen Haare.

Nicht, soweit ich weiß.

Sir, kann es von ihm sein?

Humboldt?

Ich nickte.

Möglich, sagte er.

Was, wenn das kein Zufall ist?, sagte ich.

Du meinst, Humboldt hat sich ein Haar ausgerupft und dort platziert?

Ich nickte erneut.

Warum sollte er das tun?

Aber, Sir, Sie haben doch gesagt, dass er unbedingt einmal nach Indien wollte. Mit diesem Haar ist ihm das nun gelungen. Auch wenn es nur ein ganz kleiner Teil von ihm ist.

Adolph betrachtete mich. Und dann sagte er etwas, das er noch nie gesagt hat: Bartholomäus.

Adolph nahm mir den Brief ab, trennte ihn vom Haar und steckte ihn wieder in seine Brusttasche. Darauf hielt er mir seine offene Handfläche hin, auf der das Haar, das vielleicht einmal auf Humboldts Kopf gewachsen war, wie ein silberner Faden glänzte.

Für mich, Sir?

Greif zu, bevor es der Wind wegschnappt.

Ich nahm es mit Daumen und Zeigefinger.

Dies war der zweite Augenblick, in dem ich froh war, den Schlagintweits begegnet zu sein. Und er dauerte sehr viel länger als der erste.

Was sagt man da?, sagte Adolph.

Das weiß ich nicht, Sir.

Indier, sagte er zu sich und dann zu mir: Danke.

Wofür, Sir?

Nein, du sollst dich bedanken.

Ich sagte: Danke.

Hast du einen Ort, fragte er, an dem du es aufbewahren kannst?

Ich habe natürlich keine Gewissheit. Es könnte das Haar von einem Butler, einem Dienstboten, einem Postbeamten oder einer zu neugierigen Person sein. Aber wenn ich etwas von Vater Fuchs gelernt habe, dann dies: Es gibt keine Zufälle. Vater Fuchs hatte sogar drei Väter: den Mann seiner Mutter, Gott und die Wissenschaft. Besonders die letzten zwei haben ihn gelehrt, wie sehr alles miteinander verbunden ist, auch wenn wir das oft nicht erkennen. Doch manchmal werden wir daran erinnert.

Ich bewahre das silberne Haar im bayerischen Taschentuch auf.

Beide gehörten einmal zweiten Vätern und ihre Kinder reisen nun zusammen durch Indien.

BEMERKENSWERTE OBJEKTE
NO. 17 & 18 & 19 & 20

Fliegende Fische
Ali das Kamel
Ein Sadra
Starker Cayennepfeffer oder
Schwacher Firengi

Der Train ist meine neue Familie. Die meisten Mitglieder lieben sich nicht und sehen sich nicht ähnlich und sprechen nicht dieselbe Sprache, sie wissen nicht einmal, dass der Train eine Familie ist und sie dazugehören (ich habe sie gefragt). Aber genau das macht eine Familie doch aus: Wenn du ein Teil davon bist, bist du ein Teil davon. Egal, wer du bist.

In dieser Familie schlafe ich wenig. Nachts bin ich Adolphs Fackelträger und tagsüber Eleazars Hände und Füße. Der Khansaman, den Hermann immer noch Butler nennt, hat gesagt, ich bin ein Sklave.

Der Geist des Khansaman ist klein wie eine Linse. Er weiß nicht einmal, dass die Vickys längst die Sklaverei abgeschafft haben. Dies und das British Museum sind die einzigen bemerkenswerten Errungenschaften der Vickys.

Ich bin selbstverständlich kein Sklave. Würde ein Sklave, wenn er müde ist, manchmal hinter Adolph auf seinem Pferd mitreiten dürfen? Würde ein Sklave seinen Kopf an den Rücken des Schlagintweit lehnen? Würde ein Sklave, wenn er dann so tief schläft, dass er runterfällt, den ganzen Train zum Halten bringen? Würde ein Sklave von Adolph hochgehoben und auf sein Pferd gesetzt werden? Würde ein Sklave auf dem Pferd des Schlagintweit reiten, während der Schlagintweit nebenhergeht?

Sein Geschenk war sehr großzügig. Ich sage ihm jeden Tag, *was man da sagt*. Smitaben rät mir, ich soll Humboldts ganz kleinen Teil wegwerfen. In den Haaren sitzt schlechte Energie, darum schert man einem Hindu ein paar Monate nach der Geburt den Kopf. Aber Alexander von Humboldt ist ja kein Hindu und auch kein Kind.

Ich habe es mir zur Gewohnheit gemacht, jedes Mal, wenn die Moslems ihren Janamaz ausrollen und beten, das bayerische Taschentuch hervorzuholen. Um sicherzugehen, dass das Haar noch da ist. Ich betrachte es genau, wie die Schlagintweits ihre Geräte, wenn sie den Magnetismus messen. Dabei halte ich es mit zwei Fingern fest, damit es nicht fortfliegt. Es zu sehen, erfüllt mich mit der Zuversicht, auf dem richtigen Weg zu sein. Der Kompass der Schlagintweits zeigt immer nach Norden, der Janamaz der Moslems immer nach Mekka. Ich habe Humboldts Haar. Eine gute Energie sitzt darin. Vor dem Sonnenaufgang und zur Mittagszeit, wenn die Sonne ihren höchsten Stand verlässt, und am späten Nachmittag und nach Sonnenuntergang und vor Mitternacht glänzt es wie der rettende Faden, mit dem Vater Fuchs einmal die Wunde an meinem Arm[*] genäht hat.

Niemand wird mir das glauben, aber wenn ich vergesse, das Haar hervorzuholen, erinnert es mich daran. Ich spüre es

---

[*] Die Anderen hatten mir zu meinem neunten Geburtstag ein Tattoo geschenkt. Aber ohne Tinte und dafür mit einer Glasscherbe. Nur die Narbe unter Smitabens Bauchnabel ist noch länger.

dann, wirklich, ich spüre es deutlich durch das Taschentuch. Natürlich kann ein Haar kein Familienmitglied sein, und doch ist es ja ein Teil von der Person, ohne die wir alle nicht reisen würden. Humboldt ist der Vater des Trains und das Haar ist Humboldt. Darum muss ich es besonders hüten.

Beinahe hätte ich es verloren. Und mein Leben.
Im Krishnatal erreichten wir vor Sonnenaufgang einen Fluss, der einige Baumwollfelder in seiner Umgebung füttert. An seinem Ufer gab es keine Fähre oder Brücke, sodass wir auf die Dämmerung warten mussten.

Die Schlagintweits warten anders als der Rest des Trains. Sie verzichten auf viel Ruhe und essen schneller als alle anderen. Ihre Arme sind immer in Bewegung, sodass es ein wenig aussieht, als hätten sie viele Arme, ganz ähnlich wie Shiva auf dem Gemälde in seinem Tempel. Wahrscheinlich sind die Schlagintweits so anders im Warten, weil sie wissen, dass sie nicht lange in Indien sein werden. Drei Jahre hier, sagt Hermann, sind wie drei Monate in Bayern.

Mithilfe der Fackelträger, aber ohne mich, bestimmten die Brüder die Temperatur am Ufer, vom Wasser, Schlamm und von trockenen Stellen. Der Khansaman sagte von seinem Pferd herab etwas zu einigen Kulis, das ich nicht hören konnte, weil ich zu weit entfernt stand. Es muss etwas Respektloses gewesen sein. Wie auf Befehl lachten die Kulis. Keiner von ihnen will seine Arme auf den Rücken gebunden kriegen.

Bald darauf zeigte uns die Sonne die erhebliche Breite des Flusses. An manchen Stellen floss er schneller als an anderen.

Adolph begann in verstellter Stimme zu sprechen, wie der Pundit beim Beten.

Und sieh am Horizont lüpft sich der Vorhang schon! Es träumt der Tag, nun sei die Nacht entflohn. Die Purpurlippe, die geschlossen lag, haucht, halb geöffnet, süße Atemzüge. Auf einmal blitzt das Aug', und, wie ein Gott, der Tag beginnt im Sprung die königlichen Flüge!

Goethe?, fragte Hermann.

Adolph schüttelte den Kopf.

Eichendorff?, fragte Robert.

Wieder schüttelte Adolph den Kopf.

Schiller?, fragte ich.

Die Schlagintweits sahen mich an, als hätte ich ihre beiden Väter beleidigt.

Vater Fuchs' Lieblingsdichter, sagte ich.

Adolph schüttelte langsam den Kopf.

Mörike, sagte er.

Fliegende Fische sprangen aus dem Wasser, landeten auf Felsen und im Schlamm, hüpften und tauchten zurück in den Fluss. Wie konnte es sein, dass solch einfache Wesen schwimmen und noch dazu fliegen konnten und ich nicht einmal eines von beidem beherrschte!

Es war nicht zu übersehen, dass Robert sich wünschte, er hätte seine Bildermaschine in wenigen Augenblicken aufbauen können, um mit ihr die Fische zu fangen.

Als die Karawane sich etwas später daranmachte, den Fluss zu durchqueren, zögerten manche Träger.

Er könne nicht tief sein, rief ihnen der Khansaman zu, die Regenzeit sei zu lange her.

Der Fluss war aber tief genug, dass er den Kleineren bis zu den Schultern reichte und mir bis zur Stirn. Adolph half mir zu sich aufs Pferd. Das Wasser stieg bald bis zum Sattel. Ich klammerte mich an den Schlagintweit. Unser Pferd hatte Mühe, das Gleichgewicht zu halten. Es knickte seitlich weg. Wir tauchten unter. Ich dachte an das bayerische Taschentuch und ließ Adolph los. Das Wasser durfte es nicht klauen. Der Fluss riss mich mit sich. Ich hielt das Taschentuch fest in meiner Faust, als könnte es mich wie ein Stück Holz tragen. Etwas biss in mein Bein. Ich schrie. Aber es kamen nur Luftblasen.

Das Nächste, woran ich mich erinnere, sind die Sorgenfalten auf Eleazars Stirn. Ich lag nass im Schlamm und er war über mich gebeugt.
  Bin ich am Leben?, fragte ich.
  Gerade so, sagte er, das war ein beeindruckender Akt von Dummheit. Warum hast du dich nicht an Herrn Schlagintweit festgehalten?
  Ich öffnete meine Faust und das Taschentuch und hielt es prüfend ins Licht.
  Es war noch da.
  Eleazar betrachtete es.
  Was ist das?, fragte er.
  Ein Haar, sagte ich.
  Es ist doch mehr als das, nicht wahr?
  Ich verriet es ihm nicht. Er hätte mich ausgelacht.
  Eleazar stand auf.
  Ich hoffe, es ist dein Leben wert – für das du im Übrigen dem Makadam danken solltest. Ohne seine Peitsche wärst du Fischfutter. Fliegende Fische-Futter.
  Der Knöchel an meinem Fuß war geschwollen. Eine Fleischwunde zog sich wie ein rotes Band ums Bein. Mindestens zwölf Jahre lang hatte ich gelernt, dass die Rute mein Feind ist. Und nun hatte mich eine Peitsche gerettet.
  Ich humpelte zum Makadam und berührte dankbar seine Füße. Er griff mir unter die Arme und stellte mich auf die Beine. Ich erwartete nicht, dass er etwas von sich gab. Er redet meist nur mit seinen Kamelen. Vielleicht, weil sie ihm nicht widersprechen können.

Als ich mich abwendete, sagte er:
Es ist gefährlich, wenn man nicht weiß, wer man ist.
Seine Stimme bebte wie die von Hormazd, wenn er viel Pale Ale getrunken hat. Aber der Makadam roch nicht nach Rum, sondern nach nassem Fell. In seinem Bart hingen Wassertropfen und Reste eines Lächelns.
Ich weiß, wer ich bin, sagte ich zu ihm.
Das ist Ali, sagte er und deutete auf eines seiner Kamele.
Ali würdigte uns keines Blickes.
Wenn Ali versuchen würde, ein Pferd zu sein, sagte der Makadam, wäre das sein Ende. Kein Pferd würde das akzeptieren. Und er würde seinen Platz unter den Kamelen verlieren. Er wäre auf sich allein gestellt.
Ali, sagte ich, kommt damit zurecht, auf sich allein gestellt zu sein. Man sollte ihn nicht zu früh beurteilen. Wer weiß, vielleicht ist er ja ein besseres Pferd.

Hormazd hatte den Zwischenfall beobachtet. Von ihm erfuhr ich, dass der Khansaman Adolph sofort zu Hilfe geeilt war. Er hatte das Pferd des Schlagintweit mit seinem aus der Untiefe gezogen.
Er hätte dich retten können, sagte Hormazd, dafür blieb ihm ausreichend Zeit. Aber das hat er nicht.
Vielleicht konnte er mich nicht sehen, Sir. Es ging alles sehr schnell.
Ich konnte dich sehen, sagte Hormazd. Obwohl ich am Ufer stand.
Weit weg, Sir.
Mit etwas Abstand sieht man klarer.
Er ist kein Mörder.
Noch nicht.
Er beneidet mich nur.

Er beneidet *dich*?

Er wäre gerne wie ich, er würde gerne so viel verstehen. Und er denkt, ich will ihm seinen Platz im Train wegnehmen.

Hormazd lachte auf.

Du bist eingebildeter, als ich dachte! Das wird noch dein Ruin sein. Sieh dich vor.

Ich mag ihn ja auch nicht, sagte ich, aber er trachtet mir nicht nach dem Leben.

Mir scheint, du magst ihn.

Ich?

Du verbringst ganze Nächte mit ihm, sagte Hormazd.

Erst da begriff ich.

Sie meinen gar nicht den Khansaman, sagte ich.

Hormazd warf einen schnellen Blick zu Adolph, der sich ein trockenes Hemd überstreifte.

Für ihn bist du nur irgendein Indier.

Er sagt, in meinen Augen leuchtet eine Neugierde ähnlich wie in denen von Humboldt.

Hormazd schien das nicht zu beeindrucken.

Der Schlagintweit ist nun wirklich kein Mörder, sagte ich bestimmt.

Vergiss nicht: Er ist ein Firengi, der für die Ingrez arbeitet.

Und wir arbeiten für ihn.

Du bist fast gestorben, Bartholomäus.

Wir alle sterben die ganze Zeit, sagte ich.

Tuschee, sagte er.

Ich habe ihn nicht gefragt, was das heißt. Französisch ist die einzige Sprache, die ich nicht lernen möchte. Etwas daran hört sich falsch an. Wenn jemand französisch spricht, kann ich ihm nicht glauben. Darum nehme ich auch nie ein französisches Wort in den Mund. Selbst Englisch ziehe ich vor. Hormazd weiß das. Manchmal ärgert er mich absichtlich mit seinem Französisch. Aber in diesem Moment ärgerte es mich nicht, ich hörte es gerne. Sein Französisch bewies, dass es ihm besser geht.

Seitdem sein Fieber gesunken ist, stirbt Hormazd wieder langsamer. Er vermisst seine Frau schrecklich, sagt Smitaben, weil er oft, sehr oft erzählt, wie glücklich er ohne sie ist.

Seine Einsamkeit verscheucht er mit Arbeit. Wie schon im Glashaus ist er der *Herr der Existenz*, er kümmert sich um die Finanzen des Trains. Zu seinen neuen Aufgaben zählt, über die Geldverhältnisse auf einer Reise zu schimpfen. Er schimpft darüber, dass fast nirgends Gold verwendet wird und der Train deswegen viel Silber mit sich führen muss. Er schimpft darüber, dass in jeder Region andere Gewichtssysteme verbreitet sind, was jeden Handel unnötig kompliziert macht. Er schimpft darüber, dass die meisten Rupis schlampig geprägt sind, dass der Stempel unnötig groß ist und die Schrift unvollständig. Er schimpft besonders darüber, dass dies kaum vor Falschmünzerei schützt. Er schimpft leise darüber, dass die Schlagintweits nicht einmal wussten, was ein Lakh ist. Er schimpft darüber, wenn ihm Kupfergeld mit chinesischem Gepräge unterkommt, in dessen Mitte ein quadratisches Loch gestanzt wurde, er schimpft außerdem darüber, dass die Chinesen so tun, als wäre der einzige Grund dafür, dass die Münzen so praktischerweise an einer Lederschnur aufgereiht und getragen werden können, und er schimpft noch mehr darüber, dass sie damit bei jeder Münze erhebliche Mengen Kupfer sparen. Er schimpft immer darüber, dass die meisten Mitglieder der Karawane nicht ausbezahlt werden wollen, solange wir uns nicht in einer Stadt befinden, in der sie ihren Lohn nach Hause schicken können, was heißt, dass Hormazd für die sichere Verwahrung ihres Lohns verantwortlich ist. Er schimpft nur nicht darüber, dass die Schlagintweits an vielen Orten von den Regierungskassen große Summen zur Verfügung gestellt bekommen, gegen spätere Abrechnung. Und er schimpft darüber, dass diese Reise uns alle ins Grab bringen wird.

Du solltest einen Sadra tragen, riet er mir.

Ein Sadra?, fragte ich.

Er zeigte mir den Kittel aus Baumwolle unter seinem Hemd.

Zum Schutz gegen böse Geister, sagte er.

Der Schlagintweit ist nur ein Mensch, sagte ich.

Darum, sagte Hormazd, trugen wir Parsis früher zusätzlich Panzerhemden.

Würde er?, fragte ich mich an diesem Abend, als ich wieder für Adolph die Fackel hielt. Würde der Schlagintweit mit diesen Händen, die für ihn Südindien kopierten und immer etwas hübscher zeichneten als es in Wirklichkeit ist, nicht nach mir greifen und mich aus dem Wasser ziehen?

Die meisten Mitglieder des Trains kennen Adolph nicht gut. Außer Robert und Hermann. Allerdings kenne ich sie nicht gut genug, um einzuschätzen, ob sie lügen. Der Einzige, der mir eine Antwort liefern kann, ist Adolph. Aber nicht mit Worten. Wenn ich ihn frage, wird er etwas antworten, das er sich gerne in seinem großen Spiegel sagen hört. Die Wahrheit werde ich nur erfahren, wenn ich noch einmal in Gefahr gerate.

Das passiert wahrscheinlich schon bald.

Ich bin zum Khansaman gegangen und habe ihm erklärt, dass ich ihm nicht seinen Platz im Train wegnehmen will, dass solche Missverständnisse manchmal vorkommen, dass wir beide an der Seite der Schlagintweits reisen können und dass diese Familie groß genug für uns beide ist.

Der Khansaman hat darauf die Zähne gezeigt, die in seinem Mund übrig sind, und mir ins Gesicht gespuckt.

Halte ich mich in Adolphs Nähe auf, dann beobachtet er mich, als wäre ich eine Hyäne, die ins Lager gewandert ist. Sobald ich Deutsch spreche, verengen sich seine Augen, als könnte er, wenn er genau hinsieht, mich verstehen. Ich achte darauf, Humboldts Haar nur hervorzuholen, solange der Khansaman abgelenkt ist. Bin ich lange mit Adolph geritten oder habe ich viel mit ihm gesprochen, ruft der Khansaman mich zu sich und erteilt mir eine Aufgabe. Ich soll seine Füße waschen oder seine Stiefel putzen oder sein Pferd striegeln. Der Khansaman ist nicht schlau, aber auch nicht so dumm, dass er mich vor Eleazar oder den Schlagintweits angreifen würde. Ich aber bin mit den Anderen aufgewachsen und spüre, wenn jemand auf die Gelegenheit wartet, mir wehzutun.

In Mudhal haben die Schlagintweits eine Einladung des Raja zu einem Fest erhalten. Sie besprachen sich mit Eleazar in ihrem Bungalow. Ich positionierte mich zwischen dem Bania und Adolph, dort war es am sichersten. Der Khansaman, der etwas weiter entfernt am Türrahmen lehnte, ließ mich nicht aus seinen Augen.

Was erhofft sich der Raja davon?, fragte Hermann.

Mudhal ist ein kleines, unabhängiges Gebiet, sagte Eleazar. Viele Staaten in dieser Region wurden von den Engländern eingezogen.

Erobert, sagte ich.

Adolph lachte. Hermann und Robert zeigten keine Reaktion, sie hatten sich inzwischen an meine Gegenwart gewöhnt. Eleazar kniff mir in die Schulter und der Khansaman feuerte eine Salve Hass in mein Gesicht.

Der alte Raja ist vor wenigen Wochen gestorben, sagte Eleazar. Sein Sohn möchte gute Beziehungen aufbauen.

Zu wem?, fragte Hermann. Wir sind keine Engländer.

Kann man von den Eingeborenen erwarten, fragte Adolph, dass sie solche Unterschiede verstehen?

Sie sind die ersten Europäer hier seit dem Tod seines Vaters, sagte Eleazar.

Wir haben keine Zeit für Feste, sagte Hermann, der von allen Schlagintweits am meisten anders wartet.

Ich habe die Einladung bereits angenommen, sagte Adolph.

Hermann starrte Adolph an und der starrte zurück. Robert starrte den Boden an und Eleazar die Luft zwischen den Brüdern.

Ohne uns vorher zu konsultieren, sagte Hermann.

Du musst nicht gehen, sagte Adolph. Robert und ich werden dich vertreten.

Wenn Hermann nicht so schnaufend geatmet hätte, wäre es möglich gewesen, von allen das Herzklopfen zu hören. So still war es mit einem Mal.

Brechen wir auf, sagte Hermann. Es steht nicht dir allein zu, Zeit zu verschwenden.

Wieder starrten die beiden Brüder einander an.

Diesmal aber brach ein Lachen aus Adolphs Mund. Das löste die Anspannung, alle stimmten mit ein, sogar der Khansaman und Eleazar. Nur ich lachte nicht. Auch wenn ich dasselbe wie Adolph fühlen wollte, wollte ich nicht dasselbe wie der Khansaman fühlen.

Sirs, fragte ich die Brüder, kann ich Sie begleiten?

Eleazar stieß mich von hinten an.

Die Schlagintweits wechselten einen Blick.

Ich war noch nie auf einem Fest von einem Raja, sagte ich.

Na dann wird es höchste Zeit, sagte Adolph.

Du trägst die Verantwortung für ihn, sagte Hermann zu ihm.

Er wird sich benehmen, sagte Adolph, nicht wahr?

Das werde ich, Sir! Danke, Sir!

Die Freude machte mich blind. Als ich aus dem Bungalow lief, sah ich nicht den Fuß des Khansaman. Ich stolperte, fiel in den Dreck. Der Khansaman packte mich und grub seine Hände in meine Haut. Er stellte mich auf die Beine und riss mir Haare aus, als er vorgab, Staub zu entfernen.

Auf Hindi flüsterte er mir zu: Vorsicht, Rakschas.

Ein Elefant holte uns ab. Die Schlagintweits, Eleazar und ich nahmen im Hauda-Sattel Platz und wurden zum Fest getragen. Der Khansaman folgte uns auf seinem Pferd. Er verabscheute es, dass er zu mir aufblicken musste. Ich winkte ihm zu. Es war das einzig Gute an diesem Ritt. Ich hatte noch nie auf einem Elefanten gesessen. Es wird das letzte Mal gewesen sein. Die schaukelnde Fortbewegung ist der auf einem Schiff ganz ähnlich. Ich musste mir Mühe geben, meine letzte Mahlzeit nicht frühzeitig rauszulassen.

Auf dem Fest wurde ein Tanz aufgeführt.

Ein Tamasha, erklärte Eleazar den Schlagintweits.

Ich nenne das ein Schauspiel mit Lärm und ohne Gehalt, sagte Hermann.

Schade, sagte Adolph, ich hatte mir ein Darbar erhofft.

Eleazar betrachtete ihn überrascht. Ich weiß, was er dachte. Obwohl die Schlagintweits zusammen nach Indien gekommen sind, scheint Adolph bereits viel länger hier zu sein.

Auch sonst war das Fest anders, als ich mir das Fest eines Rajas vorgestellt hatte.

Alle Räume waren auffallend leer, als hätte jemand die Möbel verkauft oder gestohlen.

Ich hörte, wie Hermann Robert fragte, ob er bemerkt habe, wie schmutzig die Kostüme der Eingeborenen seien.

Ich glaube nicht, dass sie Kostüme trugen. Aber es stimmte, dass viele von ihnen beinahe so übel rochen wie ein in einer Holzkiste eingesperrter Waisenjunge.

Und das Essen! Man konnte es kaum als solches bezeichnen. Es gab nur Pan. Eine List, die ich von den Hochzeiten der Armen in Bombay kenne. Die Wirkung der Betelnuss im Pan soll ein bisschen so sein wie Opium, nur viel schwächer, und sie vertreibt, zumindest für eine Weile, den Hunger.

Dazu wurde uns duftendes Wasser serviert, an dessen Oberfläche ein paar Tropfen Öl schwammen. Hermann trank es in einem Zug leer. Eleazar flüsterte ihm etwas ins Ohr, das ich wegen dem Tamasha nicht verstand, und zeigte ihm, wofür das Wasser da war: zum Befeuchten der Hände.

Selbst der Raja war nicht, wie ein Raja sein soll. Als Adolph und Robert sich ihm vorstellten, nahmen sie mich mit und ich musste übersetzen. Der Raja war höchstens so alt wie ich. Er redete ohne Unterlass. Adolph verlor bald das Interesse. Aus gutem Grund. Nichts von dem, was der Raja sagte, war bemerkenswert. Der Raja wollte den Schlagintweit mit Worten an sich binden. Er hatte ja sonst wenig anzubieten. Er tat mir leid. Wir waren im selben Alter und hatten beide unsere Väter verloren. Aber er musste jetzt ein Vater für seine Familie sein.

Die Engländer schneiden seine Beziehungen zu den Nachbarstaaten ab, sagte Adolph, sie wollen ihn dazu drängen, sein Gebiet an die Krone abzutreten. Es würde mich wundern, wenn er ihnen nicht bald nachgibt.

Soll ich das übersetzen, Sir?, fragte ich ihn.

Was glaubst du?

Also sagte ich dem Raja, was ich glaubte: Es ist sehr ehrenwert, Hukum, dass Sie Ihr Gebiet nicht an die Ingrez abgetreten haben.

Der Raja deutete ein Nicken an. Er schien nicht besonders stolz darauf.

Robert schob sich Pan in den Mund, schluckte und begann zu husten. Er schnappte nach Luft, seine Augen traten hervor, sein Kopf färbte sich rot. Seine Brüder waren sofort bei ihm. Robert fasste sich an den Hals, sein Hut fiel vom Kopf. Sein Husten war hart und tief, viel hässlicher als der von Vater Fuchs. Adolph tauchte mit seinen Fingern in den Mund des Bruders und wühlte darin herum. Er zog seine Hand wieder hervor, sah sich um. Robert wand sich am Boden. Sein Husten wurde zu einem Röcheln. Hermann hielt seinen Kopf. Der Khansaman sagte, Firengi seien zu schwach für Cayennepfeffer. Einige Diener des Raja schmunzelten wie man schmunzelt, wenn man ein Grinsen unterdrückt. Die Musik spielte noch immer. Adolph sagte zu mir, seine Hand sei zu groß. Er musste nicht mehr sagen. Ich führte meine Hand in Roberts Mund, fand das Pan, zog es aus seinem Rachen. Robert holte Luft, als würde er einen Schrei einsaugen. Hermann streichelte seinen Kopf, Adolph küsste ihn auf die Lippen und half ihm hoch. Robert kam wieder zu Atem und zog seinen Hut auf. Er konnte niemandem ins Gesicht sehen.

Gleich darauf kehrten wir ins Lager zurück. Dort brachte Adolph Robert etwas zu trinken, setzte sich mit ihm an ein Lagerfeuer und streichelte seinen Rücken wie der Makadam den Nacken seiner Kamele.

Hermann rief Eleazar und den Khansaman zu sich in den Bungalow. Alle anderen Diener mussten sich entfernen. Eleazar trug mir auf, vor der Tür zu warten. Er untersagte mir nicht, an ihr zu horchen.

Frag ihn, sagte Hermann zu Eleazar, was er gesagt hat.

Eleazar fragte den Khansaman auf Hindi.

Der Khansaman schwieg.

Auf dem Fest, sagte Hermann, als mein Bruder zu ersticken drohte, da hat er etwas gesagt.

Eleazar übersetzte.

Der Khansaman behauptete, er könne sich nicht daran erinnern.

Im Bungalow fiel etwas zu Boden.

Meine Geduld ist dahin, sagte Hermann laut.

Ich weiß nicht, was der Firengi meint, sagte der Khansaman zu Eleazar.

Eleazar übersetzte, der Khansaman besitze ein löchriges Gedächtnis.

Ich klopfte an die Tür.

Eleazar öffnete.

Hinter ihm lag ein Stuhl auf dem Boden.

Ehe ich fortgeschickt werden konnte, rief ich: Ich weiß, was er gesagt hat!

Der Khansaman spricht kein Wort Deutsch, aber das verstand er.

Glauben Sie dem Rakschas nicht!, sagte er zu Hermann.

Aber niemand übersetzte das.

Ich höre, sagte Hermann.

Er, der Khansaman und Eleazar sahen mich an.

Er hat gesagt: *Firengi sind zu schwach für Cayennepfeffer.*

Das sagte ich zuerst auf Deutsch und dann auf Hindi. Ich wollte den Khansaman wissen lassen, dass ich ihn besiegt hatte. Er würde nicht mehr lange Teil dieser Familie sein.

Der Khansaman sprang auf mich zu. Eleazar trat zwischen uns. Er konnte ihn nur mit Mühe davon abhalten, mich zu packen.

Du bist tot!, rief der Khansaman. Du weißt es noch nicht, Rakschas, aber du bist längst tot!

Eleazar, der Freundliche, forderte ihn auf, sich zu beruhigen. Es liege ein Missverständnis vor.

Das sagte er auch zu Hermann.

Ich wusste nicht, was er meinte.

Eleazar schob den Khansaman weit weg von mir und trug ihm auf, Geduld zu bewahren. Es sei noch nichts verloren.

Der Khansaman sah aus, als würde er bereits zu lange die Luft anhalten.

Dann wendete sich der Bania Hermann zu: Der Junge irrt sich, Sir. Ich war auch anwesend und auf mein Gedächtnis ist, wie Sie wissen, Verlass. Tatsächlich hat der Khansaman Folgendes von sich gegeben: *Der Cayennepfeffer ist zu stark.*

Das sagte er auch auf Deutsch und Hindi.

Der Khansaman nickte sofort mehrmals.

Hermann drehte sich zu mir.

Nein!, sagte ich, nein, das hat er nicht gesagt!

Der Schlagintweit blickte abwechselnd zu mir und zum Khansaman. Er hob den Stuhl auf und setzte sich.

Du bist dir sicher, Eleazar?

Er lügt!, sagte ich.

Hermann befahl mir zu schweigen.

Absolut, Sir, sagte Eleazar. Nehmen Sie ihm den Fehler nicht übel. Wie soll er es besser wissen? Er ist nur ein kleiner Harami.

Ich warte jetzt auf den Khansaman. Er wird in der Nacht zu mir kommen, er wird bestimmt zu mir kommen. Darum darf ich nicht schlafen. Das Museum hält mich wach. Ich bewege den Stift langsam, er flüstert meine Worte aufs Papier. So kann ich den Khansaman hören, wenn er sich anschleicht.

Ich wünschte, ich würde ein Panzerhemd tragen. Oder zumindest einen Sadra!

Niemand wird mir helfen. Adolph kümmert sich um Robert. Smitaben, Hormazd und der Makadam sind längst mit der anderen Hälfte des Trains aufgebrochen. Und Eleazar?

Ich habe ihn gefragt, warum er falsch übersetzt hat.

Er hat sich freundlich geräuspert (nur er kann das), mein Ohr gezogen und behauptet, er übersetze nie falsch.

Aber ich weiß, was ich gehört habe.

Du beschützt ihn, habe ich zu Eleazar gesagt, als er mich Schlafen geschickt hat.

Da flackerte etwas in seinen Augen auf. In dieser Sekunde habe ich ein Stückchen von dem Eleazar gesehen, den er sonst gut versteckt. Auch wenn ich nicht genau sagen kann, was ich gesehen habe.

Ich lasse mich nicht irreführen. Vater Fuchs hat mich gelehrt, dass man nicht nur von einer Sprache in eine andere übersetzen kann oder muss oder sollte. Selbst wenn wir dieselbe Sprache sprechen, gibt es immer viel zu übersetzen. Manchmal, weil wir Worte achtlos benutzen, manchmal, weil wir im Zuhören schlecht sind, und manchmal, weil wir mit jemandem reden, der mit Worten umgehen kann wie Smitaben mit Gewürzen, Hormazd mit Zahlen oder der Makadam mit seiner Peitsche. Eleazar ist so jemand.

Eins ist sicher: Er wird mir nicht helfen.

Aber ich brauche ihn nicht. Ich habe keine Angst vor dem Khansaman. Ich wurde schon oft überfallen und bin noch immer hier. Im Glashaus war ich jede Nacht mit den Anderen eingesperrt. Wenn sie einen abgetrennten Hühnerkopf auf meine Matratze gelegt oder mich aus dem Fenster gehängt oder meine Decke mit ihrem sauren, warmen Saft genässt haben, konnte ich nicht vor ihnen weglaufen. Und jetzt, in Südindien, das mir tausend Verstecke anbietet, werde ich nicht weglaufen.

Ich gehöre zu dieser Familie. Auch wenn ich meinen richtigen Platz in ihr noch nicht gefunden habe. Ich bin gerne ein Fackelträger für Adolph. Aber ich bin kein Fackelträger. Die Schlagintweits und alle Diener und natürlich der Khansaman und leider auch Eleazar und Hormazd und sogar Smitaben denken, ich bin wenig, weil ich klein bin. Sie verstehen nicht, was Vater Fuchs verstanden hat: dass ich, weil ich klein bin, von allem anderen mehr habe.

Der Khansaman ist nur der Khansaman. Ich werde ihn heute Nacht besiegen und nicht sterben.

Indem man es sagt, ist es so.

BEMERKENSWERTES OBJEKT NO. 21

Psittacidae

Jeden Morgen tötet der Khansaman Papageien. Hermann sagt, sie gehören zur Familie der Psittacidae. Sie sitzen in den Bäumen und kreischen erst, wenn die Sonne aufgeht. Wer unter einem dieser Bäume schläft, kann den Morgen nicht verpassen. Anstatt sich einen anderen Ort zu suchen, legt sich der Khansaman immer unter einen solchen Baum und ärgert sich später darüber, dass die, wie er sie nennt, *verfluchten Totas*, ihn aus dem Schlaf reißen. Er will nicht einsehen, dass die Papageien niemals einsehen werden, warum sie nicht schreien sollen. Der Khansaman nimmt dann sein Gewehr, das so groß ist, dass er damit einen bengalischen Tiger erlegen könnte. Er erschießt einige der Papageien, sammelt aber nicht ihre gelb-grünen Federn und brät nicht ihre Körper. Er lässt sie im Staub liegen oder tritt auf sie. Das Knacken ist leiser und gleichzeitig lauter als die Gewehrschüsse. Es scheint mir, der Khansaman möchte von den Papageien geärgert werden, damit er sie töten darf. Seine Rache ist der Weckruf für den gesamten Train.

Am Morgen nach dem Fest des Rajas hat aber ein anderer Schuss alle geweckt. Auch die Papageien. Obwohl der Schuss nicht für sie bestimmt war. Sie kreischten und mussten dafür nicht aus den Ästen fallen. Einer von ihnen ist über mir geflogen und hat in meine rechte Hand geschissen. Ich glaube, er hat sich bedankt.

Vater Fuchs sagt, in jeder Sprache, die man spricht, ist man eine andere Person. Das heißt, je mehr Sprachen man spricht, desto mehr Personen ist man. Wenn ich Farsi spreche, bin ich jemand, der stolz und laut singt, auch wenn ihm niemand zuhört. Auf Hindi bin ich wie mein Körper: klein, wendiger, am schnellsten. Im Englischen kann ich am wenigsten ich sein, was gut und schlecht ist. Und auf Deutsch bin ich Vater Fuchs, aber ich bin auch Vater Holbein. Ich kann nicht der eine ohne den anderen sein. Sie haben immer bemerkenswerte Ideen. Auch wenn mir manche von ihnen nicht gefallen. Sie fühlen sich an wie Alpträume, aus denen ich nicht aufwachen möchte.

Genau so eine Idee brauchte ich am Abend nach dem Fest. Ich wartete auf den Khansaman. Er würde zu mir kommen. Das war so sicher, wie dass die Anderen zu mir kommen, wenn Vater Fuchs mich vor ihnen gelobt hat. Als sich die letzten Mitglieder des Trains in ihre Decken gewickelt hatten und die Lagerfeuer geschrumpft waren, sah ich ihn. Mit seinem Gewehr klopfte er gegen die Schultern einzelner Diener und fluchte, wenn er erkannte, dass sie nicht ich waren. So wanderte er im Lager umher. Mit jeder Enttäuschung wurden seine Flüche lauter. Einmal war er kurz davor, den Bihishti zu erschießen, weil dieser sein Gesicht tief in seine Decke gegraben hatte und nicht aufwachen wollte. Für den dummen Khansaman war das der Beweis dafür, dass er mich entdeckt hatte. Er richtete sein Gewehr auf den Bihishti und nannte ihn einen Rakschas. Das aber ließ der Bihishti sich nicht gefallen, schlug seine Decke zurück, verwünschte den Khansaman und rettete so sein Leben.

Ich saß im Geäst eines Baumes zwischen den Papageien und beobachtete unseren Feind. Ich kann nicht schwimmen oder fliegen, aber ich kann klettern. Als der Khansaman endlich aufgab und sich Schlafen legte, stieg ich hinunter und schlich zum Bungalow. Robert, der sonst eine Hausdecke über seinem Kopf bevorzugt, schlief draußen neben Adolph, der den Himmel über seinem Kopf bevorzugt. Robert atmete lautlos, Adolph dagegen schnarchte, als wolle er die Stille seines Bruders ausgleichen. Ich beugte mich über ihn. Sollte er aufwachen, würde ich behaupten, dass ich ihn hatte wecken wollen. In seiner Brusttasche fand ich, wonach ich gesucht hatte. Ich entfernte mich mit Humboldts Brief und suchte nach dem Khansaman. Er war nicht schwer zu finden. Wie ich erwartet hatte, ruhte er unter dem Baum mit den meisten Papageien. Sein Gewehr lag neben ihm. Ich faltete den Brief lautlos auf. Als Humboldt ihn in Berlin geschrieben hat, hätte er bestimmt nicht gedacht, dass seine Nachricht in Mudhal bei einem Khansaman eintreffen würde. Ich stellte mir vor, wie die Schlagintweits den zerrissenen Brief ihres zweiten Vaters in der Tasche des Khansaman finden und ihn endgültig aus dem Train verbannen würden. Das war kein sehr raffinierter Plan, das gebe ich zu. Aber es war ein Plan, der funktionieren würde.

Hermann sagt, in der Meteorologie wird das Maß des Regens in einer Längeneinheit ausgedrückt, indem man bezeichnet, wie hoch eine Wassersäule wäre, wenn in einem vertikalen stehenden Gefäß, dessen Querdurchschnitt überall derselbe ist, alles Wasser ohne Verlust durch Verdunstung sich angesammelt hätte. Wenn man so ähnlich die Dinge messen würde, die der Khansaman zum Missfallen der Schlagintweits gesagt und getan hat, bekäme man eine sehr hohe Säule.

Humboldt würde das Ende vom Khansaman im Train herbeiführen. Es war die perfekte Lösung.

Aber ich konnte den Brief nicht zerstören. Vorher musste ich ihn wenigstens noch einmal lesen. Immerhin waren das Alexander von Humboldts Worte!

Unter all den Dingen, zu denen ich mitgewirkt, ist Ihre Expedition nun eine der wichtigsten geblieben. Eine der wichtigsten.
Meine liebenswürdigen, teuren Freunde. Liebenswürdigen.
Ein Wort der Liebe, des Andenkens, der innigen Achtung und des ewigen Abschieds. Liebe. Innigen Achtung. Ewigen Abschieds.
Möge es Ihnen wohl gehen.
Ewigen Abschieds.
Als ich das Papier zerriss, war das Geräusch so schrecklich wie das Knacken, wenn der Khansaman auf die Papageien tritt. Rasch stopfte ich die Reste des Briefs in seine Tasche. Nun musste ich nur noch die Schlagintweits holen.

Da schrie ein Papagei. Der Khansaman öffnete die Augen, packte sein Gewehr, schlug nach mir. Ich versuchte auszuweichen, verlor das Gleichgewicht, fiel auf die Brust. Der Khansaman erhob sich und hieb mit dem Gewehrgriff auf meinen Rücken ein. Ich rollte mich zusammen, bat um Vergebung. Er trat mich. Ich sah, dass einige Diener im Lager wach waren. Ihre Blicke gingen in unsere Richtung. Sie sagten nichts, rührten sich nicht. Ich rief um Hilfe. Sie schlossen die Augen und drehten sich weg. Der Khansaman zielte mit dem Gewehr auf mein Gesicht. Ich hielt ihm meine Hände entgegen, als könnte ich mit ihnen die Kugel fangen. Um Vergebung bat ich nicht mehr. Der Khansaman lächelte und ich dachte, dass ich ihn noch nie so glücklich gesehen hatte.

Leg das Gewehr weg.

Robert näherte sich dem Khansaman von hinten. Er hatte beide Arme nach ihm ausgestreckt, als wolle er einen Schmetterling fangen.

Ich übersetzte für den Schlagintweit.

Aber der Khansaman legte nicht das Gewehr weg.

Robert rief: Das Gewehr! Fort damit!

Der Schlagintweit blieb stehen. Er blinzelte keinmal und wirkte so ruhig wie bei seiner Arbeit mit der Bildermaschine. Robert wollte in jedem Fall Schlimmeres verhindern. Das sagte er mit seiner Haltung. Um das zu verstehen, brauchte es keinen Übersetzer.

Nur sah ihn der Khansaman nicht. Der nannte mich einen Rakschas.

Ich erinnerte ihn daran, dass sie ihn verurteilen würden, worauf er mich daran erinnerte, dass ich zumindest vorher sterben würde.

Das ließ mich an Hormazds Worte denken.

Auch du wirst sterben, sagte ich zum Khansaman, der sofort sein Gewehr fester packte, und ich redete weiter, beschrieb dem Khansaman dieses sehr gefährliche Gewehr, das Robert gerade auf ihn richtete.

Ich log nicht. Ich übersetzte nur seine Zukunft für ihn.

Da machte der Khansaman erstmals Anstalten, sich umzudrehen, und ich wies ihn rasch darauf hin, dass Robert seinen Kopf wegschießen würde, sollte er sich bewegen.

Der Khansaman drehte sich nicht um. Robert, der nur noch wenige Schritte von ihm entfernt war, wollte wissen, was hier vor sich ging. Aber ich konnte jetzt nicht mehr für den Schlagintweit übersetzen.

Der Khansaman behauptete, der Firengi besäße kein Gewehr, worauf ich ihm von Roberts Maschine erzählte; dass er mit ihr auch schießen könne.

Er hat noch nie etwas erlegt, sagte der Khansaman.

Für einfache Tiere ist sie ja auch viel zu wertvoll, sagte ich. Mit ihr fängt er ganze Berge und Städte ein!

Das beeindruckte den Khansaman. Jetzt hatte ich ihn. Ich sagte ihm, dass ich nicht sterben wolle, und dass ich nicht wolle, dass er stirbt. Auch das war keine Lüge. Ich mochte diesen Mann so wenig wie Vater Holbein. Aber den Tod wünschte ich ihm nicht.

Der Khansaman dachte nach, dann senkte er sein Gewehr und bat mich, nicht seine Kinder zu verfluchen.

Ein Schuss knallte und die Papageien flogen auf. Ihre Schreie waren so laut, dass sie die Sonne weckten.

Der Khansaman stürzte. Sein Fuß war zerfetzt. Robert schnappte sich sein Gewehr. Mit einem Mal war Adolph bei uns, er hielt sein eigenes Gewehr in der einen Hand, mit der anderen drückte er Robert an sich.

Adolph sagte, in der Dunkelheit sei ihm das Zielen schwergefallen. Robert stellte ihm die überflüssige Frage, was er getan habe. Adolph antwortete, er wollte bloß seinen kleinen Bruder beschützen. Ich weiß, dass er damit Robert meinte. Aber kann es sein, dass er auch ein bisschen mich meinte? Schließlich hat er, absichtlich oder nicht, mich gerettet.

Ich rührte mich noch immer nicht. Der Khansaman schrie und hielt sich den Stumpf am Ende seines Beins. Es sah aus wie das verbrannte Ende einer Fackel. Diesen Fuß würde ihm niemand mehr küssen.

Das Lager erwachte und so viele Stimmen riefen durcheinander, dass selbst ein brillanter Übersetzer sie nicht hätte verstehen können. Hermann kam dazu und befahl Eleazar, jemand sollte den Khansaman verarzten. Ich dachte an die letzten Worte des Khansaman und fragte Eleazar, ob er wirklich Kinder hat.

Der Bania reagierte nicht. Er war damit beschäftigt, Ordnung ins Lager zu bringen.

Der Khansaman wälzte sich vor Schmerzen auf dem Boden. Ein Teil von Humboldts Brief fiel aus seiner Tasche. Die Schlagintweits erkannten ihn. Hermann hob ihn auf, zeigte ihn seinen Brüdern. Sie sprachen so leise miteinander, dass ich ihre Worte nicht verstehen konnte. Es überraschte mich, wie ruhig sie blieben. Keiner von ihnen beschimpfte oder bedrohte den Khansaman. Hermann fragte ihn kühl wie Vater Holbein, was das Schreiben bei ihm zu suchen habe, und Eleazar übersetzte. Der Khansaman behauptete, er habe dieses Papier noch nie gesehen. Hermann ging in die Hocke. Er sah aus wie ein Jäger neben einem sterbenden Tier. In seinem Gesicht konnte ich kein Gefühl erkennen. Er verlangte vom Khansaman, die Wahrheit zu erfahren. Der Khansaman sah zu mir und gleich wieder weg. Er gestand, das Papier gestohlen zu haben. Eleazar übersetzte das nicht. Er fragte, ob er richtig verstanden habe und der Khansaman nickte. Eleazar übersetzte noch immer nicht. Er wies den Khansaman darauf hin, dass er nicht einmal lesen könne. Der Khansaman schlug seinen Schmerz mit der Faust in den Dreck und sagte nichts mehr. Erst jetzt übersetzte Eleazar. Hermann nickte und rief mich zu sich. Ich rührte mich erstmals, seit der Khansaman sein Gewehr auf mich gerichtet hatte. Jeder Schritt kostete Kraft. Hermann befragte mich zu den Vorkommnissen in der Nacht und ich erzählte ihm meine (leicht veränderte) bemerkenswerte Idee: Nachdem ich den Khansaman beim Diebstahl beobachtet hatte, war ich ihm gefolgt, hatte ihn zur Rede gestellt und war von ihm angegriffen worden. Der Khansaman konnte nicht widersprechen. Er verstand ja kein Deutsch. Trotzdem hätte ich erwartet, dass er gegen mich reden würde. Aber er blickte nicht einmal zu mir. Robert bestätigte meine Aussage. Die Brüder wandten sich ab und besprachen sich weiter. Ich nutzte die Gelegenheit und ging ein Stück auf den Khansaman zu. Sofort wich er zurück. Ich wollte ihm sagen, dass es mir leidtat. Ich wusste nicht, dass er Kinder hat, dass einer wie er Kinder hat. Ich wusste aber, dass Adolph mit seinem Schuss nicht nur den Khansaman sondern auch seine ganze Familie getroffen hatte. Der Khansaman würde nie mehr richtig gehen können. Und ein Khansaman, der nicht richtig gehen kann, ist kein Khansaman.

Verschone mich, Rakschas!

Der Khansaman schloss die Augen und begann leise zu beten. Erst da verstand ich. Vater Fuchs sagt, die meisten Menschen beten aus Angst. Noch nie hat jemand Angst vor mir gehabt. Es hätte ein übles Gefühl sein sollen. Aber das war es nicht. Ich sah mich um und mir fiel auf, dass viele Kulis mich auf gleiche Weise betrachteten wie der Khansaman. Sie sahen etwas in mir, das ich selbst, trotz all der Zeit vor Vater Fuchs' Spiegel, noch nie gesehen habe.

Die Einzigen, die mich nicht anders betrachteten als zuvor, waren Eleazar und die Schlagintweits.

Sie waren sich einig, dass die Vorkommnisse der vergangenen Nacht nicht in ihren Reisebericht einfließen würden, um die Vickys nicht zu verunsichern. Die Company, sagte Hermann, könnte annehmen, sie hätten die Kontrolle über die Expedition verloren. Die Schlagintweits ernannten Eleazar zu ihrem neuen Khansaman. Der wies sie darauf hin, dass er nur ein Übersetzer sei. Aber keiner der Brüder ging darauf ein.

Indem man es sagt, ist es so, flüsterte ich Eleazar zu.

Der Bania zog so fest an meinem Ohr, dass ich dem weiteren Gespräch nur mit meinem anderen Ohr folgen konnte.

Was machen wir mit ihm?, fragte Robert seine Brüder und blickte zum Khansaman, auf dessen Verband die Wunde rot blühte wie die Rosen auf Vater Fuchs' Taschentuch.

Er muss bestraft werden, sagte Adolph.

Muss er das?, sagte Hermann.

Wir behandeln ihn wie jeden anderen im Train, sagte Adolph.

Er ist aber nicht jeder andere, sagte Hermann.

Was willst du damit sagen?

Du weißt, was ich damit sagen will.

Adolph schwieg, damit Hermann sagte, was er sagen wollte.

Er ist ein Eingeborener, Adolph, was kann man schon von ihm erwarten?

Ich erwarte von ihm dasselbe wie von dir, sagte Adolph.

Dieser Eingeborene und wir haben verschwindend wenig gemein, sagte Hermann.

Das wird noch zu beweisen sein, sagte Adolph.

Willst du weiterhin behaupten, seine Rasse unterscheidet sich nicht von der unseren? Sieh ihn dir doch an! Er hat sich nicht unter Kontrolle. Beinahe hätte er jemanden erschossen.

Das wissen wir nicht mit Sicherheit, sagte Adolph.

Jemanden?, sagte Robert.

Hermann blies Luft aus seiner Nase. Ich war natürlich auf Adolphs Seite. Er war als einziger Schlagintweit immer auf meiner Seite gewesen.

Wie ging es gleich?, sagte Hermann. *In den heißen Ländern reift der Mensch in allen Stücken früher, erreicht aber nicht die Vollkommenheit der temperierten Zonen.*

Ach, Hermann, sagte Adolph.

Dem missfiel es, jetzt und hier seinen Namen zu hören. Er revanchierte sich, indem er, nun nicht mehr so kühl, seinen Bruder einen Depp* nannte.

Die Rasse der Weißen ...

Hermann!, rief Adolph nun und sein Bruder verstummte. Beide sahen zu Eleazar und mir. Dann entfernten sie sich und diskutierten weiter mit leisen Stimmen.

Robert erteilte Eleazar nicht sehr dringliche Aufgaben. Der Bania zog mich mit sich.

---

* Bairisch für Pagal.

Als wir uns entfernten, fragte er mich so unfreundlich wie noch nie, was ich getan hätte.

Ich schwieg. Ich kann keinem Mann vertrauen, der die Wahrheit über sich vor allen versteckt. Wie gerne ich wüsste, warum der Bania einen jüdischen Namen trägt! Gewiss wüsste ich dann auch, wer er wirklich ist.

Eleazar musterte mich.

Es gelingt ihnen immer, uns gegeneinander aufzubringen, sagte er. So vergessen wir unseren eigentlichen Feind.

Erneut flackerte etwas in seinen Augen.

Ich wollte ihn fragen, wen er mit diesem Feind meinte.

Aber schon war Eleazar wieder Eleazar. Er ging in die Hocke, lächelte höflich, klopfte Staub von meiner Kleidung und trug mir auf, die Nacht von mir zu waschen. Bevor ich das tat, beobachtete ich, wie die Schlagintweits ein Dreieck bildeten und in ihrer Mitte Humboldts zerfetzten Brief begruben. Jetzt kamen die Gefühle zum Vorschein, die sie bisher verborgen hatten. Robert studierte den wolkenfreien Himmel, der ihn offenbar mehr interessierte als die Beerdigung. (Das hält er also davon, dass der Brief nur an Hermann & Adolph gerichtet war!) Hermann dagegen fuhr sich wiederholt mit der Hand übers Gesicht, als könnte er so seine Wut wegwischen. Und Adolph weinte nicht wie jemand, der weinen möchte.

In Bellaris, wo wir uns seit drei Nächten aufhalten, haben die Brüder den Khansaman den Behörden übergeben.

Der Khansaman sollte den Göttern danken, sagen viele im Train. Er hat den Schlagintweits keinen Respekt erwiesen, er hat stets hinter ihren bayerischen Rücken schlecht über sie gesprochen, sie bestohlen und beinahe einen Mord begangen. Dafür hat er nur mit seinem Fuß, seiner Ehre und seiner Anstellung bezahlt. Der Khansaman sollte den Göttern danken!

Dabei haben die Götter wenig damit zu tun. Wenn der Khansaman in einem Regiment der Vickys gedient hätte, wäre er für seinen Verrat vor eine Kanone gespannt und diese abgefeuert worden.

Ich sage, der Khansaman sollte vielmehr den Schlagintweits danken.

Adolph und Hermann sagen zu alldem nichts. Seit jenem Morgen reden sie nicht mehr miteinander. Sie konnten sich nicht einigen, ob man den Khansaman bestraft, und so haben sie die Entscheidung anderen überlassen.

Robert sagt jetzt mehr als beide zusammen, weil er Botschaften von einem älteren Bruder zum anderen älteren Bruder überbringen muss wie eine menschliche Taube. Die letzten Nachrichten handelten davon, getrennt weiterzureisen. So bringt der Khansaman unsere Familie auseinander, obwohl er nicht mehr dazugehört. Ich glaube, die Schlagintweits brauchen nun dringender als je zuvor einen brillanten Übersetzer, damit sie einander verstehen.

Eleazar kann das nicht übernehmen. Er ist der neue Khansaman, aber auch weiterhin Eleazar. Denn er sagt, er wird den Khansaman niemals ersetzen können. Ich bin froh, dass er diese Position übernommen hat, und ich möchte mich freuen, dass ich den Khansaman besiegt habe. (Der Makadam sagt, er hätte nicht gedacht, dass Ali, das Kamel, den Wettkampf gewinnt.) Aber ich kann nicht. Ich denke an seine Kinder und hoffe, dass es nicht mehr als zwei sind.

Ich sage mir, dass unsere Familie es wert ist, dass es seine nicht mehr gibt.

Hormazd sagt, der Khansaman wird in einer Gefängniszelle verenden, dort wird die Schusswunde eitern und der Körper sich selbst auffressen.

Smitaben sagt so selbstsicher, als könnte sie das persönlich bezeugen, der Khansaman wird als Wurm wiedergeboren werden. Denn in seinem früheren Leben, sagt Smitaben, war er ein Tota. (Oder ein Papagei. Oder ein Psittacidae.) Deshalb schlief er stets bei ihnen.

Sie hat nicht gesagt, warum er dann auf die Papageien geschossen hat. Aber das musste sie auch nicht. Ich habe das schon verstanden. Manchmal schießt man eben auf seine Familie.

BEMERKENSWERTE OBJEKTE NO. 22 & 23

Der Koh-i-Noor
Das Blatt der Fächerpalme

Jede Familie zerbricht irgendwann. Adolph Schlagintweit muss das noch lernen. Für eine Familie ist es unmöglich, nicht zu zerbrechen. Das gilt auch für die Schlagintweits. Nach Bellaris nahm Adolph eine andere Route als seine Brüder. Smitaben, Hormazd, Eleazar und der größte Teil des Trains begleiteten Hermann und Robert in Richtung Bangalore. Ich und ein paar Kulis, die mich einen Rakschas nannten und mieden, reisten mit Adolph über Bangapilli und Kadapa zu den Diamantdistrikten. Wir erkundeten einige der Steinbrüche. In diesen herrscht eine Hitze, als hätte man den Sommer in einen engen Raum gesperrt. Die Arbeiter sind vollkommen nackt, damit sie keine Diamanten stehlen können. Ihre Haut und sogar das Weiß ihrer Augen hat die Farbe des rötlichen Steins angenommen. Nach ihrer Arbeit wird selbst ihre Kacke streng kontrolliert.

Adolph fuhr mit seinen Händen über die roten Steinwände. Er war jetzt umgeben von seiner großen Liebe Geographie oder, wie er sagen würde, *der Mutter allen Daseins*. Der Schlagintweit sagte, zwar sei das Gebirge im Norden das zentrale Forschungsobjekt dieser Expedition, aber allein wegen den Diamantdistrikten habe sich die Landroute nach Madras gelohnt.

Ich fragte mich, ob der Koh-i-Noor in Südindien geboren wurde. Niemand kennt seine genaue Heimat. Die Vickys der East India Company haben ihn vor wenigen Jahren ihrer Königin geschenkt. Dabei gehört er ihnen so wenig wie Indien. Sie haben ihn sogar schleifen lassen, damit er mehr leuchtet. Das ist typisch für die Vickys. Nur weil sie nicht in der Lage sind, ein Feuer zu sehen, machen sie es größer. Vater Fuchs sagt, wenn Indien seine Freiheit erlangt, wird der Koh-i-Noor auf den Pfauenthron zurückkehren und für indische Augen leuchten.

Einzigartiges, sagte Adolph und klopfte das Rot von seinen Händen, kann nur durch großen Druck entstehen.

Er sagte das, glaube ich, nicht zu mir.

Früher nahm man an, Diamanten würden ausschließlich in niederen Breitengraden vorkommen. Aber wie wir aus Humboldts Berichten wissen, haben Entdeckungen im Ural das widerlegt.

Er sagte das noch immer nicht zu mir, sondern als würde er mit jemandem reden, der weiß, was ein Ural ist. Jemandem wie Hermann oder Robert.

Vermissen Sie Ihre Brüder, Sir?, fragte ich ihn.

Ich hätte diese Region gerne mit ihnen erkundet, sagte er.

Wird Ihre Familie zerbrechen?

Er lachte, aber das klang nicht so voll wie sonst. Die rote Erde schluckte das meiste davon.

Meine Familie, sagte er, wird von etwas zusammengehalten, das stärker ist als jede physikalische Kraft.

Sogar stärker als der Koh-i-Noor?

Bedeutend stärker.

Sie meinen doch nicht etwa die Liebe, Sir.

Genau die, sagte er.

Hormazd sagt, Liebe hält nicht viel besser als das Versprechen eines Banias. Er hat recht. Meine erste Familie ist zerbrochen, obwohl wir uns sehr geliebt haben. Ich weiß fast nichts über meine Eltern. Ich weiß nicht, wie sie aussahen und ob sie Dal Makhani oder Chana Dal oder Masoor Dal bevorzugt haben. Ich weiß nicht, wie lang die Haare meiner Mutter oder wie dicht der Bart meines Vaters war. Ich weiß nicht, aus welchem Teil des Landes und welcher Kaste sie stammten. Ich weiß nicht, ob ich Geschwister hatte. Ob ich Geschwister habe. Ich weiß nicht, ob meine Eltern lesen und schreiben konnten, und ich weiß nicht, ob sie wussten, dass sie früher sterben würden, als man sterben muss. Ich weiß nicht einmal, welche Sprache sie miteinander sprachen, außer der Sprache, für die man keine Worte braucht und aus der ich geboren wurde. Das ist das Einzige, was ich weiß, was ich ganz sicher weiß. Ich bin neun Monate lang in meiner Mutter gewachsen, wenn auch nicht sehr viel, und in dieser Zeit habe ich die erste Sprache meines Lebens gelernt. Sie wurde mir von meiner Mutter und von meinem Vater beigebracht. Beide haben sich viel Mühe gegeben, damit ich sie lerne. Vielleicht wussten sie, dass uns nicht viel Zeit blieb. Als ich auf die Welt kam, beherrschte ich sie schon sehr gut. Ich liebte sie und sie liebten mich.

Zerbrochen ist unsere Familie trotzdem.

Liebe kann eine Familie nicht schützen, sagte ich zu Adolph.

Er sagte: Die Liebe von Eingeborenen geht nicht so tief.

Sind Sie ein Eingeborener, Sir?

Adolph grinste, wie er grinst, wenn ich etwas sage, das er nicht erwartet.

Ein Eingeborener Bayerns, sagte er.

Woher wissen Sie dann, Sir, dass die Liebe von Indiern nicht so tief geht?

Er antwortete mit einer Frage: Hast du Brüder?

Ich habe die Anderen. Vater Fuchs sagt, ich soll sie als Brüder betrachten. Aber das ist sehr schwer.

Dann sind sie keine wahren Brüder. Wahre Brüder wirst du an ihrer Liebe erkennen.

Ich wusste nicht, ob ich dem Schlagintweit mitteilen sollte, dass seine Brüder ihn wahrscheinlich nicht sehr liebten. Sonst würden sie nicht einer anderen Reiseroute folgen.

Ich glaube, Sie sind ein guter Bruder, sagte ich, um ihn aufzumuntern.

Danke, sagte er, das glaube ich auch.

Sir?

Ja, Bartholomäus?

Ich mag, wie er meinen Namen ausspricht. Die meisten Menschen nehmen sich keine Zeit dafür und rutschen achtlos drüber. Adolph betont jede einzelne Silbe.

Denken Sie, fragte ich, dass auch jemand Ihr Bruder sein kann, der nicht mit Ihnen verwandt ist?

Adolph grinste, wie er grinst, wenn ich etwas sage, das er erwartet.

Das denke ich in der Tat, sagte er.

Ich grinste auch.

Seit unserer Abreise aus Bombay hatten die Gebäude Südindiens scheu gewirkt. Die Häuser in den Dörfern waren niedrig, erdfarbig und meist von einer Mauer eingeschlossen, die jeden interessanten Blickwinkel verhindert. Aber auf der Reise an Adolphs Seite hat sich das geändert. Die Häuserwände sind mit breiten Streifen im selben leuchtenden Rot bemalt, mit dem die Götter in Tempeln überzogen sind. Sie wirken so feierlich wie ich mich fühle, weil ich an der Seite des besten Schlagintweit reise.

Als Adolph sie skizzierte, wies ich ihn auf die Dächer hin. Sie waren aus Rohr und Schilf.

Adolph klopfte mir mit der flachen Hand auf den Kopf.

Die Küste kann nicht mehr fern sein!, sagte er.
Ich nickte.
Wohin reisen wir, wenn wir Madras erreicht haben?, fragte ich.
Meine Brüder und ich werden einen Dampfer nach Calcutta nehmen.
Meine Brüder und ich.
Mir gefiel, wie das klang.

Wir benötigten achtzehn Tage nach Madras. In dieser Zeit war ich nicht mehr die Hände und Füße von Eleazar, ich war auch kein Totenwärter, und obwohl ich nachts weiter Adolphs Hand den Weg leuchtete, war ich kein Fackelträger mehr. Ich war sein neuer Bruder. Der Train hatte mich als Familienmitglied aufgenommen. Auch wenn viele im Train nicht mit diesem Familienmitglied redeten, weil sie noch immer einen Rakschas in mir sahen.

Nachts träumte ich von namenlosen, fernen Orten, die ich bereisen würde und an denen Sprachen gesprochen werden, die nur wenige je vernommen haben. Ich war zuversichtlich, dass ich das Museum der Welt vervollständigen würde. Wie Vater Fuchs es sich gewünscht hat.

Ich bin ihm so dankbar für all sein Wissen. Besonders das über den hilfreichsten Baum Indiens war mir auf diesem Reiseabschnitt nützlich. Smitabens Ersatz, ein magerer Kuli, kochte so geschmacklos, als besäße er keine Zunge. Ich stellte Adolph die Früchte der Dattelpalme vor. Aber nicht nur diese. Ich röstete für uns die Früchte der Fächerpalme und kochte ihre Sprossen und genoss sie zusammen mit Adolphs Lob. In einem Dorf verhandelte ich mit einem Bauern mithilfe meiner Hände und Kopfbewegungen, da ich Tamil noch nicht beherrsche, und kaufte ihm einen Krug Toddy ab, den Adolph in einer Nacht leerte. Am nächsten Tag trug er mir auf, mehr davon zu besorgen. Längst hatte er seine Old-Monk-Vorräte aufgebraucht. Ich überredete ihn, den gegorenen Palmensaft nicht ganz zu trinken. Was er übrig ließ, war nicht viel, aber genug, um ihn einzukochen und daraus Zucker zu machen. Adolph tauchte seinen Finger in den Sirup, leckte daran und rief: Sakradi!* Ich glaube, erst da erkannte Adolph wirklich, welchen Wert ich als Übersetzer für ihn und seine Brüder habe. Ich übersetze nicht nur Worte, sondern auch das Land. Als ich eines Tages die Fächerpalme sah, die Vater Fuchs von allen am meisten schätzt, bat ich Adolph, den Train anzuhalten. Noch vor Kurzem hätte niemand auf mich gehört. Nun zögerte Adolph nicht einmal, ehe er den Befehl gab. Mit einem Messer schnitt ich die Blätter der Palme in schmale Streifen und ritzte Adolphs Namen in die weiche Oberfläche. Das ging leicht vonstatten wie das Schreiben auf Papier. Diesmal war der Schlagintweit so angetan, dass er nicht mal nach seinem Gott rief. Er nahm mir das Messer ab und hinterließ meinen Namen neben seinem. Dann schenkte er mir das Blatt.

Ich faltete es und steckte es zu Humboldts Haar.

In dieser Nacht regnete es zum ersten und einzigen Mal auf der Route nach Madras. Adolph packte seine Zeichnungen weg, zog sein Hemd aus und stellte sich in den Regen und streckte die Zunge heraus. Er trank das Wasser aus der Luft. Die Kulis beobachteten ihn misstrauisch. Ich ging zu ihm und streckte ebenfalls die Zunge heraus. Ich sah vermutlich wie ein Rakschas aus. Aber das kümmerte mich nicht. Wenn so das Leben eines Rakschas verlief, war ich gerne einer. Jeder Regentropfen schmeckte salzig und trotzdem süßer als Palmensirup.

* Bairisch für Gott.

Am 18. Februar 1855 haben wir Madras erreicht. Hermann ist bereits vor einigen Tagen eingetroffen. Adolph und ich sind ihm, sowie Smitaben und den anderen, noch nicht begegnet.

Die Schlagintweits wohnen beim Vizegouverneur. In seinem Palast wurde mir ein Bett neben Eleazar zugeteilt, in einem Dienerzimmer, das fast so groß ist wie der Schlafsaal im Glashaus. Adolph sagt, Madras übertrifft an Umfang und Dichtigkeit die Bevölkerung Preußens. Trotzdem haben die reichen Menschen in dieser Präsidentschaft auf jeden Fall mehr Platz als in Bombay. (Die armen Menschen leben auch hier in Blacktown und haben genauso wenig Platz.) Die Mount Road, die vom Fort zur Militärstation St. Thomas führt, ist wie eine lange Kette, an der viele Villen aufgereiht sind. Die Reichen spazieren sie auf eigentümliche Weise entlang: Sie gehen langsam, solange sie sich im Schatten eines Baumes befinden, und schneller, sobald die Sonne auf ihr Gesicht fällt. Es verleiht ihrer Fortbewegung etwas Ruckartiges. Die Straßen an sich sind viel solider als in Bombay, ihre Steine verlässlich. Vielleicht liegt das daran, dass sie schon mehr Übung in ihrer Pflicht haben. Da es kein festes Gestein in der Region gibt, werden die Steine alter Häuser von Sträflingen abgetragen und zum Bau verwendet. Sogar die Luft in Madras unterscheidet sich von der in Bombay. Man riecht das Meer, aber auch die Stadt, nicht so deutlich. In ihr wohnen weniger Geräusche, dafür treten einzelne mehr hervor. Besonders das Läuten der Kirchenglocken. Damit werden die Ohren der Christen gefüttert, von denen es hier viel mehr gibt.

Der wichtigste Ort in Madras ist der Corso. Dort versammeln sich jeden Abend die reichen Bewohner der Stadt und bewegen sich am Meer entlang wie Ameisen am Rand einer Wasserpfütze. Ich betrat den Corso zum ersten Mal am 19. Februar, vor Tagesanbruch. Die Stadt war in die kühlen Farben der Morgendämmerung getaucht. Adolph und ich waren verabredet, denn es fand eines der seltenen Pferderennen statt. Da ich ihn nicht sofort in der Menschenmenge erblickte, machte ich mich auf die Suche nach ihm. Ich freute mich darauf, dieses Erlebnis mit meinem Bruder zu teilen.

Das Plappern des Wassers drängte sich in alle Gespräche. Es ist eine Sprache, die jeder versteht und die fast jedem gefällt. Verliebte Paare, Familien, Gurus, Parsis, Moslems, Christen, alte Menschen, junge Menschen, reiche und arme Menschen, Firengi wie Indier lauschen dem Meer. Ich habe nie etwas mit diesem gewöhnlichen Rauschen anfangen können. Ich bevorzuge Hindi, Deutsch, Marathi. Sogar Englisch. Von Letzterem schwirrte an diesem frühen Morgen viel durch die Luft. Es herrschte eine aufgeregte Atmosphäre, die Madrassi waren mitteilsamer als Hermann an einem guten Tag. Sie beachteten mich nicht. Für sie war ein brauner Junge unsichtbar. Das hatte seinen Vorteil, ich konnte sie ungestört belauschen. Manche Frauen deuteten mit ihren Nasenspitzen auf die Reiter und bezeichneten sie als Gentlemen. Ich vergeudete keine Zeit damit, sie darauf hinzuweisen, dass die meisten bloß Vickys waren. Einer der Reiter war dunkler als der Rest, seine Mutter musste indisch sein. Auf ihn deuteten die Frauen nicht so oft. Was so auffallend war, als würden sie seinen Namen rufen. Ein Vicky, dessen Wangen noch glatter waren als meine, beschwerte sich, jener Indo-Europäer sollte keinen Zugang zum Madras Club haben. Ein weiterer Vicky, dessen verbrannte Haut dieselbe Farbe wie seine Uniform angenommen hatte, führte das auf eine geringe Mitgliederzahl zurück. Die Zeiten, in denen Madras die bemerkenswerteste englische Siedlung war, lägen weit zurück. Beide waren sich einig, ein Hafen müsse her. Damit würde Madras erneut größere Bedeutung erlangen. Und man könne im Club unter sich bleiben.

Das Pferderennen begann. Aber ich hatte keine Augen dafür. Zuerst musste ich Adolph finden. Ich wühlte mich durch die Menge und die Rufe und das Donnern der Hufe. Für kurze Zeit verstummte das Meer. Ich hielt nach Adolph Ausschau, nach seinen breiten Schultern, seiner selbstbewussten Haltung und seinem wachen Blick, den er mit Vater Fuchs gemein hat.

Ich konnte ihn nicht finden.

Als die Sonne ganz aufgegangen war, endete das Pferderennen. Die Menge zerstreute sich, die reichen Madrassi machten sich auf den Heimweg, um in den heißen Tagesstunden zu ruhen. Der Geruch des Meeres kämpfte mit dem der Pferde und ihrem Mist. Ich lief noch ein weiteres Mal den Corso auf und ab, um sicherzustellen, dass Adolph nicht doch irgendwo auf mich wartete. Dann ging ich.

Als ich in den Palast des Vizegouverneurs zurückkehrte, saßen Adolph und Hermann beieinander in einem der Wohnräume. Ich näherte mich ihnen von hinten, sie hatten mich noch nicht bemerkt. Von der Decke hing ein großer Punkah. Bewegt wurde er von einem Diener, der im Servierzimmer nebenan stand und gleichmäßig an einem Seil zog, das durch ein Loch in der Wand mit dem Punkah verbunden war. Die zugefächelte Luft ließ Hermanns Schnurrbart zittern. Ich schlich mich etwas näher heran, um zu verstehen, worüber die Brüder sich unterhielten. Adolph sagte, er habe etwas herausgefunden, und zeigte Hermann ein Blatt der Fächerpalme. Er schnitt es in Streifen und hinterließ dann ihrer beider Namen darauf. Hermann hielt das Blatt gegen das Licht. Ihre Namen leuchteten grün auf. Dann stießen sie mit Kristallgläsern an, die sie in einem Zug leerten. Erst jetzt erkannte ich den Geruch von Palmenwein, der im Zimmer hing. Mich erwähnte Adolph mit keinem Wort.

Bartholomäus!, sagte Adolph fröhlich, als er mich sah. Wo warst du?

Beim Pferderennen, sagte ich.

Und?, fragte er. Wie war es?

Er entschuldigte sich nicht, er schien nicht einmal zu wissen, dass er hätte dort sein sollen.

Einmalig, sagte ich in der Hoffnung, das würde ihn treffen.

Großartig, sagte er. Auch wir haben gute Nachrichten: Hermann hat ein Schiff für dich gefunden.

Sir?

Du darfst zurück nach Bombay.

Ich dachte, wir nehmen einen Dampfer nach Calcutta, sagte ich.

Adolph schüttelte langsam den Kopf.

Sie haben gesagt, Ihre Brüder und Sie werden einen Dampfer nach Calcutta nehmen.

Die Schlagintweits wechselten einen Blick.

Dachtest du etwa, damit meine ich dich?, fragte Adolph.

Hermann schmunzelte und Adolph lachte laut auf. Auch wenn sie sich nicht besonders ähnlich sahen, war doch eines nicht zu leugnen: Sie waren Brüder.

BEMERKENSWERTES OBJEKT NO. 24

Ein Hai

Am 28. Juni 1851 wurde Hermann habilitiert* und an der Universität in Berlin angestellt. Adolph wollte es ihm gleichtun. Er ließ sich seltener als früher von Mädchen ablenken, verfasste eine Habilitation über geologische Arbeiten in den Alpen und scheiterte trotzdem.

Das, sagt Adolph, lag an Weiss, ein Berliner Professor, der ein ablehnendes Gutachten verfasste. Er beleidigte Adolph, indem er ihn lobte: für seine körperliche Verfassung. Weiss legte nahe, Adolph sei mehr Bergsteiger als Wissenschaftler.

Hermann war sofort zur Stelle. Nach dem Rückschlag überredete er Adolph zum gemeinsamen Bergsteigen in einem Land mit dem unglaubwürdigen Namen *Schweiz*.

Auch dort scheiterten sie. Wenige Meter vor dem Hauptgipfel des Monte-Rosa-Massivs mussten sie umkehren. Es wäre die Erstbesteigung gewesen. Zu Adolphs Erstaunen, sagt er, fühlte sich dieser Misserfolg gut an. Weil sie gemeinsam scheiterten. Seit ihrer Kindheit führten die Brüder einen Wettkampf miteinander – um die Liebe der Mutter, des Vaters, eines Lehrers oder einer Dame. Stets gewann einer von beiden, oft Adolph.

---

* Adolph sagt, das ist eine Art Erlaubnis, anderen sein Wissen weiterzugeben. Und er sagt auch, seitdem er mich kennt, hat er den Eindruck, dass in Indien diese Erlaubnis bereits mit der Geburt erteilt wird.

Diesmal hatten beide verloren.

Zwei Sieger rauben einander die Süße des Triumphs, sagt Adolph, aber zwei Verlierer schenken einander Trost.

Adolph verfasste eine weitere Habilitationsschrift, diesmal über seine Beobachtungen im Monte-Rosa, die allerdings nicht seine wichtigste Erkenntnis enthielt: dass er dort die Liebe zu seinem Bruder wiederentdeckt hatte.

Adolphs zweiter Versuch scheiterte ebenfalls.

Wieder steckte Weiss dahinter.

Und wieder war Hermann zur Stelle. Gemeinsam reisten sie in die Alpen und erklommen die Zugspitze.

Dieser Erfolg war tatsächlich nicht so süß, sagt Adolph. Dennoch schenkte er ihm die Zuversicht, einen dritten Anlauf zu wagen. Aber nicht mehr in Berlin, sondern in seiner Heimat Bayern. Dort wusste man seine Untersuchungen mehr zu schätzen. Adolph wurde zum Privatdozenten ernannt.

Diesen Gipfel, sagt Adolph, hätte er niemals ohne Hermann erreicht.

Ich hatte diese Geschichte nicht notiert, nachdem Adolph sie mir vor einigen Wochen erzählt hatte. Damals war sie mir nicht bemerkenswert erschienen. Aber ich musste sofort daran denken, als ich die Brüder so glücklich zusammen sah, wie sie im Luftzug des Punkahs Palmenwein tranken.

Wahre Brüder wirst du an ihrer Liebe erkennen, hat Adolph gesagt. Nun erkannte ich diese Liebe. Nur war sie nicht für mich bestimmt.

Ich verließ den Palast des Vizegouverneurs und lief zum Rand der Stadt. Als ich den Corso erreichte, holte ich das Blatt der Fächerpalme hervor. Es war verwelkt. Adolphs und meinen Namen konnte man aber noch gut lesen.

Ich zerriss das Blatt und warf es ins Meer.

Aber das Wasser interessierte sich nicht dafür, es spülte die Buchstaben zurück an meine Füße.

Ich hob das Blatt auf und schleuderte es so weit raus, wie ich konnte.

Erneut gab das Meer es mir zurück.

Da bemerkte ich, dass ein Kuli in unmittelbarer Nähe mich beobachtete. Er lief auf einem Balken über einem Brunnen hin und her und brachte dadurch mit Wasser gefüllte Kübel zum Vorschein. Madras erhält sein Wasser durch die Brunnenanlage Seven Wells. Über die Stadt verstreut befinden sich lauter solche viereckigen Türme. Das Einzige, was den Kuli davor bewahrte, nicht hineinzufallen, waren elastische Rohre, die links und rechts vom Balken verliefen und an denen er sich festhielt.

Jede Familie zerbricht irgendwann, sagte ich zu ihm.

Der Kuli blieb stehen und die Kübel stoppten.

Ich darf Vater Fuchs nicht enttäuschen, sagte ich. Aber wie soll es weitergehen?

Der Kuli blinzelte.

Ich brauche keinen Dampfer, um nach Calcutta zu gelangen, sagte ich zu ihm. Wenn ich der Küste nach Norden folge, werde ich dort eintreffen. In einigen Wochen. Oder Monaten – in einem Jahr?

Der Kuli legte seinen Kopf schief.

Oder ich könnte Adolph drohen, sagte ich. Es wird ihm bestimmt nicht gefallen, wenn ich seinen Brüdern verrate, welchen verbotenen Ort er in Bombay aufgesucht hat.

Der Kuli rührte sich nicht.

Richtig, sagte ich, wem werden seine Brüder glauben? Ihm oder mir?

Der Kuli begann wieder auf und ab zu gehen.

Ich glaube nicht, dass er Deutsch verstand.

Ich wünschte, sagte ich zu ihm, die Schlagintweits wären nie nach Indien gekommen. Sie sind wie die Vickys. Jedes Mal, wenn einer von ihnen in unser Land kommt, stirbt jemand. Und wir können nichts dagegen tun.

Das ist nicht wahr, sagte eine freundliche Stimme.

Ich drehte mich um. Eleazar saß auf einem Felsen und hatte die Beine übereinandergeschlagen.

Wie lange bist du schon da?

Lange genug, sagte er. Wenn du wirklich Teil des Trains bleiben willst, kann ich das arrangieren.

Er stand auf und kniete sich neben mich.

Es hat allerdings seinen Preis, sagte er, du wirst in meiner Schuld stehen.

Ich hatte zum ersten Mal den Eindruck, dass ich mit dem richtigen Eleazar sprach. Jedes seiner Worte war so gemeint, wie er es sagte. Ich musste nichts davon übersetzen.

Es ist deine einzige Chance, sagte er. Überleg es dir.

Dann ließ er mich mit dem Meer und dem Kuli allein.

Ich blieb bis tief in die Nacht auf dem Corso und dachte über Eleazars Angebot nach. Zahllose leuchtende Insekten umschwirrten nach Sonnenuntergang die Bäume und Sträucher. Wenn nur Vater Fuchs bei mir gewesen wäre! Er hätte mir ihre Namen verraten, er hätte mir einen Rat gegeben.

Die Insekten bildeten eine flimmernde Wolke, die am Meer entlangschwebte. Sie waren ein unzuverlässiger Sternenhimmel. Für einige Augenblicke strahlten sie hell und fast blendend, ehe das Leuchten mit einem Mal aussetzte und den Corso in absolute Dunkelheit stürzte. Dies wiederholte sich alle paar Sekunden. Es erinnerte mich an den Leuchtturm von Kolaba. Ich fragte mich, was die Insekten damit sagen wollten, und ob ihr Signal überhaupt ankam.

Am 2. März 1855 war unser Abreisetag. Die Bengal, ein Schraubendampfer der Company, ankerte meilenweit vom Ufer entfernt. Obwohl die See ruhiger war als an einem gewöhnlichen Tag an Bombays Küste. Die Brandung in Madras ist zu gefährlich. Beim Überwinden der Distanz sollten Masulas behilflich sein, Boote aus Holzbrettern, die nur mit Seilen zusammengehalten werden, damit sie beim Aufprall nicht zerbrechen. Aber selbst die bis zu zwanzig Ruderer der Masulas wagten sich nicht zu nah ans seichte Ufer. Laskars, die Seeleute der Company, trugen die Ausrüstung der Schlagintweits zu ihnen. Auch Hermann und Robert ließen sich von den Laskars auf deren Schultern befördern. Adolph bestand als einziger Bruder darauf, selbst zu den Masulas zu schreiten. Ebenso wateten Smitaben, Hormazd, Eleazar, ich und ein paar neue Mitglieder des Trains durchs Wasser. Es stand mir bald bis zur Brust. Bei jeder Welle schluckte ich zu viel davon.

Ein Ruf von den Masulas ließ alle anhalten. Hermann fragte nach dem Grund und Eleazar deutete auf eine Stelle im Wasser, nicht weit entfernt von uns. Einige der Laskars wirkten beunruhigt. Sie gingen weiter, diesmal schneller. Ich konnte zunächst nichts erkennen. Dann sah ich eine Flosse.

Haie, sagte Adolph und machte Anstalten, mich auf seine Schultern zu heben.

Ich wehrte mich dagegen. Von einem wie ihm wollte ich nicht getragen werden.

Adolph lachte, wünschte mir Glück und ging weiter.

Ich sah ihm nach. Eleazar hat ihn und seine Brüder davon überzeugt, mich als Übersetzer mitzunehmen. Wie ihm das gelungen ist, weiß ich nicht. Adolph behandelt mich, als wäre nichts gewesen. Als wären wir eine Familie. Aber ich habe meine Lektion gelernt. Ein Firengi – ob nun ein Vicky oder ein Bayer – und ein Indier werden niemals zur selben Familie gehören. Vater Fuchs ist da keine Ausnahme. Für mich ist er mehr Indier als irgendetwas sonst.

Weitere Rufe von den Masulas drängten zur Eile. Die Flossen glitten auf uns zu. Hormazd sprintete los, noch nie habe ich ihn so rasche Bewegungen machen sehen. Die Laskars schoben ihre Körper mit aller Kraft durchs Wasser. Einer ließ seine Kiste fallen und schwamm zurück zum Ufer. Hermann fluchte auf Bairisch. Robert schwieg besorgt. Adolph hievte die Kiste auf seinen Rücken und schloss zu ihnen auf. Eleazar ging achtsam um sich blickend und gleichmäßig weiter. Smitaben ließ sich Zeit, als wüsste sie, dass dies nicht ihr letzter Tag war. Und ich, ich blieb stehen. Ein Schatten kam auf mich zu. Ich spürte die Bewegung im Wasser. Er war so nah, ich hätte nur eine Hand ausstrecken müssen, um ihn zu berühren. Ich hatte Angst, sie kam aus einem Ort tief in mir und wollte sich ausbreiten. Aber ich ließ sie nicht, ich ließ sie nicht. Sie war nicht mehr so stark wie bei der Mutprobe in Bori Bunder. Und ich war kein Waisenjunge mehr, ich war ein Übersetzer für die Forscher Schlagintweit und auf dem Weg nach Calcutta.

III

Calcutta, 1855

BEMERKENSWERTES OBJEKT NO. 25

Robert Schlagintweit

Die Schifffahrt hat drei Tage gedauert. Meine einzige Erinnerung daran ist das Meer, in jeder Sekunde, jeder Minute immer dasselbe scheußliche Meer, in das ich alles gespuckt habe, was in mir war. Dafür, dass die Schlagintweits die Erde so lieben, fahren sie viel mit Booten und Schiffen.

Am 5. März 1855 haben wir die Reede von Calcutta erreicht. Als wir durch die Mündung des Ganges-Brahmaputra-Deltas einfuhren, drängten viele Passagiere an Deck. Uns begrüßten nur Sträucher und angespülte Baumstämme auf Inselzungen. Erst nach einer Weile erkannte ich, dass die Baumstämme Krokodile waren. Sie glitten ins Wasser und zerrissen einen Leichnam, der dem heiligen Fluss übergeben worden war. Einzelne Passagiere schrien auf, andere verbargen ihren Schrecken hinter gackerndem Lachen. Robert, der stumm neben mir stand, zog seinen Hut tiefer ins Gesicht, als schämte er sich für die anderen Firengi.

Je näher wir dem Landungsplatz kamen – er heißt Gardenreach –, desto mehr wuchs die Anzahl an, das muss ich zugeben, imposanten Schiffen und noch imposanteren Gebäuden. In der Ferne zappelte die Fahne der Vickys auf der Palastkuppel des Generalgouverneurs.

Calcutta wird nicht umsonst Stadt der Paläste genannt. Ob in Europa wohl alle Städte so aussehen, fragte ich mich, aber nicht Robert, weil er nicht denken sollte, ich sei beeindruckt. Bengalen ist die größte der drei Präsidentschaften der Vickys und hat ihren Sitz in Calcutta. Ich weiß nicht, mit was genau ich gerechnet hatte, mit mehr Hässlichkeit? Besonders die Ghats längs der Ufer gefielen mir. In Bombay hat das Meer die Inseln der Stadt umzingelt. In Calcutta fürchtet die Stadt das Meer nicht, es geht eine Verbindung mit ihm ein. Die vielen Treppen wirken einladend, auf Besucher und das Wasser. Es gibt ein Geben und Nehmen. Kleinere Schiffe docken an den Ghats an, bei anderen baden Bewohner im Fluss oder waschen Diener Thalis.

Die meisten Passagiere, die aus Europa kamen, lehnten sich weit über die Reling, deuteten auf einzelne Bauwerke, redeten durcheinander und wirkten angenehm überrascht. Robert nicht. In seinen Augen spiegelte sich das vorbeifließende Ufer.

Da mir sein Blick schärfer als der seiner Brüder scheint, fragte ich ihn, was er sah.

Dasselbe wie du, sagte er.

Ich war mir da aber nicht so sicher.

Gefällt Ihnen die Stadt nicht, Sir?

Es ist keine Frage des Geschmacks, sagte er. In Reiseberichten wird so leicht durch ausschließliches Loben gefehlt, ohne Gewinn für die Darstellung als solche.

Sie gefällt Ihnen also nicht.

Ein unbefangener Blick ist zur Belehrung über den Charakter eines Ortes von größter Bedeutung. Deshalb erweist die Photographie unseren Untersuchungen einen unermesslichen Dienst.

Und vergessen Sie nicht die Zeichnungen Ihrer Brüder!, sagte ich.

Nun ja, sagte er. Eine Maschine kann einen unbefangenen Blick haben. Ein Mensch nicht.

Nicht einmal Ihre Brüder?

Nicht einmal die, sagte er. Schließlich sind sie vor Ort.

Aber wie sollen sie denn einen Blick auf etwas werfen, wenn sie nicht vor Ort sind?

Erst jetzt wendete Robert sich mir zu. Es war unangenehm, dass er mich direkt ansah.

Jedes Objekt einer wissenschaftlichen Untersuchung verändert sich, wenn es betrachtet wird, sagte er. Eigentlich kann Indien nur jemand neutral beurteilen, der niemals hier war.

Aber das ist unmöglich, sagte ich.

In der Tat. Weil wir hier sind, verändern wir Indien. Und so wird Indien zu einem Ort, der er nicht sein würde, wenn wir nicht hergekommen wären.

Das ist wahr, sagte ich. Sehr wahr.

Robert schmunzelte und blickte wieder zum Ufer.

Dann sagte er:

Ich hätte dir längst danken sollen.

Wofür, Sir?

Du hast mein Leben gerettet. Wenn du das Pan nicht entfernt hättest ... was für ein betrüblicher Tod das gewesen wäre!

Es war seltsam, dass er von seinem Tod sprach. Ich habe nie darüber nachgedacht, dass ein Schlagintweit sterben kann. Ja, ich denke jeden Tag an das Ende, ich frage mich morgens oft, welches Mitglied unseres Trains abends nicht mehr sein wird.

Aber in meinem Kopf war das bisher immer ein Indier.

BEMERKENSWERTES OBJEKT NO. 26

Fleischtropfen

Calcutta ist wie eine schöne Vicky. Ich möchte sie nicht ansehen und doch kann ich nicht anders. Es gibt hier kein Blacktown. Die Vermischung von Europäern und Indiern ist größer, als ich es je erlebt habe. Calcutta ist natürlich eine indische Stadt. Aber jedes Mal, wenn ich ihre Straßen und Gassen durchquere, verliere ich das bestimmte Gefühl, dass ich in Indien bin. Es kommt mir auch nicht so vor, als wäre ich plötzlich in Europa gelandet. Vielmehr scheint es mir, ich befinde mich an einem neuen, unheimlichen Ort. Er schickt mir nachts Albträume, in denen es keine Indier und Europäer mehr gibt, sondern nur noch Menschen, die nicht wissen, wie unterschiedlich sie eigentlich sind, und die allesamt dieselbe Sprache sprechen.

Wenn die Schlagintweits und Eleazar nicht meine Hilfe benötigen, durchstreife ich die Stadt. Nach Monaten auf den Grand Trunk Roads sind die vielen Stimmen und Gerüche wohltuend. Es weckt Sehnsucht nach Bombay in mir. Und nach Vater Fuchs. Ich würde gerne mit ihm das riesige Gouvernement-House umrunden und ihm erzählen, dass Duke Wellington es hat erbauen lassen, den nur die Franzosen noch weniger leiden können als die Indier. Ich würde mit ihm die Town-Hall, die Collegien, die Martinière bewundern und ihn darauf hinweisen, dass selbst das prächtigste Gebäude der Vickys offensichtlich nicht gegen indischen Regen gefeit ist. Ich würde mit ihm einen Baggi nehmen und der Straße längs des Hooghly River folgen. Wir würden uns in derselben Geschwindigkeit wie der Fluss und so manche Leiche darin bewegen. Wir würden uns gegenseitig mit Beobachtungen überbieten: das Rad einer heruntergekommenen Kutsche, das mehr einer Ellipse als einem Kreis gleicht; die unpraktischen, raschelnden Kostüme (ja, Kostüme) der Vickys, wenn sie zur Oper gehen; die gewaltigen Wedel, mit denen Läufer, die einen Wagen begleiten, Stechfliegen abwehren; die Waffen eines Powinda-Kameltreibers aus Kabul; die stocksteifen Rücken der Leibgarde des Vizegouverneurs; die rauchenden Öllampen. Am Ende eines solchen Ausflugs würden Vater Fuchs und ich uns an einen der zahlreichen Stepwells setzen, deren Oberfläche so glatt ist wie sein Spiegel, und wir würden uns darin sehen, nur ihn und mich.

Stattdessen spiegele ich mich unscharf mit den Schlagintweits in den polierten Schreibtischen der Vickys. Wie schon in Bombay verbringen wir Stunden in den Bureaux. Eines der wichtigsten ist das der Great Trigonometrical Survey. Sein Oberster, Sir George Everest, befindet sich derzeit aber nicht in Calcutta. Dabei könnten die Brüder seine Hilfe benötigen. Sie haben es eilig, vor der Regenzeit und der größten Sommerhitze Calcutta zu verlassen und die Erforschung der indischen Ebenen abzuschließen. Es drängt sie, die Höhen zu erkunden, das Herz ihrer Expedition und ihrer großen Liebe.

Generalgouverneur James Broun-Ramsay unterstützt sie dabei. Er hat die Schlagintweits bald nach unserer Ankunft in Calcutta empfangen. Eleazar und ich haben sie begleitet. Vor dem Treffen nahm Hermann mich beiseite und bläute mir ein, den Mund zu halten. Sonst würde ich meinen Platz im Train endgültig verlieren.

Es überraschte mich, dass die Brüder mich überhaupt mitnahmen. Sie brauchten mich nicht für ein Gespräch auf Englisch. Ich glaube, Hermann stellte mich auf die Probe, und ich glaube, er hoffte auf mein Scheitern.

Schon bevor ich James Broun-Ramsay zum ersten Mal begegnet bin, mochte ich ihn nicht. Er hat nie einen der Briefe beantwortet, in denen Vater Fuchs die Politik und Eroberungsfeldzüge und Gesetze der Vickys kritisiert.

Wie gerne hätte ich James Broun-Ramsay zur Rede gestellt, ihn gerügt und einen ausführlichen Antwortbrief gefordert.

Aber mir durften keine Worte über die Lippen rutschen. Das hatte ich mir geschworen. Ich gehörte nun endlich zum Train. Und mir lag viel daran, dass dies so blieb.

Bei der Begrüßung in seinem Arbeitszimmer erhob sich James Broun-Ramsay, umrundete aber nicht seinen Schreibtisch, der dunkel und massig war wie ein Ochsenkarren. Er streckte seine sehnige Hand aus. Hermann eilte sofort darauf zu und ergriff sie. Robert und Adolph folgten seinem Beispiel. James Broun-Ramsay machte etwas mit seinen Lippen, das wohl ein Lächeln sein sollte, und sank zurück in seinen Sessel. Seine Bewegungen waren langsam wie die eines alten Mannes, aber sie wirkten künstlich, als wollte er sein Gegenüber so in Sicherheit wiegen. Seine Nase kann mit der von Lord Elphinstone konkurrieren. Ihre Spitze ist nach unten gebogen, sie sieht aus wie ein Fleischtropfen. Seine Augen bewegen sich ausschließlich horizontal, von links nach rechts nach links. Er sieht nie nach oben oder unten, als könnte er das nicht. So bemerkte er mich nicht. Ich glaube, er wusste nicht einmal, dass ich da war. Als ich auf einem der vier Stühle vor seinem Schreibtisch Platz nehmen wollte, zog mich Eleazar am Haar und verwies mich auf eine Stelle neben der Tür. Dann setzte er sich zu den Schlagintweits.

Hermann dankte James Broun-Ramsay für seine Zeit.

Ohne dass ihn jemand danach gefragt hätte, erwähnte James

Broun-Ramsay, dass er viel und hart arbeite, um genau zu sein täglich von acht Uhr dreißig bis fünf Uhr dreißig abends.

Manchmal lasse ich sogar den Lunch ausfallen, sagte er.

Seine Stimme war ruhig und fest. Sie wurde selbst dann nicht lauter, wenn Calcuttas Geräusche sie übertönten. Daher waren die Schlagintweits, Eleazar und ich die meiste Zeit zu ihm gebeugt.

Ist das wahr, wollte ich sagen, Sie lassen den Lunch ausfallen? Wie edel!

Aber ich hielt den Mund.

Hermann und Robert nickten, Adolph hustete, als müsste er ein rohes Stück Hammelfleisch runterwürgen. Eleazar schwieg freundlich.

James Broun-Ramsay erzählte, dass er trotz seines empfindlichen Rückens sogar unermüdlich reitet.

Ich wollte James Broun-Ramsay auffordern, einmal einen Tag als Devinder oder Smitaben oder Bartholomäus zu leben und mit bloßen Füßen durch die Stadt zu laufen.

Aber ich hielt den Mund.

Ich bohrte meinen Blick in die Landkarte Indiens hinter ihm. Großflächige Flecken darauf waren rot. Rot wie die Waffenröcke der Vickys.

Als die Schlagintweits James Broun-Ramsay zu seinen militärischen Errungenschaften gratulierten, fragte er die Brüder, ob sie *ihn* hören wollten.

Die Brüder wechselten Blicke. Ich glaube nicht, dass sie wussten, wen oder was James Broun-Ramsay meinte.

Aber selbstverständlich!, sagte Hermann.

Sie müssen nicht, sagte James Broun-Ramsay.

Wenn es Ihnen keine Umstände bereitet, sagte Hermann.

Keineswegs, sagte James Broun-Ramsay, so einen wunderbaren Satz spreche ich doch gerne.

Dann, sagte Hermann, würden wir *ihn* mit Freude hören.

James Broun-Ramsay räusperte sich und wir alle lehnten uns vor.

Unwarned by precedent, sagte er, uninfluenced by example, the Sikh nation has called for war; and on my words, sirs, war they shall have and with a vengeance.

Ich werde diesen keineswegs wunderbaren Satz nicht ins Deutsche übersetzen. Er ist es nicht wert. James Broun-Ramsay hat ihn zu Beginn des Anglo-Sikh-Krieges von sich gegeben. Die Eroberung des Punjab zählt zu seinen größten Erfolgen.

Ihre Errungenschaften sind aber auch nicht von geringer Natur, sagte James Broun-Ramsay und deutete auf ein Buch mit braun-rot-goldenem Einband, das auf seinem Schreibtisch lag.

Es war der erste Band von Alexander von Humboldts *Kosmos*.

Die Schlagintweits setzten alle das gleiche Lächeln auf, als hätte James Broun-Ramsay einen Berg nach ihnen benannt.

Sie beherrschen Deutsch?, fragte Hermann.

James Broun-Ramsays Mundwinkel zuckte.

Sie überschätzen mich, sagte er. Man hat mir die wesentlichen Teile übersetzt. Gratulation! Sie haben es in das Werk eines großen Wissenschaftlers geschafft.

Ich fragte mich, wovon er sprach.

Es war nur unsere Alpenreise, sagte Hermann und klang nicht so bescheiden, wie er klingen wollte.

Von meinem Platz aus musterte ich die Hinterköpfe der Schlagintweits. Ich war beeindruckt. Humboldt hatte die Schlagintweits in seinem Werk verewigt.

Beeindruckend, sagte James Broun-Ramsay im selben Ton, wie er alles andere von sich gibt.

Ekel überfiel mich. Ich wollte kein Gefühl mit einem wie ihm teilen.

Wie bedauerlich, sagte James Broun-Ramsay, dass Herr Humboldt nicht selbst die Expedition leiten kann. Ich hätte gerne seine Bekanntschaft gemacht.

Ja, bedauerlich, sagte Adolph.

Äußerst bedauerlich, dass die Company auch keine seiner Anfragen jemals beantwortet hat, wollte ich sagen.

Aber ich hielt den Mund.

Jedenfalls ist Ihnen die Company überaus dankbar für Ihre Bemühungen, sagte James Broun-Ramsay. Die Förderung der Wissenschaften hat oberste Priorität für uns. Wir sind zuversichtlich, dass Ihre Forschungen erheblich zum Wissensgewinn beitragen werden.

Ich dachte an Vater Fuchs' Worte: *Die verdammte Company frisst Wissen nicht, um andere damit zu füttern, sondern damit ihre Macht weiter wächst!*

Aber ich hielt den Mund.

Später, als die Schlagintweits alles Geschäftliche mit James Broun-Ramsay besprochen hatten, trat eine Pause ein. Der Moment des Abschieds war gekommen. Allerdings standen die Schlagintweits nicht auf. Es dauerte einen Moment, ehe ich begriff, worauf sie warteten. James Broun-Ramsay musste sie entlassen. Alles andere wäre unhöflich gewesen.

Er sagte: Ach.

Einige Sekunden verstrichen, ehe er fortfuhr.

Vater Fuchs, sagte er.

Wieder entstand eine Pause, in der Hermann mir einen warnenden und Adolph mir einen neugierigen und Robert mir keinen Blick zuwarf.

Kennen Sie ihn?, fragte James Broun-Ramsay.

Flüchtig, sagte Hermann.

Sie werden Indien doch in Bombay verlassen, nicht wahr?

Hermann nickte.

Da Sie ebenfalls aus Bayern stammen, habe ich die vage Hoffnung, Sie könnten auf ihn einwirken. Er ist ein arg selbstgerechter, störrischer Gottesmann.

Er ist der beliebteste Mann von ganz Bombay, wollte ich sagen.

Aber ich hielt den Mund.

Der Vater sollte seine Kräfte lieber in seine Aufgaben als Missionar stecken anstatt in unhaltbare Beschwerdebriefe.

Zum ersten und einzigen Mal lehnte sich James Broun-Ramsay vor und den Schlagintweits entgegen.

Er macht sich damit keine Freunde, sagte er.

Was hat er geschrieben?, fragte Adolph.

Hermann schickte den warnenden Blick nun in seine Richtung.

Das geht uns nichts an, sagte Hermann.

Ich bitte Sie!, sagte James Broun-Ramsay. Das zu erfahren, ist Ihr gutes Recht. Immerhin habe ich Sie um Hilfe gebeten.

Ich war froh, dass Adolph nachgehakt hatte. Sonst hätte ich es getan.

In seinem letzten Schreiben, sagte James Broun-Ramsay und zog an seinem Fleischtropfen, als bewahre er Erinnerungen darin auf, äußerte er Zweifel an der Doctrine of Lapse. Können Sie sich das vorstellen?

Hermann schüttelte den Kopf. Nein!, sagte er, ungeheuerlich!

Offensichtlich kannte er diese Doctrine nicht. So wie ich.

Worum geht es da?, fragte Adolph.

James Broun-Ramsay bewegte seinen Kopf auf einmal sehr schnell und fixierte den Schlagintweit.

Sie haben doch gewiss schon von ihr gehört?

James Broun-Ramsays Stimme hatte etwas von ihrer Festigkeit verloren.

Adolph dachte über seine Frage nach.

Nein, sagte er, tut mir leid.

James Broun-Ramsay lehnte sich zurück, als hätte ihn ein Bettler aus Blacktown angehaucht.

Die Doctrine of Lapse ist mein bescheidener Geniestreich, sagte er. Sie erlaubt es der Company, jeden Staat eines verbündeten indischen Fürsten zu annektieren, falls jener keine Nachkommen hat oder sich als inkompetent erweist. Ich sollte hinzufügen: Insbesondere Letzteres ist häufig der Fall.

Die Schlagintweits, Eleazar und ich schwiegen.

Manche behaupten, die Doctrine sei vom Court of Directors entwickelt worden. Dem muss ich vehement widersprechen! Es war meine Idee, ganz allein. Auf diese Weise führen wir elegant die Primogenitur ein. Wir können es den Indiern nicht erlauben, ihre archaischen Traditionen fortzuführen. Wo kommen wir denn hin, wenn jeder eigenständig eine Nachfolge für die Thronfolge bestimmen kann! Das Land muss reformiert werden. Telegrafenmasten, ein ordentliches Eisenbahnnetz, Straßenbau. Zivilisation! Dieser Vater Fuchs fantasiert, wenn er glaubt, den Indiern kann das ohne unsere Hilfe gelingen. Er hat schon zu lange hier gelebt. Dieses unselige Klima! Auf Dauer zersetzt es selbst den schärfsten Verstand. Mich würde es nicht wundern, wenn der arme sich inzwischen für einen Indier hält.

An dieser Stelle lachte James Broun-Ramsay so lange, bis die Schlagintweits, erst Hermann, dann Robert und schließlich Adolph, einstimmten.

Ich ballte eine Faust und machte einen Schritt vorwärts, um das Lachen aus dem Generalgouverneur zu schlagen.

Aber Eleazar griff nach meiner Hand. Und ich hielt sie fest, ich verschränkte meine Finger mit seinen und hielt mich an ihm fest.

BEMERKENSWERTES OBJEKT NO. 27

Eiertänzerin

Ich sagte mir: Höre nicht auf die Wut. Sie kann dich zu nichts zwingen. Vater Fuchs wäre stolz auf dich. Vergrabe die Wut tief in dir.

Aber drei Stimmen riefen nach ihr.

Die erste gehörte Hermann. Gleich nach dem Treffen mit James Broun-Ramsay sagte er, es sei ausgezeichnet verlaufen.

Die Wut wollte, dass ich ihm widersprach. Sie erinnerte mich an Hermanns unterwürfige Haltung. Er hat den Vicky wie einen König behandelt, sagte sie. Er würde alles für ihn tun.

Die zweite Stimme gehörte Adolph. Er bezeichnete den Vicky als fortschrittlichen Mann.

Da entwischte mir die Wut kurz und ich habe ihn gefragt, was er mit fortschrittlich meint.

Er denkt an die Zukunft, sagte Adolph.

Ich weiß, was fortschrittlich bedeutet, sagte ich.

Adolph sah mich erstaunt an. Die Wut war mir in die Worte geglitten.

Sir, fügte ich hinzu, um sie zu verstecken.

Da nickte er.

Adolph gibt nur vor, die Vickys nicht zu mögen, sagte die Wut. Er versteht nicht, dass er jeden Vicky beneidet, weil er eigentlich selbst gerne einer wäre. Aber ich werde einen Teufel tun und ihm das erklären. Ich wurde nicht angeheuert, um Adolph Schlagintweit für Adolph Schlagintweit zu übersetzen.

Die dritte Stimme gehörte Robert. Oder sie gehörte vielmehr nicht Robert. Denn anders als bei seinen Brüdern rief sein Schweigen nach der Wut. Er sollte seine Stimme endlich einmal erheben und nicht stets seinen Brüdern folgen wie ein Sklave. So wird man sich an ihn nur als den jüngeren Bruder von Hermann und Adolph erinnern. Der Bruder, der auch in Indien war. Der Bruder, dessen Namen sich keiner merken kann.

Die Wut wollte, dass ich ihn packte, ihn wachrüttelte. Musste er immer diesen Hut tragen! Es war viel zu warm dafür. Und es regnete nicht. Der Hut ist nichts anderes als ein Versteck. Unter ihm kann er hervorlugen und seine Miene verbergen. Schluss damit, forderte die Wut. Sie drängte, Robert seinen Hut vom Kopf zu reißen und draufzutreten.

Wieder war es Eleazar, der mich vor ihr rettete. Er trug mir auf, ihn zu begleiten. Ich zögerte. Die Wut band mich an die Schlagintweits. Aber Eleazar trennte mich von ihr: Er zog mich an meinem Ohr weg.

Wir gingen in den nördlichen Teil Calcuttas. Hier leben mehr Bengalis als irgendwo sonst in der Stadt. Wir begegneten einigen von ihnen auf unserem Weg. Ich beneide sie um ihr weißes Leinen, ich beneide sie nicht um ihre Eile. Die Bengalis scheinen immer vor etwas wegzulaufen oder etwas hinterherzulaufen. Sie sind flinke, zarte, schwankende Menschen und fühlen sich nie dort vollkommen sicher, wo sie sich befinden.

Eleazar führte mich auf einen Platz, in dem sich das letzte Licht des Tages sammelte. Umringt von einer kleinen Zuschauermenge, tanzte eine Frau. Auf ihrem Kopf trug sie einen Reif, von dem Fäden herabhingen. Ihre Bewegungen waren umsichtig und fließend. Wiederholt griff sie in einen Korb und holte ein rohes Ei hervor, welches sie an einen der Fäden band. Bald hingen über zwanzig Eier von ihrem Kopf, während sie ihren Körper kreisen ließ, damit die Eier nicht gegeneinanderstießen. Sie durfte nicht stillhalten, sich aber auch nicht zu schnell drehen. Nur indem sie die richtige Geschwindigkeit beibehielt, würde sie keines der Eier verlieren. Und keinen der Zuschauer.

Du darfst weinen, sagte Eleazar zu mir. Es ist keine Schande. Hier sind wir unter uns.

Und da, erst da, spürte ich es. Er hatte recht, ich wollte weinen. Weil Vater Fuchs nicht hier war und weil James Broun-Ramsay ihm Unrecht getan hatte. Und weil Vater Fuchs keine Briefe mehr nach Calcutta schickt. Und weil ich nie den perfekten Namen für das Museum erfahren werde. Und weil ich nicht zurück ins Glashaus kann. Und weil ich Vater Fuchs nie finden werde.

Aber ich hielt meine Augen trocken.

Ich weine nie vor den Anderen. Sie können mir alles wegnehmen oder mich auslachen oder Schlimmeres tun, aber sie bringen mich nicht zum Weinen. Das nicht. Tränen übersetzen Gefühle. Wenn jemand einen beim Weinen ertappt, erfährt er einiges darüber, wie es in einem aussieht. Dann kennt er mich und kann alles mit mir tun.

Weißt du, sagte Eleazar, wie ich die Schlagintweits davon überzeugt habe, dich in den Train aufzunehmen?

Ich schüttelte den Kopf.

Ich habe ihnen die Wahrheit gesagt: dass du ein weitaus besserer Übersetzer bist als ich.

Das hast du nicht.

Ich sah ihm tief in die Augen, um zu überprüfen, ob er log. Aber ich musste gleich wieder wegsehen, weil er so auch tief in meine Augen sehen konnte.

Mein Freund, ich muss jetzt deine Schuld einfordern.

Eleazar sagte das auf Marathi. Ich wusste nicht, dass er es beherrscht. Niemand spricht Marathi in Calcutta.

Nach Calcutta, sagte er, werden die Brüder sich trennen. Ich begleite Hermann. Du reist mit Adolph und Robert.

Ich weiß, sagte ich.

Die Eiertänzerin drehte sich schwungvoll wie eine Jasminblüte, die vom Wind kurz vor dem Eintreffen des Monsun getragen wird. Ihre Eier flogen eine Handbreit nebeneinander.

Du wirst ein guter Übersetzer sein. Du wirst tun, was sie von dir verlangen, damit sie keinen Verdacht schöpfen.

Die Eiertänzerin verlor das Gleichgewicht. Einige Zuschauer schreckten auf.

Da dehnte sie den Oberkörper wie eine Schlange und geriet zurück in ihren kreisenden Rhythmus. Ihr Schmunzeln verriet, dass sie den Aussetzer nur gespielt hatte, zur Unterhaltung ihres Publikums.

Und du wirst mich über jeden ihrer Schritte informieren, sagte Eleazar.

Er klang nicht sehr freundlich. Das gefiel mir. Der freundliche Bania war nicht er. Vielleicht stand ich jetzt dem richtigen Eleazar gegenüber. Ich musste ihm in die Augen sehen. Sie sind dunkler als meine, besitzen aber keine Farbe. Ich konnte nichts darin erkennen, keine Lüge, keine Wahrheit.

Warum willst du wissen, was die Schlagintweits machen?, fragte ich auf Hindi. Ich hatte nichts zu verbergen.

Sie sind Diener der Ingrez.

Wir auch, sagte ich.

Und das soll nicht mehr lange so bleiben.

Mir fiel auf, dass Eleazar während unseres Gesprächs nicht einmal in die Hocke gegangen war. Er stand gerade neben mir und sprach zur Seite, als wäre ich so groß wie er.

Wer bist du?, fragte ich, obwohl ich wusste, dass er mir keine befriedigende Antwort geben würde.

Ein Indier, sagte er. So wie du.

Eleazar las in meinen Augen.

Aber danach hast du nicht gefragt, sagte er.

Ich wartete auf seine Antwort.

Sagen wir, ich bin jemand, der alles dafür tun wird, damit Indien wieder frei ist.

Gehörst du zum Widerstand?, flüsterte ich, jetzt auch auf Marathi. Ich wollte nicht vor eine Kanone gespannt werden.

Eleazar lachte.

Nein. Diese Amateure? Nein.

Für wen arbeitest du dann?

Es ist besser für dich, sagte er, wenn du das nicht weißt.

Die Eiertänzerin begann im Tanz damit, die Eier von den Fäden zu lösen und zurück in den Korb zu legen.

Es wäre nicht richtig, die Brüder zu hintergehen, sagte ich.

Wieso nicht? Sind sie dir so treu?

Nein, sagte ich.

Sind sie deine Familie?

Nein, ganz sicher nicht.

Was hält dich dann davon ab?

Ich überlegte, was Vater Fuchs gesagt hätte. Ich entschied mich für:

Die Schlagintweits sind Deutsche.

Deutsche, Ingrez, Portugiesen, Dänen, Franzosen, Holländer, sagte Eleazar. Was macht das für einen Unterschied?

Die Deutschen haben keine Kolonien.

Gewiss hätten sie gerne welche.

Nein, Vater Fuchs sagt, die Deutschen sind mehr der Feder als dem Schwert verpflichtet.

Diese Wissenschaftler sind nur die Vorhut der Ingrez, sagte

Eleazar. Warum, glaubst du, unterstützt die Company ihre Forschungen? Sie wollen wissen, wie man uns besiegt und uns unser Land wegnimmt.

Darum sind die Schlagintweits nicht hier. Humboldt hat sie geschickt. Er ist der größte Wissenschaftler unserer Zeit.

Und der größte Wissenschaftler unserer Zeit arbeitet mit den größten Imperien unserer Zeit zusammen, sagte er.

Ich brauchte das Haar nicht, um mich daran zu erinnern, warum ich an Humboldt glaube. Aber ich steckte trotzdem eine Hand in meine Tasche und ergriff das Taschentuch. Sofort fühlte ich mich besser.

Die Deutschen sind nicht unsere Feinde, sagte ich. Und ich bin kein Verräter.

Nein, kein Verräter, sagte Eleazar. Ein Held!

Vater Fuchs würde es nicht wollen, sagte ich.

Das glaube ich auch, sagte er. Die Frage, die du dir stellen musst, lautet: Warum?

Weil Vater Fuchs ein guter Mensch ist, sagte ich.

Eleazar klatschte in die Hände.

Irrtum, sagte er. Weil er einer von ihnen ist.

Vater Fuchs, sagte ich, setzt sich mehr für die Rechte der Indier ein, als die meisten Indier das tun.

Vater Fuchs hat dich viele Lügen gefüttert.

Das ist nicht wahr.

Ich hatte das viel lauter gesagt als beabsichtigt.

Die Eiertänzerin kam auf uns zu. Sie reichte mir eines der Eier. Es war noch warm von ihrer Hand. Wasser tropfte darauf. Meine Tränen. Wie lange ich schon weinte, wusste ich nicht, aber nun konnte ich nicht mehr aufhören.

Die Wut war verschwunden. Eleazar hatte sie mir gestohlen.

Er betrachtete mich ausdruckslos. So falsch seine Freundlichkeit auch sein mochte, in diesem Moment wünschte ich sie mir zurück.

Es wäre besser für dich und alle anderen, wenn du niemandem sagst, worüber wir gesprochen haben.

Damit entfernte er sich.

Ich betrachtete das Ei und fragte mich, ob etwas darin wuchs.

BEMERKENSWERTES OBJEKT NO. 28

Lord Ganeshas wahrer Kopf

Mein Lieblingsgott ist Lord Ganesha. In Bombay habe ich immer einen Schrein oder einen Tempel von ihm aufgesucht, wenn ich über etwas sprechen musste, das nicht einmal Vater Fuchs verstand. Lord Ganesha verrät keinem, wenn ich ihm Dinge sage, die ich keinem sagen soll; er hört mir aufmerksam zu und unterbricht mich nie; und obwohl er seine unendliche Weisheit stets in seinen Rüssel schweigt, geht es mir nach jedem Besuch bei ihm besser. Aber ich bin vor allem gerne bei ihm, weil er mir nicht das Gefühl gibt, dass ich mit einem Gott rede. Seine Eltern strahlen Macht und Zorn und Stärke aus. Vor Lord Shiva und Parvati kann ich gar nicht anders, als den Kopf neigen und flüstern. Lord Ganesha dagegen wirkt noch freundlicher als Vater Fuchs. Manchmal tut er mir sogar leid. Schließlich weiß fast niemand, nicht einmal er selbst, wie er wirklich aussieht. Jeder kennt die Geschichte: Als Lord Shiva einen Fremden bei seiner Frau antraf und ihm den Kopf abschlug, ahnte er nicht, dass es ihr gemeinsamer Sohn war. Er schickte Diener, um den Kopf zu finden und sie brachten ihm ein Elefantenhaupt. Das setzte Shiva ihm auf und erweckte ihn so erneut zum Leben. Aber was ist mit Lord Ganeshas wahrem Kopf geschehen? Er muss noch irgendwo sein. Allein seine Eltern wissen, wie er eigentlich aussieht. Und selbst ihre Erinnerung muss mit den Jahrhunderten verblassen. Ich frage mich, ob Lord Ganesha manchmal traurig wird, wenn er in den Spiegel sieht. Würde er nicht auch gerne so ein hübsches Gesicht wie Lord Shiva oder Parvati haben? Und woher weiß er, dass er wirklich er ist?

In Calcutta gehe ich, wenn die Schlagintweits es erlauben, täglich zu seinem Schrein. Der nächste befindet sich nördlich vom Bow-Bazar, wo viele Indier wohnen. Die Gegend erinnert mich an Bombays Blacktown: ineinanderströmende Gerüche und verwinkelte, dampfige Gassen und selbst mir fremde Sprachen und schäbige Hütten, die schneller wachsen, als sie zusammenfallen. Nur fühlt sich nichts davon vertraut an. Liegt das daran, dass Calcutta eben nicht Bombay ist? Oder ist das der Einfluss der Firengi auf mich?

Ich bringe Lord Ganesha jedes Mal ein Geschenk. Ein paar Rupis von meinem Lohn oder eine frische Marigold oder ein gefülltes Ei, wie es die Bengalis haufenweise essen. Ich habe Lord Ganesha erzählt, dass es mir manchmal vorkommt, als würde ich auch einen fremden Kopf tragen. Es fällt mir schwer, mich daran zu erinnern, wer ich früher war. Ich weiß noch alles, ich kann es sogar im Museum nachlesen, und doch bin ich nicht mehr der Junge, der immer wusste, was richtig ist und was nicht.

Ich werde bald einen Fehler machen.

Man kann nur frei sein, wenn man weiß, wer man ist, sagt Vater Fuchs. Und wie alle Indier werde ich erst wissen, wer ich bin, wenn das Museum der Welt fertig ist. Das kann mir nur gelingen, solange ich im Train bleibe. Aber wenn ich Eleazar nicht gehorche, wird er mich aus dem Train entfernen. Und wenn ich ihm gehorche, werden die Schlagintweits es herausfinden und mich aus dem Train entfernen. Wie soll ich dann frei sein?

Ich schiebe diese Gedanken in die hinterste Ecke von meinem vielleicht fremden Kopf und erinnere mich daran, dass ich vergessen muss, daran zu denken. Und ich meide Eleazar.

Auch wenn ich ihm nicht entkommen kann. Fünf Tage sind vergangen, seitdem er die Schuld eingefordert hat. Seltsamerweise hat er sie nicht mehr erwähnt. Warum? Er hat sie bestimmt nicht vergessen. Eleazar ist nicht jemand, der etwas vergisst. Ich kann ihn nicht an die Schlagintweits verraten, weil er mehr Einfluss auf sie hat als ich. Und ich kann nicht einmal Smitaben oder Hormazd einweihen, weil er ihnen sonst schaden wird. Eleazar ist so jemand.

Ich kann nur Lord Ganesha von ihm erzählen. Aber der behält die Lösung für sich. Sooft ich ihn auch anflehe. Er sieht mich verschlafen an, deutet mit seinem Rüssel auf mich und schweigt.

BEMERKENSWERTES OBJEKT NO. 29

Der Chinese

Am 16. März, neun Tage nach dem Gespräch mit Eleazar, begleitete ich die Schlagintweits und Eleazar zum Auktionshaus Lawtie & Gould am Lal Dighi. Um den Teich herum befinden sich einige der prächtigsten Bauten der Vickys. Selbst ich bin mir noch nie so klein vorgekommen wie im Angesicht dieser Paläste. Als ich einen nach dem anderen betrachtete, wurde mir bewusst, dass ich mich geirrt habe. Es gibt nicht nur *ein* Reich. In Calcutta existiert noch ein weiteres. Und natürlich gehört dieses den Vickys.

Der Teich ist trotz seines Namens überhaupt nicht rot. Das Wasser schimmert sauber. Mir ist bewusst, dass man Wasser nicht ansehen kann, ob es sauber ist, aber dieses Wasser ist sauber. Davon bin ich überzeugt. Ich hätte es gerne gekostet. Es muss süß schmecken. Die Vickys haben es in eine rechteckige Form gepresst und umzäunt. Auf einer breiten Straße daneben fahren Kutschen auf Schienen, von Pferden gezogen. Die Vickys nennen das Tram Car. Sie durchqueren die Stadt entlang genau vorgegebener Strecken[*]. Straßenlaternen blühen wie disziplinierte Pflanzen gleich hoch und schmal. Selbst

---

[*] Wie können die Vickys so viele Jahre im Voraus planen, wohin sie wollen? Auf diese Weise bleiben ihnen alle Wege verschlossen, die sich kurzfristig ergeben können. Ihr Leben ist vom Netz des Tram Cars festgelegt wie von den Konstellationen der Sterne.

das Spiegelbild des Writer's Building im stillen Lal Dighi unterwirft sich dem Willen der Vickys und hält so still wie das Writer's Building selbst. Jeder von den zahllosen Dienern, die weiße Männer und Frauen begleiten, strecken die Sonnenschirme für sie so gerade in den Himmel, als müssten sie bei jeder Neigung Fürchterliches erwarten.

Der ganze Platz strahlt eine Ordnung aus, wie ich sie nur aus der Kapelle im Glashaus kenne. Das hatte eine beruhigende Wirkung auf mich. Ich respektiere die Vickys dafür, dass es ihnen gelungen ist, eine solche Ordnung zu schaffen. Ist das ihre Vision von Indien? Wollen sie diese Ordnung in alle Länder bringen? Ich weiß nicht, ob mir das gefällt. Aber ich weiß auch, dass es mir nicht nicht gefällt.

Während wir vor dem Auktionshaus warteten, bläute mir Hermann, wie vor jedem Treffen, ein, ich solle bloß den Mund aufmachen, wenn man mich dazu auffordert.

Ich werde mich anstrengen müssen, damit er nicht mehr an meiner Loyalität zweifelt. Sein Vertrauen sprießt weniger als Devinders Pflanzen.

Robert demonstrierte seine Fähigkeit, die Worte seines älteren Bruders zu wiederholen, ohne sie auszusprechen: Er sah mich stumm an.

Nur Adolph verteidigte mich.

Auf Bartholomäus ist Verlass, sagte er und klopfte mir mit der flachen Hand gegen den Kopf.

Ich ließ es geschehen. Er verhält sich weiterhin, als wäre nichts vorgefallen. Zumindest zeichnet er in Calcutta nicht. So muss ich weniger Zeit in seiner Gegenwart verbringen. Ich mag keinen der Schlagintweits besonders, ihn aber mag ich insbesondere nicht. Gerade wenn er mich gut behandelt. Ich weiß, dass es keine Bedeutung hat. Meine Wut auf die Brüder habe ich bei der Eiertänzerin weggeweint. Ihren Platz nimmt

Enttäuschung ein. Diese wächst gemächlich, lässt sich aber schwerer aus meinem Herz kratzen.

Eine einspännige Kutsche, die Adolph *Brougham* nannte, hielt vor dem Auktionshaus. So eine hatte ich noch nie gesehen. Sie war geschlossen wie ein Kasten. Wer auch immer in ihr transportiert wurde, zog es vor, mit seinen eigenen Gerüchen eingesperrt zu sein. Sie musste einem Vicky gehören, dachte ich.

Der Gariwan sprang von der Kutsche und half zwei Männern auszusteigen. Sir Jamsetjee Jejeebhoy und sein Chinese! Ich war erstaunt, beide in Calcutta zu sehen. Der Parsi wurde von den Schlagintweits so herzlich begrüßt, als wären sie alte Freunde. Hermann und Robert fassten ihm an die Schulter und bekundeten ihr Entzücken ob des Wiedersehens. Adolph umarmte ihn wie einen Bruder.

Herr Maharaja!, rief Jejeebhoy.

Adolph lachte und zwinkerte mir zu. Da war ich sicher, dass der Parsi dem Schlagintweit Zugang zu den Gopis in Bombay verschafft hat.

Hermann und Robert wechselten einen irritierten Blick, ehe sie erneut ins Gespräch eintauchten. Alle vier redeten auf Englisch miteinander. Jejeebhoys feine und irgendwie niedliche Aussprache unterstrich, wie stark der bayrische Akzent der Schlagintweits ist. Robert überreichte ihm ein Lichtbild*. Jejeebhoys Augen weiteten sich. Ich stellte mich auf die Zehenspitzen und versuchte, einen Blick darauf zu werfen. Aber ich war zu klein. Der Parsi lachte, sodass sein Bauch hüpfte, und bedankte sich bei den Schlagintweits. Gemeinsam betraten sie das Auktionshaus. Als ich ihnen folgen wollte, schob sich Eleazar vor mich.

---

* So nennt man die Bilder, die er mit seiner Maschine macht.

Wir nicht, sagte er und wechselte einen Blick mit dem Chinesen, der, wie schon in Bombay, ein tiefblaues Gewand trug.

Ich hätte Eleazar fragen können, wozu wir mitgekommen waren, wenn die Schlagintweits nicht unsere Dienste benötigten. Dafür hätte ich allerdings mit ihm reden müssen. Also schwieg ich.

Die Augen des Chinesen waren ständig in Bewegung.

Ich grüßte ihn mit einem Kopfnicken.

Er reagierte nicht darauf.

Eleazar sagte etwas zu ihm auf Chinesisch und Jejeebhoys Gehilfe erwiderte etwas auf Chinesisch.

Ich starrte geradeaus, als wäre ich nicht erstaunt, dass Eleazar Chinesisch sprach.

Sie redeten weiter. An einer Stelle deutete Eleazar auf mich. Seine Worte klangen wie eine Frage.

Der Gehilfe lachte aufgesetzt.

Eleazar wiederholte noch einmal dieselben Worte, von denen ich auch beim zweiten Hören nicht eines übersetzen konnte.

Der Gehilfe machte einen Schritt auf Eleazar zu und sah sich um, ehe er ihm etwas zuflüsterte.

Eleazar setzte sein freundlichstes Lächeln auf und sagte nur ein einsilbiges Wort.

Gehen wir, sagte der Gehilfe zu mir auf Hindi.

Wohin?, fragte ich.

Der Gehilfe stieß mich vor sich her. Seine Hände waren fest und knochig.

Ich muss hierbleiben, sagte ich.

Wehr dich nicht, sagte Eleazar. Du machst es uns unnötig schwer.

Wer ist *uns*?, fragte ich.

Der Chinese pfiff seinen Gariwan herbei. Dieser öffnete uns die Türen des Brougham.

Einsteigen, sagte der Gehilfe.

Ich stieg nicht ein.

Was hat er erzählt?, fragte ich ihn und deutete auf Eleazar. Man darf ihm nicht trauen!

Der Gehilfe lachte, diesmal ausgelassener, und rief Eleazar etwas auf Chinesisch zu. Der Bania nickte und drehte sich weg.

Da packte mich der Gariwan und verfrachtete mich in die Kutsche. Ich rief um Hilfe. Aber niemand kam, ich war ja nur ein junger Indier in einer abgetragenen Kurta.

Jejeebhoys Gehilfe nahm mir gegenüber Platz und verriegelte die Tür. Er hielt mir einen Stoffbeutel hin.

Streif ihn dir über, sagte er.

Nein, sagte ich auf Hindi.

Sofort!

Ich sagte Nein auf Marathi und dann auf Englisch und dann auf Deutsch und dann sogar auf Farsi.

Der Gehilfe ohrfeigte mich. Das tat weh wie Vater Holbeins Rute.

Ich streifte mir den Beutel über und die Kutsche rollte los.

Bitte tun Sie mir nichts, sagte ich.

Sei still, sagte der Gehilfe.

Wo fahren wir hin?

Das wirst du sehen.

Ich hörte ein Schmunzeln in seinen Worten.

Wenn Sie mich gehen lassen, sagte ich, werde ich Sie nicht verraten.

Er ohrfeigte mich wieder.

Ich war still.

Ein angenehmer Geruch breitete sich aus. Wie eine würzige Frucht. Der Gehilfe roch besser als die meisten Menschen.

Ich überlegte, wie ich ihm entkommen konnte. Er war nicht

bedeutend größer oder breiter als ich, aber zäh wie die Kinder, die in den Sackgassen Blacktowns leben und, bewaffnet mit Glasscherben, zugespitzten Holzstücken und dem Mut der Ärmsten, sogar Händler überfallen. Außerdem hatte er den Gariwan. Ich musste auf einen geeigneten Moment warten.

Wir fuhren eine Weile. Calcuttas Stimmen nahmen zu, wurden lauter, tiefer, eindringlicher. Dazwischen mischte sich das Gekreische von Möwen. Eine Schiffsglocke verriet mir, wo wir waren, noch bevor der Gariwan mich aus der Kutsche hob. Der Gehilfe stieß mich wieder vor sich her. Der Geruch des Flusses rauschte in meine Nase, ein Geruch von sehr beliebtem, viel verwendetem Wasser. Der Stoffbeutel war etwas verrutscht und so konnte ich einen tanzenden Wald aus Masten erkennen. Ein Hund knurrte und Vögel kreischten hektischer als südindische Totas. Aus allen Richtungen kamen Rufe auf Bengali und Hindi und Englisch.

Achtung, sagte der Gehilfe, packte meinen Arm und zog mich aufwärts.

Wir liefen eine Holzplanke entlang.

Spring, sagte er und ich zögerte und er schubste mich. Ich landete auf den Knien. Männer lachten. Der Boden war aus Holz und schmierig.

Steh auf!

Der Gehilfe führte mich weiter, aus dem Licht. Er zog den Stoffbeutel von meinem Kopf. Ich befand mich in einer Schiffskabine. Das Holz knarrte unzufrieden. Der Gehilfe verriegelte die Tür hinter uns. Er nahm eine Laterne und deutete auf eine Leiter, die tiefer ins Schiff führte.

Was haben Sie mit mir vor?, fragte ich.

Geh, sagte er.

Nein, sagte ich.

Er holte aus, um mich zu ohrfeigen.

Diesmal war ich schneller, wich ihm aus.

Du wirst gehorchen, sagte er.

Ich bin kein Diener, sagte ich.

Der Gehilfe, der eindeutig ein Diener war, verzog das Gesicht, als hätte ich ihn angespuckt.

Noch immer arrogant, sagte er.

Wird mein Tod wehtun?, fragte ich.

Auf seinem rasierten Kopf bildeten sich Falten wie Wellen in einer Pfütze.

Das Schiff schwankte mit einem Mal und ich stützte mich an der Wand ab. Der Chinese verlagerte sein Körpergewicht kaum und musste nicht einmal seine Füße heben.

Woher soll ich das wissen?, sagte er.

Bin ich nicht zum Sterben hier?

Sterben!, sagte er und ließ die Laterne sinken. Wir haben heute Wichtigeres zu tun.

Sie töten mich nicht?, fragte ich.

Der Chinese sah mich ernst an.

Wer denkst du, dass ich bin?

Jejeebhoys Gehilfe, sagte ich.

Sir Jamsetjee Jejeebhoys Gehilfe, sagte er. Wären wir daran interessiert, dass du stirbst, würden wir das nicht selbst erledigen.

Das ist gut zu wissen, sagte ich.

Wir sprachen auf Deutsch miteinander. Vielleicht entspannte ich mich deshalb ein wenig, vielleicht aber auch, weil der Chinese nun vor mir die Treppe nach unten kletterte.

Im Bauch des Schiffes waren hundert, möglicherweise zweihundert Kisten gelagert.

Weißt du, was sich darin befindet?, fragte er mich.

Woher?, erwiderte ich.

Der Chinese betrachtete mich reglos.

Da bemerkte ich den Geruch. Ich musste die Kisten nicht öffnen. Der Geruch verriet mir ihren Inhalt, er war viel feiner als damals in der Khana und doch unverwechselbar. Für mich war er Vater Fuchs' Duft.

Opium, sagte ich.

Er hat recht, du bist besonders, sagte er. In den Kisten befindet sich nicht nur Opium, sondern auch der Niedergang einer Kultur und die Zukunft einer anderen.

Das wollte ich mit eigenen Augen sehen. Ich ging zu einer der Kisten und öffnete sie. Darin befanden sich Kuchen. Weiße, quadratische Kuchen, die mit Blütenblättern bedeckt waren.

Wenn du klug bist, sagte er, rührst du es niemals an.

Woher kommen die Kisten?, fragte ich.

Sie wurden ersteigert. Bei Lawtie & Gould.

Von *Sir* Jamsetjee Jejeebhoy?

Der Chinese nickte zufrieden.

Ich dachte, er handelt nur in Bombay.

Wenn er in Calcutta handelt, macht das seine Position in Bombay stärker.

Das verstehe ich nicht, sagte ich.

Dank Sir Jamsetjee Jejeebhoy ist Bombay das neue Zentrum für Opiumhandel. In der Tat wäre Bombay ohne Opiumhandel nur eine Ansammlung provinzieller Inseln.

Das glaube ich nicht.

Es ist mir einerlei, was du glaubst. Bombay wurde nicht auf Stein oder Erde errichtet, sondern auf Opium.

Warum erzählen Sie mir all das?

Du und ich, wir haben gemeinsame Freunde, sagte er.

Eleazar?, sagte ich. Er ist nicht mein Freund.

Da würde er dir widersprechen.

Freund! Auf Deutsch hat mir dieses Wort immer am besten geschmeckt, besser noch als auf Hindi oder Marathi. Aber es ist bitterer als die bitterste Karela, wenn ich dabei an Eleazar denke.

Er hat ein Geschenk für dich.

Ich will keine Geschenke von ihm.

Es ist ein bemerkenswertes Objekt, sagte der Chinese. Eleazar hat mir von deinem Museum erzählt.

Ich allein entscheide, was bemerkenswert ist und was nicht, sagte ich. Kein Geschenk von ihm wird jemals ins Museum kommen.

Das Geschenk ist die Wahrheit über die mächtigste Blume der Welt.

Die mächtigste Blume der Welt interessiert mich nicht, log ich.

Der Chinese fuhr sich mit der Hand über den Nacken.

Ich werde dir das Geschenk trotzdem geben, sagte er. Danach kannst du entscheiden, was du damit anfängst.

Er deutete auf eine der Kisten.

Setz dich. Das könnte etwas dauern.

Ich blieb stehen.

Wie du willst, sagte er, staubte mit seiner Hand eine Kiste ab, nahm darauf Platz und begann.

Er hatte eine seltsame Art zu erzählen. Der Chinese sprach von der mächtigsten Blume der Welt, als wäre sie eine Person. Ich fühlte mich an die Märchen der Gebrüder Grimm erinnert, die Vater Fuchs mir und den Anderen manchmal vorträgt. Mir fiel es schwer, nicht zuzuhören. Aber ich tat wenigstens so. Und ich schwor mir, die mächtigste Blume der Welt auf keinen Fall ins Museum aufzunehmen.

BEMERKENSWERTES OBJEKT NO. 30

Die mächtigste Blume der Welt

Jejeebhoys Gehilfe sagt, sie stößt in Malwa ins Licht. Die feuchte, warme Luft hat sie gelockt. Indische Hände haben ihren Samen auf indischem Boden verteilt. Aber Hände und Boden durften sich erst an die Arbeit machen, nachdem alle wichtigen Ingrez und alle Ingrez, die sich wichtig nehmen, es erlaubt hatten.

Ihre Blüte, sagt Jejeebhoys Gehilfe, ist weißer als der Sherwani eines Brahmanen, weißer als frische Nudeln aus Canton, weißer als der Nebel in Hongkongs Hafen im Morgengrauen.

Früher, in einer Zeit vor den Ingrez, waren ihre Verwandten in Assam und an anderen indischen Orten zu Hause. Dort haben indische Hände nur wenige Samen auf indischem Boden verteilt. Aber dafür wischten sie ihren Saft mit Lappen ab, die später in Wasser gekocht wurden. Der Dampf wurde nur von Indiern eingeatmet.

Heute, in der Zeit der Ingrez, ist der Anbau in Assam und an anderen indischen Orten verboten. Die Ingrez wissen genau, wo sie die Blume wachsen lassen wollen, und wo nicht.

Wenn nach einiger Zeit das Weiß der Blume schwindet, beginnt ihr zweites Leben. Abends benutzen indische Hände ein kleines Werkzeug, das vier parallele Schnitte in ihren Kopf macht. Saft fließt aus ihr, dickflüssiger als Blut. Am Morgen wird der Saft abgenommen. Das wiederholt sich, bis keiner mehr in ihr übrig ist. Die Blume lebt in ihrem Saft weiter. Er wird schnell zäh wie Teig. Wäre die Blume von geringer Qualität, dann würden ihn indische Hände zu runden Ballen formen. Diese wandern nicht sehr weit. Sie wechseln den Besitzer auf indischen Bazars und landen in einer Khana. Dort werden sie oft von Moslems und manchmal auch heimlich von einem hustenden Jesuiten geraucht.

Aber der Saft dieser Blume aus Malwa gehört zur besten Sorte. Aus ihm werden flache, eckige Kuchen gemacht, die man mit weißen Blütenblättern belegt. Diese Kuchen werden in einer Kiste verstaut und nach Bombay gebracht. Die Ingrez machen sich nicht die Hände schmutzig mit Transport oder Umladen oder Verschiffen, sie halten nur ihre Hände auf. Ausfuhrzoll, nennen sie das. Die Opiumhändler müssen ihn bezahlen. Einer der erfolgreichsten und berühmtesten ist ein Parsi. Und was für ein Parsi das ist! Sir Jejeebhoys Karriere begann als Buchhalter auf Handelsschiffen, die zwischen Bombay und China verkehrten. Vier Mal unternahm er eine solche Reise. Auf seiner vierten und letzten wurde sein Schiff, die Brunswick, von den Franzosen geentert.

Ein Unglück für den Besitzer der Brunswick, ein Glück für Sir Jejeebhoy. So lernte er den Assistenzarzt William Jardine kennen. Für das Leben des Parsis war das auch eine wichtige Saat. Aus ihr wuchs eine Freundschaft. Und eine Handelsmacht.

Die Blume verlässt Bombay auf Sir Jejeebhoys Good Success oder der Shaw Kusroo oder der Johnny und segelt nach Hongkong. Noch vor ein paar Jahren wäre sie in Canton den Händen von Jardine Matheson and Company übergeben worden. Aber dem chinesischen Kaiser gefiel nicht, dass so viele Vorgänger der Blume Millionen seiner Untertanen umgebracht oder zumindest den Lebenswillen getötet hatten. Das Opium in Canton wurde deshalb konfisziert und vernichtet. Nur gefiel das den Ingrez nicht. Die mächtigsten Männer der Welt gehorchen der mächtigsten Blume der Welt, sie sind abhängig von ihr. Nicht, weil sie selbst rauchen, sondern weil sie sich ohne die Blume kein Porzellan, keine Seide und keinen Tee aus China leisten können. Und in der Heimat der Ingrez wollen die Menschen nicht ohne Porzellan, Seide und Tee aus China leben. Darum erklärten die Ingrez China den Krieg. Für den freien Handel!, behaupteten sie. Die Ingrez gewannen schnell und bekamen nicht nur ihren freien Handel, sondern auch Hongkong in die Hände.

Sie ist nach Bombay die zweite Stadt, die nur dank der mächtigsten Blume der Welt gedeihen konnte. Zwischen beiden Orten floriert nun die alte Freundschaft von Sir Jamsetjee Jejeebhoy und William Jardine. In Hongkong stellt Jardine Matheson and Company sicher, dass die Blume an die entlegensten Orte im Kaiserreich geschmuggelt wird.

Überall dort, wo chinesische Hände und Nasen und Münder sie in Empfang nehmen, beginnt ihr drittes Leben.

Zu Beginn wirkt sie freundlich. Sie besänftigt das Gemüt und lässt das Blut besser fließen. Darum wird sie für eine Gefährtin gehalten, eine Helferin in schweren Zeiten. So nehmen die letzten Besitzer der Blume sie immer wieder gerne in sich auf. Mit der Zeit aber schlägt sie ihre Wurzeln in den Geist, bis ihr Besitzer nicht einmal mehr seine eigene Sprache versteht. Kein Übersetzer kann ihm dann noch helfen. Die mächtigste Blume der Welt lässt sich nicht aufhalten. Es ist fast so, als würde sie nun Rache nehmen für das, was man ihr angetan hat. Sie gräbt sich immer tiefer in ihren letzten Besitzer wie in die Erde von Malwa. Diesmal aber nicht, um schließlich ins Licht zu stoßen. Die Blume blüht in seinem Kopf, sie blüht so stark, dass ihre Schönheit ihn mit sich ins Dunkel reißt.

BEMERKENSWERTES OBJEKT NO. 31

Moby Dick

Ich sagte mir: Höre nicht auf die Wut. Sie kann dich zu nichts zwingen. Vater Fuchs wäre stolz auf dich. Vergrabe die Wut tief in dir.

Aber der Opiumgeruch, Vater Fuchs' Duft, rief nach ihr. Ich wurde ihn einfach nicht los. Er hing in meiner Kurta, meinen Haaren und meiner Haut. Ich hatte zu viel Zeit im Bauch von Jejeebhoys Schiff verbracht und die Geschichte der mächtigsten Blume sowie ihren Geruch in mich aufgenommen.

Als der Chinese seine Geschichte beendet und mir den Stoffbeutel wieder aufgesetzt hatte, bat ich ihn, mich zu Konsul Schiller zu bringen. Dort wohnen die Schlagintweits und der engere Kreis des Trains. Ich musste mit Hormazd sprechen. Mehr noch, ich musste von Hormazd hören, dass die Wahrheit über die mächtigste Blume der Welt eine Lüge war. Denn wenn sie das nicht war, dann hatte mich Bombay und jeder seiner Bewohner, sogar Vater Fuchs, seit mindestens zwölf Jahren belogen.

Ich fand Hormazd im Salon. Er saß in einem Sessel und las ein Buch. Dabei lächelte er fröhlich. Ein fremder und fast unangenehmer Anblick. Seitdem wir in Calcutta eingetroffen sind, tut Hormazd nicht viel mehr, als sich im Salon aufhalten und lesen. Er trinkt noch nicht einmal Pale Ale! Hormazd verlässt das Haus nicht und betrügt seine geliebten Zahlen mit

Buchstaben. Ich habe ihn schon mehrmals gefragt, ob er mit mir Calcutta besichtigen möchte. Hormazd bleibt lieber im Salon. Er sagt, ihm bedeute die Stadt nichts. Im Salon sei er sicher. Dort könne er sich nicht anstecken oder überfallen werden oder, noch schlimmer, Interesse für Calcutta entwickeln.

Als Hormazd mich erblickte, rief er: Bartholomäus! Ich muss ein Wort mit dir wechseln.

Ich muss viele Worte mit Ihnen wechseln, Sir, sagte ich.

Die Wut klopfte in meiner Brust.

Er sah mich aufmerksam an, viel zu aufmerksam für Hormazd. Er lässt mir sonst nie den Vortritt. Etwas stimmte nicht.

Ich erzählte ihm, ohne den Chinesen zu erwähnen, was mir über den Opiumhandel zu Ohren gekommen war, und fragte ihn, ob all das wahr sei.

Hormazd nickte sofort.

Sind Sie sicher, Sir? Bombay ist auf Opium gebaut?

Vollkommen sicher.

Warum haben Sie mir das nie gesagt?

Du hast nie danach gefragt.

Sie hätten es mir sagen müssen!

Ich glaube, sagte er, ich bin nicht derjenige, wegen dem du zornig bist.

Ich schwieg. Dass das stimmte, machte mich noch wütender.

Wussten Sie, fragte ich, dass Vater Fuchs oft in eine Khana gegangen ist?

Ich habe es vermutet, sagte er. Sein Blick. Dieser Geruch. Und wie er manchmal geredet hat.

Sie hätten ihm helfen müssen, sagte ich.

Mein Eindruck war, sagte er, dass die Khana ihm half.

Wegen ihr werde ich ihn niemals finden!, schrie ich.

Hormazd klappte sein Buch zu. Er streckte eine Hand nach mir aus, als wolle er mich umarmen. Aber der Parsi ist schlecht darin zu übersetzen, was in ihm drin ist. Seine Hand wusste nicht, wo sie hin sollte. Mit den Fingerspitzen berührte er meinen Ellbogen und dann hustete er, damit er seine Hand aus dieser misslichen Lage befreien und ihr eine Aufgabe vor seinem Mund zuteilen konnte.

Ich suchte nach der Wut in mir, aber sie war verschwunden. An ihre Stelle trat ein leeres Gefühl, noch leerer als Angst. Ich wünschte mir, Hormazd mitteilen zu können, zu was Eleazar mich drängt. Der Parsi ist schlauer als die meisten Menschen. Vielleicht sogar so schlau wie ich. Gewiss konnte er mir einen Ausweg weisen.

Da sagte Hormazd: Die Schlagintweits haben einen passablen Ersatz für mich gefunden. Ich gehe zurück nach Bombay. Mein Schiff stößt in wenigen Tagen in See. Es heißt Good Fortune, kann das ein Zufall sein?

Er setzte wieder dieses unangenehm fröhliche Lächeln auf.

Sie können nicht gehen, sagte ich.

Ach, nein?

Er war amüsiert.

Sir, es kann Sie doch niemand ersetzen.

Dessen bin ich mir bewusst, sagte er zufrieden. Dennoch, es ist an der Zeit. Ich verrate dir ein Geheimnis: Ich vermisse meine Frau. Ich bin mir zwar verhältnismäßig sicher, dass sie mich nicht vermisst. Aber das macht nichts. Eventuell reicht mein Vermissen für uns beide.

Bleiben Sie doch, Sir, sagte ich.

Hormazd schlug die Augen nieder und beschäftigte seine Hände, indem eine von ihnen mit den Ringen der anderen spielte.

Willst du mich begleiten?, fragte er.

Ich kann nicht, sagte ich.

Lass mich mit den Firengi reden.

Das geht nicht.

Natürlich geht das! Ich werde sie gleich heute sprechen.

Tun Sie das bitte nicht!, sagte ich.

Hormazds Hände erstarrten.

Du hast Angst, sagte er.

Ich wollte ihm nicht schaden. Aber ich musste ihm sagen, was Eleazar von mir verlangt, ich musste! Als ich anfing zu erzählen, flossen die Worte wie Tränen aus mir. Ich ließ nicht einmal die Eiertänzerin aus.

Hormazd lauschte beinahe so aufmerksam wie Lord Ganesha. Als ich fertig war, sah ich ihn an und wartete auf den schlauen Rat. Der Parsi schien die Gedanken in seinem Kopf zu ordnen, wie er das sonst mit Zahlen macht.

Endlich bewegte er seine Hände mit neuer Entschlossenheit und ich dachte: Diesmal schließt er mich in seine Arme. Doch er nahm nur das Buch und reichte es mir.

Kennst du Moby Dick?

Sir?

Wundert mich nicht, sagte er. Kein erwähnenswerter Erfolg. Aber du solltest es lesen. Es geht um eine kühne Jagd auf einen weißen Wal. Sehr anregend. Das wird dich auf andere Gedanken bringen.

Und Eleazar?, fragte ich. Was soll ich Eleazar sagen?

Hormazd setzte sein Topi auf.

Was mich betrifft, hast du mir nie davon erzählt.

Aber, Sir!

Er stand auf und hob eine Hand zum Abschied. Diesmal war er besser darin zu übersetzen, was in ihm war: Sie zitterte.

Verzeih mir, sagte er.

Dann ließ er mich mit Moby Dick allein.

BEMERKENSWERTES OBJEKT NO. 32

Der Mut, den ein feiger
Parsi macht

Ich brauche Hormazd nicht. Ich schaffe das auch ohne ihn. Wer ist er schon? Ein Parsi, der lieber in einem Salon einen weißen Wal jagt, als mir zu helfen. So jemanden brauche ich nicht, sage ich zu Lord Ganesha.

Und er widerspricht mir nicht.

BEMERKENSWERTES OBJEKT NO. 33

Toga Virilis

Der 18. März. Niemand hat das Lied für mich gesungen, mit dem Vater Fuchs mich sonst immer am 18. März begrüßt. Gleich am Morgen musste ich mit Adolph gehen. Er nahm keine Kutsche. Als Einziger der Schlagintweits zieht er seine eigenen Füße Pferden vor. Auch wenn sein Schuhwerk dabei schmutzig wird. Vielleicht sogar deswegen. Jedes Mal, wenn er in den Unrat auf Calcuttas Straßen tritt, flucht er nicht wie Hermann oder lässt sich auch nicht sofort von einem Kuli den Stiefel säubern wie Robert. Er lacht bloß und stolziert weiter.

Wir gingen in die Nuncoo Jemadar's Lane, vorbei an den Geschäften von Austernverkäufern, Hutmachern, Bestattern, Kerzenziehern, Uhrenmachern, Tattersalls, Warenhäusern, Metzgern und Perückenmachern. Leider konnte ich kaum die Schaufenster erforschen. Adolph machte große Schritte, er hatte es eilig. Ich war erstaunt, dass er seinen Weg ohne Hilfe fand. Hermann und Robert bewegen sich nie ohne Führer durch die Stadt.

Er fragte mich, ob mir Calcutta gefällt.

Ja, Sir, sagte ich.

Mir nicht, sagte er. Zu viele Engländer! Und ich vermisse unsere Zeichenstunden.

Ich nicht, hätte ich gerne gesagt.

Dir wird heute eine besondere Ehre zuteil, sagte er. Du wirst uns auf einen Empfang begleiten. Freust du dich?

Ja, log ich weiter.

Dafür müssen wir dich aber etwas aufpolieren.

Mit den Worten schob er die Tür zu einem Geschäft auf.

Nach Ihnen, Sir, sagte er und grinste.

Ich zögerte.

Adolph machte eine scheuchende Geste und ich trat vor ihm ein. Es war ein Schneiderladen, den nur Firengi aufsuchen. Dunkle Stoffe lagen aus, sie schimmerten wie das Meer bei Nacht. In einer Vitrine funkelten Knöpfe in allen Augenfarben Calcuttas. Ein breiter Mann mit kindlichen Händen kam auf uns zu. Seine Haut war gerade hell genug, dass man ihn für einen Firengi halten konnte. Sie ähnelte meiner im Monsun-Sommer, wenn ich seltener nach draußen gehe. Ich wusste sofort, dass entweder sein Vater oder noch eher seine Mutter aus Indien stammt.

Der buschige Bart des Indo-Europäers verdoppelte sein Lächeln, als er sich Adolph zuwendete.

Was kann ich für Sie tun, Sir?, sagte er in sehr britischem Englisch.

Adolph packte meine Schultern und schob mich vor den Schneider.

Kleiden Sie den jungen Mann ein!

Der Schneider musterte mich und meine alte Kurta wie Smitaben verdorbenes Atta. Sein Lächeln verschwand.

Wie meinen, Sir?

Sie sollen ihm eine Toga Virilis anfertigen, sprach Adolph besonders deutlich; er gab sich dabei Mühe, seinen bayerischen Akzent zu unterdrücken. Und zwar möglichst rasch! Wir brauchen sie schon heute Abend.

Er ist ein Indier, Sir, sagte der Schneider.

Gut beobachtet, sagte Adolph und zwinkerte mir zu.

Wir statten hier nur Gentlemen aus, sagte der Schneider.

Hervorragend!, sagte Adolph und legte einen Arm um mich. Bartholomäus ist ein Gentleman der höchsten Güte. Wie lange wird es dauern?

Der Schneider verschränkte die Arme hinter dem Rücken.

Ich befürchte zu lange, sagte er.

Adolph schwieg.

Es ist ein sehr betriebsamer Tag, fügte der Schneider hinzu.

Adolph atmete tief durch.

Sie können nichts für uns tun?

Bedaure zutiefst, Sir, sagte der Schneider und lächelte nur mit seinem Bart.

Ich sagte mir: Höre nicht auf die Wut. Sie kann dich zu nichts zwingen. Vater Fuchs wäre stolz auf dich. Vergrabe die Wut tief in dir.

Adolph wendete sich mir zu.

Der Generalgouverneur wird enttäuscht sein, sagte er auf Englisch.

Wir treffen den Generalgouverneur?, fragte ich ihn.

Nein, antwortete er auf Deutsch, aber das weiß das Schneiderlein ja nicht.

Der Generalgouverneur, Sir?, fragte der Schneider und brachte nun seine Arme nach vorne.

Sie kennen ihn?, fragte Adolph.

Nicht persönlich, sagte der Schneider.

Sehr bedauerlich! Ein beachtenswerter Mann.

Das ist er, sagte der Schneider.

Adolph klatschte mir gegen den Hinterkopf.

Bartholomäus hier gehört zu seinen engsten Vertrauten.

Der Schneider lachte laut auf.

Adolph sah ihn ernst an.

Da verstummte der Schneider, musterte mich noch einmal.

Adolph sagte: Nicht wahr, Bartholomäus?

Ich sah zu Adolph und dann zum Schneider und dann wieder zu Adolph, der ein Nicken andeutete.

Ja, sagte ich.

Auch wenn ich nicht auf Adolphs Seite war, ich war ebenso wenig auf der Seite dieses Schneiderleins.

Dessen Augen verengten sich, als würde er in die Sonne sehen.

Er, sagte er zu Adolph und deutete auf mich, soll ein enger Vertrauter des Generalgouverneurs sein?

Fragen Sie ihn selbst, sagte Adolph und machte eine einladende Geste.

Der Schneider zupfte an seinem Bart.

Ist das wahr?, fragte er mich.

Sir, fügte Adolph hinzu.

Sir, fügte der Schneider hinzu.

Ja, sagte ich.

In welchem Verhältnis stehen Sie zu ihm?, fragte der Schneider.

Sir, fügte ich hinzu.

Der Schneider sagte nichts.

Adolph räusperte sich.

Sir, fügte er hinzu.

Ich bin ein brillanter Übersetzer, antwortete ich.

Dafür verbürge ich mich, sagte Adolph. Ein betriebsamer Tag? Wirklich bedauernswert! Wir hätten dem Generalgouverneur gerne von Ihrer Kunst berichtet.

Bei dem Wort *Kunst* erzitterte der Bart des Schneiders.

Adolph zog die Tür auf.

Komm, Bartholomäus, bestimmt haben wir woanders mehr Glück.

Da fällt mir ein …, sagte der Schneider.

Ja?, sagte Adolph.

Ich bitte vielmals um Entschuldigung, Sir! Ich habe mich in der Uhrzeit vertan.

Soso, sagte Adolph.

Wieder verdoppelte der Bart des Schneiders sein Lächeln.

Der Tag ist weniger betriebsam, als ich angenommen habe, sagte er.

Na, sagte Adolph zu uns, ist das nicht eine glückliche Fügung?

Der Schneider holte ein Maßband.

Darf ich?

Wenn Sie den Generalgouverneur nicht enttäuschen wollen, sagte Adolph.

Sofort begann der Schneider. Er nahm Maß und bat mich, still zu stehen, meine Arme auszustrecken, Luft zu holen, in die Brust zu atmen, meinen Bauch nicht einzuziehen, geradeaus zu blicken. Und jeder Bitte fügte er ein Sir hinzu.

Bevor Adolph sich verabschiedete, bezahlte er den Schneider und erteilte ihm einige Instruktionen, was den Schnitt und die Stoffauswahl betraf. Mir trug er auf, mich später mit dem fertigen Anzug bei Konsul Schiller einzufinden.

Als wir allein waren, sagte ich zu dem Schneider auf Hindi: Du bist ein Indo-Europäer. Er reagierte nicht.

Ist deine Mutter aus Indien oder dein Vater?, fragte ich. Deine Mutter, richtig?

Ich spreche kein Hindi, sagte er auf Englisch. Sein Sir hatte mit Adolph den Laden verlassen.

Wieso nicht?

Ich beherrsche es nicht, sagte er.

Aber Bengali!

Auch das nicht, sagte er.

Unmöglich, sagte ich. Ein Bengali, der kein Bengali spricht!
Ich habe nie behauptet, ein Bengali zu sein, sagte er.
Du bist kein Vicky, sagte ich.
Ein Viktorianer?
Dass er sofort begriff, verlangte mir Respekt ab.
Genau das bin ich, sagte er.
Du sprichst nur Englisch? Sonst nichts?
Englisch ist eine extraordinäre Sprache und mehr als ausreichend.
Das ist nicht wahr, sagte ich. Wer nichts außer Englisch spricht, der lebt bloß wie einer von denen.
Da stimme ich dir zu. Und was für ein herrliches Leben das ist!
Du bist aber keiner von denen, sagte ich.
Ich bin ein Brite, durch und durch.
Ein Brite würde sagen: Ich bin Brite.
Du bist keiner, also korrigier mich nicht.
Du zupfst dir die Haare auf dem Kopf, damit du da oben so kahl aussiehst wie die.
Ich tue nichts dergleichen.
Bestimmt gehst du nie in die Sonne, um das Braun nicht in deine Haut zu lassen.
Ich bin und bleibe stets weiß.
Übst du deine britische Aussprache vor dem Spiegel?
Sei still.
Was sagt deine Familie dazu? Sprechen sie noch mit dir? Oder hast du vielleicht gar keine Familie und willst deswegen zu den Vickys gehören?
Da rief er das bengalischste aller bengalischen Worte:
Chup!
Der Schneider schlug mit der Faust auf die Vitrine. Knöpfe klapperten. Einen Moment lang rührte er sich nicht. Dann

holte er eine Stoffrolle aus dem Regal und breitete sie zusammen mit unserem Schweigen aus. Ich hätte ihm sagen sollen, dass er sich nicht dafür schämen muss, ein Indier zu sein. Aber ich überließ das Reden seiner wimmernden Schere. Seine Nadeln pikten mich. Statt Worten verwendete er nun seine kleinen Hände, um mich wie eine Puppe zu bewegen. Die Hornhaut an seinen Fingerspitzen kratzte.

Ich weiß, was mich dazu gebracht hat, ihn zu provozieren. Aber ich werde nicht darüber nachdenken und es erst recht nicht aufschreiben. Sonst wird es nur noch größer.

Am frühen Abend, in Konsul Schillers Haus, riefen mich die Schlagintweits. Die Kutsche war vorgefahren. Ich aber war noch immer nicht angekleidet. Der Anzug bestand aus so vielen Teilen, ich wusste nicht, wo beginnen. Meine Haut juckte von den unzähligen Versuchen, ihn mir gefügig zu machen, und ich hatte alle mir geläufigen Flüche aufgebraucht.

Adolph betrat mein Zimmer, ohne anzuklopfen. Er sah mich und dann den Anzug, dessen Teile auf dem Bett verstreut lagen. Wortlos griff er nach einem davon und reichte ihn mir. Ich war dankbar, dass er nicht lachte, nicht einmal schmunzelte. Er zeigte mir die richtige Reihenfolge, wo ich Knöpfe durchschieben musste und wie das Band um meinen Hals zu binden war. Als ich fertig war, betrachtete er mich und legte den Kopf schief. Er verließ das Zimmer und kehrte nach wenigen Sekunden mit einem Kamm aus Elfenbein zurück. Damit fuhr er mir durchs Haar, und obwohl das zog und wehtat, ließ ich es geschehen. Danach nahm Adolph ein wenig Abstand und betrachtete mich erneut.

Diesmal nickte er.

Der Anzug saß eng. Er, nicht ich, schien jede meiner Bewegungen zu bestimmen. In ihm fühlte ich mich seltsam geborgen. Ich weiß, das ist unmöglich, aber mit diesem Anzug war ich schlauer und stärker und ein ganzes Stück größer. Robert und Hermann applaudierten, als sie mich auf dem Treppenabsatz erblickten. Ich wollte nicht, dass mir das gefiel. Aber es gefiel mir. Ein Hausmädchen von Konsul Schiller senkte sofort den Blick, als ich an ihr vorbeiging. Ich wollte auch nicht, dass mir das gefiel. Aber auch das gefiel mir. In der Kutsche, auf dem Weg zum Empfang, starrte mich Eleazar die ganze Zeit über an. Er kniff die Lippen zu einem Lächeln zusammen, damit ihm keine unfreundlichen Worte entwischten. Das gefiel mir und das wollte ich auch.

Als wir aus der Kutsche stiegen, fragte ich Adolph: Was bedeutet Toga Virilis?

Heute ist der achtzehnte März, sagte er. Du bist jetzt *mindestens* dreizehn Jahre alt.

Sie kennen meinen Geburtstag, Sir?

Der Schlagintweit lachte besonders laut und tätschelte meinen Kopf.

Eine Toga Virilis, sagte er, ist dein Abschied von der Kindheit. Du bist jetzt ein Mann.

Das erste Geburtstagsgeschenk, das ich je erhalten habe, kam von Vater Fuchs. Er hat mir meinen Geburts-Tag geschenkt. Nur meine Eltern kennen das genaue Datum. Aber da sie niemand fragen kann, sagt Vater Fuchs, dass ich am 18. März geboren wurde. Das war der Tag, an dem er mich gefunden hat. Am 18. März gehen er und ich jedes Jahr zusammen auf den Bazar und ich darf mir etwas aussuchen. Ich wähle nie etwas Großes oder Teures, weil ich weiß, das würde Vater Fuchs enttäuschen. Er hält viel von Mäßigung und Bescheidenheit. Meistens suche ich mir eine Kerze aus. Oder eine Murmel. Oder eine Seife, die nach Sandelholz riecht. Oft nehmen mir die Anderen mein Geschenk weg. Aber sie können mir nicht diese Stunden mit Vater Fuchs wegnehmen. Die Erinnerung daran gehört für immer mir.

Auch die Stunden am 18. März 1855 werde ich nicht vergessen.
Das Haus, in dem der Empfang stattfand, ist eigentlich kein Haus. Oder wenn es ein Haus ist, dann lebt Devinders Familie nicht in einem Zimmer, sondern in einer Kiste. Wir stiegen viele Stufen nach oben, bis wir den Eingang erreicht hatten. Dort erwarteten uns weitere Stufen. An der Decke und an den Wänden und auf den Tischen brannten Kerzen. Nachts war mehr Licht in diesen Räumen als am Tag unter freiem Himmel in Calcutta. So bewegten sich mehr Schatten als Gäste durchs Haus.

Mir wurde schnell warm und ich wollte meinen Kragen lockern. Adolph untersagte es mir. Schwitzen gehört scheinbar dazu, wenn man ein Mann ist.

Robert trug ausnahmsweise keinen Hut; trotzdem hielt er den Kopf, als würde er unter der Krempe hervorlugen. Hermann hatte seinen Bart gekämmt und seine Wangen rasiert. Adolphs Haar glänzte und sein Anzug verbarg seinen Bauch. Das war kein neuer Anblick für mich. In Calcutta sind die Brüder jeden zweiten Tag so zurechtgemacht. Was sind das für Wissenschaftler, die mehr Zeit auf Empfängen und Festen und Dinners verbringen als in den entlegenen Regionen, die sie erforschen sollen?

Die Wände in dem Haus waren weiß gestrichen, selbst in den hintersten Ecken entdeckte ich keine Verfärbungen. Auch die Gemälde schienen unangetastet von Calcuttas feuchter Luft. Auf einem davon stand ein grauhaariger Vicky, dessen Bauch ähnlich rund war wie der Globus neben ihm, auf dem Indien kaum größer war als die winzige Heimatinsel der Vickys.

Ein Diener trat an uns heran. Seine Haut war fast so dunkel wie sein Anzug. In seinen Augen saß eine lodernde Stummheit. Er sah aus wie einer der wahren Eingeborenen Indiens. Die Firengi nennen uns alle Eingeborene. Aber die meisten unserer Vorfahren sind irgendwann nach Indien gekommen und haben sich hier niedergelassen. Die Vorfahren des Dieners waren schon immer hier. Es zieht sie selten in die Städte. Sie sprechen ihre eigenen Sprachen und leben tief in den Wäldern und Bergen. Früher haben die Vorfahren von Smitaben, Hormazd, Devinder sie dort aufgescheucht. Heute werden sie von den Vickys und ihren Verbündeten vertrieben oder in einen Anzug gesteckt, damit sie auf einem Empfang bayerischen Forschern ein Tablett mit Kristallgläsern anbieten.

Hermann und Robert nahmen je eins, Adolph nahm zwei. Er reichte mir ein Glas. Die hellgelbe Flüssigkeit darin blubberte, nicht wie kochendes Wasser, eher wie das brutzelnde Öl in Smitabens Pfannen.

Was ist das?, fragte ich.

Probier, sagte er.

Muss ich?

Probier!

Ich nahm einen Schluck und spuckte sofort aus. Es schmeckte gleichzeitig ekelhaft bitter und schaurig sauer. Die Schlagintweits lachten und schlugen, bevor sie tranken, ihre Gläser gegeneinander. Der Klang war bedeutend feiner als der Geschmack.

Warum tun Sie das, Sir?, sagte ich. Die Gläser könnten zerbrechen.

Du stellst zu viele Fragen, sagte Adolph und verließ uns, um sich zu einem Halbkreis aus Frauen zu gesellen. In ihren weiten Röcken sahen sie aus wie Blüten, die auf dem Kopf standen. Adolph gab nur wenige Worte von sich und sie kicherten. Seine

Brüder beobachteten ihn. Beide runzelten die Stirn. Aber aus verschiedenen Gründen. Hermanns Stirnrunzeln war der Ausdruck von Sorge, während Roberts Stirn mich an den Neid der Anderen erinnerte, wenn Vater Fuchs sich allein mir widmet.

Ich gehe einen Moment an die frische ... an die Luft, sagte Robert und ließ mich mit Hermann allein.

Erst da fiel mir auf, dass Eleazar nicht mehr bei uns war.

Auf dem Empfang fiel es mir schwer, mir nicht zu begegnen. Das Haus besaß zahllose Spiegel. Manche waren gegenüber voneinander angebracht, sodass sie die Gesellschaft unendlich vervielfachten. Ich hatte noch nie so viele Firengi auf einmal gesehen.

Jeder der Gäste war weiß. Nicht so weiß wie die Wände und manchmal eigentlich eher rot, oder zumindest rosa, aber keiner von ihnen war auch nur ein klein wenig so braun wie ich.

Es dauerte nicht lange, bis das einer Vicky auffiel. Ihre Schultern waren nackt und ihr dunkelblondes Haar für die Ewigkeit verknotet.

Darf ich?, fragte sie Hermann.

Noch bevor er reagieren konnte, ergriff sie mein Haar und zog daran.

So dicht und fest!, rief sie.

Ich nahm Abstand von ihr.

Gehört er Ihnen?, sagte sie zu Hermann.

Ich gehöre niemandem, sagte ich.

Sie riss die Augen auf.

Er spricht Englisch!

Sie legte eine Hand auf die nackte Stelle unter ihrem Hals.

Bartholomäus ist unser Übersetzer, sagte Hermann und stellte sich vor. Er begann, von der Forschungsexpedition zu sprechen und seine Worte immer enger aneinanderzureihen.

Da unterbrach ihn die Vicky:

Er kann mehr als eine Sprache?

Sie betrachtete mich wie Vater Fuchs ein seltenes Fundstück auf dem Bazar.

Sag mal etwas auf Hindi, forderte sie mich auf.

Ich sah zu Hermann und er nickte.

Sie sind keine bemerkenswerte Frau, sagte ich auf Hindi.

Nun presste sie beide Hände auf die nackte Stelle.

Göttlich!, rief sie. Und nun etwas auf Deutsch.

Wieder sah ich zu Hermann. Und wieder nickte er.

Und sieh am Horizont lüpft sich der Vorhang schon, sagte ich. Es träumt der Tag, nun sei die Nacht entflohn.

Was heißt das?, fragte sie. Was hat er gesagt?

Hermann stammelte ein paar Worte auf Englisch.

Ich half ihm erst, als er mich darum bat.

Das ist schön, sagte sie. Von wem ist das?

Von mir, sagte ich.

Bravo!

Bevor Hermann etwas einwenden konnte, gesellten sich weitere Damen und auch einige Herren zu uns. Immer wieder forderte einer von ihnen mich auf, etwas auf Deutsch, Englisch, Hindi oder in einer anderen Sprache zu sagen und, wenn nötig, zu übersetzen. Es folgte Applaus, der durchs Haus hallte und noch mehr Zuschauer anzog. Zuerst gefiel mir, dass ich etwas konnte, was, außer Eleazar, keiner der Anwesenden beherrschte. Aber mit jedem weiteren Satz und jeder weiteren Übersetzung verhärtete sich etwas in mir, als hätte ich zu viele Gulab Jamun gegessen. Mein Anzug schrumpfte, ich rang nach Luft.

Ich entschuldigte mich und eilte nach draußen auf einen leeren Balkon. Dort lockerte ich den Kragen, atmete Calcuttas Nachtluft und fühlte mich gleich etwas besser.

Du siehst aus wie einer von ihnen, sagte eine freundliche Stimme auf Marathi.

Er war mir gefolgt.

Ich bin ein Indier, sagte ich auf Marathi.

Aber du gefällst dir in deinem neuen ... Kostüm.

Nein, log ich.

Eleazar stand in der Balkontür und schirmte das Licht aus dem Haus ab.

Du bist jetzt also ein Mann, sagte er. Hat der Mann inzwischen eine Entscheidung getroffen?

Sein Schatten war länger als alle anderen auf dem Empfang.

Warum gerade ich?, sagte ich. Kannst du nicht jemand anderen fragen?

Du sprichst viele Sprachen. Du kannst lesen und schreiben. Ich habe gesehen, mit welcher Ernsthaftigkeit und Hingabe du in deinem Büchlein notierst. Es gibt niemand Besseren für diese Aufgabe als dich.

Ich wehrte einen Moskito ab.

Du hast dich gar nicht bei mir für mein Geschenk bedankt, sagte er.

Der Moskito war beharrlich.

Opium, sagte Eleazar, ist ein Gift. Aber nicht nur für diejenigen, die es rauchen, wie Vater Fuchs. Auch für alle, die sich am Handel beteiligen. Jejeebhoy verrät seine eigenen Leute, um sich zu bereichern.

Der Chinese hält dich für seinen Freund, sagte ich.

Er ist mein Freund, sagte Eleazar.

Dein Freund ist Jejeebhoys Gehilfe!

Das erkläre ich dir ein andermal, sagte Eleazar. Momentan solltest du dich vielmehr fragen, auf welcher Seite du stehst. Wenn du nicht für uns bist, dann bist du für die.

Ich bin nicht für die, sagte ich.

Dann beweise es. Hilf uns.

Es wäre nicht richtig, sagte ich.

Aber auch nicht falsch, sagte er.

Vater Fuchs sagt, wir Indier können nur gemeinsam einen Palast erschaffen.

Ein weiser Mann, sagte Eleazar.

Aber nicht so, fuhr ich fort. Vater Fuchs würde das Ausspionieren von deutschen Wissenschaftlern nicht gutheißen. Sie sind mehr für uns als für die.

Ich erwischte den Moskito an meiner Stirn. Er hatte bereits Blut gesaugt.

Du irrst dich, mein Freund. In so vielerlei Hinsicht. Du denkst, dein Vater war ein guter Mann. Dabei hat er weitaus mehr als das Opium vor dir geheim gehalten.

Ich war mir nicht sicher, ob das Blut meins war.

Ich kann für dich herausfinden, wer deine Eltern waren. Du willst doch mehr über sie erfahren, nicht wahr?

Woher weißt du das?

Du bist eine Waise. Jede Waise will das.

Eleazar holte ein Taschentuch hervor. Es war nicht bestickt und hatte Löcher.

Lass mich dir helfen, sagte er.

Mit dem Taschentuch tupfte er das Blut von meiner Stirn.

Er ließ sich Zeit.

Deine Loyalität dem Vater gegenüber ist ehrenvoll, sagte er. Wenn auch deplatziert. Du hast noch sechs Tage, um das zu erkennen. Dann reist du mit Adolph und Robert ab.

Den letzten Satz sagte er so herzlich, ich glaubte ihm beinahe:

Ich hoffe, du triffst die richtige Entscheidung.

Als ich das Haus wieder betrat, hatte Hermann einige Zuschauer verloren. Er gab sich Mühe, das restliche Publikum mit atemlosen Sätzen an sich zu binden.

… gute natürliche Anlagen, sagte er, aber es fehlt jene europäische Ausbildung, welche die Entwicklung der Anlagen begünstigt, wozu mehr als Schule allein gehört, die Verhältnisse der Familie und der Nation wirken wenigstens mit gleicher Macht, und ich weiß, verehrte Damen und Herren, was Sie denken, aber man ist leicht geneigt, jene Indier, die ungeachtet ihrer heimischen Kleidung bereits etwas in den Comptoirs vom abendländischen Verkehre gelernt haben, zu überschätzen, auch sind solche, wenigstens in den Hafenstädten, ziemlich zahlreich, welche mehrere indische Sprachen und auch recht gut Englisch gelernt haben, sobald man aber versucht, nach Verständnis für Literatur und nach reellen Kenntnissen, auf mittlerer Stufe nur, zu forschen, ist der Eindruck sehr unbefriedigend.

An der Stelle trafen sich unsere Blicke.

Mit seltenen Ausnahmen, fügte er hinzu.

Ich sagte mir: Höre nicht auf die Wut. Sie kann dich zu nichts zwingen. Vater Fuchs wäre stolz auf dich. Vergrabe die Wut tief in dir.

Ich ging rasch weiter. Meinem Spiegelbild konnte ich aber nicht entrinnen. Ich fragte mich, was Vater Fuchs wohl zu dem Jungen im Anzug gesagt hätte, der nun plötzlich ein Mann war.

Wo hast du dich rumgetrieben?

Adolph richtete meinen Kragen.

Komm!

Wir folgten einem Korridor, an dessen Ende ein Diener vor dem Eingang zu einem Zimmer stand, aus dem Männerstimmen und Qualm drangen. Der Diener half Adolph aus seiner

Jacke und dann in eine samtene Jacke in Dunkelgrün. Dieses Smoking Jacket, sagte Adolph, sei lästig aber notwendig, schließlich könne man den Frauen keinen Rauchgeruch zumuten.

Ehe wir das Zimmer betraten, beugte er sich an mein Ohr.

Lass dich von diesen alten Staubbeuteln nicht einschüchtern, Bartholomäus.

Im Raucherzimmer waren nur Männer. Frauen hatten keinen Zutritt. Auch gab es fast keine Spiegel. Viele Männer begrüßten Adolph beim Vornamen, klopften ihm fröhlich auf die Schulter oder nickten ihm zu. Jeder schien ihn zu kennen, jeder suchte seine Nähe. Sie lachten so bereitwillig über seine Scherze wie zuvor die Frauen. Ich wollte das nicht, aber ich fühlte mich geschmeichelt, dass der Schlagintweit mich allen als seinen brillanten Übersetzer vorstellte. Einmal verlangte ein Firengi eine Kostprobe. Adolph tippte ihm gegen die Brust und verlangte mehr Anstand von ihm. Daraufhin verstummte der Firengi und Adolph lachte so freizügig, dass alle Beistehenden miteinstimmten. Adolph sagte zu dem Firengi, er solle es ihm nicht übel nehmen, und ich erwartete, der Firengi würde ihn beschimpfen. Aber er reichte mir seine Hand und entschuldigte sich.

Tiefer im Raum und im Rauch war eine Diskussion zwischen zwei Männern entbrannt, die sich mit durchgestreckten Rücken gegenüberstanden. Beide sprachen ein Englisch, wie es nur die Vickys können. Ihre Münder waren kaum geöffnet, viele Worte kamen durch die Nase. Sie zogen heftig an ihren Pfeifen, als könnten sie nur so Luft holen. Umstehende Männer verfolgten das Streitgespräch mit tiefem Brummen wie ein Schwarm fetter Fliegen. Der eine Mann verteidigte den freien Handel und rechtfertigte damit den Krieg gegen China. Ein hoher Beamter der Company, flüsterte Adolph mir zu. Der andere kritisierte den Opiumhandel. Ein Captain der Rotröcke, flüsterte der Schlagintweit und klang amüsiert. Letzterer berief sich soeben auf die Rede eines jungen Politikers namens William Gladstone. Der soll gesagt haben, der Krieg sei ungerechtfertigt gewesen und eine Schande für England. Der Company-Mann zog einmal an seiner Pfeife und erwiderte, darüber könne er nur lachen (was er nicht tat), selbst der große Duke of Wellington, der Bezwinger Napoleons, habe im House of Lords verkündet, dass er in einem halben Jahrhundert im Dienste der Öffentlichkeit keine schlimmere Beleidigung und Verletzung der Briten erlebt habe als in Canton. Der Captain stach mit dem Mundende seiner Pfeife nach dem Company-Mann und rief, die Britische Flagge sei zu einer Piratenflagge verkommen! Darauf streckte der Company-Mann ihm seine Pfeife entgegen. Ich erwartete fast, dass sie sich mit den Pfeifen duellierten. Der Company-Mann behauptete, der Captain suhle sich in den Worten von Gladstone, dabei sei der nur deshalb gegen den Opiumhandel, weil seine eigene Schwester sich dem Laudanum hingebe.

Ich verstand nicht, was ich sah.

Ein Vicky, der gegen die Vickys ist?

Wenn er nicht für sie ist, ist er dann für uns?

Adolph stellte sich zwischen die Männer, sie steckten ihre Pfeifen in den Mund. Er nannte sie mehrmals Gentlemen, dear Gentlemen. Aus seinem Mund klang das wie ein großzügiges Kompliment. Sie waren nicht nur Gentlemen, sie waren seine Gentlemen, seine lieben Gentlemen. Daher konnten sie gar nicht anders, als ihm zuhören und sich entspannen. Auf seine heitere Art sagte Adolph, er habe den Eindruck, beide könnten etwas Laudanum vertragen. Die umstehenden Männer lachten und die Streitenden nahmen voneinander Abstand, um ihre Pfeifen zu stopfen, als hätten sie das ohnehin vorgehabt.

Wie stehst du zu der Materie?, sagte Adolph laut auf Englisch.

Erst, als viele Männer mich fixierten, begriff ich, dass er mich gefragt hatte.

Ich, Sir?

Adolph nickte.

Ich kenne mich damit nicht aus, Sir.

Nun erhob Adolph seine Stimme, sodass sie bis in den letzten Winkel des Raucherzimmers drang.

Dieser beachtenswerte Junge … pardon *Mann* hat jemanden an Opium verloren, der ihm sehr nahestand, nicht wahr?

Er sah mich an.

Ich konnte nichts sagen, nicht nicken, ich konnte nur denken: Der Schlagintweit hat die ganze Zeit davon gewusst!

Du, Bartholomäus, hast zweifellos eine bedeutende Meinung zu dieser Materie, sagte Adolph. Nur heraus damit!

Der Kreis der Firengi schloss sich brummend um mich. Sie atmeten Rauch aus, der sich verdichtete, und mit einem Mal war ich wieder in der Khana. Nur diesmal roch der Dunst nicht vertraut, sondern scharf wie der Dampf gebratener Chilis. Ich wischte mir das Feuchte aus den Augen. Und da sah ich ihn, wie er auf den Kissen lag. Seine Hände ruhten auf seiner Brust, er bewegte sich nicht. Vater Fuchs blickte mich an und nun schämte ich mich für meine Toga Virilis. Ich wollte ihm das erklären, und ich wollte ihm sagen, wie sehr er mir besonders heute, am 18. März, fehlt und dass ich das Museum der Welt für ihn vervollständige, und ich wollte ihm Fragen stellen, so viele Fragen, aber bevor ich auch nur ein Wort an ihn richten konnte, erkannte ich in seinen Augen, dass er nicht mehr da war.

Ich rannte durch den Dunst und das Brummen der Männer und Adolphs Rufe und aus dem Raucherzimmer und schneller als mein Spiegelbild und die Treppen nach unten, aus dem Haus.

Auf der Straße schlüpfte ich aus der Jacke, öffnete den Kragen und holte zum ersten Mal seit Stunden richtig Luft. Und dann summte ich das Lied, mit dem Vater Fuchs mich sonst immer an meinem Geburtstag begrüßt:

Froh zu sein bedarf es wenig, und wer froh ist, ist ein König.

Aus dem Haus schwappte der Lärm der feiernden Gesellschaft. Ich konnte meine eigene Stimme kaum hören.

Ich sagte mir: Höre nicht auf die Wut. Sie kann dich zu nichts zwingen. Vater Fuchs wäre stolz auf dich. Vergrabe die Wut tief in dir.

BEMERKENSWERTES OBJEKT NO. 34

Die Erinnerung an etwas, das man nicht wissen kann

In der Nacht vom 18. März 1855 habe ich noch ein Geschenk bekommen. Ich habe geträumt, dass ich alles über meine Eltern weiß. Wie sie ausgesehen und wo sie gelebt und in welcher Sprache sie miteinander gesprochen und welchen Namen sie mir gegeben haben.

Aber ich durfte das Geschenk nicht behalten.

Ich erinnere mich nur, dass ich alles wusste.

BEMERKENSWERTE OBJEKTE NO. 35 & 36

Smitaben
Odoti

Der 19. März. Da ich Adolph nicht begegnen wollte, bin ich zum Frühstück in die Küche gegangen. Diese wurde in den zwei Wochen seit unserer Ankunft in Calcutta von Smitaben übernommen wie ein indisches Königreich von den Vickys. Alle kochen nach ihren Anweisungen; niemand wagt es, ihr zu widersprechen. Smitabens Haar durchzieht eine dunkle Strähne gleich einem kostbaren Schmuck.

Wie schon im Glashaus hockte ich mich in eine Ecke der Küche und wartete auf mein Frühstück, während Smitaben ähnlich der Eiertänzerin herumwirbelte, Aufgaben verteilte, kostete, nachbesserte, rügte und nie lobte. Kaum ein Diener hier versteht ihr Gujarati, aber erstaunlicherweise hat sie inzwischen ein wenig Bengali gelernt. Und wenn ihr Worte fehlen, drückt sie sich sehr verständlich mit Blicken und Hieben aus.

Sie hielt nur inne, als Adolph hereinplatzte, eine Chikoo nahm, reinbiss, ausspuckte. Smitaben reichte ihm eine Schale mit geschälten Stücken, von denen er sich eine Handvoll in den Mund schob und mich schmatzend fragte, wieso ich vergangene Nacht weggerannt sei, meine Antwort nicht abwartete und mir stattdessen mitteilte, es sei ein einmaliger Geburtstag gewesen.

Ich wollte ihm in seinen fetten Bauch treten.

Ja, Sir, sagte ich.

Adolph nahm die Schale mit den Chikoo-Stücken und ging.

Sofort fuhr Smitaben mit ihrem Küchentanz fort. Aber etwas war anders. Sie schenkte den Bediensteten weniger Aufmerksamkeit und widmete sich nun der Zubereitung eines aufwendigen Gerichts. Mehr als einmal schlug sie auf helfende Hände. Sie wollte das ganz alleine machen.

Ich genoss es, ihr zuzusehen. Sie ist keine besonders schöne Frau, und doch ist sie besonders schön, wenn sie Liebe in die Zubereitung einer Speise steckt.

Einige Zeit später rief sie mich zu sich, schob mir einen Hocker hin und platzierte das fertige Handvo auf dem Küchentisch. Der aufsteigende Dampf machte Schleifen. Das Handvo war noch zu heiß, aber ich scherte mich nicht darum, verbrannte mir die Finger, als ich mir etwas davon in den Mund schob, und verbrannte mir die Zunge. Natürlich schmeckte es besser als alles andere. Vor allem aber schmeckte es wie ein 18. März im Glashaus.

Wie konnte ich deinen Geburtstag vergessen!, rief sie und küsste mich feucht auf die Wange. Kannst du mir verzeihen?

Ich nickte.

Dafür küsste sie mich gleich noch einmal. Wir aßen das Handvo zusammen und Smitaben lobte, es schmecke einmalig. Wie recht sie damit hatte.

Als ich längst satt war und nur weiteraß, weil ich nicht wollte, dass der Geschmack sich verflüchtigte, forderte Smitaben mich auf zu erzählen.

Ich sah sie an.

Smitaben war schon immer etwas schlauer, als man vermuten würde. Wobei sie nicht mit ihrem Kopf denkt, sondern mit ihrem Herzen. Ich hätte ihr gerne von Eleazar erzählt. Aber diesmal gab ich diesem Wunsch nicht nach. Ich will sie schützen. Ich will nicht sehen, wie ihre Hände zittern. Und ich will ganz sicher nicht riskieren, von ihr zu hören, ich hätte ihr nie davon erzählt, gerade weil ich ihr davon erzählt habe.

Darum sprach ich von etwas anderem:

Du wirst mit Hermann weiterreisen, Maasi.

Dem mit dem Haar unter der Nase, sagte sie und nickte, wenn ich mich nicht irre, freudig.

Es überraschte mich, dass sie sich seinen Namen gemerkt hatte.

Ich werde aber mit Adolph und Robert gehen, sagte ich.

Smitaben drückte mich an sich.

Nur für ein paar Monate.

Monate?

Vielleicht auch ein Jahr.

Ein Jahr!

Sorge dich nicht, sagte sie, die Schlagtweins werden gut auf uns aufpassen. Wir sehen uns eher wieder, als du denkst.

Sie heißen Schlagintweit, sagte ich.

Sag ich doch. Schlagtweins.

Nein, Maasi.

Sag ihren Namen noch einmal.

Ich wiederholte langsam: Schlag-int-weit.

Smitaben schüttelte den Kopf.

Sie heißen *Schlagtweins*, sagte sie. Als ihr Übersetzer solltest du das wissen. Du willst die Herren nicht enttäuschen.

Du magst sie, sagte ich.

Magst du sie etwa nicht?, sagte sie.

Sie sind Firengi, sagte ich. Bald werden sie uns wieder verlassen und vergessen.

Smitaben vergisst man so schnell nicht!

Maasi, das hast du selbst gesagt! *Für die bist du nur irgendein Indier.*

Du musst dich irren. So einen Unsinn gebe ich nicht von mir. Ohne die Firengi wüsste ich ja nicht, dass ich mehr bin als eine Köchin.

Was bist du denn?

Eine brillante Köchin!

Brillant sagte sie auf Deutsch.

Die Schlagintweits ..., sagte ich.

Schlagtweins, verbesserte sie mich.

... haben gesagt, dass du eine brillante Köchin bist?

Sie nickte und etwas in meiner Brust zog sich zusammen. Smitaben beugte sich vor, um mir mit dem Handrücken den Mund abzuwischen.

Weißt du, was brillant heißt?

Das dachte ich, sagte ich.

Ein Brillant, sagte sie, ist ein sehr seltener, teurer Stein.

Bei diesen Worten lächelte Smitaben in sich hinein. Ich bemühte mich, mit ihr zu lächeln. Es gelang mir nicht sehr gut. Das erkannte ich daran, wie sie mich betrachtete. Als hätte ich eines ihrer Gerichte abgelehnt.

Du hast mir aber noch immer nicht verraten, was dich bedrückt, sagte sie, Smitaben kennt dieses Gesicht.

Diesmal sagte ich die Wahrheit:

Glaubst du, Vater Fuchs war ein guter Mann?

Ihre dunkle Strähne fiel ihr ins Gesicht, aber Smitaben strich sie nicht weg und blickte mich lange an, ohne zu blinzeln. Als ich wegsehen wollte, hielt sie mein Kinn fest und las in meinen Augen.

Weißt du, warum ich vor vielen Jahren nach Bombay gekommen bin?

Ich schüttelte den Kopf. Sie schob ihren Sari an der Hüfte zur Seite und zeigte mir einen Teil der lächelnden Narbe unter ihrem Bauchnabel. Odoti, sagte sie.

Ich kenne Smitaben schon fast so lange wie Vater Fuchs. Aber ich hätte nicht gedacht, dass sie ein bemerkenswertes Objekt ist. Genau genommen ist sie sogar zwei bemerkenswerte Objekte: sie und ihre Tochter.

Smitaben sagt, als sie noch in Gujarat lebte, hatte sie einen guten Mann. Wenn sie allein waren, erlaubte er ihr, ihn mit dem Vornamen anzusprechen. Und manchmal musste sie nicht einmal warten, bis er seine Mahlzeit zu sich genommen hatte, sondern durfte mit ihm essen. Als sie schwanger wurde, hofften alle – seine Familie, ihre Familie, alle Familien im Dorf – auf einen Jungen. Es war aber ein Mädchen. Ihr Mann trug es gleich nach der Geburt fort, um es an den Stamm der Bhil zu verkaufen. Smitaben akzeptierte das, weil sie ja wusste, dass sie einen guten Mann hatte. Zumindest sagten das alle im Dorf. Und da sie nie zuvor einen Mann gehabt hatte, glaubte sie ihnen.

Viele Wochen vergingen. Smitaben wurde nicht wieder schwanger.

An den Tagen, an denen Navratri gefeiert wurde, erschien Durga Smitaben in einem Traum und verlangte, den Namen ihrer Tochter zu erfahren. Smitaben konnte dem Wunsch der Göttin nicht entsprechen. Sie hatte ihrer Tochter keinen Namen gegeben, weil sie angenommen hatte, diese sei an die Bhil verloren. Wenn aber Durga nach dem Namen ihrer Tochter verlangte, bedeutete das, ihre Tochter würde eines Tages den Stamm verlassen und zu ihrer wahren Familie zurückkehren. Und dann würde Smitaben sie nur an ihrem Namen erkennen.

Smitaben entschied sich für Odoti. Die Morgendämmerung war schon immer ihr liebster Teil des Tages. Zur Morgendämmerung ist noch alles möglich, man weiß nie, welche Überraschungen der Tag bringen kann.

Zu Smitabens Überraschung freute ihr Mann sich nicht darüber, dass sie ihrer Tochter einen Namen gegeben hatte. Er schlug sie mit einer heißen Pfanne.

Ihr Mann hatte sie schon früher geschlagen. So wie die meisten Männer im Dorf ihre Frauen und Töchter aber niemals ihre Mütter schlugen. Smitabens Mann galt als guter Mann, denn er schlug sie selten und eigentlich nur dann, wenn er besonders müde von der Feldarbeit war. Er verwendete immer seine offene Hand und die Abdrücke verblassten meist nach ein oder zwei Tagen.

Diesmal brannte die Pfanne ewige Kerben in ihre Haut.

Smitaben erzählte es seiner Familie und seine Familie sagte, Smitaben sei selbst schuld, sie habe ihn schließlich so weit getrieben, wieso war sie nicht schon längst wieder schwanger!

Smitabens Familie sagte das Gleiche.

Also betete sie zu Durga, sie flehte die Göttin an und opferte ihr ein Huhn. Wenn sie nur einen Jungen bekäme, würde sie wieder sehen können, wie gut ihr Mann eigentlich war.

Viele Wochen vergingen. Smitaben wurde nicht schwanger.

Sie hatte sich inzwischen an die Schläge mit der heißen Pfanne gewöhnt. Es war gar nicht so schlimm, wenn sie die Wunden gleich danach mit Kräutern behandelte und sich daran erinnerte, dass ihr Mann ein guter Mann war. Denn er schlug ihr nie ins Gesicht.

Er berührte sie nun öfter als früher. Immer nachdem er sie geschlagen hatte. Dass er es sonst nicht mehr tat, bedauerte sie sehr. Smitaben vermisste die Nächte, in denen er sie stattdessen geküsst hatte. Aber sie war dankbar, sie war so dankbar, wenn er sich nach dem Schlagen gegen sie drückte. Auch wenn es nie sehr lange dauerte, genoss sie diese Nähe und umarmte ihren guten Mann so lange er es zuließ.

Viele Wochen vergingen. Smitaben wurde nicht schwanger.

Und dann kam der Tag, an dem ihm eine heiße Pfanne nicht mehr genug war. Er schnitt sie mit einem Messer, ritzte in ihre Haut. Zuerst dachte Smitaben, er tat das, weil er ihr nicht mehr so wehtun wollte. Die Schnitte brannten weniger als die Hiebe mit der heißen Pfanne. Aber sie bluteten. Er schnitt Smitaben stets an derselben Stelle, unter ihrem Bauchnabel. Jedes Mal machte er dort weiter, wo er das letzte Mal aufgehört hatte. Über Tage hinweg malte er eine Wunde in ihren Bauch. Smitaben verband sie und achtete darauf, keine plötzlichen Bewegungen zu machen, damit die Haut nicht aufriss. Vor allem aber musste sie verhindern, dass jemand die Wunde sah. Sonst wären seine und ihre Familie wütend auf sie geworden. Wie konnte sie ihren guten Mann nur zu solchen Taten zwingen!

Er berührte sie nun kaum mehr.

In einer Nacht schnitt er zu tief. Die Wunde blutete stark. Smitaben glaubte, dies sei die letzte Überraschung ihres Lebens. Sie fragte ihren Mann, was sie in all den Wochen nie gewagt hatte zu fragen: Ob die Bhil ihre Odoti gut behandelten.

Er sah sie verwundert an und lachte. Ihr guter Mann teilte ihr mit, dass er ihre Tochter nicht verkauft hatte, da sie zu hässlich und dunkel gewesen sei, das hätte nur Unglück über die Familie gebracht. Ihm war keine andere Wahl geblieben, er hatte sie weit draußen in die Wüste gelegt.

Als Smitaben das hörte, wollte sie im Schmerz ertrinken. Durga fuhr in sie. Bevor ihr Mann reagieren konnte, nahm sie ihm das Messer ab, stach es sich in den Bauch und schnitt eine größere Wunde als er je zustande gebracht hatte.

Ihr Mann stolperte rückwärts, weg von ihr. Er beschimpfte Smitaben, sie habe sein Leben zerstört, er könne ihr nicht länger beistehen.

Dann rannte er aus der Hütte.

Die Nacht wurde zum Tag. Obwohl sie lange und laut nach Hilfe rief, kam niemand. Also schloss Smitaben in der Morgendämmerung die Augen und hoffte auf ihr nächstes Leben.

Es begann ein paar Tage später in einer christlichen Mission. Aber Smitaben war nicht wiedergeboren worden, sie war noch immer Smitaben. Wie sie in die Mission gekommen war, wusste sie nicht. Die Missionare hatten sie vor den Toren gefunden, bewusstlos, in ihrem blutgetränkten Sari. Niemand musste Smitaben mitteilen, dass das Dorf – ihre Familie, die Familie ihres guten Mannes, alle Familien – sie verstoßen hatte. Das verstand Smitaben auch so.

Einer der Christen kümmerte sich besonders gütig um sie. Er behandelte ihre Wunde mit den gleichen Tinkturen, die sie selbst angewendet hätte.

Viele Wochen vergingen. Smitaben wurde wieder gesund.

Als sie die Mission verlassen und ihr neues Leben als Bettlerin beginnen wollte, lief der Christ, der sie gepflegt hatte, ihr hinterher. Er bat Smitaben, ihn nach Bombay zu begleiten, um dort in einem Waisenheim zu arbeiten.

Noch nie hatte ein Mann Smitaben um etwas gebeten. Sie wollte sofort zustimmen. Aber Durga fuhr ihr in den Kopf und ermahnte sie, von nun an die Männer in ihrem Leben mit mehr Vorsicht zu wählen. Daher fragte Smitaben den Christen, ob sie, wenn sie mitkäme, an seinen Gott glauben müsse. Der Christ hustete in ein mit roten Blumen besticktes Taschentuch, ehe er antwortete, sie könne so viele Götter mitbringen, wie sie wolle, in Sankt Helena sei jeder willkommen.

Vater Fuchs war kein guter Mann, sagte Smitaben zu mir. Darum mochte ich ihn! Gute Männer bringen Unheil.

Wir saßen noch immer in der Küche und hatten das Handvo bis auf einen kleinen Rest verzehrt. Die anderen Bediensteten waren inzwischen dazu übergegangen, einen Berg aus Gobi für den Lunch zu schneiden.

Weißt du, wer auch kein guter Mann ist?, fragte Smitaben, und sprach gleich weiter: Der Generalgouverneur.

Ich war mir unsicher, wie sie das meinte.

Er tut viel für uns Frauen, sagte sie. Er glaubt, dass nur klügere Frauen das Leben für alle verbessern können.

Woher willst du wissen, was er glaubt?

Er hat es gesagt!

Davon habe ich aber nichts gehört, Maasi.

Wundert mich nicht. Männer, ob nun jung oder alt, hören so etwas nicht. Du kannst jede Frau auf der Straße fragen. Sie alle wissen davon*.

Smitaben stopfte sich den Rest Handvo in den Mund und schluckte ihn ohne zu kauen herunter.

Er hat sogar Schulen für uns gegründet. Wenn mein Dienst für die Schlagtweins endet, werde ich dorthin gehen und ein Female Doctor werden, damit ich anderen Frauen helfen kann, wenn sie ein Kind bekommen und kein Mann zu ihnen gelassen wird.

Und Bombay?

Was ist damit?

Du kommst nicht zurück, Maasi?

Schweigend umarmte sie mich, und da verstand ich, dass sie in all den Jahren nicht nur mich fest und warm an sich gedrückt hat, sondern jedes Mal auch Odoti.

---

* Ich habe das überprüft. Es stimmt, der Vicky mit dem Fleischtropfen setzt sich tatsächlich für Frauen ein. Indische Frauen! Was macht das aus James Broun-Ramsay? Nicht so einen nicht guten Mann wie Vater Fuchs. Aber auch keinen so guten Mann wie Smitabens Mann.

BEMERKENSWERTES OBJEKT NO. 37

*Die Schlagintweits
(aber eigentlich Vater Fuchs)*

Heute, am 21. März 1855, drei Tage vor unserer Abreise, habe ich eine Entscheidung getroffen. Ich weiß jetzt, was ich Eleazar sagen werde.

Ich wusste es noch nicht heute Morgen, als ich in die Kutsche steigen wollte und von Adolph aufgehalten wurde.

Das Gefängnis von Alipur ist ein unschöner Ort, sagte er zu seinen Brüdern, Bartholomäus muss uns nicht begleiten, wir haben Eleazar.

Hermann und Robert stimmten ihm zu.

Verwehren Sie ihm nicht seinen Wunsch, Sir, sagte der Bania.

Ich wusste nicht, wovon er sprach.

Der junge Mann will die Wahrheit mit eigenen Augen sehen, sagte Eleazar, er ist höchst wissbegierig und möchte sich keinen Teil des Landes entgehen lassen. Selbst einen solchen Teil nicht. Habe ich recht?

Er und die Schlagintweits sahen mich an.

Ich musste nicken.

Adolph klatschte seine Hand gegen meinen Kopf.

Na, dann auf, auf! Nächste Station: Wahrheit.

Unterwegs lächelte Eleazar, als hätte er mich bereits für seine Zwecke gewonnen. Dabei spürte ich mehr denn je Vater Fuchs an meiner Seite. Smitaben hatte mich daran erinnert, dass er immer an mich geglaubt hat. Jetzt musste ich an Vater Fuchs glauben, dann würde ich den richtigen Weg finden. Ich bezweifelte, dass der Bania etwas über meine Eltern in Erfahrung bringen konnte. Wenn das möglich gewesen wäre, hätte Vater Fuchs mir das gesagt.

Eleazar unterhielt sich mit den Schlagintweits, und doch wurde ich den Eindruck nicht los, dass er mit mir redete. Sie sprachen über Skelette, die ein Doktor Webb, der Vorstand des Native-Hospitals zu Calcutta, den Brüdern zur Verfügung gestellt hat. Eleazar fragte, ob das für ihre Forschungen hilfreich sei. Der Bania klang aufrichtig interessiert. Nur hat er mir schon zu viel von sich gezeigt, ich kann sein Handeln inzwischen besser übersetzen. Er stellte die Frage allein, weil er die Antwort bereits kannte und weil er wollte, dass ich sie hörte. Hermann begann bereitwillig zu erzählen. Es gestalte sich als äußerst schwierig, Leichen auffischen zu lassen, sagte er. Dass Indier die Toten von einem heiligen Fluss davontragen lassen, bezeichnete er als unheilvolle Sitte. Noch ärgerlicher sei es, dass wir Kranke an das Ufer legen, mit den Füßen ins Wasser getaucht, was doch nur auf das Bestimmteste zum tödlichen Ausgang beitragen könne, zudem würden Kadaver tagelang an flachen Uferstellen hin und her gespült und die Luft verpesten.

Eleazar lauschte aufmerksam. Er lächelte noch immer, aber direkt hinter seinem Lächeln erkannte ich Genugtuung. Weil er Verärgerung in mir sah.

Ein Doktor Mouat empfing uns am Haupteingang des Gefängnisses. Er hat das erste illustrierte Buch über die menschliche Anatomie auf Urdu veröffentlicht, sagt Hermann. Ich weiß nicht, ob das stimmt, ich weiß nur: Indem man es sagt, ist es so. Doktor Mouat ist unter anderem der Inspector der Jails. Die Haare in seinem Bart sind so geordnet wie jede seiner Bewegungen. Seine Schritte scheinen noch genauer bemessen zu sein als die der Schlagintweits, mit Gesten ist er sparsam. Er zählt eindeutig zu den Vickys, die zur Ordnung Calcuttas beitragen.

Für ihre Untersuchungen hat Doktor Mouat den Schlagintweits drei Räume zur Verfügung gestellt. In diesen befindet sich nichts außer den Instrumenten und Materialien der Brüder. Jede der Türen ist mit einem schweren Schloss versehen. Die Decken sind niedrig und an den Wänden wächst der Schmutz von unten nach oben. Die Böden sind reinlich, sie wurden erst vor Kurzem geschrubbt. Die Luft ist zäh und heiß. Von draußen trägt sie die Geräusche Calcuttas herein, die Rufe eines Wallahs, Wiehern, Glockenläuten, Möwenschreie. Selbst wenn man, wie ich, nur wenig Zeit im Gefängnis verbringt, nimmt man diese Geräusche gerne in sich auf. Sie helfen einem, sich das Leben in der Stadt vorzustellen.

Es erinnerte mich an die vielen Male, wenn Vater Holbein mich im Gartenschuppen eingesperrt hat. Aber das war immer nur für ein paar Tage (und zumindest war ich dort vor den Anderen sicher). Die Häftlinge verbringen Jahre im Gefängnis. Jeder Gedanke, den sie zulassen, schwillt zu rasch an. Er wird so groß, dass sie nicht mit ihm ins Gefängnis passen. Sie müssen ihn zerreißen und fortwerfen, weil er sie sonst erdrückt. Um das Gefängnis zu ertragen, müssen sie aufhören zu lauschen und zu denken, sie müssen sich ganz verschließen.

Das sah ich gleich in den Augen des ersten Häftlings, der von den Schlagintweits untersucht wurde. Seine Haut glänzte dunkel wie die von Auberginen. Er war nackt bis auf ein dreckiges Stück Stoff, das sein Geschlecht verdeckte. An seinen Fußknöcheln trug er Ringfesseln, die durch Seile mit einem Eisenring verbunden waren, der um seine Hüfte ging. Zwei bengalische Wachen positionierten ihn vor Roberts Bildermaschine. Sofort wich der Häftling zurück. Die Wachen schoben ihn wieder auf die Stelle, auf die Robert deutete. Sie sprachen mit dem Häftling auf Bengali, aber er schien sie nicht zu verstehen. Er sagte nichts. Mehrmals unternahm er noch den Versuch, vor der Bildermaschine zu fliehen. Nahm er an, man würde ihn erschießen? Ich sagte ihm, dass die Firengi nur Lichtbilder machen, das würde nicht wehtun. Er zeigte keine Reaktion, er war stummer als Robert. Ich verwendete jede Sprache, die ich beherrsche, außer Deutsch. Der Häftling hörte nicht auf mich. Erst als die Wachen mit ihren Stöcken auf seine nackten Schenkel schlugen, gehorchte er. Wobei er nicht aufrecht stand. Sein Körper war nach hinten gelehnt, als wolle er dem drohenden Tod ausweichen, mit Ausnahme seines Kopfes, den er etwas weiter vorschob. Die Angst war tief in sein Gesicht eingegraben und doch war da noch ein kleiner Rest Neugierde. Ich fragte Robert, ob der Häftling wisse, was sie mit ihm machen. Der Schlagintweit ging nicht darauf ein. Der Eifer, mit dem er seine Bildermaschine bediente, versteckt er sonst unter seinem Hut. Er war nun nicht mehr Robert, er war der Mann hinter der Maschine. Wie gerne hätte ich ein Lichtbild von ihm gemacht und es ihm gezeigt. Ob er sich wohl erkannt hätte?

Im nächsten Raum wartete bereits Hermann. Der Häftling musste sich auf einen Tisch legen. Wieder wollte er nicht gehorchen. Obwohl ich wusste, dass er mich nicht verstand, sagte ich zu ihm auf Hindi, er solle still halten, man würde ihm nichts tun. Er hörte nicht auf mich. Wieder halfen nur die Schläge der Wachen. Der Häftling schrie keinmal auf. Er verzog bei jedem Hieb das Gesicht und schien den Schmerz in sich aufzunehmen. Beim Schlagen verzerrten sich die Gesichter der

Wachen, sie ähnelten zwei grimmigen Affen. Die Wachen verwendeten ihre Stöcke nicht wie Vater Holbein, der immer hart aber ruhig mithilfe seiner Rute spricht. Er zieht diese Sprache vor, weil sie meist effizienter ist. Die Wachen aber schlugen, weil es die einzige Sprache ist, die sie wirklich beherrschen. Hermann sagte ihnen, sie sollten aufhören, das sei genug. Ich übersetzte das für ihn, obwohl sie gewiss auch ohne meine Hilfe verstanden, warum der Schlagintweit seine Arme ausstreckte und über den Häftling hielt. Die Wachen ließen sich nicht sofort stoppen. Sie hieben noch ein paar Mal auf den Häftling ein. Das war ihre Botschaft an Hermann, dass nur sie wussten, wann es genug war.

Hermann deutete ihnen, vom Tisch Abstand zu nehmen. Sie taten so, als würden sie ihn nicht verstehen. Ich übersetzte seine Geste. Erst da fügten sie sich und Hermann zückte eine vorgedruckte Liste. Sie trug den Titel: MEASURINGS OF HUMAN RACES. Nur vier Positionen waren bereits ausgefüllt. Der Häftling hieß Nitu, war männlich, dreiundfünfzig Jahre alt und gehörte zum Stamm der Gond. Ich fragte Hermann, woher er das wisse. Hermann sagte, man habe ihm das so mitgeteilt. Nitu?, sagte ich zum Häftling und nun sah er mich zum ersten Mal an. Das war aber kein Beweis dafür, dass Nitu sein Name ist. Nitu kann in seiner Sprache alles mögliche bedeuten. Oder vielleicht ist Nitu nur der Name, den das Gefängnis ihm gegeben hat. Dennoch ziehe ich Nitu allen anderen Worten vor, mit denen die Wachen ihn beschimpften und von denen ich keines hier erwähnen werde, weil diese Männer es nicht wert sind, dass ich ihnen Sprache schenke. Nachdem Hermann Nitu kurz gemustert hatte, schrieb er hinter die 53 auf der Liste: *rather absurd*. Dieser Mann ist viel jünger, sagte er. Ich muss ihm zustimmen. Dort, wo Nitu keine Narben trug, und um seine Augen herum, wo bei Smitaben und Hormazd die meisten Falten sitzen, war seine Haut glatt wie die Oberseite eines Bananenblattes. Hermann sagte auf Deutsch, er werde jetzt mit der Abmessung beginnen, und griff nach einer Metallzange. Obwohl ich als Einziger der Anwesenden Deutsch konnte, hatte ich den Eindruck, dass er nicht mit mir sprach. Er verkündete jede Abmessung, diesmal auf Englisch, und trug sie auf der Liste ein:

Vertex to the beginning of the hairs on the forehead: 0.30.
Vertex to the orbit: 0166.
Vertex under the nose: 0202.
Antero-posterior diameter of the head: 0195.
Length of the mouth: 0054.
Length of the ear: 0065.
Circumference round the calfs: 0322.

Auf diese Weise füllte Hermann fünfundzwanzig Positionen aus. Nitu wehrte sich erst, als der Schlagintweit die Zange tiefer ins Fleisch bohrte. Ich fragte ihn, ob das nötig sei. Hermann erklärte, in der Anthropologie sei ja weniger das Fleisch von Interesse als der Knochen, daher müsse er so nah wie möglich an diesen heran. Nitu hatte natürlich etwas dagegen. Er schlug das Instrument des Schlagintweits beiseite. Nun wendete sich Hermann den Wachen zu und deutete auf Nitu. Sie sahen ihn hämisch an. Das hielt sie aber nicht davon ab, sogleich wieder Hiebe auf Nitu zu verteilen. Nitu musste entscheiden, was schmerzhafter war. Am Ende ertrug er lieber Hermanns Metallzange.

Danach schickte mich der Schlagintweit mit Nitu, den Wachen und der Liste in den dritten Raum. Dort nahm Adolph die Liste entgegen, warf nur einen kurzen Blick darauf und legte sie beiseite. Nitu musste sich auf den Boden legen. Adolph wollte zwei Röllchen aus Papier in seine Nase stecken. Nitu wehrte sich. Die Wachen schlugen ihn dafür. Adolph nahm einem von ihnen den Stock ab. Sie sollen das unterlassen, sagte er zu mir und ich sagte es ihnen. Die Wachen protestierten und der eine verlangte seinen Stock zurück. Adolph warf den Stock beiseite und verlangte von ihnen, den Raum zu verlassen. Ich übersetzte. Die Wachen rührten sich nicht von der Stelle. Sofort!, herrschte Adolph sie an. Das musste ich nicht übersetzen. Sie zogen sich zurück. Adolph schüttelte den Kopf. Dann wendete er sich wieder Nitu zu, zeigte ihm die Papierröllchen und steckte sie sich selbst in die Nase, schloss den Mund, atmete demonstrativ. Nitu beobachtete ihn. Nach ein paar Atemzügen entfernte Adolph die Papierröllchen erneut und führte sie an Nitus Nase. Diesmal hielt er still und Adolph konnte sie befestigen. Der Schlagintweit begann, mit Nitu auf Deutsch zu reden. Und seltsamerweise schien Nitu dies besser zu verstehen als alle Sprachen, die ich probiert hatte. Er wurde so ruhig, wie ich ihn bisher nicht erlebt hatte.

Nitu, ich werde jetzt dein Gesicht mit Öl einschmieren, sagte Adolph und tat genau das.

Und nun, Nitu, musst du deine Augen schließen, sagte Adolph und fuhr ihm über die Augen, die Nitu schloss.

Als Nächstes, Nitu, werde ich mit einem Löffel eine feuchte Masse auf deinem Gesicht verteilen, sagte er und schmierte die weiße Substanz vom Hals bis zum Haaransatz und von Ohr zu Ohr.

Gewiss hatte nie zuvor ein Mann Nitu so berührt. Begriff er auch nur annähernd, was vor sich ging? Seine Angst muss schrecklicher gewesen sein als meine in Bori Bunder.

Aber Adolph machte sie erträglich.

Der Gips wird nun warm werden, Nitu, sagte er, das ist gut so, du musst nur ein wenig ausharren, dann ist es schon vorbei.

Nitu atmete schnell aber gleichmäßig und machte keine Anstalten, sich zu bewegen. Selbst dann nicht, als aus dem Nebenzimmer die Schreie eines weiteren Häftlings kamen.

Wir warteten.

Adolph wich nicht von Nitus Seite. Sie atmeten im gleichen Takt. Und nicht nur sie. Ich ertappte mich dabei, mit ihnen zu atmen. Adolph dankte Nitu für seine Kooperation und sagte ihm, er sei sich dessen höchstwahrscheinlich nicht bewusst, aber er gehöre einer schwer zugänglichen ethnischen Gruppe an. Sein Gesicht sei wertvoll für ihre Forschungen. Und nicht nur für diese. Adolph erzählte von einem Ort namens Madame Tussauds in London. Dort werden Wachsfiguren außergewöhnlicher Persönlichkeiten ausgestellt. Könige und Päpste, Mörder und deren Opfer, exotische Völker. Nicht einmal seine Brüder wüssten, dass er bei seinem letzten Besuch in London heimlich das Kabinett aufgesucht hatte. Wäre Hermann nicht so vehement dagegen, sagte Adolph, dann könnte Nitus Abdruck dort von Tausenden bestaunt werden.

Nach einer halben Stunde war der Gips getrocknet.

Nitu, ich werde den Abdruck jetzt lösen, sagte Adolph, das könnte ein wenig ziehen.

Der Schlagintweit hob vorsichtig den gehärteten Gips an und zeigte ihn Nitu. Das war das einzige Mal, dass der Häftling so etwas wie ein Lächeln zuließ. Darauf reichte Adolph ihm einen Lappen und eine Schüssel mit frischem Wasser, damit Nitu sich das Gesicht waschen konnte, ehe ihn die Wachen wegführten.

Die Schlagintweits archivierten an diesem Tag weitere vierundzwanzig Häftlinge. Ich half ihnen dabei, trug Zahlen auf den Listen ein, rührte Gips an, erklärte die Funktion der Bildermaschine. Als wir spät abends das Gefängnis verließen, hatte ich längst meine Entscheidung getroffen. Ich war mir nun ganz sicher.

Von jedem Kind, das im Glashaus aufgenommen wird, fertigt Vater Fuchs einen Rassetypen an[*], bemalt ihn mit einen von vier Farbtönen, um die Hautfarbe wiederzugeben, und fügt ihn der Sammlung hinzu. Dutzende Rassetypen aus allen Teilen des Landes zieren die Wände der Schule im Glashaus. Es ist ein Museum der Gesichter Indiens. Manche Besucher glauben, es seien Totenmasken. Aber das stimmt nicht, weil wir mit diesen Masken ja die Lebenden studieren. Vater Fuchs sagt, Rassetypen haben nicht den Ausdruck des Todes, nicht einmal des Schlafes, sie sind natürlicher als Lichtbilder, weil sie nicht durch zu starke Lichtreize oder die Forderung, sich ganz ruhig zu verhalten, verfälscht sind. Sie lassen uns neutral die Unterschiede zwischen den Rassen erkennen. So können wir besser ergründen, wer wir sind.

Meinen Rassetypen hat er in der Schule weit oben angebracht, fast so weit oben wie das Kreuz über dem Eingang, sodass mein Gesicht immer über den Gesichtern der Anderen schwebt.

Ich werde nie vergessen, wie Vater Fuchs ihn angefertigt hat. Es war mein zehnter Geburtstag. (In den Jahren davor wäre es nicht sinnvoll gewesen, einen Abdruck zu machen, das Gesicht eines jungen Kindes ist noch nicht fertig genug.) Vater Fuchs trug den Gips auf, und obwohl er mich gewarnt hatte, glaubte ich mit einem Mal zu ersticken. Also nahm er meine Hand und hielt sie fest und atmete laut, um mir einen Rhythmus vorzugeben. Und er sprach mit mir, ich weiß nicht mehr, worüber, aber darauf kam es auch nicht an. Viel wichtiger war der Klang seiner Stimme und sein Husten und wie oft er meinen Namen

---

[*] Die Technik zur Herstellung hat Vater Fuchs von demselben Vicky in Bombay gelernt wie die Schlagintweits: Der Herausgeber der *Bombay Times*, Doktor George Buist.

sagte. Vater Fuchs führte mich durch diese dunklen Minuten wie durch einen schwarzen Tunnel, er blieb an meiner Seite, bis ich am anderen Ende herauskam und meinen Abdruck bewundern durfte.

Jedes Objekt einer wissenschaftlichen Untersuchung verändert sich, wenn es betrachtet wird, hat Robert gesagt.

Aber, wie ich jetzt weiß, macht das Objekt auch etwas mit dem Betrachter.

Als ich Adolph mit Nitu sah, war ich wieder dort, es war wieder mein zehnter Geburtstag. Ich erinnerte mich nicht daran und ich stellte es mir auch nicht vor, nein, ich *war* im Glashaus und konnte sehen, wie Vater Fuchs den Gips auf meinem Gesicht verteilte, wie sorgsam er vorging, wie ich zu zappeln begann, wie er eine Hand auf meine Brust legte und ich trotzdem nicht ruhiger wurde, wie Mitleid in seine Augen kam, wie er meine Hand ergriff und sie drückte und sich vorbeugte, sodass sein Kopf direkt neben meinem war, und wie er mir voratmete und ich es ihm nachmachte und sich mein Körper allmählich entspannte.

Adolph übersetzte all das für mich, er ließ mich betrachten, was ich ohne ihn nie hätte betrachten können. Dies war der dritte Augenblick, in dem ich froh war, den Schlagintweits begegnet zu sein. Und er dauert noch immer an.

Denn ich habe nun endlich verstanden, dass ich Vater Fuchs zwar niemals finden werde, ihn aber, solange ich mit den Schlagintweits reise, auch nicht suchen muss. Zu lange wollte ich nicht sehen, was sie mir die ganze Zeit gezeigt haben: In ihrer Nähe – weniger in der von Robert, mehr in der von Hermann und am meisten in der von Adolph – lebt Vater Fuchs stärker als irgendwo sonst. Und auch wenn sie das nicht für mich tun und ich sie an vielen, an den meisten Tagen nicht leiden kann, bin ich ihnen dafür dankbar. Ich werde nie zu ihrer

Familie gehören, das war der dumme Wunsch eines dummen Jungen, und sie werden mich am Ende ihrer Forschungsreise gewiss zurücklassen. Aber bis dahin ist noch etwas Zeit. In dieser will ich so viel wie möglich an der Seite von Hermann, Robert und Adolph sein. Und an der von Vater Fuchs. Ich kann sie nicht verraten.

Das ist es, was ich Eleazar sagen werde.

BEMERKENSWERTES OBJEKT NO. 38

Hormazds Dakhma

Ich muss jetzt etwas tun, was meinen Stift so schwer wie mein Herz macht. Ich werde Hormazd einen Dakhma geben. Er braucht dringend einen und ich bin der Einzige, der ihm helfen kann.

Bevor ich Eleazar aufsuchen konnte, fand ich eine Nachricht auf meinem Zimmer in Konsul Schillers Haus.
 Treffen. Umgehend. Am Lal Dighi.
 Sie war auf Farsi verfasst. Hormazds Unterschrift war verschmiert.
 Das war ungewöhnlich, ja, ungeheuerlich für den peniblen Parsi und überraschte mich fast so sehr wie die Nachricht selbst. Ich dachte, er hatte sich schon längst zusammen mit seiner Feigheit nach Bombay eingeschifft.
 Sofort eilte ich zum Lal Dighi. Er wird erstaunt sein zu erfahren, dachte ich, dass ich nicht für Eleazar gegen die Schlagintweits arbeiten werde.
 Als ich den Teich erreichte, war es bereits dunkel. Das Wasser schimmerte nicht mehr sauber. Es bildete ein schwarzes Loch in der Stadt. Die brennenden Laternen erhellten es nicht. Ihre Lichter waren verglühende Schatten.
 Ich erkannte Hormazd sofort. Wie er so gebückt am Wasser saß, erinnerte mich an ein Gemälde im Glashaus, auf dem der

heilige Christophorus mit der gleichen Haltung das Jesuskind durch die Fluten trägt.

Ich sagte seinen Namen.

Hormazd drehte sich nicht zu mir um.

Was machst du hier? Verschwinde!

Aber, Sir, Ihre Nachricht.

Welche Nachricht, sagte er.

Ich hielt sie ihm hin.

Er überflog sie. Dabei fiel der Schein einer Laterne auf sein Gesicht. Ich habe noch nie so wenig Angst in seinen Augen gesehen. Es machte mir Angst.

Ist nicht von mir, sagte er.

Abgesehen von Hormazd und mir kenne ich nur eine Person in Calcutta, die Farsi und außerdem Schreiben kann.

Warum will er, dass ich hier bin?, fragte ich Hormazd.

Der Parsi setzte sich auf. Das Topi fiel von seinem Kopf. Ich reichte es ihm. Er nahm es nicht. Seine Arme waren um seinen Oberkörper geschlungen, als würde er sonst auseinanderfallen.

Böse Geister sammeln sich in der Nähe, sagte er.

Um den Lal Dighi war es still geworden. Die meisten Beamten hatten längst das Writer's Building verlassen. Nur einzelne Kutschen preschten vorüber.

Ich mag keine Orte, deren Nacht die Lebendigkeit ihres Tages fehlt. Man kann ihnen nicht trauen.

Ich wollte Hormazd bitten, den Lal Dighi mit mir zu verlassen, aber ich hielt nur das Topi mit beiden Händen fest.

Hormazd rutschte mühsam ein Stück näher zum Teich. Im Halbdunkel streckte er einen langen Arm aus und ich sah etwas Unmögliches: Noch bevor er das Wasser berührte, tropfte es von ihm in den Teich. Mehr und mehr. Es ließ sich Zeit damit. Hormazd beobachtete es. Seine Hand zitterte nicht.

Was ist mit Ihnen, Sir?, fragte ich.

Hormazd wendete sich mir zu.

Bartholomäus. Lass nicht zu, dass sie mich beerdigen oder verbrennen.

Warum sagen Sie das, Sir?

Er griff nach meinem Kragen, verfehlte, packte meinen Ellbogen.

Versprich es!

Ich versprach es ihm.

Hormazd ließ los und schlang wieder seine Arme um sich.

Ich wollte dir helfen, sagte er.

Was meinen Sie, Sir?

Ich wollte dich vor ihm beschützen.

Da bemerkte ich, dass er einen roten Abdruck auf meiner Kurta hinterlassen hatte.

Sie bluten, Sir!

Hormazd sagte: Wenigstens stimmt nun der Name: Lal Dighi.

Er sank auf die Seite. Erst jetzt sah ich, dass sein Sadra zerfetzt und mit Blut vollgesogen war.

Das Topi fiel mir aus der Hand und rollte in den Teich.

Sie brauchen einen Arzt, Sir!

Wozu? Ich weiß, was als Nächstes passiert.

Vielleicht fand ich deshalb keine Angst in seinen Augen. Weil er es zum ersten Mal in seinem Leben wusste.

Wer war das?, fragte ich. Wer hat das getan?

Hormazd hob den Kopf.

Geht die Sonne auf?, fragte er.

Sir?

Er deutete auf eine der Laternen.

Ist sie das?

Ich nickte.

Gut, sagte er. Mir ist kalt. Ihr Feuer wird mich wärmen. Hormazd lächelte ein unwahrscheinliches Lächeln.

Ich blieb bei ihm, bis die echte Sonne aufging. Mit ihr kamen zwei Bengalis. Als sie Hormazds schlaffen Körper anhoben, wollte ich sie davon abhalten. Ich kämpfte gegen sie. Die Männer stießen mich einfach weg. Ich sagte ihnen, er muss gewaschen und in weiße Laken gewickelt und auf einer Eisenbahre durch die Stadt getragen und keinesfalls verbrannt oder beerdigt werden. Aber meine Worte prallten an ihnen ab wie ich selbst. Ich folgte ihnen zu einem nahe gelegenen Ghat. Dort warfen sie ihn in den Hooghly River und gingen weg. Die Strömung trug den Körper davon. Ich sah ihm lange nach und weinte nicht, weil ich es Hormazd nicht unnötig schwer machen wollte. Im Jenseits der Parsis vereinigen sich die Tränen von Angehörigen und Freunden zu einem Strom, den er überqueren muss.

Keine Raubvögel werden Hormazds Körper fressen und seine Knochen werden nicht durch die Gitter auf den Towers of Silence herunterfallen. Aber er hat trotzdem einen guten Begräbnisplatz. Sein Dakhma gehört zum Museum. Hier wohnt seine Seele. Niemand kann Hormazd diesen Dakhma wegnehmen. Solange es das Museum gibt, ist seine Seele frei.

BEMERKENSWERTES OBJEKT NO. 39

Die freundliche Stimme

Der 22. März 1855.
Vergangene Nacht konnte ich nicht schlafen. Ich habe viele Stunden lang nachgedacht, was ich tun soll, und mir immer wieder gesagt: Höre nicht auf die Wut. Sie kann dich zu nichts zwingen. Vater Fuchs wäre stolz auf dich. Vergrabe die Wut tief in dir.

Aber ich will auf die Wut hören. Ich habe sie die ganze Nacht über eingeatmet wie die schwarze Luft. Nichts anderes fühlt sich richtig an.

Ein solches Ende hat Hormazd nicht verdient. Eleazar muss dafür bezahlen. Ich werde zu den Schlagintweits gehen und sie

Diese Zeilen sind vielleicht meine letzten.

Während ich geschrieben habe, hat es geklopft. Es ist Eleazar.

Er ruft mich.

Zum Glück ist die Tür verriegelt.

Ich schweige. Vielleicht wird er gehen, wenn ich nicht reagiere.

Er ruft mich wieder.

Seine freundliche Stimme dringt klar durchs Holz, als wäre die Tür nicht vorhanden. Ich muss daran denken, wie ich ihn zum ersten Mal gehört habe. Dieses Zimmer ist so viel größer als mein Versteck damals, auch ich bin gewachsen, und doch scheint es mir, dass ich noch immer in einer Kiste festsitze und nicht beeinflussen kann, was mit mir geschieht.

Erneut ruft er mich.

Er soll damit aufhören. Wie immer benutzt er nicht meinen Namen, aber ich bin nicht sein Junge oder Freund.

Ich sage ihm, dass ich weiß, was er getan hat.

Du bist also da, sagt er.

Eleazar hört sich erleichtert an.

Er sagt, dass es nicht seine Entscheidung war.

Natürlich lügt er.

Er sagt: Ich mochte Hormazd.

Ich will die Tür aufreißen und ihm dafür wehtun, dass er Hormazds Namen in den Mund nimmt.

Stattdessen halte ich mich am bayerischen Taschentuch fest.

Er sagt: Ihr habt mir die Entscheidung abgenommen. Du hättest Hormazd nichts erzählen dürfen und Hormazd hätte nichts unternehmen sollen.

Ich sage: Hormazd hat nichts getan!

Er sagt: Hat der Parsi es dir nicht anvertraut?

Da ist wieder diese Genugtuung in seiner Stimme.

Er sagt: Du hast ihn dazu gebracht, dass er sich für dich eingesetzt hat, fast wie für einen Sohn. Er hat geschworen, mich als Spion bei den Behörden anzuzeigen. Ich musste ihn aufhalten.

(Ich danke dir, Hormazd. Du warst schon immer besser als der, für den du dich ausgegeben hast.)

Ich sage: Hormazd wollte das Richtige tun.

Er sagt: Mein Freund, wann wirst du endlich begreifen, dass du auf der falschen Seite stehst?

Ich sage: Eleazar.

Ich versuche, seinen Namen in ein Wort zu verwandeln, das er nicht hören möchte.

Er sagt: Für diese Firengi bist du nicht mehr als ein bemerkenswertes Objekt. Das ist schlimm. Aber weitaus schlimmer ist, dass du es nicht siehst.

Ich sage: Eleazar.

Er sagt: Zu viele von uns sind wie du. Es ist den Firengi gelungen, dass wir ihnen mehr glauben als uns selbst. Wir haben ihre Weltordnung als die höchste verinnerlicht. Wir fühlen uns geschmeichelt, wenn wir uns vor ihnen verneigen dürfen. Wir sind geehrt, dass sie uns ihre Sitten und ihre grässliche Sprache aufzwingen. Wir sind dankbar, solange sie uns nicht töten. All das wird bald ein Ende haben. Und du, du kannst dazu beitragen. Es wird passieren, mit oder ohne deine Hilfe – wobei du weißt, was ich bevorzugen würde, mein Freund.

Ich rufe: Eleazar!

Endlich schweigt er.

Ich werde den Schlagintweits erzählen, was du getan hast. Ich werde ihnen alles erzählen. Du wirst dafür hängen.

Stille.

Ich lausche.

Ich bin mir nicht sicher, ob er noch da ist.

Noch immer Stille.

Es tut mir leid, sagt er.

Ich sage: Für Entschuldigungen ist es zu spät.

Du missverstehst, sagt er. Ich entschuldige mich nicht für das, was passiert ist.

Seine noch immer freundliche Stimme hat sich verschoben, ihr fehlt etwas. Es ist, als hätte er einen Teil von ihr gelöscht.

Er sagt: Mir tut leid, was als Nächstes passiert.

IV

Im Himalaya, 1855

BEMERKENSWERTES OBJEKT NO. 40

Was als Nächstes passiert

Adolph hat gesagt, in letzter Zeit sei ich ungewöhnlich schweigsam, und fragte, ob alles in Ordnung sei. Ich habe Ja gesagt. Am nächsten Tag hat er mich das wieder gefragt. Und ich habe wieder Ja gesagt.

Ich wünschte, ich könnte Nein sagen. Es kommt mir vor, als würde ich am Ufer stehen und von Vater Fuchs gerufen werden, ich soll zu ihm ins Meer springen. Ich möchte das auch, ich will es wagen, und doch wird es niemals geschehen. Sonst passiert etwas Schlimmes. Denn selbst wenn ich Adolph die Wahrheit erzähle und selbst wenn er mir glaubt und selbst wenn er sofort einen Boten zu seinem Bruder schickt und selbst wenn der Bote Tag und Nacht durchreitet und selbst wenn auch Hermann glaubt, was Adolph glaubt, wird Eleazars Messer schneller sein und eine endgültige Wunde aus Smitabens Narbe machen. Das hat er mir versprochen. Und darum sage ich jedes Mal Ja.

BEMERKENSWERTE OBJEKTE NO. 41 & 42

Herren und Diener

Vater Fuchs sagt, er dient zwei Herren. Dem einen sehr gern und dem anderen ungern. Der eine ist der Herr im Himmel und der andere der Gouverneur von Bombay.
 Ich habe lange behauptet, dass ich niemandem diene. Jetzt habe ich begriffen: Jeder dient jemandem. Und ich diene sogar vielen Herren. Dreien davon ungern und dem vierten überhaupt nicht gern.
 Eleazar reist mit Hermann durch Assam, während ich Robert und Adolph begleite. Die zwei Brüder werden jeweils in einer Palki befördert. Sie liegen auf Kissen, schieben die Jalousien vor, wenn sie unter sich sein wollen, lesen und speisen, während drei oder vier Palkis, die aus der niederen Kaste der Kahars stammen, sie über weite Strecken und wegen der Hitze meist nachts tragen. Weitere Palkis schreiten nebenher, damit sie sich abwechseln können, ohne anzuhalten. Noch mehr Palkis tragen Bambusstangen, an deren Enden das Gepäck der Schlagintweits mitsamt ihren empfindlichen Instrumenten an Seilen baumelt. Ich kann Robert mehr und Adolph weniger ansehen, dass ihr Vertrauen in die Palkis begrenzt ist. Wobei sie sich eher um ihre Barometer und Theodoliten sorgen als um sich selbst. Es kommt außerdem nicht selten vor, dass die Schlagintweits stöhnen, wenn die Palkis mal wieder bei einer Station ausgewechselt werden, insbesondere, wenn dies mit-

ten in der Nacht passiert, weil sie dann aufwachen und die Palkis bezahlen müssen. Aber sie haben keine andere Wahl. Jenseits der Grand Trunk Roads sind die Palkis die schnellste Art der Fortbewegung. Selbst Pferde oder Kamele könnten auf diesen unbefestigten Wegen nicht mithalten. Die Palkis geben das Tempo des Trains vor. Um es zu halten – etwa 3,2 Meilen die Stunde, hat Adolph gemessen –, stoßen sie kurze Laute aus. Der Herzschlag des Trains.

Adolph sagt, er zieht die Palkis allen anderen Transportmitteln vor. Ihm gefällt, glaube ich, dass er ständig von Menschen umgeben ist. Mehrmals hat er sein grauenvolles Hindi an den Palkis getestet, sodass sie auch noch das ertragen mussten. Da sie nicht darauf reagierten, fragte er mich, was er falsch macht. Ich sagte ihm: nichts – und behielt für mich, dass sie kein Hindi sprechen.

Adolph fordert mich häufig auf, in seiner Palki mitzureisen. Ich will das jedes Mal ablehnen. Weil ich wie die meisten anderen im Train (außer dem Native Doctor Harkishen und dem neuen Khansaman Mani Singh, die beide in Dhulis, einfacheren Diener-Palkis, reisen) in Berührung mit Indien bleiben und nicht wie die Firengi darüber hinwegschweben möchte. Aber ich muss Adolphs Einladung annehmen, um Smitaben zu beschützen. Sie reist im anderen Train mit Hermann. Und mit Eleazar. Solange ich ihm diene, geschieht ihr nichts. Früher war ich seine Hände und Füße, jetzt bin ich seine Augen und Ohren.

Adolph macht mir das fast zu einfach. Er spricht so offen mit mir wie Hormazd, wenn er viel Pale Ale getrunken hatte. Auch wenn das meiste, was der Schlagintweit sagt, keine bemerkenswerten Informationen sind. Es gilt, für Eleazar auszusortieren. Ich bin der Übersetzer zweier Herren.

Eleazar hat mir eingebläut: Er will vor allem erfahren, wohin die Schlagintweits den Train führen. Also entlocke ich Adolph

Reisepläne und notiere diese im Museum. Dann reiße ich diese Seite heraus. Sie gehört damit nicht mehr zum Museum, sondern zu etwas anderem, dem ich keinen Namen geben möchte. Manchmal wehrt sich etwas in mir dagegen und ich will die Seite nicht herausreißen oder ich will Eleazar schreiben, was für ein niederträchtiger Hund er ist. Aber dann denke ich an seine Worte: Es soll Smitaben nicht wie dem Parsi ergehen. Er hat das gesagt, als würde ihm etwas an ihr liegen. Als hätte ihm etwas am armen Hormazd gelegen.

Wenn wir während der heißen Tagesstunden Rast einlegen, ziehe ich meine Stiefel aus, die Adolph mir für die anstehenden Bergwanderungen geschenkt hat (und die schwerer sind, als hätte ich eine Bibel an meine Füße gebunden), und stopfe die gefaltete Seite in den rechten Stiefel, immer den rechten, wie Eleazar mir das aufgetragen hat. Er scherzte: Schließlich ist es nur recht, was wir für unser Land tun. In der Hitze schlafe ich unruhig und kurz. Wenn ich aufwache, ist die Seite jedes Mal nicht mehr da. Ich weiß nicht, wer im Train sonst noch für Eleazar arbeitet. Der Bania hat gesagt, es ist besser so. Dadurch kann ich niemanden verraten, sollte der Feind mich entdecken. Es kann jedenfalls keiner der Palkis sein, diese werden zu oft ausgewechselt. Und die Schlagintweits können es naturgemäß auch nicht sein. Aber es bleiben genügend Verdächtige.

Zu ihnen zählt Mr. Monteiro, ein Indo-Portugiese. Die Schlagintweits vertrauen ihm sehr. Immerhin verwaltet er ihre Sammlung. Und die Brüder sammeln mehr Objekte, als ich aufschreiben kann. Solange es sich transportieren lässt, nehmen sie es mit. Erdproben, Gestrüpp und ganze Baumstämme. Im Austausch dafür lassen sie auch etwas da: die Namen der Objekte. Mir gefallen vor allem jene der Tiere. Ganges-Diademschildkröten und Gelbnackenspechte und Schwarznarbenkröten und Kletternattern. Die Schlagintweits sammeln sie und ich sammle die Namen. Mein Wortschatz wächst täglich. Wie gerne würde ich all diese neuen Worte mit Vater Fuchs teilen!

Viele Objekte müssen präpariert und für die lange Reise nach Europa verpackt werden. Die Verantwortung dafür trägt Mr. Monteiro. Er ist ein flinker Mann, der gerne nickt. Die Schlagintweits müssen ihre Sätze nicht beenden, damit er versteht, was sie von ihm wollen. Mr. Monteiro steht es frei, den Train zu verlassen, ihm vorauszueilen oder einige Tage zurückzubleiben, um sich in einem Feldlabor seinen Aufgaben zu widmen. Eine sehr nützliche Eigenschaft, wenn er außerdem als Verräter arbeitet.

Ein weiterer Verdächtiger ist Abdullah, ein Draughtsman und Vermesser. Ich wurde selbst Zeuge seiner bemerkenswerten Fähigkeiten. Er kann binnen weniger Minuten eine Landschaft oder etwa einen Flussverlauf auf Papier einfangen, schneller und beinahe so genau wie Adolph. Jedes Mal, wenn Abdullah den Schlagintweits eine Zeichnung überreicht, klopft Adolph ihm auf den Rücken. Abdullahs Rücken bleibt dabei steif wie Smitabens Glieder am Morgen. Es stört mich wirklich überhaupt gar nicht, dass der Schlagintweit den Draughtsman schätzt, ich beneide Abdullah nur um sein Talent. Ich habe überprüft, ob ich ein ähnliches besitze.

Ich besitze es nicht. Meine Zeichnung von einem Palki, der seine Notdurft verrichtet, sieht aus wie der Entwurf eines Betrunkenen. Meine Hände sind nur zum Schreiben gemacht, mit Worten kann ich besser zeichnen: Abdullahs Kopf schwebt bei der Arbeit dicht über dem Papier, als würde er schlecht sehen. Seine Augen bewegen sich zwischen seinem Objekt und der Zeichnung hin und her. Ich glaube, so hievt er sein Objekt aufs Papier, seine stärksten Muskeln sind seine Augen. Wenn sein Bart ihm dabei in den Weg kommt, bläst er ihn weg, und funktioniert das nicht, bewegt er sein Kinn wie eine kauende Kuh.

Seine Hände – deren Haut von seltsam hellen, fast weißen Flecken überzogen und so runzelig ist wie die eines Elefanten – sind ihm für eine solche Aufgabe jedenfalls zu schade. Ich habe ihn gefragt, ob er auch mich zeichnen will. Er hat geantwortet, er stehe allein im Dienst der Schlagintweits. Das klang wie die Wahrheit. Aber wer weiß. Abdullah wirkt nie besonders froh oder traurig oder wütend oder freundlich. Seine Stimme pfeift wie ein feiger Furz. Ich frage mich, ob alle Soldaten so – wie soll ich sagen – *wenig* sind. Oder nur die Soldaten, die etwas zu verbergen haben? Auch er darf den Train stets verlassen, um die Forschungen der Schlagintweits zu unterstützen. Auch er wäre ein ausgezeichneter Verräter für Eleazar.

Dasselbe gilt für den Native Doctor Harkishen. Er kümmert sich um weitaus mehr als die Gesundheit des Trains. Harkishen beaufsichtigt ebenfalls die Pflanzensammler, macht magnetische Untersuchungen und entscheidet, welche Nahrung alle im Train zu sich nehmen dürfen. In letzterer Hinsicht ist er sogar der Herr der Schlagintweits. Sie halten sich an seine Vorgaben. Was mich wundert. Haben sie so viel Respekt vor ihm, weil er ein Doctor ist? Harkishen besteht darauf, von allen im Train als solcher angesprochen zu werden. Ich konnte noch nicht beurteilen, ob das daran liegt, dass er kein richtiger ist und nur das Wissen von einem geklaut hat. Bisher haben wir uns immer auf dem Territorium der Vickys aufgehalten, wo der Train ihre Krankenhäuser nutzen konnte. Nun aber nähern wir uns entlegenen Regionen. Bald werden wir Staatsgrenzen überschreiten. Dort wird Harkishen sich beweisen müssen. Er ist ein Brahmane aus dem Himalaya und spricht das beste Hindi, das mir je zu Ohren gekommen ist. Ich habe ihn noch nie ohne Tikka gesehen. Der lange rote Strich erstreckt sich von seinem Mittelscheitel über die zusammengewachsenen Augenbrauen bis zum Nasenansatz und sieht aus, als würde er ein

Schwert auf der Stirn tragen. (Oder ein Kreuz – was ich ihm besser nicht sage.) Natürlich könnte es sein, dass Harkishen nicht nur kein Doctor, sondern nicht einmal ein Brahmane ist. Aber den Brahmanen glaube ich ihm. Etwas an seiner Haltung, seiner Art, mit den anderen Hindus im Train zu reden, macht deutlich, dass er seit seiner Kindheit mehr Diener als Herren um sich hatte. Er ist es gewohnt, dass ihm andere zuhören, er glaubt an die Wichtigkeit seiner Worte. Darum verstehen sich die Firengi besonders gut mit ihm, darum befolgt der Großteil des Trains seine Befehle ohne Widerrede und darum wäre auch er ein sehr günstiger Verräter für Eleazar.

Einzig Mani Singh kann ich ausschließen. Sein niemals geschnittenes Haar lässt mich an Devinder denken. Ob er wohl den Weg zurück nach Bombay gefunden hat? Abgesehen von den Haaren haben er und Mani Singh wenig gemein. Im Kopf des Sikhs geht weitaus mehr vor sich. Die Schlagintweits haben ihn in Calcutta als Bergführer angeheuert. Und als Übersetzer. Er spricht Tibetisch. Mani Singh ist groß gewachsen, sogar für einen Sikh, und passt kaum in sein Dhuli, seine Beine hängen heraus. In der Nacht scheint sein Turban tiefblau zu sein, am Tag aber grün wie frisches Koriander-Chutney.

Mani Singh hat sich mir gleich nach unserer Abreise aus Calcutta vorgestellt und ich habe ihn um eine Kostprobe seines Tibetisch gebeten. Ich weiß nicht, warum. Oder eigentlich weiß ich, warum: Ich habe schon zu viel Zeit mit Adolph verbracht und mir angewöhnt, ständig in meinen Spiegel zu blicken. Ich hätte den Mund halten sollen.

Mani Singh sprach sofort einige Worte, vermutlich auf Tibetisch. Ich kann nicht sagen, ob er es wirklich beherrscht, da ich es nicht beherrsche. Das verschwieg ich Mani Singh. Dabei konnte ich es aber nicht belassen, sondern musste noch mehr Dummheit beweisen: Ich lobte seine Aussprache. Darauf sagte er wieder etwas, was ich nicht verstand, und ich tat so, als hätte ich ihn nicht gehört. Nun machte er einen Schritt auf mich zu und sagte nur ein Wort, das wie der Ruf eines seltenen Vogels klang. Ich nickte, schloss den Mund, um keine Dummheiten mehr herauszulassen, und wollte gehen.

Da packte er mich und hielt meinen Arm fest, mit einer Hand, so groß wie ein Thali.

Du dienst mehr als einem Herren, sagte er.

Wie hatte er das herausgefunden? Ich überlegte, ihm in die Finger zu beißen. Vielleicht könnte ich mich fortreißen und weglaufen.

Du dienst den Herren Schlagintweit, fuhr Mani Singh fort, und damit jedem im Train. Wir alle sind deine Herren. Solange du uns gut dienst, werde ich dich mit Respekt behandeln. Solltest du jedoch deinen Platz vergessen, dann wirst du zu einer Gefahr für den Train. Das werde ich nicht zulassen.

Sein Griff wurde fester.

Wie lautet dein Name?

Ich sagte es ihm. Es fühlte sich an, als würde ich ihm ein Geheimnis verraten.

Bartholomäus, sagte er, ich werde dir nun eine Frage stellen.

Sie tun mir weh, Sir, sagte ich.

Sprichst du Tibetisch?, fragte er.

Ich schüttelte den Kopf.

Antworte, sagte er.

Nein, sagte ich.

Nein, was?, fragte er.

Ich spreche kein Tibetisch, sagte ich.

Warum hast du es dann behauptet?

Es tut mir leid, Sir, ich werde es nicht wieder tun.

Das ist keine Antwort.

Der Schmerz in meinem Arm ging über in Taubheit.

Warum?, sagte er.
Ich weiß nicht, Sir.
Oh doch, sagte er.
Weil ... ich meinen Platz vergessen habe?
Endlich ließ er mich gehen.

Seitdem sind einige Tage vergangen, noch immer spüre ich seinen Griff. Mein Arm ist blau wie Krishnas Haut. Er erinnert mich daran, in Zukunft vorsichtiger zu sein. Mani Singhs Kopf sitzt fast so weit oben wie der Ausguck eines Schiffes. Von dort behält er alles im Blick. Er hat Palkis aus dem Train geworfen, die nicht im Takt gelaufen sind. Er hat Mr. Monteiro ermahnt, weil wegen dem Präparieren eines Katzenbären die Weiterreise verzögert wurde. Er hat sogar Abdullah mit einem bloßen Nicken zu noch schnellerem Zeichnen angespornt. Einzig Doctor Harkishen kann es sich erlauben zu trödeln. Er und Mani Singh haben, soweit ich weiß, noch nie miteinander gesprochen. Ich kann nicht beurteilen, wer über wen das Sagen hat. Sie können das vermutlich auch nicht. Deshalb gehen sie einander aus dem Weg.

Das Gleiche mache ich mit Mani Singh. Nur stellt er sich mir immer wieder in den Weg und sagt meinen Namen, sonst nichts, steht einfach nur da und sagt meinen Namen. Ich wünschte, ich hätte ihn Mani Singh nicht verraten. Nicht einmal Vater Holbein hatte eine solche Macht über mich. Wenn Mani Singh meinen Namen sagt, fährt Angst in mich. Sie lässt mich glauben, dass er weiß, was ich für Eleazar tue. Ich rühre mich dann nicht und mustere den Boden und warte. Nach einer Weile wendet er sich von mir ab und einem anderen Mitglied des Trains zu. Er kann niemals ein Verräter sein. Mani Singh ist nicht dazu in der Lage, jemanden zu verraten, nicht einmal sich selbst. Würde er sich bei einer Lüge ertappen, dann wäre er der Erste, der sich anklagt. Er würde sogar eigenhändig das Beil zu seiner Bestrafung schwingen. So einer ist Mani Singh. Wenn er die Seite in meinem Stiefel entdeckt, bedeutet das nicht nur Smitabens Ende. Er wird mich mit seinen Thali-Händen zerquetschen. Das versichern mir meine Träume.

Oder sie schicken mich ins Papierzimmer. Dort treffe ich auf Hormazd, der sein Topi falsch herum auf dem Kopf trägt, wie eine Schüssel. Er füllt eine Seite nach der nächsten, immer mit dem gleichen Satz: *Diene dem Herrn!* Hormazd verwendet rote Tinte. Ohne aufzublicken oder den Stift abzusetzen, fragt er mich, warum sie rot ist. Ich sage ihm, dass ich es nicht weiß. Und er antwortet: Oh doch.

BEMERKENSWERTES OBJEKT NO. 43

Ameisenmarsch

In Benares hat Vielleicht-Doctor Harkishen die Schlagintweits herumgeführt. (Mani Singh ist ja bloß für Berge zuständig. Es war eine Wohltat, seiner Bewachung für einige Stunden zu entkommen.) Die Gassen hier sind noch schmaler als in Bombays Blacktown, dafür aber sauberer. Hunderte Tempel gehen in tausende Häuser über, die in hunderte Paläste übergehen. Benares ist wie ein einziges riesiges Gebäude mit vielen eigenwilligen Auswüchsen. Die ganze Stadt neigt sich respektvoll dem Ganges zu. Alle ihre beweglichen Teile landen früher oder später im Wasser, zwischen zahlreichen Booten und Pilgern und Leichen.

Zur allgemeinen Verwunderung zeigte Harkishen den Brüdern zunächst die nicht sehr große Große Moschee. Abdullah war davon besonders angetan und machte sich daran, eine Skizze anzufertigen. Harkishen sagte, die Steine der Moschee stammen eigentlich von einem Vishnutempel, den der verachtenswerte Tyrann Aurangzeb hat zerstören lassen. Er drängte zur Eile, sodass Abdullah sein Zeichenzeug wieder wegpacken musste. Der Brahmane zeigte uns darauf den Tempel von Shiva. Ihm ist Benares geweiht, daher wandern auch ungewöhnlich viele Stiere durch die Stadt. Harkishen ermahnte die Schlagintweits und Abdullah, diese nicht zu berühren. Heilig, heilig, wiederholte er immer wieder. Eines der wenigen Worte auf Deutsch, die er beherrscht.

Als wir auf einige Fakire stießen, die sich soeben mit Asche einrieben, hielt Robert das für bemerkenswert genug, um seine Bildermaschine aufzubauen. Adolph brachte dafür keine Geduld auf und nahm mich mit. Wir folgten einer Gruppe Predigern. Jeder von ihnen hielt sich an der Kleidung der Person vor ihm fest. Ihren Ameisenmarsch bezeichnete Adolph als Gänsemarsch. Das sind Vögel, die gut schmecken, wie er mir erläuterte, bevor er sich einreihte und mich aufforderte, es ihm gleichzutun.

Du bist wahrscheinlich nicht mit den indischen Liedersammlungen vertraut, sagte er zu mir.

Indische Liedersammlungen, Sir?

Die Védas.

Ich kenne sie, sagte ich.

Adolph blieb kurz stehen und ich lief beinahe gegen ihn.

Du kennst die Védas?

Ein wenig, sagte ich.

Aber du bist kein Brahmane.

Nein, Sir, bin ich nicht.

Ist das dann nicht ein Verbrechen für dich?

Werden Sie es Doctor Harkishen sagen?

Adolph zwinkerte mir zu.

Das bleibt unter uns, sagte er.

Unter uns, Sir?

Ich werde das niemandem verraten.

Werden Sie es auch niemandem verraten, wenn ich Ihnen sage, dass ich ein Verräter bin?, hätte ich ihn gerne gefragt.

Hast du sie auswendig gelernt?, wollte er wissen.

Die Védas? Nein, Sir. Vater Fuchs besitzt eine deutsche Ausgabe.

Du hast sie *gelesen*?

Kein Hindu darf das, sagte ich. Selbst ein Brahmane nicht.

Eben!

Aber Vater Fuchs hat sie gelesen.

Er hat dir vorgelesen?

Nein.

Das verstehe ich nicht, sagte Adolph.

Er hat die Védas sehr laut und deutlich gelesen, erklärte ich, und wie es der Zufall wollte, war ich dabei oft in seiner Nähe.

Wie es der Zufall wollte, wiederholte er und drehte sich zu mir um. Bevor ich sein Grinsen sah, hatte ich es bereits in seiner Stimme gehört.

Du solltest dich mit meinem Bruder unterhalten, sagte Adolph. Er erforscht die Védas.

Hermann oder Robert?

Emil, sagte er.

Sie haben noch einen Bruder, Sir?

Noch zwei Brüder, sagte er und ging weiter.

Immer mehr Menschen schlossen sich dem Ameisenmarsch an. Bald konnte ich sein Ende nicht mehr sehen.

Laut der Védas, sagte Adolph, ist der Gänsemarsch ein uralter Brauch der Indo-Germanen. Durch das Anfassen, dieses Schaffen einer Verbindung mit dem Vorhergehenden, bildet man eine Person mit ihm. Und das sind wir in gewisser Weise ja auch, ein gewaltiger Menschenkörper. Hast du Schlegel gelesen?

Was ist ein Schlegel?, fragte ich.

Adolph lachte.

Er sagt, Indien ist die Urheimat der Indoeuropäer. Seiner Ansicht nach haben wir dieselben Vorfahren. Indier, Griechen, Germanen – wir alle waren einmal ein Volk.

Alles hängt mit allem zusammen, sagte ich.

Nur hängen manche von uns enger zusammen, sagte Adolph und sah mich aus dem Augenwinkel an.

Da ließ ich sein Hemd los.

Es ist besser, keine Person mit dem Schlagintweit zu bilden. Sonst versteht er womöglich, wer ich bin.

Adolph verließ ebenfalls den Pilgerzug.

Ist wirklich alles in Ordnung mit dir, Bartholomäus?

Er hatte wieder dieses Lächeln aufgesetzt, das es mir schwer macht, ihm nicht zu vertrauen.

Ja, sagte ich.

Wir erkunden bald Nepal. Dort befinden sich einige der prächtigsten Gipfel der Welt. Noch nie hat jemand ihre Spitze erreicht. Wir werden die Ersten sein. Damit verlassen wir erstmals britisches Gebiet. Es gilt, wenig Aufmerksamkeit zu erregen, unsere Reisegruppe muss deutlich verkleinert werden. Aber ich würde gerne jemanden bei uns haben, der die Welt mit den Augen von Humboldt betrachtet. Ist dir so jemand zufällig bekannt?

BEMERKENSWERTES OBJEKT NO. 44

Einsamkeit

Mit ansteigender Höhe nehmen die magnetischen Kräfte ab, sagt Humboldt. Er hat das schon bei seiner Besteigung des höchsten Berges der Welt bewiesen: des Chimborazo in Amerika. Die Schlagintweits wollen die These ihres zweiten Vaters untermauern. Sie messen stets unter freiem Himmel oder in einem eisenfreien Zelt, damit die Werte nicht verfälscht werden, und erweitern so ihre Karte dieser unsichtbaren Kraft. Man könnte aber noch so viel mehr messen! Warum gibt es keine Karte der Einsamkeit? Manch einer mag einwenden, weil Einsamkeit kein stabiler Wert ist und von so vielem beeinflusst wird. Aber beides gilt auch für Magnetismus. Und Einsamkeit ist eine mindestens genauso bedeutende Kraft. Nur ist das beste Messgeräte dafür leider sehr unzuverlässig: der Mensch. Jeder ist anders einsam.

Für mich fiel die Einsamkeit in Bombay noch gering aus, nun aber nimmt sie stetig zu, je mehr wir ins Gebirge vordringen. Das liegt nicht daran, dass man in Bombay weniger allein ist. Es liegt an den Bergen. Sie geben mir nicht das Gefühl, klein zu sein, nein, sie zeigen mir, wie furchtbar klein ich schon immer war. Auf meiner Karte der Einsamkeit würde der Gipfel des Sagarmatha einen der höchsten Werte verzeichnen, da bin ich mir sicher. Wie Humboldt diese Einsamkeit wohl auf dem Chimborazo ertragen hat? Sie muss härter als der Koh-i-Noor gewesen sein. Vielleicht wusste er jemanden an seiner Seite, der ihm half, sie wegzudrücken. Jemanden wie Smitaben oder Devinder oder Hormazd. Aber keiner von ihnen ist mehr Teil des Trains. Ohne sie weiß ich nur die Einsamkeit an meiner Seite. Sie macht mich müde, lässt mich aber wenig schlafen. Sie klaut mir den Hunger. Sie schärft mein Gehör, um daran zu erinnern, dass ich als Einziger immer bei mir sein werde. Dauernd höre ich mein Herz pochen, ich habe mein Herz noch nie so deutlich pochen gehört. Was für ein ordinäres Geräusch, lästiger als jeder Totaschrei! Manchmal ist es so laut, dass ich nichts anderes mehr vernehme. Keine Meinung von Harkishen und keinen Befehl von Mani Singh, kein noch so gellendes Lachen von Adolph, nicht einmal Roberts brachiales Schweigen. Wird das Pochen zu laut, dann sehe ich in die Tiefe, die uns seit einigen Wochen begleitet, diese freundliche, verständnisvolle Tiefe. Sie wartet geduldig, nur wenige Schritt entfernt. Auch sie weicht nie von meiner Seite.

Als wir auf entlegenen Wegen die Grenze zu Nepal überschritten haben, wurden wir binnen einer Stunde von über zwanzig Sepahis aufgegriffen. Dass man uns so schnell entdeckt hatte, überraschte alle. Außer mir.

Adolph trat mit Mani Singh auf die Soldaten zu.

Der Havildar der Sepahis fragte ihn auf Englisch, was der Zweck seines Aufenthalts in Nepal sei.

Jagen und Kräutersammeln, behauptete Adolph.

Die trigonometrischen Instrumente hatten er und Robert im Gepäck versteckt. Deren Entdeckung hätte sie sofort enttarnt.

Der Havildar sprach mit seinen Soldaten auf Nepali. Darauf wendete er sich wieder Adolph zu.

Jagen und Kräutersammeln?, sagte er.

Adolph nickte.

Der Havildar nickte ebenfalls und forderte Adolph auf umzukehren.

Der Schlagintweit war erstaunt, suchte nach Worten. Er beteuerte, von ihm und seinen Begleitern ginge keine Bedrohung aus.

Der Havildar sagte nichts.

Adolph sprach weiter, ob sie nicht wenigstens noch etwas das viel gepriesene Nepal erkunden dürften?

Der Havildar drohte, unsere Kulis gefangen zu nehmen und alle Lebensmittel zu konfiszieren.

Adolph wollte etwas einwenden, da legte ihm Mani Singh eine seiner Pranken auf die Schulter.

Kurze Zeit später kehrte der Train um.

Die Nepalesen waren über unsere Pläne informiert. Nicht der Havildar hat die Einreise verhindert, sondern ich. Das kann ich nicht beweisen, und ich wüsste auch nicht, warum Eleazar uns aus Nepal fernhalten will. Aber mein Gefühl sagt mir, irgendwie hat die letzte Nachricht den Weg von meinem Stiefel zu den Nepalesen gefunden.

Keiner im Train ahnt das. Nur der lästige Mani Singh vermutet einen Spion in unseren Reihen. Harkishen lacht darüber. Anstatt sein Versagen auf so unglaubwürdige Weise zu rechtfertigen, sagt der Vielleicht-Doctor, hätte der Sikh uns besser unbemerkt über die Grenze bringen sollen. Die meisten im Train, vor allem die Hindus, sind auf Harkishens Seite. Auch wenn sie das dem Sikh niemals so offen wie der Brahmane zeigen würden.

Auf mich haben groß gewachsene Menschen wie Mani Singh schon immer einsam gewirkt. Aber Mani Singh macht seine Einsamkeit noch schlimmer, er kämpft sich tiefer in sie rein. Je mehr er nach dem Verantwortlichen sucht, desto stärker glauben alle, dass er die Verantwortung nicht übernehmen will, und umso mehr sucht er nach dem Verantwortlichen. Er befragt alle im Train, lässt sich beschreiben, wo man aufgewachsen ist, aus welcher Familie und Kaste man stammt, für wen man gedient hat. Und er untersucht jede Kiste, Tasche, jeden Beutel und jedes Kleidungsstück, auch Stiefel.

Es hat nicht lange gedauert, bis er auf das Museum stieß. Als er das Büchlein durchblätterte, wollte er wissen, was darin steht.

Deutsch, sagte ich.

Er musste nur auf die verheilte Stelle an meinem Arm blicken, damit ich eine bessere Antwort lieferte. Ich erklärte ihm das Museum der Welt.

Das hört jetzt auf, sagte er.

Sir?

Du schreibst kein Wort mehr, sagte er und steckte das Büchlein ein.

Ich ging auf die Knie, wollte seine Füße berühren.

Er stieg über mich.

Bitte, Sir!

Ich werde es übersetzen lassen, sagte er.

Du wirst nichts dergleichen tun, sagte Harkishen.

Er trat auf Mani Singh zu und öffnete seine Hand.

Gib es mir.

Der Sikh rührte sich nicht. Sein Schatten schluckte den Brahmanen.

Aber dieser war nicht allein. Wie immer standen wenige Meter entfernt von ihm einige Kulis. Ich nenne sie Harkishens Wunscherfüller, weil sie genau darin ihre Bestimmung sehen. Sie bringen ihm Wasser, sie waschen seine Kleidung, sie massieren seine Füße. Wenn die Schlagintweits etwas von ihnen verlangen, warten sie nicht selten zunächst Harkishens Zustimmung ab, ehe sie zu Wunscherfüllern der Firengi werden. Dank ihnen ist Harkishen weniger einsam als jeder andere im Train, sollte man annehmen. Aber gerade seine Wunscherfüller erinnern ihn daran, dass er der einzige Brahmane unter uns ist. Und, wie jeder weiß, kann nur ein Brahmane einem Brahmanen die Einsamkeit nehmen.

Muss ich mich wiederholen?, sagte Harkishen zu Mani Singh.

Die Wunscherfüller rückten näher heran.

Der Sikh legte mein Büchlein in die Hände des Brahmanen. Wich aber nicht zurück. Er stand einfach nur da und betrachtete Harkishen.

Dieser dankte ihm und trat aus seinem Schatten.

Bartholomäus, sagte Harkishen, ich habe einen Wunsch.

So bin ich zu Harkishens Vorleser geworden. Er ist ein seltsamer Zuhörer. Harkishen beherrscht kein Deutsch und trotzdem lehnt er ab, dass ich für ihn übersetze. Er lauscht einfach meiner Stimme. Es wird nicht lange dauern, sagt er, bis er Deutsch kann. Dafür müsse er nur genau hinhören. Ich bin mir nicht sicher, ob man eine Sprache so lernen kann. Aber ich bin auch kein Brahmane. Harkishen sagt, er vermisst es, unter Gleichgesinnten zu wandeln. Der Train langweilt ihn. Und was ist mit den Schlagintweits?, habe ich ihn gefragt. Die Goras, wie er die Brüder nennt, obwohl ihnen die indische Sonne inzwischen ihr Weiß weggebrannt hat, können ihm wenig mitteilen, was er nicht schon weiß. Mein Deutsch sei daher eine willkommene Abwechslung. Wenn wir Rast einlegen, ruft er mich zu sich und öffnet seine Hand, wie er das bei Mani Singh getan hat. Ich lege das Museum hinein. Er blättert darin herum und wählt eine Seite aus. Lies das hier, sagt er und schließt die Augen. Während ich ihm dann vorlese, summt er vor sich hin und wiegt den Kopf. Manchmal reißt er die Augen auf, nimmt mir das Museum ab und sucht eine andere Stelle aus. Hin und wieder sagt er, dass die Worte jetzt langsam zu ihm kommen, dass er immer besser versteht. Wenn ich ihn frage, was genau er verstanden hat, antwortet er: die tiefere Bedeutung. Seine Wunscherfüller betrachten ihn mit Staunen. Sie fühlen sich wahrscheinlich am wenigsten einsam im Train, weil sie sich alle in einer Hinsicht nahestehen: Sie sind keine Brahmanen und glauben, sie werden sich niemals eine Sprache durch bloßes Hinhören aneignen können. Ich würde mich gerne zu ihnen zählen, um der Einsamkeit zu entkommen, doch ich weiß ja nicht, aus welcher Kaste ich stamme. Es kann jedenfalls keine sehr niedrige sein. Sonst würde ein Brahmane wie Harkishen mir mehr Ehrfurcht einflößen. Die meiste Zeit flößt er mir aber nur Meinungen zu *Bharat* ein. So nennt er Indien. Er sagt, wir Hindus müssen zusammenhalten. Er sagt auch, dass er ungern das Wort Hindu verwendet, weil es aus dem Persischen kommt. Vorzugsweise spricht er von einem *Wir* oder einem *Uns*. Und er sagt, dass *Bharat* endlich wieder uns gehören muss. Kann einer wie er mit einem wie Eleazar zusammenarbeiten? Gewiss hätten sie viele gemeinsame Feinde. Aber sie wären auch keine Freunde. Ein Brahmane wie Harkishen lässt jeden Nicht-Brahmanen spüren, dass er unter ihm steht. Ganz besonders, wenn dieser Nicht-Brahmane ein dunkelhäutiger, schlauer, einflussreicher Bania ist.

Ich werde Harkishen jedenfalls weiter vorlesen. Er gewährt mir nicht nur Schutz vor Mani Singh. Alleine und stumm das Museum der Welt zu lesen, ist kein Vergleich damit, wenn ich es spreche. Ich lese es auch mir vor. Und wenn ich aus Luft Laute mache, entsteht das Museum um mich herum. Es ist ein gewaltiges Gebäude, mit hohen Mauern, starken Wänden und dicken Türen. Dort kann ich mich für eine Weile vor der

Einsamkeit verstecken und etwas Zeit mit Smitaben, Devinder, Hormazd und Vater Fuchs verbringen. Sie machen mein Herz leiser.

Selbst vor den Schlagintweits macht die Einsamkeit nicht halt. Im Gegenteil, gerade sie sind die Messgeräte, bei denen die Einsamkeit am stärksten ausschlägt. Ich hatte angenommen, erfahrene Bergsteiger wie die Brüder seien gegen sie gefeit. Aber Einsamkeit ist wie Wasser, sie findet immer einen Weg. Sie dringt ein, sammelt sich an. Und wenn man nicht aufpasst, ertrinkt man von innen.

Auch wenn die Brüder längst eine neue Route ersonnen haben, Richtung Nainital, hat Adolph den Rückschlag in Nepal noch nicht überwunden. Er drückt seinen Unmut in Briefen aus, die eine ähnliche Wut in sich tragen wie die von Vater Fuchs. Manche von ihnen sind an Hermann gerichtet, andere an James Broun-Ramsay und wieder andere an S. M.* Aber keiner antwortet ihm. Dass seit Wochen nicht einmal Hermann schreibt, beklagt Adolph andauernd. Ich glaube, er braucht seinen älteren Bruder gegen die Einsamkeit. Robert gibt sich Mühe. Er setzt seinen Hut ab, schiebt mehr Worte als üblich aus seinem Mund und sagt, vermutlich sind die Briefe nur etwas länger unterwegs als angenommen. Worauf Adolph erwidert: Und was, wenn Hermann keine Briefe geschrieben hat? Was, wenn ihm etwas zugestoßen ist?

Auf diese Fragen hat Robert keine Antworten. Er kann für

---

* Damit meint er eigentlich Friedrich Wilhelm IV., den König von Preußen. Aber S. M. ist ja auch jeder König nach Friedrich Wilhelm IV. So schreibt der Schlagintweit immer an den richtigen König. Man kann ja nie wissen. Briefe aus dem Himalaya nach Preußen reisen langsam. Der König, an den Adolph schreibt, könnte schon nicht mehr König sein, wenn ein Brief an ihn ankommt.

Adolph nicht der sein, den Adolph braucht. Er ist eben kein älterer Bruder. Adolph macht ihm das jedes Mal deutlich, wenn er nicht lächelt und nicht mit ihm Messungen vornimmt und nicht neben ihm die Hände am Lagerfeuer wärmt.

Robert tut mir leid. Aber nur so viel, wie ein Schlagintweit einem leidtun kann. Seine Einsamkeit ist mir nicht unbekannt. Es ist die des Jüngsten, Kleinsten. Sie lässt einen spüren, dass man nicht ausreicht. Man kann noch so schnell laufen, man wird die Älteren doch nie einholen. Robert hat das noch nicht verstanden. Sonst würde er sich anderen Aufgaben zuwenden. Er scheint aber zu glauben, dass er für Adolph ein älterer Bruder sein kann. Dadurch wird er mit jedem Mal, wenn sein älterer Bruder ihn zurückweist, tiefer in die Einsamkeit hineingetrieben.

Einzig Hermann könnte seinen Brüdern nun helfen, indem er die natürliche Ordnung, die Dreieinigkeit der Schlagintweits, wiederherstellt. Vater Fuchs würde wollen, dass ich ihnen gegen ihre Einsamkeit beistehe, dass ich ihnen mitteile, zumindest eine Postverbindung funktioniert: die zwischen meinem Stiefel und Eleazar. Der andere Train ist intakt, irgendwo viele Meilen östlich von uns kocht und schimpft und atmet Smitaben. Nichts anderes will ich glauben. Und genau deshalb muss ich die Schlagintweits ihrer Einsamkeit überlassen.

BEMERKENSWERTE OBJEKTE NO. 45 & 46 & 47

Adolph Schlagintweit (2)
Nanda Devi
Nanda Devi (weil nur ein Mal
Nanda Devi viel zu wenig
Nanda Devi ist)

Die Einsamkeit hat gewonnen. Robert und Adolph haben sich getrennt. Sie stritten nicht miteinander, sie gaben kein böses Wort von sich, sie umarmten einander sogar beim Abschied. Aber sie haben der Einsamkeit nachgegeben. Nach knapp einem Monat in Nainital zieht es Adolph in die Höhe. Der Schlagintweit will zum ersten Mal auf dieser Reise einen Pass im Himalaya überschreiten. Einen gefährlichen Pass, der mitten durch ein Schneemeer führt. Sollten wir auf dem Weg nicht erfrieren oder uns in einem Sturm verirren oder in eine Gletscherspalte stürzen, werden wir für diesen Reiseabschnitt mindestens zwei Wochen benötigen. Adolph sagt, er will Humboldts These von den abnehmenden magnetischen Kräften beleuchten und überhaupt zahlreiche Messungen vornehmen. Aber ich weiß, warum er den Pass wirklich überschreiten möchte. Er hofft, dort oben der Einsamkeit zu entkommen.

Ihn begleiten Mani Singh, Harkishen, ein paar Kulis, ich und der einzige Mann, den die Einsamkeit nicht zu erfassen scheint. Mr. Monteiro schreitet manchmal an der Spitze und manchmal am Ende des Trains und er pfeift – trotz seiner

Schmächtigkeit sowie der zunehmend dünneren Luft – bemerkenswert heiter. Die Einsamkeit kommt nicht an ihn ran, weil er sich wenig in seinem Kopf aufhält. Er versetzt sich stets in den Kopf anderer, um zu erahnen, was von ihm erwartet wird. Man muss ihm nie sagen, was er tun soll. Mr. Monteiro hat es meist längst getan. Der Indo-Portugiese ist mit uns allen verbunden und so niemals einsam.

Adolph dagegen wächst tiefer in seine Einsamkeit hinein. Seit Wochen rasiert er sich nicht mehr. Sein Gesicht verschwindet und die Augen weichen in ihre Höhlen zurück. Ich habe versucht, ihm Hoffnung zu machen. Hermann ist bestimmt wohlauf, habe ich ihm gesagt. Er hat erwidert, ich könne das nicht wissen. Nein, habe ich gesagt, natürlich nicht, aber ich sei zuversichtlich. Darauf hat Adolph gelacht, aber mit geschlossenem Mund. Er zeichnet seltener, malt nun häufiger Aquarelle der Berge. Dafür benötigt er keinen Fackelträger, nur Tageslicht. Der Schlagintweit steckt viel Mühe in diese Bilder. Es kam schon vor, dass wir einen ganzen Tag haben verstreichen lassen, ohne weiterzuziehen, weil er unbedingt eines fertigstellen wollte. Ich bin gleich so weit, vertröstete er Mani Singh jedes Mal, sobald der Sikh sich ihm näherte. Und dann vergingen wieder Stunden. Wenn Adolph den letzten Pinselstrich an einem Bild vorgenommen hat, betrachtet er es mit zusammengekniffenen, müden Augen. So seltsam das klingen mag, er sieht sich dann nicht ähnlich. Harkishen sagt, der Gora sollte sich eine Brille zulegen. Ich bezweifle, dass Adolph deshalb die Aquarelle anstarrt. Vielmehr sucht er etwas in ihnen. Oder jemanden. Hermann, dachte ich zuerst. Robert. Alexander von Humboldt. Aber es ist ja nicht das erste Mal, dass er ohne einen von ihnen reist. Nein, ich habe einen viel klügeren Gedanken, ich glaube, er sucht nach sich selbst. Ich weiß nicht, wie er sich in seinen Bildern finden soll, und doch bin ich mir sicher, dass er nach einem ganz bestimmten Adolph sucht. Der lachende, unbeschwerte, mutige Adolph, welcher auf einer Reise schon von der nächsten träumt.

Als wir in Kathi, dem letzten Dorf im Pindari-Tal vor dem entscheidenden Aufstieg zum Pass, Rast machten und unsere Vorräte aufstockten, stieß Adolph am Nachmittag einen Schrei aus. Ich lief zu ihm und wurde Zeuge, wie er ein Aquarell mit dem spitzen Ende eines Pinsels erdolchte. Er riss einen Streifen heraus, knüllte ihn zu einem Fetzen zusammen und warf ihn der Tiefe zum Fraß vor.

Ich fragte ihn, ob alles in Ordnung sei.

Adolph sah auf, als wäre er aus tiefem Schlaf hochgeschreckt.

Ja, sagte er, warum?

Ich blickte zu dem zerstörten Aquarell.

Nicht meine beste Arbeit, sagte er.

Auch einige Kulis hatten sich genähert und beobachteten ihn.

Was ist?, sagte er. Zurück an die Arbeit!

Ich übersetzte das für ihn, aber sie reagierten nicht.

Erst als Harkishen erschien, senkten sie den Kopf und zogen sich zurück.

Schlagintweit Sir, sagte der Brahmane, haben Sie geschlafen?

Ich muss zuerst das Bild fertigstellen, sagte er.

Sie sollten ruhen, Sir.

Ich bin nicht müde, sagte Adolph. Wir brechen in einer Stunde auf.

Als er sich daranmachte, sein Malzeug zusammenzupacken, stellte sich Harkishen neben mich.

Sie bestraft ihn, sagte er leise zu mir.

Wer?, fragte ich ebenso leise.

Der Brahmane berührte sein Tikka und hob den Kopf. Wegen Mani Singh, dachte ich zuerst. Er ist als Einziger im Train größer als Harkishen. Aber der Sikh war nicht in der Nähe. Ihn hätte Harkishen auch nicht so demütig angesehen. Es war Nanda Devi, die Göttin der Freude. Sie ist so heilig, dass selbst der Brahmane (der *heilig* in mindestens fünf Sprachen beherrscht und großzügig verwendet) es nicht ausspricht. Ich sage ihm besser nicht, dass ich Zweifel an ihrem Namen habe. Für mich strahlt die Göttin keine Freude aus. Ich gebe mir Mühe, nicht zu ihr hinaufzublicken. Sie erfüllt mich mit Einsamkeit. Noch nie in meinem Leben habe ich etwas so Großes gesehen. Für sie bin ich zu klein, um jemand zu sein. Ich bin mir nicht sicher, ob es gut ist, wenn Dinge so groß werden. Wäre es nicht besser, die kleinen Dinge etwas größer zu machen und dafür nicht alle Größe in die größten Dinge zu stecken? Nanda Devi könnte Bombay *und* Madras *und* Calcutta unter sich begraben. Wir sind ihrem Willen ausgeliefert. Harkishen hat Adolph schon mehrmals ersucht, ihr Opfer darzubieten, damit sie uns unbehelligt den Pass überqueren lässt. Der Schlagintweit will davon nichts hören. Es sind bereits drei Kulis desertiert, weil sie Nanda Devis Rache fürchten. Adolphs Verhalten wird noch weitere verjagen. Harkishen ist davon überzeugt, die Göttin spielt mit dem Schlagintweit, raubt ihm langsam die Sinne, bis er ihr am Ende sein Leben opfern wird. Er wäre nicht der Erste, sagt der Brahmane, Nanda Devi hat schon viele Wanderer in ihrem Schoß zu Grabe getragen. Ich würde dem Brahmanen gerne widersprechen, zumindest in Gedanken. Aber ich sehe keine Freude mehr in Adolph, dem fröhlichsten aller Schlagintweits. Es scheint, die Göttin der Freude hat ihm genau diese entzogen und an deren Stelle ein Loch hinterlassen, aus dem Adolph nicht herausklettern kann. Das bringt nicht nur ihn in Gefahr, sondern uns alle.

Mani Singh muss daher immer mehr Verantwortung übernehmen. Je höher wir steigen, desto strikter führt er den Train. Bleibt er stehen, stoppen alle. Dreht er sich um, blicken alle zu ihm. Ruft er nach etwas, wird es ihm gebracht. Seine Bedeutung für den Train übersteigt bei Weitem seine Körpergröße. Ohne ihn hätten wir es nicht bis nach Kathi geschafft. Wenn ein Kuli sich beklagt, störrisch wird oder gar Anstalten macht, den Train zu verlassen, ruft der Sikh ihn beim Namen – er merkt sich jeden Einzelnen – und berührt seinen Kirpan. Er muss nicht mehr tun. Keiner von uns zweifelt daran, dass Mani Singh seinen Säbel benutzen wird, um das Leben des Trains zu beschützen. Der Sikh bezeichnet die Hindus im Train als Mäuseherzen. Er ruft das auch Nanda Devi zu. Und jedes Mal, wenn er das tut, ducken sich einige der Kulis, als würde sie dem Sikh jeden Augenblick eine Lawine entgegenschleudern.

Mani Singh sagt, er fürchtet sich nicht vor ihr, denn für ihn sei Nanda Devi nicht mehr als ein Haufen Geröll und Schnee. Mir ist jedoch aufgefallen, dass er jedes Mal, wenn er die Göttin provoziert, seinen Kara berührt. Und dank Devinder, der sich schon immer für alle Belange der Sikhs begeistert hat, weiß ich, wofür der Armreif steht: Er erinnert die Sikhs an ihre Sterblichkeit. In Mani Singhs Blut fließt also doch Furcht. Auch wenn er sie vermutlich nicht als solche bezeichnen würde. Er würde sie wohl Ehrfurcht nennen.

Dass er diese ebenfalls Harkishen entgegenbringt, ist mein Glück. Solange ich unter dem Schutz des Brahmanen stehe, kommt der Sikh mir nicht zu nahe. Doch er beobachtet mich schärfer, als das damals der Khansaman getan hat. Er hat es sich zur Gewohnheit gemacht, meinen Namen zu rufen. Auch wenn ich gar nicht auffällig geworden bin. Jedes Mal erstarre ich und warte auf seine Maßregelung oder seinen Befehl. Es kommt jedoch nichts. Frage ich dann nach einer Weile, warum er mich gerufen hat, antwortet er nicht. An guten Tagen, wenn er in einer großzügigen Stimmung ist, fordert er mich nach noch mehr Weile auf weiterzumachen. An schlechten Tagen lässt er mich warten, so lange, bis Harkishen mich erlöst. Mani Singh ist es gelungen, dass ich glaube, er sei selbst dann in meiner Nähe, wenn er gar nicht in meiner Nähe sein kann.

Es ist nicht verwunderlich, dass einer wie er sich keine Freunde macht. Die einzige Person im Train, mit der er annähernd so etwas wie ein freundliches Verhältnis pflegt, ist Mr. Monteiro. Ich hätte angenommen, er würde das Pfeifen des Indo-Portugiesen unterbinden, doch anscheinend stört es ihn nicht. Durchaus möglich, dass es ihm sogar gefällt. Es gibt keine, aber auch gar keine Anzeichen, dass Mani Singh musikalisch ist. Allerdings hält sich der Indo-Portugiese oft in seiner Nähe auf (oder hält sich der Sikh oft in Mr. Monteiros Nähe auf?). Und wenn jemand weiß, was anderen gefällt und was nicht, dann Mr. Monteiro. Seine Lieder sind mir nicht bekannt und soweit ich das beurteilen kann, wiederholt er sie auch nicht. Ich habe ihn gefragt, woher er so viele kennt. Er sagt, er hört sie selbst zum ersten Mal, sie kommen beim Voranschreiten einfach so zu ihm. Es ist, als würde Mr. Monteiro uns all die Melodien hören lassen, die sonst von Vögeln aus der Luft gewoben werden. Er übersetzt die Musik in Nanda Devis Reich und ist damit für den Train ähnlich wertvoll wie Mani Singh. Denn Musik ist in diesen Höhen, die selbst für die meisten Vögel zu hoch sind, eine bemerkenswerte Waffe gegen die Einsamkeit. Es wundert mich nicht, dass der Train in Mr. Monteiros Nähe immer am dichtesten ist. Mit seinem heiteren Pfeifen zieht er den Train ebenso mit sich wie Mani Singh ihn anschiebt.

Bevor wir aufbrachen, kamen einige von Kathis Dorfbewohnern zusammen und näherten sich dem Train. Harkishen sprach mit ihnen. Adolph wollte wissen, was vor sich ging. Er wirkte ungeduldig und sagte, sie hätten keine Zeit für *diese Eingeborenen*. Das ließ mich den Schlagintweit vermissen, der immer an einer neuen Begegnung interessiert ist. Als Harkishen zu übersetzen begann, unterbrach ihn Adolph. Wir sollten das Tageslicht nutzen, sagte er. Dabei hatten wir Stunden damit verbracht, das Tageslicht nicht zu nutzen, weil er an seinem Aquarell gearbeitet hatte. Harkishen bat den Schlagintweit, ihm Gehör zu schenken. Die Dorfbewohner erzählten, der letzte Firengi, der diesen Pass überquert hatte, vor fünfundzwanzig Jahren, habe Nanda Devi keinen Respekt entgegengebracht, und so habe sie ihm das Augenlicht geraubt. Erst nachdem er ihr in Almora ein ansehnliches Geschenk gemacht hatte, habe er wieder sehen können.

Adolph lachte, aber nicht sein ansteckendes, sondern ein beißendes Lachen. Dieser letzte Firengi, sagte er, sei Kumaons Commissioner Traill gewesen, er habe bloß einige Tage unter Schneeblindheit gelitten, weil er nicht auf das grelle, vom Schnee reflektierte Licht vorbereitet gewesen war. Und außerdem habe er Nanda Devi keineswegs ein Geschenk gemacht, sondern lediglich in einem Rechtsstreit zu Gunsten eines Tempels entschieden. Aber solche Feinheiten würden diese Eingeborenen offensichtlich überfordern.

Harkishen nickte. Ich weiß nicht, ob er dem Schlagintweit zustimmte oder ob er entschieden hatte, dass Widerstand zu nichts führen würde.

Aus der Gruppe der Eingeborenen trat ein alter Mann hervor. Die Haut spannte sich über seine Knochen wie ein verschlissenes Tuch und das meiste Haar an seinem Kopf sprieß aus seinen Ohren. Er redete auf den Schlagintweit ein. Beim

Sprechen bewegte er die Arme, als würde er ein unsichtbares Instrument spielen. Von den hundert Leuten, die Traill begleitet hatten, übersetzte Harkishen, sei er der Einzige, der noch am Leben ist. Er wolle als Hauptwegweiser mitkommen.

Die Eingeborenen, die Kulis, Harkishen, ich, selbst Mani Singh blickten zu Adolph.

Er ist nicht mehr jung, sagte der Schlagintweit.

Harkishen übersetzte.

Der alte Mann zupfte an Adolphs Kleidung und sagte etwas.

Er ist der Ansicht, Sir, sagte Harkishen, dass Sie auch nicht mehr jung sind.

Adolph musterte den alten Mann, der ihm direkt in die Augen sah. Da machte der alte Mann einen Schritt rückwärts. Er wirkte verschreckt.

Was ist mit ihm?, sagte Adolph.

Harkishen sprach mit dem alten Mann.

Dann sagte er: Schenken Sie ihm keine Beachtung.

Was hat er gesagt?, fragte Adolph.

Sie haben recht, Sir, er ist nicht mehr jung.

Du sollst mir übersetzen, was er gesagt hat.

Harkishen berührte sein Tikka.

Er sagt, Sie werden sterben.

Adolph stöhnte.

Eine äußerst fundierte Aussage!

Das ist noch nicht alles, Sir, sagte Harkishen. Er behauptet, Sie werden nie in Ihre Heimat zurückkehren, sondern auf dieser Reise Ihr Ende finden.

Heureka! Dann muss ich zumindest nicht solchen Unfug auswerten.

Damit entfernte er sich und forderte die Kulis mit rudernden Armen auf, das Gepäck zu schultern. Ihn schien die Prophezeiung nicht im Geringsten zu beunruhigen.

Und doch hatte der alte Mann bei dem Schlagintweit Eindruck hinterlassen. Adolph erklärte sich damit einverstanden, dass er uns zum Pass begleitet.

Wir haben Kathi am 28. Mai verlassen. Der alte Mann ist uns eine erstaunliche Hilfe. Er lässt sich selbst von Mani Singh nicht einschüchtern und korrigiert so manche seiner Entscheidungen. Der Sikh erlaubt es. Nun zeigt sich, was für ein hervorragender Führer er ist. Den richtigen Weg zu kennen, ist wenig bemerkenswert, aber einzusehen, wenn man ihn nicht kennt, darin liegt der wahre Wert eines Führers. Wären Mani Singh und ich uns unter anderen Umständen begegnet, ich hätte ihn mir als Freund gewünscht.

Unter den dreißig Männern, die zum Pass unterwegs sind, würde ich nur einen als Freund bezeichnen. Nämlich einen Mann, der mich niemals als Freund bezeichnen würde. Schließlich ist er ein Brahmane und ich, soweit wir wissen, nicht. Harkishen bezweifelt, dass Adolphs Methoden etwas gegen Nanda Devis Macht ausrichten können. Der Schlagintweit hat jedem im Train ein Stück grüner Gaze gegeben, es soll vor Schneeblindheit schützen. Ich kann mir nicht vorstellen, wie Schnee heller sein kann als die Sonne. Ich kann mir ja nicht einmal Schnee vorstellen! Mir ist er nur aus Bildern und der Ferne bekannt. (Die Eisstückchen, die ich in Bombay kosten durfte, haben so viel mit den schneebedeckten Gipfeln des Himalaya gemein wie eine Pfütze mit dem Ozean.) Ich bin ihm nie näher gekommen als Wolken. Und obwohl wir mit jeder Minute höher steigen, kommen wir ihm doch kaum näher. Die Erhebungen vor uns scheinen rascher zu wachsen, als wir uns zu ihnen tragen können. Die meiste Zeit bewege ich mich im hinteren Teil des Trains. Dort fällt es weniger auf, wenn ich kurz innehalte, um Kräfte zu sammeln. Mani

Singh sagt, ich darf dem Train nicht zur Last fallen, wenn ich es nicht einmal schaffe, meine Winzigkeit zu befördern, soll ich zurückbleiben. Ich habe ihm geantwortet, ich schaffe das. Er hat erwidert, ich schaffe das nicht. Darauf habe ich nichts gesagt, weil mir für einen Streit nicht die Luft reicht. Würden wir ihn auf Papier austragen, wäre ich im Vorteil, ich würde triumphieren. Meine Hand braucht keine Luft zum Schreiben. Aber der Sikh wird sich niemals auf etwas einlassen, das er nicht gewinnen kann.

In der Hinsicht unterscheiden wir uns. Ich habe mich auf eine Besteigung eingelassen, von der ich nicht weiß, ob sie mir gelingen wird. Das fällt nicht nur Mani Singh auf. Harkishen hat mich gefragt, ob ich nach Kathi zurückgehen möchte. Ich habe darüber nachgedacht und ihn dann gefragt, wie lange ich dort auf den Train warten müsste. Er hat gesagt, der Train wird nicht mehr nach Kathi kommen.

Ich und Smitaben werden nur überleben, wenn ich im Train bleibe.

Der Einzige, der meine Verlangsamung nicht bemerkt, ist Adolph. Ich weiß, dass ich niemals zu seiner Familie gehören werde, aber ich vermisse die Tage, an denen er mich auf seinem Pferd hat reiten lassen oder mich vor einem Hai retten wollte. Der Schlagintweit schreitet an der Spitze des Trains. Ich hätte nicht gedacht, dass einer, der wochenlang im Palki reist, so gut im Bergsteigen sein kann. Seine Alpen haben ihm viel beigebracht. Jeder seiner Schritte trifft auf festen Boden, er blickt stets nach vorne, hat die Hände zu Fäusten geballt und bleibt erst stehen, wenn Mani Singh ihn darum ersucht. Was Nanda Devi allerdings mit seinem Kopf anstellt, das kann ich nur vermuten.

Der 29. Mai.
Ich habe mich geirrt. Meine Hand braucht doch Luft zum Schreiben. Sie lässt sich nicht mehr ruhig führen. Ich muss sie mit der anderen Hand still halten, damit meine Worte leserlich aufs Papier gelangen. Ich hole Humboldts Haar nicht mehr hervor, weil ich es nicht festhalten könnte. Nanda Devi hätte bestimmt gerne das Haar des größten Wissenschaftlers unserer Zeit.

Wir befinden uns auf einer Weide an der Zunge des Pindari-Gletschers. Ihr kräftiges Grün täuscht angenehme Temperaturen vor. Aber ich kann meinen Atem sehen. Ich verliere nicht nur Luft und Wärme. Nanda Devi zieht das Leben aus meinem Mund. Die Weide reicht ans untere Ende von Felswänden heran, die sich bis zu Nanda Devis Gipfel türmen, auf denen Schnee liegt, den Adolph als *Firn* bezeichnet. (Warum, werde ich ihn fragen, wenn ich überschüssige Luft finde.) Eine Ziegenherde grast in der Nähe unseres Lagers. Harkishen ist zum Zelt des Hirten gegangen. Er kaufte drei Ziegen als Opfergabe für Nanda Devi. Als Adolph davon erfuhr, wollte er den Handel rückgängig machen. Darauf drohte Harkishen damit, den Train zu verlassen. Seinen Verlust hätte der Train verkraften können. Aber nicht den seiner Wunscherfüller.

Adolph genehmigte den Kauf.

Der 30. Mai.
Schnee! Man soll mich einen Dummkopf nennen, aber ich habe ihn mir wärmer vorgestellt. Wie konnte ich hoffen, dass er mir gefallen wird. Wer kein Freund von Wasser ist, findet einen Feind in Schnee. Er ist hart, aber nicht hart genug, um mich zu tragen. Bei jedem zweiten Schritt brechen meine Füße ein. Manchmal sinke ich bis zur Brust ein. Kälte umarmt mich, sie dringt sogar durch meine Stiefel. Mani Singh lacht mich

aus. Mr. Monteiro muss mich mehrmals befreien. Er pfeift noch immer, wenn auch leiser und demütiger. Selbst ein Christ zeugt Nanda Devi Respekt. Harkishen betet zu ihr. Und weil er sich nicht auf das Wohlwollen der Göttin verlassen will, lässt er Wunscherfüller vor sich her schreiten. Sie ermitteln den günstigsten Pfad für ihn. Bricht er ein, sind sofort mindestens vier Hände zur Stelle, um ihn zu stützen.

Adolph eilt dem Train immer weiter voraus. Manchmal können wir ihn kaum mehr in der Ferne erkennen.

Am Morgen haben wir den Marsch fortgesetzt, zunächst auf der linken Seite des Pindari-Gletschers. Wir wichen Rissen im Eis aus, die immer größer wurden. Diese Mäuler kann nicht einmal das Schneemeer stopfen. Sie wollten uns fressen. Adolph drängte weiter. Harkishen warnte ihn, Nanda Devi nicht herauszufordern. Der Schlagintweit drängte trotzdem weiter. Der alte Mann wollte, dass wir den Gletscher überschreiten. Mani Singh stimmte ihm zu. Adolph verharrte minutenlang vor einem Maul, das bis in den tiefsten Punkt der Erde reichen muss. Dann wischte er Eis aus seinem Gesicht und folgte dem alten Mann. Kantige Felsen legten sich uns in den Weg. Sie stachen nach uns. Ein Kuli fiel über einen und schnitt sich das Bein auf. Ich konnte sehen, wie das Blut gefror. Harkishen verband ihn und Mani Singh schickte ihn mit einem anderen Mann zurück nach Kathi. Danach gab ich noch mehr acht darauf, wo ich hintrat. Ich habe einen Khansaman und Haie und so vieles mehr überstanden, ich kann mich nicht von einem Stein aufhalten lassen.

Laut Adolphs Messungen befindet sich unsere Lagerstelle auf 14,180 Fuß Höhe. Hier oben wachsen keine Sträucher. Steine beanspruchen den Platz für sich. Sie werden uns nicht lange dulden. Unter uns liegt der Pindari-Gletscher. Ich weiß nicht, wie wir von dort hierhergelangt sind. Das sollte einem Menschen nicht möglich sein. Adolph kopiert den Ausblick. Es ist bemerkenswert, dass er seine Hände noch zum Zeichnen und Bedienen seiner Instrumente verwenden kann. Seine Mutter muss ihn mit Erde und Schnee ernährt haben. Er schläft nicht, ruht sich nicht einmal aus, hat sogar Kraft, um zu schimpfen, dass trüber Dunst die Sicht versperrt. Er spricht von Höhenrausch. Das schwindende Tageslicht wird von einem anderen Licht ersetzt. Blitze. Aber das Gewitter ist unter uns. Wir sind über den Wolken. Über den Wolken! Wie kann das sein? Ich muss es aufschreiben. Nur das Museum ist groß genug, um alles aufzunehmen. Ich verschränke die Hände ineinander und bewege den Stift mit beiden. Aber selbst das Museum kann die Kälte nicht aussperren. Sie wächst in mich hinein. Wir konnten keine Zelte mitbringen, sie wären zu schwer gewesen. Sogar der Schlagintweit muss im Freien schlafen. Harkishens Wunscherfüller bilden eine menschliche Wand, um ihn vor Nanda Devis kaltem Hauch zu schützen. Mani Singh harrt alleine aus, gegen eine Felswand gelehnt, die Augen halb geschlossen. Selbst sein Haar reicht nicht aus, um ihn warmzuhalten. Mr. Monteiro pfeift nicht mehr, seine Lippen sind rissig und bluten. Nur Adolph macht weiter. Er entwirft eine Karte des Gletschers und der umgebenden Berge. Der alte Mann hilft ihm dabei. Er teilt ihm die einzelnen Namen mit. Bei jedem beschreibt er dessen Verhältnis zu Nanda Devi. Sie ist hier das Zentrum allen Daseins. Der alte Mann scheint nicht zu begreifen (oder sich nicht daran zu stören), dass Adolph ihn nicht versteht. Was Adolph vermutlich ganz recht ist. Er nickt viel und deutet wiederholt auf einen Punkt in der Ferne, worauf der alte Mann ebenfalls nickt und so oft einen Namen wiederholt, bis der Schlagintweit ihn notiert hat. Wie kann dieser alte Mann nach einem solchen Marsch noch immer stehen und Geschichten erzählen! Ist er dem Tod schon so nahe, dass das Leben ihn nicht mehr behelligen kann?

31. Mai.
Wir sind mitten in der Nacht aufgebrochen. Vier Kulis blieben zurück. Sie klagten über Schmerzen an allen Stellen ihres Körpers.

Ich spüre die meisten Stellen meines Körpers, besonders meine Beine, nicht mehr.

Der Schnee oder Firn war jetzt so hart, dass nicht einmal Mani Singh einbrach. Er und Adolph gingen voran und schlugen mit Äxten hunderte Stufen ins Eis. Der Train folgte. Als die Sonne aufging, setzten wir die grüne Gaze auf und machten den Schnee zu kalten, glatten Wiesen, die unseren Augen tatsächlich nichts anhaben konnten.

Als wir die erste Übergangsstelle erreichten, rief Adolph, hiermit taufe er den Pass auf den Namen Traill. Ich dachte: Indem man es sagt, ist es so.

Adolph begann damit, eine Skizze anzufertigen. Harkishen und Mani Singh waren sich ausnahmsweise einig, dafür sei keine Zeit, der Train sollte nicht zu lange in dieser Höhe verweilen. Adolph hörte nicht auf sie. Es vergingen fünf Minuten, zehn Minuten, zwanzig Minuten, vierzig Minuten. Der Schlagintweit unternahm Messungen mit dem Barometer und einem kleinen Theodoliten und ignorierte jeden Rat. Selbst Mr. Monteiro durfte ihn nicht stören.

Einer der kräftigsten Kulis brach als Erster zusammen. Gleich darauf folgten zwei weitere. Während ich das hier schreibe, wälzen sie sich im Schnee. Ihre Augen sind verdreht, sie blicken in ihren Kopf. Was sie wohl sehen? Sie schleudern ihre Arme und Beine durch die Luft, als wollten sie sich von ihnen befreien. Harkishen ruft: Nanda Devi ayi! Seine Wunscherfüller stimmen mit ein: Nanda Devi ayi! Nanda Devi ayi! Adolph verlangt eine Übersetzung. Nanda Devi ist gekommen, sage ich und spüre, wie etwas Fremdes in meinem Kopf wächst. Es windet sich. Meine Beine geben nach. Ich will diesen Ort verlassen. Ich will überall sein, nur nicht hier, und mit einem Mal fühle ich Glück, denn ich verstehe, so muss es auch meinen Eltern ergangen sein. Vater Fuchs sagt, sie haben mich zur Mission gebracht, weil sie mich nicht am Leben halten konnten. Weil sie nicht einmal sich selbst am Leben halten konnten. Die Vickys hatten das Land vernachlässigt, um Profit zu machen, und so mordete der Hunger Abertausende Indier. Lange habe ich versucht, ihm zu entkommen. Ich habe mich vor ihm im Glashaus versteckt und bin meilenweit vor ihm geflohen, bis in den Himalaya. Aber ich kann ihm nicht entkommen. Ich bin der Sohn meiner Eltern, sie haben mir den Hunger gegeben, wie sie mir mein Lachen und meine Hände und mein Herz gegeben haben. Er lässt sich nicht von mir trennen, weil er ein Teil von mir ist wie von allen Indiern, und er wird sich niemals davon abhalten lassen, mein Ende zu sein. Er ist es, der mich tötet, auch wenn ich gespeist habe. Essen ist nicht die einzige Nahrung, die man gegen ihn braucht. Man muss auch wissen, wie man sich satt fühlt, wann man aufhören, wie hoch man steigen sollte. Man muss sich das selbst mitteilen können. Aber das ist eine Sprache, die ich nicht beherrsche. Das ist eine Sprache, die kaum ein Indier beherrscht. Sind meine Eltern am Ende eingeschlafen? Hat es sie mit einem Schlag fortgerissen? Wurden sie von Schmerzen verschlungen? Waren sie zusammen, hielten sie einander und sagten sich zum Schluss liebe Worte? Oder waren sie allein, musste einer erst sehen, was mit dem anderen geschah, bevor er es selbst erfuhr? Ich weiß es nicht. Aber ich weiß jetzt, wie sich das anfühlt, wenn man noch nicht gehen will. Mein Leben lang war ich ihnen nie so nah.

Noch immer der 31. Mai.
Als die Göttin kam, war sie nicht wählerisch. Sie fuhr in uns alle. Mr. Monteiro lag neben mir. Seine Glieder zuckten und seinen Mund verließ ein sanftes Krächzen, das ich nie vergessen werde. Er blickte mit einem seiner tiefbraunen Augen zu mir. Nanda Devi quälte ihn. Sie ertränkte ihn in Freude. Lange würde er es nicht mehr ertragen. Und nicht nur er. Überall lagen Kulis im Schnee und redeten in nie vernommenen Sprachen. Einige Meter vor mir stand Adolph. Er forderte etwas, das ich nicht verstand. Er sagte es immer wieder und jedes Mal lauter. War ihm bewusst, dass er Bairisch sprach? Ich sah mich nach Harkishen um, entdeckte ihn ein ganzes Stück entfernt. Er floh bergab. Er stürzte wiederholt, rappelte sich auf und eilte weiter. Als könnte er einer Göttin entkommen! Ich rief nach ihm. Er schien mich nicht zu hören. Dabei war es windstill. Ich rollte mich auf den Bauch und kroch in Adolphs Richtung. Der Hunger wird mich eines Tages töten, aber noch hielt er mich am Leben. Ich bemerkte den alten Mann. Er saß auf einem Felsen, hatte die Hände ineinander verschränkt, als warte er auf eine Kutsche, und beobachtete uns. Weder wirkte er besorgt, noch mitleidig, noch schadenfroh. In seinem Gesicht fehlte etwas. Sein Blick war nicht der eines alten Mannes. Die Schlagintweits, Humboldt und vielleicht sogar Vater Fuchs würden mir das niemals glauben, aber ich schwöre, Nanda Devi war der alte Mann. Sie kann viele Formen annehmen. Und es erklärt auch, wie der alte Mann den Pass so mühelos erklimmen konnte. Eine Göttin gehörte zu unserem Train! Ich sah weg, um ihre Aufmerksamkeit nicht auf mich zu lenken. Kroch weiter. Und sah wieder zu ihr. Es gab so vieles, was ich

sie fragen wollte. Als sie meine Bewegungen wahrnahm, drehte sie den Kopf zu mir, und ich wendete mich ab. Ich wollte sie bitten, mich zu verschonen. Aber ich konnte nicht sprechen. Ich presste mein Gesicht in den Schnee. Kälte umhüllte mich. Dann wurde ich gepackt und nach oben gerissen. Ich schrie, ich bat um Vergebung. Da erkannte ich den starren Bart von Mani Singh. Der Sikh trug mich. Weg von der Göttin. Seine Schritte waren doppelt so groß wie sonst. Er hielt mich fest an seine Brust gedrückt.

Bitte, Sir, tun Sie mir nichts, sagte ich, und der Sikh lachte. Nur ein Sikh kann beim Untergang lachen.

Du wirst ihn überzeugen, alle zur Ordnung zu rufen! Sonst finden wir hier unser Ende, sagte er und lief weiter. Er hatte bereits die halbe Strecke zu Harkishen zurückgelegt.

Er wird nicht auf mich hören, sagte ich.

Dann verschaff dir Gehör, sagte er.

Binnen weniger Minuten holte er den Brahmanen ein und stellte mich vor ihn. Harkishens Tikka war verschmiert und ähnelte einem blutenden Auge. Er befahl uns, den Weg frei zu machen.

Mani Singh ergriff seinen Arm.

Deine Brüder liegen dort oben, sagte er.

Harkishen wand sich los.

Es ist der Wille der Göttin, sagte er.

Mani Singh zog seinen Kirpan. Der Brahmane erstarrte. Ich hob eine Hand. Der Sikh deutete mit dem Säbel auf Harkishen. Ich fragte den Brahmanen, wohin er gehen wolle. Er antwortete mir nicht. Ich sagte ihm, wir Hindus müssten doch zusammenhalten. Auch das erreichte ihn nicht. Also redete ich mit ihm in der Sprache, mit der ich ihn immer am besten erreichen kann. Ich sagte ihm auf Deutsch, dass er nicht vor einer Göttin weglaufen kann, dass sie ihn, egal wie weit und lang er flieht, einholen und sein Leben und alle seine zukünftigen Leben zerschmettern wird, ich sagte ihm, dass keiner von uns ohne ihn überleben wird, und ich sagte ihm, dass er, sollte er nicht umkehren und uns beistehen, nicht nur uns, sondern auch eine Köchin aus Gujarat morden wird, weil mein Verrat das Einzige ist, was sie am Leben hält.

Das war vor einigen Stunden. Wir haben das Nachtlager im Schutz eines überhängenden Felsen aufgeschlagen. Er und Mani Singh wachen über mich. Der Sikh entfernt sich nicht einmal, wenn Adolph nach ihm verlangt. Die Farbe seines Turbans ist nun weniger kräftig und sie neigt mehr zum Grün als zum Blau. Das muss der Einfluss des Himalaya sein. Oder es liegt am vorsichtigen Licht der Laternen.
 Was hast du zu ihm gesagt?, hat mich der Sikh gefragt.
 Ist das so wichtig, habe ich geantwortet, wichtiger ist doch, es hatte die gewünschte Wirkung.
 Der Sikh verneigte sich vor mir. Schon wieder. Seit dem Traill's Pass hat das kleinste Mitglied des Trains den Turban des größten Mitglieds mehrmals von oben gesehen.
 Wir verdanken dir unser Leben, sagte er.
 Wir verdanken Vater Fuchs unser Leben, dachte ich. Wenn er mir kein Deutsch beigebracht hätte, wäre ich nicht zu Harkishen durchgedrungen und er nicht zurückgekommen. Ihm allein gelang es, die Kulis zur Ordnung zu rufen. Er sprach lange Gebete. Er legte ihnen Schnee auf die Köpfe. Und er drohte ihnen mit extremen Strafen.
 Adolph sagt, Letzteres war gewiss am wirksamsten. Ich bin mir da nicht so sicher. Der Schlagintweit kann sich nicht entsinnen, sagt er, Bairisch geredet zu haben. Ich muss mich verhört haben, behauptet er. Aber ich lasse mir meine Erinnerung nicht von ihm vorschreiben. Nur weil ihm seine lästig ist. Der

Schlagintweit will seine Begegnung mit der Göttin vergessen. Ein Vorhaben, das wenig Erfolg verspricht. Alle, die dabei waren, werden ihn immer daran erinnern.

Nachdem wieder Ruhe in den Train eingekehrt war, machte sich Harkishen daran, die Ziegen vierzuteilen und jeden Teil in eine der vier Himmelsrichtungen zu schleudern. Da wollte Adolph etwas einwenden. Aber ich kam ihm zuvor. Ich rief ihn beim Vornamen. Das passierte, ehe ich mich davon abhalten konnte. Vielleicht war noch etwas Nanda Devi in mir. Adolph!, sagte ich laut und erwartete, der Schlagintweit würde mich sofort tadeln. Doch er verstummte und ließ Harkishen machen. Er beschwerte sich nicht einmal, dass er sich hinter einen Felsen verkriechen und sein Ehrenwort geben musste, nicht hinzublicken, um das heilige Ritual nicht zu entweihen.

Adolph ist nicht der Einzige, dem ein neuer Platz im Train zugeteilt wurde. Ich habe jetzt einen besseren als je zuvor. Auch wenn meine Beine nicht mehr verlässlich funktionieren. Es ist, als würden sie meine Befehle nicht hören, als wären sie nur noch durch Knochen und Fleisch mit mir verbunden. Stehen ist nur wenige Sekunden möglich, Gehen unmöglich. Harkishen sagt, er kann mir nicht versprechen, dass ich jemals wieder rennen werde. Mani Singh wiederum sagt, er *steht* in meiner Schuld. Das ist ein wenig lustig und sehr günstig. Ein Sikh als persönlicher Palki, so etwas gab es noch nie! Seine Schultern schenken mir einen bemerkenswerten Überblick. Ich kann so weit sehen, dass ich die Zukunft in der Ferne ausmache. Sie heißt Milum und ist unsere nächste Station. Schon immer habe ich mir gewünscht, nicht klein zu sein, und nun, da ich kaum mehr stehen kann, bin ich größer, als ich es mir je hätte wünschen können.

BEMERKENSWERTES OBJEKT NO. 48 & 49

Eine niederträchtige Zimmerdecke
Robert Schlagintweit (2)

Ich verwünsche Milum. Auch wenn ich es nicht kenne. Nach zwölf Tagen hier habe ich mein Bett kaum verlassen. Ich hasse die fensterlosen Wände und vor allem die niederträchtige Zimmerdecke mit ihren glotzenden Astlöchern und hämisch lächelnden Spalten. Sobald ich nicht hinsehe, sinkt sie tiefer herab. In manchen Nächten wache ich auf und sie befindet sich direkt über meinem Gesicht. Wenn Mani Singh nicht mit den Schlagintweits Gletscher erkundet, bitte ich ihn, mich draußen herumzutragen. Er weist mich stets darauf hin, dass Harkishen mir Bettruhe verordnet hat. Worauf ich den Sikh darauf hinweise, dass er in meiner Schuld steht. Das überzeugt ihn jedes Mal. Aber auch wenn ich eine ganze Stunde unter freiem Himmel atme, ist das niemals genug. Nach der Rückkehr in mein schrumpfendes Zimmer gräbt mein Körper weiter an der Kuhle, die er über Tage hinweg in der Matratze geschaffen hat. In absehbarer Zeit wird das Bett mich verschlucken.

Wie lange wird es dauern, bis ich wieder gehen kann?, habe ich Harkishen bei unserer Ankunft in Milum gefragt.
    Nicht lange, hat er geantwortet.
    Wie lange noch?, habe ich ihn am Tag nach unserer Ankunft gefragt.

Nicht mehr lange, hat er geantwortet.

Bald?, habe ich ihn am Tag nach dem Tag nach unserer Ankunft gefragt.

Seitdem hat er mich nicht mehr besucht.

Statt ihn frage ich nun täglich meine Beine. Nach dem Aufwachen drehe ich mich im Bett zur Seite und ziehe sie mit den Armen an. Dann setze ich mich auf, was mich viel Kraft kostet. Ich wusste nicht, wie sehr man seine Beine zum Sitzen braucht. Selbst an einem kalten nordindischen Morgen bringt mich das zum Schwitzen. Ich platziere ein Bein neben dem anderen. Sie hängen von der Matratze, baumeln ungeduldig. Ich stoße mich mit beiden Armen ab. Meine Fußspitzen berühren als Erste den Boden. Ich spüre das, ich spüre ihn. Da ist Leben in meinen Beinen. Sie wollen mich tragen. Ich spanne sie an. Die Festigkeit des Bodens überträgt sich auf meinen Körper. Ich stehe, ich bin wieder ganz ich. Ich setze mir die Tür als erstes Ziel, hebe ein Bein an, den Fuß nur ein Stück über dem Boden, und schiebe es nach vorn, und noch ehe ich den Fuß aufsetzen kann, gibt das andere Bein nach und ich falle. Ich fange den Aufprall mit den Händen ab. Das gelingt mir nicht immer. Meinen Körper zieren Gelb und Blau und Violett, als hätte ich Holi gefeiert. Wenn ich dann am Boden liege, versuche ich nicht, wieder aufzustehen. Ich will nicht zurück ins Bett und ich kann nicht nach draußen. (Die Türklinke ist zu weit oben angebracht, und wo soll ich kriechend denn hin?) Ich rufe auch nicht nach Hilfe. Aus einem einfachen Grund: weil ich keine Hilfe will. So bleibe ich liegen, bis mich jemand findet. Normalerweise Mani Singh oder Mr. Monteiro. Sie sagen, ich soll meine Beine nicht unbeaufsichtigt auf die Probe stellen. Aber ich ertrage nicht ihre Blicke, wenn sie mich dabei beobachten. Ich will ihr Mitleid nicht, sie sollen es für sich behalten.

Ich kann es nicht mehr hören, dass sie an meine Gesundung glauben. Sie sagen das nur, damit ich mich besser fühle, und schaffen es so, dass ich mich schlechter fühle. Ich weiß, was sie wirklich glauben. Sie zweifeln daran, dass ich jemals wieder laufen werde. Für sie ist Bartholomäus ein Krüppel geworden. Und ein Krüppel kann kein Übersetzer sein, nicht in diesem Train. Ich würde es vorziehen, sie kämen gar nicht zu mir, wie Harkishen. Das wäre ehrlicher.

Etwas zu ehrlich ist Robert. Sein Train hat Milum auf einem nicht so gefährlichen Weg durch die Täler erreicht. Ich kann wenig über sein Verhältnis zu Adolph sagen, weil ich die beiden nie zusammen sehe. Laut Mani Singh sprechen sie meist über ihre Gletscherbeobachtungen und Gletschererkundungen und Gletscherabmessungen. Robert verwendet seine Bildermaschine, um neue Rassetypen in der Bergregion zu dokumentieren. Er hat mich zwei Mal besucht.

Das erste Mal kurz nach unserer Ankunft in Milum. Er begrüßte mich mit seiner eigentümlichen Steifheit. Weder war er erfreut, mich zu sehen, noch war er nicht erfreut. Er hätte sich dafür bedanken können, dass ich seinem Bruder das Leben gerettet habe, nachdem ich bereits ihm diesen Dienst erwiesen habe. Robert erwähnte nichts davon. Aber ich nehme ihm das nicht übel. Dieser Schlagintweit scheint mehr Firengi zu sein als seine Brüder. Vermutlich ist er auch in seiner Heimat einer. Vielleicht sogar in seiner Familie. Für ihn ist jede Beschäftigung mit jemand anderem eine Herausforderung. Das kann selbst ein schlechter Beobachter an seinem Gesicht ablesen. Darum bevorzugt er die Bildermaschine. Sie macht es ihm möglich, unbehelligt die Welt zu erforschen. Er kann sich in ihr verstecken und Bilder von allem nehmen und muss dafür nichts zurückgeben.

Nachdem Robert mich also steif begrüßt hatte, bat er mich aufzustehen. Ich demonstrierte meine Unfähigkeit. Danach blieb ich am Boden liegen. Ich wollte nicht um Hilfe bitten und er schien unentschlossen, ob er mir helfen sollte, da ich nicht darum bat. Schließlich sagte er:

Du hast ein schweres Leiden.

Ich werde es überwinden, sagte ich, wie den Traill's Pass.

Unwahrscheinlich, sagte er.

Ich dachte an mein Gespräch mit ihm in Calcutta und den unbefangenen Blick.

Unwahrscheinlich, Sir?

Robert nickte. Dann verließ er eilig das Zimmer, als hätte er eben erst verstanden, was er zu mir gesagt hatte.

An den Tagen darauf forderte ich meine Beine öfter heraus. Sobald man mich zurück ins Bett verfrachtet und allein gelassen hatte, erhob ich mich und versuchte es auf ein Neues. Aber meine Beine weigerten sich wie rebellische Palkis. Und die Decke kam mit jedem Sturz bedrohlich näher.

Zehn Tage vergingen, ohne dass ich Robert sah. Heute hat er mir seinen zweiten Besuch abgestattet. Als er eintrat, merkte ich, etwas war anders als beim letzten Mal. Es dauerte einen Moment, bis mir auffiel, dass er seinen Hut nicht bei sich hatte. Ohne ihn wirkt Robert deutlich jünger, gar nicht so viel älter als ich. Seine Stirn ist glatt wie eine polierte Tischplatte.

Er trat ans Bett und fragte, wie es mir gehe. Ich antwortete, ich sei noch immer hier. Robert konnte sich, wie alle anderen, nicht davon abhalten, meine Beine zu betrachten. Als hätte er noch nie ein Paar gesehen.

Er schwieg zu lange. Um gegen die Stille vorzugehen, fragte ich, wo als Nächstes Station gemacht wird.

Tibet*, sagte er.

Dort war ich noch nie, sagte ich.

Da spalteten Falten seine Stirn. Robert fasste sich an den Kopf, als suchte er nach seinem Hut.

Du kommst nicht mit, sagte er. Wir trennen uns von dir.

Aber, Sir, Sie brauchen mich!

Du bist in keiner guten Verfassung.

Ich kann gehen!

Robert hielt inne und sah meine Beine so eindringlich an, dass ich sie vor ihm verstecken wollte.

Er legte eine Hand auf die Türklinke und sagte, ehe er aus dem Zimmer floh: Ich danke dir für deine Dienste. Wir werden dich lobend in unserem Bericht erwähnen.

Er durfte nicht so etwas sagen und dann einfach verschwinden.

Ich stand auf und fiel. Ich kroch zur Tür, trommelte dagegen.

Niemand öffnete.

Ich habe nach Robert gerufen, nach Mani Singh, Mr. Monteiro und Adolph. Ich habe sogar nach Harkishen und Abdullah gerufen. Keiner von ihnen ist gekommen.

Ich schreibe dies in einer Ecke des Zimmers. Ich liege auf dem Bauch, ich kann mich nicht umdrehen, die Decke ist zu nah.

Ich verwünsche Milum.

---

* Seit dem Traill's Pass wurden meine Stiefel nicht mehr verwendet, außer um diese Information weiterzuleiten.

BEMERKENSWERTE OBJEKTE NO. 50 & 51

Der sechste Finger
Ein Bild von etwas, das es nicht gibt

Die Ziegen waren nicht die einzigen Opfer, die wir auf dem Traill's Pass gebracht haben. Meine Beine hören nicht mehr auf mich. Mani Singh hat seinen Stolz zurückgelassen. Harkishen verlor den Respekt vieler Wunscherfüller – und damit viele Wunscherfüller. Und Mr. Monteiro muss sich nun damit begnügen, dass er nur noch mit einem Auge sehen kann. Wobei ich nie weiß, welches. Beide drehen sich in seinem Kopf und mal richtet sich das eine auf mich und mal das andere.

Allein Adolphs Opfer kann ich nicht bestimmen.

An den ersten Tagen in Milum ließ er sich nicht bei mir blicken. Er versuchte, wie ich von Mani Singh erfuhr, Kontakt zu Hermann herzustellen. Was ihm aber nicht gelang. (Im Train heißt es, der älteste Schlagintweit und seine Expedition sind verunglückt. Ich will jedoch glauben, Smitaben und Hermann und leider auch Eleazar sind guter Dinge. Schließlich verlassen die Nachrichten weiterhin meinen Stiefel.)

Erst drei Tage nach Roberts Flucht aus meinem Zimmer, also mehr als zwei Wochen nach unserer Ankunft in Milum, kam Adolph zu mir. Er betrat mein Zimmer, ohne zu klopfen, und grüßte mich nicht. Auch fragte er nicht nach meinem Wohlergehen. Was ich angenehm fand. Noch besser gefiel mir, dass er sich rasiert hatte. Wie gut es tat, sein Gesicht zu sehen!

Es geht darum, sagte er, die Wahrheit darzustellen.

Mit diesen Worten errichtete er eine Staffelei.

Setz dich auf, sagte er.

Es kostete mich Mühe. Adolph muss das bemerkt haben, half mir aber nicht. Es war mir recht. Er rückte die Staffelei ans Bett heran, sodass ich vor ihr sitzen konnte, und befestigte eine leere weiße Seite daran. Dann faltete er eine Skizze auf, die er auf dem Chiner Peak angefertigt hatte. Sie enthielt kaum Zeichenstriche, sondern fast ausschließlich Angaben über diesen Blick auf den Himalaya. Adolph hielt mir einen Bleistift hin.

Fang an, sagte er.

Sir?

Daraus soll ein Aquarell werden, sagte er.

Aber dafür braucht man Pinsel und Farben, sagte ich.

Adolph lachte.

Ich werde einem Anfänger wie dir doch nicht meine kostbaren Pinsel und Farben anvertrauen!

Er hielt mir den Bleistift direkt vors Gesicht.

Das hier ist dein Instrument, sagte er. Damit fängst du an. Wenn du dich würdig erweist, dann, und nur dann, werden wir weitersehen.

Ist Abdullah hierfür nicht besser geeignet?

Ein Draughtsman allein reicht uns nicht, sagte er.

Ich nahm den Bleistift. Er war schwerer, als er aussah.

Sir, sagte ich.

Was ist nun wieder?

Es gibt ein Problem.

Ja?

Ich habe kein Talent.

Adolph musterte mich, aber nur mein Gesicht. Noch kein einziges Mal hatte sein Blick meine Beine gestreift.

Ist dem so?

Ich nickte.

Mein Bruder ist der Ansicht, ich bin talentiert, sagte er.

Robert?

Nein, der glaubt, Malerei sei aus der Mode, im Sterben begriffen. Ich spreche von Hermann, er nennt das, was ich fabriziere, Kunst.

Das ist es doch, sagte ich.

Natur ist weder Kunst noch Schale, beides ist sie mit Einemmale, hat schon Goethe gesagt.

Ihn mag ich nicht, sagte ich.

Du magst Goethe nicht?

Vater Fuchs sagt, Goethe hasse unsere Götzen.

Götzen?

Das ist ein ungutes Wort für Götter.

Ich weiß, was Götzen sind.

Warum fragen Sie dann?

Adolph lachte.

Ich mag Goethe auch nicht, sagte er. Er schreibt wie jemand, der nur seine eigenen Sachen lesen will.

Ich dachte an das Museum.

Schreiben so nicht die meisten?, fragte ich.

Möglich, sagte er.

Adolph nahm neben mir Platz.

Ich bin kein Künstler, sagte er. Ich nutze künstlerische Techniken, ja, aber mein Ziel ist allein, das, was die Natur mir zeigt, möglichst genau auf Papier zu übertragen.

Wie ein Übersetzer, sagte ich.

Wie ein Übersetzer, sagte er.

Adolph machte eine auffordernde Geste.

Ich sah auf das leere Papier. Je länger ich es betrachtete, desto breiter und höher und weißer wurde es.

Auf, auf!, sagte Adolph.
Ich setzte den Bleistift an und zeichnete eine Linie.
Halt, sagte er und radierte die Linie, noch einmal.
Ich setzte den Bleistift wieder an und wieder stoppte er mich kurz darauf.
Ich sage ja, ich kann nicht zeichnen, Sir.
Unsinn, sagte er.
Nun ergriff er die Hand, mit der ich den Bleistift hielt. Ich spürte seine Kraft und eine aufdringliche Wärme.
Du musst deinen Händen nur die Sprache beibringen, Bartholomäus. Fangen wir an.

In den Tagen danach haben meine Beine nichts dazugelernt. Aber meine Hände können jetzt Dinge, die ich ihnen niemals zugetraut hätte. Wenn Adolph sich in Milum aufhält, besucht er mich und bringt ihnen eine neue Sprache bei. Und wenn Adolph nicht da ist, übe ich mit ihnen. Ich lege den Bleistift nie beiseite. Adolph sagt, ich soll ihn mir zu eigen machen, wie einen sechsten Finger. Ich lasse ihn selbst im Schlaf nicht los. Ich habe Schwielen an den Händen und meine Fingerspitzen glänzen silbern. Jeder Strich, den ich auf dem Papier hinterlasse, fühlt sich wie ein Schritt an. Auch wenn ich häufiger rückwärts als vorwärts schreite. Der Blick vom Chiner Peak ist noch lange nicht fertiggestellt. Bisher besteht er nur aus ein paar horizontalen Linien, die ich viele hundert Male übersetzen musste, ehe Adolph sie nicht mehr radierte.

Einmal hat er dieselbe Stelle so oft radiert, dass ich den Bleistift wegwarf und fluchte.
Heb ihn auf, befahl Adolph.
Ich rührte mich nicht.
Du hebst ihn sofort auf!
Der Bleistift lag unter dem Tisch mit der Waschschüssel. Ich

musste vom Bett rutschen und ein paar Meter kriechen, um ihn zu erreichen. Adolph sah mir dabei zu und machte keine Anstalten, mir zu helfen. Auch nicht, als ich den Bleistift schließlich in Händen hielt. Also kroch ich zurück zum Bett und zog mich so weit wie möglich hoch. Erst da half mir Adolph, sodass ich wieder auf der Matratze sitzen konnte.

Ich bin keines Pinsels würdig, sagte ich.

Darüber entscheide ich, sagte er.

Das ist eine sehr schwere Sprache.

Magst du sie nicht?

Wäre er nicht Adolph, würde ich behaupten, er klang verletzt.

Doch, Sir.

Er wendete sich mir zu.

Was genau gefällt dir daran?

Ich überlegte. Ich wollte ihm nicht mitteilen, was mir daran am meisten gefiel: Solange er mich in ihr unterrichtete, war ich nicht allein und die Decke blieb dort, wo sie hingehörte.

Dieses Zimmer hat keine Fenster, sagte ich.

Und?

Wenn ich zeichne, dann ist das, als würde ich ein Fenster bauen. Das gefällt mir, weil ich nie wieder gehen werde. Durch das Fenster kann ich Dinge sehen, die eigentlich gar nicht da sind.

Adolph betrachtete mich lange und zum ersten Mal auch meine Beine.

Danach blieb er zwei Tage fern. Als er heute zu mir kam, war seine Kleidung durchnässt. Seit Tagen fällt Regen. Er dringt durch eine undichte Stelle im Dach. Wasser nährt eine Pfütze direkt neben meinem Bett. Manchmal fange ich die Tropfen mit der Hand und lecke sie ab. So schmecke ich Draußen.

Adolph zog ein Tuch von einem Aquarell und platzierte es auf der Staffelei. Darauf steile Abhänge, aufsteigender Nebel, Eis.

Erkennst du das?, fragte er.

Ich betrachtete es genauer. Je länger ich hinsah, desto mehr wurde mir unwohl. Dumpf spürte ich etwas Fremdes in meinem Kopf.

Nanda Devi, sagte ich. Der Traill's Pass.

Adolph deutete auf eine Stelle auf der Leinwand.

Ich ging näher heran.

Da ist jemand, sagte ich.

Nicht irgendjemand, sagte er.

Wer ist es, Sir?

Sieh genau hin.

Das Gesicht der Gestalt war nicht zu erkennen. Ein Stück grüner Gaze verhüllte es. Sie ging etwas gebückt, als ließe sie sich nicht von Nanda Devi in die Knie zwingen. Der Schnee reichte ihr bis zur Brust.

Bin ich das, Sir?

Adolph nickte.

Ich widme dieses Gemälde dir, sagte er.

Mir hat noch nie jemand etwas gewidmet, Sir.

Dann ist es höchste Zeit, sagte er. Was sagt man da?

Danke … aber Sir?

Adolph schnaufte.

Gibt es wieder ein Problem?

Dieses Bild stellt nicht die Wahrheit dar, sagte ich.

Was meinst du?

Ich konnte da schon nicht mehr gehen. Mani Singh hat mich getragen.

Mag sein, sagte er. Aber ohne dich hätten wir den Pass nicht bezwungen. Im Prinzip hast du den ganzen Train getragen. Es war, als hättest du den Pass allein überquert. Genau das habe ich wahrheitsgetreu dargestellt.

Trotzdem ist es ein Bild von etwas, das es nie gab, sagte ich.

Wie kann es etwas nicht geben, wenn ich es doch gemalt habe, sagte er, wenn wir es doch vor uns sehen?

Ich betrachtete noch einmal das Aquarell und den kleinen Menschen darauf.

Vielleicht ist das kein Bild der Vergangenheit, sagte Adolph, sondern ein Fenster in die Zukunft. Mit seiner Hilfe kannst du Dinge sehen, die noch nicht da sind. Immerhin kann niemand ausschließen, dass du den Traill's Pass nicht eines Tages erneut überqueren wirst!

Das ist unwahrscheinlich, Sir.

Lass das andere beurteilen.

Ich habe ein schweres Leiden.

Er ging zur Tür und legte wie zuvor Robert die Hand auf die Klinke.

Sind Sie wütend, Sir?

Nein, sagte er, diesmal leiser.

Ich konnte sein Gesicht nicht sehen, aber ich wusste, dass er log. Ich wusste nur nicht, warum.

Bitte gehen Sie nicht, sagte ich.

Ein langer Augenblick verstrich. Wasser tropfte laut in die Pfütze.

Dann glitt Adolphs Hand von der Türklinke. Er setzte sich wieder neben mich und deutete mir, weiterzuzeichnen.

Als Mani Singh mich später durch den Regen trug, fragte ich ihn, warum Adolph wütend war.

Ärger mit seinem Bruder, sagte er. Robert Schlagintweit drängt zur Abreise, aber Adolph Schlagintweit zögert diese seit Tagen heraus.

Warum?, fragte ich.
Mani Singh blieb stehen.
Das weißt du nicht?
Nein, sagte ich.
Adolph Schlagintweit behauptet, sie haben ihre Forschungen noch nicht abgeschlossen. Aber jeder im Train kennt den wahren Grund.
Der Sikh wischte sich das Nass aus dem Gesicht.
Er heißt Bartholomäus, sagte er.
Ich? Der Train wartet auf mich?
Und auf die Genesung deiner Beine.
Der Train wartet auf mich.
Wie gerne würde ich das Vater Fuchs erzählen.
Aber was, fragte ich, wenn meine Beine nicht wollen?
Mani Singh räusperte sich wie jemand, der sich nicht räuspern muss.
Heute haben die Herren Schlagintweit sich darauf geeinigt, das Ende der Regenschauer abzuwarten. Dann reisen wir ab.

Nun ist es spät und ich höre den Regen aufs Dach fallen. Jeder Tropfen steht mir bei. Ich will nicht einschlafen und den letzten verpassen. Die Pfütze neben dem Bett klopft einen drohenden Takt. Die Abstände zwischen zwei Lauten nehmen zu. Wie bei einer Uhr, die bald stehen bleibt.

BEMERKENSWERTES OBJEKT NO. 52

Das Vertrauen in einen Spion

Der letzte Europäer, der nach Tibet vorgestoßen ist, war der Missionar Abbé Krik. Er soll fast so wissenschaftlich gewesen sein wie Vater Fuchs. Das erste Mal drang Krik von Assam aus vor und folgte dem Brahmaputra, der in Tibet entspringt. Aber Kriege im Land zwangen ihn umzukehren. Das zweite Mal kam er durch die sumpfige Tarai im Süden, aber wieder musste er wegen Kriegen den Rückzug antreten. Das dritte Mal reiste er zusammen mit dem Missionar Auguste Boury, erneut von Assam aus. In Tibet trafen sie auf Mishmis. Ein Stamm, der die oberen Ausläufer des Himalaya bewohnt. Die Mishmis hatten Instruktionen der tibetischen Behörden erhalten und führten diese präzise aus. Vater Krik und Vater Boury wurden von Kaisha, einem Oberhaupt des Stammes, getötet.

Das war im vergangenen Jahr.

Mani Singh erzählte mir davon, gleich nach unserem Aufbruch in Richtung der tibetischen Grenze. Er klang vergnügt. Als sei das Eindringen nach Tibet Anlass zur Freude. Mr. Monteiros Hinweis, dass derzeit Krieg zwischen Nepal und Tibet herrscht und mehrere Tausend Soldaten in der vor uns liegenden Region lagern, ließ den Sikh nur noch breiter grinsen. Scheinbar kann er es kaum erwarten, sich dieser Herausforderung zu stellen.

Ich hätte nichts dagegen, wenn meine erste Reise als Krüppel in eine weniger gefährliche Region führen würde. Wir reiten auf kleinen Pferden, die an muskulöse Schweine erinnern, aber einen festeren Willen besitzen. Selbst einen Riesen wie Mani Singh, dessen Beine beim Reiten beinahe bis zum Boden reichen, tragen sie geduldig stundenlang. Ich sitze meistens hinter dem Sikh, mal hinter Mr. Monteiro und häufig auch hinter Adolph. Der Schlagintweit sagt, ich habe den Train getragen, jetzt muss der Train mich tragen. (Ob die edlen Worte in Taten umgesetzt werden, wird sich erst zeigen, wenn die Pferde uns nicht mehr tragen.) Robert ist damit wenig einverstanden. Er widerspricht seinem älteren Bruder nicht, jedenfalls nicht in meiner Anwesenheit, aber er betrachtet mich immer, als würde ich seiner Bildermaschine die Sicht verstellen. Ich weiß, er denkt, dass ich ein zusätzliches Risiko für sie darstelle. Und er hat recht.

Tibet gehört zum chinesischen Reich. Peking bestimmt den Dalai Lama. Eine Inkarnation Buddhas darf nur werden, wer einer Familie angehört, die den Chinesen ergeben ist. Nicht umsonst heißen die drei Regionen Tibets, welche die Schlagintweits erforschen wollen, Gnari Khorsum. Es bedeutet: die drei abhängigen Kreise. Die Chinesen lassen keine Europäer und nur selten Indier ins Land. Die Grenzen werden streng bewacht.

Daher führt der Train an Gepäck bloß das Notwendigste mit sich: Lebensmittel, Chronometer, die magnetischen Instrumente und ein Barometer. Die Schlagintweits haben darauf geachtet, dass die meisten Apparate klein sind, um nicht aufzufallen. Zudem haben Adolph und Robert vorsorglich Harkishen und alle anderen Hindus zurückgelassen. Ersatzweise wurden zehn Stammesangehörige rekrutiert: Bhutias aus Sikkim, die auch Tibetisch verstehen und angeblich zivilisierter als Mishmis sind. Außer ihnen werden die Brüder nur von Mani Singh, Mr. Monteiro, Abdullah und mir begleitet. Als Robert seinen Bruder daran erinnerte, dass ein Hindu noch immer Teil des Trains sei, erwiderte Adolph: Bartholomäus ist viel zu klein, um aufzufallen.

Zum ersten Mal in meinem Leben wünsche ich mir, noch kleiner zu sein.

Die Chinesen, sagt Mani Singh, sehen in allen Fremden Spione. In mir werden sie also die Wahrheit sehen. Und in den Schlagintweits? Zur Tarnung sind alle im Train wie Bhutias gekleidet. Jeder von uns trägt ein Beinkleid, eine kratzende Kappe und einen vollkommen unpraktischen Rock aus Schafwolle.

Als Adolph mir half, meine Tarnung anzulegen, musste ich an Eleazars Worte denken.

Sind Sie die Vorhut der Ingrez?, fragte ich Adolph.

Er lachte.

Wie kommst du auf diese Idee!

Ich schwieg.

Wir sind die Vorhut der Wissenschaft, sagte er.

Aber arbeiten Sie nicht für die Vickys?, sagte ich.

Vickys?

Ich erklärte es ihm.

Vickys, sagte er und schmatzte, als würde er das Wort kosten, eine treffende Bezeichnung! Ja, Bartholomäus, wir arbeiten für sie. Wie du längst weißt. Willst du mir nicht verraten, was dich eigentlich umtreibt?

Sir, sagte ich, sind Sie ein Spion?

Nein, sagte er.

Aber Sie verkleiden sich ...

Nur zum Schutz.

... und sammeln Informationen für die Vickys.

Adolph sah mich ernst an.

Ich bin ebenso wenig ein Spion wie Abbé Krik einer war, sagte er.

Spione sind gut im Lügen, sagte ich.

Dann wirst du mir einfach vertrauen müssen.

Ich dachte darüber nach.

Ich bin mir nicht sicher, ob ich das kann.

Du bist dir nicht sicher?

Nein, Sir.

Dann, sagte er, muss ich mich wohl zuerst würdig erweisen.

Das wäre eine Möglichkeit, sagte ich.

Er schmunzelte.

Ich vertraue jedenfalls dir.

Die Selbstverständlichkeit, mit der er das sagte, klang so vorzüglich wie Vater Fuchs' Husten.

Ich will Adolph nicht mehr verraten. Sein Vertrauen macht, dass ich ihm die Wahrheit sagen möchte.

Aber wenn ich ihm diese mitteile, wird er mir nie mehr vertrauen.

Daher muss ich ihn weiter verraten, damit er mir weiter vertraut.

BEMERKENSWERTES OBJEKT NO. 53

Tibet

Vater Fuchs sagt, Tibet gehört zu Indien wie Ceylon im Süden, Dakka im Osten und Lahore im Westen. Er träumt von einem Land, in dem all diese Völker gemeinsam leben und sich selbst regieren. Selbstverständlich haben viele Herrscher etwas gegen diesen Traum. Besonders die Herrscher der Chinesen und der Russen und der Vickys. Sie bezeichnen diesen Kampf als Great Game. Als wären wir nur Figuren in irgendeinem Spiel! Aber sie werden sich noch wundern. Vater Fuchs' Traum ist stärker als das großartigste aller Spiele.

Im Museum kann ich ihn wahrmachen.

Es ist der 12. Juli. Wir haben zum ersten Mal Tibet gesehen. Als wir gegen zehn Uhr morgens den Kiungar-Pass überquerten – einer abseits gelegenen Route folgend, um Entdeckung zu vermeiden –, häufte sich hinter uns das dunkle Grau der Regenzeit. Doch vor uns, in Tibet, verflüchtigten sich die Wolken bereits und gaben die Sicht frei auf freundliche Wiesen.

Wie das Oberengadin, sagte Adolph.

Ist das in Bayern?, fragte ich.

Adolph und Robert antworteten nicht. Sie haben wenig gemeinsam, aber in diesem Augenblick konnte ich sehen, dass sie Brüder sind. Adolph legte einen Arm um Roberts Schulter und dieser zuckte kurz, wich jedoch nicht zurück. So standen sie eine ganze Weile nebeneinander und atmeten den Ausblick ein.

Die Einsamkeit haben sie in Milum zurückgelassen. Und nicht nur sie. Obwohl ich als Krüppel kleiner bin, als ich es jemals war und die Berge um uns herum wachsen, kommt die Einsamkeit nicht mehr so nah an mich heran. Ich weiß jetzt Mr. Monteiro und Mani Singh und Adolph an meiner Seite und höre mein Herz seltener pochen. Denn ich benötige meine Ohren für Wichtigeres. Ich spreche mit dem Indo-Portugiesen darüber, wie man einen Gelbnackenspecht oder eine Felseidechse konserviert; ich halte mich beim Reiten an dem Sikh fest, presse meinen Kopf gegen seinen Rücken und lausche seinem brausendem Atmen; und ich zeichne weiter unter Adolphs Anleitung. Auf meiner Karte der Einsamkeit hat die Grenzlinie zu Tibet einen niedrigen Messwert.

Als wir die Nordseite des Kiungar-Passes hinabritten, hielt Mani Singh, hinter dem ich saß, sein Pferd plötzlich an.

Grenzwache, sagte er.

Etwas tiefer am Abhang befand sich ein Lagerplatz mit Feuern, Yaks und acht Hunias unter der Führung eines Kushobs. Als sie uns bemerkten, ergriffen sie ihre Waffen und kamen uns entgegen.

Sie haben uns erwartet, sagte Adolph.

Robert fragte, wie das möglich sei.

Mani Singh schwieg, aber ich weiß, was er dachte: Ein Spion in unseren Reihen.

Die Nachricht über unsere Reise nach Tibet war in Milum aus meinem Stiefel entfernt worden. Eleazar muss die Chinesen gewarnt haben.

Aber warum?

Die Gruppe der Soldaten fächerte sich auf und bildete einen Halbkreis um uns. Die Männer betrachteten uns nicht feindselig, vielmehr interessiert.

Mani Singh stieg von seinem Pferd und trat auf den Kushob zu. Der Sikh überragte den Obergrenzwächter beträchtlich. Sie redeten auf Tibetisch miteinander. Nach wenigen Minuten war das Gespräch beendet und der Kushob zog sich mit seinen Soldaten zurück.

Adolph und Robert sahen Mani Singh so neugierig an, wie ich es war.

Ich habe ihnen mitgeteilt, sagte er, dass es nicht unsere Absicht ist, nach Tibet zu gehen, und dass wir uns nach Niti begeben. Wenn wir dorthin streben, verlieren wir kaum Zeit und können so bei Nacht über einen Seitenpass in Tibet eindringen.

Adolph und Robert lobten ihn für diese vortreffliche Lüge. Darauf ging es weiter.

Die Erleichterung aller im Train spornt die Pferde zu höherem Tempo an. Oder vielleicht ist es auch die Angst davor, was passiert, wenn die Grenzwache unsere Strategie durchschaut.

Die Hunias folgen uns in einiger Entfernung.

Der 13. Juli.
Heute Morgen befand sich die Nachricht, in der ich Eleazar unsere alternative Reiseroute mitgeteilt habe, noch immer in meinem Stiefel. Zum ersten Mal seit Calcutta wurde sie nicht weitergeleitet. Was auch eine Nachricht ist. Diesmal aber an mich. Ich glaube, der andere Verräter konnte die Nachricht nicht holen, weil er nicht mehr Teil des Trains ist. Ich glaube, er heißt Harkishen.

Der 16. Juli.
Drei Tage lang waren wir in Laptél, wo Adolph Steine gesammelt hat, die er *Fossilien* nennt und so zärtlich behandelt, als wären es die Eier eines seltenen Vogels. Nun lagern wir in Shél-

chell. Es dämmert. In der Ferne können wir die Feuer der Hunias ausmachen.

Die Nachrichten verlassen weiterhin meinen Stiefel nicht. Ich esse sie zum Frühstück. Nur so kann ich sichergehen, dass sie niemand findet. Insbesondere nicht Mani Singh. Er setzt seine Suche nach dem Spion fort, befragt alle Mitglieder des Trains, außer den Schlagintweits und mir. Diesmal allerdings hält er die Einsamkeit mit Vorfreude fern. Der Vorfreude darauf, was er mit dem Spion tun wird, wenn er ihn überführt. Das beschreibt er mir bei jeder Gelegenheit. Zu seinen beliebtesten Methoden zählen das Braten der Zunge, die Entfernung der Augen per Hand und das Stopfen der Ohren mit flüssigem Metall.

In der Nacht wurde ich von Mr. Monteiro geweckt. Er flüsterte mir zu, ich solle mich leise ankleiden. Adolph, Robert und Mani Singh schlichen durchs Lager und packten Instrumente sowie Lebensmittel zusammen. Abdullah und die meisten Bhutias ließen wir schlafen. Sie hätten unser rasches Vorankommen nur behindert. Wir ritten im Schutz der Dunkelheit davon. Die restliche Nacht und den Großteil des darauffolgenden Tages trieben wir die Pferde weiter, ohne lange Rast zu machen. Erst am Abend entschieden Mani Singh und die Brüder, dass wir ausreichend Abstand zwischen die Hunias und uns gebracht hatten. Die anderen begannen damit, das Zelt aufzubauen und die Pferde abzuladen. Ich saß auf einem Felsen und sah ihnen dabei zu und kam mir unnütz vor.

Da hörte ich Schreie. Die Hunias. Sie preschten im Galopp auf uns zu. Ich hielt den Bleistift fest in der Hand, meine einzige Waffe. Mani Singh stellte sich ihnen entgegen. Sie ritten einfach an ihm vorbei. Ihr Interesse galt unseren Pferden. Die Hunias griffen nach den Zügeln, wollten sie uns stehlen. Ohne sie wären wir verloren. Aber etwas knallte und einer der Hunias fiel von seinem Pferd. Er hielt sich das Gesicht. Mr. Monteiro schlug mit seiner langen Reitpeitsche nach dem nächsten Hunia. Auch dieser wurde im Gesicht getroffen und rutschte aus seinem Sattel. Das eine Auge des Indo-Portugiesen war bedrohlich geweitet, das andere rollte wild. Die restlichen Hunias wichen zurück. Die zwei, welche ihre Pferde eingebüßt hatten, verbeugten sich vor uns. Mani Singh sprach mit ihnen. Sie beteuerten, als Freunde zu kommen. Einer von ihnen war der Kushob. Er sagte, sie würden uns nur im Auftrag ihrer Regierung verfolgen, und erklärte Jang Bahadur, den Herrscher Nepals, dafür verantwortlich. Wegen des Krieges mit Nepal sei die Gefahr für Reisende derzeit groß. Jemand könnte uns überfallen oder gar morden. Tibet wolle dafür nicht von den Vickys zur Rechenschaft gezogen werden.

Die Schlagintweits berieten sich mit Mani Singh. Es wurde beschlossen, mit einem Dzongpon zu verhandeln. Der Gouverneur dieser Region hielt sich in Daba auf, einem nahegelegenen Dorf. Ein Hunia wurde geschickt, ihn zu holen.

Wir warten. Adolph verwendet die Zeit für ein Aquarell vom Himalaya. Er hat mir aufgetragen, ihn zu beobachten. In die Mitte des Bildes kopiert er einen hohen Gipfel, dessen weiße Umrisse sich stark gegen das Dunkelblau des Himmels absetzen. Ich habe ihn gefragt, wie er heißt.

Ibi Gamin, hat Adolph gesagt, ich werde ihn bald besteigen.

Er sagte das so selbstsicher, der Schlagintweit scheint mit unumstößlicher Sicherheit zu wissen, dass er sich bald auf der Spitze des Berges befinden wird.

Ich bin mir noch nicht einmal sicher, ob wir morgen überleben werden.

Der 19. Juli.
Der Dzongpon ist nicht gekommen. Stattdessen hat er seinen Assistenten geschickt, einen Lama aus Lhasa. Ein blasser, zarter Junge, der nach einer mir unbekannten Blume duftet. In seiner Nähe komme ich mir alt und abgenutzt vor. Mani Singh scherzt, endlich bekomme er mal wieder eine Frau zu Gesicht. Der Sikh ist überzeugt, dass die Verhandlungen sich als einfach gestalten werden.

Der 20. Juli
Die Verhandlungen gestalten sich als schwierig. Dieser blasse, zarte Junge hat einen marmornen Kern. Er trinkt Brandy wie Wasser. Alkohol scheint ihn kaum zu beeinträchtigen. Sein Wille ist hart. Er möchte uns nicht weiterreisen lassen. Adolph ist unzufrieden, aber die Widerstandsfähigkeit imponiert ihm. Würde der Lama seine Beine verlieren, sagt der Schlagintweit, dann würde er einfach auf den Händen weiterlaufen.

Ich kann das nicht. Es gibt sehr vieles, das ich nicht kann. Gehen, Klettern, beim Errichten des Lagers helfen, auf ein Pferd steigen, Messungen vornehmen*. Wenn ich mich erleichtern muss, brauche ich jemanden, der mich forträgt. Ich übersetze auch nicht mehr, weil ich keine der im Train und in Tibet gesprochenen Sprachen kann. Nicht einmal spionieren kann ich noch; weiterhin esse ich die Nachrichten an Eleazar.

Das Einzige, was ich kann, ist Linien aufs Papier zeichnen. Dünne Striche, die Adolph, wenn er überhaupt Zeit für mich findet, meistens radiert.

---

* Selbst die ungelehrten Bhutias, die kaum bis zwanzig zählen können, sind mir darin überlegen: Die Schlagintweits haben ihnen als Pedometer buddhistische Rosenkränze gegeben, denen acht Kugeln fehlen, damit sie mit deren Hilfe je hundert Schritt abzählen und Distanzen messen können.

Der 21. Juli

Es hat sich herausgestellt, gegen eines ist der Lama nicht immun: Rupis. Er hat dem Train die Erlaubnis erteilt, bis zum Satlej zu gehen. Die Schlagintweits mussten allerdings eine Vereinbarung unterschreiben, in der sie sich bereiterklären, sechshundert Rupis Strafe zu zahlen, sollten sie den Fluss überqueren.

Wir lagern nun am Satlej. Nicht weit entfernt halten sich die Hunias auf. Sie wurden uns als Wächter zugeteilt. Die Männer sind laut, sie reden nicht, rufen nur. Ihre Feuer brennen die ganze Nacht. Mit ihrem schiefen Gesang, der die Pferde aufschreckt, übertönen sie sogar den Fluss. Die Hunias tun das mit Absicht. Sie wollen uns daran erinnern, dass sie da sind. Dass wir es keinesfalls wagen sollen, den Satlej zu überqueren.

Adolph versucht, seinen Bruder von einem nächtlichen Vorstoß zu überzeugen. Robert widerspricht ihm deutlich: Er schweigt. Das lässt Adolph bestimmt seinen älteren Bruder vermissen. Mit Hermann könnte er zumindest streiten.

Ich habe ihm geraten, ein Fenster in die Zukunft zu malen.

Er sah mich an, als hätte ich Tibetisch gesprochen.

So können Sie Dinge sehen, die noch nicht da sind, erklärte ich.

Adolph erwiderte, für solche Spielereien habe er keine Zeit. Ich solle ihn in Ruhe arbeiten lassen.

Er ist nicht nur verärgert, weil wir auf dieser Seite des Flusses feststecken. Sein Ärger entspringt noch einer anderen Quelle. Mir ist aufgefallen, wie er mich betrachtet, seitdem wir Milum verlassen haben. In meinem Zimmer dort störte es ihn nicht, dass ich immerzu lag und nicht gehen konnte. Im Gegenteil, wenn er zu mir kam, gab er mir das gute Gefühl, bald wieder gehen zu können, und er gab sich das gute Gefühl, mir ein gutes Gefühl zu bringen. Aber das war einmal. Betrachtet

Adolph mich jetzt, kann er nur die Dinge sehen, die da sind: Ein nutzloses Paar Beine, ein unbrauchbarer Übersetzer, eine überflüssige Last.

Der 23. Juli.
Wir haben einen Weg gefunden. Ein Verwandter Mani Singhs* hat sich für die Schlagintweits beim Dzongpon in Daba verwendet. Die Verhandlungen wurden angeblich so intensiv geführt, dass ganz Daba mithören konnte. Der Train darf nun bis zum Chakola-Pass vorrücken. Mani Singh streichelt zufrieden seinen Bart. Er sagt, dank Bara Mani hat er die größte Schande abgewendet. Der Sikh fühlt sich noch immer dafür verantwortlich, dass der Train an der Grenze entdeckt wurde. Er rät mir, mit offenen Augen zu schlafen. Der Verräter sei unter uns.

Der 26. Juli.
Ich habe eine wichtige Aufgabe für dich, hat Adolph gesagt. Ich kann sie nur dir übertragen.

Und ich, ich habe sofort Ja gesagt wie ein haarloser, zahnloser, schwanzloser Affe. Ja, Schlagintweit Sir, welche Aufgabe?

Du musst den Train bewachen, sagte er.

Das machen doch bereits die Hunias.

Aus eben diesem Grund brauche ich jemanden, der auf den Train achtet. Du, Bartholomäus, bist jetzt ein Khansaman.

Das ist unmöglich, sagte ich.

Wenn ich es dir doch sage: Du bist unser Khansaman.

Ich bin ein Krüppel, Sir, ich kann nicht auf den Train achten. Mani Singh ist dafür viel besser geeignet.

---

* Man nennt ihn Bara Mani, den *großen Mani*. Anders als bei unserem Mani hat seine Größe aber mit seinem Reichtum als Händler zu tun.

Robert und ich brauchen ihn bei unserer Exkursion, sagte er.
Wohin gehen Sie?
Wir sind nicht lange fort. Nur ein paar Tage.
Lassen Sie mich zurück, weil ich ein Krüppel bin?
Niemand wird zurückgelassen, sagte er.

Es war das letzte Mal, dass wir miteinander gesprochen haben, bevor er mit Robert, Mani Singh und Mr. Monteiro fortgeritten ist. Noch in derselben Stunde sind die Hunias in unser Lager gekommen. Sie bedienten sich an unseren Essensvorräten. Ich untersagte es ihnen, so laut und gebieterisch ich konnte. Auch wenn wir keine Sprache teilen, brauchte es keinen Übersetzer, um mich zu verstehen. Es wundert mich jedoch nicht, dass sie sich nicht von mir abschrecken ließen. Ich bin eben kein Khansaman. Die drei Bhutias, die Adolph zurückgelassen hat, waren auch keine Hilfe. Sie zogen sich zurück und kamen erst wieder ins Lager, als die Hunias mit ihrem Raubgut abgezogen waren. In dem Moment begrüßte ich es, dass auch sie mich nicht verstehen. Ich nannte sie Feiglinge in fünf Sprachen.

Der 27. Juli.
Die Bhutias sind so nützlich wie ein Messer ohne Klinge. Sie liegen herum und kauen Gras. Ich habe ihnen aufgetragen, Feuerholz zu sammeln. Sie haben auf mich gedeutet und in sich reingelacht, wie es nur niederträchtige Menschen tun. Ich habe einen Stock nach ihnen geworfen. Das haben sie ignoriert. Also habe ich Steine nach ihnen geworfen. Ein größerer traf einen von ihnen an der Schulter. Darauf hörte er endlich mit dem Lachen auf und erhob sich. Er ging zu mir, packte meine Beine und schleifte mich aus dem Lager. Ich schrie ihn an. Drohte ihm mit Strafe. Da hielt er inne. Ich streckte die

Arme nach ihm aus, damit er mich zurück ins Lager trug. Er packte meine Hand, zog mich hoch und stellte mich hin. Für einen Augenblick stand ich. Dann gaben meine Beine nach. Mein Kopf schlug hart auf. Alle Bhutias lachten. Ich stach dem einen Bhutia mit Adolphs Bleistift ins Bein. Darauf nahm er mir den Stift ab, zerbrach ihn und schleuderte ihn fort. Er gab mir einen kräftigen Tritt, sodass ich einen Abhang hinunterrollte und erst nach einigen Metern von einem Felsen gestoppt wurde. Ich schmeckte Dreck und Scham und Blut.

Jetzt habe ich einen Zahn weniger. Ich bin den Abhang wieder hoch und zurück zum Lager gekrochen. In der Zwischenzeit kam die Abenddämmerung und die Bhutias sind in das Zelt gezogen. Sie lassen mich nicht hinein. Ich liege nun am Rand des Lagers, die Wärme des Feuers erreicht mich nicht. Aber ein Gedanke hält mich warm: was Mani Singh mit den Bhutias nach seiner Rückkehr tun wird.

Der 28. Juli.
Ich habe seit zwei Tagen nichts gegessen. Die Bhutias teilen nicht die Vorräte mit mir. Aber wenn einer der Hunias ins Lager kommt, geben sie ihm, was er von ihnen verlangt. Der Duft von gebratenem Fleisch und heißer, fetter Milch schwebt zu mir. Mein Magen schmerzt, als hätte ich Scherben verschluckt. Ich möchte zu den Bhutias kriechen und sie bitten, mir etwas abzugeben. Aber ich weiß, das werden sie nicht. Und so bleibe ich hier unter meinem wärmenden Fell. Diese Männer mit dem Verstand eines verkommenen Schafs werden Khansaman Bartholomäus nicht brechen.

Ich bin zu den Bhutias gekrochen. Als ich mich ihnen näherte, wurden ihre mir zugekehrten Rücken breiter und höher. Ich rief nach ihnen. Sie reagierten nicht. Darauf kroch ich noch näher und deutete ihnen, etwas essen zu wollen. Sie sprachen miteinander. Einer machte eine Geste, als würde er einen Hund verscheuchen. Ich fürchtete, sie würden mich wieder wegschleifen. Der Schmerz in meinem Magen machte mir Mut. Ich deutete ihnen immer wieder: Essen. Schließlich warf mir einer von ihnen einen Knochen hin. Er war größtenteils abgenagt. Ich rührte ihn nicht an und deutete auf das verkohlte Tier über dem Feuer. Der Bhutia schnitt ein Stück Fleisch ab, hielt es mir hin. Ich konnte nicht bestimmen, welches Tier sie aßen. Mir war es einerlei. Ich griff danach und der Bhutia wich zurück, steckte es sich in den Mund und kaute wie ein hochmütiger Büffel. Die anderen Bhutias lachten. Ihr seid die Väter der Anderen!, rief ich auf Deutsch, ich verwünsche euch noch mehr als Milum! Die Bhutias betrachteten mich ausdruckslos. Ich hätte sie gerne mit noch mehr Flüchen belegt. Doch meine Kräfte schwanden. Ich nahm den Knochen und kroch zurück zu meiner Stelle am Rand des Lagers.

Ich habe jeden Fetzen Fleisch verzehrt, den ich daran fand. Jetzt sauge ich daran. Der Schmerz in meinem Magen sticht tiefer.

Wie lange haben meine Eltern so gelebt, bevor ihr Ende kam?

Der 29. Juli.
In der Nacht wurde ich geweckt, als einer der Bhutias meine Sachen durchwühlte. Ich versuchte, ihn davon abzuhalten. Er stieß mich beiseite. Als er das Museum fand, riss er einige Seiten heraus, zum Glück waren sie noch unbeschrieben. Mit ihnen entfachte er das Feuer neu.

Ich muss das Museum besser schützen. Nach diesem Eintrag werde ich es vergraben und erst dann wieder hervorholen, wenn Adolph und die anderen zurück sind.

Ich sollte nicht schreiben. Aber ich kann nicht ohne das Museum sein. Es ist der einzige Ort, an dem ich gehen kann und niemals Schmerzen empfinde. Im Museum bin ich genau der Bartholomäus, der ich sein will. Die Bhutias können das niemals verstehen. Zwei von ihnen sind im Morgengrauen zu mir gekommen und wollten mir das Büchlein abnehmen. Ich steckte es unter mein Hemd. Sie rissen an meiner Kleidung. Ich schrie um Hilfe. Der erste Name, der aus meinem Mund kam, war Adolph. Das überraschte mich. Ich hätte mit Mani Singh gerechnet. Aber natürlich rief ich auch nach ihm. Und nach Mr. Monteiro. Und auch nach Smitaben. Und sogar nach Vater Fuchs. Die Bhutias wechselten ein paar Worte miteinander. Sie schienen sich uneins. Ich nutzte die Gelegenheit und hielt ihnen die Zeichnung vom Chiner Peak hin, mit ihren horizontalen Linien. Der eine nahm sie zufrieden und machte damit Feuer. Der andere schien zu überlegen. Auch wenn ich diesem geistigen Floh nicht zutraue, nur zwei Gedanken aneinander reihen zu können. Er beugte sich über mich, sein Atem roch nach saurer Milch. Der Bhutia packte mein Hemd am Kragen und riss es auf, um ans Museum zu kommen. Dann hielt er inne, griff nach etwas. Vater Fuchs' Taschentuch. Er hielt es hoch und rief den anderen Bhutias etwas zu, als hätte er soeben einen Panther erlegt. Ich verlangte das Taschentuch zurück. Er steckte es ein und entfernte sich. Ich kroch ihm nach, hielt mich an einem seiner Beine fest. Er wollte mich abschütteln, trat nach mir, aber ich ließ nicht los. Die anderen amüsierte das sehr. Der Bhutia griff meine Haare. Aber ich ließ nicht los. Der Bhutia sagte etwas Zorniges und schlug mir ins Gesicht.

Als ich aufgewacht bin, schien die Sonne. Sie konnte aber nicht den Nebel ums Lager vertreiben. Ich befühlte mein Gesicht. Meine Nase war geschwollen. Vielleicht ist sie auch gebrochen. Ich weiß nicht, wie man das beurteilt. Ich lag noch immer dort, wo der Bhutia das Wachsein aus mir gehauen hatte. Es dauerte einen Moment, bis ich mich aufsetzten konnte. Als Erstes stellte ich fest, dass das Museum noch da war. Aber Vater Fuchs' Taschentuch! Ich muss es zurückhaben. Wenigstens das. Humboldts Haar ist für immer verloren. Die Bhutias sitzen vor dem Zelt und tun nichts. Ich habe noch nie ein solches Maß an Faulheit erlebt. Nicht einmal Devinder war so ausgezeichnet im Nichtstun. Ich will zu ihnen kriechen und das Taschentuch holen. Aber sie würden mich nur wieder schlagen. Es ist besser, ich warte auf die Nacht.

Die Nacht ziert sich.
Obwohl die Sonne auf mein Fell scheint, friere ich.
Der eine Bhutia hat sich vor mich gestellt und am Taschentuch gerochen.
Ich werde mich an dir rächen, habe ich zu ihm gesagt.
Auch wenn er kein Deutsch kann, werde ich ihm helfen zu verstehen.

Der 30. Juli.
Als die Bhutias endlich schliefen, tief in der Nacht, bin ich zu ihnen gekrochen. Es dauerte lange, weil ich mich bemühte, lautlos zu sein. Das zuvorkommende Feuer verbarg knacksend das Geräusch meiner lahmen Beine. Die Bhutias schliefen im Zelt. Ich kroch hinein. Wieder half mir das Feuer. Es schickte ausreichend Licht für meine Augen. Mich wunderte, dass diese nichtsnutzigen Männer nicht schnarchten. Sie schliefen lautlos wie Neugeborene. Im Zelt roch es nach Schafswolle, Holz und altem Schweiß. Der eine Bhutia lag hinten im Zelt. Ich musste mich zwischen den anderen zwei Bhutias durchschlängeln, um ihn zu erreichen. Jeder Zentimeter brauchte viel Zeit. Mei-

ne ungehorsamen Beine wollten den Bhutias ins Gesicht treten. Ich musste sie mit beiden Händen davon abhalten. Als ich den einen Bhutia erreichte, konnte ich das Taschentuch nicht sehen. Ich tastete ihn behutsam ab. Seine Taschen enthielten bloß einen gelockten Haarzopf und wenige Kupfermünzen mit chinesischem Gepräge, an einem Lederband aufgereiht. Ich wollte ihm seine Nase vielleicht auch brechen und die Rückgabe des Taschentuchs fordern. Aber ich entschied mich für etwas anderes.

Als ich seinen Wasserschlauch gefüllt hatte, hörte ich draußen Stimmen. Ich sah durch den Zelteingang. Die Hunias durchstreiften das Lager. Ich entschied, dass es im Zelt am sichersten war, und stellte mich schlafend. Jemand betrat das Zelt. Ich hielt die Augen geschlossen. Der Hunia atmete laut. Mit einem Mal begannen meine Beine zu jucken. Es fühlte sich an, als würden unsichtbare Schaben über meine nackte Haut eilen, von den Füßen ausgehend bis zu meinem Bauch. Ich spürte tausende Fühler und abertausende Beinchen. Ich musste mich kratzen. Langsam, vorsichtig. Aber je stärker ich meine gekrallten Finger in die Haut bohrte, desto mehr Schaben folgten. Der Hunia schien das nicht zu bemerken. Er zog sich wieder zurück. Ich wartete eine Weile und bekämpfte die Schaben so gut ich konnte. Als das Feuer erstarb und ich keine Hunias mehr hörte oder sah, verließ ich das Zelt und kehrte zu meinem Fell zurück.

Die Schaben lassen mich nicht schlafen.

Es schneit.

Ich bin unter einer Schneedecke aufgewacht. Mir war aber nicht kalt. Mir ist noch immer nicht kalt. Der Schnee wärmt. Und er beruhigt die Schaben. In meinem weißen Kokon habe ich der Sonne beim Aufgehen zugesehen. Ich werde dazu nicht mehr oft die Möglichkeit haben. Sie stieß einzelne Strahlen durch den Nebel. Einer davon berührte warm meine Stirn. Bald darauf trat der eine Bhutia aus dem Zelt. Ich beobachtete ihn genau. Er kratzte sich am Nacken, hustete, trank aus seinem Wasserschlauch. Hielt inne. Ich lächelte. Er schmeckt es, dachte ich, und doch weiß er nicht, was er schmeckt. Noch einmal hob der Bhutia den Wasserschlauch an und nahm einen langen Zug. Dann spuckte er aus. Schleuderte den Wasserschlauch von sich und schrie. Seine Stimme brach, wie das manchmal bei den Anderen vorkommt. Es war der Klang von Angst. Mein Saft in seinem Mund hat ihn daran erinnert, dass auch er sich vor der Welt fürchten muss. Sie lässt niemanden davonkommen. Weil er mein Taschentuch geraubt hat, dachte er, mächtiger als andere zu sein. Er hat aber keine Macht. Schon gar nicht über mich. Er ist nur ein kleiner Mann mit einem noch kleineren Verstand. Brüllend rauschte er zurück ins Zelt und stritt mit den anderen Bhutias. Mein Lachen taute den Schnee vor meinem Gesicht. Ist Schadenfreude nicht eines der besten deutschen Worte? Sie macht mein Herz groß. Ich freue mich, dass ich sie noch einmal empfinden darf. Wenn Adolph nicht bald zurückkehrt, oder wenn er sich gar entschlossen hat, doch jemanden zurückzulassen, werde ich bald sterben. Wie, lässt sich schwer bestimmen. Ich erfriere oder verhungere oder die Bhutias kümmern sich darum. Wenn man gestorben ist, weiß man dann, woran man gestorben ist? Ich bin nicht traurig, weil es mich bald nicht mehr gibt. Schließlich bin ich viel älter als die meisten Menschen in Blacktown bei ihrem Tod. Es macht mich aber traurig, dass ich Smitaben nicht länger beschützen und das Museum nicht vervollständigen kann. Ich hoffe, Vater Fuchs und Smitaben verzeihen mir.

Ich wünsche mir, als Elefant wiedergeboren zu werden. Elefanten sind die schönsten Tiere der Welt. Sie sind selbst dann groß, wenn sie klein sind. Und ihre Familie hält immer zusammen und beschützt sie.

Die Bhutias sind gekommen, diesmal alle drei. Sie zertrampelten meine wärmende Schneedecke und warfen mein Fell beiseite, durchsuchten meine Sachen, entfernten meine Stiefel, zogen mich aus. Abwechselnd riefen sie mir immer wieder dasselbe Wort zu. Was auch immer es bedeutet, sie meinten das Museum. Ich hatte es längst versteckt. Sie konnten mich haben, aber nicht das Museum.

Einer von ihnen packte mich und stellte mich hin, wie sie das schon einmal getan haben. Für einen Augenblick stand ich. Und für noch einen. Und für noch einen weiteren. Meine Beine gaben nicht nach. Die Schaben waren in Aufruhr. Sie drangen in meine Haut ein. Aber ich stand. Die Bhutias erstaunte das nicht weniger als mich. Sie verstummten und rührten sich nicht. Als hätten sie erst jetzt einen Menschen in mir erkannt. Das war zu viel für ihren geschrumpften Geist. Sie schubsten mich und ich fiel. Als ich am Boden lag, traten sie auf mich ein. Ich rollte mich zusammen, schützte meinen Kopf mit den Armen. Die Tritte wurden stärker, härter. Der Schmerz verscheuchte die Schaben. Vor mir sah ich die Sohle meines Stiefels. Schnee und Erde und gelbes Moos hingen daran. Und Humboldts Haar.

Ich wusste sofort, dass es seins war. Nicht nur hat keiner der Bhutias silberne Haare, ich habe Humboldts Haar so oft betrachtet, niemals würde ich es mit dem Haar einer anderen Person verwechseln. Es tanzte fröhlich in meinem Atemzug. Die ganze Zeit war es bei mir gewesen. Ich streckte meinen Arm danach aus, auch wenn das meinen Kopf schutzlos ließ, konzentrierte mich allein auf das Haar. Ich pflückte es von der Sohle und schloss meine Faust.

Dann hörte das Treten auf.

Humboldts Haar hat mich gerettet. Ich weiß, das ist ein unwissenschaftlicher Gedanke, und doch gibt es keine bessere Erklärung dafür, dass ich, als ich aufsah, die Hunias erblickte. Sie hatten ihre Säbel gezogen und kamen in einer aufgefächerten Reihe auf uns zu. Humboldts Haar hat die Wächter des Trains gerufen, damit sie mir beistehen. Die drei Bhutias streckten ihnen die Arme entgegen. Der Kushob sprach laut, seine Spucke flog durch die Luft. Die Bhutias gingen auf die Knie. Der Kushob stieß einen nach dem anderen um. Sie blieben wie gelähmt am Boden liegen. Ein Hunia legte das Fell um meine Schultern und wollte mich wegbringen. Ich wehrte ihn ab. Mein Körper schmerzte von innen und von außen, aber ich konnte nicht gehen, ich hatte noch etwas zu erledigen. Der Hunia ließ mich. Ich beobachtete, wie der Kushob Befehle erteilte und die Bhutias sich auszogen. Mit jedem Kleidungsstück wurden sie langsamer. Die Hunias hoben ihre Säbel. Das ermahnte die Bhutias zur Eile. Als sie nackt waren, nahm der Kushob das Eisen aus dem Feuer, auf dem noch immer das Gerippe des verkohlten Tiers aufgespießt war. Er entfernte es, hielt mir das glühende Eisen hin und sagte: Schlagintweit. Ich schüttelte den Kopf. Indier, sagte ich und legte eine Hand auf meine Brust. Er blinzelte und wiederholte: Schlagintweit. Sehe ich für den Tibeter so fremd aus, dass er mich für einen Europäer hält? Oder hat sich nach all den Monaten mit den Brüdern ein wenig Schlagintweitheit auf mich übertragen?

Der Kushob drückte mir das Eisen in die Hände und deutete auf die Hunias. Diese verbeugten sich nun so tief, dass ich bei zweien kahle Stellen am Hinterkopf ausmachte. Solch haarige Rücken waren mir noch nie untergekommen. Ihre Körper zitterten. Ich wollte sie das Eisen spüren lassen. Ich wollte sie daran erinnern, wer der Khansaman ist. Aber ich musste mich um etwas Wichtigeres kümmern. Ich gab dem Kushob das Eisen zurück, holte das Museum und zeichnete für ihn das Taschentuch – trotz weniger Striche bemerkenswert detailliert. Ich deutete ihm, dass es aus Stoff war und ich danach suchte. Er richtete Worte an die Bhutias. Sie antworteten mit hohen Stimmen. Die drei Männer waren zu bebenden Fleischsäcken geworden. Ein Hunia ging hinter das Zelt und kehrte zurück. Von der Spitze seines Säbels baumelte das Taschentuch. Es war so schmutzig, dass die Rosen darauf nicht mehr zu erkennen waren. Die Bhutias hatten sich damit gereinigt. Das Taschentuch stank übel wie eine Latrine in Blacktown. Vater Fuchs' Geruch war für immer ausgelöscht.

Ich wendete mich dem Kushob zu und verlangte nach dem Eisen.

Ich habe mich mit einem großen Feuer von Vater Fuchs' Taschentuch verabschiedet. Die Bhutias brachten mir, ihrem Khansaman, gehorsam so viel Feuerholz, wie ich verlangte, und die Flammen tanzten festlich. Ich weiß, dass Gegenstände nicht wiedergeboren werden, aber dieses Taschentuch ist mehr als bloß ein Gegenstand. Es ist einer der wichtigsten Teile von Vater Fuchs. Vielleicht kehrt es eines Tages in einer anderen Form zurück. Wenigstens konnte ich dafür Sorge tragen, dass seine roten Rosen weiterblühen. Sie zieren nun die Haut der Bhutias.

Am Abend sind Adolph und die anderen im Lager eingetroffen. Der Schlagintweit sprang von seinem Pferd und rief mir zu, ihre Expedition sei lebensgefährlich gewesen, beinahe hätten sie es nicht zurück geschafft.

Ich reagierte nicht darauf und so kam er näher.

Als er mich sah, die blauen Flecken und Kratzer und das getrocknete Blut, blieb er stehen und fragte, was zum Teufel passiert sei.

Ich sagte nichts.

Er verlangte eine Erklärung.

Aber ich schwieg so formidabel wie Robert. Ich saß nur am Feuer, etwas zu nah, und atmete die Hitze ein.

Das meiste erfuhr Adolph vom Kushob, dessen Bericht Mani Singh übersetzte. Danach kam der Schlagintweit wieder zu mir. Er nahm so vorsichtig neben mir Platz, als würde er sich über einen Gletscher bewegen. Aus seinem Gesicht war alle Fröhlichkeit gewichen. Mehrmals holte er Luft wie jemand Luft holt, wenn er etwas sagen möchte. Aber dann kamen doch keine Worte. Ich war dankbar dafür. Die schönsten Sprachen brauchen keine Worte. Um sie zu hören, muss man still zusammen sein.

Der 7. August.

Ich habe lange geschlafen, viele Tage lang. Ich habe keine Erinnerung daran, wie ich vom Lager nach Mangnang gelangt bin. Mani Singh sagt, Adolph sei die ganze Zeit über nicht von meiner Seite gewichen. Der Schlagintweit habe darauf bestanden, dass er mich mit seinem Pferd trägt. Er hat mir Suppe eingeflößt und mich gewaschen und meine Wunden behandelt. In langen Verhandlungen mit den Hunias konnte er sie dazu überreden, dass wir Mangnang betreten durften. Um den Ort zu erforschen, lautet seine Erklärung. Dabei liegt ihm allein daran, dass ich mich erhole, sagt Mani Singh.

Ich sollte wütend auf den Schlagintweit sein, weil er nicht eher zurückgekehrt ist, und doch bin ich einfach froh, dass er da ist. Er hat sein Wort gehalten. (Wenn man von den drei

Bhutias absieht, die er, mit einem Gewehrschuss in den Himmel, fortgejagt und in der Wildnis zurückgelassen hat.)

In mir wächst der Wunsch, dass Adolph mich noch einmal fragt, ob ich ihm vertraue.

Ich möchte herausfinden, was ich ihm darauf antworte.

Seit unserer Ankunft in Mangnang geht es mir schon wieder so bemerkenswert gut, dass ich den Schlagintweit zu einer Besichtigung des Tempels begleiten konnte. Er trug mich auf seinen Schultern. An den Seitenwänden befanden sich Bücher, Musikinstrumente und diese eigentümlichen Gebetsmaschinen. Eine besonders große wurde von einem greisen Lama gedreht. Es könnte allerdings auch sein, dass die Maschine ihn bewegte.

Durch ein viereckiges Loch in der Decke fiel safranfarbenes Licht. Adolph trat mit mir in die Lichtsäule und sah zum Himmel. Ich folgte seinem Blick. Eine Wolke über uns hatte die Form einer Mango angenommen. Das letzte Mal, dass ich eine gekostet habe, ist lange her. So viele Monate und Meilen trennen mich von Mazagaon. Ich denke nur noch selten an Bombay, ich weiß nicht einmal, ob ich dorthin zurückwill. Vater Fuchs und Hormazd und Smitaben sind nicht mehr dort. Kann Bombay ohne sie noch mein Zuhause sein?

BEMERKENSWERTES OBJEKT NO. 54

Der höchste Punkt der Welt

Ich bin der höchste Punkt der Welt.
Alle anderen Menschen befinden sich irgendwo unter mir.
Natürlich bin ich nicht mehr dort, denn so weit oben kann niemand schreiben, die meisten können nicht einmal gehen oder atmen, aber ich muss nur die Augen schließen und schon bin ich wieder auf Adolphs Schultern auf dem Ibi Gamin, wo ich einen Höhenrekord aufgestellt habe.
22 260 Fuß.
Der letzte Fuß ist der Unterschied zwischen Adolphs Kopf und meinem. Einer der kleinsten Indier hat den bisher höchsten Punkt der Welt erreicht.

Der Ibi Gamin befand sich auf unserem Rückweg aus Tibet. Beim Besteigen hat Adolph darauf bestanden, mich fast die ganze Zeit zu tragen. Nur selten übernahm mich Mani Singh, wenn der Schlagintweit länger stehen blieb, um Kräfte zu sammeln und Luft einzusaugen, sodass er sich nicht dagegen wehren konnte, wenn der Sikh mich auf seine Schultern setzte. Adolph trug mich wie Jesus das Kreuz. Ich bin natürlich leichter, handlicher und kein Römer zwang ihn dazu, aber er tat es mit einer ähnlichen Hingabe. Er musste das tun. Ich glaube, es war seine Art, sich dafür zu entschuldigen, dass er mich mit den verschlagenen Bhutias allein gelassen hat.

Es war mir recht. Ich wäre sonst am Ibi Gamin gescheitert wie so manch anderer im Train. Kopfschmerzen hämmerten mit jedem Schritt auf uns ein. Blut lief allen aus der Nase, manchen aus den Ohren, einem aus den Augen. Von vierzehn Leuten hat es nur die Hälfte bis zum höchsten Punkt geschafft. Adolph nannte den Ibi Gamin einen ungemütlichen Berg und versuchte ein Grinsen, das zu einem Lächeln misslang. Robert sagte zu Adolph, er habe ihn noch nie so erschöpft gesehen. Damit kritisierte er mich auf den Schultern seines Bruders. Als auf 22 259 Fuß ein, wie Adolph sagte, wütender Nordwind einsetzte, beschlossen die Brüder, nicht weiter bis zur Spitze zu gehen. Roberts Blick sagte, dass er mir selbst den Wind vorwarf. Aber ich ließ mir diesen feierlichen Moment nicht von ihm nehmen. Aussicht gab es kaum, Wolken und Nebel schlossen sich um uns, es war beinahe fünfzig Grad unter null, unsere Augen schmerzten vom Schneestaub, und doch hatte ich selten etwas so Bemerkenswertes erlebt.

Eine schmale Linie im Schnee zeichnete unseren Weg bis hier oben nach. An ihrem Ende stand Adolph, seine Kraft schob mich in den Himmel.

Wo wir waren, ist noch nie jemand gewesen.

BEMERKENSWERTES OBJEKT NO. 55

Badrinaths plötzliche Wärme

Wir befinden uns endlich auf indischem Territorium. Also auf Vicky-Territorium. In Badrinath haben sich Abdullah und Harkishen erneut dem Train angeschlossen. Ich lese dem Brahmanen wieder aus dem Museum vor, und obwohl sein Deutsch meines Erachtens keine Fortschritte gemacht hat, behauptet er jedes Mal, er kenne diese oder jene Stelle bereits. Das sagt er auch über Passagen, die ich während seiner Abwesenheit verfasst habe.

Ich weiß jetzt, dass er der andere Verräter ist. Gleich am ersten Morgen, nachdem er in den Train zurückgekehrt ist, hat meine Botschaft an Eleazar wieder meinen rechten Stiefel verlassen.

Ich behalte diese Entdeckung vorerst für mich. Vielleicht kann sie mir noch von Nutzen sein.

In Badrinath hat Adolph mich zu den Badebassins mitgenommen. Andere Pilger, darunter Männer wie Frauen, hatten Mühe, nach dem Baden ihre nassen Kleidungsstücke, mit denen sie ihre Körper verhüllten, unter trockenen Stücken abzustreifen. Adolph schämte sich nicht für seine Nacktheit. Seine Haut ist weißer als Elfenbein. Er wollte mir beim Ausziehen helfen. Ich lehnte ab, behielt meine Kurta an. Aber ich ließ mich auf seinen Schultern durchs heiße Quellwasser tragen. Das war fast wie Schwimmen. Vater Fuchs hätte sich gefreut.

Adolph fragte mich, ob ich noch einmal mit ihm nach Tibet gehen würde, seine Untersuchungen seien noch nicht abgeschlossen. Ich schwieg, weil ich nie mehr dorthin will. Und auch, weil ich nicht will, dass er geht. Nachdem wir eine Weile stumm durchs dampfende Wasser gewatet waren, versprach er mir, mich diesmal nicht allein zu lassen. Das erfüllte mich mit einer plötzlichen Wärme. Eine Wärme, die ich das letzte Mal gespürt habe, als Vater Fuchs sich von mir durchs Museum hat führen lassen.

BEMERKENSWERTE OBJEKTE NO. 56 & 57 & 58

Falsche Theorien
Das Lachen auf Adolphs Schultern
Harkishen

Der größte Wissenschaftler der Welt hat sich geirrt. Während ich das hier schreibe, zittert Humboldts Haar vor Ärger. (Ich bewahre es zwischen den Seiten des Museums auf.) Adolph misst die unsichtbaren Größen des Erdmagnetismus: die Horizontal- und die Vertikalintensität, die Deklination und die Inklination, aber seine Instrumente teilen ihm nicht mit, was er bestätigen will. Humboldts Theorie ist falsch. Die Intensität nimmt in der Höhe nicht ab. Adolph fährt dennoch mit seinen Messungen fort. Zuerst nahm ich an: weil er so fest an seinen zweiten Vater glaubt. Aber nein, er sagt, ein neu hinzukommender Punkt hat für die allgemeine Theorie desto größere Wichtigkeit, je weiter er von den andern, schon zu unserem Besitz gehörenden entfernt liegt. Das sind nicht seine Worte, sie gehören einem gewissen Gauß. Dieser soll laut Adolph ebenfalls ein großer Wissenschaftler unserer Zeit sein. Wenn Gauß recht hat, dann sind nicht nur die Punkte, welche die Schlagintweits sammeln, von größter Wichtigkeit, sondern auch meine.

Ich habe zwar keinen Besitz in Bombay. Wenn man aber davon ausgeht, dass ich mein Leben dort besitze, denn es gehört ja nur mir und niemandem sonst, dann ist der Himalaya denkbar weit davon entfernt.

Ich bin ein zweites Mal nach Tibet vorgestoßen. Adolph ist mein Palki. Es war vielleicht eine dumme Idee, ihn zu begleiten. Ein Teil von mir wünscht sich, dass er sein Versprechen bricht, damit ich einen Grund habe, ihm nicht zu vertrauen. Was aber, wenn er es hält?

Wir haben uns von Robert, Mr. Monteiro und den Kulis getrennt. Der Train, in dem seit der Grenze alle wie Spione verkleidet sind, besteht allein aus Mani Singh, Abdullah und Harkishen. Robert war dagegen, dass der Brahmane uns begleitet, weil er ein Hindu ist und solche in Tibet nicht wohlgelitten sind. Aber Adolph hat – wieder einmal – nicht auf seinen kleinen Bruder gehört.

Ich weiß, warum. Auch wenn er das nicht gesagt hat. Adolph hofft, Harkishen kann mich heilen. Bei jeder Rast ruft er den Doctor und fordert ihn auf, mich zu untersuchen. Der Doctor gehorcht, tastet meine Beine ab und fragt mich, ob ich dies oder jenes spüre. Ich sage Ja und Ja und Ja. Harkishen kann sich nicht erklären, warum meine Beine, die wach zu sein scheinen, mich nicht tragen wollen. Das macht Adolph nachdenklich. Mit der gleichen Bestimmtheit, mit der er von der Besteigung des Ibi Gamin gesprochen hat, verkündet er mir, ich werde bald wieder gesund. Wenn ich dann laut schweige oder seinem Blick ausweiche, wiederholt er seine Worte, als würde sie das wahrer machen. Anfangs musste ich ihn noch bitten, mich hochzunehmen, aber inzwischen brauche ich nicht einmal mehr die Arme auszustrecken. Er sieht mir an, wenn ich nicht länger dort sein will, wo ich bin, und hebt mich jedes Mal ohne den kleinsten Einwand auf seine Schultern. Man sieht dort oben nicht so weit wie bei Mani Singh, und doch ziehe ich den Schlagintweit meinem Freund vor. Wenn Adolph mich trägt, fühlt sich das weniger an, als wäre ich eine Last auf einem fremden Körper. Der Schlagintweit hält meine Beine auf eine Weise fest, dass sie mit seinem Oberkörper zu verwachsen scheinen. Erschütterungen werden abgefangen, ehe sie mich erreichen. Manchmal kommt es mir sogar so vor, als würde ich seine Bewegungen bestimmen. Wenn die East India Company wüsste, dass der Anführer ihrer teuren Expedition von einem Krüppel aus Bombay gelenkt wird!

Einem lachenden Krüppel. Es gibt in Tibet weniger Luft zum Atmen als in Indien. Und auf Adolphs Schultern ist die Luft sogar noch dünner. Und doch verwenden wir das meiste davon zum Lachen.

Mani Singh ermahnt uns, mit der Luft so sparsam umzugehen wie mit Wasser in der Wüste, und Harkishen sagt, die Arroganz lachender Wanderer im Himalaya wird von den Göttern mit Lawinen bestraft. Aber Adolph sagt, er will lieber lachend als stumm sterben.

Ich auch.

Der Schlagintweit erzählt mir, wie er, als er und seine Brüder noch Kinder waren, zusammen mit Hermann einmal Kuchen, gefüllt mit knusprigen Bienen, gebacken und ihrem Mallehrer Dillis geschenkt haben und dieser gleich drei Stück hintereinander verzehrt hat. Wie die beiden der Rosa Salz von nebenan die Unterwäsche geklaut und damit ihre Katze bekleidet haben. Wie sie beim Klettern vom Dach gestürzt sind und Hermann sich den linken Arm und Adolph sich den rechten Arm brach und sie fortan einander beim Anziehen und Essen und Waschen und Prügeln helfen mussten.

Die Geschichten unterscheiden sich nicht wesentlich von denen, die er mir in Südindien erzählt hat, als ich ihn für meinen neuen Bruder hielt. Sie sind nicht bemerkenswert.

Was sie mit uns machen, das jedoch schon.

Wenn der größte Wissenschaftler der Welt sich irren kann,

dann kann ich das auch. Meine Theorie war falsch. Adolphs Spiegel ist nicht besonders groß. Er hat sogar den kleinsten Spiegel der Schlagintweits. Darin sieht er meist Hermann und gelegentlich Robert. Beide kommen häufiger in seinen Geschichten vor als er selbst. Er vermisst seine Brüder, besonders Hermann, von dem er glaubt, dass er nicht mehr lebt. Ich kann ihm damit noch immer nicht helfen. Aber ich kann mit ihm lachen. Wenn wir es gemeinsam tun, fühlt sich das beinahe so an, als wäre ich früher dabei gewesen, mit jedem Lachen webe ich mich in seine Vergangenheit ein. Es scheint mir, ich kenne ihn schon viel länger als erst seit fast einem Jahr. Das Lachen platzt aus mir heraus, eigentlich dringt es aber tief in mich ein und häufig kann ich gar nicht bestimmen, welches davon seines und welches meines ist.

Diese neue Sprache will ich weiter mit ihm teilen.

Spät nachts oder im Morgengrauen, wenn alle schlafen, fordere ich meine Beine heraus. Ich krieche zu einem Felsen oder einem Baum, ziehe mich hoch, richte meinen Körper auf und stehe. Und stehe. Und stehe. Meine Beine können mich nirgendwohin befördern, jedenfalls noch nicht, aber sie stützen mich, solange ich am selben Ort verharre. Falls ihre Kraft weiter zunimmt, wird Adolph recht behalten. Ich werde wieder gesund. Das sollte mich fröhlich stimmen, aber ich bin nicht fröhlich, ich bedaure es. Sobald Adolph erfährt, dass meine Beine ihre Aufgabe wieder erfüllen, wird er mich nicht mehr tragen und unser Lachen mit seinen Geschichten füttern.

Ob Harkishen wohl etwas ahnt?

Bei jeder Untersuchung kneift er mir fester in die Haut. Ich nehme es ihm nicht übel. Wegen mir muss er durch ein Land reisen, in dem er nicht willkommen ist. Seine Wunscherfüller durften ihn nicht begleiten. Ohne sie ist er leiser, ergebener und, wenn ich mich nicht irre, ein paar Zentimeter kleiner.

Wenn ich ihm vorlese, wiederholt er nun gelegentlich einzelne Wörter:

Dattelpalme? Fühlen? Bräunlich? Toga Virilis? Totenwärter? Holistisch?

Ich erkläre sie ihm gerne. Harkishen betritt als erster Indier mein Museum. Es ist beträchtlich gewachsen, Vater Fuchs wäre stolz auf mich.

Bedauerlicherweise scheint Harkishen sich dort nicht wohlzufühlen. Wenn ich ihm ein Wort erkläre, antwortet er nahezu jedes Mal, er wisse das natürlich. Je tiefer wir ins Museum vordringen, desto seltener lässt er mich aussprechen. Mittlerweile korrigiert er mich, widerspricht mir sogar. Er behauptet, ein *Schwarm* sei ein Gefühl und *rasch* eine Farbe und *Husten* ein Wort für die Zeit im Jahr, in der die meisten Hochzeiten stattfinden.

Anfangs habe ich mich davon nicht beirren lassen. Als er aber am Abend des 9. September, an dem wir auf der Südseite des Phoko-La-Passes unser Lager errichtet hatten, darauf bestand, dass ein Taschentuch eine deutsche Beleidigung sei, ertrug ich es nicht mehr. Ich schlug vor, Adolph zu fragen.

Darauf erwiderte er sofort, als hätte er nur darauf gewartet, ich sei mir meiner Sache also nicht sicher.

Selbstverständlich bin ich das, sagte ich.

Ja, sagte er hämisch, aber den Gora zu Hilfe rufen!

Ich erinnerte Harkishen daran, dass ich ein Übersetzer bin.

Er lachte und fügte hinzu: Für die Goras! Du sagst nur, was sie hören wollen. Du bist in ihrer Sprache mehr zu Hause als in deiner!

Die Wut ließ ihn seine Worte spucken.

Ich werde Ihnen nicht mehr vorlesen, sagte ich.

Du heilst niemals, sagte er. Selbst wenn du wieder gehen kannst, wirst du ein Krüppel bleiben.

Ich wollte wissen, wie er das meinte, aber anstatt zu fragen, ließ ich mich von seiner Wut anstecken und nannte ihn einen Verräter.

Was willst du damit sagen?, fragte er.

Das wissen Sie, sagte ich.

Er wich meinem Blick aus und fasste sich an sein Tikka.

Bevor wir mehr sagen konnten, holte mich Mani Singh, damit ich mit ihm nach Wasser und Holz suchte. Es dauerte lange, bis wir zum Lager zurückkehrten. Der Sikh, der mich auf seinen Schultern trug, musste vorsichtig sein. Die Dunkelheit verbarg steile Abgründe. Und auch wenn ich ihm kaum behilflich sein konnte, suchte ich ebenfalls nach etwas. Ich brauchte eine Antwort für Harkishen. Und für mich.

Am Rand einer hohen Geröllwand habe ich sie gefunden. Ich werde sie ihm morgen mitteilen, ich werde ihm sagen: Sie irren sich. Ich bin zwar in vielen Sprachen zu Hause, das bedeutet aber nicht, dass ich je vergessen könnte, was meine Heimat ist.

Abdullah hat mich geweckt. Das Licht war trüb, als würden wir durch einen dicken Schleier gucken. Wir waren allein im Lager. Ich fragte nach Adolph und Mani Singh und Harkishen. Der Draughtsman wollte mir nichts sagen.

Er hat mich allein gelassen, dachte ich.

Ich rief nach Adolph.

Abdullah legte einen seiner runzeligen Zeigefinger auf seine Lippen.

Ich rief wieder nach Adolph.

Diesmal antwortete er. Ich war erleichtert, meinen Namen zu hören. Der Schlagintweit näherte sich langsam. Seine Schritte waren schwerer, als wenn er mich trägt. Ich sah ihn so an, wie ich ihn ansehe, wenn ich hochgenommen werden will.

Doch Adolph setzte sich neben mich. Er wirkte müde.
Es ist etwas passiert, sagte er und nahm meine Hand.
Er hat noch nie meine Hand genommen.
Soll ich es ihm zeigen, Sir?, fragte Abdullah.
Nein, sagte Adolph.
Ich fragte, wovon sie redeten.
Sir, es ist manchmal besser, wenn man es sieht, sagte Abdullah. Weniger schlimm, als wenn man es sich vorstellt.
Er ist noch ein Junge, sagte Adolph.
Ich verkniff mir zu sagen: Aber die Toga Virilis! Ich spürte, es war nicht der Moment dafür.
Abdullah richtete seinen Blick auf Adolph.
Sir, was sollen wir tun?
Adolph hielt noch immer meine Hand.
Der Unglückliche, sagte er.
Wer?, fragte ich.

Adolph riet mir davon ab, ihn zu sehen. Manche Bilder, sagte er, lassen sich nicht mehr vergessen. Ich wünschte, ich hätte auf ihn gehört.
Er lag am Ufer eines halb zugefrorenen Baches. Das Blut hatte sich in den Schnee um ihn herum gefressen und war danach zu einer roten Pfütze erstarrt. Seine Knochen hatten den Körper aufgespießt, nur sein Gesicht schien unberührt. Er sah überrascht aus. Weil er den Tod nicht hatte kommen sehen? Oder weil er ihn sich anders vorgestellt hatte? Mani Singh legte eine Decke über Harkishen und murmelte ein Gebet. Adolph drückte mich an sich oder vielleicht drückte er sich auch an mich. Abdullah zeigte keine Gefühlsregung. Das Bachwasser floss so eilig, als wollte es nicht lange an diesem Ort verweilen.

Abdullah sagt, der Brahmane muss in der Dunkelheit in die Tiefe gestürzt sein.

Mani Singh sagt, Harkishen ist im Himalaya aufgewachsen, wie konnte er so wenig Vorsicht walten lassen.

Adolph sagt, er war in dieser Nacht womöglich nicht er selbst.

Und ich sage nicht, wie nahe der Schlagintweit der Wahrheit ist.

Wäre Harkishen er selbst gewesen, der Himalaya hätte ihn verschont. Aber ich habe ihm vor Augen gehalten, wer er außerdem war: ein Verräter.

Das hat etwas mit ihm gemacht. Er wollte vor sich selbst weglaufen und er ist so weit geflüchtet, dass er nun nie mehr zurück kann.

Das wollte ich nicht.

Vor unserer Weiterreise habe ich mich von Mani Singh noch einmal zu ihm tragen lassen, das Museum an einer zufälligen Stelle aufgeschlagen und ihm ein letztes Mal vorgelesen. Ich kam nicht weit. Das Weinen war zu stark. Ich sagte ihm, wie leid es mir tut. Aber ich glaube, er konnte mich nicht hören.

BEMERKENSWERTES OBJEKT NO. 59

Ein unheilvolles Paket

Nach Harkishens Unfall war dieser Teil unserer Reise zu Ende. Zwar erkundeten wir Tibet noch über einen Monat lang, sahen Yak-Herden, sahen goldene Klöster, sahen (und überquerten) singende Eisenbrücken und Großfamilien aus Schneebergen. Aber die gemeinsame Reise, die von Adolph und mir, war vorbei.

Ich bedaure das. Und ich frage mich: Wäre unser Lachen nicht mit Harkishen gestorben, wohin hätte Adolph uns womöglich getragen? An noch einen Ort, an dem niemand bisher gewesen ist?

Er wird nie mein Bruder sein, ja. Vielleicht, stelle ich mir vor, hätten wir jedoch entdeckt, dass er noch etwas viel besseres sein kann.

So aber begleitete uns das Bild von Harkishen. Es erschien mir in stillen Momenten und in jedem Abgrund und nachts, wenn ich sonst nichts sehen konnte. Donnerte in der Ferne eine Lawine, hörte ich ihn meinen Namen rufen.

Da ich meine Verbindung zu Eleazar verloren hatte, verfasste ich keine Nachrichten mehr und versuchte, mir nicht vorzustellen, was das für Smitaben bedeutete. Aber ich war noch nie gut darin, nicht an etwas zu denken. Auf unseren langen, stummen Pfaden starb sie in meinem Kopf viele Tode. An jedem einzelnen war ich schuld.

Und dann, als wir Tibet hinter uns gelassen hatten und am 21. Oktober in Masuri mit Roberts Train zusammenstießen, fand ich gleich am nächsten Morgen ein Paket in meinem Stiefel. Es war nicht größer als ein schmales Buch, aber schwerer. Als ich es bewegte, kam aus seinem Inneren ein feines Rascheln.

Eine Nachricht war daran befestigt:
Hüte es wie dein Herz. Unter keinen Umständen öffnen. Jemand wird es holen. Warte nicht zu lange mit deinem nächsten Bericht.
Ich kannte die Handschrift. Sie hatte sich einmal für die von Hormazd ausgegeben und mich zu seinem Ende gelockt.

Das Paket sticht mit seinen Ecken nach mir. Ich verberge es in meiner Tasche oder unter meiner Decke, ich muss jede Nacht und jeden Tag mit ihm teilen. Die Schlagintweits dürfen es nicht entdecken. Ich will wissen, was sich darin befindet, und ich will es nicht wissen.

Eines steht fest: Dieses Paket bringt Unheil. So wie derjenige, der es mir gebracht hat. Ich hätte ihn längst entlarven müssen.

Harkishen war dem Train immer treu, treuer als die meisten von uns. Adolph und Robert haben sich lange über Harkishen unterhalten. So erfuhr ich, dass Harkishen noch einen anderen Namen hatte, einen Decknamen: Explorer No. 9. Er hat als Native Surveyor für die Schlagintweits operiert. Dass er sie als Goras bezeichnet und so oft von Bharat geschwärmt hat, gehörte zu seiner Tarnung. Für die Schlagintweits hat er auf Territorien, die für weiße Männer schwer zugänglich sind, Kartenaufnahmen gemacht und Messungen vorgenommen. Die Schlagintweits sagen, Harkishen hat sein Leben einmal zu oft für die Wissenschaft riskiert.

Als ich den Brahmanen einen Verräter genannt habe, muss ihn das schwer getroffen haben, so schwer, dass er gestürzt ist.

Ich schulde es ihm, dass ich den wahren Verräter finde. Hätte ich ihn früher entlarvt, wäre Harkishen noch am Leben. Meine Beine haben nicht nur meinen Körper, sondern auch meinen Geist lahm gemacht. Ich habe zu viel in meinen Spiegel geguckt, verliebt in mein Leiden, und das Lachen auf Adolphs Schultern gesoffen.

Aber das hört jetzt auf.

V

*Zentralindien,
1855–56*

BEMERKENSWERTES OBJEKT NO. 60

Der wahrscheinlichste Verräter

Jeden Abend wünscht Adolph mir eine Gute Nacht. Seit unserer zweiten Tibet-Reise hat er es nicht ein einziges Mal versäumt. Manchmal klopft er mir dabei auf die Schulter oder zieht kurz an meiner Nase oder nickt mir zu. Niemals berührt er meine Beine.

Ich glaube, er braucht dieses Ritual. Sein Gute Nacht ist eigentlich auch an ihn selbst gerichtet. Adolph sagt, er träumt häufig von Harkishen. Er will mir nicht verraten, was in diesen Träumen geschieht. Aber das muss er auch nicht. Ich kann es mir vorstellen. Der Brahmane erscheint zwar nicht in meinen Träumen. Dafür erscheint mir weiterhin sein Bild.

Vater Fuchs hat mir bei seinem letzten Rundgang abends auch oft ein Gute Nacht zugeflüstert. Damals dachte ich, es wäre allein für mich bestimmt. Nun bin ich mir da nicht mehr so sicher. Vielleicht hat er es ebenfalls an sich selbst gerichtet, vielleicht hat er es wieder und wieder gemurmelt, wenn er in der Khana lag und mit seinem Husten rang.

Im Glashaus war Vater Fuchs' Gute Nacht aber auch ein Signal, nämlich für die Anderen, dass sie sich auf mich stürzen konnten, weil ich ihnen nun für die Dauer der Nacht ausgeliefert war. Adolphs Gute Nacht ist ein Signal ausschließlich für ihn und mich. Sobald er sich zurückgezogen hat und das Lager zur Ruhe gekommen ist, beginnt meine Nacht.

Ich lerne gehen. Ich schaffe bereits sieben Schritte ohne Sturz. Die Schaben wandern dabei hoch bis zu meiner Hüfte und dringen in den unteren Teil meines Rückens ein. Jeder Schritt kostet mich so viel Kraft, als würde ich gegen Nanda Devis Sturmwind ankämpfen. Meine Beine sind schwer wie die eines Elefanten. Ich hebe eines und spanne das andere an, drücke es in den Boden, als wollte ich es verwurzeln, darauf folgt mein Körper dem gehobenen Bein und rauscht nach vorn, mit so viel Eifer, dass das verwurzelte Bein mitgerissen wird, nun folgt der schwierigste Teil, ich lehne mich etwas zurück, damit ich nicht vornüberfalle, aber nicht zu viel, weil ich sonst nach hinten falle, fange den Schwung ab, und lande mit dem einen Fuß neben dem anderen. Ich stehe und schnappe nach Luft und bleibe stehen und lächle, aber nicht zu stolz, weil das mir sonst das Gleichgewicht nimmt und mein Lächeln den Staub küsst. Für jeden Schritt brauche ich so lange wie für das Schreiben des folgenden Satzes: Ich habe einen Schritt gemacht.

Den ersten habe ich an dem Tag gemacht, an dem ich das Paket empfangen habe. Gleich danach wollte ich nach Adolph rufen und ihm davon erzählen. Aber etwas hielt mich davon ab. Ich versuchte mich stattdessen am zweiten Schritt.

Bisher weiß keiner im Train, dass ich nachts meinen Beinen erneut ihre Sprache beibringe. Ich achte darauf, dass mich niemand beim Lernen beobachtet.

Jeder im Train hat Geheimnisse. Und gehen zu können, obwohl alle glauben, dass ich es nicht kann, scheint mir ein passendes Geheimnis für mich zu sein. Schließlich ist es nur eine Frage der Zeit, bis man vor etwas, oder jemandem, weglaufen muss. Das hat Blacktown mich gelehrt.

Der Einzige, dem nicht entgangen ist, dass sich etwas in meinem Körper verändert, ist Robert.

Geht es deinen Beinen besser?, hat er mich gefragt, als wir durch eine enge Schlucht zogen und Mani Singh mich trug.
Ich tat so, als hätte ich ihn nicht gehört.
Mani Singh tat das nicht.
Was meinen Sie, Sir?, fragte er.
Der Junge sitzt anders als zuvor. Aufrechter.
Tut er das?, sagte Mani Singh.
Ich bin einfach besser im Sitzen geworden, sagte ich.
Der Sikh lachte.
Robert nicht. Er betrachtete mich nur.
Es wäre mir lieber, er würde die Genauigkeit seines Blickes auf wissenschaftlichere Objekte richten. Mein Geheimnis soll eines bleiben.

Es gibt aber noch einen Grund, warum meine Nächte lang sind: Ich lauere dem Verräter auf.
Sobald ich eine Nachricht im Stiefel hinterlassen habe, lege ich mich hin und warte. Ich bin geduldig, aufmerksam, leise.
Nur: Vorzugeben, dass man schläft, ohne tatsächlich einzuschlafen, gestaltet sich schwieriger, als sieben Schritte zu machen. Ich muss besser im Wachbleiben werden. Schließe ich nur, kurz die Augen, ist die Nacht plötzlich verschwunden und mit ihr die Nachricht.

Offenbar beschränkt sich Abdullahs Talent nicht nur aufs Zeichnen.
Ich habe das Museum zu Rate gezogen und es hat mir gezeigt, wer zu welcher Zeit Teil des Trains war. Da ich Harkishen ausschließen kann, ist der Draughtsman der wahrscheinlichste Verräter.
Ein Soldat besitzt die nötigen Verbindungen, um Nachrichten durchs Land zu schicken. In Tibet haben ihm diese gefehlt

und er war die meiste Zeit von mir getrennt, deshalb haben die Nachrichten meinen Stiefel nicht verlassen.

Außerdem beherrscht Abdullah eine bemerkenswerte Unauffälligkeit. Wenn ich ihn beobachte, schweift mein Blick immer ab. Er ist ein widerspenstiges Objekt, außergewöhnlich in seiner gewöhnlichen Art zu gehen, zu reden, seinen Bart zu kämmen, sich am Hals zu kratzen, zu beten, auszuspucken, zuzuhören, zu pissen, sich zu waschen und die Befehle der Schlagintweits mit einem Nicken zu quittieren.

Das einzige Außergewöhnliche an ihm sind seine Zeichnungen. Wenn Bilder die Wahrheit darstellen, dann müssten Abdullahs Arbeiten etwas über ihn verraten. Während er zeichnet, leiste ich ihm Gesellschaft. Allerdings nicht zu oft, damit er keinen Verdacht schöpft. Seine Hände tanzen über das Papier wie bei Adolph. Ich kann Abdullah und seinen Bildern keine bedeutende Wahrheit entnehmen. Im Unterschied zum Schlagintweit scheint das Zeichnen ihm keine Gefühle zu geben. Er entwirft eine Talansicht oder verblassende Wolken oder die Unschärfe in sandiger Luft ausdruckslos, als würde er in die Leere starren.

Ahnt er, dass ich ihn verdächtige?

Ich muss tiefer in ihn vordringen. Glücklicherweise hat mir der beliebteste Mann von ganz Bombay vorgelebt, wie das gelingen kann.

Wo kommst du her?, habe ich Abdullah gefragt.

Aus Puschpapura, sagte er.

Ich wartete, ob er das noch etwas ausführen würde.

Abdullah zeichnete bloß weiter.

Vermisst du Puschpapura?, fragte ich.

Was?, sagte er.

Deine Heimat.

Abdullah hielt einen Moment inne.
Nein, sagte er.
Warum nicht?
Du stellst viele Fragen, sagte er.
Ich erzählte ihm vom Museum und dass er ein Teil davon ist.
Er sagte: Ich möchte nicht in dein Buch gesteckt werden.
Wieso nicht?
Steck mich nicht in dein Buch.
In Ordnung, ich werde dich nicht in mein Buch stecken.
Habe ich dein Ehrenwort?
Ich gab es ihm*.
Er nickte und zeichnete weiter.
Ich entschied, dies war nicht der Tag, an dem ich tiefer in ihn vordringen würde, und wollte wegkriechen.
Da sagte Abdullah: Ich weiß, wer dich geschickt hat.
Ich bin aus freien Stücken hier.
Es war der Sikh, nicht wahr?
Ich sah zu Mani Singh, der soeben mit Robert sprach, und er hob grüßend die Hand.
Ich weiß, ihr seid euch nah, sagte Abdullah, aber ich an deiner Stelle würde ihm nicht trauen.
Warum?
Abdullah setzte erstmals seinen Stift ab und wandte sich mir zu. Seine Augen leuchteten wie die Blätter eines Banyanbaumes, auf welche die Sonne scheint. Ein starkes Gefühl brannte in ihnen, ich konnte es deutlich sehen.
Es gibt nur eines, das noch schlimmer ist als ein Ingrez, sagte er.
Und das wäre?
Ein Sikh natürlich!

* Einen Verräter darf man belügen. Das ist vermutlich sogar ehrenvoll.

Dieses Gefühl hat einer der berühmtesten Sikhs in Abdullah entfacht: Maharaja Ranjit Singh*, der Löwe vom Punjab. Als er Puschpapura eroberte, ließ er viele Moscheen in der Stadt zerstören, auch die, in der Abdullah jeden Tag an der Seite seines Vaters betete. Während des Freitagsgebets schlossen die Sikhs die Türen zur Moschee und setzten sie in Brand. Flammen umzingelten die Männer binnen kurzer Zeit. Viele riefen Allah um Hilfe. Abdullahs Vater verließ sich nicht auf ihn. Er trug seinen Sohn in den Waschraum und befahl ihm, in das große steinerne Becken zu steigen, das mit sauberem Wasser gefüllt war. Abdullah hatte sich seinem Vater noch nie widersetzt (außer einmal, heimlich, nachdem dieser ihm untersagt hatte, in seinen Kohlezeichnungen Menschen abzubilden). Aber diesmal weigerte er sich. Er zog an seinem Vater und flehte ihn an, mit ihm ins rettende Wasser zu tauchen. Nur war das Becken zu klein für einen ausgewachsenen Mann. Obwohl Abdullah erst neun Jahre alt war, konnte er das sehen, er besaß ein Talent dafür, die Größe, den Umfang, das Ausmaß von Dingen schnell und präzise einzuschätzen. Und er ahnte, was passieren würde, wenn sein Vater nicht mit ihm kam. Dieser ließ sich nicht beirren. Er packte seinen Sohn und umarmte ihn so liebevoll wie kaum ein Vater seinen Sohn je umarmt hat. Er wollte ihm in einem Moment all die Umarmungen geben, die er seinem Sohn in den kommenden Jahren nicht mehr würde geben können. Darauf stieß er ihn ins Becken. Abdullah wehrte sich, aber sein Vater war stärker, er hielt Abdullahs Körper im Wasser. Selbst als die Flammen ihn erfassten, gab er nicht nach. Abdullah streckte die Arme nach ihm aus. Sein Vater schrie nicht, das Feuer hatte sich noch nicht in ihm festgebissen. Abdullah griff nach seinem Vater, aber dieser drückte ihn

* Kein Verwandter von Mani Singh.

ein letztes Mal unter Wasser und ließ sich dann rückwärts fallen, in die Arme des Feuers. Abdullah wollte ihm folgen, doch er konnte seinen Vater nirgends sehen. Der Qualm raubte ihm die Sicht und kurz darauf das Bewusstsein.

Als er wieder zu sich kam, war er ein Junge ohne Vater. Seine Hände waren verbunden. Auch nachdem die Wunden verheilt waren, kam das Gefühl nicht in sie zurück. Er konnte seine Finger krümmen und die Hände zu Fäusten ballen und sie beim Beten flach auf den Gebetsteppich pressen. Aber er konnte kaum mehr etwas mit ihnen spüren. Es vergingen Monate, bis er einen Stift halten, Jahre, bis er ein Gewehr laden, ansetzen und abdrücken konnte.

Als er dies einigermaßen beherrschte, heuerte er bei den Vickys als Sepahi an. Er mochte die neuen Herrscher von Puschpapura nicht besonders, sie beteten einen anderen Gott an, sie trugen Uniformen in der Farbe tödlicher Flammen und sie hielten Hindi und Urdu für dieselbe Sprache, ja, sie zwangen sogar jedem, der mit ihnen reden wollte, ihre barbarische Sprache auf. Dennoch war Abdullah ihnen dankbar. Sie hatten die Sikhs aus Puschpapura vertrieben und ließen einige Moscheen reparieren. Er hoffte, im Militärdienst den Krieg gegen die Sikhs fortführen zu können. Aber seine Vorgesetzten entdeckten bald, dass sein Talent nicht im Schießen sondern im Zeichnen lag. Sie ersetzten seine Brown Bess durch einen Stift und bildeten ihn zum Draughtsman aus. Abdullah hätte es vorgezogen, das Leben aus den Sikhs zu schießen, und doch war es nicht schwer, ihn zu überzeugen. Das Zeichnen ist bis zum heutigen Tag die einzige Beschäftigung, bei der ein Gefühl zurück in seine Hände fließt. Nur spürt er nicht den Stift, und auch nicht das Papier, nein, er spürt, was er als Letztes gespürt hat, bevor seine Hände verbrannt sind: die Berührung seines Vaters.

So ist aus Abdullah der Mann mit den zwei Gefühlen geworden. Den Hass bewahrt er in seinen Augen auf und die Liebe in seinen Händen.

Warum hast du mir das nicht schon früher erzählt?, fragte ich Abdullah.

Er sagte: Du hast mich nicht gefragt.

Das stimmt. Ich habe nicht einmal mich selbst gefragt, wer der Draughtsman sein könnte. Und nun, da ich eine Möglichkeit von ihm gehört habe, weiß ich nicht, was ich damit anfangen soll. Seine Geschichte will, dass ich ihn verstehe, dass ich ihn mag. Ich lasse mich aber nicht einfach so von Geschichten beeinflussen. Damit ich ihn nicht entlarve, würde jeder wahrscheinlichste Verräter sich neu erfinden.

Und nicht nur sich.

Ganz besonders neu macht er Mani Singh. Abdullah behauptet, der Sikh sei der Verräter, der im Himalaya den Nepalesen und den Tibetern unsere Reiserouten hat zukommen lassen. Als Abdullah das zum ersten Mal sagte, lachte ich bloß. Als er es zum zweiten Mal sagte, kroch ich weg. Als er es zum dritten, vierten, fünften, sechsten, siebten Mal sagte, schenkte ich den haltlosen Anschuldigungen kein Gehör, ich weiß ja, dass sie von seinen zwei Gefühlen genährt werden. Als er es zum achten Mal sagte, widersprach ich ihm. Das tat ich auch bei den nächsten vier oder fünf Malen. Ich sagte ihm, Mani Singh habe mehr als jeder andere nach dem Verräter im Train gesucht, er habe bei unseren Vorstößen nach Nepal und Tibet sogar unter dem Einfluss des Verräters gelitten und sei meiner Meinung nach überhaupt nicht dazu in der Lage, jemanden zu verraten, nicht einmal sich selbst. Abdullah erwiderte, genau deshalb sei Mani Singh der perfekte Verräter: weil ihn niemand für einen hält. Abdullah fuhr damit fort, ausführlich zu schildern, wie Mani Singh seinen größten Widersacher im Train,

Native Doctor Harkishen, im Himalaya eliminiert habe. Diese Geschichte war so … ich würde Vater Fuchs gerne fragen, ob es ein Wort dafür gibt, wenn etwas Falsches überzeugend ist. Beim Hören der Geschichte empfand ich nicht einmal das Bedürfnis zu lachen, wegzukriechen oder zu widersprechen. Sie war so irrig, so weit entfernt von meinem Freund. Sie als Lüge zu bezeichnen, wäre eine Untertreibung. Niemals, niemals kann Mani Singh jene Dinge getan haben, die Abdullah ihm vorwirft. Der Draughtsman sollte das Reden seinen Händen überlassen, dann würde es an Liebe gewinnen und wäre schärfer gezeichnet. Seine Geschichten lassen mich nur noch stärker an Mani Singh glauben, wie richtig unsere Freundschaft ist. Sie wischen jeden Zweifel beiseite. Jeden Zweifel, ja. Mani Singh ist der Mann, der mich vor Nanda Devi gerettet hat und den ich vor Nanda Devi gerettet habe. Uns verbindet Dankbarkeit und Schuld und Vertrauen. All dies wiegt viel schwerer als die Worte eines Draughtsman. Aber das sage ich Abdullah gar nicht erst. Wer ist er schon, dass ich mich ihm erklären muss! Ich brauche Mani Singh nicht zu verteidigen. Nicht vor Abdullah, vor niemandem. Insbesondere nicht vor mir selbst. Das ließe mich zu viel über ihn nachdenken. Der Sikh ist ein ausgedehntes Objekt. Man muss viel Abstand nehmen, um ihn ganz sehen zu können. Nur sieht man ihn dann nicht mehr so genau. Die meiste Zeit, die ich in seiner Nähe bin, verbringe ich auf seinen Schultern, und von dort oben sehe ich weniger von ihm als aus jedem anderen Winkel. Wenn er mich trägt, reden wir kaum. Ich dachte bisher, das sei etwas Gutes; dass wir unsere Freundschaft nicht in Worte übersetzen müssen, um sie zu leben. Das will ich weiter denken.

Warum aber kann ich noch immer nicht die Farbe seines Turbans bestimmen?

BEMERKENSWERTES OBJEKT NO. 61

Der Weg nach Hause

Wir haben Mirath erreicht.

Adolph hat mir (und sich) bereits eine Gute Nacht gewünscht.

Heute sind mir nur fünf Schritte gelungen.

Jetzt lauere ich wieder. Im Museum kann ich mich vor dem Schlaf verstecken. Solange ich schreibe, hält das die Müdigkeit fern. Ich hoffe nur, meine Kerze hält den Verräter nicht fern. Schritte nähern sich.

Alles, wirklich alles hängt mit allem zusammen! Selbst Alexander von Humboldt wäre überrascht zu erfahren, *wie* holistisch die Welt ist.

Ich muss das erklären.

Als sich in der Nacht Schritte genähert haben, löschte ich meine Kerze und legte das Museum beiseite. Ich atmete wie ein Schlafender und ließ mich nicht von den Schaben in meinen Beinen und in meinem Rücken provozieren. Die Schritte machten vor meinen Stiefeln halt. Ich erspähte staubige schwarze Schuhe und die Krempel einer weißen Hose. Als sich ihr Besitzer in meine Richtung drehte, schloss ich die Augen. Ich hörte, wie er meine Stiefel durchsuchte. Es dauerte lange. Hatte er den falschen Stiefel gegriffen? Sein Atmen war geräuschvoll für einen Spion. Ich wagte einen zweiten Blick. Die Hand des Verräters steckte in meinem Stiefel. Er hatte mir den Rücken zugewandt und trug den Waffenrock eines Sepahis. Seine Hand schien festzustecken. Er grunzte, wie es sich nicht für einen Spion ziemt. Mit einem Ruck kam seine Hand frei und der Stiefel fiel neben meinem Kopf zu Boden. Ich hätte mir nicht so viel Mühe geben müssen wach zu bleiben, der Verräter hätte mich geweckt. Er ging nun auf alle viere, suchte und atmete schwer.

Da fiel mir auf, ich kannte dieses Atmen. Es hatte früher die Luft unter dem Feigenbaum im Glashaus erfüllt.

Devinder?, sagte ich.

Er rappelte sich auf, wandte sich zum Gehen, blieb stehen, drehte sich um zu mir und deutete mit einem knubbeligen Zeigefinger auf mich.

Das ist nicht mein Name, sagte er.

Ist er wohl, sagte ich.

Sein Arm sank.

Dieser Mann war etwas schlanker um die Hüfte und etwas breiter um die Schultern als Devinder, und vor allem war er viel rasierter. Ein scharf umrissener Backenbart zierte sein Gesicht. Seine Kopfbehaarung war so kurz, dass sie kaum unter seinem länglichen und lächerlichen Hut hervorschaute.

Und doch war dieser Mann Devinder. Niemals könnte ich diesen müden Gesichtsausdruck vergessen!

Was machst du hier, Devinder?

Er bewegte sich ungewöhnlich schnell und presste mir beide Hände auf den Mund.

Wer bist du?, sagte er. Woher weißt du, wer ich bin?

Ich wollte antworten, seine Hände ließen mich nicht. Ich deutete darauf.

Du darfst nicht um Hilfe rufen, sagte er.

Ich schüttelte den Kopf.

Heißt das, du wirst nicht nicht rufen?, sagte er.

Ich sagte, ich würde nicht rufen.
Devinders Hände übersetzten meine Worte in dumpfe Laute.
Ich kann nicht loslassen, wenn du rufst, sagte er.
Spätestens jetzt war ich mir sicher, das der Sepahi Devinder war.
Ich biss ihm in den Finger.
Er zog die Hände weg, sah mich vorwurfsvoll an.
Ich bin es, sagte ich, Bartholomäus!
Die Veränderungen in seiner Miene waren so schön und langsam wie das Aufgehen einer Blüte. Von Ärger zu Unverständnis zu Zögern zu etwas Erkennen zu mehr Erkennen zu Erkennen zu Freude.
Devinder nahm mich in die Arme und drückte mich grob. Er roch kräftig nach Salz und Schweiß.
Mir war nicht bewusst, wie sehr ich seine Umarmungen vermisst habe.
Warum hast du nicht gleich gesagt, dass du es bist?, sagte er.
Ich betrachtete seine Uniform, das starke Rot und die strengen weißen Linien und die glänzenden Knöpfe. Sie schien ein wenig zu groß für ihn, aber ich hatte ihn noch nie so gepflegt gesehen. Er war nicht mehr der Devinder, der mit seiner Familie in einem Zimmer lebt.
Warum bist du nicht in Bombay?, fragte ich ihn.
Devinder wich meinem Blick aus.
Er sagte: Ich bin auf dem Weg dorthin.

Devinder erzählte mir, er habe sich verlaufen. Er fügte hinzu: ein wenig. Nachdem die Schlagintweits ihn vor über einem Jahr in Südindien aus ihrem Dienst entlassen hatten, war er zum Fußmarsch zurück nach Bombay aufgebrochen. Manchmal war er morgens aufgewacht und wusste nicht mehr, aus welcher Richtung er gekommen war und in welche Richtung er hatte gehen wollen. Nach einigen Tagen erreichte er endlich eine Stelle, die ihm bekannt vorkam.

Es war der Ort, wo die Schlagintweits ihn entlassen hatten. Für eine Weile blieb er dort. Wenn er nicht den richtigen Weg fand, so hoffte er, würde der richtige Weg vielleicht zu ihm kommen. Aber Devinder erinnerte sich nicht. Woran er sich erinnerte: den Duft des Feigenbaums im Glashaus. Wie sehr er ihn vermisste! Und natürlich auch seine Familie, sagte er. Nur war seine Erinnerung an den Feigenbaum so viel stärker. (Er hat dort auch mehr Stunden verbracht.) Die Sehnsucht nach ihm, behauptet Devinder, oder zu viel Zeit ohne Nahrung und mit kaum Wasser, behaupte ich, ließ ihn immer länger schlafen. Wenn er den Weg nach Bombay nicht im Wachsein finden würde, sagte er sich, dann wenigstens in seinen Träumen. Je mehr er schlief, desto müder fühlte er sich. Hätte ihn nicht ein freundlicher Mann geweckt und mit Idlis und Kokosnusswasser zurück ins Wachsein geführt, wer weiß.

Der Mann versprach Devinder, ihn zurück nach Bombay zu bringen. Im Gegenzug verlangte er bloß Zeit. Das erfreute Devinder. Er ist in jeder Hinsicht arm, aber Zeit ist etwas, das er in rauen Mengen besitzt; würde er seine in die Flaschen eines Battliwalas abfüllen und verkaufen können, er wäre reicher als Jejeebhoy.

Devinder ging den Pakt ein. Ein Tag wurde zu einer Woche, eine Woche zu einem Monat, ein Monat zu einem halben Jahr und Devinder zu einem Sepahi. Seitdem der Mann, ein indischer Soldat im Heer der Vickys, ihn für den Militärdienst verpflichtet hatte, waren sie einander nicht mehr begegnet. Devinder aber wartete geduldig auf ihn, wie der Mann es ihm aufgetragen hatte. Devinder ist treuer als ein pflichtbewusster Hund. Es fiel ihm nicht schwer. Etwas Zeit schien ihm kein hoher Preis für den Weg nach Bombay.

Zudem fühlte er sich beim Militär mehr zu Hause als im Glashaus. Die meisten Soldaten schienen nicht schneller zu handeln oder zu denken als er. Sein Regiment bestand größtenteils aus Punjabis, die aus derselben Region wie er stammten. Sie nahmen ihn auf wie einen Bruder, aßen jeden Tag gefüllte Rotis mit Dal und brachten ihm das Schießen und Marschieren bei. Devinder lernte es rasch, sagt er. Also lernte er es zumindest nicht langsam.

Ich war schon immer ein guter Gärtner, sagte er zu mir, aber du solltest mich erst als Soldat erleben!

Ich dachte an seinen trostlosen Garten, schwieg jedoch, um Devinders Redefluss nicht zu unterbrechen. Wie schon früher suchte er nach manchen Worten so lange, als müsste er sie erfinden.

Nachdem Devinder eine Weile lang Militärdienst geleistet hatte, kehrte der freundliche Kamerad zurück. Er versprach Devinder, ihn bald nach Hause zu bringen. Es würde nur noch ein wenig dauern.

Wie lange ist das her?, fragte ich Devinder.

Er dachte darüber nach.

Dann sagte er: Nicht sehr lange.

Eine Woche?, fragte ich.

Ein paar Monate, sagte er.

Ich vergrub die Hände in meinem Gesicht. Vater Fuchs würde sich wünschen, dass ich Devinder beistehe.

Du bist nicht auf seine Hilfe angewiesen, sagte ich zu Devinder. Ich kann dir den Weg nach Bombay verraten. Und da bin ich nicht der Einzige. Warum hast du nicht längst jemand anderen gefragt?

Ich habe ihm versprochen zu warten, sagte Devinder.

Woher weißt du, dass er sein Versprechen hält?

Devinder schwieg einen Moment.

Ich weiß es nicht, sagte Devinder.

Aber?, sagte ich.

Aber, sagte er, er wird es halten.

Du kannst dich nicht darauf verlassen, sagte ich.

Doch, sagte Devinder, diesmal bemerkenswert schnell. Er ist mein Freund.

Ein Freund lässt einen nicht so lange warten, sagte ich.

Es wird sich lohnen, sagte Devinder. Danach wird alles besser.

Was meinst du mit *danach*?

Das darf ich niemandem sagen.

Was darfst du niemandem sagen?

Ich darf niemandem sagen, dass ...

Devinder hielt inne und schmunzelte.

Bartholomäus, sagte er, ich bin nicht der dumme Punjabi, für den du mich hältst.

Devinder ...

Ich bin ein wertvoller Verbündeter!

Für wen?, fragte ich.

Devinder verdrehte die Augen, als hätte er mir das schon längst erklärt.

Für uns!

Das verstehe ich nicht, sagte ich.

Indien, sagte er.

Im selben Augenblick entdeckte er das Paket, das unter meiner Decke hervorragte, und nahm es an sich. Er strich zärtlich darüber, als hielte er eines seiner Kinder im Arm.

Danke, Bartholomäus, dass du es sicher verwahrt hast.

Nun begriff ich.

Dein Freund, sagte ich. Sein Name ist Eleazar, richtig?

Devinder hob den Kopf. Er presste die Lippen aufeinander und starrte an mir vorbei. Er hätte ebenso gut Ja sagen können.

Was ist in dem Paket? Warum wollte Eleazar, dass ich es nach Mirath bringe?

Devinder ließ das Paket stumm in seinem Waffenrock verschwinden.

Schau nicht so betrüblich, sagte er. Bald werden wir frei sein, dann können wir alle nach Hause!

Für den Rest der Nacht ließ er mich allein. Ich konnte nicht schlafen. Vielleicht werde ich nie wieder schlafen. Es hat mich geschmerzt zu sehen, wen Eleazar aus Devinder gemacht hat. Wenn er selbst den groben Punjabi formen konnte, was wird der Bania dann erst aus mir machen?

Werde ich den Verräter auch bald als Freund bezeichnen?

Am nächsten Tag zeigte Devinder mir das Militärcantonnement von Mirath. Als er mich abholte und aufforderte, ihm zu folgen, fragte ich ihn nach Smitaben. Ob er wisse, wie es ihr geht? Er schüttelte den Kopf, sagte, sein Freund habe sie nie erwähnt. Das glaube ich ihm. Devinder kann Lügen so schlecht zum Wachsen bringen wie Pflanzen. Umständlich erhob ich mich, kletterte in die Senkrechte. Devinder beobachtete das. Sein Blick haftete an meinen Beinen.

Ich bin nicht mehr so schnell wie früher, sagte ich.

Das macht nichts, sagte er.

Sonst verlor er kein Wort dazu. Er hievte mich auf seinen Rücken, als hätte er das schon oft getan, und wir gingen los. Meine Beine erwähnte er ebenso wenig wie die vergangene Nacht. Wir schritten umher und waren einfach nur Devinder und Bartholomäus, zwei alte Freunde.

Die Kasernen der Vickys sind sauberer als so manches Gästehaus auf unseren Reisen. In einer Kaserne leben sogar weiße Frauen. Sie gehören zu den Soldaten aus Europa. Devinder sagt, dank ihnen trinken die Firengi weniger. Er macht sich darüber lustig. Niemals würde er sich von seiner Frau vom Trinken abhalten lassen!

In weiteren, nicht ganz so sauberen Gebäuden sind Diener untergebracht. Sie stehen den Firengi gegen das Wetter bei. Je höher die Temperaturen steigen, desto weniger bewegen sich die Firengi. Ihre Diener bespritzen den staubigen Boden mit Wasser, nähen Uniformen, polieren Stiefel und blinzeln in der Hitze, als könnten sie sich so ein kühlendes Lüftchen zufächeln. Ihr Anblick lässt Devinder knurren. Er sagt, in Mirath habe jeder Firengi Macht über viele Körper und viele Indier dürften nicht einmal über ihre eigenen Hände bestimmen.

Die Sepahis sind in noch weniger sauberen Tonhütten einquartiert. Devinder sagt, er würde gerne in einer großen Kaserne hausen, in der die heiße Luft sein Blut nicht kochen lässt. Aber dann müsste er den Raum zusammen mit niederen Kasten oder, schlimmer noch, Moslems teilen. Da zieht er kochendes Blut vor.

Beim Mittagsmahl durfte Devinder uns Gesellschaft leisten. Ich saß zwischen ihm und Adolph, der von einer Theatervorstellung berichtete, die er am Abend besucht hatte. In ihr waren ausschließlich Offiziere der Vickys aufgetreten. Adolphs Meinung nach war die Aufführung dennoch keineswegs schlechter als jene, die er in London gesehen hat.

Abgesehen von einem Aspekt, sagte er. Ich habe das jugendliche Element vermisst.

Ich übersetzte für Devinder. Er wollte wissen, was ein jugendliches Element ist.

Ich fragte den Schlagintweit.

Adolph zeichnete mit beiden Zeigefingern eine Figur in die Luft.

Devinder lachte. Adolph auch.

Ich verstand nicht, was sie so lustig fanden. Aber ich war zu stolz, um nachzufragen. Noch nie hat der Punjabi etwas schneller begriffen als ich. Und nun hatte er sogar eine von Adolphs Zeichnungen schneller erfasst!

Da sagte Robert, der uns gegenübersaß: Er meint Frauen.

Robert sah mich an und wenn ich mich nicht irre, sagte sein Blick, dass er in diesem Moment wenig von seinem Bruder hielt. Seltsamerweise fühlte ich mich Robert dadurch näher. Devinder und Adolph kommunizierten in einer Sprache, die ich nicht beherrsche, noch nicht. Aber Robert und ich kommunizierten in einer Sprache, die Devinder und Adolph nie beherrschen werden. Es ist die Sprache der Jüngsten, Kleinsten. Die Sprache von denen, die später gekommen sind und sich immer etwas mehr anstrengen müssen als der Rest.

Am Abend saß ich neben Devinder vor seiner Tonhütte. Die letzten Sonnenstrahlen ließen den Sand rot leuchten. Wir redeten nicht miteinander. Devinder war nie ein wortreicher Mann gewesen und ich schwieg, weil ich hoffte, in der Stille den alten Devinder zu finden, der sich im Schatten des Feigenbaums (oder zumindest der Tonhütte) Hoffnung einflößt.

Abdullah näherte sich und erinnerte mich daran, dass wir am kommenden Morgen früh nach Agra aufbrechen würden. Er und Devinder grüßten sich militärisch, ehe der Draughtsman sich wieder entfernte. Ich entdeckte keine Anzeichen dafür, dass die beiden mehr verband als das Militär.

Ist er auch ein Verbündeter?, fragte ich Devinder.

Er ist ein Moslem, sagte er.

Bedeutet das Ja oder Nein?

Devinder lachte.

Ach, Bartholomäus!

Ich richtete mich auf und machte mich so groß, wie ich mich im Sitzen machen konnte. Was ziemlich klein war.

Du solltest mit uns kommen, sagte ich. Willst du nicht nach Hause?

Devinder reagierte nicht.

Ich weise dir den Weg nach Bombay, sagte ich. Du könntest schon nächsten Monat dort sein.

Der Punjabi stand auf und trug mich in seine Tonhütte. Er stellte sicher, dass uns niemand beobachtete, schlug dann eine Decke beiseite und grub mit bloßen Händen ein Loch in den Boden, entnahm ihm das Paket. Er reichte es mir.

Das ist mein Weg nach Hause, sagte er. Mach es auf.

Ich darf nicht.

Der Bartholomäus, den ich kenne, hat sich nie davon abhalten lassen, was er darf und was nicht.

Wer hätte gedacht, dass der langsamste Punjabi mich eines Tages an die schnellste Waise erinnern müsste.

Ich nahm das Paket und stemmte den Holzdeckel auf.

Darin befanden sich kleine Behälter aus Papier, kaum größer als Raupenkokons.

Ich sah zu Devinder.

Er nickte auffordernd.

Ich untersuchte einen der Behälter. Er enthielt etwas Körniges.

Das Schießpulver für das neue Enfield-Gewehr, sagte Devinder. Damit werden wir die Ingrez besiegen.

Aber das ist nicht sehr viel, sagte ich.

Genug, sagte er.

Niemals, Devinder. Niemals!

Wir werden es nicht zum Schießen verwenden.

Das ergibt keinen Sinn, sagte ich.

Du bist wahrlich nicht mehr so schnell wie früher, sagte er.

Aber du wirst das noch verstehen. *Danach*. Komm, ich bringe dich ins Bett.

Devinder wollte mich hochheben.

Ich ließ es nicht zu.

Er hat Hormazd umgebracht, sagte ich.

Ich weiß, sagte Devinder.

Du weißt das? Und du bezeichnest ihn trotzdem als Freund!

Hormazd war ein Verräter, sagte Devinder nüchtern. Er hat es verdient.

Ich musterte ihn noch einmal, aber ich entdeckte in ihm nichts mehr von dem gutmütigen Gärtner, und so richtete ich auch keine letzten Worte an ihn, bevor ich wegkroch. Von Devinder hatte ich mich schon vor langer Zeit verabschiedet.

BEMERKENSWERTE OBJEKTE NO. 62 & 63

Adolph Schlagintweit (3)
Jahannam

Adolph bricht sein Versprechen. Es sollte mich nicht wundern. Ich habe diesem deutschen Wort noch nie getraut. Wie soll es einem Sicherheit, Zuversicht schenken, wenn es doch gleichzeitig bedeutet, dass man nicht das gesagt hat, was man sagen wollte?
Als wir Agra am 21. November erreichten, ahnte ich noch nicht, was Adolph mir bald verraten würde. Wir blieben länger in der Stadt, als zunächst beabsichtigt, etwas mehr als eine Woche. Ich glaube, das lag daran, dass Adolph nicht loslassen wollte. Er hielt fest – an seinem Bruder und an Agra, aber auch, daran besteht kein Zweifel, an mir.
Vielleicht machte das diese Tage mit dem Schlagintweit so bemerkenswert schön. Er verbrachte mehr Zeit mit mir als mit jedem anderen im Train. Von Robert erntete ich dafür kalte Blicke. Es machte mir nichts aus. Adolph erkundete gemeinsam mit mir Agra. Er teilte Kraft, Essen und Wissen mit mir. Er lobte fast jeden meiner gezeichneten Striche.
Robert sagte einmal bei unseren Erkundungen, die rohen Konstruktionen der Eingeborenen würden jeden ästhetischen Vergleich mit der Muselmann-Architektur ausschließen.
Abdullah stimmt dem unbedingt zu. Moslems, sagte er,

würden in Indien zu wenig gewürdigt, dabei seien sie ein bedeutender Teil davon.

Es war seltsam, Vater Fuchs' Worte aus dem Mund eines wahrscheinlichen Verräters zu hören.

Adolph sah Agra ähnlich wie sein Bruder. Aber er betrachtete die Stadt nicht nur. Bei jeder Gelegenheit berührte er den roten Sandstein, aus dem die meisten Gebäude bestehen. Mir fiel auf, dass er sich danach nie die Hände wusch oder zumindest abklopfte. Als wollte er die Verbindung zu diesem Ort nicht verlieren. Er beklatschte die Vickys dafür, dass sie viele der eingefallenen Mauern zwischen dem Taj Mahal und der Stadt gesprengt hatten.

So können die Menschen besser den Weg zum Mausoleum finden, sagte er.

Nicht jeder will an den Tod erinnert werden, sagte ich.

Sie sollten sich glücklich schätzen, erwiderte er. Der Tod in Agra hat ein sehr schönes Gesicht.

Robert nahm viele Messungen an diesem Gesicht vor. Er notierte: Eine Sandsteinmauer von 960 Fuß Länge und 330 Fuß Breite umschließt die Hauptfläche. Aus dem umgebenden Garten führt eine Freitreppe von 60 Fuß Höhe zum Taj Mahal. Dessen großer Dom hat 70 Fuß Durchmesser und ragt 260 Fuß in die staubige Höhe.

Im Inneren ließ Robert mithilfe eines Kulis, der im Besteigen von Gebäuden mehr Talent bewies als er, ein Straußenei von der Spitze des Gewölbes an einem dünnen Faden bis zur halben Höhe herabhängen, für Abmessungen. Er sah hoch zu dem Ei, das wie eine winzige, unerreichbare Frucht von der Decke baumelte, und sagte, die meisten europäischen Kirchen würden, einschließlich ihrer Türme, in den Raum passen. Auch urteilte der Schlagintweit, die inneren und äußeren Wände, die mit weißem Marmor aus Jaipur bedeckt und mit Blumenornamenten aus Halbedelsteinen sowie Koransprüchen aus schwarzem Marmor eingelegt sind, seien nicht schlecht ausgeführt. Für Robert ein geradezu überschwängliches Lob. Er ließ es sich allerdings nicht nehmen, darauf hinzuweisen, wie viel großartiger die arabische Kunst sein könnte, würde ihr Glauben ihnen nicht untersagen, Menschen und Tiere abzubilden.

Adolph sah das Taj Mahal, wie gesagt, mit anderen Augen. Lange hielt er sich im Inneren bei den Sarkophagen auf. Dort geschah etwas mit dem Licht, das von draußen hereinfiel. Es wirkte kostbar, als gäbe es nur eine begrenzte Menge davon.

Wir waren an einem Ort, an dem schon viele vor uns gewesen sind, und doch hatte ich das bestimmte Gefühl, nie zuvor sei jemand wie wir dort gewesen.

Ist dir aufgefallen, dass der Sarkophag von Shah Jahan höher gestellt ist?, fragte er mich.

Dafür ist der von Mumtaz Mahal bemerkenswerter, sagte ich.

Sie war seine dritte Frau, sagte Adolph.

Zweite Frau, korrigierte ich.

Bist du dir sicher?

Wer von uns beiden ist der Indier?

Adolph gab mir einen Klaps und ich musste lächeln.

Ich versuchte, mich daran zu erinnern, was ich noch von Vater Fuchs über Agra gelernt hatte.

Bei ihrer Verlobung war sie vierzehn und er fünfzehn Jahre alt, sagte ich.

Fast dein Alter, sagte er. Ich habe dich nie gefragt, ob du verlobt bist.

Nein, Sir.

Liebst du jemanden?

Adolph sah mich an.

Noch nicht, Sir.

Lass dir das keinesfalls entgehen, Bartholomäus!

Ich werde mich darum kümmern, sagte ich.

Shah Jahan muss sie sehr geliebt haben, sagte er. Ich glaube nicht, dass ich jemals jemanden so geliebt habe.

Wussten Sie, Sir, dass Shah Jahan seine letzten Jahre als Gefangener seines eigenen Sohnes verbracht hat? Er wurde im Agra Fort eingesperrt.

Immerhin mit Blick auf das Taj, sagte Adolph.

Man sagt, es war dort heiß wie in der Jahannam, sagte ich. Das ist bei den Moslems …

… die Hölle, ergänzte Adolph.

Es gelang dem Schlagintweit noch immer, mich zu beeindrucken.

Immerhin hatte Shah Jahan stets das Paradies vor Augen, sagte er.

Aber er wusste, dass er es nie erreichen würde. Das hat die Hölle bestimmt noch schrecklicher gemacht.

Ich würde jederzeit vorziehen, in der Hölle zu sein, wenn ich dafür das Paradies sehen dürfte.

Auch wenn Sie es nie betreten könnten, Sir?

Darauf gab er mir keine Antwort. Adolph nahm neben mir auf dem Boden Platz. Im Sitzen war er kaum größer als ich. Er massierte beim Sprechen seinen Hals, das machte seine Worte geschmeidiger.

Ich habe dich belogen, Bartholomäus. Und mich.

Das Licht schwand. Manche der steinernen Blumen an den Wänden schienen sich langsam zu schließen.

Adolph erzählte, im Himalaya, als wir Nanda Devi getrotzt hatten, habe eine Trauer von ihm Besitz ergriffen, eine unermessliche Trauer, die ihn so durchdrungen hatte, dass er sich nicht anders zu helfen wusste, als voranzuschreiten, immer weiter durchs Eis, um ihr zu entkommen. Das sei zweifellos infantil gewesen, sagte er, vor etwas wegzulaufen, das er in sich trug. Er hatte nicht mehr mit ihr gerechnet, er hatte angenommen, das Ausbleiben der Trauer nach so vielen Monaten sei der Beweis dafür, dass sein Vater und er sich nie besonders nah gestanden haben. Aber das stimmte nicht. Als im Himalaya die Befürchtung zur Gewissheit mutierte, dass Hermann verunglückt war, brach der ganze Schmerz über den Verlust seines Vaters hervor. Adolph musste fortwährend an ihn denken. Er sah ihn in seinen Bildern und Träumen, es war, als würde er das Paradies aus der Hölle betrachten. Es gab keine schlechten Erinnerungen. Selbst die schlimmen Momente vermisste er. Der schlimmste: Als er seinem Vater mitgeteilt hatte, dass er nicht die Arztpraxis übernehmen, sondern seiner großen Liebe Geographie folgen würde. Der alte Schlagintweit hatte wenige Worte verloren, hatte sich geräuspert und seinen Blick auf Adolphs jüngere Brüder gerichtet (die in den folgenden Jahren ebenfalls andere Wege einschlagen sollten). Aber die Enttäuschung seines Vaters spürte Adolph deutlich. Sie nahm ihnen beiden etwas, das später nicht mehr zurückkehrte. Adolph ist kein passendes Wort dafür bekannt. Etwas Vertrautes, Wärmendes, Schützendes. Er hatte seinem Vater seinen größten Wunsch verweigert und dadurch wurde sein Vater – das empfand Adolph damals und das empfindet er noch immer – weniger sein Vater. Mit Adolphs Entscheidung starb ein Teil von seinem Vater, den er in sich trug. Das Schlimmste daran war, sein Vater wirkte nicht sonderlich überrascht. Vielmehr stellte sich heraus, er hatte damit gerechnet, wie mit dem Ausbruch einer Krankheit, nachdem die Symptome sich bereits seit Langem angedeutet hatten. Das tat Adolph am meisten weh: Als ihm bewusst wurde, dass sein Vater vorausgesehen hatte, wie sein Sohn sich entscheiden würde, und er trotzdem gegen seine Intuition gehofft hatte. Sein Tod so kurz vor der Abreise, sagte

Adolph, sei kein Zufall gewesen. Der alte Schlagintweit muss zu dem Ergebnis gekommen sein, dass seine Söhne sich nun ganz von ihm abwendeten, dass sie ihn nicht brauchten und auch nicht wollten, und da hat er aufgegeben.

Adolph drehte den Kopf weg. Aber ich hatte seine Tränen längst gesehen. Der Schlagintweit schwieg. Ich wusste nicht, ob er etwas von mir erwartete. Im Trösten habe ich keine Erfahrung. Normalerweise bin ich derjenige, der getröstet wird. Ich beschloss, eine Hand auf seine Schulter zu legen und ihn zu streicheln, wie Vater Fuchs das manchmal bei mir gemacht hat.

Adolph fühlte sich weich an.

Die Nacht war hereingebrochen und unsere Stimmen waren die einzigen Geräusche in der Grabkammer. Wie viele solche Geschichten haben sich Shah Jahan und Mumtaz Mahal in ihren Sarkophagen wohl schon anhören müssen?

Es ist bestimmt ärgerlich, wenn man so viel aus Liebe erschafft und die Menschen stets den Tod darin sehen.

Ich sprach Adolph mein Beileid aus. Ich sprach nicht aus, dass ich soeben begriffen hatte, wie schwach der Schlagintweit eigentlich ist. Die Enttäuschung seines Vaters ist das Schlimmste, was sie je geteilt haben? Adolph sollte sich glücklich schätzen. In Indien drücken viele Väter ihre Zuneigung allein durch Enttäuschung aus. Oder durch Hiebe. Gemessen an den meisten Indiern, die ich kenne, war Adolphs Jahannam ein Paradies. Er war mit einem vorzüglichen Vater gesegnet.

Was aber noch wichtiger ist: Er hatte einen.

Nachdem Adolph sich wieder gefasst hatte, versteckte er seine Schwäche hinter einem Lächeln. Er trug mich nach draußen. Die Dunkelheit zwang ihn, langsam zu gehen. Selbst das sonst blendende Weiß des Taj Mahals wirkte schmutzig. Wind kam auf. Über uns die schrillen Laute von Fledermäusen. Mit einem Mal erhellten Blitze den Himmel. Als wir uns etwas vom Taj Mahal entfernt hatten, blieb Adolph stehen und drehte sich um. Die vier Minarette wuchsen nicht mehr gerade nach oben, sondern waren gebogen und strebten mit ihren Spitzen auf einen gemeinsamen Punkt über dem Taj zu. Die wissenschaftliche Erklärung für dieses Phänomen* führte Adolph gründlich aus. Er wollte sich aus der Rolle des Sohnes zurück in die des Forschers reden. Nur konnte ich das noch nicht erlauben. Zuerst musste ich erfahren, warum er mir all das über sich und seinen Vater erzählt hatte. Als ich ihn fragte, verstummte Adolph. Die Blitze sahen aus wie leuchtende Risse im Nachthimmel. Der Donner fehlte. Es war ein unfertiger Sturm. Adolph formulierte seine Erklärung allgemein und umständlich. Er begann jeden Satz auf dieselbe Weise: Man sollte, man überlegt sich, man kommt zu der Erkenntnis, man weiß ja nie. Aber ich habe ihn durchschaut. Er sprach von sich selbst. Eigentlich wollte er nur sagen, dass er sein Versprechen bricht.

---

* Er sagte in einem Atemzug ziemlich genau Folgendes: Bei ruhigem Anblicke der Beschauer sind solche Gegenstände, wenn jeder derselben vertikal steht, alle parallel und man sieht sie vertikal deswegen, weil wir für jeden derselben unwillkürlich die Stellung durch momentanes Hinblicken auf ihn allein prüfen und dann durch Abstraktion sie als parallel uns denken, es sei denn die Gegenstände wären ausnahmsweise hoch und eng und der Gesichtswinkel wäre durch eine sehr nahe Stellung bei denselben ungewöhnlich groß. Dass abweichend von dem gewöhnlichen Eindruck auf uns vertikale Gegenstände wie diese vier Minarette bei Blitz konvergierend erscheinen, ist dadurch bedingt, dass die Zeitdauer eine unendlich kleine und dass der Eindruck für jede der Linien ein absolut gleichzeitiger ist.

BEMERKENSWERTES OBJEKT NO. 64

Der Gehstock

Der Gehstock ist länger, als ich es bin. Sein dunkles Holz stammt nicht aus Indien, es gehörte früher einem Baum, den Adolph *Esche* nennt. Es ist so fest und hart, selbst Mani Singhs Gewicht könnte es tragen. Am unteren Ende des Gehstocks befindet sich eine Eisenspitze. Mit ihrer Hilfe ließen sich vortrefflich treulose Bhutias zum Gehorsam bringen. Aber sie kann noch mehr. Sie gräbt sich wie eine Klaue in den Untergrund ein, was bei Wanderungen in den Bergen oder beim Durchqueren von Flüssen und Eisfeldern nützlich ist. Damit kräftigt sie nicht nur ihren Besitzer, sie markiert auch seinen Weg. Sie teilt der Erde und allen anderen nach ihm mit, dass er hier war.

Dies ist vielleicht seine wichtigste Eigenschaft, hat Adolph gesagt, als er ihn mir am 19. Dezember in Sager überreichte, dem Tag des Abschieds.

Aber, Sir, Sie werden ihn brauchen, sagte ich.

Er wird dir nützlicher sein als mir, sagte er und fügte, mit gesenkter Stimme, hinzu: insbesondere bei deinen nächtlichen Unternehmungen.

Ich hob überrascht den Kopf und sah den Schlagintweit an.

Es besteht die Möglichkeit, sagte er, dass ich dich manchmal heimlich beobachtet habe.

Die Vorstellung, dass der Schlagintweit mir in vielen Nächten bei jedem Schritt zugesehen hat, löste ein unbekanntes Gefühl aus, warm und stechend.

Ich weiß nicht, ob es mir gefällt.

Sie wissen davon?, fragte ich. Warum haben Sie nichts gesagt?

Du machst das ausgezeichnet, Bartholomäus. Wenn wir uns das nächste Mal sehen, wirst du wieder rennen können.

Ich weiß, warum er mir nicht geantwortet hat. Wäre er auf meine Frage eingegangen, dann hätte er mir seine schwache Seite zeigen, er hätte mir sagen müssen, wie viel es ihm bedeutet hat, mich auf seinen Schultern zu tragen. Dadurch konnte er sich stark und gebraucht fühlen.

Ich umarmte ihn, vielmehr: seine Beine, und drückte ihn fest wie Smitaben mich, als wir uns zum letzten Mal gesehen haben. So gab ich ihm Kraft für die kommenden Monate. Adolph reist mit Mr. Monteiro nochmals in den Süden, um seine Untersuchungen zu vervollständigen. Ich kann seinem Train wenig helfen, ich beherrsche keine der Sprachen dort. Aber in den unsicheren Nord-West-Provinzen, die Robert mit Mani Singh und Abdullah erkunden wird, kann mein Punjabi, Hindi, Gujarati den Unterschied zwischen Leben und Tod ausmachen.

Sorgen Sie sich nicht, Sir, sagte ich zu Adolph. Wir sehen uns bald wieder.

Adolph lachte rau und tief, sein ehrlichstes Lachen. Es ist auch das Lachen, das ich am liebsten höre. Vielleicht, weil es mich an Vater Fuchs' Husten erinnert. Er kann nichts dagegen tun, es platzt aus ihm heraus, bevor er es in etwas übersetzen kann, was sein Gegenüber vielleicht lieber hören würde.

Dann nahm ich den Gehstock, stützte mich auf ihn und stemmte mich hoch.

Als Adolph sich mit seinem Train entfernte, sah ich ihm stehend nach.

Vielleicht hätte ich ihn daran erinnern sollen, dass er sein Versprechen bricht. Aber das wäre eine große Belastung für ihn gewesen. Es hätte ihn von seiner Entscheidung abgebracht, sich für mehrere Monate von mir zu trennen.

KEIN BEMERKENSWERTES OBJEKT

Wie kann es sein, dass jemand, der so viel sieht, so wenig zu sagen hat? Roberts Schweigen legt sich auf den Train, ja, auf ganz Indien. In seiner Umgebung ist der Himmel weniger blau, jedes Roti zäh und eine Stunde lang wie ein Tag. Wir reisen, wie mir scheint, schon seit Monaten und entkommen doch dem Dezember nicht.

Robert schreitet im Train meist weiter hinten, oft sogar als Letzter, um alles und jeden zu beobachten. Und auch, weil er so vermeiden kann, in Gespräche verwickelt zu werden.

Mani Singh führt den Train an, gemeinsam mit mir auf seinen Schultern. Er schüttelt jedes Mal seinen grünen oder blauen Turban, wenn ich mich über den verschlossenen Schlagintweit beschwere. Der Sikh fürchtet sich nicht einmal vor Langeweile.

Abdullah befindet sich meist im mittleren Teil des Trains, damit er rasch dort sein kann, wo er gebraucht wird. Dieser Mann macht keine Fehler, nicht beim Zeichnen und auch sonst nicht. Er hat meine Nachricht über die neue Route des Trains aus dem Stiefel geklaut, ohne von mir gesehen zu werden.

Vielleicht sollte ich weniger lauern und noch mehr trainieren. Jede Nacht gewinne ich Schritte dazu. Mit Gehstock schaffe ich mindestens dreißig. Ich kann mich nun so weit vom Lager entfernen, dass ich in der Dunkelheit auf Erstaunliches stoße: Ich vermisse einen Schlagintweit.

BEMERKENSWERTE OBJEKTE
NO. 65 & 66 & 67 & 68 & 69 & 70

Böse Musik
Trapp und Diorit
Ein Brief an S. M.
Hermann Schlagintweit
Das Blau eines Indiers
Rumal

In Jabalpur haben wir Vorbereitungen für den gefährlichsten Reiseabschnitt getroffen. Wir werden tiefer in den Dschungel und das Gebirge des Gondwana-Plateaus eindringen, die Heimat von Nitu aus Calcutta. Robert bezeichnet es als ungesunden Landstrich. Dort befinden sich die Quellen vieler indischer Flüsse. Jedes Jahr pilgern Hindus zu den heiligsten von ihnen. Aber nicht alle kehren zurück, hat mir Mani Singh erzählt. Manche werden von Tigern gerissen. Mehr noch fallen Seuchen und Fieber zum Opfer. Den meisten jedoch wird das Leben von Thugs geraubt. Die Vickys legen alles daran, diese Banden auszurotten. Sie sind schlecht für den Handel. Thug Behram, einer ihrer Anführer, soll über 125 Menschen ermordet haben. Es heißt, die Thugs bestehen aus Hindus der niederen Kasten und werden von Moslems befehligt. Umso verblüffender, sagt Mani Singh, dass sie alle Kali anbeten. Als Abdullah das hörte, schnalzte er mit der Zunge. Es gibt nur einen Gott, sagte er. Mani Singh fuhr fort: Nicht für die Moslems der Thugs. Die Legende besagt, Kali habe einst gegen den Dämon Raktabija gekämpft. Obwohl die Göttin unerbittlich focht, wuchs aus jedem Blutstropfen von Raktabija ein weiterer Dämon. Kali verlor an Kraft, wurde müde. Da erschuf sie zwei Männer aus ihrem Schweiß und stattete sie jeweils mit einem Rumal aus: auf den ersten Blick bloß ein unscheinbarer, zu einem festen Band gedrehter Kummerbund. Kali trug den Männern auf, mit diesem alle Dämonen zu erdrosseln. So besiegte Kali Raktabija. Danach machte sie es den Männern zur Lebensaufgabe, die Rumals von Generation zu Generation weiterzugeben und jeden Mann zu vernichten, der keiner von ihnen ist.

Auf der Reise durch das Gondwana-Plateau ist eine Begegnung mit Thugs nicht unwahrscheinlich. Sie geben sich als deine Freunde aus, begleiten dich eine Weile, teilen mit dir das Lagerfeuer und so manches Lachen. Bist du eine Frau, ein Fakir, fahrender Musiker, Aussätziger oder einfach ein Europäer, kannst du sorglos mit ihnen lachen. Sie werden keine Hand an dich legen, das verbietet ihre Tradition. Ansonsten musst du vorsichtig sein. Denn sie warten nur einen günstigen Augenblick ab. Sobald dieser gekommen ist, holen sie ihren Rumal hervor. Manche Thugs haben eine Münze eingenäht. Der Rumal wird so um deinen Hals geschlungen, dass die Münze direkt auf deinen Kehlkopf drückt. Das lässt keine Luft rein und keine Hilfeschreie raus. In kurzer Zeit ist es vorbei. Der Thug begräbt dich. Vom Raubgut behält er nur das Nötigste für sich. Den Rest schenkt er einem Tempel der Kali.

Auch sonst rechnet Robert während unserer Erkundung des Plateaus nicht mit freundlicher Aufnahme. Er behauptet, die Bevölkerung dort sei roh und wild. Deshalb hat er alles so eingerichtet, dass er unabhängig von den Menschen dort reisen kann. (Mir scheint, so richtet er sein ganzes Leben ein.)

In Jabalpur rüsteten wir den Train mit Pferden, Zelten, fünfzehn Kamelen und einem Elefanten aus. Viele Kulis wollten entlassen werden, nachdem sie von den Gefahren auf dem Plateau erfahren hatten. Robert beschwerte sich, dass er ihr Gehalt erhöhen musste, damit sie blieben. Dabei wurden sie vor allem von meinen Argumenten überzeugt. Es ist ein Genuss, wieder als Übersetzer gebraucht zu werden. Wie sehr mir das gefehlt hat! Ich komme mir mit einem Mal so beweglich vor. Und obwohl ich weiß, dass ich eher an Adolphs Seite gehöre als an die von Robert, bin ich doch bei Robert am richtigen Platz. Er ließ mich den Kulis mitteilen, sie dürften den Bazar nicht ohne seine besondere Erlaubnis aufsuchen. So wurde verhindert, dass noch mehr Furcht einflößende Geschichten ihre Herzen schrumpfen ließen. Zusätzlich stattete er sie mit Waffen aus. Einige erhielten Flinten und allen wurde entweder ein Talwar oder ein Barcha ausgehändigt. Die meisten von ihnen haben noch nie einen Säbel oder eine Lanze in Händen gehalten. Sie schwangen die Waffen begeistert und ziellos durch die Luft. Der Anblick erinnerte mich an Devinder, als Vater Holbein einmal den Versuch gewagt hat, ihm das Essen mit Besteck beizubringen.

Der 9. Januar.
Wir sind nun seit vier Tagen unterwegs. Roberts Stimmung ist trüber, als ich es je erlebt habe. Er redet nur noch, wenn es unvermeidlich scheint. Wo steckt er bloß all die Worte hin, die sein Kopf produziert? Seinen Ärger darüber, dass wir nur langsam vorankommen, kann ich daran ablesen, wie tief er seinen Hut in die Stirn zieht. Lokale Führer zu finden, gestaltet sich als schwierig. Jedes Mal, wenn wir uns einer Ansammlung aus Bambushütten nähern, flüchten die Eingeborenen ins Dickicht. Dann müssen wir stets warten. Erst nach Stunden

kehren einige zurück. Es gelingt uns selten, sie davon zu überzeugen, dass sie uns länger als einen Tag begleiten. Was mich nicht wundert. Wir sind eine Gruppe aus Firengi, Sikhs, Moslems, Hindus, die unterschiedlich aussehen, unterschiedliche Sprachen sprechen und zu unterschiedlichen Göttern beten. Ich würde uns auch nicht trauen.

Der 10. Januar.
Die Kamele leiden unter dem kantigen Gestein, das laut Robert Trapp und Diorit heißt. Ihre Hufe bluten. Der Elefant räumt mit seinem Rüssel scharfe Steine aus dem Weg, als wolle er Ordnung in die Natur bringen.

Der 11. Januar.
Ein Tiger! Wir können ihn bisher nicht sehen. Aber sein Gebrüll hält uns wach. Abdullah schätzt, er ist weniger als hundert Fuß entfernt. Die Kamele und Pferde sind unruhig. Einige Kulis füttern in ihrer Angst mehr als sonst die Feuer, die in der Abenddämmerung stets ums Lager herum angezündet werden, zum Fernhalten der Raubtiere. Die meisten Kulis halten sich an ihren Barchas und Talwars fest. Ich umklammere mit der einen Hand meinen Stift und mit der anderen meinen Gehstock. Nie zuvor habe ich einen Tiger gehört. Sein Gebrüll lässt sich nicht in Worte übersetzen. Es dringt tief in dich ein und lässt deine Angst schwingen wie eine böse Musik. Niemand ist dagegen gefeit. Nicht einmal Mani Singh. Bei jedem Brüllen macht er einen Schritt rückwärts oder zur Seite, als würde er aus dem Gleichgewicht geraten. Sein Blick ist auf die Dunkelheit jenseits der Feuer gerichtet. Ich habe nach ihm gerufen. Er hört mich nicht. Es gibt also doch etwas, wovor der Sikh sich fürchtet. Das beruhigt mich und nährt meine Angst.

Noch immer schläft niemand im Lager. Der Tiger umkreist uns. Das Brüllen kommt stets aus einer anderen Richtung. Die Kulis feuern Schüsse ins Nichts ab und machen Lärm, rufen, klappern, trampeln. Aber der Tiger lässt sich nicht davon einschüchtern. Robert ist auf den Elefanten gestiegen und hat jedes Mal in die Richtung geschossen, aus der das Gebrüll kam.
Wir warten auf die Sonne.

Der 12. Januar.
Robert hat den Elefanten zurückgeschickt. Trapp und Diorit haben ihn zu wund gemacht. Er weigerte sich voranzuschreiten. Aber wir müssen weiter. Robert sagt, vor ihm ist kaum ein Europäer in dieser Region gewesen. Vielleicht, denke ich mir, hat das ja einen Grund. Muss man denn unbedingt dorthin vordringen, wo noch keiner gewesen ist?
Was ein törichter Gedanke! Vater Fuchs und die Schlagintweits und auch Alexander von Humboldt würden mich dafür auslachen. Die Karte der Welt muss natürlich ausgefüllt werden. Ebenso wie das Museum.

Der 14. Januar.
Ich weiß jetzt, wo Robert seine Worte hinsteckt. Ich habe gesehen, wie er einen Brief an S. M. geschrieben hat. Als der Schlagintweit von Mani Singh gerufen wurde, weil wieder einmal ein Fluss den Train aufhielt, bin ich zu dem Brief gekrochen, habe ihn aber nicht heimlich gelesen. Ich habe nur dorthin gesehen, wo er lag. Und es ist ja bekanntlich unmöglich, etwas nicht zu lesen, wenn einem die Buchstaben vor die Augen treten.

Der erste Eindruck ist keineswegs ein günstiger, auch späteres Zusammenkommen kann nur wenig dazu beitragen, den rohen und wilden Eindruck der Bevölkerung zu mildern.
Auch jene Frage bietet sich dem Reisenden unwillkürlich, ob das, was man nun durchwandert hat, befriedigend zu nennen ist. S. M. möchten wohl leichter und günstiger darüber entscheiden, nicht nur weil die persönliche Beschwerde des Reisens nicht den Genuss beeinträchtigt, noch weniger darf die Ursache in einer zu lobenden und preisenden Darstellung liegen, aber die Eindrücke in der Erzählung folgen sich rascher und man vergisst darüber jene weiten Strecken, die in Beziehung auf Landschaft, Architektur und Sitten der Bewohner des Interessanten, jedenfalls des Neuen, nur wenig bieten.

Robert kehrte zurück und ich musste wegsehen. Ich würde ihn gerne fragen, was er denn interessant fände und warum ihm all das Neue um uns herum nicht neu genug ist. Aber er würde mir gewiss keine fünf Worte antworten. Und er wäre sicherlich nicht erfreut darüber, dass ich seine Gedanken zufällig gelesen habe.

Der 16. Januar.
Das Plateau versucht mit allen Mitteln, uns zu stoppen. Mani Singh und einige Kulis müssen Schlingpflanzen zerhauen, die Kamele kämen sonst selbst unbeladen nicht hindurch. Noch hinderlicher sind die Bäche. Es ist weniger das Wasser, welches uns das Überqueren schwer macht, als das Flussbett: breite, flache Steine, die mit Algen überzogen sind. Wir brauchen ganze zwei bis drei Stunden, um zwanzig Kamele über einen Bach zu führen, der kaum hundert Fuß breit und zwei Meter tief ist. Auf

dem glatten Untergrund ist jeder im Train bereits mehrmals gestürzt. Aber wirklich bedrohlich ist ein solcher Sturz für die Kamele. Sie verletzen sich heftiger. Robert musste bereits zwei erschießen, nachdem sie sich die Beine gebrochen hatten. Eines der Tiere ließ Robert ausnehmen und, gegen kurzen Protest der Kulis, auf ein anderes Kamel laden. Als Mani Singh ihn fragte, wozu, erwiderte Robert, es gehöre einer ungewöhnlich großen Dromedar-Rasse an, er wolle es ausbalgen lassen, für das zoologische Museum in München. Ich glaube nicht, dass der Sikh weiß, was ein zoologisches Museum oder wo München ist. Er nickte bloß und kümmerte sich um das Aufladen des Kamels. Die Schlagintweits wollen wirklich alles aus Indien mitnehmen. Könnten Sie das Taj Mahal transportieren, sie würden es in ihre Heimat bringen und dort neu errichten.

Der 18. Januar.
Heute Nacht erklang wieder böse Musik. Ist das ein anderer Tiger? Oder ist der Tiger uns gefolgt?

Der 19. Januar.
Warum sollte der Tiger uns folgen?
Wann wird er von uns ablassen?

Der 20. Januar.
Amarkantak. Das ist Sanskrit und bedeutet: Der Ort, wo sich die unsterblichen Götter versammeln. Nach unserer Ankunft verlangten die Hindus im Train von Robert, freigestellt zu werden. Es blieb ihm keine andere Wahl. Hätte er sich geweigert, sie wären ihm nicht mehr gefolgt. Robert zupfte an der Krempe seines Huts und ließ sie gehen. Sie nahmen Waschungen in der Quelle des Narmada nahe dem Hindutempel vor. Mani Singh fragte mich, ob er mich auch dorthin tragen solle. Ich lehnte

dankend ab. In dieser Jahreszeit ist mir selbst heiliges Wasser zu kalt, ich wollte mir keine Erkältung zuziehen. Stattdessen begleitete ich Mani Singh und Robert auf einem langen Ritt. Wir erkundeten das Plateau und suchten nach einem guten Lagerplatz. Robert beabsichtigt, mehrere Tage in Amarkantak zu bleiben. Bald entdeckten wir eine bemerkenswerte Stelle auf dem Plateau. Dort sind die schönsten Mangobäume, die ich seit unserer Abreise aus Bombay gesehen habe, in einzelne Gruppen zerstreut. Unter ihrem dichten Geäst schlugen wir das Lager auf. Der süße Saft ihrer Früchte rang selbst Robert ein Lächeln ab. Ich aß so viele Mangos, dass sich mein Bauch aufblähte. Mani Singh furzte gewaltig. Robert fächelte mit seinem Hut den Mief weg. Da näherte sich Abdullah und überreichte Robert einen dicken Packen Briefe. Einige von ihnen waren schmutzig und eingerissen. Robert nahm sie und zog sich zurück, noch bevor ich zufällig einen Absender lesen konnte.

Ich fragte Abdullah, von wem die Post war.

Hermann, sagte er.

Er lebt?, fragte Mani Singh.

Abdullah reagierte nicht darauf. Manchmal provoziert er den Sikh, indem er vorgibt, ihn nicht zu verstehen.

Ich habe dich etwas gefragt, sagte Mani Singh.

Was haben Sie mich gefragt, Mani Sahab?

Manchmal provoziert er den Sikh, indem er ihn Sir oder Sahib nennt, obwohl sie Gleichgestellte im Train sind.

Der Sikh erhob sich, machte einen Schritt auf Abdullah zu.

Der Schlagintweit lebt?, sagte Mani Singh und betonte dabei jede einzelne Silbe, als würde er bis fünf zählen.

Manchmal lässt sich der Sikh zu leicht provozieren.

Abdullah nickte.

Erstaunlich!, sagte Mani Singh. Ich hatte ihn längst zu den Toten gerechnet.

Er wandte sich mir zu.
Du wirkst nicht sehr überrascht, sagte er.
Er und Abdullah musterten mich.
Doch, log ich, doch, das bin ich.

Ein, wie Robert ihn nannte, *überkluger Postexpeditor in West-Bengalen* hatte die Verbindung zwischen den Brüdern getrennt. Der Expeditor hatte nicht auf den Taufnamen geachtet und Hermanns Briefe an Hermanns letzte offizielle Adresse geschickt, in Calcutta. Dies hatte Hermann erst vor Kurzem aufgedeckt. Jenes Vor Kurzem lag mittlerweile Wochen in der Vergangenheit. Von nun an, schrieb Hermann in seinem letzten Brief, müsse er jede Post an zum Beispiel Adolph folgendermaßen adressieren: *Adolph Schlagintweit, not Robert or Hermann Schlagintweit.*

Robert war so erfreut über diese Neuigkeit, dass er, der die Abende meist allein in seinem Zelt verbringt, sich zu uns ans Lagerfeuer setzte, seinen Hut ablegte und Bruchstücke aus den vielen Briefen vorlas. Zunächst hörte ich nur zu. Aber Robert forderte mich auf, für Abdullah und Mani Singh zu übersetzen. So reisten wir in dieser Nacht zusammen mit Hermann erst in Sikkim, wo ihn Nepalesen zum Rückzug gezwungen hatten (ich verdächtige Eleazar), dann entlang der Khassia Hills und in Bhutan und schließlich durch Assam.

Wir beobachteten Hermann dabei, wie er den Schädel eines Elefanten mit Gips ausfüllte und dann die Knochen stückweise ablöste, um die Gestalt und Größe des Gehirns[*] zu erhalten. Wir segelten mit Hermann in schwer beladenen Booten über

---

[*] Es sei, mit Hermanns Worten, dazu erwähnt, dass die absolute Größe des Gehirns sowie seine Verhältnisse zum Körpergewicht des Tieres als eine ganz günstige für tierische Verhältnisse zu nennen ist.

weite Flächen in Bengalen, die zu einer anderen Jahreszeit reiche Ernte tragen. Wir waren uns nicht alle einig mit Hermann, als er mutmaßte, dass die scharfen Gewürze der Eingeborenen nicht nur Augentriefen veranlassen, sondern auch Unterleibskrankheiten. Wir waren uns noch weniger einig mit Hermann, als er urteilte, dass indische Städte gleichförmig erscheinen, und dass es große Schwierigkeiten macht, die verschiedenen Rassen als auch die Individuen zu unterscheiden. Wir tranken zusammen mit Hermann den angeblich vortrefflichen Tee Assams, dessen sich, zumindest aus Sicht des Schlagintweits, ungünstigerweise die Hindu- und Muselmann-Bevölkerung in ganz Indien nicht bedient*. Wir nahmen in Hindostan beim Eber-Stechen teil, spießten im Wettstreit mit Hermann und Offizieren der Vickys indische Dschungelschweine mit Speeren auf – als ich übersetzte, die Eingeborenen hätten, wie überall in Indien, keinen Sinn für Sport, da er ihnen zu anstrengend erscheint, räusperte Mani Singh sich so laut und entrüstet, dass Robert diesen Brief beiseite legte und einen anderen auffaltete. Wir und Hermann stellten in Assam fest, dass die Häuptlinge der, wie Hermann die Eingeborenen nannte, *Horden* beim Tauschhandel kein Interesse an Gold oder Silber zeigten, dafür umso mehr am europäischen Seidenhut des Schlagintweits und insbesondere an Alkohol, aus Zuckerrohr gebrannt. Wir erfuhren von Hermann, dass im Stamm der Khassias der Mann bei einer Trennung nicht nur seine Frau wechselt, sondern in solchen Fällen in die Familie und den Besitz der nächsten Gattin als neues Mitglied eintritt. Wir rochen mit Hermann den modernden Dotter von auf den Boden geschleuderten Hühnereiern, die von den Khassias zur Wahrsagung verwendet werden. Und wir

---

* Wieso sollte sie auch? Solch fauliges Wasser, in dem alte, trockene Blätter gekocht wurden, kann nur einem Firengi munden.

suchten mit Hermann in einer Schlucht, in die man die zahlreichen Opfer einer Choleraseuche geworfen hatte, nach Objekten für die Sammlung der Schlagintweits, und fanden in diesem, wie Hermann schreibt, grauenerregenden Leichenlager, obwohl es dicht von Pflanzen überwuchert war und die Spuren von Raubtieren erkennen ließ, noch mehrere gut erhaltene, nicht nur Schädel, sondern auch eine männliche Leiche, von der das ganze Skelett zusammengestellt werden konnte.

Ich habe Robert noch nie so glücklich erlebt. Er saß inmitten der Briefe, mehr als sonst nach hinten gelehnt, die Arme einmal nicht vor der Brust verschränkt, mit erhobenem Kopf. Er hielt nun den Beweis in Händen, dass sein großer Bruder lebt ... also der große Bruder, der ein richtiger großer Bruder für ihn ist. Wie ich ihn so vor mir sah, bedauerte ich es, nicht bei Adolph zu sein. Er wird auch bald von Hermann hören. Diesen Moment würde ich gerne mit ihm teilen.

Der 24. Januar.
In den letzten Tagen hat der Schlagintweit einige Ausflüge von Amarkantak aus unternommen. Er verschafft sich einen Überblick über die Orographie* des Plateaus. Mani Singh sagt, Hermanns Briefe haben Robert dazu gebracht, dass er seinen Kopf nicht mehr in seinem Hinterteil stecken hat. Ich stimme dem Sikh zu. Robert lässt uns mehr an seinen Gedanken teilhaben. Auch wenn wir diese Gedanken gar nicht hören wollen. Der Schlagintweit ist wenig angetan von der Landschaft. Er bezeichnet sie als eintönig. Da kann ich ihm kaum widersprechen. Die Wälder erstrecken sich so weit wir blicken können.

* Ein Wort, das schweigsame Bayern benutzen, um wissenschaftlich zu klingen. Robert sagt, Orographie ist ein besonderes Gebiet innerhalb der Geographie, das sich mit dem Gesicht der Erdoberfläche auseinandersetzt.

Sogar die Formen der Berge sind durch die wuchernden Pflanzen und den Dunst, der aus dem Dschungel aufsteigt, grünen Wolken ähnlicher als Felsen. Es ist, sagt Robert, das Bild, nicht einer Wüste, aber einer wilden Zone, deren Klima und Vegetation den Menschen als Bewohner auszuschließen scheint.

Einmal, als ich mit Robert allein war, während er an einer Klippe seine Bildermaschine aufbaute, sprach er den längsten Satz, den ich ihn je habe sagen hören:

Gleicht eine indische Landschaft unter hellem Sonnenschein einer verblassten Photographie, scharf in den äußeren Umrissen, aber verschwommen in den inneren Teilen, so zeigen bei Mondlicht lange, tiefe Schatten alle Einzelheiten an und die Natur nimmt statt eines durchsichtigen Aussehens ein kräftiges Äußeres an, wodurch sich auch der Mensch gehobener und kernhafter fühlt.

Sind Sie auch ein solcher Mensch, Sir?, fragte ich.

Ich würde die Nacht jederzeit dem Tag vorziehen, sagte er. Wenn sie bloß mehr Licht hätte!

Sie brauchen es für die Photographie, Sir.

Selbstverständlich! Photographie ist nichts anderes als das Einfangen von Licht in einem bestimmten Augenblick an einem bestimmten Ort, sagte er.

Ihre Bildermaschine ist also ein Lichtfänger?, fragte ich.

Ein in seinen Mitteln deutlich eingeschränkter, sagte er.

Wenn man mit Robert über seine liebste Wissenschaft spricht, kann er mit Worten so großzügig sein wie Hermann. Dadurch habe ich einiges gelernt. Ich weiß inzwischen, wie aufwendig es ist, die nötigen Chemikalien in Indien zu besorgen, wie achtsam man mit den zerbrechlichen Glasflaschen umgehen muss und wie schwer sich der Entwicklungsprozess im tropischen Klima kontrollieren lässt. Insbesondere ringt er mit dem Problem der Farbwiedergabe. In diesem liegt die Ursache dafür, sagt er, dass die Malerei noch immer der Photographie überlegen ist. Das Grau seiner Bilder entfremdet uns von dem photographierten Objekt. Unsere Augen sehen nicht so wie die Bildermaschine.

Vielleicht ist Ihr Lichtfänger gar nicht so eingeschränkt, sagte ich, während Robert seine Bildermaschine an der Klippe in Stellung brachte. Vielleicht, Sir, sieht jedes Auge anders und ist Blau für Mani Singh etwas ganz anderes als für Abdullah und wieder etwas ganz anderes für mich. Das würde bedeuten, dass die Bildermaschine uns das Gleiche sehen lässt, was alle anderen sehen.

Du meinst, sagte er, meine Voigtländer verbindet uns miteinander? Sie erlaubt mir, dein Blau, das Blau eines Indiers, zu sehen?

Ich nickte.

Mein Grau ist Ihr Grau, Sir.

Ein bemerkenswerter Gedanke, sagte er.

Da es äußerst selten vorkommt, dass er freundliche oder gar lobende Worte an mich richtet, fragte ich ihn das, was ich ihn schon seit Langem fragen wollte, aber nicht mehr seit Bombay gefragt habe:

Machen Sie auch ein Bild von mir?

Er antwortete, was er bereits in Bombay gesagt hat:

Warum sollte ich?

Diesmal gab ich ihm einen besseren Grund.

Ich habe bemerkenswerte Gedanken, sagte ich.

Und du denkst, sagte Robert, das wird auf der Photographie zu erkennen sein?

Ich dachte darüber nach.

Ja, sagte ich.

Bartholomäus, sagte er und nahm seinen Hut ab, das sollten wir überprüfen.

Der 25. Januar.
Ich habe nichts gespürt. Als Robert das Bild gemacht hat, nahm er etwas von mir, aber soweit ich das beurteilen kann, fehlt mir nichts. Auf dem Bild sehe ich nicht aus wie ich. Ich sehe aus wie jemand, der versucht, wie ein Junge auszusehen. Jemand, der aber eigentlich schon um einiges älter ist. In Vater Fuchs' Spiegel fand ich immer so viel von mir. Auf Roberts Bild sitze ich auf einem Felsen und allein Adolphs Gehstock, den ich mit beiden Händen umklammere, scheint meine Arme in der Luft zu halten. Ich habe den Rücken durchgestreckt, um mich so groß wie möglich zu machen, und doch bin ich entsetzlich klein. Ganz falsch wird mein Blick wiedergegeben. In ihm leuchtet kein einziger bemerkenswerter Gedanke.

Nachdem Robert das Bild, wie er sagt, *entwickelt* hatte, überreichte er es mir. Ich betrachtete es lange und hielt es ihm dann wieder hin.

Du kannst es behalten, sagte er.

Nein danke, Sir.

Du bist einer der wenigen Indier, von denen eine Photographie existiert, wahrscheinlich die erste Waise Indiens überhaupt, sagte er, und du lehnst dieses Geschenk ab?

Ja, Sir.

Robert schüttelte den Kopf und nahm das Bild wieder an sich.

Auch wenn du es nicht sehen willst, Bartholomäus, das bist du.

Sagt Ihre Maschine, Sir. Aber Sie sollten mich einmal mit meinen Augen sehen!

Das tue ich bereits.

Unmöglich, sagte ich.

Ich weiß, sagte Robert, was du damals mit dem Khansaman gemacht hast.

Sir?
Stell dich nicht dumm, das bekommt dir nicht. Du hast ihm den Brief zugesteckt, um ihn aus dem Train zu befördern.
Ich bemühte mich, mein Erstaunen zu verbergen. Manchmal, in seltenen Fällen, kann ein Firengi offenbar dasselbe wie ein Indier sehen.
Warum haben Sie nichts gesagt, Sir?
Weil ich dich sehen kann. Ich verstehe, was es bedeutet, wenn man für zu schwach gehalten wird. Man muss sich zur Wehr setzen.
Nach einer kurzen Pause fügte er hinzu:
Überdies hatte ich nichts dagegen.
Dass der Khansaman aus dem Train verstoßen wird?
Dass der Brief zerstört wird, sagte Robert. Humboldt hat sich nicht einmal die Mühe gemacht, ihn auch an mich zu richten. Als gäbe es mich nicht.
Robert wollte mein Bild einpacken, da streckte ich die Hand danach aus.
Darf ich, Sir?
Ich dachte, du willst es nicht.
Vielleicht ist doch etwas von mir darin, sagte ich.

Der 26. Januar.
Ich habe fünfzig Schritte mit dem Gehstock geschafft! Langsam aber stetig laufe ich mich zu meiner Flinkheit zurück. Robert trägt mich, in gewisser Weise, einen Teil des Weges. Natürlich nicht mit seinem Körper, er weiß nicht einmal von meinen – wie hat Adolph sie genannt? – nächtlichen Unternehmungen. Aber mit dem Bild hat er mir einen Rat gegeben, der mich weitergehen lässt. Ich füge den Rat und das Bild dem Museum hinzu. Es mag sein, dass der Junge auf dem Bild nicht wie ich aussieht. Trotzdem erinnert er mich daran, wer ich bin.

Robert sagt, ich muss akzeptieren, dass man mich nie entsprechend meiner Bedürfnisse respektieren* wird. Deshalb soll ich das selbst in die Hand nehmen, ich soll mehr in mich hineinschauen und weniger draußen nach Respekt** suchen. Glücklicherweise bin ich und war ich exakt darin schon immer bemerkenswert gut! Auf die Liebe anderer ist schließlich wenig Verlass. Entweder sie geben dir keine. Oder sie wollen dir welche geben, können aber nicht.

Eine unvorhersehbare Wendung: Dadurch, dass der jüngste Schlagintweit mir gezeigt hat, wie gut er mich sieht, hat er mich ihn sehen lassen. Ein Schmerz lodert in ihm, der von seinen Brüdern genährt wird. Sie sind wie mein Bild, sie erinnern ihn daran, wer er ist: der Schlagintweit, der stets weniger Liebe als seine Brüder bekommen wird.

In der Nacht bin ich aufgewacht. Das Museum lag noch vor mir. Ich muss eingenickt sein. Ein Blick in meinen Stiefel verriet mir, dass der Verräter mich einmal mehr überlistet hatte. Aber indischer Boden kann auch verräterisch sein. Ich entdeckte Fußabtritte, die zum Stiefel und wieder fort von ihm führten. Ich nahm meinen Gehstock und folgte ihnen. Nach wenigen Schritten hielt ich inne. Etwas näherte sich aus dem Dunkel. Etwas, das versuchte, kein Geräusch zu machen. Der Tiger. Er war zurück. Diesmal schlich er sich ohne böse Musik an, das war erfolgversprechender. Ich holte Luft, um nach Hilfe zu rufen, aber kein Laut kam. Ich wurde nach hinten gerissen, der Gehstock fiel mir aus der Hand. Ein hartes, flaches Objekt drückte gegen meine Kehle. Im Halbdunkel erkannte ich bärtige Männer. Sie gehörten nicht zum Train. Sie rollten

---

* Womit der Schlagintweit ja eigentlich ausdrücken will: lieben.
** Liebe

mich auf den Bauch. Ich schlug um mich. Aber zwei von ihnen hielten meine Beine und Arme fest. Ein dritter bohrte sein Knie in meinen Rücken und zog am Rumal. Ich bekam keine Luft. Ich drehte den Kopf, damit der Druck nachließ. So konnte ich Roberts Zelt sehen. Seine Wache war überwältigt worden, doch der Schlagintweit schlief unbehelligt. Wo war Mani Singh? Es war mir nicht recht, jetzt zu sterben. Ich sammelte alle Kräfte, die ich in den vergangenen Wochen jede Nacht beschworen hatte, und stieß mich vom Boden ab. Ein Mann prallte neben mir zu Boden, blieb reglos liegen. Die anderen zwei ließen mich los, wichen zurück, rannten in die Nacht. Ich war von mir selbst beeindruckt. Da sah ich Abdullah. An seiner Barcha glänzte Blut. Er half mir hoch. Dabei fiel ein Papier aus seinem Mantel und landete im Staub zwischen uns. Meine Nachricht an Eleazar. Ein Augenblick verstrich, ohne dass wir uns rührten. Dann steckte Abdullah die Seite ein, sagte: Thugs. Und: Bring dich in Sicherheit. Als ich zögerte, deutete er auf Robert. Dorthin!, rief er, lauf! Und ich lief. Ich lief so schnell, wie ich seit Bombay nicht mehr gelaufen bin.

BEMERKENSWERTES OBJEKT NO. 71

Das Talent, nicht an etwas zu denken

Simla. Ich denke nur an Simla.

Und ich versuche, nicht daran zu denken, dass der Train mich für einen Betrüger hält. Zu viele Augen haben gesehen, wie ich in der Nacht des Überfalls zu Roberts Zelt gelaufen bin. Noch mehr Münder sprechen über den Jungen, der sich lahm gestellt hat, um nicht gehen zu müssen. Ich habe Mani Singh gefragt, ob er mich auch für einen Betrüger hält. Er hat das von sich gewiesen. Aber er trägt mich seltener. Gelegentlich fragt er mich, ob ich ein Stück des Weges gehen möchte. Ich sage jedes Mal, dass ich gerne möchte, nur nicht sehr lange kann. Er sagt darauf nichts.

Auch der Sikh ist schlecht darin, nicht an etwas zu denken. Er bezeichnet es als schändlich, dass er mich nicht vor den Thugs gerettet hat. Ich bezeichne dies als Zufall. Davon will Mani Singh nichts hören. Es erzürnt ihn besonders, dass ich ausgerechnet von Abdullah gerettet wurde. Ich habe Mani Singh dabei beobachtet, wie er sich mit seinem Kirpan Ritzen in den Unterarm geschnitten hat. Er tat das mit einer Ruhe und Konzentration, als würde er etwas notieren. Und das tut er in gewisser Weise ja auch. Mani Singh will seine Schande festhalten. Er sagt, er sei kein guter Sikh. Egal wie oft ich ihm widerspreche, er fügt den Wunden an seinen Armen immer neue hinzu. Nur eines hilft ihm beim Nicht-daran-denken: Wenn ich mit ihm singe. Der 18. März naht, daher bringe ich Mani Singh Vater Fuchs' Lied bei. Die Melodie beherrscht er bereits. Er brummt sie. Die Worte müssen wir noch etwas üben. Ich spreche ihm vor: Froh zu sein bedarf es wenig. Und Mani Singh murmelt etwas in seinen Bart. Ich fahre fort: Und wer froh ist. Mani Singh wird leiser, fast schüchtern. Ich schließe ab: Ist ein König. Und Mani Singh gerät ins Stocken. Der stärkste Mann, dem ich je begegnet bin, räuspert sich hilflos. Obwohl er über mich hinausragt, sieht er mich von unten an. Seine Augen zittern. Er fürchtet mein Urteil. Ich sage ihm, das mache nichts, Deutsch sei eine erbarmungslose Sprache, er muss sie mit Geduld niederringen. Dann beginnen wir erneut von vorn.

Robert ist dem Sikh und mir und allen anderen im Train darin überlegen, an etwas nicht zu denken. Er glaubt nicht, dass Thugs uns überfallen haben. Seinen erdrosselten Wächter und den von Abdullah erdolchten Räuber führt er auf Streitigkeiten unter den, wie er sagt, *zerstrittenen Gruppierungen der Indier* zurück. Als Mani Singh und Abdullah (ohne deren Einsatz die Thugs niemals in die Flucht geschlagen worden wären) ihm von den Vorkommnissen in der Nacht berichtet haben, bezeichnete Robert diese als *nicht erwähnenswert*. Dem Sikh und dem Moslem klappte der Mund auf. Es war das erste Mal, dass sie etwas geteilt haben. Ich bin weniger erstaunt. Für Robert sind ja die meisten Dinge nicht erwähnenswert. Ferner ist es dem Schlagintweit gelungen, diesen bemerkenswert leisen Überfall zu verschlafen. Robert hat Mani Singh und Abdullah untersagt, weiter von Thugs zu sprechen. Sie sollen nicht unnötig Unruhe im Train schaffen. Man kann den beiden ansehen, wie gerne sie miteinander über den Schlagintweit schimpfen würden. Nur könnten sie dadurch einander näherkommen. Und dieses Risiko wollen selbst diese tapferen

Männer nicht eingehen. Lieber gehorchen sie dem Schlagintweit, der sich seit dem Überfall immer mehr zurückzieht. Mit jedem Tag fällt es mir schwerer, denjenigen in ihm zu sehen, der mir ein Bild und einen Rat geschenkt hat. Roberts Schweigen legt sich wieder auf uns. Er schaut mehr in sich hinein und sucht weniger draußen nach Liebe.

Einige der Kulis müssen ihn um seine Fähigkeit beneiden, so erfolgreich nicht an etwas zu denken. Sie desertieren, weil sie einen erneuten Überfall der Thugs fürchten.

Aber der Februar ist bereits zur Hälfte verstrichen und die Thugs sind nicht zurückgekehrt. Vermutlich haben auch sie wenig Talent darin, an etwas nicht zu denken. Vor allem nicht an Abdullahs Barcha.

Woran der Draughtsman wohl versucht, nicht zu denken? Daran, dass ich nun weiß, für wen er eigentlich arbeitet?

Ich nehme mir ein Vorbild an Robert und spreche nicht mit Abdullah darüber. Auch er hat unsere Begegnung während des Überfalls bisher keinmal erwähnt. Mani Singh würde ihn als Feind bezeichnen und Eleazar als Verbündeter. Aber meine Beziehung mit dem Draughtsman ist komplizierter. Wie nennt man einen Verräter, der sein Leben für dich riskiert?

Ich versuche, nicht daran zu denken.

Simla. Ich konzentriere meine Gedanken lieber auf Simla. Dort sollen wir spätestens in zwei Monaten mit Hermanns und Adolphs Train zusammenstoßen. Simla wird mich endlich mit den Menschen vereinen, die mir etwas bedeuten. (Und leider auch mit denen, die mir weniger als nichts bedeuten.) Ich weiß noch nicht, wie mir das gelingen soll, aber ich werde Smitaben und Adolph umarmen und festhalten und nie mehr loslassen.

BEMERKENSWERTE OBJEKTE
NO. 72 & 73 & 74 & 75 & 76

Deutsch
Gaudi
Das Gottesurteil
Desaster
Vater Fuchs (2)

Ich habe Vater Fuchs gefunden! Jemand wie Robert, der nur glaubt, was er gesehen hat, kann das nicht begreifen. Aber wer, wie die meisten von uns, auch an das glaubt, was er nie gesehen hat, an Lord Ganesha oder Allah oder Jesus, der wird mich verstehen.

Wir hatten Simla am 25. März erreicht. Robert mietete ein nicht unansehnliches Haus mit Nebenhäusern, in denen für den ganzen Train Platz war, errichtete seine meteorologischen und magnetischen Instrumente und wartete auf seine Brüder. Bis zu ihrer Ankunft sollte noch ein ganzer Monat verstreichen. In diesem lernten wir Simla besser kennen.

Es ist die älteste, wie die Firengi sie nennen, *Gesundheitsstation*. Auf den grünen Hügeln wachsen nicht nur Kiefern und Zedern, sondern auch die Villen der Vickys. Sie wuchern entlang des Bergkammes wie ein hartnäckiger Pilz. Bei den Vickys ist die Mall in Simla besonders beliebt, eine Fußgängermeile, auf der sich kein Indier blicken lassen darf. Die Vickys ziehen sich von März bis September nach Simla zurück, um der Hitze Indiens in den kühleren Höhen zu entfliehen. Sogar aus Calcutta, das über tausend Meilen entfernt liegt, kommen sie. Auch Firengi aus anderen Ländern Europas gesellen sich zu ihnen. Es ist dann Season, wie die Vickys sagen. Zur Zeit unseres Besuchs war der Ort äußerst belebt. Es gab Konzerte und Bälle und Picknicks* und Theater. Robert verbrachte viel Zeit mit den Firengi, in einem Observatorium für magnetische und meteorologische Beobachtungen, und auch in nichtwissenschaftlichen Räumen. Keiner von uns durfte ihn begleiten. Der Schlagintweit verließ das Haus jedes Mal in einem anderen Kostüm und kehrte stets mit einem Lächeln zurück. Die Firengi gaben ihm etwas, das er nicht von uns Indiern bekam.

Ich fragte ihn einmal, was genau das war.

Er antwortete: Nach der langen Entbehrung europäischer Geselligkeit schätze ich ihre anregenden Reize.

Aber sie müssen sich wie ein Spion verkleiden, sagte ich, weil ich wusste, wie widerstrebend er schon in Calcutta Anzüge getragen hatte.

Diese kleinen Fesseln der Mode und der Etiquette drücken doch sehr wenig, sagte er.

Kann ich Sie einmal begleiten, Sir?, fragte ich.

Keine Indier auf der Mall, Bartholomäus, das weißt du doch.

Ich könnte Ihnen als Übersetzer auf einem Ball dienen, sagte ich.

Wozu?, sagte er. Ich beherrsche alle Sprachen, die dort gesprochen werden. Außerdem bedürfen zur ernsten Teilnahme

---

* Es war das erste Mal, dass ich Vickys auf dem Boden sitzend etwas essen sah. Manche waren kaum in der Lage, ihre Beine zu beugen. Sie sind so steif wie die Stühle, auf denen sie sonst sitzen.

an solchen Festivitäten selbst die Fürsten in Indien noch weit mehr des Standpunktes höherer Bildung.

Das sagte ein Mann, der seinen Dienern ohne meine Hilfe nicht einmal mitteilen kann, wenn sie ihm Tee bringen sollen. Eigentlich war ich froh, dass er mich nicht mitnahm. Einen Mann mit so niederer Bildung wollte ich gar nicht begleiten.

Als ich am 25. April von der Ankunft eines Trains in Simla hörte, lief ich – ja, ich lief! – nach draußen. Ich wollte die letzten Momente dieser langen Trennung so klein wie möglich halten.

Auf der sich windenden Straße blickte ich in die Richtung, aus welcher der Train sich nähern würde, und ertappte mich dabei, nach einem kräftig gebauten Bayern Ausschau zu halten. Als ich Hermann erkannte, stach mich Enttäuschung. Aber diese hielt nicht lange in Smitabens Armen.

Du bist gewachsen, sagte sie. Und du humpelst.

Ich wollte ihr alles erzählen, was im vergangenen Jahr geschehen war, ich wollte ihr sagen, welche Form Nanda Devi angenommen hat, was Firn ist, wie böse Musik klingt, wo Harkishen liegt, wer den höchsten Punkt der Welt erreicht hat, warum Bilder manchmal etwas zeigen, das es nicht gibt, und vor allem, ja, vor allem wollte ich ihr mitteilen, wie oft ich, um ihr Leben bangend, mich zu einer schmutzigen Nachricht in meinem Stiefel gezwungen hatte.

Doch zuerst musste ich jede einzelne Umarmung nachholen, die wir versäumt hatten.

Smitaben war am Leben, mehr am Leben als je zuvor. Die Gujarati war schlanker geworden, meine Arme reichten fast um ihre Hüfte. Ihr Haar durchzog ein dicker Strang glänzendes Schwarz. Das Reisen hatte aus ihr eine gar nicht so unschöne Frau gemacht. Und sie beherrschte Hindi! Zwar nicht besonders flüssig, aber immerhin reichte es, um einige der ihr zugeteilten Diener noch im Moment ihrer Ankunft herumzuscheuchen.

Hermann trat vor mich.

Grüß Gott, Bartholomäus, sagte er.

Ich fragte ihn nicht, welchen, weil mich bestürzte, wie abgezehrt er wirkte. Das Rosa war aus seinen Wangen gewichen und sein Bart wucherte fleckig. Seine Augen schienen kleiner als vor einem Jahr. Der Schlagintweit sah aus wie Vater Fuchs, wenn der Husten ihn nächtelang vom Schlaf abgehalten hat.

Du bist gewachsen, sagte Hermann.

Da erschien Robert. Er eilte mit großen Schritten auf seinen Bruder zu. Wie jemand, der versucht, nicht zu rennen. Robert berührte Hermanns Schultern. Als müsste er überprüfen, ob sein Bruder tatsächlich vor ihm stand. Die beiden sagten mehrmals den Namen des anderen. Dann teilten sie ein krachendes Lachen, das lange darauf gewartet hatte, ihre Kehlen zu verlassen. Es war nicht annähernd so prächtig wie das von Adolph. Aber ich nahm es fast so gern in mich auf wie das Handvo, das Smitaben am selben Abend für uns zubereitete und das besser schmeckte als alles, was ich seit ihrem letzten Handvo verzehrt hatte. Nicht nur Freude regte meinen Appetit an, auch Erleichterung. Denn Eleazar war nicht mit dem Train zurückgekehrt. Hermann hatte ihn auf einer anderen Route nach Simla geschickt, die Schlagintweits erwarteten ihn erst in einigen Tagen. Und so aß ich und aß ich. Nicht einmal Hermanns ausführliche Schilderungen waren mir zu viel. Offenbar wollte er ein ganzes Jahr an einem Abend nachholen. Robert hörte ihm schweigend zu und hatte dabei einen Arm um ihn gelegt. Nun, da er seinen großen Bruder zurück hatte, wollte er ihn nicht mehr gehen lassen. Ich hätte nicht gedacht, dass ich einmal schreiben würde: Robert und ich fühlten etwas ganz Ähnliches. Auch ich hatte, wie mir nun bewusst wurde,

Hermann vermisst. Sein Deutsch ist ausgefeilter als das seiner Brüder. Was für ein Genuss es war, ihm zu lauschen! Obwohl Hermann ausschließlich von seinen wissenschaftlichen Beobachtungen und Forschungsergebnissen redete, tat er das mit so viel Gefühl, als würde er uns eine Liebesgeschichte erzählen. Das konnte ihm nur auf Deutsch gelingen. Keine andere Sprache bringt so gut die Dinge zusammen, die selten zusammenkommen. Das Herzliche und das Praktische, das Unheimliche und das Tatsächliche, das Angenehme und das Richtige.

Am nächsten Tag weckten mich Stimmen. Sie kamen aus dem Erdgeschoss. Worte verstand ich keine, aber ihr Klang schickte mich zurück nach Bombay in die Residenz des Konsuls. Damals hatte ich nur jeden vierten Bayern für angenehm gehalten, inzwischen war es mindestens jeder zweite. Und einer von jenen befand sich nun in Simla, in diesem Haus.

Es war gar nicht leicht, mich langsamer als sonst anzuziehen, obwohl ich schneller als sonst machen wollte. Der Moment, den ich so herbeigesehnt hatte, war da. Ich wollte ihm noch etwas Zeit geben. Es musste ein guter Moment werden.

Als ich die Treppe nach unten kam, saßen Adolph und Hermann nebeneinander wie schon in Madras, nur ohne Punkah. Ich näherte mich ihnen wieder von hinten. Aber diesmal bemerkte Adolph mich und drehte sich zu mir um.

Bartholomäus!, sagte er, du bist gewachsen!
Ja, Sir, sagte ich.
Der Schlagintweit musterte mich.
Wirst du mich nicht begrüßen?, fragte er.
Ich reichte ihm die Hand.
Adolph sprang auf und drückte mich an sich.
Du hast mich hoffentlich schwer vermisst, sagte er.
Ich drückte ihn auch.

Er zog mich mit sich, sodass ich zwischen ihm und seinem Bruder Platz nahm. Für einen Moment saßen wir einfach nur still da. Als hätten wir einen so hohen Punkt wie auf dem Ibi Gamin erreicht und würden den Ausblick in uns aufnehmen.

Adolph, sagte Hermann dann.

Was?, sagte Adolph.

Beherrsch dich, sagte Hermann.

Adolph wischte sich eine Träne aus den Augen. Und noch eine. Hermann streckte einen Arm aus und legte seine Hand auf Adolphs Kopf, bis sein Bruder keine Tränen mehr wegwischen musste.

In den nächsten Tagen waren die Brüder damit beschäftigt, ihre Beobachtungen zu berechnen und Reporte auszuarbeiten. Sie verglichen ihre Chronometer, Barometer, Thermometer. Viele der Instrumente sind auf Dauer Veränderungen unterworfen, die Messungen unpräzise machen. Wie eine Uhr, die, nur einmal kurz gestoppt, für immer die falsche Zeit angibt. Die Schlagintweits korrigierten dies mit größtmöglicher Genauigkeit. Aber nicht nur die Instrumente, auch die Brüder wurden nach dieser langen Phase der Trennung wieder genau eingestellt. Jeder von ihnen wusste in unmittelbarer Nähe der anderen besser, wer er war. Robert, der Schweigsame. Hermann, der Nicht-sehr-Schweigsame. Und Adolph, der Bemerkenswerteste. Anders als seine Brüder brauchte er aber noch jemanden, um sich wieder genau einzustellen. Ich frage mich, was das wohl mit Adolph gemacht hätte, wenn wir uns nie begegnet wären. Oder vielleicht sollte ich vielmehr fragen: Was hätte es nicht mit ihm gemacht?

Jedenfalls wich der Schlagintweit in Simla selten von meiner Seite. Er ist wie sein Gehstock. Solange er für dich stark sein muss, trägt er dich. Brauchst du ihn aber nicht, so wirkt er einsam, verloren. Daher brachte ich es nicht ein einziges Mal übers Herz, ihm etwas abzuschlagen. Sogar zur Mall begleitete ich ihn. Viele Firengi drehten sich nach uns um. Adolph erwiderte jeden einzelnen ihrer Blicke. Ich flüsterte ihm zu, dass wir uns vielleicht nicht zu lange dort aufhalten sollten. Adolph sagte: Schmarrn. Das ist Bairisch und bedeutet, er hat sich eine Idee in den Kopf gesetzt, von der selbst eine zweihunderttausend Mann starke Armee ihn nicht abbringen wird. Manche Firengi räusperten sich oder forderten Adolph auf, er solle seinen Diener fortschicken, andere zogen ihre Kinder weg oder stellten sich vor ihre Frauen.

Adolph ignorierte sie alle.

Sehen nicht alle Goras irgendwie gleich aus?, sagte er zu mir und legte einen Arm um mich. Da wusste ich, dass mir nichts geschehen konnte. Ich gehörte zu Adolph wie ein Objekt zum Museum.

Zwei Tage später gingen wir auf einen Empfang der Vickys. Adolph hatte zuerst die Vickys überredet, dass ich mitkommen durfte, weil ich sein Leben gerettet habe, und dann hatte er mich überredet, dass ich mitkam, weil er eine Festivität der Vickys ohne mich angeblich nicht überleben würde. Lord Hay, der oberste Vicky in Simla, lud zu Ehren der Schlagintweits ein. Laut Adolph war Lord Hay einer der besseren Vickys, da er ihre Forschungen enorm förderte und ihnen jede Hilfe zukommen ließ.

Gleich nach unserer Ankunft überfiel uns eine Streitmacht an Frauen. Ich habe noch nie so viele weibliche Vickys auf einmal gesehen. Sie redeten von allen Seiten auf die Brüder ein, lobten ihren Mut, ihre Tatkraft, ihren Willen und stellten, obwohl die Frauen selbst gar nicht dumm wirkten, dumme

Fragen, deren Antworten den Männern wohl das Gefühl geben sollten, schlau zu sein. Ihren Worten verliehen sie mit Berührungen an Schultern und Händen der Schlagintweits Nachdruck. Ich befand mich inmitten einer Schlacht.
Adolph sagt, in Simla wird ein Krieg geführt. Auf der einen Seite die sogenannten Grass Widows*, ältere, erfahrene Frauen, die ohne ihre Ehemänner zu Besuch sind. Auf der anderen junge Mädchen, die nach einem Ehemann suchen. Meist triumphieren die Grass Widows.
An diesem Abend jedoch ging die Schlacht unerwartet aus. Adolph zog mich mit sich durch das Gefecht und forderte seine Brüder auf, bei ihm zu bleiben. Die Frauen nahmen unsere Verfolgung auf. Aber bevor sie uns einholten, erreichten wir Lord Hay, von dem die Schlagintweits aufs Herzlichste begrüßt wurden. Die Frauen hielten Abstand. Lord Hay war ein gekrümmter Mann. Er hatte seine Hände auf der Brust verschränkt und hinderte sie so an Gesten, als wollte er nicht zu viel Raum beanspruchen. Seine Nase und seine Ohren waren untypisch zierlich für einen Vicky. Auch er lobte Mut, Tatkraft, Willen der Schlagintweits. Aber seine Bewunderung klang ehrlicher. Lord Hay scheint tatsächlich einer der besseren Vickys zu sein. Er nahm mich sogar wahr. Der Lord nannte mich beim Namen – jemand muss ihm den zugeflüstert haben – und reichte mir die Hand. Sie war weich wie mein Ohrläppchen. Als ich sie drückte, fürchtete ich, ihn zu verletzen. Adolph begann zu erzählen, wie wir Nanda Devi getrotzt hatten. Mit seinen Worten zog der Schlagintweit die Streitmacht der Frauen näher an uns heran und weitete Lord Hays Augen. Noch erstaunlicher ist, er brachte es fertig, dass sein älterer Bruder still zuhörte und sein jüngerer Bruder ihn mehrmals neugierig unterbrach:

* Adolph nennt sie *Strohwitwen*

Und dann? Ich spürte, dass Adolphs Zuhörer sich bald alle dieselbe Frage stellten. Wie war es möglich, dass der Schlagintweit trotz dieser tödlichen Gefahren nun hier in Simla lebend davon berichtete? Adolphs Antwort: Er legte eine Hand auf meinen Kopf und sagte, dieser junge Mann habe ihm und dem gesamten Train das Leben gerettet. Mit diesem Schluss hatte ich, auch wenn er der Wahrheit entspricht, nicht gerechnet. Ich hatte erwartet, dass Adolph sich in seiner Geschichte größer machen würde. Stattdessen hatte er mich wachsen lassen. Die Grass Widows wie die Mädchen musterten mich, als versuchten sie, mein Alter einzuschätzen. Lord Hay applaudierte leise. Robert nickte beeindruckt und Hermann klopfte mir auf den Rücken. Es war ihre Art, Danke zu sagen. Ich gebe natürlich wenig auf das, was Firengi, vor allem Vickys, von mir denken, und doch muss ich gestehen, dass ich Stolz empfand. Ohne mich wären zwei der Schlagintweits nicht mehr unter den Lebenden. Und was noch viel wichtiger ist: Sie wissen das nicht nur, sie geben das auch zu. Das unterscheidet sie von den meisten Firengi. Dieser Abend war der unwahrscheinlichste Ort für das, was Adolph als *Gaudi* bezeichnet, aber er war erfüllt davon. Die Schlagintweits und ich erzählten uns und unserem weiblichen Publikum, sowie Lord Hay, Geschichten über unsere Reisen, und die Brüder ließen mich keinmal spüren, dass ich nicht einer von ihnen war. Und das bedeutete doch, dass ich einer von ihnen war, nicht?

Wenn der November der schlimmste Monat des Jahres ist, dachte ich, dann sind April und Mai die schönsten Monate des Jahres.

Nur machte mir diese Schönheit Angst. Schließlich komme ich aus Blacktown. Ich habe früh gelernt, dass alles Gute auch ein Versprechen für Schlechtes ist. Je länger diese Monate andauerten, desto stärker drohte ihr Ende. Eleazar konnte jederzeit in Simla eintreffen. Ich musste etwas unternehmen. Aber ich unternahm nichts. Ich wollte die Schönheit festhalten, nur noch für eine kleine Weile.

Am 15. Mai bat mich, nein, befahl mir Mani Singh, ihm zu folgen. Ich hatte ihn seit Tagen nicht mehr gesehen. Der Sikh war aufgebracht, als wäre er einem Tiger begegnet. Ich dachte, das lag vielleicht an der Christ Church in Simla. Ihr Läuten erinnerte ihn täglich daran, dass die Glocken aus erbeuteten Kanonen aus dem Krieg gegen die Sikhs gegossen sind. Jedenfalls wollte Mani Singh mir nicht sagen, wo wir hingingen. Bald erreichten wir einen Schuppen, in dem ein Dutzend Mitglieder des Trains herumstanden und warteten, unter ihnen auch Abdullah und Mr. Monteiro. Mani Singh trug mir auf, für ihn zu übersetzen, und verkündete, er habe endlich einen Weg gefunden, den Verräter zu entlarven. Ich sah zu Abdullah. Aber Abdullah sah nicht zu mir. Mani Singh ging zu einem prallen Sack Reis und schnitt ihn mit seinem Kirpan auf. Reiskörner rieselten zu Boden. Er ließ jedes Mitglied einzeln vortreten und reichte jedem eine mithilfe einer Waage genau bestimmte Menge Reiskörner. Dabei erklärte der Sikh, dies sei ein sogenanntes Gottesurteil. Jeder der Anwesenden müsse den Reis so gut wie möglich kauen, Gott werde dem Täter die Kaumuskeln binden. Mir reichte er keinen Reis. Als ich ihn fragte, warum nicht, lachte Mani Singh, als würde er mir Verrat nicht zutrauen. Darauf verlangte ich auch Reis. Diesmal sah Abdullah, glaube ich, zu mir. Aber ich sah nicht zu Abdullah. Ja, der Sikh hatte mich beleidigt, doch es gab noch einen triftigeren Grund für mein Handeln, das verstehe ich erst jetzt. Ein Teil von mir wollte entdeckt werden. Mani Singh war mein Freund und ich war es leid, mich vor ihm zu verstecken. Ich wollte ihn von seiner ewigen Suche befreien. Der Sikh schnaufte und reichte mir einen Esslöffel Reis. Mani Singh gab uns drei Minuten. Wir kauten uns durch die Stille. Schon nach wenigen Sekunden kam ich zur Besinnung. Was würde mit mir passieren, wenn er mich entdeckte? Das durfte nicht geschehen! Ich strengte mich an. Kaute, wie ich niemals zuvor gekaut habe. Der Reis war hart und zäh. Aber kein anderer im Train besitzt so viele so unverbrauchte Zähne wie ich. Nach abgelaufener Zeit musste jeder von uns auf einen Tisch spucken. Bei allen waren noch einzelne Körner zu unterscheiden. Mit Ausnahme von mir. Ich hatte den Reis zu vollem Brei verarbeitet. Mani Singh nickte und entließ den Train. Als wir allein waren, fragte ich ihn, ob das nun bedeutete, alle außer mir seien Verräter. Der Sikh stützte sich auf meiner Schulter ab. Ohne den Gehstock hätte ich sein Gewicht nicht stemmen können. Seine Enttäuschung wiegt schwer, dachte ich. Und das stimmte. Nur war sie eine ganz andere, als ich annahm. Ich half dem Sikh, bis er sich wieder aufrichtete. Mani Singh verbeugte sich vor mir und wünschte mir, ehe er ging, lange, strahlende Tage.

Noch am Abend verließ er den Train und Simla. Das erfuhr ich erst am Tag darauf, als ich Mani Singh nicht mehr zur Umkehr bewegen konnte. Ich habe seine Schläue zum letzten Mal unterschätzt. Zu spät begriff ich seine Enttäuschung. Das Gottesurteil hatte ihm durchaus den Verräter geliefert, ja, nur enttäuschte es ihn, wer dieser Verräter war. Ein dummer Junge, der den ungekochten Reis aus Furcht in Brei verwandelt und sich damit preisgegeben hat.

Ich danke dir, ehrenvoller Mani Singh, dass du mich verschont hast. Deine Schuld ist beglichen. Wir sind keine Freunde mehr. Aber du wirst als Freund ins Museum eingehen.

Ich hatte wenig Zeit, Mani Singhs Verlust zu betrauern. Am 17. Mai überbrachte Mr. Monteiro mir eine Botschaft: Eleazar sei zurück und wolle mich sprechen, unverzüglich. Das eine Auge des Indo-Portugiesen fixierte mich, das andere war auf einen Punkt unmittelbar hinter mir gerichtet. Ich sollte ihm mitteilen, wer Eleazar tatsächlich ist, dachte ich, das würde seine beiden Augen erstaunt blinzeln lassen. Zuerst musste ich jedoch etwas tun, das ich längst hätte tun sollen.

Ich lief los, aber nicht zu Eleazar. Zum Glück fand ich Smitaben in der Küche. Sie hackte Koriander. Ich bat sie, mir umgehend zu folgen. Sie muss etwas in meinem Gesicht gelesen haben. Es ist eigentlich unmöglich, die Maasi vom Kochen abzuhalten. Sie kam ohne Widerrede mit. Ich brachte sie zu einem abgelegenen Aussichtspunkt, den ich mehrmals mit Adolph aufgesucht habe. Dort erzählte ich ihr alles. Mir war bewusst, wie schwierig es sein würde, eine bemerkenswert sture Person wie die Maasi zu überzeugen. Doch ich musste es zumindest versuchen. Ich sagte ihr, dass ich ein Verräter sei und Eleazar ihr Leben bedrohe und sie fliehen müsse.

Als ich fertig war, sagte Smitaben:
Was für ein Desaster.
Desaster?
Das wichtigste deutsche Wort.
Maasi, du sprichst jetzt auch Deutsch?
Nein, aber Hermann redet viel, etwas davon bleibt sogar bei mir hängen.
Was ist ein Desaster?, fragte ich.
Die Lage, in der wir uns befinden, sagte sie.
Smitaben wirkte nicht sonderlich betrübt. Sie wackelte bloß mit dem Kopf, als hätte sie ein Gericht anbrennen lassen.
Ich gehe nach Calcutta und werde ein Female Doctor, sagte sie schließlich. Die Schlagtweins wollen ohnehin bald nach

Leh. Und sogar noch weiter nach Norden, jenseits der Berge. Ich bin eine alte Gujarati. Das ist mir zu fern und hoch und viel zu kalt.

Ich war erleichtert. Ihre Geschichte nahm eine glücklichere Wendung als die von Vater Fuchs, Hormazd, Harkishen, Devinder oder Mani Singh.

Komm mit mir, sagte sie.

Ich dachte darüber nach. Die Schlagintweits reisen in einem Jahr zurück nach Berlin. Und in Bombay wartet kein Leben mehr auf mich. Wieso nicht in Calcutta zusammen mit Smitaben ein neues beginnen?

Ein Knall zerriss die Luft. Mr. Monteiro näherte sich uns. In einer Hand hielt er seine Reitpeitsche.

Das kann ich nicht zulassen, sagte er.

Wir stiegen auf Simlas höchsten Gipfel. Mr. Monteiro ging hinter uns. Sobald wir langsamer wurden, ließ er seine Peitsche singen. Smitaben schnaufte, die dunkle Haarsträhne klebte an ihrer feuchten Stirn. Ich stützte die Maasi und der Gehstock uns.

Wie können Sie nur für einen Mann wie ihn arbeiten, sagte ich.

Ich arbeite nicht für ihn, sagte er. Wir arbeiten miteinander, für etwas Größeres. Das ist es, was uns von den Firengi unterscheidet.

Endlich erreichten wir den Jakhoo-Tempel. Der Legende nach soll er bis in die Zeit des Ramayana zurückreichen. Er ist Hanuman gewidmet. Das wussten auch seine Nachfahren. Auf dem Dach saßen zwei Dutzend Affen. Die misstrauischen Blicke, mit denen sie uns verfolgten, waren den Blicken der Vickys auf der Mall sehr, sehr ähnlich.

Eleazar trat zusammen mit Abdullah aus dem Gebäude. Der

Bania sah unverändert aus. Während die Anstrengungen der Reise Hermann um Jahre hatten altern lassen, wirkte Eleazar ausgeruht, ja, munter.

Du bist gewachsen, sagte er zu mir. Und du gehst anders.

Ich humple, sagte ich.

Nein, du gehst anders. Wie ein Firengi.

Wie geht ein Firengi?

So wie du, sagte er.

Ich hatte fast vergessen, wie freundlich selbst seine Beleidigungen klingen.

Wie viele Verräter gibt es noch?, fragte ich und deutete auf Mr. Monteiro und Abdullah.

Wir sind ein ganzes Land, sagte er. Das ist aber nicht die Frage, die du dir stellen solltest. Du solltest dich fragen: Wenn die meisten von uns Verräter sind, wer sind dann die wenigsten von uns? Sind das dann nicht die eigentlichen Verräter?

Was wollen Sie von mir?, fragte ich.

Mich bei dir bedanken, sagte er. Du warst uns eine wertvolle Unterstützung, mein Freund.

Er reichte mir seine Hand.

Ich hob den Gehstock, richtete die Eisenspitze auf ihn.

Smitaben stellte sich vor mich.

Lass den Jungen in Ruhe, sagte sie.

In ihrer Hand erschien das kurze, spitze Messer, das sie stets bei sich trägt. Es ist ihr sechster Finger. Damit kann sie schneller als jeder andere Schlitze in eine Mango ritzen. Oder in etwas anderes.

Eleazar wich zurück.

Abdullah griff nach seiner Barcha und Mr. Monteiro nach seiner Reitpeitsche.

Alle drei Männer verband etwas, das sie nicht gewohnt waren. Verunsicherung. Sie hatten mit allem gerechnet, aber nicht mit einer Frau. Insbesondere nicht mit einer Gujarati, die sich gegen selbsternannte gute Männer zu wehren weiß.

Bartholomäus, sagte Smitaben. Lauf!

Warte, sagte Eleazar.

Smitaben rief:

Jetzt, Bartholomäus!

Aber ich konnte sie nicht allein lassen.

Niemand hält euch auf, sagte Eleazar.

Er ist ein Verräter, sagte sie zu mir, hör nicht auf ihn.

Der Bania sah zu Abdullah und Mr. Monteiro. Beide ließen ihre Waffen sinken und traten einen Schritt zurück.

Es war nicht leicht, ihn zu finden, sagte Eleazar.

Mit langsamen Bewegungen zog er einen geöffneten Brief aus seiner Brusttasche und legte ihn vor sich auf den Boden.

Für dich, sagte er. Auch wenn er nicht an dich gerichtet ist.

Das ist eine Falle, sagte Smitaben. Nicht anfassen.

Doch ich musste. Die Handschrift auf dem Kuvert verlangte es. Sie war die von Vater Fuchs.

Vor vielen Monaten, als ich noch im Glashaus lebte und wie ein Indier ging, habe ich Vater Fuchs geholfen, das Museum zu sehen. Seit damals hat mir das Museum geholfen, Vater Fuchs besser zu sehen. Gefunden habe ich ihn aber erst in einem Brief auf dem höchsten Gipfel Simlas.

Und doch vermisse ich ihn. Zumindest jenen Vater Fuchs, den er mir immer gezeigt hat.

Aber nach allem, was ich in den vergangenen Monaten erfahren habe, weiß ich jetzt: Diesen Vater Fuchs gab es nie. Eleazar hat recht. Der wahre Vater Fuchs hat nie ehrlich gelächelt, er hat mich mit Lügen gefüttert.

Ich wünschte, ich hätte ihn niemals gefunden.

VI

*Der Landweg nach Europa,
1856–57*

BEMERKENSWERTES OBJEKT NO. 77

Das Grün von Leh

Es ist der 24. August 1856. Seit Monaten habe ich das Museum nicht mehr geöffnet. Ich befinde mich in Leh, der Hauptstadt Ladakhs, das vor einigen Jahren Jammu und Kaschmir angegliedert wurde. Adolph erkundet Gletscher und Gipfel im Himalaya. Hermann und Robert überqueren als erste Europäer die Gebirgsketten des Kuenluen und des Karakorum. Oder sie gehen bei dem Versuch zugrunde. Wenn sie überleben, wollen sie nach Leh zurückkehren. Es war die Idee der Brüder, dass ich hier, wo es sicherer ist, auf sie warte. Aber es war auch mein Wunsch, allein zu sein.

Ich habe so viele bemerkenswerte Objekte gesammelt, das erste Museum Indiens ist umfangreicher als Hermanns Notizbuch, und doch bin ich nicht schlauer geworden. Mir scheint, je mehr ich lerne, desto weniger verstehe ich. Früher, im Glashaus, wusste ich, was ich hasse und liebe und fürchte. Jetzt sehe ich nicht mehr klar.

In Leh, so hoffe ich, wird sich das ändern. Ohne den Train habe ich mehr Zeit, Bartholomäus kennenzulernen. Jeder Tag beginnt damit, dass ich über den Dächern Lehs aufwache. Ich habe mein Zelt auf dem Haus aufgeschlagen, das die Schlagintweits mieten, weil mich dort oben mehr Luft erreicht. Die Sommerhitze in Leh ist unerträglicher als der Akzent der Vickys.

Ich gehe in den ummauerten Garten des Hauses, wo wir ihre magnetischen und meteorologischen Instrumente aufgestellt haben. Ich stelle sicher, dass sie intakt sind, und notiere die Werte in einer Tabelle.

Danach begebe ich mich in den Westen der Stadt. Ich verwende weiter den Gehstock, auch wenn ich ihn eigentlich nicht mehr brauche. Mit ihm fühle ich mich sicherer. Ich durchquere den riesigen Bazar. Adolph hat ihn gemessen: 1030 Fuß Länge und 170 Fuß Breite. In Leh wird mehr gehandelt als in jeder Stadt, die ich bisher gesehen habe. Karawanen brechen in alle Himmelsrichtungen auf oder treffen aus fernen Regionen ein. Das wichtigste Handelsgut: Opium. Für die Vickys ist Leh aber auch ein bedeutender Militärstützpunkt. Russland und China, ihre großen Widersacher im Great Game, sind nicht fern. Der Herrscher Kaschmirs, Maharaja Gulab Singh, bezeichnet sich als Freund der Vickys. Aber das tut in diesen Zeiten jeder, der nicht als ihr Feind bezeichnet werden will. Die Schlagintweits haben ihm eine Photographie von ihm geschenkt, um seine Gunst zu gewinnen. Er hat sich erkenntlich gezeigt, indem er den Brüdern eine Ehrenwache zur Seite beordert hat. Nur, mit Ehre haben diese Soldaten wenig zu tun. Die Wachen verfolgen jede Bewegung des Trains. Gulab Singh bezeichnet sich vermutlich auch als Freund der Chinesen.

Es ist in diesem Fall günstig, ein kleiner indischer Krüppel zu sein. Mich beachtet die Ehrenwache nicht. Ich kann Leh unbehelligt bis zu einem Felsenkamm durchqueren, auf dem Gönpas liegen, verlassene Tempel der Buddhisten. Ich steige zum Hauptturm hinauf. Er ist gespalten, nur eine Hälfte steht noch. Auf der angrenzenden Wiese warte ich. Ihr Grün erfüllt mich mit etwas. Nicht mit Hoffnung, aber immerhin ist das Gefühl stark genug, um mich zum darauffolgenden Tag zu tragen, bis ich das Grün wiedersehe. Sonst gibt es in Tibet nämlich keine kräftige Farbe. Flugsand macht aus jedem Ausblick ein verwischtes Bild.

Stets bemerke ich Eleazar erst, wenn er mich begrüßt. Ich grüße nie zurück. Er fragt mich, ob er sich zu mir setzen darf, und ich antworte ihm nicht und er bleibt stehen. Ich habe geschrieben, dass ich in Leh bin, um allein zu sein. Und das bin ich. Der Bania ändert nichts daran. Wer auch immer er ist oder vorgibt zu sein, niemals kann einer wie er machen, dass ich nicht allein bin. Aber vorerst muss ich das Grün von Leh mit ihm teilen. Er kann mir als Einziger helfen zu verstehen, wer ich wahrscheinlich bin.

BEMERKENSWERTES OBJEKT NO. 78

Hannoveraner

Im letzten Jahrhundert, als Amerika noch zum Reich der Vickys gehörte, begannen die amerikanischen Kolonien, wie jeder Indier weiß, einen Krieg gegen die Vickys. (Eleazar sagt, Indien wird das nächste Amerika der Vickys.) Den Amerikanern standen die Franzosen bei, welche auch keine Freunde der Vickys sind. Diese kämpften aber nicht nur in Amerika gegen die Vickys. In einer Allianz mit Hyder Ali, dem Sultan von Mysore und, wie Eleazar sagt, heldenhaften Widersacher der Vickys, stellten sie sich gegen die East India Company. Das war ein bemerkenswertes Desaster für die Vickys. Sie hatten zu viele ihrer Soldaten nach Amerika geschickt. Sie brauchten mehr. Wie günstig, dass Georg III., der Oberste von einem deutschen Land namens Hannover, auch der Oberste der Vickys war! Schon bald wurden zwei neue Regimenter geschaffen. Die angeheuerten Soldaten, die sich auf eine Anzeige hin beworben hatten, waren Künstler, Prediger, Mönche, Deserteure, Juden. Hunderte waren keine sechzehn Jahre alt. Vater Fuchs hat mir nie von ihnen erzählt. Und er hat gelogen. Die Deutschen unterscheiden sich nicht von den Vickys oder Franzosen oder Dänen oder Holländern oder Portugiesen, sie sind ebenso mehr dem Schwert als der Feder verpflichtet.

In den Jahren nach ihrer Rekrutierung sendeten etliche dieser zweitausend Soldaten Briefe und Reisebeschreibungen in ihre Heimat. Einige davon veröffentlichte das *Hannoverische Magazin*[*]. Ihre Frauen begleiteten sie. Gemeinsam segelten sie von Hannover nach England, nach Rio de Janeiro (Eleazar sagt, die Stadt liegt in den Amerikas) und schließlich nach Madras, gemeinsam starben schon auf diesem Weg über hundert von ihnen bei Stürmen, einer Seeschlacht und einer Meuterei. Nach der Ankunft wurden die Truppen aus Hannover in die Streitmacht der Company eingegliedert. In einem ihrer ersten Briefe schreibt einer von ihnen: *Europäische Bedienstete sind hier nicht im Gebrauch, dagegen aber die hiesigen Landeseinwohner, die leider fast durchgängig Diebe und Betrüger sind, und von denen man, nicht ohne große Kosten, eine artige Anzahl halten muss, weil die Leute hier in gewisse Geschlechter oder Kasten eingeteilt sind, und jedes Geschlecht nach der Landesreligion und Politik nur eine Verrichtung treiben darf. Der Friseur barbiert nicht zugleich, und der, welcher das Pferd füttert, sattelt es nicht, und der, welcher das Wasser zum Waschen bringt, nimmt das unreine nicht wieder weg; das muss ein anderer aus einem niedrigeren Geschlecht tun.* Eleazar sagt, dies sei ein weiterer Beweis dafür, dass deutsche Firengi sich in ihrer Wahrnehmung nicht wesentlich von den Vickys unterscheiden. Aber ich sage, der Hannoveraner kann das gar nicht selbst erfahren haben, so kurz nach seiner Ankunft. Ich erkenne eine Übersetzung, wenn ich sie vor mir habe. Diese Nachricht ist die ins Deutsche übertragene Meinung der Vickys, die mit ihrer Politik die Hannoveraner zu vergiften suchten.

Die meisten Deutschen scheinen dagegen immun gewesen zu sein. Das beweisen viele ihrer Briefe. Die Stimmen dieser

---

[*] Eleazar hat viele seiner Informationen dieser Zeitschrift entnommen, mich die Artikel lesen und so etwas weniger an seinen Worten zweifeln lassen.

Firengi erstaunen mich. Was sie sagen, ist respektvoll, freundlich, richtig. Über Hyder Ali berichten sie: *Es ist ein überaus falsches Gerücht, welches man in Europa ausstreut, dass der Vater Kriegsgefangene grausam behandelt. Ich habe von vielen Offizieren, welche in seine Gefangenschaft geraten sind, erzählen hören, dass alle Europäer sogleich an die Franzosen ausgeliefert würden.* Und auch: *Hyders ökonomische Regel ist, eine Sache im Anfange zu verbessern, wodurch alles in gutem Stande erhalten und viele Unkosten gespart werden. Bei den Europäern in Indien lässt man alles zu Grunde gehen.* Über indische Soldaten berichten sie: *Keine Truppen in Europa sind indessen geübter als die Sepoy-Bataillone. Die großen Manöver werden von ihnen sehr genau und wohl zweimal so geschwind als von deutschen Truppen in Europa ausgeführt.* Und auch: *Die Sepoys sind das Wesentliche unserer Armee. Durch sie werden Vorposten, Wachen, Patrouillen, Eskorten, kurz, alles besorgt. Die Europäer haben nichts zu tun, als zu marschieren und zu fechten. Aber auch davon sind die braven Sepoys nicht ausgeschlossen, sie geben durch ihre Tapferkeit den Europäern das beste Beispiel.* Und nicht zuletzt: *Unsere schwarzen Regimenter sind schön, mutig, gut beritten, wohl geübt, anständig gekleidet und auf den Wink gehorsam.*

Ganz besonders einprägsam ist mir der Brief eines Soldaten, in dem er schrieb: *Die Frau eines Sepoys bereitet ihrem Verehrer sein Mahl und kocht ihm, unter dem Geheul der Kugeln, seinen stark gewürzten Reis hinter einer Hecke, ungewiss, ob nicht schon die Kehle gespalten ist, die ihn genießen soll. Sie sucht ihn im Schlachtfeld. Mit drei übereinander stehenden Töpfen auf dem Kopf beladen, bis über die Knie aufgeschürzt und den Busenschleier dem Wind preisgegeben, fliegt sie durch die Glieder und sucht das Bataillon, die Compagnie auf, bei der ihr bärtiger Geliebter steht, scheint kaum die Kugeln zu* bemerken, die hier einen Sohn des Mars, dort eine Mitschwester, ein unglückliches Schlachtopfer ihrer Zärtlichkeit, zu Boden schlagen.*

Die Hannoveraner nahmen an der Schlacht von Cuddalore teil. Sie wurden im Zentrum aufgestellt. Für viele von ihnen war es ihr letzter Tag, der 13. Juni 1783. Einer der Überlebenden schrieb später: *Ich vergaß die Gefahr, da ich zu beiden Seiten meine braven Landsleute fallen sah, und rief, zielet Kinder und treffet die Feinde!* Einige dieser Feinde waren ebenfalls Deutsche, rekrutiert von den Franzosen. (Eleazar sagt, man habe eben stets eine Wahl, auf welcher Seite man steht.) Es ging kein Gewinner aus der Schlacht hervor. Daher waren die Franzosen und die Vickys erleichtert, als beide Länder wenige Tage später einen Friedensvertrag unterzeichneten.

Aber für die Hannoveraner war ihre Zeit in Indien noch lange nicht zu Ende. Tipu Sultan, Hyder Alis Sohn, führte den Krieg gegen die Company fort. Sie mussten in dichten Wäldern kämpfen, sie halfen bei der Belagerung von Mangalore und sie wurden – nachdem Mysore und die Vickys Frieden schlossen – gegen kleinere Rebellengruppen eingesetzt.

Viele von ihnen fielen nicht im Kampf gegen Indier, sondern gegen die zahlreichen Krankheiten Indiens. Der Rest musste weiter für die Company streiten. Der dritte Krieg mit Mysore brach aus – der zum vierten Krieg mit Mysore führte, in dem Tipu Sultan und Mysores Macht starben. Danach wollten die meisten Hannoveraner zurück in die Heimat. 1792 segelten 614 nach Europa. Nur 217 blieben. Diese Gruppe ist für mich von besonderem Interesse. Manche desertierten. Der Berühmteste von ihnen wurde ein Offizier in der Armee der Marathen. (Eleazar sagt, mal wieder, man habe eben stets eine Wahl, auf welcher Seite man steht.) Gut möglich, dass er der Hannoveraner war, der in einem Brief warnte: *Die Eingeborenen tragen einen heimlichen Hass gegen alle Europäer in ihrem Herzen, und ich halte dafür, dass es große Klugheit erfordern werde, wenn sich diese in ihren gegenwärtigen Besitzungen erhalten wollen. Denn da jene an der Anzahl so mächtig sind, dass vielleicht deren 1000 gegen einen von diesen gezählt werden können, die Schwarzen auch täglich klüger werden, und von der List und dem klaren Betruge, womit sie behandelt werden, überzeugt zu sein scheinen; so ist zu besorgen, dass über kurz oder lang dieser Halbinsel eine Revolution bevorsteht.*

Aus den Briefen der restlichen Hannoveraner geht hervor, wie sie der Company halfen, mehr von Indien einzunehmen, aber auch, wie sie von Indien eingenommen wurden. Ihr Deutsch verkümmerte. Sie beklagten sich darüber, wie häufig ihnen nicht mehr die Ausdrücke ihrer Heimat zur Verfügung standen. Das kam wohl auch daher, dass sie keine deutschen Frauen heirateten. Diese standen nicht zur Verfügung. Wohl jedoch christliche Indier. Mit ihnen sprachen sie ein miserables Englisch. Oder sie sprachen gar nicht miteinander, was die Hannoveraner dem Lernen einer indischen Sprache vorzogen.

Außer diesen gab es sieben illegale Verbindungen, aus denen Kinder hervorgingen, die gleich nach der Geburt getauft wurden – keiner auf den Namen Bartholomäus. Aber in den Briefen taucht ein anderer Name auf, der mir sehr wohl bekannt ist. Er gehört dem Firengi, der die Taufen durchführte.

BEMERKENSWERTES OBJEKT NO. 79

Vater Fuchs' Brief

An Rektor Fuchs in München

Wohledler Bruder! In meinem letzten Schreiben ist gedacht worden, dass ich 1 ½ Monate bettlägerig gewesen. Nachher schien es zwar etwas besser zu werden, ich fing auch an, die Feier-Tage über zu predigen, aber es hat keinen Bestand gehabt. Jetzt steht es mit mir ebenso schlecht als zuvor u. will keine Medizin bei mir anschlagen. Die Ursache solcher Krankheit rührt von dem Gemüt her. Denn es ist schon zu einigen Jahren her eine starke Anfechtung, Betrübnis u. Kümmernis meines Amtes wegen in meinem Herzen gewesen. Diese ist immer vermehrt worden durch die vielen Begebenheiten, die sich auf diesem sonderbaren Kontinent ereignen, vornehmlich die Wunden, welche ihm von den Engländern zugefügt werden. Diese Gemüts-Anfechtung u. Betrübnis hat denn nun eine starke Influenz gehabt, dass ich immer Leibes-Beschwerung habe. Wozu denn noch die vielen Fatiguen kommen, die ich zeit meines Amts habe ausstehen müssen. Ich habe große Engbrüstigkeit, ein starkes Drücken im ganzen Leibe, Seiten-Stiche, einen heftigen Husten, der eine große Konvulsion in der Brust verursacht u. mich wenig schla-

fen lässt. Unterdessen entschlage ich mich jetzt aller Sorge u. habe alles dem Herrn Holbein übergeben. Ich nehme solche Prüfung mit Geduld an u. habe das Vertrauen zu Gott, er werde Hilfe schaffen, dass ich wieder in den Stand komme, dem Werk nützlich zu sein. Es geschehe in allem sein heiliger Wille! Die einzig taugende Medizin ist der Junge, von dem ich schon häufig erzählt habe. Durch seinen bemerkenswerten, leuchtenden Geist kann dein kranker Bruder sich stärken u. laben. Bartholomäus gedeiht vorzüglicher als jedes andere meiner schwarzen Schäflein in Sankt Helena, sowohl ich ihn weiterhin zu den Heiden zählen muss. Aber mein Glaube lässt mich hoffen, der Herr erbarme sich ihm. Es wäre mir eine Erleichterung ohne gleichen, wenn ich in dem Wissen Abschied nehmen könnte, dass der Junge auf dem Pfad des Herrn wandelt. Seitdem seine Mutter ihn bei der Geburt auf Erden zurückließ, habe ich über ihn gewacht. Der Vater ist inzwischen, wie mir von meinen geistlichen Brüdern an der Ostküste berichtet wurde, als letzter Hannoveraner Indiens in Gottes Reich eingegangen. Wir wollen keine Tinte und Gedanken an ihn verschwenden; du erinnerst dich, wie wenig ich vom allenthalben sehr verdorbenen Schaffen der Soldaten halte; zu oft lief es darauf hinaus, dass ich die ungewollten, unschuldigen Seelen, welche aus jenem Schaffen hervorgehen, taufen und in Sankt Helena aufnehmen musste, um sie vor dem Schlimmsten zu bewahren. So bleibt mir als wichtigster Wunsch, sollte der Herr mich bald zu sich rufen, dass Bartholomäus ohne meinen Schutz unter der Gnade Jesu Christi verharrt. Er ist mir von allen Kindern in Sankt Helena das liebste. Ich gebe mich manchmal der liederlichen Träumerei hin, was aus ihm geworden wäre, hätte sein Leben in unserem fabelhaften Bayern begonnen. Ich möchte so anmaßend sein zu behaupten, er würde heute zu den glänzendsten Eleven deiner Schule gehören. Aber genug von meinen Verwicklungen! Wie steht es um deine Gesundheit, deine Position, deine Familie? Bitte schreib mir ausführlich, denn im Wissen um den baldigen Erhalt deiner Antwort finde ich die Kraft, noch nicht allzu bald aus der Welt zu scheiden.

Meines Herrn Bruders und Herzens-Freundes zu Gebet und Liebe verbundener
Johann Ernst Fuchs
Geschrieben zu Bombay
Diener göttlichen Wortes in Indien, den 7. August 1854

BEMERKENSWERTES OBJEKT NO. 80

Die Unendlichkeit

Als ich Vater Fuchs' elenden Brief las, auf Simlas höchstem Punkt, wurde ich von Smitaben und den drei Verrätern und auch mir selbst beobachtet. In meinem Kopf machte der Brief aus einem Bartholomäus zwei. Der eine war noch nicht dort angekommen, wo der andere längst weilte. Der eine las den Brief wieder und wieder und konnte ihn zwar verstehen, aber nicht begreifen. Der andere begriff viel zu gut. Durch ihn flossen so zahlreiche Gefühle, dass ein Messgerät dafür, wenn es denn eines gibt, heftig ausgeschlagen hätte. Mitleid, Trauer, Verblüffung, Wut. Und natürlich Einsamkeit. Ich kann mich nicht an alles erinnern, was ich beim Lesen empfand. Aber ich weiß noch jede Frage, die der eine Bartholomäus dem anderen stellte: Dein Vater war noch am Leben? Wieso hat Vater Fuchs ihn dir nicht vorgestellt? Warum hat er ihn vor dir geheim gehalten? Warum hat er alle Hannoveraner in Indien vor dir geheim gehalten? Warum hat er dich mindestens zwölf Jahre lang mit Lügen gefüttert? Du bist ein Indo-Europäer? Ein Indo-Europäer? Auf welcher Seite stehst du dann?

Beim Lesen konnte ich noch etwas spüren: Vater Fuchs' nahenden Tod.

Damit meine ich nicht nur seinen ersten, in Bombay. Ich meine seinen zweiten, als er für mich starb.

Eleazar machte einen Schritt auf mich zu, als hätte er gespürt, dass in diesem Moment ein Platz an meiner Seite frei geworden war.

Manchmal sind unsere Wahrheiten nur die Lügen anderer, sagte er. Aber vergiss nicht: Indien ist deine Mutter.

Wie könnte ich das vergessen?, sagte ich.

Ausgezeichnet, sagte Eleazar.

Aber er verstand nicht. Ich wollte nichts Halbes sein, ich wollte das vergessen. Und das, dachte ich, würde mir gelingen, indem ich das Museum schloss.

In den Wochen danach bewahrte ich es ganz unten in meinem Gepäck auf. Wenn mein Blick doch einmal zufällig darauf fiel, fühlte sich das an, als würde Vater Fuchs mich vorwurfsvoll im Spiegel betrachten. Wie war das möglich? Ich habe viele Gründe, ihm Vorwürfe zu machen. Er hat keinen einzigen.

Ich blieb bei den Schlagintweits, vorerst. Ich war zu dem Entschluss gekommen, nicht mehr nach Bombay zurückzukehren. In dieser Stadt wartet keine Zukunft auf mich. Und an die Vergangenheit dort möchte ich nicht erinnert werden.

Ich hätte natürlich mit Smitaben gehen können. Sollen! Nach Simla verließ sie den Train, und ich verabschiedete mich von ihr (und scheiterte an dem Versuch, nicht zu weinen).

Ich musste im Train bleiben. Mir war bewusst, Antworten auf meine Fragen würde ich nur mit Eleazars Hilfe finden. Er zwang mich nicht mehr, für ihn zu spionieren, und er beteuerte, Smitaben werde nichts zustoßen.

Ich traute ihm nicht. Die Maasi und ich trafen eine Vereinbarung.

Seitdem erreicht mich – trotz dem Adressaten B. *Schlagtwein* – alle paar Wochen ein Schreiben in einer anderen Handschrift, verfasst von einer hilfsbereiten Seele, die sich Smitaben erbarmt hat. Jeder Brief spricht jedoch unverkennbar mit Smitabens Stimme. Selbst oder vielmehr gerade ein verschlagener Mensch wie Eleazar könnte sich nicht für sie ausgeben.

Bei unserer Ankunft in Leh litt ich bereits seit einigen Tagen unter einer, wie Hermann es bezeichnete, *hartnäckigen Verstopfung*. Der Schlagintweit untersuchte meinen geschwollenen Bauch und sagte, das müsse an dem Klima von geringem Barometerstand und an der schwer verdaulichen Nahrung in Tibet liegen. Ich war bei Weitem nicht der erste solche Fall im Train, und so bedauerte er, dass die Laxantien längst aufgebraucht waren. Aber ich benötigte auch keine. Denn Hermanns Diagnose war falsch. Es lag nicht am Klima oder am Essen. Ich musste durchaus. Nur wollte ich nicht. Jedes Mal, wenn mein Körper mich dazu drängte, wenn er mich stehen bleiben und in die Hocke gehen ließ, wenn er mich durchschüttelte, hielt ich es drinnen. Die Schlagintweits dachten, meine Anstrengung, mein Stöhnen und der Schweiß in meinem geröteten Gesicht rührten daher, dass ich es loswerden wollte. Dabei war es genau anders herum.

Diese Forscher begreifen weniger, als sie denken. Sie ahnen nicht, welche Kräfte um sie herum wirken. Würde ich ihnen alles über Eleazar, Abdullah und Mr. Monteiro erzählen, und über Devinder und Hormazd, sie würden mich auslachen. Und der Bania würde mir wahrscheinlich mein Leben nehmen.

Nach Simla tat er so, als wäre er bloß ein Assistent und ich bloß ein Übersetzer. Er sprach nur mit mir, wenn es unbedingt nötig war.

Erst in Leh näherte er sich mir, nachdem die Schlagintweits zu ihren Gebirgserkundungen aufgebrochen waren, und erzählte mir folgende Geschichte.

Als Alexander der Große vor Hunderten von Jahren nach

Indien kam, traf er auf einen nackten, weisen Mann, den er als Gymnosophisten* bezeichnete. Dieser saß auf einem Stein und starrte in den Himmel.

Was machst du?, fragte Alexander der Große.

Ich erfahre das Nichts, sagte der Yogi. Was machst du?

Ich erobere die Welt, sagte Alexander der Große.

Darauf lachten beide.

Soll das ein Gleichnis sein?, sagte ich. Alexander der Große steht für die Firengi und der Yogi für uns Indier?

Eleazars Lächeln erinnerte mich daran, als ich ihm damals vom Museum erzählt hatte. Es erreichte seine Augen.

Es ist ein Witz, sagte Eleazar. Jeder dachte vom anderen, dass er ein Narr ist und sein Leben verschwendet.

Ein erbärmlicher Witz, sagte ich.

Mag sein, sagte er. Im Scherzen war ich noch nie besonders gut.

War das alles? Kann ich nun allein sein?

Niemals, niemals werde ich ihm eine Tür zu mir öffnen.

Nur wenig kommt der Wahrheit so nahe wie ein Witz, sagte Eleazar. Die Unendlichkeit wurde in Indien geboren. In Gwalior steht ein uralter Tempel, auf dem die Null eingemeißelt ist. Als die Griechen schon bei Zehntausend zu zählen aufhörten, spielten wir bereits mit Billionen. Hat dein Vater Fuchs dir das nicht beigebracht?

Hat er nicht. Aber ich sagte:

Selbstverständlich.

Eleazar musterte mich.

Ich kann dir noch so viel mehr beibringen, mein Freund. Ich weiß, wie verloren du dich fühlst.

Ich fühle mich nicht verloren, sagte ich.

* Das ist umständliches Griechisch für Yogi.

Eleazar schwieg.
Ich bin nicht verloren!
Der Bania nickte, als hätte ich ihm zugestimmt.
Die Unendlichkeit ist immer auch ein Anfang, sagte er. Lass mich dir helfen. Du willst doch wissen, wer du wirklich bist.
Bevor ich erwidern konnte, dass ich alles bin, was er nicht ist, reichte er mir eine Zeitung. Das Hannoverische Magazin. Der Artikel auf der ersten Seite trug den Titel: *Etwas über Ostindien.*
Eleazar forderte mich nicht auf zu lesen. Vielleicht, weil er wusste, dass ich es dann nicht getan hätte. Er ließ mich einfach mit der Zeitung allein.
Am selben Abend schiss ich wie ein Ochse. Ich schiss, als müsste ich die Unendlichkeit füllen. Die Worte des Hannoveraners waren bemerkenswerte Laxantien. Es kam mir vor, als würde ich rausscheißen, was sich jahrelang in mir angestaut hatte.

Dieser Abend liegt Wochen zurück. Seitdem bringt mir Eleazar fast täglich einen neuen Artikel. Keinen davon fordert er mich auf zu lesen.
Ich lese jeden einzelnen.
Eleazars einzige Bedingung lautet, mir die Artikel nur dort zu übergeben, wo Lehs kräftigstes Grün blüht – und wo kein Schlagintweit und keine Ehrenwache uns sehen können.
Ich habe mir geschworen, den Schlagintweits nichts von alldem zu erzählen, insbesondere Adolph nicht.
Er würde mir zuhören. Er würde meine Hand halten. Er würde mir helfen zu verstehen. Er würde mir meinen Zorn auf Vater Fuchs nehmen.
Bei den Übergaben sagt Eleazar wenig. Gelegentlich frage ich ihn etwas, wenn ich mehr über etwas Bestimmtes wissen

möchte. Er kann mir stets mit einer Antwort dienen. Wobei ich natürlich weiß, dass die Antworten eines Verräters vor allem ihm dienen. Gibt er etwas unaufgefordert von sich, was selten vorkommt, dann meist dies: Vergiss nicht, Indien ist deine Mutter.

Ich habe ihn gefragt, ob er mehr über meine richtige Mutter in Erfahrung bringen kann, und er hat versprochen, es zu versuchen. Dabei wissen wir beide, dass er nichts finden wird. Meine Mutter war arm. So arm, dass ein Firengi sie zur Frau nehmen konnte. So arm, dass ihre Kaste nicht einflussreich gewesen sein kann. So arm, dass sie mein Leben mit ihrem bezahlen musste. So arm, dass nichts von ihr geblieben ist, kein Name, kein Bild, kein Besitz, keine Erinnerung. Nur ich. So arm, dass sie gewiss nicht einmal ihren eigenen Namen schreiben konnte, geschweige denn Artikel für ein Magazin.

Je mehr ich von den Hannoveranern lese, desto stärker sehne ich mich nach der Stimme meiner Mutter.

Was hätte sie zu alldem gesagt?

Dieser Gedanke hat mich das Museum wieder öffnen lassen. Ich bin der letzte lebende Teil von ihr, ich kann besser als jeder andere mit ihrer Stimme sprechen. Vielleicht ist das keine ganz indische Stimme. Aber es ist mit Sicherheit auch keine ganz deutsche. Ich bezweifle, dass ich als Indo-Europäer der Richtige bin, um ein Museum für Indien zu schaffen, und ich werde Vater Fuchs niemals verzeihen. Das soll mich jedoch nicht davon abhalten, meiner Mutter eine Stimme zu geben. Wir haben unendlich viel zu sagen.

BEMERKENSWERTES OBJEKT NO. 81

Die Entdeckung einer nicht vorhandenen Sache

Unser Train hat im Oktober mit Mühe den Suru-Pass überquert, der so früh im Jahr bereits mit Schnee bedeckt war. Robert und Adolph erwarteten uns in Srinagger. In der Stadt halten sich viele Europäer auf, sogar eine Kirche wurde für sie gebaut. Die meisten von ihnen kommen in der *Sommerfrische*. Dieses Wort habe ich von Adolph gelernt. Es beschreibt eine längere Zeit, in der man nicht arbeitet. So ein Wort gibt es nur auf Deutsch. Die meisten Bewohner Srinaggers können es weder aussprechen noch begreifen. Sie sind Moslems und müssen härter arbeiten als die wenigen obersten Beamten, von denen fast alle Hindus sind. Gulab Singh besetzt die meisten Stellen mit ihnen, weil er selbst einer ist. Sonst würde er in seinem weiten Reich isoliert stehen. Eleazar sagt, der Maharaja riskiert damit den Frieden in Kaschmir. Die Schlagintweits sagen ausnahmsweise das Gleiche.

Wir alle bewohnen das Shekh-Bagh. Ein, wie Hermann es nennt, *Palais*. Es befindet sich am Ufer des Jhelum. In den großen Zimmern haben die Schlagintweits ihre Karten, Zeichnungen, Sammlungen ausgebreitet. Sie besprechen sich. Es scheint mir, als würden die Brüder vieles von dem, was sie gesehen haben, erst jetzt, da sie darüber reden, richtig sehen.

Sie kommen jeden Tag am Dal-See zusammen, um ihre Erfolge zu feiern. Und wie feiern diese drei Wissenschaftler? Indem sie die Landschaft mit ihren Stiften und Pinseln und ihrer Maschine auf Bildern einsperren. Die Schönheit des Sees lässt das aber nicht mit sich machen. Die breite Mündung der zwei Seitentäler, die Gärten von Shalimar, eine alte Pappelallee, der Damm, im Hintergrund die Panjal-Bergkette und die Rahds – alles wird von ihnen kopiert und so, trotz ihrer Bemühungen, bloß verschwommener, geringer, blasser.

Auch die Schlagintweits sind unzufrieden mit dem Ergebnis. Das hält sie jedoch nicht davon ab, ihre Versuche zu preisen. Ich respektiere, was sie wissen und erreicht haben, ja, aber ihr Stolz und ihre Freude ob ihrer, wie sie gerne sagen, *Errungenschaften*, verleihen ihnen die Ausstrahlung eines prahlerischen Kindes. Hermann hat Adolph und mir ausführlich berichtet, wie er und Robert – nie Robert und er – in Leh die Ehrenwache ausmanövriert und heimlich Turkestan jenseits der Berge erkundet haben.

Eleazar sagt, die Ehrenwache wurde dafür ins Gefängnis geworfen und die Chinesen sind nun davon überzeugt, dass die Schlagintweits für die Vickys Spionage betreiben.

Ich frage Eleazar nicht, woher er das weiß.

Aber ich frage mich, ob die Schlagintweits auch davon überzeugt sind, Spione zu sein.

Von einer Sache sind sie es jedenfalls: Dass sie als erste Europäer die Gebirgsketten des Karakorum und des Kuenluen überquert haben. Hermann sagt, nicht einmal Marco Polo[*] ist in diese Höhen vorgedrungen. Er ergeht sich in Beschreibungen, in denen er von der Gefahr spricht wie von einer Angebeteten, die ihn hässlich behandelt. Die Gefahr ist in unterschiedlichste Rollen geschlüpft. Kälte, Blutspucken, Nahrungsarmut,

---

[*] Ein Händler aus Venedig, der sich nach China getraut hat.

Wasserknappheit, Augenentzündung, Orientierungslosigkeit. Je länger seine deutschen Worte werden, desto kleiner wirkt die Gefahr in seiner Erzählung. Hermann denkt, er hat auf seiner Reise viel Mut bewiesen.

Er sollte einmal in die Wahrheit reisen, wie ich.

Als größte Entdeckung bezeichnet er etwas, das sie nicht gefunden haben: Das Kuenluen ist keine, wie bisher von vielen Wissenschaftlern in Europa angenommen, Wasserscheide zwischen Zentralasien und Indien.

Ich verstehe nicht, warum die Entdeckung einer nicht vorhandenen Sache so bedeutend sein soll. Wie kann man froh darüber sein, etwas, nach dem man gesucht hat, nicht zu finden? Und wie werden die Brüder anderen beweisen, dass sie etwas nicht gefunden haben? Mit Skizzen und Messwerten und Bildern? Diese sind kaum glaubwürdiger als ihre Worte. Die Schlagintweits werden in ihre Heimat zurückkehren und behaupten: Das Kuenluen ist keine Wasserscheide. Und dann? Wird man ihnen einfach glauben? Und selbst wenn man ihnen glaubt, was werden die Vickys und anderen Europäer damit machen? Es in Büchern festhalten und studieren? Es ihren Kindern beibringen? Wie viele folgende Generationen werden glauben zu wissen, dass etwas nicht existiert, weil einst eine kleine Gruppe von Männern es nicht gefunden hat?

All das strömte durch meinen Kopf, als Adolph mich an einem dieser Nachmittage am Ufer beiseitenahm und sagte, ich sei ungewöhnlich still.

Sollte man sich, sagte ich, nicht lieber auf das konzentrieren, was man gefunden hat?

In Adolphs Augen spiegelte sich das komplizierte Blau des Sees.

Ich habe viel gefunden, sagte ich und meine Stimme brach und ich reichte ihm Vater Fuchs' Brief, damit dieser für mich weiterredete. Ich hatte Adolph nichts davon erzählen wollen, aber ich hatte nicht mit mir gerechnet. Seit Simla waren der Schlagintweit und ich nicht mehr zusammen gewesen. Ohne ihn war es leicht, mich an meinen Schwur zu halten. Mit ihm war es unmöglich.

Adolph las aufmerksam den Brief und ich sagte ihm dann, dass ich noch immer die Eltern vermisse, die ich nie hatte. Und dass ich nichts fühle, wenn ich an die Eltern denke, die ich hatte.

Adolph sah mich an, als wäre ich noch nicht fertig.

Und da stellte ich fest, dass ich es nicht war.

Auf welcher Seite stehe ich jetzt, Sir? Bin ich indisch oder deutsch?

Adolph nahm meine Hand.

Ganz einfach: Du bist ein Indier, durch und durch.

Er lächelte.

Ich nicht.

Vater Fuchs wollte dich beschützen, sagte Adolph. Er wollte verhindern, dass du dich fragst, ob du indisch oder deutsch bist. Es ist einfacher, nur eine Sache zu sein. Wahrscheinlich hätte er es dir noch irgendwann mitgeteilt.

Das können Sie nicht wissen, sagte ich.

Nein, sagte Adolph. Aber ich weiß, was er mir mitgeteilt hat.

Sie haben mit ihm gesprochen?

Wir korrespondierten, schon lange vor Indien. Stets schwärmte er von einem hochtalentierten, jungen Übersetzer. Er legte uns ans Herz, ihn mit auf unsere Reisen zu nehmen.

Er wollte mich fortschicken!

Er wollte, das hat er mehr als einmal geschrieben, dass du Indien kennenlernst. Damit du weißt, wo dein Zuhause ist.

Heute Morgen war der Zorn verschwunden.

Und doch ändert das nichts daran, dass ich weiß: Ich bin nicht durch und durch indisch.

Sonst würde ich mich ja nicht fragen, was ich bin. Vater Fuchs hat sich geirrt. Er hat mich nicht beschützt. Er hätte mir die Wahrheit sagen müssen. Dann hätte ich mindestens vierzehn Jahre Zeit gehabt, sie kennenzulernen, sie zu studieren wie eine brutale, schwierige Sprache. Wir wären zusammen gewachsen und zusammengewachsen. Ich hätte ein Junge mit einer unangenehmen aber vertrauten Wahrheit sein können. Einer, der durch und durch indisch sein kann, weil er weiß, dass er es nicht ist.

Ich gesellte mich zu Hermann, Robert und Adolph am Ufer des Dal-Sees und beobachtete sie eine Weile beim Kopieren. Was sie fabrizierten, war noch immer kaum bemerkenswert. Ich ertrug es nicht länger, ihnen beim Scheitern zuzusehen, und sagte ihnen, was sie tun mussten. Wenn ein Bild nicht die Wirklichkeit einfangen kann, dann müssen eben mehrere Bilder zusammenwirken.

Nachdem ich ihnen erklärt hatte, wie dies umzusetzen war, wechselten die Brüder Blicke.

Keiner widersprach. Entgegen meiner Erwartung befolgten sie sogar meine Anweisungen.

Zuerst stellte Robert ein Lichtbild her. Wegen der hohen Beleuchtung unserer indischen Sonne ließen sich die nahen und fernen Teile darauf kaum unterscheiden.

Daher schnitt Hermann nun einzelne Objekte aus und klebte sie auf Zeitungspapier.

Danach verband Adolph diese mit der in Aquarell ausgeführten Umgebung.

Das Ergebnis war noch immer weit entfernt von Vollkommenheit. Aber es war vollkommener als alle ihre bisherigen Versuche.

Hermann schüttelte mir entzückt die Hand, als wären wir uns soeben zum ersten Mal begegnet. Robert sagte mit lautester Stimme: Bravo! Und Adolph verlieh mir einen Titel – der Entdecker nicht vorhandener Techniken.

BEMERKENSWERTES OBJEKT NO. 82

Results

Auf der kurzen Route von Srinagger nach Raulpindi begleitete der Entdecker nicht vorhandener Techniken Adolph und Hermann. In Indien sind die beiden noch nie zusammen gereist, ohne ihren jüngeren Bruder dabeizuhaben. Am letzten Abend vor unserer Ankunft in Marri waren sie nachts im Zelt mit Lampen und Federn lange in Gespräche vertieft. So, dass ich sie an die frühe Stunde des Morgenaufbruchs erinnern musste. Adolph lud mich ein, mit ihnen zu sein. Die Brüder besprachen das Werk, das sie über ihre Forschungen verfassen wollen. Die englische Fassung soll den Titel *Results* tragen, neun Bände umfassen und alle ihre Beobachtungen beinhalten.

Werden Sie meine Hilfe benötigen, Sir?, fragte ich.

Wir beginnen erst in Berlin mit der Auswertung, sagte Hermann.

Stille breitete sich aus.

Wir alle spüren den Abschied näher rücken. Aber keiner von uns spricht darüber.

Komme ich auch in den Results vor?, fragte ich.

Gewiss, sagte Adolph.

Wir werden sehen, sagte Hermann.

Beide räusperten sich.

Ich kann Ihnen Wissen aus meinem eigenen Werk geben, sagte ich.

So, dachte ich, würde garantiert etwas von mir in den *Results* sein.

Dein Werk?, sagte Adolph.

Das Museum der Welt, sagte ich.

So nennst du dein Notizbuch?, sagte Hermann.

Es wunderte mich selbst, dass wir schon so lange zusammen reisen und ich ihnen noch nie vom Museum erzählt habe. Das holte ich an jenem Abend nach. Die Schlagintweits lauschten mir und lachten nicht, sie verbesserten mich nicht ein einziges Mal.

Als ich fertig war, sagte Hermann:

Ein nobles Vorhaben.

Dürfen wir es sehen?, fragte Adolph.

Ich holte es sofort.

Die Brüder beugten sich über das Büchlein. Hermann schlug es auf, blätterte darin.

Erst da erkannte ich meine Dummheit. Die Schlagintweits könnten im Entdecker nicht vorhandener Techniken den Verräter entdecken!

Sie dürfen es nicht lesen, sagte ich und nahm es wieder an mich.

Wie bedauerlich, sagte Hermann und sah mich an:

Vielleicht eines Tages?

Nein, dachte ich, und sagte:

Vielleicht.

Ich wusste von Anfang an, dass du außergewöhnlich bist, sagte Adolph zu mir.

Du warst dagegen, ihn mitzunehmen, sagte Hermann.

Ist dem so?, sagte Adolph.

Dem ist so, sagte ich.

Hermann und ich sahen ihn stumm an.

Dann lachten wir alle drei.

Bartholomäus, sagte Hermann, darf ich etwas in dein Museum schreiben?

Unser Lachen erstarb.

Es wäre mir eine Ehre, sagte Hermann.

Ich war mir unsicher, ob ich es erlauben konnte. Hermann war immer ein Objekt gewesen. Darf ein Objekt schreiben? Würde dies bedeuten, dass das Objekt nun mich beobachtet? Und was macht das aus mir?

BEMERKENSWERTES OBJEKT NO. 83

Bartholomäus Schlagintweit

Wissenschaftliche Daten würden sehr an Wert verlieren, müsste man sie ganz allein durchdenken und prüfen. Zu den wirklichen Beschwerden auf Reisen trägt wesentlich bei, dass Land und Leute nicht immer abwechslungsreich genug sind, um sich gegen Langeweile, welche sich bis zum Heimweh steigern kann, zu schützen. Es war mir daher eine große aber seltene Freude, mit Bartholomäus zu reisen.

In deutschen Landen haben die Ideen eines Philosophen aus dem letzten Jahrhundert, er heißt Immanuel Kant, zunehmend an Gunst gewonnen. Sie dienen den Bestrebungen jener, die von der Errichtung deutscher Kolonien träumen. Unter dem Deckmantel der Aufklärung hat Herr Kant verkündet, die Menschheit sei in ihrer größten Vollkommenheit in der Rasse der Weißen. Er ist der Ansicht, die Gelben haben ein geringeres Talent. Die Neger seien weit tiefer. Und am tiefsten stünde ein Teil der amerikanischen Völkerschaften. Nach vielen Monaten unter diesen sogenannten Gelben muss ich Herrn Kants Ideen infrage stellen. Ja, auch ich bin der Ansicht, dass die Zivilisation in der weißen Rasse am kräftigsten blüht. Im Staatswesen und in der Wissenschaft ist der Vorrang auf unserer Seite viel entschiedener als im Wert der klassischen Literatur. Doch verliert unser Zustand etwas an Nimbus, wenn wir uns vergegenwärtigen, dass es noch gar nicht so lange her ist, dass die Verhältnisse bei uns diese Gestalt angenommen haben. Im 15. und selbst noch im 17. Jahrhundert waren die Zustände in Europa wesentlich von den jetzigen verschieden, nämlich schlechter. In Indien nicht. Dort ist der Fortschritt bis zur Entwicklung in unserem Mittelalter ein bereits lange bestehender gewesen. Die Gegenwart zeigt dort nur geringe Veränderungen. Reisende müssen in den moralischen Verhältnissen in Indien manches besser gefunden haben als in Europa. Die Samen der Zivilisation sind auf der ganzen Welt verteilt.

Anstatt ferne Völker aus der Distanz zu beurteilen, hätte Herr Kant sich mehr auf eine Erkundung fremder Regionen begeben sollen. Dann wäre er zahlreichen Unvereinbarkeiten mit seinen Ideen persönlich begegnet, so wie ich. Bartholomäus hat nicht nur das Leben meiner beiden Brüder bewahrt, ebenso, ich möchte fast sagen, noch mehr imponiert mir sein glanzvoller Geist. Ich kann keinen bemerkenswerten Unterschied zwischen dem Talent eines Bartholomäus und dem eines jüngeren Hermann identifizieren, wir könnten beide Schlagintweit heißen, so wahr mir Gott helfe.

BEMERKENSWERTES OBJEKT NO. 84

Das erste indische Museum

Hermann hat eine Feder ergriffen und mich – und irgendwie auch sich – ins Museum geschrieben, bevor ich eingreifen konnte. *BARTHOLOMÄUS SCHLAGINTWEIT.* Ich musste seinen Eintrag mehrmals lesen, um ihn glauben zu können. Nicht, weil er mir viel Neues* mitgeteilt hat. Ich habe immer gewusst, dass sein Talent und meines ebenbürtig sind. Aber ich hätte nicht gedacht, dass er dies weiß und auch eingestehen würde.

Ich bedankte mich bei ihm und gab ihm ein Versprechen.

Ich werde nie jemandem verraten, Sir, was Sie auf der Palme gemacht haben.

Die Monocotyledone?, fragte er. Auf die ich im Süden geklettert bin?

Ich nickte.

Das soll unser Geheimnis bleiben, sagte Hermann und zwinkerte mir zu.

Am 17. November, bald zwei Jahre nachdem wir Bombay verlassen haben, sind wir in Raulpindi eingetroffen. Eine Unruhe hat die Schlagintweits erfasst. Sie verpacken und überprü-

---

* Herrn Kant kannte ich noch nicht. Aber anscheinend ist er ein Herr, den ich gar nicht kennen will.

fen ihre Sammlungen. Hunderte Kisten müssen nach Berlin geschafft werden. Die Brüder werden sich bald ein letztes Mal trennen und erst in Berlin wieder zusammenkommen. Robert wird mit dem Großteil der Sammlung und einem gewaltigen Train durch das Salzgebirge und über Karatschi nach Bombay reisen, um sich dort an Bord eines Schiffes in Richtung Alexandria zu begeben. Hermanns nächstes Ziel ist Lahore, das danach Nepal (endlich wurde ihm die Erlaubnis erteilt) und sein letztes vor Europa Alexandria. Er und Robert treten die Heimreise gemeinsam und auf dem Schiffsweg an.

Adolphs Route ist eine andere. Sie führt nach Attok und Peshawar, gegen Nordwesten, und noch viel weiter. Wie Alexander von Humboldt will er auf dem Landweg durch Zentralasien und Russland nach Europa gelangen. Er sagt, Konstantinopel und Damaskus und Kashgar und Isfahan und Kabul und Samarkand und so weiter haben einst das zentrale Nervensystem der Welt gebildet. Ebenso wie Anatomie erklärt, wie der Körper funktioniert, erlaubt die Erforschung dieses Städte-Systems zu verstehen, wie die Welt funktioniert.

Und ich?

In Raulpindi half ich den Schlagintweits wieder beim Sammeln von Rassetypen. Sie waren sehr angetan von den vielen unterschiedlichen Völkern, die sie auf den ausgedehnten Bazars antrafen. Sogar Afghanen und Perser. Wir erzielten eine Ausbeute von beinahe zweihundert Rassetypen. Hat man jemals zuvor so viele Gesichter der Welt gesammelt?

In einer Nacht wurde ich von einem Kuli geweckt. Die Schlagintweits verlangten nach mir. Ich solle das Museum mitbringen. Der Kuli trug einen Säbel bei sich.

Ich nahm das Museum und begleitete ihn zu einem der Zelte, in denen die Brüder ihre Sammlungen überprüfen. Der Kuli blieb davor stehen. Ich trat ein.

Nur drei Kerzen beleuchteten das Innere und die ernsten Mienen der Schlagintweits.

Es war still, bis auf den Wind, der immer wieder aus einer anderen Richtung von außen gegen die Zeltwände stieß.

Hermann sagte:

Guten Abend, Bartholomäus.

Danach legte er eine Pause ein, als hätte er etwas Bemerkenswertes von sich gegeben.

Wir haben lange und ausführlich über dich gesprochen.

Mach es nicht so dramatisch, sagte Adolph.

Es ist wichtig, dass er die Bedeutung unserer Entscheidung erfasst, sagte Robert.

Und, fuhr Hermann mit erhobener Stimme fort, wir sind zu einem Ergebnis gekommen.

Wieder legte er eine Pause ein.

Nicht einstimmig, möchte ich erwähnen.

Dabei blickte er kurz zu Robert.

Aber aufgrund gewisser Erfahrungen und Beobachtungen in den letzten Wochen ist die Mehrheit von uns dafür.

Ich wollte fragen, wofür, da sagte Hermann:

Du musst allerdings einen Schwur leisten.

Warum?, fragte ich.

Manche von uns vertrauen dir nicht vollkommen, sagte Hermann.

Manche von uns haben deine Machenschaften in Bombay noch nicht verdrängt, sagte Robert.

Machenschaften!, rief Adolph.

Bevor Robert etwas erwidern konnte, sagte Hermann:

Schwöre, dass du uns nie mehr verraten wirst.

Alle drei sahen mich an.

Hermann nickte mir zu.

Robert tat nichts.

Adolph legte meine Hand auf das Museum und ließ seine auf meiner ruhen.

Ich schwöre es, sagte ich, und obwohl ich sofort fürchtete, dass ich diesen Schwur nicht würde halten können, meinte ich es doch ehrlich.

Gut, sagte Hermann.

Hervorragend, sagte Adolph.

Beide sahen zu Robert. Es schien, als müsste er sein nächstes Wort von weit entfernt holen.

Einverstanden, sagte er schließlich.

Dann möchte ich dir nun unsere Entscheidung mitteilen, sagte Hermann, wir haben uns nämlich dazu entschlossen –

Willst du mit uns nach Berlin kommen?, unterbrach ihn Adolph.

Der Wind warf sich gegen die Zeltwand hinter mir.

Ich war so überrascht, dass ich nicht wusste, was ich sagen sollte.

Hast du verstanden?, fragte Hermann.

Ja, sagte ich.

Also?, sagte Adolph.

Ich suchte nach den richtigen Worten.

Danke für dieses Angebot, sagte ich.

Das ist kein Angebot, sagte Robert, das ist eine große Ehre!

Danke für diese Ehre, sagte ich.

Nun legte ich eine Pause ein, als hätte ich etwas Bemerkenswertes von mir gegeben.

Gemeinsam werden wir das erste indische Museum aufbauen, sagte Adolph. Seine Majestät hat schon als Kronprinz für Indien geschwärmt und eine Geheimschrift erfunden, die auf Sanskrit basiert. Er stellt uns das Berliner Schloss Monbijou zur Verfügung. Dort sollen alle Disziplinen unserer Sammlungen aufgestellt werden. Geologie, Geographie, Botanik,

Zoologie, Ethnographie. Das Museum wird unsere zahlreichen Objekte zu einer gemeinsamen Großartigkeit vereinigen. Wie das British Museum.

Ein Organismus ganz im Sinne Humboldts, sagte Hermann.

Adolph verbesserte ihn: Ein Museum der Welt.

Deshalb ersuchen wir dich um Hilfe, sagten beide gleichzeitig.

Aber ich kenne den wahren Grund.

Sie wollen mich nicht vermissen, sagte ich.

Hermann und Adolph tauschten einen Blick.

Das ... ist nicht auszuschließen, sagte Hermann.

Schlägst du ein?, fragte Adolph.

Fast klang er schüchtern.

Wie lange würde ich in Berlin sein?, fragte ich.

Solange du willst, sagte Adolph und fügte hinzu: Wenn du möchtest, für immer.

Nun, sagte Robert, wie lautet deine Entscheidung?

Der Wind strich über die Zeltwand wie eine tastende Hand.

Ich sah die Brüder an. Vielleicht lag es am schummrigen Licht, dass sie kleiner wirkten. Ich musste kaum den Kopf heben, um ihre Blicke zu erwidern.

Ich werde es mir überlegen, sagte ich.

Adolph lachte und Hermann, nach einer kurzen Pause, ebenfalls. Nur Roberts Lippen blieben ein dünner, gerader Strich.

Du wirst es dir *überlegen*?, sagte er.

Ja, sagte ich und zog mich schnell zurück.

Hermann rief mir hinterher:

Lass dir damit nicht zu viel Zeit!

In derselben Nacht wurde ich von Abdullah geweckt. Er brachte mich zu einem Zelt, in dem auch nur drei Kerzen brannten. Eleazar und Mr. Monteiro erwarteten uns. Abdullah drückte mich nach unten, sodass ich in die Knie gehen musste. Mr. Monteiro nahm meine Hand und legte sie auf die trockene Erde.

Bevor wir reden, sagte Eleazar, musst du schwören, dass du uns nicht im Stich lassen oder verraten wirst.

Niemals, sagte ich.

Eleazar und Abdullah wechselten einen Blick.

Du wirst schwören, sagte Abdullah.

Ermordet ihr mich sonst?

Wir werden nichts dergleichen Barbarisches tun, sagte Eleazar.

Abdullah packte mich am Kragen, um mich nach draußen zu zerren.

Warte, sagte Eleazar.

Abdullah hielt inne.

Wir begleiten Adolph Schlagintweit bis Kashgar, sagte Eleazar.

Ich weiß, sagte ich.

Aber weißt du auch, warum?

Eleazar!, rief Abdullah und trat auf ihn zu.

Wir können ihm vertrauen, sagte Eleazar zu ihm.

Könnt ihr nicht, sagte ich.

Ich verstehe nicht, was Eleazar in mir sieht.

In Kashgar treffen wir eine Delegation der Chinesen, sagte Eleazar.

Abdullah murmelte etwas in sich hinein und verließ das Zelt. Eine der Kerzen flackerte und ging aus.

Sie werden uns helfen, fuhr Eleazar fort.

Mit was?, fragte ich.

Der Freiheit, sagte er. Der Feind meines Feindes ist mein Freund.

Ich dachte an Jejeebhoys Gehilfen.

Du arbeitest für die Chinesen, sagte ich. Darum hast du mehrmals verhindert, dass die Schlagintweits nach Norden vorstoßen konnten.

Ich arbeite *mit ihnen*, sagte Eleazar. Freunde helfen einander.

Warum erzählst du mir das jetzt?

In Cochin habe ich gesehen, dass alle Völker Indiens friedlich zusammen leben können. Wir brauchen die Firengi nicht. Wir brauchen dich. Alles hängt mit allem zusammen, das sagst du doch immer. Dein Vater hat geholfen, Indien seiner Freiheit zu berauben, und sein Sohn muss sie jetzt zurückerobern. Du kannst nicht nach Berlin gehen, mein Freund, dort wirst du nur ein Firengi sein. Deine Heimat ist hier.

Ich verließ das Zelt, damit Eleazar nicht weiter aussprach, was ich denke.

Er und ich, wir haben nichts gemeinsam.

Früh am Morgen des 13. Dezember – Hermanns Uhr zeigte drei Uhr an – brach Adolphs Train auf. Im Schein der Fackeln unserer Massalchis trennten wir uns von seinen Brüdern. Robert blieb in einiger Entfernung stehen, er hatte seinen Hut tief ins Gesicht gezogen. Seine abstehenden Ohren erinnerten mich, wie bei unserer ersten Begegnung, an eine Fledermaus. Seit damals hat er sich nicht besonders verändert. Oder er hat diese Veränderung gut verborgen. Auch nach all diesen Monaten ist er für mich bloß ein Produkt seiner Bildermaschine geblieben: flach und unscharf und grau. Der jüngste Schlagintweit hob nur seine Hand zum Abschied. Ich erwiderte den Gruß. Gerne hätte ich ihm einen Rat mit auf den Weg gegeben: Er solle künftig weniger er selbst und mehr seine Brüder sein. Aber diesen Rat hat er vermutlich schon von vielen Leuten erhalten.

Hermanns Haarbüschel ist lichter geworden. Es zappelt nicht mehr beim Reden, es tanzt. Das Reden liebt er nach wie vor. Nur entstammen seine Gedanken nicht mehr bloß seinem Kopf. Ich habe den Eindruck, viele von ihnen sind erst auf dieser Reise gewachsen. Manche davon sind meine.

Beim Abschied streichelte Hermann mir über die Schulter. Das fühlte sich wie ein Lob an. Er betonte, wortreich wie eh und je, wir sollten Vorsicht walten lassen. Über die Grenze vorzudringen, sei für Europäer schon immer schwierig gewesen und die Antipathie der chinesischen Behörden gegen alle Fremden inzwischen umso größer. Das Vorrücken des Trains in die chinesische Provinz Gnari Khorsum habe Chinas Befehlshaber alarmiert. Es würden nun Hunderte von offiziellen Berichten in Peking existieren, in denen nicht sehr wohlwollend von den Brüdern gesprochen wird. Die Regierung Chinas habe ihren Beamten in Turkestan einen Befehl erteilt: *Sollte ein Europäer in den von Dir beherrschten Distrikt eindringen, so gehört sein Hab und Gut Dir, sein Kopf aber Peking.*

Wie gut, dass ich Bartholomäus Schlagintweit an meiner Seite weiß, sagte Adolph.

Die Brüder umarmten sich.

Als ich Hermann die Hand reichte, drückte er sie mit beiden Händen und sagte:

Ich weiß mit Bestimmtheit, wir werden uns in Berlin wiedersehen. Dich erwartet eine glorreiche Zukunft.

BEMERKENSWERTE OBJEKTE NO. 85 & 86

Vasco & Venkatesh

Jeden Tag erinnere ich mich daran, dass Eleazar ein schlechter Mann ist, so schlecht wie Smitabens guter Mann. Er hat einem anderen Mann das Leben genommen. Auch wenn Hormazd kein besonders guter Mann war und er Eleazars Leben bedroht hat, auch wenn er mir mit meiner Vergangenheit geholfen hat, ist Eleazar ein schlechter Mann. Ich weiß das.

Warum aber muss ich mich jeden Tag daran erinnern? Nicht einmal das Museum hilft mir, das zu verstehen. Normalerweise schenkt es mir Klarheit. Es ist ein aufgeräumtes Haus, das selbst die Unordnung von Raum und Zeit kontrolliert. Aus vorwiegend ereignislosen Wochen – in denen der Train durch die nördlichsten und westlichsten Teile des Punjab zieht und Adolph sogar, mit mir als Übersetzer an seiner Seite, einer bedeutenden Zusammenkunft mit Dost Mohammad, dem Emir von Kabul, und seinem Militärgefolge aus zehntausend Mann beigewohnt hat, bei der die Vickys und die Afghanen ihre Bündnisse erneuert haben, was mit Kabul anscheinend mehr als mit den anderen Nachbarn Indiens häufiger Wiederholung bedarf, um geglaubt zu werden –, macht das Museum einen einzigen Satz.

Mit Eleazar funktioniert das nicht. Erstmals lässt ein Objekt sich nicht zum Objekt machen. Der Bania verhindert seine Erforschung. Er macht das mit Absicht. Weil er will, dass ich mich ihm nähere. Aber auf diesen Trick falle ich nicht herein.

Es gibt einen besseren Weg. Er ist mit Mr. Monteiros Wissen gepflastert. Von den drei Verrätern im Train erscheint mir der Indo-Portugiese am wenigsten verräterisch. Immerhin hat er, soweit mir bekannt ist, noch keinen Mord begangen.

Um sicherzugehen, habe ich ihn gefragt.

Warum willst du das wissen?, hat er gesagt.

Einem Mörder ist nicht zu trauen.

Darauf hat Mr. Monteiro etwas Seltsames erwidert:

Du irrst dich, Bartholomäus. Gerade einem Mörder ist zu trauen. Man weiß schließlich, was er getan hat. Wo er steht. Für ihn gibt es kein Zurück. Er wird immer ein Mörder bleiben. Aber ein Mann, der noch keinen Mord begangen hat ... so einem Mann ist mit Vorsicht zu begegnen. Er könnte jederzeit zum Mörder werden.

Als du Eleazar kennengelernt hast, war er da schon einer?

Das war keine sehr elegante Überleitung, sagte Mr. Monteiro.

Ich versuchte zu entscheiden, welches sein gesundes Auge war. Das linke, ganz bestimmt.

Wenn du mehr über ihn wissen willst, warum fragst du ihn nicht?, sagte Mr. Monteiro. Er wird dir gerne Auskunft erteilen.

Oder nein, es war doch das rechte.

Du bist mehr als sein Verbündeter, sagte ich.

Sein ältester Freund, sagte er.

Als solcher hast du nichts über ihn zu sagen?

Oh, ich könnte dir viel erzählen. Aber ich glaube, du würdest mich nicht hören.

Stell mich auf die Probe, sagte ich.

Mr. Monteiro löste die Reitpeitsche von seinem Gürtel und

ließ sie sanft herumwirbeln, als wäre er noch unschlüssig, was oder wen sie als Nächstes packen sollte.

Ich kann dir nicht sagen, wer er ist, sagte er. Nur Eleazar kann das. Aber ich kann dir etwas von mir erzählen. Vielleicht hilft dir das, ihn so zu sehen wie ich.

Mit seinem einen Auge beobachtete er mich durchdringender als andere Menschen mit beiden. Ich war mir ganz sicher, es war das rechte – und da zwinkerte er mir mit dem linken zu.

Mr. Monteiro sagt, bevor er sich Eleazar anschloss, war der wichtigste Mensch in seinem Leben ein Junge namens Venkatesh. Ihre Geschichte begann vor vielen Jahren im Süden, in Cochin. Mr. Monteiro war damals noch eine Waise, die nur einen Vornamen besaß: Vasco. Er hatte seine Eltern bei einer Springflut verloren und wuchs auf in Sankt Stanislaus, einem katholischen Heim der Portugiesen, das von den meisten Bewohnern Cochins das Traumhaus genannt wurde. Denn die Kinder – viele von ihnen ehemalige Sklaven aus Afrika oder das Ergebnis einer verbotenen Beziehung zwischen Firengi und Indiern – lebten dort wie in einem Traum. Die vier Väter, von denen Sankt Stanislaus geführt wurde, kauften die schwächsten von ihnen im Hafen, gaben ihnen genügend Essen, damit sie nachts durchschlafen konnten, brachten ihnen Lesen und Schreiben bei und prügelten ein Kind nur, wenn es andere Kinder schlecht behandelte. Ihre Fürsorge für die Waisen hatte ein Sprichwort in Cochin geprägt: Wer als Wurm das Traumhaus betritt, verlässt es als Schmetterling.

Vasco lernte Venkatesh kennen, als sie beide, wie er sagt, mindestens vierzehn Jahre alt waren. Die Vickys hatten ihn beim Stehlen erwischt und den Vätern übergeben. Im Traumhaus fiel jedem sofort auf, dass er schwärzer war als alle anderen. Venkatesh war so schwarz, dass er sich von der Dunkelheit abhob. Die Väter tauften den Bania zwar und gaben ihm einen christlichen Namen, aber das hielt die Kinder nicht davon ab, ihn O Negro zu nennen. Während seiner ersten Wochen im Traumhaus hielten sie sich, Vasco eingeschlossen, von ihm fern. Weder behandelten sie ihn feindselig, noch freundlich. Es ging die Angst um, seine Schwärze könnte sie wie eine ansteckende Krankheit befallen. Manche der Kinder waren dunkler als andere, aber niemand wollte so schwarz sein. Eine solche Schwärze wurde als Fluch betrachtet. Venkatesh, darin waren sich alle Kinder einig, würde niemals eine Familie, eine Anstellung, nicht einmal einen eigenen Traum finden. Noch dazu war er klein und schmal. Kleiner und schmaler selbst als jüngere Kinder. Niemand konnte sich erklären, wie er allein auf Cochins Straßen überlebt hatte. Nachdem sein Vater an Cholera gestorben war, hatte Venkateshs Mutter sich mit ihrem Mann in Brand gesetzt. Sonst wusste man über Venkateshs früheres Leben nichts. Der Bania behielt seine Vergangenheit für sich, sprach wenig. Jedenfalls sah ihn Vasco selten mit jemandem reden.

Venkatesh redete stets nur für andere. Wie sich herausstellte, lag darin seine Stärke. Die Väter nahmen oft seine Hilfe in Anspruch, wenn sie am Hafen oder in den Bureaux oder auf dem jüdischen Gewürzmarkt verhandelten. Venkatesh beherrschte Malayalam, Hindi, Englisch, Portugiesisch, Holländisch, Chinesisch und sogar ein wenig Hebräisch. Vasco, der nur Malayalam und etwas Portugiesisch sprach, war davon fasziniert.

Als er sich ihm zum ersten Mal seit O Negros Ankunft im Traumhaus näherte, fragte er ihn, wie er all die Sprachen gelernt habe.

Venkatesh antwortete: Ich bin ein Kind Cochins.

Was er damit meinte, erfuhr Vasco erst später. Holländisch hatte Venkatesh von den Seeleuten gelernt, die auf dem Weg von Europa nach Niederländisch-Indien in Cochin vor Anker gehen. Chinesisch von den Fischern, die mit ihren riesigen Netzen die See leeren und damit prahlen, dass sie die Nachfahren von Händlern am Hofe eines berühmten Khans sind. Englisch von den Besatzern. Portugiesisch von den Geistlichen der Firengi. Hindi von einem Übersetzer, den man aus dem königlichen Palast in Mattancherry geworfen hatte. Hebräisch von einem jüdischen Gewürzhändler namens Eleazar, der Venkatesh manchmal eine Schale voll Reis geschenkt hatte. Und mit Malayalam war er anstatt von Muttermilch aufgezogen worden.

Venkatesh hatte sich all diese Sprachen angeeignet, weil seine Erscheinung nie für ihn sprach. Als Vasco das begriff, wunderte er sich nicht mehr, wie Venkatesh jahrelang auf Cochins Straßen überlebt hatte. Er fragte sich vielmehr, warum er freiwillig im Traumhaus war. Denn einer wie er ließ sich nicht von den Warnungen der Väter oder der Ungewissheit jenseits niedriger Klostermauern abschrecken.

Diese Frage beantwortete ihm Venkatesh, ohne dass Vasco sie stellte.

Wie jedes Kind im Traumhaus hatten sie gewisse Pflichten zu erfüllen. Die beiden Jungen waren als Punkah-Wallahs eingeteilt. Indem sie gleichmäßig an Seilen zogen, hielten sie große Fächer aus gerahmtem Stoff in Bewegung, die in der Sankt-Francis-Kirche von der Decke hingen und der schwitzenden Kirchengemeinde mit einer Brise das Beten erleichterten. Vasco mochte diese Aufgabe. Die Kirche war die älteste in Indien. Hier hatte man einst Vasco da Gama beerdigt, nach dem die Väter ihn benannt hatten. Und auch wenn die Portugiesen Vasco da Gamas Leichnam später in ihre Heimat geholt haben, fühlte sich Vasco in der Kirche immer zuhause und sicher. Venkatesh änderte das.

Ich bin hier, um euch zu retten, flüsterte er Vasco zu, als sie wieder einmal die Punkahs bedienten.

Wovor?, fragte Vasco.

Euren Träumen.

Venkatesh erzählte ihm, die vier Väter seien nicht so gut und gerecht wie jeder annahm. Sie würden manchen Kindern etwas ins Essen mischen. So könnten nachts zahlende Männer zu ihnen kommen und Unaussprechliches mit ihnen machen. Den Kindern würden solche Nächte, wenn überhaupt, nur als merkwürdige Träume in Erinnerung bleiben.

Vasco glaubte ihm kein Wort. Es stimmte, dass manche Kinder gelegentlich von eigenartigen Träumen berichteten. Träume, die so stark waren, dass sie die Kinder aus dem Bett stießen und ihnen ein paar Schrammen und blaue Flecken zufügten. Aber im Traumhaus wurde schon immer viel und ausgiebig geträumt. Das konnte man nicht den Vätern vorwerfen. Es lag wohl eher am aufwühlenden Gesang der Meeresbrandung.

Genau das erklärte Vasco Venkatesh.

Der nickte schweigend und Vasco nahm an, damit sei die Angelegenheit beendet.

Wie sehr er sich damit irrte!

Jedes Mal, wenn sie gemeinsam die Fächer in der Kirche bedienten, fütterte O Negro ihn mit mehr Gedanken. Er bestand darauf, die Gefahr besser als die meisten zu kennen. Er habe sie ausführlich studiert und in Jew Town viel mit Eleazar über Gefahr gesprochen. Sie und die Juden seien alte Bekannte. Schon die Vorfahren der Juden, sagte er, waren vor ihr aus ihrer Heimat Jerusalem geflüchtet, als es von einem König namens Nebukadnezar belagert wurde, und hatten sich an der westlichen Küste Indiens angesiedelt. Als die Portugiesen kamen, brannten viele von ihnen auf dem Scheiterhaufen. Sie mussten wieder fliehen, nach Süden. Erst in Cochin gab ihnen der Raja Land neben dem königlichen Palast. Die Synagoge wurde gebaut. Jew Town entstand. Aber keiner von ihnen vergaß jemals die Gefahr. Sie blieben achtsam, weil sie wussten, irgendwann würden sie von ihr eingeholt werden.

Eleazar hat mich gelehrt, wie man zu einem Kompass für Gefahr wird, sagte Venkatesh zu Vasco.

Der glaubte ihm noch immer nicht, dass von den Vätern Gefahr ausging, denselben vier Vätern, die ihn jahrelang aufgezogen und beschützt hatten. Aber er musste sich eingestehen, dass Venkateshs aufregende Geschichten eine Brise Abwechslung boten. O Negro war in gewisser Weise auch sein Punkah-Wallah, nur mit Worten statt Luft.

Den anderen Waisen, denen O Negro seine Wahrheit über die Väter zuflüsterte, sagten Venkateshs Geschichten weniger zu. Selbst seine ausgefeilte Sprache überzeugte sie nicht. Sie warnten ihn, mehrmals, er müsse damit aufhören, Lügen zu verbreiten.

Aber Venkatesh hörte nicht auf. Und so gingen sie dazu über, ihm deutlich zu machen, wie wenig sie von seinen Geschichten hielten. Oft genug erlebte Vasco, wie Venkatesh, wenn die Väter nicht in der Nähe waren, geschubst, bespuckt, getreten wurde. Er griff niemals ein. Zu sehr fürchtete er sich davor, als O Negros Freund betrachtet zu werden. Die Wunden in Venkateshs Gesicht ließen ihn bloß vermuten, wie viele weitere der Bania an den verborgenen Stellen seines Körpers haben musste. Er wunderte sich, dass O Negro niemanden verriet. Obwohl die Väter ihn aufforderten, sogar unter Strafandrohung, ihnen die Übeltäter zu nennen, schwieg er.

Die Kinder zeigten ihre Dankbarkeit, indem sie ihn zwangen, verdorbenen Fisch zu essen.

Die vier Väter, denen seine Geschichten ebenfalls zu Ohren gekommen waren, beschworen Venkatesh, er solle das Schwindeln sein lassen. Sie behandelten seine Wunden und gaben ihm mehr zu essen als allen anderen und schworen ihm, dass sie keine schlechten Menschen seien. Sie flehten ihn beinahe an, ihnen zu glauben.

Venkatesh erwiderte, auch wenn sich die Waisenkinder dagegen wehrten, werde er sie von ihren Träumen befreien. Er werde ihnen zeigen, dass der Honig, den sie so gern schluckten, vergiftet war.

Die Väter beteuerten, ihnen läge allein das Wohl der Kinder am Herzen.

O Negro hörte ihnen ruhig zu – aber nicht auf sie. Noch am selben Tag machte er weiter.

Nachdem die Kinder sein Kopfhaar in Brand gesetzt hatten, sodass er den Rest abrasieren musste und ihn für eine Weile ein übler Geruch umwehte, fragte ihn Vasco beim Dienst an den Punkahs, warum er sich das antat.

Venkatesh antwortete: Weil es sonst niemand tun wird.

Wenn du es nicht selbst erlebt hast, sagte Vasco, wie kannst du dir dann so sicher sein, dass die Väter schuldig sind?

Venkatesh sah ihn an. Als er Luft holte, fügte Vasco hinzu:

Sag nicht: weil du mit dem Juden geredet hast. Das reicht mir nicht.

Woher weißt du, sagte Venkatesh, dass es eine Hölle gibt?

Aus der Bibel, sagte Vasco.

Warst du selbst schon einmal dort, hast du sie mit eigenen Augen gesehen?

Als Vasco Luft holte, fügte Venkatesh hinzu:

Nein. Es ist also eine Sache des Glaubens. Manche Dinge wissen wir, weil wir anderen glauben. Und jeder im Traumhaus kann frei entscheiden, wem er glaubt, den Vätern oder mir.

Du hast meine Frage nicht beantwortet, sagte Vasco.

Nein, sagte er lächelnd, habe ich nicht. Aber die Männer, von denen die Bibel geschrieben wurde, haben auch nie die Hölle gesehen, und doch stellst du nicht infrage, dass sie existiert.

Vasco bewunderte Venkatesh. Sein Glaube war dem der Väter ebenbürtig. Zwar glaubte Vasco dem Bania noch immer nicht. Aber er glaubte nun, dass jener voll und ganz an seine Wahrheit glaubte.

Das wollte er ihm bei ihrer nächsten Begegnung mitteilen. Aber dazu kam es nicht.

O Negro erschien nicht zum Dienst. Er wurde durch einen anderen Jungen ersetzt. Nach der Messe suchte Vasco nach Venkatesh. Er fand ihn in seinem Bett. Der Bania schlief noch immer. Vasco wollte ihn wecken, doch einer der Väter hielt ihn davon ab. Venkatesh müsse sich ausruhen, sagte er, er habe viel durchlitten. Vasco stimmte ihm zu und ließ Venkatesh allein. Als der Bania später aufwachte, schien er noch immer müde zu sein. In seinem Gesicht saß eine ungewohnte Trägheit. Er wollte nicht aufstehen, nur etwas essen und wieder schlafen. Was Vasco aber beunruhigte: O Negro redete nicht über das Traumhaus. Er war überhaupt nicht mehr daran interessiert. Vasco fragte ihn, ob er endlich seinen Irrtum eingesehen habe. Venkatesh nickte. Vasco fragte ihn, ob es ihm gut ging. Venkatesh nickte wieder. Vasco fragte ihn, ob es ihm wirklich gut ging. Venkatesh legte sich schlafen. Vasco rüttelte ihn, aber Venkatesh wehrte ihn ab und scheuchte ihn weg. Es war, als wollte er unbedingt einen wunderbaren Traum wiederfinden.

Vasco wusste nicht, wie er damit umgehen sollte. Mit jedem Tag, an dem Venkatesh schlief, wuchs Vascos Angst vor dem Schlaf.

In der Sankt-Francis-Kirche betete er zum Jesuskind, einer kleinen Holzfigur, der er sich mehr verbunden fühlte als dem halb nackten, blutenden Mann am Kreuz. Das Jesuskind hatte den rechten Arm gehoben, sowie Zeige- und Mittelfinger und Daumen zum Segnen ausgestreckt. Seine Augen waren nur halb geöffnet, wirkten verträumt. Besonders gefiel Vasco sein Schmunzeln, als würde er dieses ganze religiöse Gehabe nicht sonderlich ernst nehmen – oder als wäre ihm bewusst, dass er nackt und ohne Geschlecht in einer Kirche stand. Vasco erzählte ihm von Venkatesh. Er flüsterte ihm zu, dass er dem Bania helfen wolle. Und das Jesuskind segnete sein Vorhaben.

Nachdem Venkatesh sein Bett zwei Wochen lang nicht mehr verlassen hatte, schlich Vasco in der Nacht zu ihm und weckte ihn. Venkatesh wirkte nicht sehr erfreut. Vasco bot ihm an, er werde ihm helfen zu fliehen. Das Traumhaus sei nicht gut für ihn.

Ich bleibe hier, sagte Venkatesh.

Die Wunden in seinem Gesicht waren verheilt. Seitdem er nicht mehr schlecht über das Traumhaus redete, ließen ihn die anderen Waisen in Ruhe. Dafür hatten sich Augenringe in seine Haut gegraben. Der viele Schlaf schien ihn noch müder zu machen.

Du hast dich verändert, sagte Vasco.

Ja, sagte Venkatesh.

Du musst weg von hier.

Er zerrte den Bania aus seinem Bett.

Da rief Venkatesh laut um Hilfe.

Vasco ersuchte ihn, still zu sein. Aber zu spät. Lichter näherten sich. Mit ihnen die Väter. Sie zogen Vasco fort. Sie rügten ihn dafür, den armen Venkatesh vom Schlaf abzuhalten. Sie drohten ihm mit Konsequenzen, wenn er so weitermache, und schickten ihn ins Bett.

Am nächsten Tag ließ Vasco seine Entscheidung, nichts mehr zu essen, vom Jesuskind absegnen. Die ersten paar Stunden fielen ihm leicht. Der nächste Tag war grauenvoll. Eine

Dumpfheit breitete sich in seinem Kopf aus. Er musste die ganze Zeit an frische Idlis mit Kokosnuss-Chutney denken. Beim Bedienen der Punkahs wurde ihm schwindlig. Aber er hielt durch. Zwei Tage später verzog sich die Dumpfheit und es kam ihm vor, als könnte er schärfer sehen. Auch schlief er viel. Allerdings anders als zuvor. Tiefer, und doch nicht so tief wie früher. Am Morgen fühlte er sich nun ausgeruhter. Vasco konnte nicht sagen, ob das am Fasten lag oder daran, dass er nichts mehr von dem zu sich nahm, was die Väter angeblich ins Essen mischten.

Nach vier Tagen verlor er beim Bedienen der Punkahs das Bewusstsein. Die Väter trugen ihn in sein Bett im Schlafsaal. Er hatte vor ihnen und allen anderen geheim gehalten, dass er nicht mehr aß. Sie brachten ihm Fish Moley, sein Lieblingsgericht. Aus der Schüssel stieg herrlicher Dampf auf. Er riss ein Stück Appam ab und tauchte es ins Curry, er konnte nicht anders.

Da sah er Venkatesh wenige Betten entfernt. Er verschlang soeben seine Portion.

Vasco ließ das Appam fallen. Später kippte er sein Lieblingsgericht heimlich weg.

In dieser Nacht wachte er auf, als sein Körper angehoben wurde. Man trug ihn aus dem Saal. Vasco hielt die Augen geschlossen und stellte sich schlafend. Was auch immer geschehen würde, dachte er, es konnte nicht so schlimm sein, wie O Negro behauptet hatte.

Sie nahmen Stufen, viele Stufen nach unten. Türen wurden geöffnet und wieder geschlossen, die letzte von ihnen verriegelt. Man legte Vasco auf weiche Kissen. Die Luft im Raum war dick und warm und voller Geflüster. Eine Hand fuhr ihm über die Stirn. Sie gehörte nicht den Vätern. Dafür waren ihre Finger zu weich und es hingen Ringe an ihnen. Die Hand streichelte sein Gesicht. Sie zog an seinem Haar. Rasselndes Atmen streifte Vascos Wange. Eine fremde Männerstimme sagte, er sei schön.

Das war der Moment, in dem Vasco begriff, nun würde etwas Schlimmes geschehen, und er begriff auch, etwas noch Schlimmeres würde mit ihm geschehen, wenn sie bemerkten, dass er gar nicht schlief. Also atmete er weiter tief und gleichmäßig, er hielt die Augen geschlossen und seine Arme und Beine schlaff. Das fiel ihm schwer. Eigentlich wollte er nur wegrennen.

Er wurde entkleidet. Als er nackt war, kehrten die Hände zurück. Es schienen mehr als zwei zu sein. Sie verhielten sich nun nicht mehr so freundlich. Das rasselnde Atmen wurde stärker. Das war fast noch grässlicher als die Berührungen. Er hielt es nicht mehr aus. Vasco schreckte zusammen.

Da verschwanden die Hände. Stimmen flüsterten durcheinander. Eine zischte wütend, er sei wach. Um ihn herum entstand Bewegung. Die Tür wurde entriegelt und geöffnet. Man trug ihn eilig in sein Bett.

Den Rest der Nacht fürchtete sich Vasco davor, dass sie noch einmal zu ihm kommen würden. Aber sie blieben fern.

Er konnte trotzdem nicht mehr schlafen. Zum ersten Mal war er dem Unaussprechlichen begegnet, vor dem Venkatesh ihn so lange gewarnt hatte. Das Schreckliche daran waren nicht die Stunden dieser Nacht, es waren all jene Stunden, an die er sich nicht erinnerte. Wie oft hatte man ihn schon an diesen Ort in den Tiefen des Traumhauses getragen? Wie oft hatten ihn fremde Hände berührt? Wie oft hatten sie seinen Körper zu ihrem gemacht?

Daran musste Vasco die ganze Nacht lang denken. Auch am nächsten Morgen, beim Frühstück, das er nicht anrührte, dachte er daran. Häufig dachte er daran, sobald er Venkatesh sah, der nun bei jeder Mahlzeit seinen Teller leerte und voll des Lobes über das Traumhaus war. Vor allem dachte Vasco aber daran, wenn einer der Väter ihm zulächelte, ihm liebevoll auf die Schulter klopfte oder ihn an sich drückte und ihm sagte, was für ein guter Gottesmensch er sei.

Sein Hass wuchs nicht allmählich. Er war mit einem Mal da. Vasco ging nicht mehr zum Jesuskind, um zu verhindern, dass es ihm den Hass wegnahm. Vasco wollte ihn festhalten. Er brauchte ihn. Nichts flößte ihm mehr Kraft ein. Der Hass machte ihn stark und mutig.

Für Vasco war es nicht schwer zu ermitteln, wie die Väter alle Kinder träumen ließen. Er fand heraus, dass die Väter an bestimmten Abenden ein weißes Pulver in das Essen jener Kinder mischten, die besonders tief schlafen mussten. Nur Venkateshs Mahlzeiten fügten sie das Pulver jeden Abend hinzu. Die Zutat bewahrten sie in dem kleinen Raum hinter dem Altar auf, der sonst nur für das muffige Heirats- und Beerdigungsverzeichnis Cochins bestimmt war. Vasco wusste nicht, was für ein Pulver das war, aber Mr. Monteiro ist überzeugt, es war Opium.

Vasco mischte es ins Essen der vier Väter und wartete auf die Nacht.

Als das Feuer die Schlafzimmer der Väter erreichte, hatte Vasco längst die Kinder geweckt und aus dem Traumhaus getrieben. Mit Tränen in den Augen sahen sie, wie ihr Zuhause in sich zusammenfiel. Auch Vasco weinte. Es überraschte ihn, wie traurig er war. Allein ein Gefühl war noch stärker. Die Genugtuung. Er stellte sich vor, dass die Väter ohne ihre Körper nun auf ewig in einem brennenden Albtraum gefangen waren. Venkatesh an seiner Seite schrie verzweifelt. Er wollte zurück ins entflammte Traumhaus rennen. Vasco konnte ihn nur davon abhalten, indem er ihn fest an sich drückte. O Negro beruhigte sich erst, als das Feuer nachließ. Aber das dauerte Stunden. Die Bewohner von Cochin bildeten eine Kette zum Strand und löschten das Feuer mit Wassereimern. Viele von ihnen wunderten sich später, dass keiner der Väter rechtzeitig aufgewacht war.

Vasco und Venkatesh fanden Zuflucht in Jew Town. Eleazar, der Gewürzhändler, nahm sie auf. Dafür halfen die Jungen beim Waschen von Ingwer und Koriander, sie suchten in Behältern mit Curryblättern und Kardamom nach Schädlingen und zerrieben Bockshornkleesamen zu Pulver.

Es dauerte ein paar Tage, bis der richtige Venkatesh zurückkehrte. Die Trägheit wich aus seinem Gesicht und er fand seine Sprache wieder. Vasco verneigte sich vor ihm und bat ihn um Verzeihung, dass er ihm nicht geglaubt hatte. Er erzählte ihm, was er getan hatte. Venkatesh sah ihn sprachlos an. Dann sagte der Bania, er habe den Vätern nie wehtun wollen, ihm sei immer nur daran gelegen, die Waisen zu retten. Vasco wusste nicht, was er darauf sagen sollte.

Venkatesh auch nicht.

Bald erfuhren sie, dass die Behörden nach dem Brandstifter suchten. Sie mussten Cochin umgehend verlassen. Bevor sie entdeckt werden konnten, flüchteten sie mit Eleazars Hilfe in einer Kiste voller Curryblätter aus der Stadt und fanden Unterschlupf in einer verlassenen Hütte ohne Dach. Dort verabschiedete sich Vasco von Venkatesh. Er wollte seinen Freund keinem Risiko aussetzen, schließlich suchten die Behörden nach ihm. Sie umarmten sich.

Aber keiner von beiden konnte den anderen loslassen.

Also ließen sie gemeinsam die Punkahs, O Negro, das Jesuskind und alle falschen Träume hinter sich. Es sollte nicht das letzte Mal bleiben, dass sie einander retteten. In den Jahren danach konnte Mr. Monteiro nicht immer das sehen, was sein

Freund sah, aber der Indo-Portugiese zweifelte nie wieder an ihm. Damit man sie nicht mit dem Feuer in Verbindung brachte, wählten sie neue Namen. Vasco wurde zu Mr. Monteiro. Und Venkatesh nannte sich von nun an Eleazar, aus Dankbarkeit und in Erinnerung an den Juden. Füreinander blieben die Jungen aber Vasco und Venkatesh, zwei Jungen aus Cochin.

BEMERKENSWERTES OBJEKT NO. 87

Wahrheit und Schönheit
oder
Wahrheit
oder
Schönheit

Mr. Monteiro sagt, Eleazar und er wollen mich wecken. Und nicht nur mich. Das ganze Land! Selbst die Indier, die Väter und Mütter haben, sind für sie Waisen, die in Träumen festhängen. Wir müssen, sagt er, eine große Familie füreinander sein.
　Ich habe Mr. Monteiro gesagt, dass ich nicht zu seiner Familie gehören will.
　Er hat mich gefragt, ob ich ihm denn gar nicht zugehört habe.
　Natürlich habe ich das. Aber niemals werde ich einem Verräter auch nur ein Wort glauben. Mr. Monteiros Vergangenheit ist bestimmt so künstlich wie seine ausgestopften Vogelbälge.
　Venkatesh, habe ich zu Eleazar gesagt, war das früher dein Name?
　Ja, hat er gesagt.
　Ist es wirklich so gewesen, wie Mr. Monteiro behauptet?
　Warum sollte er lügen?
　Damit ich das Gute im Schlechten sehe.
　Dafür braucht er keine Lügen, mein Freund. Dafür reicht die Wahrheit.

Der Train hat das Punjab mitsamt seiner Sandstürme und Salzseen hinter sich gelassen. Adolph und ich haben zur Feier meines mindestens fünfzehnten Geburtstags eine Flasche Old Monk geleert. Ich bin zum ersten Mal betrunken gewesen. Leider habe ich keine Erinnerung daran. Adolph sagt, aus mir wird noch ein *gestandenes Mannsbild*. Ich habe ihn gefragt, was das ist. Er hat gesagt, jemand wie er.

Der Schlagintweit erwähnt Berlin nicht mehr. (Oder Old Monk hat mir auch diese Erinnerung geklaut.) Er denkt wahrscheinlich, solange wir nicht darüber reden, kann ich mich nicht dagegen entscheiden. Mit jeder zurückgelegten Meile wird sein Wunsch mehr Wirklichkeit. Seine Freude darüber spüre ich deutlich, wenn er mich betrachtet. Besonders dann, wenn er glaubt, dass ich seinen Blick nicht bemerke.

Ich werde aber eine Entscheidung treffen, bald, ich brauche nur noch etwas Zeit.

In Lahore mussten wir uns Wolle und Seide sowie turkistanische Bekleidung zulegen und die Köpfe scheren lassen. Damit man uns, falls wir jemandem im Gebirge begegnen, für Händler hält.

Vor der Abreise bat Abdullah, unser Khansaman für die Strecke nach Turkestan, Adolph um seine offiziellen Papiere. Der Schlagintweit gab ihm seine indischen Reisedokumente. Abdullah sagte, diese würden dem Schlagintweit im Norden nichts nützen. Der Draughtsman hatte eine selbst für ihn außergewöhnlich miserable Laune. Ich kann nicht beurteilen, ob es daran lag, dass wir in Lahore von Ruinen der Moscheen und anderen bemerkenswerten Bauten des Islam umgeben waren, die Ranjit Singh hatte einreißen lassen. Oder daran, dass ausgerechnet die Vickys einige von ihnen wiederhergestellt hatten. Jedenfalls war Abdullah in einer düsteren Verfassung. Als

Adolph ihm seine Pässe aus Bayern und aus Preußen zeigte, gab er sie dem Schlagintweit zurück, ohne sie, wie üblich, zu küssen. Auch diese seien nicht die ganz richtigen Papiere, sagte er, da der Vogel darauf nur einen Kopf besäße. Ob er denn keinen russischen Pass bei sich habe? Als Adolph auflachte, riet Abdullah ihm davon ab, wissenschaftliche Instrumente mitzunehmen. Ihre Entdeckung würde uns sofort verraten. Diesmal lachte Adolph nicht. Das Gebiet vor uns ist noch unerforscht. Er sagt, er betrachtet es als seine Ehrenpflicht, Messungen vorzunehmen.

Ich betrachte es als meine Ehrenpflicht, so viel Zeit wie möglich in seiner Nähe zu verbringen. Aber Eleazar taucht immer wieder in meinen Gedanken oder vor meinen Augen auf. Bei jeder Gelegenheit weist er mich darauf hin, was Adolph alles notiert: Zugangswege, Nahrung für Transporttiere, Distanzen, Naturschätze, Siedlungen. Der Bania nennt das *Intelligence*. Er sagt, die Schlagintweits spionieren für die Ingrez.

Das ist nicht wahr, sage ich.

Und Eleazar sagt, der Preis für Wahrheit ist Schönheit. Wenn wir uns der Wahrheit öffnen, wenn wir sie wirklich zulassen, erkennen wir, dass es keine Schönheit gibt.

Doch Adolph sagt, Schönheit entsteht durch Wahrheit.

Er unterweist mich im Malen von Wahrheit. Ich habe mich endlich würdig erwiesen! Adolph vertraut mir seine kostbaren Pinsel und Farben an. Am wichtigsten sind ein genauer Blick und der richtige Standpunkt, sagt er. Zwar verwenden wir für die Aquarelle Papier, das aus den trigonometrischen Bureaux der verlogenen East India Company in Calcutta stammt, aber es verschwindet unter wahren, schönen Farben und Formen. Adolph legt viel Wert auf Genauigkeit. Die Darstellung jeder Felsschlucht, Schneeablagerung, Wolkenformation, Kammlinie und Schattenausdehnung muss bis ins kleinste Detail stimmen.

Aber manchmal lässt Adolph mich etwas umzeichnen. Einmal sollte ich im Bildvordergrund eine Ziege hinzufügen, die gar nicht dort war. Ich wies ihn darauf hin, dass das Aquarell dann nicht mehr ganz wahr sein würde. Darauf erklärte er, die Ziege ist eine Sehhilfe. Sie lässt den Betrachter die Tiefe und Größe besser spüren, rückt die Wahrheit also näher an ihn heran. Ein anderes Mal trug er mir auf, eine Siedlung aus dem Bild zu entfernen. Zunächst fragte ich mich, wie dies zu mehr Wahrheit führen könne. Aber nachdem ich die Häuser aus der Ansicht gelöscht hatte, musste ich ihm zustimmen: Die menschenleere Wildnis auf dem Bild vermittelte besser die Einsamkeit hier. Nie zuvor wurden Bilder von diesem Teil der Welt angefertigt, sagt Adolph, wir müssen den Europäern helfen zu spüren, wie hart diese Expedition war.

Die Firengi werden niemals so viel spüren können. Wir bewegen uns durch entlegenste Regionen und überqueren höchste Bergketten. Selbst General George Everest, der lange vor den Schlagintweits die magnetische Untersuchung geleitet hat, kam nicht so weit. Ich bin froh, dass ich den Gehstock habe. Nur meine drei Beine lassen mich mit dem Train mithalten. Je höher wir steigen, desto mehr spüre ich das Gewicht meiner Knochen. Auch Mr. Monteiros Pfeifen schenkt mir keine Erleichterung. Ich weiß zu viel Hässliches über ihn, um die Schönheit seiner Musik hören zu können. Wenn ich im Train weit zurückfalle, will Adolph mich jedes Mal tragen. Das lasse ich bloß zu, wenn ich sehr erschöpft bin.

Ich kann meinen Körper nur vergessen, wenn ich male. Die Aquarelle sind wie gemalte Einträge im Museum. Am liebsten mag ich es, wenn Adolph mir eine neue Technik beibringt. Das tut er nie mit Worten. Er verwendet dafür stets seine Hand.

Während ich den Pinsel führe, führt er mich. Manchmal mache ich einen Fehler, damit er mir hilft. Solange wir zusammen malen, schmerzen meine Gelenke und Ohren nicht, friere ich nicht, bin ich nicht müde, fürchte ich mich nicht vor dem Abschied und allem, was danach kommt.

Wenn man sich tatsächlich zwischen Wahrheit und Schönheit entscheiden muss, was spricht dann eigentlich gegen die Schönheit?

BEMERKENSWERTES OBJEKT NO. 88

Die Schönheit von Berlin,
Aquarell über Bleistift auf Papier

Ein Saal im Schloss Monbijou. Hunderte Holzkisten stapeln sich im Hintergrund. Überall liegen Objekte herum: Rassetypen, ein Jatagan, ein Krug aus Kamelmagenhaut mit Palmenwein, Fossilien, in Spiritus eingelegte Schwarznarbenkröten, ein Baumstamm, Barchas, eine tibetische Gebetskette aus Schlangenwirbeln, Elfenbein, ausgestopfte Psittacidae, eine doppelzüngige Reitpeitsche und viele, viele Steine. Drei weiße Männer stehen verloren dazwischen. Einer von ihnen hat Fledermausohren, einer Pausbacken und einer hält eine Hand vor seinen Mund, als könnte er sich nur so vom Reden abhalten. Ihre misstrauischen und wohlwollenden und neidischen Blicke gehen zum zentralen Bildmotiv, das den Betrachter Tiefe und Größe besser spüren lässt: Ein kleiner Indier deutet auf einen Globus, auf dem seine Heimat prächtig schillert. Er scheint Wichtiges zu verkünden. Gleich neben ihm: Ein alter Mann, dem die Zeit schwergewichtig im Nacken sitzt. Seine Augen aber leuchten neugierig wie die des kleinen Indiers, dem er aufmerksam zuhört. In seiner Hand hält er ein einzelnes, silbernes Haar. Er lächelt mit inniger Achtung.

BEMERKENSWERTES OBJEKT NO. 89

Unentschlossenheit

Seit einiger Zeit versuche ich, einen Abschiedsbrief zu schreiben. Aber ich kann mich nicht entscheiden, an wen. Unentschlossenheit ist eines der schwersten Objekte der Welt und ich muss sie die ganze Zeit tragen. Niemand, nicht Eleazar, nicht Adolph und nicht einmal Smitaben kann sie mir abnehmen.

BEMERKENSWERTES OBJEKT NO. 90

Was im Herzen brennt

Am 31. Mai konnte der Train unentdeckt nach Tibet eindringen. Von Leh haben wir uns ferngehalten. So erfuhr Gulab Singh nicht von unserer Anwesenheit. Man hätte uns gewiss wieder eine Ehrenwache zur Seite beordert und jede Weiterreise verhindert.

Nun rasten wir seit ein paar Tagen in Pangmig, der letzte bewohnte Ort vor der Grenze zu Turkestan. Für die weite Reise in die Ungewissheit lässt Adolph Lebensmittel sammeln. Das Vieh muss mitgetrieben werden. Dabei konnten wir kaum ausreichend Futter sichern, die Vorräte an Gerste sind knapp und der Train ist ausgedünnt. Bis vor Kurzem waren wir noch zwischen vierzig und sechzig Mann. Einige davon stammen aus Turkestan und Buchara. Sie beherrschen die Landessprache und sind erfahren im Bergwandern. Andere, vor allem die im Norden weniger nützlichen Indier, wurden von Adolph mit Teilen seiner Sammlungen nach Indien zurückgesandt, um sie – also die Sammlungen – nicht zu gefährden. Inzwischen umfasst der Train gerade einmal zwanzig Personen.

Adolph hat noch nicht entschieden, welcher Linie wir folgen werden. Niemand kennt diesen Teil des Hochgebirges. Und selbst wenn es uns gelingen sollte, die Karakorum-Kette sowie das noch viel steiler ansteigende Kuenluen zu überwinden, und dabei nicht von Grenzbehörden entdeckt zu werden, müssen wir uns gleich darauf den unbewohnten Hochwüsten stellen.

In Pangmig konnten wir nur in Erfahrung bringen, dass der Karawanenverkehr zwischen Turkestan und Tibet unterbrochen ist. Das beunruhigt aber weder Adolph noch Eleazar. Felsenabsturz soll die Ursache sein.

Bei Pangmig befinden sich drei heiße Quellen. Ich bin allein zu ihnen gewandert. Im Schatten von Pappeln und Aprikosenbäumen holte ich mal wieder den Abschiedsbrief hervor. Nachdem ich eine Weile auf die leere Seite gestarrt hatte, warf ich sie ins Wasser und das Papier löste sich auf. Die Reste wurden in einem kleinen, von den Bewohnern gebauten Kanal fortgetragen.

Da näherte sich Eleazar. Ich sagte ihm, er solle sich entfernen, doch er blieb vor mir stehen und lächelte.

Etwas Wunderbares ist geschehen, sagte er.

Auf unserer abgelegenen Reiseroute hatte selbst ein Spion keine Informationen über die Vorgänge in Indien erhalten können. Aber nun! Während unser Train der Heimat den Rücken gekehrt hatte, war das Land erwacht.

Seit Monaten bereits hatte sich eine Nachricht in den Militärlagern der Sepahis verbreitet: Die kleinen Behälter aus Papier mit der Munition für das neue Enfield-Gewehr seien mit Rindertalg und Schweineschmalz eingeschmiert. Um sie zu verwenden, muss ein Soldat sie in den Mund nehmen und aufbeißen. Ein Hindu muss seine heilige Kuh verspeisen und ein Moslem unreines Schweinefleisch. Eleazar sagt, er hat vorausgesehen, dass sich unser Land nur so vereinen lässt: mit Glaube und Essen.

Ende April befahl ein Colonel Carmaical Smith in Mirath seinen Sepahis bei einer Truppenübung, die Patronenhülsen aufzubeißen. 85 von 90 Mann weigerten sich. Also ließ er die stolzen Soldaten, von denen nicht wenige hohen Kasten angehören, ihre Uniformen ausziehen, in Ketten legen und verurteilte sie zu zehn Jahren Gefängnis. Eines, sagt Eleazar, konnte der Colonel aber nicht wegsperren: den indischen Freiheitswillen.

Dieser brannte in den Herzen der Sepahis. Er erinnerte sie an überhöhte Steuern. Er erinnerte sie an Hungersnöte, von den Ingrez verursacht. Er erinnerte sie an Textilwaren der Ingrez, hergestellt in Fabriken, die den Wert indischer Handweberei zerstört hatten. Er erinnerte sie an verlorene Schlachten gegen die Firengi und verlorene Schlachten für die Firengi. Er erinnerte sie an kniende Maharajas und Mughals, zerstörte Moscheen und Tempel. Er erinnerte sie an die Doctrine of Lapse. Er erinnerte sie an katholische Missionare, die indische Kinder in Träume einsperren. Er erinnerte sie an hingerichtete Familienmitglieder. Und er erinnerte sie daran, dass Colonel Carmaical Smith sie gedemütigt hatte.

Nur wenige Tage später, am 10. Mai, hielten sich einige Ingrez auf dem Sadar Bazar in Mirath auf, um Bier zu kaufen. Eine große Gruppe Sepahis kam auf sie zu. Die Ingrez forderten sie auf, sich zu erklären, warum sie nicht auf ihrem Posten waren. Die Sepahis antworteten, indem sie zuschlugen. Danach eilten einige von ihnen zum Parade Ground, wo sich ein Waffenlager befand, andere zum Gefängnis. Die befreiten Sepahis gingen zu Colonel Carmaical Smiths Haus und schossen so oft auf ihn, als wollten sie ihn mehrmals töten.

Noch am selben Tag sind die Sepahis nach Delhi marschiert und haben sich mit den dortigen Regimentern vereint. Die königliche Kanone hat 21 Salutschüsse abgegeben. Bahadur Shah II. wurde als neuer Kaiser Indiens ausgerufen. Delhi befindet sich wieder im Besitz von Indiern. Alle Firengi sind gefangen, tot oder aus der Stadt geflohen. Auch Frauen und Kinder sollen umgekommen sein.

Das bedaure ich sehr, sagte Eleazar.

Seine Freude sagte etwas anderes.

Er redete noch mehr, vom Aufstand in Lucknow, von Kämpfen in Agra, von Unruhen in Barrackpore, aber ich konnte nur an Mirath denken.

Wo ist Devinder?, fragte ich.

Er wird als Held in die Geschichte eingehen, sagte Eleazar. So wie du. Ohne euch hätte die Munition nie ihren Bestimmungsort erreicht. Die Ingrez wollten geheim halten, mit was sie eingeschmiert ist. Aber dank euch beiden konnten die Beweisstücke für ihre Ignoranz zu den Sepahis gelangen. Du, Bartholomäus, hast mit der Beförderung des Pakets die Rebellion entzündet.

Wo ist er?, fragte ich wieder.

Ich musste die Frage noch zwei Mal wiederholen, ehe er mir antwortete.

Die Vickys haben Devinder für seine, wie sie es nennen, *Meuterei* vor eine Kanone gespannt.

Ich dachte an den Punjabi im Schatten des Feigenbaumes, wie er manchmal dort geschlafen hatte, als müsste er nie mehr aufwachen.

Eleazar sprach davon, dass er die schnelle Entwicklung der Ereignisse unterschätzt habe, dass seine Mission nun umso bedeutender sei, dass man die Ingrez mit Chinas Hilfe von allen Seiten hart angreifen müsse.

Wegen dir werden Tausende sterben, sagte ich.

Dank mir sterben weniger als ohne mich. Denk an deine Mutter! Wären die Firengi nicht nach Indien gekommen, dann würde sie leben.

Ich aber nicht!, rief ich und wollte gehen.

Eleazar hielt mich fest.

Bartholomäus ist nicht dein richtiger Name, sagte er. Jedenfalls nicht der, den dir deine Mutter gegeben hat. Vater Fuchs wollte dich zu einem von ihnen machen. Darum hat er dich umbenannt, so wie die Firengi alles im Land umbenennen.

Eleazar ließ mich los.

Aber jetzt wollte ich nicht gehen.

Welchen Namen hat sie mir gegeben?, fragte ich.

Tut mir leid, sagte er, bevor er mich allein ließ, das weiß nur sie.

Ich trat ans dampfende Wasser und suchte nach meinem Spiegelbild und horchte in mein Herz.

BEMERKENSWERTES OBJEKT NO. 91

Ein Wort der Liebe

Dies ist ein Abschiedsbrief. Ich habe lange mit ihm gerungen. Jetzt sehe ich klarer. So weit oben in den Bergen scheint nicht nur die Luft durchsichtiger zu sein. Heute ist der 5. August 1857. Wir befinden uns auf dem Kilian-Pass, das Kuenluen ist bald überwunden. Kashgar liegt nur wenige Tage entfernt, jenseits der Hochwüsten.

Hätten Sie gedacht, dass ich je so weit reisen würde? Die vergangenen Wochen waren erbarmungslos wie rebellierende Sepahis. An den meisten Tagen war ich zu müde, um nachzudenken. Meine Gedanken kamen schleppender voran als der Train. Adolph ließ schwere Steinplatten längs von Abhängen anbringen, damit die Lasttiere auf ihnen hinaufsteigen konnten. Die Sonne brannte uns entweder so steil entgegen, dass wir blinzelnd entlang von Schluchten wandern mussten, oder sie verwehrte uns Helligkeit in der Dämmerung, was uns nötigte, uns mit Händen, Füßen und Zuversicht vorzutasten. Auch schlichen sich mehrmals Mitglieder des Trains heimlich fort. Einer von ihnen stahl neben Proviant und einem Pferd zusätzlich ein Thermometer und einen geologischen Hammer. Als Adolph das feststellte, brach sein Schimpfen los. Im Kuenluen sind noch nie solche bayerischen Flüche erschallt.

Die größte Schwierigkeit liegt allerdings noch vor uns. Dank einer Karawane – die ersten Menschen seit fünf Wochen – haben wir Nachrichten von einem Aufstand gegen die Chinesen in Turkistan erhalten. Man hat uns entschieden vom Weitergehen abgeraten. Wir können aber auch nicht lange in den Wüsten ausharren, unsere Vorräte sind knapp. Abdullah wurde von Adolph (eigentlich von Eleazar) als Kundschafter entsendet. Zu unserer Erleichterung konnte der Draughtsman später melden, der Aufstand habe sich noch nicht sehr ausgebreitet. Adolph hofft, sich ohne Zusammenstöße mit feindlich gesinnten Kräften in den von Russland beherrschten Teil Turkestans retten zu können. Eleazar hofft, die Chinesen wurden nicht aus Kashgar vertrieben.

Trotz der Gefahr, in welcher der Train sich befindet, pausieren wir seit einigen Stunden auf dem Kilian-Pass. Adolph und ich arbeiten an einem Aquarell: *Die Kilian-Kette und ihre nördlichen Verzweigungen.*

Der Schlagintweit ist ungewöhnlich stumm und ernst. Das liegt nicht daran, dass er Angst hat. Nein. Ich glaube, er spürt, wie ich, dass eine große Veränderung bevorsteht. Könnte ich ihn doch davon überzeugen, in Indien zu bleiben! Adolph isst fast so schnell mit seinen Händen wie ich. Wenn er sitzt, dann nur in der Hocke, sein O-asch berührt niemals den Boden. Und er spricht nahezu fließend Hindi, seinen brillanten Übersetzer benötigt er kaum noch. Nicht der Schlagintweit hat mich mehr zu einem Firengi gemacht, ich habe ihn mehr zu einem Indier gemacht. Für mich ist er kein Bayer, Adolphji gehört zu uns.

Umso betrüblicher macht es mich, dass ich mich von ihm trennen muss. Ich habe es ihm noch nicht mitgeteilt, aber dieses Aquarell wird vermutlich unser letztes sein. Ich werde nicht mit ihm nach Berlin gehen, ich werde nicht den größten Wissenschaftler der Welt kennenlernen und ich werde kein indisches Museum mit den Brüdern aufbauen.

Eleazar wird das gefallen. Ihm liegt alles daran, dass ich meine Heimat nicht verlasse. Er sieht viel von sich in mir. Dagegen habe ich mich lange gewehrt. Schließlich ist Eleazar ein schlechter Mann, und auch wenn Indien jetzt schlechte Männer auf seiner Seite braucht, damit sie für uns kämpfen und unser Land zurückerobern, habe ich mich immer für gut gehalten. Aber das bin ich nicht. Ich habe niemanden ermordet, und doch bin ich nicht besser als Eleazar, Abdullah oder Mr. Monteiro. Ich habe Mani Singh und die Schlagintweits hintergangen, ich habe Hormazd seinem Schicksal ausgeliefert, ich habe Devinder nicht gerettet. Und ich weiß jetzt auch, warum: Nach all den bestandenen Prüfungen in den letzten drei Jahren bin ich noch immer ein feiger, kleiner Junge, der vor der Mutprobe in Bori Bunder erzittert. Für eine Rebellion bin ich nicht zu gebrauchen.

Aber ich kann mich auch nicht von meiner Heimat abwenden.

Was soll ich also tun?

Diese Frage hat mich zum ersten Mal seit Langem wieder zu Ihnen geführt. Was hätten Sie mir geraten, habe ich überlegt, welche Lösung hätte der weise Vater Fuchs mir offenbart? Da begriff ich, genau darin liegt seit dem schlimmsten Monat mein Fehler. Ich tue so, als wären Sie noch da. Smitaben würde mir dafür auf den Mund hauen, aber ich glaube, Adolph und Eleazar sind nichts anderes als Ihre Wiedergeburt. So viel von Ihnen ist mit dem Firengi und dem Bania zurück in mein Leben gekehrt. Ich halte mich in der Nähe dieser Männer auf, weil ich Sie nicht loslassen will.

Aber genau das muss ich jetzt tun. Sie haben mir einmal gesagt, man kann nur frei sein, wenn man weiß, wer man ist. Das mag stimmen. Doch das Gegenteil stimmt ebenso. Ich kann nur wissen, wer ich bin, wenn ich frei bin.

Darum werde ich nicht mit Adolph ins Zentrum seiner großen Liebe reisen und auch nicht mit Eleazar ins brennende Herz der Rebellion. Sobald wir Kashgar erreichen, werde ich das ihnen sagen und mich einer Karawane nach Indien anschließen. Ich bin mindestens fünfzehn Jahre alt, ich kann meinen eigenen Weg finden. Wenn ich mich nicht dumm anstelle, führt er mich nach Calcutta. Ich weiß nicht, ob ich wie ein Firengi oder ein Indier dorthin gehen werde. Aber ich gehe. Um mit der einzigen Person zu leben, die mich nie belogen und immer mit Liebe gefüttert hat. Smitaben ist meine wahre Familie.

Ich hatte diese Nacht, als Sie von uns gegangen sind, mein liebenswürdiger, teurer Vater, nicht Muße gehabt, Ihnen ein Wort der Liebe, des Andenkens, der innigen Achtung und des ewigen Abschieds zu sagen. Unter all den Dingen, zu denen ich mitgewirkt, ist diese Expedition, die mit meinem ersten Tag im Glashaus vor so vielen Jahren begann und jetzt endet, eine der wichtigsten geblieben. Es wird mich dieselbe noch im Sterben erfreuen. Möge es Ihnen wohl gehen.

Ihr
Bartholomäus

BEMERKENSWERTES OBJEKT NO. 92

Das Ende unserer Route

Der Train hat heute, am 5. August 1857, den ersten bewohnten Ort nördlich vom Kuenluen-Kamm erreicht. Er heißt, wenn ich das richtig verstanden habe, Chisganlik. Eine rohe Siedlung, nicht mehr als eine Raststation für Karawanen. Hier gibt es Futter für die Lasttiere. Und frisches Schafsfleisch, mit dem die meisten im Train einverstanden sind.

8. August.
Wir wandern noch immer das Kuenluen herab. Adolph hat den Train zweigeteilt: in eine kleinere Gruppe, die nur aus ihm, Eleazar, Abdullah, Mr. Monteiro, mir und einem Pferdeknecht aus Turkestan besteht und sich als turkestanische Karawane ausgibt, und in eine größere Gruppe, mit den verbliebenen Indiern, Tibetern und den Waren, die einen Tagesmarsch Abstand zu uns hält. Wir folgen Nebenwegen und lagern in abseits gelegenen Dörfern, um den, wie Adolph sie nennt, *wilden Horden*, die sich umhertreiben, möglichst auszuweichen.

10. August.
Seit gestern sind wir in Kargalik. Adolph hat sich aller entbehrlichen Gegenstände entledigt, die Indier und die Tibeter entlassen und ihnen aufgetragen, seine Aufzeichnungen an die Behörden der Vickys in Indien zu übergeben. Wäre es nicht

schlauer gewesen, mehr Männer anzuheuern? Sie könnten uns im schlimmsten Fall beschützen. Adolph und Eleazar sind anderer Meinung. Sie sagen, so viele Männer würden wir niemals finden (und bezahlen können). Es sei besser, unauffällig weiterzureisen. Unseren Train kann man nun fast nicht mehr als solchen bezeichnen.
Kargalik ist wenige Tage vor unserer Ankunft von den Aufständischen geplündert worden. Wie wir nun in Erfahrung bringen konnten, hat sich ein gewisser Vali Khan gegen die Chinesen erhoben. (Was wohl Abdullah davon hält, dass ein Moslembruder gegen seine Verbündeten vorgeht?) Kargaliks Bewohner hatten einem Überfall der Aufständischen nichts entgegenzusetzen. Die meisten von ihnen sind Ackerbauern. Viele von ihnen wurden schwer verletzt. Auch ihr Häuptling hat eine Hiebwunde erlitten. Adolph behandelt ihn. Dafür macht uns der Häuptling einen guten Preis für unsere drei Kamele aus Ladák. Wir erhielten viel Proviant für die Wüstenstrecke.

11. August.
Abmarsch aus Kargalik. Unser nächstes Ziel ist Yarkant, die einzige Stadt auf unserer Route nach Kashgar.

13. August.
Dorfbewohner haben uns erzählt, Yarkant wird von den Aufständischen belagert. Die Chinesen sind eingeschlossen. Adolph und Eleazar wollen Yarkant umgehen. Schon wieder sind sie einer Meinung! Das macht mir Angst.

15. August.
Wir sind den wilden Horden begegnet. Außerhalb von Yarkant haben sie auf ihren Pferden unseren kleinen Train umstellt. Der Oberste von ihnen war Dil Khan, ein Vasall Vali

Khans. Für Wilde verstehen sie bemerkenswert viel von Textilien. Adolph ließ Seide aus dem Punjab als Geschenk überreichen. Dil Khan musste seine Hand nur kurz auf den Stoff legen, um ihre Qualität zu beurteilen. Er rief ein paar Worte und die Seide wechselte ihren Besitzer.

Am Abend waren wir Gäste der wilden Horden. Sie riechen vielleicht nicht sehr freundlich, aber sie sind es. Wir haben schon lange nicht mehr so reichlich gespeist. Zu unseren Ehren gab es Pferdefleisch. Die fetteste Scheibe wurde Adolph gereicht. Er stopfte sie sich in den Mund und kaute eine ganze Weile lang. Ich dachte schon, er würde nie mehr damit aufhören, da schluckte er sie runter und lachte. Abdullah, der als Einziger die Sprache der gar nicht so wilden Horden beherrscht, warnte ihn, man könnte das als Beleidigung auffassen. Aber der Draughtsman hat Adolphs Lachen unterschätzt. Es ist seine außergewöhnlichste Waffe und funktioniert in jeder Sprache. Als Adolph lachte, lachten auch die Wilden und reichten ihm mehr Pferdefleisch.

16. August.
Die Chinesen oder, wie Adolph sie nennt, *Katais*, haben einen Ausfall gewagt und die Aufständischen in die Flucht geschlagen. Die Katais gehen nun brutal gegen alle Nicht-Katais vor. Eleazar und Adolph sind sich einig, wir sollten abwarten, uns in der Umgebung Yarkants verstecken und dann weiterziehen.

18. August.
Wir setzen die Reise nach Kashgar fort.

19. August.
Der Train besitzt kaum mehr Waren oder Silber. Ich weiß nicht, wie Adolph so ärmlich nach Europa gelangen will. Er

sagt, die Russen werden ihm aushelfen. Ich habe ihn gefragt, ob er Russisch beherrscht. Er hat erwidert: Nein, aber schließlich begleite ihn ja ein brillanter Übersetzer, der werde sich Russisch gewiss rasch aneignen.

23. August.

Östlich und westlich unserer Route ist die Umgebung verwüstet. Allein stehende Siedlungen wurden verlassen und verbrannt. Der Schutt ist noch heiß. Es fällt uns schwer, Vorräte zu beschaffen. In den wenigen Dörfern, die bewohnt sind, haben sich die Menschen verbarrikadiert. Man lässt uns nicht herein.

25. August.

Wir nähern uns vorsichtig Kashgar. Mit jedem Schritt werden wir langsamer. Etwa zwei Meilen südlich der Stadt sind wir auf einen Bazar gestoßen. Er ist dort entstanden, weil Reisende und Karawanen sich nicht nach Kashgar wagen. Es wurde von Vali Khan erobert.

Als wir dies erfuhren, sagte weder Adolph noch Eleazar etwas. Ich fragte sie, was sie jetzt zu tun gedachten. Adolph antwortete, unter diesen Umständen müsse man Kashgar bedauerlicherweise umgehen.

Eleazar antwortete nichts.

Wir haben das Lager in der Nähe des Bazars aufgeschlagen. Dort scheint es sicherer zu sein als im Freien. Ich habe mich neben Adolph schlafen gelegt. Obwohl ich keinen Schlaf finden will. Es sind meine letzten Stunden an seiner Seite, dies ist das Ende unserer Route. Morgen heure ich bei einer Karawane im Bazar an, die nach Indien zieht. Der Schlagintweit muss es ohne mich nach Hause schaffen.

Unweit von uns liegt Eleazar. Er hat mir den Rücken zugekehrt und rührt sich nicht, aber ich weiß, er ist wach. Mir kann der Bania nichts mehr vormachen. Ich sehe ihm an, dass er viel überlegt, dass er sich von der Enttäuschung wegdenkt. Hat Vali Khan sein Bündnis mit den Chinesen vereitelt? So wie ich Eleazar kenne, entwirft er schon wieder neue Pläne. Ich vermute, er, Abdullah und Mr. Monteiro werden sich von Adolph trennen und zurück nach Yarkant gehen. Wenn sie zu den Chinesen durchdringen können, bietet sich ihnen vielleicht noch eine Chance.

Als alle, auch Eleazar, schliefen, kroch ich zu Adolph. Ich wollte ihn sanft wecken, um mich zu verabschieden, doch ich betrachtete ihn nur. Das Reisen hat der ehemaligen Pausbacke Gewicht entzogen. Aber es bleibt noch mehr von ihm hier. Man kann nicht so viel aus einem Land mitnehmen, ohne einiges von sich zurückzulassen. Das meiste von ihm trage ich in mir. Ich werde jedem die bemerkenswerte Geschichte Adolph Schlagintweits erzählen. Sie handelt von einem Firengi, der zu einem Freund wurde. Und von einem Wissenschaftler, der verstand, dass seine und unsere Leute zur gleichen Welt gehören.

Ich weckte ihn nicht. Von jemandem wie Adolph kann man sich nicht verabschieden. Man muss bei ihm bleiben oder ihn zurücklassen. Ich flüsterte einen bayerischen Gruß und schlich davon.

Auf dem Bazar verhandelte ich mit einem breitschultrigen und schmallippigen Moslem, dessen Karawane beabsichtigte, noch am selben Tag nach Leh aufzubrechen. Ich sagte ihm in sechs Sprachen, dass ich ein brillanter Übersetzer bin. Da er drei davon selbst beherrschte, konnte ich ihn überzeugen, mich mitzunehmen.

Während die Kamele beladen wurden, ritten Vali Khans Soldaten in die Karawanserei. Sie stahlen Proviant und antworteten auf Bitten mit Prügel. Einer von ihnen näherte sich mir. Er fragte mich etwas in seiner Sprache, das ich nicht verstand. Ich blickte zu Boden. Der Soldat packte mein Kinn und zwang mich, ihm in die Augen zu sehen. Es waren die schönsten Männeraugen, die mir je untergekommen sind. Ich hätte sie gerne noch eine Weile betrachtet, um herauszufinden, was an ihnen so schön war. Aber da ergriff mich der Soldat. Ich schlug ihn mit meinem Gehstock. Der Soldat zerbrach ihn und warf mich auf sein Pferd wie einen Sack Fleisch. Bevor er aufsitzen konnte, rief ihm jemand etwas zu. Ich kannte die Stimme. Sie gehörte Abdullah. Ich war noch nie so froh gewesen, den Draughtsman zu sehen. Seine Augen waren nicht besonders schön, aber in ihnen leuchtete die Dämmerung. Er war für mich gekommen. Nicht nur er. Mr. Monteiro, gleich hinter ihm, hatte seine Reitpeitsche hervorgeholt, sie bewegte sich wie eine nervöse Schlange. Auch Eleazar war da. Keines seiner Messer war sichtbar, und doch wusste ich, dass sie so schnell sein würden wie Adolphs Gewehr. Der Schlagintweit neben ihm hielt es in Händen als wäre es nur ein Ruder. Aber wenn man jemanden bedroht, der ihm etwas bedeutet, kann er dich, wie ich selbst gesehen habe, damit zerfetzen.

Ich werde nie den Anblick dieser vier Männer vergessen. Die meisten von ihnen mag ich nicht, und doch mochte ich besonders, wie sie so zusammen dort standen.

Abdullah und der Soldat riefen sich kurze Sätze zu. Keiner rührte sich. Der Aufruhr in der Karawanserei erfasste nun auch den Bazar. Händler packten eilig ihr Gut zusammen, ein Makake in einem Käfig schrie und hustete und schrie weiter, Zelte fielen in sich zusammen, Sand stieg in die Luft, ein Kamel trabte reiterlos in die Wüste. Abdullah rief nun längere Sätze und der Soldat noch kürzere. Der Draughtsman und die anderen rückten näher. Außer Eleazar. Der Bania zog sich zurück. Abdullah wob immer längere Sätze, kreiste das Sprechen des Soldaten ein, bis dieser verstummte und seinen Säbel zog. Da war aber schon Eleazar bei ihm, der sich von hinten angeschlichen hatte und ihm eines seiner Messer an die Kehle hielt. Der Soldat gab auf und legte sich bäuchlings in den Sand. Adolph hob mich vom Pferd auf seine Schultern. Zuerst eilten wir, achtsam um uns blickend, dann rannten wir.

Wir reiten. Ich sitze hinter Adolph, halte mich an ihm fest. Unsere vier Pferde schnaufen. Ihr Hufschlag bestimmt meinen Herzschlag. Es sind keine Verfolger zu sehen oder zu hören. Aber wir wissen, dass sie kommen. Wir müssen das russische Territorium vor ihnen erreichen. Der direkte Weg zwingt uns vorbei am Gul-Bagh, dem Fort bei Kashgar, das die Aufständischen eingenommen haben. Die Festung steht ruhig dort. Ihre Tore bleiben geschlossen. Wir lassen sie hinter uns und folgen einer Flusslinie. Sie bietet Deckung. Bald sind wir in Sicherheit.

BEMERKENSWERTES OBJEKT NO. 93

Adolph Schlagintweit (4)

Sie haben uns hinter einer Flussbiegung aufgelauert und alle Waffen abgenommen, auch das Museum. Sie haben Mr. Monteiro von uns getrennt, uns in den Hofraum in Kashgars Gouverneurshaus gebracht und in Ketten gelegt, sie haben uns mit unverständlichen Worten angespuckt und mit Drohgebärden erklärt, dass wir nicht sprechen sollen. Sie haben uns aber nicht verboten, ins Museum zu schreiben. Dafür brauche ich keinen Stift und kein Papier. Ich halte alles in meinem Kopf fest, um es später nachzutragen.

Für Adolph gelten ihre Regeln nicht. Als Europäer kann er so viel reden, wie er will. Die Soldaten lassen ihn. Er erzählt mir, dass der bayerische Codex im letzten Jahrhundert auf äußerst viele Verbrechen die Todesstrafe gesetzt hat. Ich frage mich, was das mit unserer Lage zu tun hat, aber ich frage nicht den Schlagintweit, weil ich auf Hiebe verzichten möchte. Adolph sagt, in jener Zeit fanden in München jeden Samstag fünf Hinrichtungen statt und in einem einzigen Bezirk der Stadt wurden in 28 Jahren 1100 Menschen hingerichtet, während in Indien Raub, selbst Mord schon seit Jahrtausenden viel seltener mit solch drastischen Bestrafungen geahndet wird, wie es eben einer hohen Bildungsstufe entspricht.

Darauf sagt Eleazar, der die ganze Zeit über stumm zugehört hat:

Wir befinden uns aber nicht mehr in Indien.

Im nächsten Moment tritt eine Wache auf ihn zu und hält ihre Waffe in die Luft. Eleazar nickt, presst die Lippen aufeinander.

Niemand tritt auf Adolph zu.

Welches Datum haben wir heute?, fragt er.

Er sieht mich an, als wäre das eine naheliegende Frage.

Der 26. August 1857, flüstere ich.

Beginn der Sommerfrische!, ruft er.

Seien Sie still, sage ich ihm mit meinen Augen.

Das war mir immer der liebste Tag, sagt Adolph, er kann sich nur zum Guten wenden.

Glauben Sie das wirklich, Sir?, frage ich mit meinem Mund.

Adolph antwortet mir, indem er sich aufsetzt. Sein Blick ist fest, er lächelt mir zu. Ich wünschte, er würde Angst zeigen. Sie muss irgendwo in ihm sein. Dass er sie nicht rauslässt, macht mir noch mehr Angst. Ich spüre seine Angst für ihn, und ich will dem Schlagintweit sagen, dass ich gerne darauf verzichten würde. Nicht, weil sie zu viel für mich ist, nein, ein Waisenjunge aus Blacktown kann nie genug davon haben. Angst hält mich besser am Leben als Wasser oder Luft, ohne Angst wäre ich schon längst nicht mehr hier. Aber auch ein Firengi so weit entfernt von seiner Heimat braucht einiges davon. Selbst ein Firengi im Auftrag der Vickys. Das hat der Schlagintweit noch immer nicht begriffen.

Die Tür wird geöffnet. Ein Turk tritt ein, durchschnittlich groß und breit. Sein Bart zeichnet ein Dreieck um seinen Mund. Er mustert uns kurz, wendet sich dann Adolph zu. Abdullah übersetzt. Der Turk ist ein Diener des Vali Khan. Er will wissen, ob wir Spione sind. Adolph sagt, wir sind keine. Der Turk schweigt einen Moment lang und sagt dann, dass er weiß, wir sind Spione, für die Russen oder die Chinesen oder die Ingrez. Aber Adolph besteht darauf, dass wir keine Spione sind. Der Turk ruft etwas und die Tür geht auf. Ein Soldat überreicht ihm das Museum der Welt. Er hält es mit beiden Händen vor Adolphs Gesicht. Die Turks können es nicht gelesen haben, es ist unmöglich, dass sie Deutsch beherrschen. Adolph tut so, als würde er das Museum nicht wiedererkennen. Der Turk glaubt offensichtlich, dass nur ein Firengi diese vielen Seiten gefüllt haben kann. Er lässt sich eine Fackel reichen und führt sie nahe ans Museum heran. Adolph sagt nichts, Eleazar sagt nichts, Abdullah sagt nichts. Ich rufe, er soll das nicht tun, und der Turk wendet sich mir zu. Er fragt mich, ob ich etwas weiß. Ich sehe zu Boden und schüttele den Kopf und höre Eleazar. Er erklärt dem Turk mit seiner freundlichsten Stimme, dass er recht hat, es gab Spione im Train, aber diese hätten wir längst hingerichtet. Darauf wird Eleazar aus dem Saal geschleift. Der Turk lässt das Museum vor mir auf den Boden fallen. Ich soll reden, sagt er. Aber ich schweige. Und dann setzt er das Museum in Brand. Der Turk wartet auf meine Reaktion. Er sieht mich hungrig an. Ich konzentriere mich darauf, keine Träne aus meinen Augen zu lassen. Das Museum der Welt zerfällt vor mir in seine kleinsten Teile. Der Rauch schmeckt scharf. Als das Feuer erlischt, tritt der Turk in die Asche, wendet seinen Blick aber nicht von Adolph ab, und reicht mir die Hand. Ich zögere einen Moment, als hätte ich eine Wahl, dann strecke ich ihm meine entgegen und sehe jetzt endlich die Angst in Adolphs Augen, und als ich noch denke, dass sie uns vor dem Schlimmsten bewahren wird, packt der Turk meinen Daumen mit der anderen Hand und bricht ihn. Ich schreie, Adolph schreit. Auch der Turk hat Adolphs Angst gesehen. Er nimmt wieder meine Hand und fragt ihn erneut, ob wir Spione sind, und Adolph protestiert, dass ich sein Diener sei und ein Untertan der ehrenwerten East India Company.

Darauf packt der Turk meine Hand fester und sieht Adolph an. Ich versuche, nicht zu Adolph zu sehen, weil ich weiß, dass er nicht mit so viel Angst umgehen kann. Aber dann sehe ich doch zu ihm und Adolph sieht zu mir und da verstehe ich, dass ich ihn ein letztes Mal retten muss, sonst wird er es nie nach Berlin schaffen. Ich sage dem Turk, dass ich der Spion bin, und ich sage Adolph, dass ich es tun musste, um Smitaben zu schützen, und ich sage ihm, dass es mir sehr, sehr leid tut, und dann sehe ich weg, damit ich nicht Adolphs Enttäuschung sehen muss. Abdullah übersetzt keines meiner Worte, er sagt nur, ich soll den Mund halten, sonst wird das noch mein Ende sein, und der Turk bricht meinen kleinen Finger und den Ringfinger, erst den einen, dann den anderen, und ich schreie, aber der Schmerz lässt sich nicht wegschreien, er verweilt, als würden meine Finger wieder und wieder brechen. Der Turk nimmt meine Hand ein drittes Mal und wird nicht lauter, er spricht nicht höflich, aber auch nicht feindselig, er redet, als würde er wissenschaftliche Messungen ablesen. Er behauptet, Adolph sei ein Alliierter ihrer Feinde. Diesmal aber antwortet Adolph nicht sofort, er denkt nach, ich kann beobachten, wie meine Worte in ihn einsickern, und ich nutze den Augenblick, um Abdullah zu sagen, er soll die Wahrheit übersetzen. Aber der Draughtsman schweigt. Und Adolph, der auch schweigen sollte, sagt jetzt zu dem Turk in bemerkenswertem Hindi, dass er recht hat, er, Adolph Schlagintweit, Leiter dieser Forschungsreise, sei ein Spion im Dienste der East India Company. Ich rufe Abdullah zu, dass er dies nicht übersetzen darf, aber der Draughtsman hört nicht auf mich, und als er fertig ist, lässt der Turk meine Hand los und ich sehe zu Adolph. Alle Angst hat ihn verlassen. Ich sage ihm, das hätte er nicht tun sollen, und er erwidert, das musste er tun, sie würden mich sonst einfach hinrichten, aber ihn werden die Turks verschonen, was bleibt ihnen anderes übrig, sie wollen gewiss nicht den Zorn der mächtigen Company auf sich ziehen. Adolph erhebt sich jetzt. Er ist größer als der Turk. Der Schlagintweit verlangt von ihm, mit Vali Khan zu sprechen. Der Turk mustert ihn, länger als zuvor, dann nickt er. Adolph, Abdullah und ich werden aus dem Gouverneurshaus geführt. Ich sehe mir nicht meine gebrochenen Finger an, als könnte das den Schmerz lindern. Wir folgen dem durchschnittlichen Turk. Soldaten steuern uns mit den spitzen Enden ihrer Waffen. Wir überqueren den Marktplatz, der an eine Moschee angrenzt. Viele Bewohner halten inne und beobachten uns. Die meisten Blicke bleiben an Adolph haften, dem Gora mit der schmutzigen Kleidung eines Karawanenhändlers, dem ungewaschenen Haar und dem zerzausten Bart. Unsere Gruppe verlässt Kashgar durch ein Tor. Vielleicht werden sie uns dort auf Pferde setzen und fortschicken, vielleicht hat sich die Furcht vor den Vickys schon so weit ausgebreitet, denke ich. Aber dann sehe ich die Pyramide. Sie besteht aus Köpfen, Hunderten von Köpfen, ordentlich aufgeschichtet, aus zwei Köpfen wächst immer ein neuer. Manche von ihnen sind sonnengebleichte Knochen, mit anderen sättigen sich die Vögel. Der Turk bleibt stehen. Ein Henker tritt auf uns zu. Adolph blickt mich an und jetzt spüre ich seine Angst ganz deutlich, ich will etwas sagen, um sie kleiner zu machen, ich will ihm helfen, da stößt ihm der Turk einen Dolch in die Brust und Adolph fällt und wird vom Henker aufgefangen und zu einem Blutgerüst geschleppt und geköpft.

DAS LETZTE OBJEKT

Wir teilen uns eine Zelle mit der Nacht. Seit vielen Wochen oder mehr. Hier ist es so dunkel, es gibt nicht einmal Schattierungen. Manchmal fasse ich mir in die Augen, um sicherzugehen, dass sie wirklich geöffnet sind. Die Zelle unserer Jahannam hat vier Ecken. In einer verrichten wir unsere Notdurft, in einer sitzt Eleazar, in einer ich und in die vierte bewegen wir uns, wenn wir unsere Ecke nicht mehr ertragen, wenn sich die Wände um unsere Schultern legen und uns langsam zermalmen. Das Problem mit der Dunkelheit ist nicht die Dunkelheit. Sie stört mich wenig, ich bin sicher, sie schützt mich sogar vor dem Anblick einiger Dinge, die ich nicht sehen möchte: der Dreck, die Ratten, meine gebrochenen Finger, Eleazar und mein Spiegelbild in seinen Augen. Aber ich verfluche die Dunkelheit, weil in ihr eine Leere haust, die mich in sich aufnimmt, die mich löscht, die mich vergessen lässt, dass ich hier bin. Ich blinzle in die Finsternis. Ich versuche, einen Unterschied zwischen schwarz und schwärzer zu erkennen. Aber es gelingt mir nicht.

Wenn die Dunkelheit zu groß und mächtig wird, krieche ich zu Eleazar und ertaste sein Hand mit meiner heilen Hand. Er hält mich nicht mehr so fest wie noch vor ein paar Tagen. Aber ich sage ihm das nicht. Ich will ihn nicht daran erinnern, wie es um ihn steht. Er bräuchte Licht und gefüllte Rotis und heiße Milch mit Kurkuma und vielleicht auch ein bisschen Opium. Hier bekommt er aber nur Wasser, das brackig schmeckt und zur Hälfte aus Sand besteht. Eleazars Husten ist so beständig wie sein Atmen. Und er klingt genau wie der von Vater Fuchs. Ich habe ihm das gesagt und das hat uns beide zum Lachen gebracht (und danach Eleazar zum Husten). Dieses Lachen schmeckte besser als frisches Wasser. Es war unser erstes seit Adolphs Ende.

Ich denke immerzu an ihn. In meinen Träumen bin ich der Henker, der seinen Kopf abtrennt. Diese Träume halten mich lange fest, ich schrecke selten aus ihnen hoch, und wenn es doch einmal geschieht, dann versinke ich gleich wieder in ihnen.

Das ist nur gerecht. Es wird nicht mehr lange dauern, bis ich sterbe. Bis dahin sind diese Träume meine Strafe. Hätte ich den Train nicht verlassen, dann wäre all dies nicht geschehen.

Als die Turks erfuhren, dass Mr. Monteiro ein Christ war, haben sie vor uns seinen Hals geöffnet. Sie ließen Eleazar keine Zeit, sich von seinem ältesten Freund zu verabschieden. Jedenfalls nicht mit Worten. Venkatesh erwiderte Vascos Blick, bis wir abgeführt wurden. Seitdem hat er nicht einmal darüber gesprochen. Aber ich weiß, dass es ihn nicht loslässt. Eleazar sagt oft: Wenigstens ist Abdullah mit dem Leben davongekommen.

Nur wird dieses nicht sehr lebenswert sein. Weil er ein Indier ist, hat man ihn in die Sklaverei verkauft. Eleazar und ich weckten kein Interesse bei den Händlern. Darum wollten die Turks uns ebenfalls hinrichten. Es gelang uns, das Leben zu verlängern, indem wir zum Islam übertraten. Eleazar hat gesagt, er habe die Moslems immer um ihren Himmel beneidet, jetzt könne er sich zumindest darauf freuen. Damit schenkte er uns unser zweites Lachen seit Adolphs Ende.

Auf unser drittes Lachen mussten wir lange warten, sogar noch länger als auf eine Antwort der Firengi. Bevor die Turks uns weggesperrt haben, konnte Eleazar sie davon überzeugen, uns einige Briefe versenden zu lassen. Er versprach ihnen, die Ingrez würden unsere Freilassung großzügig belohnen. Und so schrieben wir. An den Court of Directors der East India Company in London. An Lord Hay in Simla. An Generalgouverneur James Broun-Ramsay in Calcutta. An Lord Elphinstone in Bombay. An Konsul Ventz und Konsul Schiller. An Friedrich Wilhelm IV. An Alexander von Humboldt. An Hermann und Robert Schlagintweit.

Dann zogen wir in die Dunkelheit ein und das Warten begann.

In den ersten Tagen unserer Gefangenschaft brachten uns die Turks noch Essen. Es machte nicht viel her, Smitaben hätte es nicht einmal als solches bezeichnet. Aufgeweichte Nüsse und flaches, löchriges Brot. Manchmal eine Handvoll getrockneter, gegorener Früchte. Immerhin war es genug, um mich zu füllen und Eleazars Husten zu bekämpfen. Die Turks hielten uns und ihre Hoffnung auf Belohnung am Leben. Nachdem aber etwas Zeit vergangen und noch immer keine Antwort eingetroffen war, wurde das Essen weniger und bald darauf brachten sie uns nichts mehr. Ich zweifelte daran, dass unsere Briefe ihre Adressaten erreicht hatten. Konnten die Schlagintweits unsere Nachricht überhaupt empfangen, waren sie schon zurück in Berlin oder noch auf der Heimreise? Würde man unsere zittrige Schrift entziffern können? War der Postverkehr zwischen Turkestan und Indien wieder intakt?

An einem Tag, der so dunkel war wie alle anderen, brachte man uns einen Brief. Er trug das Siegel der Company. Es dauerte lange, bis unsere Augen sich ans Licht der Fackeln gewöhnten und wir lesen konnten. Es dauerte nicht lange, bis wir die Botschaft verstanden. Sie war nur zwei Zeilen lang und von irgendeinem Beamten aus den Bureaux der Company verfasst. Man werde sich gewiss unserer Sache annehmen, schrieb er, die ehrenwerte East India Company vernachlässige keines ihrer Subjekte, gleichwohl ersuche man uns um Geduld. Das war alles. Mehr sagte er nicht, mehr Briefe erhielten wir nicht.

Ich möchte glauben, dass Hermann und Robert nichts von unserer misslichen Lage ahnen und deshalb nicht schreiben. Doch ich kann nicht ausschließen, dass sie erfahren haben, was ihrem Bruder zugestoßen ist und wer sein Ableben herbeigeführt hat. An ihrer Stelle würde ich mir auch nicht helfen. Und was alle anderen Firengi betrifft: Ich danke ihnen für ihr Schweigen. Sie haben mir deutlich gemacht, auf welcher Seite ich stehe.

Seitdem wir wissen, dass uns niemand befreien wird, stirbt Eleazar schneller.

Er hustet mehr und spricht weniger. Seine Stimme, seine noch immer freundliche Stimme in der Dunkelheit erinnert mich daran, wie ich sie zum ersten Mal gehört habe. Drei Jahre ist es her, dass ich in dieser Kiste saß. Es fällt mir schwer, mich daran zu erinnern, wer ich damals war.

Ich wünschte, ich hätte ein Taschentuch für Eleazar. Manchmal weckt mich sein Husten und dann denke ich einen kurzen Moment lang, dass ich mich im Glashaus befinde und diese ganze Reise nur geträumt habe – doch je mehr ich aufwache, desto eher kommt mir das Glashaus wie ein entfernter Traum vor.

Es ist erstaunlich, wie sehr Eleazars Husten dem von Vater Fuchs gleicht. Ein vorzügliches Geräusch. Die Tatsache, dass es dem Bania gehört, ändert nichts daran. Wenn er hustet, lassen mich meine Gedanken in Ruhe. Wenn er hustet, kann ich gut einschlafen und schnell aufwachen. Wenn er hustet, weiß ich, dass ich bald wieder ein bisschen mehr wissen werde.

Eleazar hat meine Hand gehalten und mit seiner freundlichen Stimme die Synagoge in Cochin beschrieben. Man hatte ihm nie gestattet, sie zu betreten, aber er hat oft durch eines der Fenster ins Innere gelugt. In der Synagoge werden Goldkronen von verbündeten Maharajas und vier in Gold und Silber eingefasste Schriftrollen der Bibel aufbewahrt, welche die Juden Tora nennen. Aber dieser Prunk hat Eleazar nie beeindruckt. Er hat in der Synagoge stets den Boden bewundert. Dieser besteht aus handgemalten blauen und weißen Fliesen, hergestellt in Canton. Sie erzählen die Liebesgeschichte zwischen der Tochter eines Mandarin und eines gewöhnlichen Mannes.

Ich habe Eleazar gefragt, wie die Geschichte ausgeht.

Er hat geantwortet: Geh nach Cochin, finde es heraus.

Der Bania glaubt, Kashgar sei nur eine weitere Station auf meiner Reise. Er besteht darauf, dass ich sein Wasser trinke. Ich lehne das ab. Mein Leben darf nicht mehr mit dem Sterben anderer bezahlt werden. Ich habe das Eleazar erklärt, ich habe ihm sogar gestanden, dass ich ihn und Adolph in der Karawanserei zurücklassen wollte. Das hat ihn nicht einmal wütend gemacht. Oder er ist zu schwach, um wütend zu sein. Eleazar hat nur kurz geschwiegen und mich dann erneut aufgefordert, ich sollte sein Wasser trinken. Und mein Durst hat ihm zugestimmt. Aber ich bin standhaft geblieben. Wenn ich nur das Museum hätte! Dann könnte ich aufschreiben, wie bemerkenswert standhaft ich bin. Das würde es ein wenig einfacher machen.

Eine Stunde oder mehrere Tage später fragte Eleazar mich, was in mir vorging, ich sei unangenehm still.

Mein Museum, sagte ich.

Er wollte wissen, wo es geblieben sei.
Ich erzählte ihm von der Asche.
Ein Moment verstrich. Ich war ihm dankbar, dass er nicht fragte, wieso ich es nicht mit meinem Leben verteidigt hatte.
Das ist das erste Museum Indiens, sagte er.
Das war das erste Museum Indiens, sagte ich.
Er bat um eine Führung im Museum.
Es ist verbrannt, sagte ich.
Aber nicht in deinem Kopf, richtig? Was in deinem Kopf ist, können sie nicht verbrennen.
Nein, sagte ich, können sie nicht.
Dann mach, dass ich es sehen kann, sagte er und – da bin ich mir ganz sicher – schloss die Augen, führe mich durch dein Museum.
Ich zögerte.
Ich warte, sagte er.
Also begann ich.

Es kommt mir nicht so vor, als würde ich Eleazar das Museum erzählen. Es ist auch keine Beschreibung und kein Bericht. Vielmehr übersetze ich für ihn. Er kann ja kein Deutsch. Die letzte Übersetzung meines Lebens mache ich für den ersten Leser meines Museums. Auf Hindi klingt mit einem Mal alles, was ich beobachtet, was ich erlebt und aufgeschrieben habe, so ganz und gar richtig, ja, richtiger als je zuvor. Es war nie falsch, aber erst jetzt klingt das erste Museum Indiens so, wie es klingen sollte. Ich übersetze natürlich nicht alles. Eleazar muss nicht hören, was er selbst erlebt hat oder was ich manches Mal von ihm gedacht habe. Und an vieles kann ich mich nicht genau erinnern. Aber ich übersetze ihm all das, was ich noch weiß und was er wissen soll, zuerst die Bambusrute und das bayerische Taschentuch. Dann übersetze ich blasenfreies Eis und die Khana und das Reich des Bösen. Dann Lord Ganeshas wahren Kopf und Moby Dick und die Toga Virilis, den Ameisenmarsch, die Einsamkeit und Tibet. Dann Jahannam, das Blau eines Indiers, Gaudi. Dann die Unendlichkeit.

Die ganze Zeit über hält Eleazar meine Hand. Wenn ihr Druck nachlässt oder sie aus meiner rutscht, halte ich ein und warte, bis er wieder aufwacht und mich bittet fortzufahren.

Aber nicht nur seine Schwäche unterbricht mich.

Wir haben das dritte und vierte und fünfte und sechste und siebte und achte und neunte und zehnte und elfte Mal gelacht. Das mag wenig sein, aber für zwei Verräter in einem dunklen Kerker, die auf ihr Ende warten, ist es sehr viel.

Nachdem ich fertig war, rührte Eleazar sich lange nicht, als wäre er ich bei der Mutprobe. Dann – da bin ich mir wieder ganz sicher – öffnete er die Augen und applaudierte. So laut und lang klatschte er in die Hände, dass die Wachen zu unserer Zelle kamen und mit ihrem Geschimpfe nach uns stachen.

Ich gratuliere, sagte Eleazar, dein ganzes Museum ist ein bemerkenswertes Objekt! Aber, fügte er hinzu, Vater Fuchs hat sich geirrt. Die Objekte im Museum sagen dir nicht, wer du bist. Sie sagen dir nur, wer du warst.

Ich wollte seine Hand loslassen. Er ließ mich nicht. Es überraschte mich, dass er noch so viel Kraft besaß.

Die Firengi haben Museen erfunden, weil sie sich ohne diese vergessen würden. Aber du brauchst kein Museum. Du bist selbst eines. *Du* bist das erste Museum Indiens. Deine Objekte können die Firengi uns nicht wegnehmen und in ihren Ländern horten. Deine Existenz hier stellt sicher, dass alle indischen Objekte in ihrer Heimat bleiben.

Eleazar zog mich näher an sich ran.

Ich bin noch nie jemandem begegnet, der so genau weiß, wer er war, sagte er. Noch wichtiger ist allerdings, dass du herausfindest, wer du sein willst.

Darüber musste ich nicht nachdenken.

Ein Indier, sagte ich.

Ein Indier, sagte er.

Ich hörte das Lächeln in seiner Stimme. Eleazar hielt mich nun nicht mehr fest. Das musste er auch nicht. Ich hielt ihn fest.

Dann solltest du einen neuen Namen wählen, sagte er. Einen starken Namen, der all die Widersprüche in sich trägt, die davon erzählen, ein Indier zu sein.

Ich überlegte. Aber mir fiel kein solcher Name ein.

Kannst du mir einen geben?, fragte ich.

Eleazar ließ meine Hand los.

Kannst du?, fragte ich noch einmal.

Er schlug mir einen Handel vor: Wenn ich umgehend sein Wasser trank, würde er mir dafür den perfekten Namen verraten.

Das ließ uns zum zwölften Mal lachen.

Ich habe über Eleazars Angebot nachgedacht. Nach einigen Minuten oder Stunden habe ich schließlich die Schale mit seinem Wasser geleert. Dann bin ich zu ihm gekrochen, habe seine Hand genommen und ihn aufgefordert, mir den perfekten Namen mitzuteilen.

Aber Eleazar war schon nicht mehr da.

Ich halte seine kalte Hand und verfluche ihn, immer wieder, dass er gegangen ist, ohne sich zu verabschieden. Ich wollte ihm doch noch sagen, dass er kein so schlechter Mann war.

Sie haben Eleazars Körper nicht geholt. Ich rufe nach den Wachen, in jeder Sprache, die mir zur Verfügung steht. Sie kommen nicht, bringen mir nicht einmal mehr Wasser. Das stimmt mich nicht unzufrieden, es wird meinen Tod beschleunigen. Das hoffe ich jedenfalls. Ich will den nächsten Schritt nicht in die Länge ziehen. Besäße ich nur einen spitzen Gegenstand! Ich würde ihn zum bemerkenswertesten Objekt machen.

In der Dunkelheit höre ich Wasser tropfen. Ich suche nicht danach. Jeder Tropfen würde nur mein Ende hinauszögern. Aber das stete Geräusch höhlt meinen Willen.

Da ich jetzt ein Moslem bin, wird man mich wohl nicht verbrennen. Hormazd hätte das gutgeheißen, Lord Ganesha gefällt es bestimmt weniger.

Hoffentlich begraben sie mich zumindest mit Eleazar und Adolph.

Die Tür zu meiner Zelle wird geöffnet. Das Licht macht mich blind. Hände ergreifen mich und tragen mich nach draußen. Die Stimmen, die zu diesen Händen gehören, sprechen nicht in der Sprache der Turks miteinander, und auch wenn ich diese ebenso wenig beherrsche, kann ich mich doch an sie erinnern. Eleazar und Jejeebhoys Gehilfe haben sie in Calcutta gesprochen.

Ich bin frei. Die Chinesen haben Kashgar zurückerobert und alle Gefangenen der Turks aus dem Kerker entlassen. Vali Khan ist auf der Flucht nach Kokand im Ferghanatal. Die meisten Bewohner Kashgars haben sich ihm angeschlossen, sie fürchten die Rache der Chinesen. Die Stadt ist menschenleer, bis auf die chinesischen Soldaten. Sie beachten mich nicht. Ich würde ihnen gerne mitteilen, dass ihr Alliierter in Vali Khans Kerker verendet ist. Nur sprechen sie keine meiner Sprachen und ich keine der ihren. Und was würde das auch ändern. Eleazar ist tot. Indien muss sich ohne seine und Chinas Hilfe befreien.

Ich schlafe in einem herrschaftlichen Haus, weil mich niemand davon abhält. Die Besitzer müssen es fluchtartig verlassen haben, die Vorratskammer ist reich gefüllt. Mit jedem Bissen und jedem Schluck kehre ich mehr ins Leben zurück. In der Dämmerung durchstreife ich die Straßen, halte mich nur fern von dem Ort, wo Adolph seinen letzten Atemzug gemacht hat.

Licht kann ich noch immer nur blinzelnd in meine Augen lassen.

Aber ich bin jetzt endlich wach.

Es ist mir gelungen, in Kashgars verlassenes Gouverneurshaus einzudringen und die Stelle ausfindig zu machen, wo das Museum verbrannt wurde. Ein schwarzer Fleck am Boden, mehr ist davon nicht geblieben.

Das macht nichts. Ich habe etwas viel Besseres gefunden: meinen perfekten Namen. Es ist gewiss nicht der, den Vater Fuchs für das Museum im Sinn hatte, und ich kann mir auch nicht vorstellen, dass Eleazar oder meine Mutter diesen für mich ausgewählt haben. Aber es ist der einzig richtige und viel bemerkenswerter als alle bemerkenswerten Objekte zusammengenommen. Es ist der Name eines Hindus, es ist aber auch der Name eines getauften Christen und eines zum Islam übergetretenen Moslems. Und es ist ein jüdischer Name. Es ist ein starker Name, der all die Widersprüche in sich trägt, die davon erzählen, ein Indier zu sein.

Sobald ich meinen Weg zurück nach Hause gefunden habe, werde ich mein Land daran erinnern, wer wir waren. Über die Gebrüder Schlagintweit wird man viele Geschichten schreiben, sie sind schließlich Firengi. Aber ich werde vom Leben und Sterben unsichtbarer Kräfte erzählen, ich werde das Messgerät sein, das ihr Wirken beweist. Smitaben und Hormazd, Devinder und Mani Singh, Harkishen und Abdullah, Mr. Monteiro und Eleazar, Adolphji und Vater Fuchs. Und all die anderen. Sie waren die wahren unsichtbaren Kräfte dieser Forschungsreise. Sie haben überall um uns herum existiert, wurden aber nie gesehen, nicht richtig gesehen. Das werde ich ändern.

Zuvor muss ich nur noch eines erledigen. Ich klettere auf das Dach des herrschaftlichen Hauses. Von dort oben kann ich über die Stadtmauern blicken. Die Hochwüste erstreckt sich in alle Richtungen und Möglichkeiten. Ich hole das letzte Objekt aus meiner Kurta. Dort hatte ich es versteckt, bevor die Turks mir das Museum abnehmen konnten. Im Kerker hatte ich nicht gewagt, es hervorzuholen, in der Angst, die Dunkelheit könnte es sich einverleiben. Nun halte ich Humboldts silbernes Haar in den Wind und es zappelt aufgeregt. Ich danke ihm, dass es mich so lange treu begleitet hat.

Dann lasse ich los.

Von dieser Stunde an werde ich nie mehr auf Deutsch, Bairisch oder Englisch sprechen, schreiben, denken.

Mein Name ist Eleazar, ich bin mindestens fünfzehn Jahre alt und heute, am 20. Oktober 1857, habe ich mich der Rebellion angeschlossen.

Nachwort

In den Aufzeichnungen und Veröffentlichungen der Schlagintweits findet ein Waisenjunge aus Bombay keine Erwähnung. Nach der Rückkehr in die Heimat verfasste Hermann, mit Roberts Hilfe, zahlreiche Bände über ihre Reise. Für ihre Verdienste wurden die Brüder in den bayerischen Adelsstand erhoben, Hermann erhielt als Bezwinger des Kuenluen die Namensehrung *von Schlagintweit-Sakünlünski*. Zwei bengalische Tiger zierten von da an das neue Familienwappen. Robert machte ausgedehnte Vortragsreisen, in Russland, Frankreich, Amerika und vor allem im deutschsprachigen Raum, bei denen er stets die zukünftige Kolonisierung des Himalaya befürwortete und im gleichen Atemzug das tragische Ende seines Bruders hervorhob.

Adolph wurde in Humboldts *Kosmos* an einer Stelle, wo die neuen Erkenntnisse der Brüder über die Karakorum-Kette behandelt werden, als »vortrefflicher Freund« erwähnt – und die Schlagintweits namentlich in fünf Romanen von Jules Verne. Ihre *Reisen in Indien und Hochasien* legte man später zu Beginn des deutschen Kolonialismus neu auf. Ein preußischer Befürworter deutscher Kolonien schrieb bereits 1867: »Humboldt, Leichhardt, Schlagintweit sind Namen, um welche uns die größten See- und Colonialstaaten beneiden, und wir werden jedes auf deutsche Colonisation gerichtete Unternehmen mit Fug und Recht zugleich einen Act der Pietät gegen unsere in fremder Erde ruhenden Märthyrer der Wissenschaft nennen können.«

Dennoch gelang es den Schlagintweits nie, ein indisches Museum zu gründen. Zum einen fehlte ihnen Adolph bei der Auswertung der zahllosen gesammelten Daten. Zum anderen verloren sie in kurzer Zeit ihre einflussreichsten Befürworter. Friedrich Wilhelm IV. gab Ende 1857 die Regierungsgeschäfte ab, Alexander von Humboldt starb 1859. Und der Zweifel am Wert der Expedition wuchs. Heinrich August Jäschke, ein anerkannter Missionsleiter und Sprachforscher, soll über die Brüder gesagt haben: »Die Schlagintweits führen einen falschen Namen, man sollte sie lieber Schlagaufsmaul nennen.« Und im Berliner Satireblatt *Kladderadatsch* wurden die Brüder als »Schnabelweit« bezeichnet.

Auch bei den Briten fanden die Schlagintweits wenig Unterstützung. Im führenden Londoner Wissenschaftsjournal *Athenaeum* schrieb man über sie: »Nun, die Brüder Schlagintweit sind zurückgekehrt und haben der Welt ihr Geheimnis anvertraut. Sie waren, so scheint es, auf einer Entdeckungsreise; und wenn wir ihren Bericht richtig verstehen, so behaupten sie, eine Bergkette im nördlichen Indien gefunden zu haben, die Himalaya heißt, und dass sie das Land zwischen Bombay und Madras durchkreuzt hätten. Ihre Reisen auf ausgetretenen Wegen werden als *umfassende Exploration von Asien* bezeichnet. Die preußischen Gentlemen, so erfahren wir, haben Tibet erschlossen und sind nun dabei, Indien in Europa bekannt zu machen. Wir in England dachten, dass wir ein bisschen über Indien gewusst und etwas dafür getan hätten, seine physischen und geographischen Merkmale bekannt zu machen. Aber anscheinend unterlagen wir, so scheint es nun, merkwürdigen Trugbildern. […] Wir zögern nicht zu sagen, dass *alle* Fakten, welche die Schlagintweits als Entdeckungen beanspruchen, englischen Gelehrten bekannt waren. […] Unser wissenschaftliches Korps in Indien besteht aus Männern, die unerreicht sind in ihren eigenen Studien. Ihre trigonometrische Vermessung ist eine der nobelsten wissenschaftlichen Arbeiten unserer Generation. Ist dies der Weg, um dem Geist der Einheimischen die Überlegenheit des englischen Intellekts und die Rechtmäßigkeit englischer Herrschaft vorzuführen?«

Im Empire gewann diese »Rechtmäßigkeit« vor dem Hintergrund der indischen Rebellion deutlich an Stellenwert. Aus Furcht vor einem Machtverlust in Südasien machte man sich groß und alle anderen klein. Die meisten Forschungsergebnisse der Schlagintweits – dieser deutschen Firengi – wurden als bedeutungslos erklärt. Die Brüder gerieten in Vergessenheit. Nicht einmal die East India Company überstand den Zeitenwandel. Infolge der Rebellion wurde sie aufgelöst, ihre Rechte übertrug man an die britische Krone. Der blutigen »Meuterei« begegneten die Briten mit entschiedener Härte. Mehr als hunderttausend Menschen starben. Am Ende konnte das Empire die Kontrolle zurückgewinnen. Das Raj wurde geboren und mit ihm die dunkelste Ära der Kolonialgeschichte. Erst 1947, neunundachtzig Jahre später, sollte Indien seine Unabhängigkeit erlangen.

C.K.

Danksagung

Als Erstes möchte ich Jutta Jain-Neubauer danken. Sie war es, die mir von den Schlagintweits erzählte und in mir den Wunsch auslöste, über die Forschungsreise zu schreiben. Ohne ihre Inspiration wäre ich niemals zu diesem Abenteuer aufgebrochen.

Auch danke ich allen, die am Band »Über den Himalaya« mitgewirkt haben, zuvorderst den Herausgebern Friederike Kaiser, Stephanie Kleidt und Moritz von Brescius. Ihr Wissen war mir ein Kompass auf der Reise in eine längst vergangene Zeit.

Ebenso danke ich der Robert Bosch Stiftung sowie dem Goethe-Institut, dass sie es mir möglich gemacht haben, den Spuren der Schlagintweits in viele Winkel der Welt zu folgen.

Ganz besonders danke ich Saskya, die mir Bartholomäus vorgestellt hat. Diese beiden waren stets meine teuersten, liebsten Vertrauten und haben mich bei dieser jahrelangen Unternehmung oft gerettet.

Nicht zuletzt danke ich meinem Lektor Günther Opitz. In einer seiner ersten E-Mails an mich hat er einmal geschrieben: »Bei unserem letzten Treffen sagte ich, man müsse mal etwas wagen. Und dies ging mir bei der Lektüre [Ihres Romans] wieder durch den Kopf. Ich denke, man, d. h. hier der dtv, sollte es wagen, Ihren Roman zu veröffentlichen. Und wenn Sie es auch wagen wollen, dann würde ich mich freuen.« Seitdem sind mehr als zwölf Jahre vergangen. »Das Museum der Welt« ist das fünfte Buch, das wir gemeinsam machen. Und leider auch unser letztes. Günther ist ein, wie Bartholomäus sagen würde, bemerkenswerter Mensch. Es mag wissenschaftlich kaum belegbar sein, doch ich bin davon überzeugt: Mit Günther hatte ich den besten Lektor, den ein Autor sich wünschen kann. Unsere Reise geht nun zu Ende. Ich werde ihn sehr vermissen.

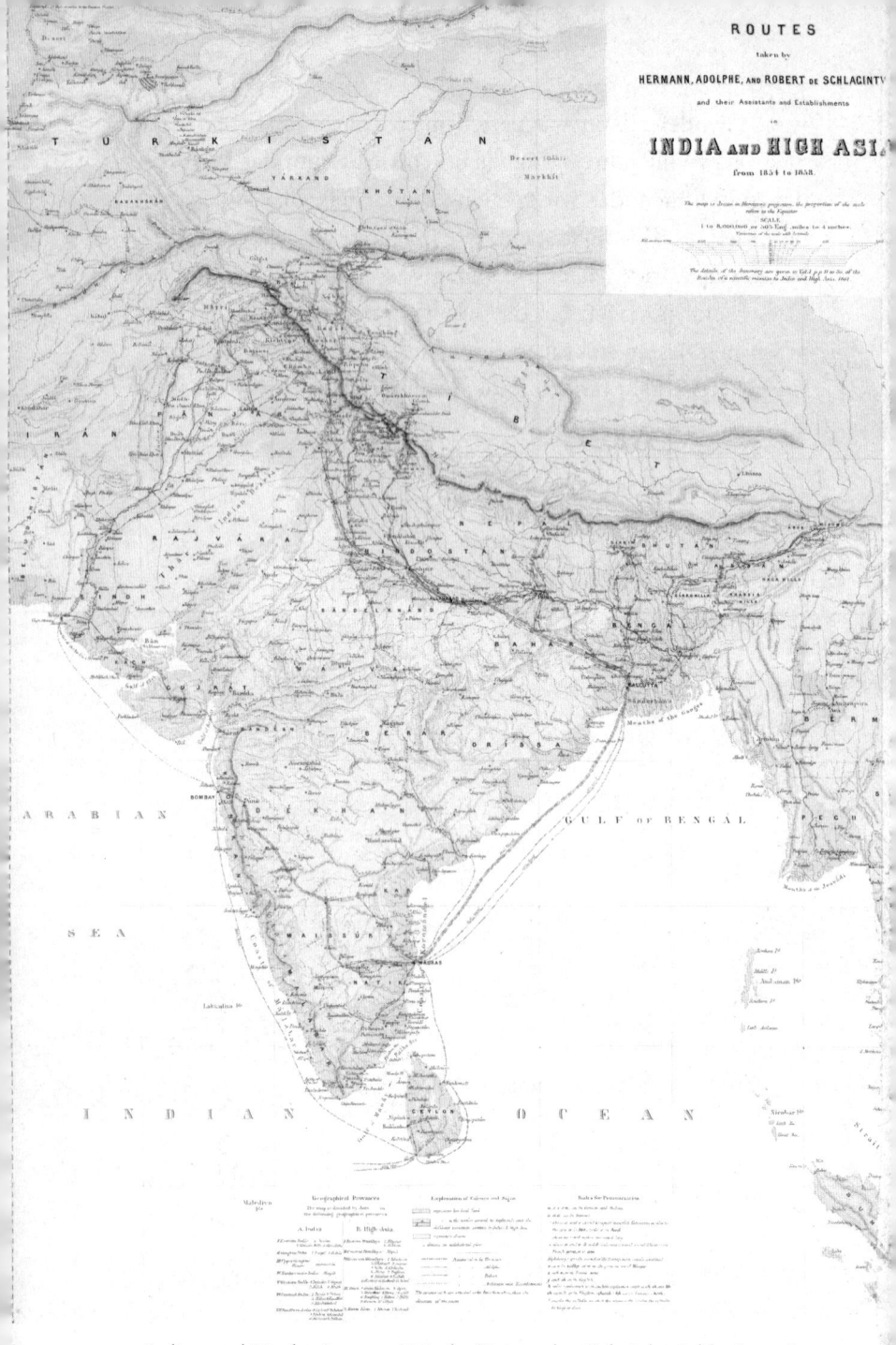

ROUTES
taken by
HERMANN, ADOLPHE, AND ROBERT DE SCHLAGINTWEIT
and their Assistants and Establishments
in
INDIA AND HIGH ASIA
from 1854 to 1858.

Indien und Hochasien, zur Zeit der Reisen der Gebrüder Schlagintweit
© Archiv des DAV, München